Jodi Picoult · Die Hexen von Salem Falls

Jodi Picoult

Die Hexen von Salem Falls

Roman

Aus dem Amerikanischen von
Ulrike Wasel und Klaus Timmermann

Kabel

Die amerikanische Originalausgabe
erschien 2001 unter dem Titel
»Salem Falls« bei Pocket Books/Simon & Schuster Inc.
in New York.

Von Jodi Picoult liegt auf deutsch außerdem vor:
»Die einzige Wahrheit«

Die Zitate aus »Hexenjagd« von Arthur Miller
sind der Fischer Taschenbuchausgabe, Frankfurt 2000,
entnommen.

ISBN 3-8225-0587-0

Gesetzt aus der Garamond
Satz: EDV-Fotosatz Huber/Verlagsservice G. Pfeifer,
Germering
Druck und Bindung: GGP Media, Pößneck
Printed in Germany

www.kabel-verlag.de

Für Tim, in Liebe –
damit die ganze Welt erfährt,
wieviel du mir bedeutest

März 2000
North Haverhill,
New Hampshire

Nach einigen Meilen zu Fuß beschloß Jack St. Bride, sein früheres Leben aufzugeben.

Er traf die Entscheidung, während er ziellos die Route 10 entlangging, tief gebückt gegen die Kälte. Er hatte am Morgen eine Khakihose, ein weißes Hemd, elegante Schuhe und einen weichen Ledergürtel angezogen – Kleidung, die er zuletzt vor 5760 Stunden getragen hatte, Kleidung, die ihm im letzten August gepaßt hatte. An diesem Morgen war ihm sein blauer Blazer zu groß und die Hose im Bund zu weit. Es hatte einen Moment gedauert, bis Jack begriff, daß er in den acht Monaten nicht Gewicht, sondern Stolz verloren hatte.

Er wünschte, er hätte einen Wintermantel, aber man verließ ein Gefängnis nun mal in derselben Garderobe, in der man es betreten hatte. Was er allerdings hatte, waren die dreiundvierzig Dollar, die er an dem heißen Nachmittag, an dem er ins Gefängnis gekommen war, in der Brieftasche gehabt hatte, sowie einen Bund mit Schlüsseln, die Türen zu Räumen öffneten, in denen Jack nicht mehr willkommen war, und ein Stück Kaugummi.

Andere Häftlinge, die entlassen wurden, hatten Angehörige, die sie abholten. Oder sie organisierten sich eine Fahrmöglichkeit. Aber auf Jack wartete niemand, und als die Tür hinter ihm ins Schloß fiel wie ein zuschnappendes Maul, war er einfach losgegangen.

Der Schnee drang ihm in die Schuhe, und vorbeibrausende Lastwagen bespritzten seine Hose mit Matsch. Ein Taxi hielt am Straßenrand, und der Fahrer kurbelte das Fenster herunter, doch Jack stapfte weiter, überzeugt, daß das Taxi ihn für jemand anderen gehalten hatte.

»Autopanne?« rief der Fahrer.

Jack blickte sich um, aber es war niemand hinter ihm. »Bloß ein kleiner Spaziergang.«

»Kein Vergnügen bei diesem Sauwetter«, erwiderte der Mann, und Jack starrte ihn an. Die zwanglosen Gespräche, die er im letzten Jahr geführt hatte, konnte er an fünf Fingern abzählen. Es war besser gewesen, leichter, für sich allein zu bleiben.

»Wo wollen Sie hin?«

Die Wahrheit war, daß er keine Ahnung hatte. Es gab zahllose Fragen, über die er noch gar nicht nachgedacht hatte: Was sollte er beruflich machen? Wie würde er sich fortbewegen? Wo sollte er leben? Er wollte nicht nach Loyal in New Hampshire zurück, nicht einmal, um seine Sachen zu holen. Was brachten ihm die Zeugnisse einer Karriere, die er nicht verfolgt hatte, eines Menschen, der er nie wieder sein würde?

Der Taxifahrer runzelte die Stirn. »Kommen Sie«, sagte er, »nun steigen Sie schon ein.«

Jack nickte und blieb stehen, wartete. Aber es ertönte kein helles Summen, kein Riegel klickte. Und dann fiel ihm wieder ein, daß er in der Außenwelt war und keiner eine Tür entriegeln mußte, bevor er eintrat.

I

Jack und Jill durchfährt ein Schreck
Beim Spiel am Brunnenrand,
Denn Jack fällt rein, bricht sich ein Bein,
Jill purzelt in den Sand.

Dann kriecht Jack raus und hinkt nach Haus,
So rasch er es noch kann.
Zum Omilein, das flickt sein Bein
Knie abwärts bis zum Spann.

Gilt denn Reue nur, wenn man sie öffentlich macht?

– HEXENJAGD

März 2000
Salem Falls,
New Hampshire

Am zweitschlimmsten Tag in Addie Peabodys Leben gaben sowohl das Aggregat im Kühlraum als auch die Spülmaschine ihren Geist auf, wie ein altes Liebespaar, bei dem sich keiner vorstellen konnte, ohne den anderen zu existieren. Im Leben eines jeden Menschen wäre das eine echte Prüfung gewesen, doch für sie als Betreiberin des »Do-Or-Diner« kam es einer Katastrophe gewaltigen Ausmaßes gleich. Addie stand da, die Hände an die stählerne Kühlraumtür gepreßt, als könne sie sein Herz durch Wunderheilung wieder zum Schlagen bringen.

Sie wußte nicht, was verheerender war: die Verstöße gegen die Bestimmungen der Gewerbeaufsicht oder der zu erwartende Einkommensverlust. Zwanzig Pfund Trockeneis, die größte Menge, die sie hatte auftreiben können, reichten nicht. Binnen Stunden würde Addie die Vorratseimer mit Bratensoße, Eintopf und Hühnersuppe, alles frisch am Morgen zubereitet, wegwerfen müssen. »Ich denke«, sagte sie nach einer Weile, »ich gehe einen Schneemann bauen.«

»Jetzt?« fragte ihre Köchin Delilah, deren verschränkte Arme so dick waren wie die eines Schmiedes. »Weißt du, Addie, ich hab es ja nie geglaubt, wenn die Leute hier in der Gegend gesagt haben, du wärst verrückt, aber –«

»Den stell ich dann in den Kühlraum. Vielleicht rettet er ja das Essen, bis der Mechaniker hier ist.«

»Schneemänner schmelzen«, sagte Delilah, aber Addie sah ihr an, daß sie sich den Gedanken durch den Kopf gehen ließ.

»Dann wischen wir alles auf und bauen einen neuen.«

»Und die Gäste sollen sich wohl selbst versorgen, was?«

»Nein«, sagte Addie. »Die sollen mir helfen. Holst du bitte Chloes Stiefel?«

Der »Diner« war für zehn Uhr morgens spärlich besucht. Von den sechs Tischen waren nur zwei besetzt: An einem saß eine Mutter mit einem kleinen Mädchen, am anderen ein Geschäftsmann, der gerade Muffinkrümel von seinem Laptop fegte. Zwei ältere Stammkunden, Stuart und Wallace, hockten an der Theke, tranken Kaffee und debattierten über die Schlagzeilen der Lokalzeitung.

»Ladies und Gentlemen«, verkündete Addie. »Ich freue mich, den Beginn des ›Do-Or-Diner‹-Winterfestes bekanntgeben zu dürfen. Als erstes findet ein Schneeskulpturenwettbewerb statt, und wenn Sie sich jetzt alle hinters Haus begeben würden, kann es gleich losgehen –«

»Es ist bitterkalt draußen!« rief Wallace.

»Ja, das ist mir klar. Ansonsten würden wir ja ein Sommerfest veranstalten. Der Gewinner kriegt … einen Monat lang sein Frühstück gratis.«

Stuart und Wallace zuckten die Achseln, ein gutes Zeichen. Das Mädchen hüpfte auf der Sitzbank herum wie Popcorn im Topf. Nur der Geschäftsmann schien nicht überzeugt. Als die anderen durch die Tür schlurften, ging Addie zu ihm an den Tisch. »Hören Sie«, sagte der Geschäftsmann. »Ich will keinen Schneemann bauen, klar? Ich bin hier, um zu frühstücken.«

»Tja, wir bedienen zur Zeit aber nicht. Wir sind kreativ.« Sie schenkte ihm ihr strahlendstes Lächeln.

Der Mann schien perplex. Er warf eine Handvoll Kleingeld auf den Tisch, nahm seinen Mantel und seinen Computer und stand auf. »Sie spinnen ja.«

Addie sah ihm nach. »Ja«, murmelte sie. »Das sagen einige.«

Draußen schnauften Stuart und Wallace schon kräftig durch ihre Schals, während sie ein ansehnliches Gürteltier zustande brachten. Delilah hatte aus Schnee ein Brathähnchen gestaltet sowie eine Lammkeule mit Stangenbohnen. Das kleine Mädchen lag in seinem Schneeanzug auf der Erde und fächerte Engel in den Schnee.

Chloe hatte einmal gefragt: Ist der Himmel über oder unter dem Ort, wo der Schnee herkommt?

»Du hast wirklich Glück im Unglück«, sagte Delilah zu Addie. »Was würdest du machen, wenn wir jetzt keinen Schnee hätten?«

»Seit wann liegt hier im März kein Schnee? Und außerdem ist das kein Glück. Glück ist, daß ich einen Mechaniker aufgetrieben habe, der einen Tag früher kommen kann.«

Wie auf Kommando rief genau in diesem Moment eine Männerstimme: »Jemand zu Hause?«

»Wir sind hier hinten.« Addie war leicht enttäuscht, als nicht der Mechaniker, sondern ein junger Polizist um die Ecke kam. »Hi, Orren. Möchten Sie eine Tasse Kaffee?«

»Äh, nein, Addie. Ich bin dienstlich hier.«

War es möglich, daß der Geschäftsmann so schnell beim Gewerbeaufsichtsamt Meldung gemacht hatte? War ein Polizeibeamter befugt, ihren Laden vorübergehend dichtzumachen? Doch dann sagte Orren errötend: »Es geht um Ihren Vater. Er ist festgenommen worden.«

Addie stürmte mit solchem Schwung ins Polizeirevier, daß die Doppeltür heftig zurückschlug und eine kalte Windbö hereinließ. »Allmächtiger«, sagte der diensthabende Sergeant. »Ich hoffe, Courtemanche hat ein gutes Versteck gefunden.«

»Wo ist er?« fragte Addie.

»Ich kann nur raten. Vielleicht in einem leeren Spind.«

»Ich rede nicht von Officer Courtemanche«, sagte Addie durch zusammengebissene Zähne. »Ich meine meinen *Vater.*«

»Ach so, Roy sitzt in der Arrestzelle.« Er zuckte zusammen, als er an irgend etwas denken mußte. »Aber wenn Sie hier sind, um ihn rauszuholen, müssen Sie trotzdem mit Wes reden, der hat ihn nämlich einkassiert.« Er griff zum Telefonhörer. »Setzen Sie sich doch, Addie. Ich sag Ihnen Bescheid, wenn Wes frei ist.«

Addie blickte finster. »Ich bin sicher, das merke ich auch so. Ein Stinktier riecht man Meilen gegen den Wind.«

»Aber, Addie, so redet man doch nicht über den Mann, der deinem Vater das Leben gerettet hat.«

In seiner blauen Uniform, an der das Rangabzeichen wie ein drittes Auge funkelte, sah Wes Courtemanche so gut aus, daß manche Frauen in Salem Falls davon träumten, ein Verbrechen zu begehen. Addie jedoch warf einen Blick auf ihn und dachte – nicht zum ersten Mal –, daß manchen Männern ein Verfallsdatum aufgedruckt werden sollte.

»Einen Fünfundsechzigjährigen festzunehmen ist in meinen Augen etwas anderes, als ihm das Leben zu retten«, schnaubte sie.

Wes faßte sie am Ellbogen und führte sie ein Stück den Flur hinunter. »Dein Vater ist wieder alkoholisiert gefahren, Addie.«

Hitze stieg ihr in die Wangen. Daß Roy Peabody trank, war in Salem Falls ein offenes Geheimnis, doch letzten Monat war er zu weit gegangen, als er mit dem Wagen die Statue von Giles Corey gerammt hatte, dem einzigen Mann, der der Hexenjagd der Puritaner zum Opfer gefallen war. Roys Führerschein war eingezogen worden. Zu seiner eigenen Sicherheit hatte Addie den Wagen verschrotten lassen. Und ihr Mazda stand sicher geparkt am »Diner«.

»Er war auf dem Standstreifen von der Route 10 unterwegs, auf seinem Rasenmähertraktor«, sagte Wes.

»Seinem Rasenmähertraktor«, echote Addie. »Wes, das Ding schafft nicht mal zehn Kilometer pro Stunde.«

»Fünfundzwanzig, aber darum geht's gar nicht. Entscheidend ist, er hat keinen Führerschein. Und den braucht man, wenn man auf öffentlichen Straßen ein Kraftfahrzeug fährt.«

»Vielleicht war es ja ein Notfall...«

»Das wird's gewesen sein, Addie. Wir haben nämlich auch eine volle Flasche Wodka beschlagnahmt.« Wes stockte. »Er kam von dem Getränkeladen in North Haverhill und war auf dem Weg nach Hause.« Er betrachtete Addie, die sich die Schläfen massierte. »Kann ich irgendwas für dich tun?«

»Ich denke, du hast schon genug getan, Wes. Herrje, du hast einen Mann festgenommen, der eine Spritztour auf einem Rasenmäher gemacht hat. Du kriegst bestimmt einen Orden oder so, weil du dich so heldenhaft für die öffentliche Sicherheit einsetzt.«

»Jetzt aber mal halblang. Ich hab mich tatsächlich für die Sicherheit eingesetzt ... und zwar für Roys. Was, wenn ein Laster die Kurve zu eng genommen und ihn überfahren hätte? Was, wenn er am Steuer eingeschlafen wäre?«

»Kann ich ihn jetzt bitte mit nach Hause nehmen?«

Wes musterte sie nachdenklich.»Klar«, sagte Wes. »Komm mit.«

Er führte sie einen Gang hinunter in einen Raum im hinteren Teil des Polizeireviers. Sie sah einen breiten Schreibtisch, an dem ein weiterer Officer saß, eine hohe Theke mit Stempelkissen für Fingerabdrücke und ganz hinten im Dunkeln drei winzige Zellen. Wes berührte sie am Arm. »Ich werde keinen Bericht über ihn schreiben.«

»Du bist ein echter Märchenprinz.«

Er lachte und ging zu einer Zelle. Sie hörte die Gittertür aufgleiten wie ein Schwert, das aus der Scheide gezogen wird. »Raten Sie mal, wer hier draußen auf Sie wartet, Roy.«

Jetzt war die Stimme ihres Vaters zu hören, zäh wie Honig: »Meine Margaret?«

»Leider nein. Margaret ist schon seit fünf Jahren tot.«

Sie kamen um die Ecke. Wenn Wes ihn nicht gestützt hätte, wäre ihr Vater gestürzt. Roy Peabody war ein Charmeur, das Haar weiß und voll, und in seinen blauen Augen lag stets etwas Geheimnisvolles. »Addie!« krähte er vergnügt, als er sie sah. »Herzlichen Glückwunsch zum Geburtstag!«

Er fiel ihr um den Hals, und Addie taumelte. »Komm, Dad. Wir bringen dich nach Hause.«

Wes hakte den Daumen im Gürtel ein. »Soll ich helfen, ihn ins Auto zu verfrachten?«

»Nein danke. Wir kommen schon klar.« In diesem Augenblick fühlte ihr Vater sich schmächtiger und unwirklicher an als Chloe. Sie gingen unsicher, wie Teilnehmer an einem Drei-Beine-Rennen.

Wes hielt die Tür auf. »Ach je, Addie. Tut mir leid, daß ich dich an deinem Geburtstag herkommen lassen mußte.«

Sie ging unverdrossen weiter. »Heute ist nicht mein Geburtstag«, sagte sie und führte ihren Vater hinaus.

Um halb sieben am selben Morgen hatte Gillian Duncan ein Streichholz angezündet und ein Thermometer über der Flamme hin und her bewegt, bis es eine Temperatur anzeigte, die ihren Vater davon überzeugen würde, daß sie wirklich zu krank für die Schule war. So lag sie den ganzen Vormittag im Bett, hörte Alanis Morissette, flocht sich die langen, roten Haare und lackierte sich die Finger- und Zehennägel stahlblau. Obwohl sie schon siebzehn war und sehr gut allein auf sich aufpassen konnte, hatte ihr Vater sich einen Tag frei genommen, um bei ihr zu sein. Einerseits machte sie das wütend, aber andererseits freute sie sich auch insgeheim darüber. Als Chef von Duncan Pharmaceuticals, dem größten Arbeitgeber in Salem Falls, galt Amos Duncan als der reichste und vielbeschäftigste Einwohner im Ort. Aber trotzdem nahm er sich stets Zeit für seine Tochter, und das schon seit Gilly acht war und ihre Mutter gestorben war.

Allmählich fiel ihr die Decke auf den Kopf, und sie war bereits kurz davor, ein Schulbuch zur Hand zu nehmen, als es unten an der Haustür klingelte. Gilly lauschte angestrengt und hörte die Stimmen ihrer Freundinnen. »Hi, Mr. D.«, sagte Meg. »Wie geht's Gillian?«

Bevor er antworten konnte, meldete Whitney sich zu Wort. »Wir haben ihr Weingummi mitgebracht. Meine Mom sagt, das saugt das Fieber auf, und wenn nicht, ist es auch egal, weil es so lecker schmeckt.«

»Wir wollen ihr auch zeigen, was wir für morgen aufhaben«, fügte Chelsea hinzu, die auffällig groß geraten, gehemmt und schüchtern war und erst seit neuestem zu Gillys Freundinnen zählte.

»Gott sei Dank, daß ihr da seid«, sagte ihr Vater. »Ich erkenne Gilly ja kaum wieder, wenn sie nicht mit euch dreien zusammenklebt. Ich seh mal nach, ob sie wach ist.«

Gilly tauchte unter die Bettdecke, gab sich alle Mühe, krank auszusehen. Ihr Vater öffnete die Tür einen Spalt und lugte hinein. »Meinst du, du kannst Besuch empfangen, Gilly?«

Gillian rieb sich die Augen und setzte sich auf. »Ich glaub schon.«

Er nickte und rief die Mädchen nach oben. »Mensch, ich wette, unser ganzes Haus paßt in dein Zimmer«, hauchte Chelsea, als sie eintrat.

»Ach, stimmt ja …«, sagte Whitney. »Du bist ja zum erstenmal in der Burg.«

Gillian warf ihrem Vater einen schrägen Blick zu. Die Leute im Ort machten Scherze darüber, daß Amos Duncan sein Haus nach Osten hin ausgerichtet hatte, während alle Straßen und Siedlungen nach Westen hin lagen, weil er wollte, daß der Palast seines Königreiches sich von allen anderen abhob.

»Ja«, sagte Amos, ohne eine Miene zu verziehen. »Dieses Frühjahr bauen wir eine Zugbrücke an.«

Chelsea machte große Augen. »Echt?«

Whitney lachte. Sie mochte Gillians Dad; sie alle mochten ihn. Er wußte, was zu tun war, damit ein Teenager sich wie zu Hause fühlte.

»Wenn ihr Gilly überanstrengt«, sagte Amos, »lasse ich euch den Wassergraben ausheben.« Er zwinkerte Whitney zu und schloß dann die Tür hinter sich.

Die Mädchen ließen sich auf den Teppich fallen, wie Lilien auf einem Teich. »Und?« fragte Meg. »Hast du ›Passions‹ geguckt?«

Meg Saxton war Gillys älteste und beste Freundin. Sie hatte ihren Babyspeck noch nicht ganz verloren, und ihr braunes Haar war die reinste Lockenpracht.

»Ich hab kein Fernsehen geguckt. Ich hab geschlafen.«

»Geschlafen? Ich dachte, du tust nur so.«

Gillian zuckte die Achseln. »Ich tue nicht nur so; ich schauspielere mit vollem Einsatz.«

»Also, zu deiner Information, die Mathearbeit war beschissen«, sagte Whitney. Whitney O'Neill, einziges Kind eines Stadtratabgeordneten, sah einfach umwerfend aus. Sie hatte die Tüte Weingummi geöffnet und bediente sich. »Wieso können wir uns keine Einsen zaubern?«

Chelsea sah sich nervös in dem großen, hübschen Zimmer um, blickte dann Gillian an. »Bist du sicher, daß wir hier Magie betreiben können, wo doch dein Vater unten ist?«

Natürlich konnten – und würden – sie Magie betreiben. Sie waren mittlerweile seit fast einem Jahr Schülerinnen der Schwarzen Kunst, und aus diesem Grund hatten sie sich an diesem Nachmittag versammelt. »Sonst hätte ich euch wohl nicht eingeladen«, sagte Gillian, die jetzt ein schwarzweißes Schulheft unter der Matratze ihres Bettes hervorzog. In schnörkeligen Buchstaben stand darauf: ›Buch der Schatten‹. Sie stieg aus dem Bett und tappte in das große, angrenzende Badezimmer. Die anderen hörten, wie sie den Wasserhahn aufdrehte, dann kam sie mit einem Glas Wasser zurück. »Hier«, sagte sie und reichte es Whitney. »Trink.«

Whitney nahm einen kleinen Schluck, spuckte dann auf den Fußboden. »Das schmeckt ja ekelhaft! Das ist Salzwasser!«

»Na und?« sagte Gillian. Dann ging sie um ihre Freundinnen herum, besprenkelte den Teppich mit noch mehr Wasser und sagte: »Würdest du lieber Zeit damit verschwenden, ein Bad zu nehmen? Oder weißt du vielleicht eine bessere Methode, dich zu reinigen?«

Whitney verzog das Gesicht, als sie wieder einen Schluck nahm, und reichte dann das Glas weiter. »Laßt uns heute was Schnelles machen«, schlug Meg vor. »Meine Mutter reißt mir den Kopf ab, wenn ich um halb fünf nicht zu Hause bin.« Sie setzte sich rasch auf den Boden in Position, gegenüber von Gillian, während Whitney und Chelsea an den anderen Ecken des imaginären Quadrats Platz nahmen. Gillian nahm Whitneys Hand, und ein kalter Luftzug wand sich durch einen Spalt im Fenster. Als Whitneys Handfläche über die von Meg strich, wurde das Licht der Nachttischlampe schwächer. Die Seiten des Schulheftes flatterten, als Meg die

Hand nach Chelsea ausstreckte. Und als Chelsea Gillians Hand ergriff, wurde die Luft so stickig, daß sie kaum zu atmen vermochten.

»Welche Farbe hat dein Kreis?« fragte Gillian Chelsea.

»Er ist blau.«

»Und deiner?«

Megs Augen schlossen sich. »Pink.«

»Meiner ist silbern«, murmelte Whitney.

»Reines Gold«, sagte Gillian. Alle hatten sie jetzt die Augen geschlossen. Im Laufe des vergangenen Jahres hatten sie gelernt, daß man sie nicht öffnen mußte, um zu sehen. Die Mädchen saßen da, die Gedanken auf diesen Machtpunkt konzentriert, während eine Farbenschlange nach der anderen sie umringte, sich zu einem dicken Ring verflocht und sie in ihrem Innern einschloß.

»Nicht schon wieder«, stöhnte Delilah, als Addie Roy Peabody in die Küche schleifte.

»Fang du nicht auch noch an«, knurrte Addie.

»Ist das Delilah?« krähte Roy und reckte den Hals. »Die hübscheste Köchin in ganz New Hampshire?«

Addie gelang es, ihren Vater auf eine schmale Treppe zu bugsieren, die nach oben in seine Wohnung führte. »War Chloe brav?« rief sie über die Schulter.

»Ja, Schätzchen«, seufzte Delilah. »Brav wie ein Lamm.«

Unter Auferbietung all ihrer Willenskraft schafften Addie und Roy es nach oben. »Komm. Setz dich, Daddy«, sagte sie sanft und führte ihn zu dem verschlissenen Sessel, der an ebendieser Stelle stand, solange Addie denken konnte.

Durch Fußboden und Teppich hindurch roch sie den Eintopf, den Delilah für den Mittagsansturm zubereitet hatte – Karotten, Rindfleisch, Thymian. Sie war überzeugt, daß der »Diner« in ihrem Organismus verwurzelt war, seit sie ihn als Kind eingeatmet hatte, ebenso sehr Teil von ihr wie ihr Blut oder ihre Knochen. Auch ihr Vater war einmal so gewesen. Doch es war sieben Jahre her, seit er sich zuletzt freiwillig an den Herd gestellt hatte.

Addie ging neben dem Sessel in die Hocke. »Daddy«, flüsterte sie.

Roy blinzelte. »Mein Mädchen.«

Tränen schossen ihr in die Augen. »Du mußt mir einen Gefallen tun. Der ›Diner‹, die Arbeit wächst mir einfach über den Kopf. Ich brauche dich –«

»Ach, Addie. Bitte nicht.«

»Nur die Kasse. Du müßtest auch wirklich nicht in die Küche.«

»Du brauchst mich doch gar nicht an der Kasse. Du willst mich nur im Auge behalten.«

Addie wurde rot. »Das stimmt nicht.«

»Ist schon gut.« Er legte seine Hand auf ihre und drückte sie. »Ab und zu tut es gut zu wissen, daß jemand sich Gedanken macht, wo ich bin.«

Addie öffnete den Mund, um ihrem Vater die Dinge zu sagen, die sie vor Jahren hätte sagen sollen, in all den Monaten nach dem Tod ihrer Mutter, als sie vor lauter Arbeit, um den »Diner« in Gang zu halten, nicht bemerkt hatte, daß Roy allmählich unterging, doch das Telefon kam ihr zuvor. Es war Delilah. »Mach, daß du runter kommst«, sagte die Köchin. »Ist heute nicht dein Tag? Seit gerade ist er es noch viel weniger.«

»Haben Sie was gesagt?« Der Taxifahrer sah in den Rückspiegel und suchte Jacks Blick.

»Nein.«

»Kommt Ihnen das Kaff bekannt vor?«

Jack hatte den Fahrer angelogen – was machte eine Lüge mehr oder weniger nach all den Lügen schon aus? –, als er gesagt hatte, er könne sich zwar nicht an den Namen des Ortes erinnern, zu dem er wolle, aber die Route 10 würde mitten hindurchführen. Er werde ihn schon erkennen, sobald die Main Street in Sicht käme.

Jetzt, vierzig Minuten später, blickte er zum Fenster hinaus. Sie fuhren durch ein Dorf, klein, aber gepflegt, mit einer typischen Neuengland-Kirche und Frauen, die in Reitstiefeln in Läden hasteten, um ihre Besorgungen zu machen. Es erinnerte ihn stark an den kleinen Ort Loyal, wo die Schule war, und er schüttelte den Kopf. »Der hier ist es nicht«, sagte er.

Was er brauchte, war ein Ort, an dem er für eine Weile untertauchen konnte – wo er sich in Ruhe überlegen konnte, wie es weitergehen sollte. Unterrichten – damit war es endgültig vorbei. Aber andererseits hatte er nie etwas anderes gemacht. Vier Jahre hatte er an der Westonbrook gearbeitet … eine ziemlich lange Zeitspanne, die man bei einer Bewerbung für einen Job nicht so ohne weiteres unter den Tisch fallen lassen konnte.

Die Bewegung des Taxis lullte ihn ein, bis er schließlich eindöste. Er träumte von einem Häftling, mit dem zusammen er auf der Farm gearbeitet hatte. Aldos Freundin kam regelmäßig nach Haverhill und hinterlegte Schätze für ihn im Maisfeld: Whiskey, Hasch, Instantkaffee. Einmal hatte sie sich nackt auf eine Decke gelegt und gewartet, bis Aldo auf dem Traktor zu ihr kam. »Fahr langsam«, hatte Aldo oft gesagt, wenn sie zur Ernte hinausfuhren. »Man kann nie wissen, was man findet.«

»Gleich kommt Salem Falls«, sagte der Taxifahrer, und Jack wurde wach.

Ein handgemaltes, blaues Schild verkündete den Namen des Ortes und gab bekannt, daß Duncan Pharmaceuticals hier seinen Sitz hatte. In der Mitte des Ortes gab es einen kleinen Park, den ein Denkmal überragte, das gefährlich nach links geneigt war, als wäre es von der Seite gerammt worden. Entlang des Parks lagen eine Bank, ein Supermarkt und ein Stadtverwaltungsgebäude – alle ordentlich gestrichen, die Gehwege vom Schnee befreit. Fehl am Platze wirkte nur ein ausrangierter Eisenbahnwagen an der Ecke. Jack sah genauer hin, und als das Taxi der Einbahnstraße um den Park herum folgte, erkannte er, daß es ein »Diner« war.

Im Fenster hing ein kleines Schild.

»Halt«, sagte Jack. »Hier ist es.«

Harlan Pettigrew saß an der Theke und aß genüßlich einen Teller Eintopf. Über seiner Fliege klemmte eine Serviette. Sein Blick huschte durch den »Diner« und blieb an der Wanduhr hängen.

Addie kam durch die Schwingtür. »Mr. Pettigrew«, sagte sie.

Der Mann tupfte sich den Mund mit der Serviette ab und stieg von seinem Hocker. »Das wurde aber auch Zeit.«

»Vorab muß ich Ihnen etwas sagen. Wissen Sie, wir haben ein paar Probleme mit unseren Elektrogeräten.«

Pettigrews Brauen zogen sich zusammen. »Verstehe.«

In diesem Moment öffnete sich die Tür. Ein Mann in einem zerknautschten Sportsakko kam herein. Er sah durchgefroren und ein wenig hilflos aus. Seine Schuhe waren für die Jahreszeit völlig ungeeignet und hinterließen kleine Schmelzwasserpfützen auf dem Linoleumboden. Als er Addies rosa Schürze sah, ging er auf sie zu. »Entschuldigen Sie – ist der Chef da?«

Seine Stimme ließ Addie an Kaffee denken, stark und dunkel und voll. »Che*fin*, sie steht vor Ihnen.«

»Oh.« Er schien überrascht. »Okay. Also, ich, ähm, ich bin hier, weil –«

Ein strahlendes Lächeln breitete sich auf ihrem Gesicht aus. »Weil ich Sie angerufen habe!« Sie ergriff seine Hand, übersah geflissentlich, daß der Mann vor Schreck erstarrte. »Gerade habe ich zu unserem Mr. Pettigrew von der Gewerbeaufsicht gesagt, daß der Mechaniker unterwegs ist, um unser Kühlaggregat und die Spülmaschine zu reparieren. Hier geht's lang.«

Sie wollte den Fremden in die Küche ziehen, Pettigrew hinterdrein. »Moment«, sagte der Inspektor. »Sie sehen aber nicht wie ein Mechaniker aus.«

Addie erstarrte. Der Mann hielt sie wahrscheinlich für verrückt. Na, egal. Das tat schließlich ganz Salem Falls.

Die Frau war verrückt. Und Gott, sie hatte ihn *berührt.* Sie hatte einfach den Arm nach ihm ausgestreckt und seine Hand genommen, als wäre das völlig normal für ihn, als wäre es erst acht Minuten und nicht acht Monate her, seit die Haut einer Frau mit seiner in Berührung gekommen war.

Wenn sie irgend etwas vor der Gewerbeaufsicht zu verbergen hatte, dann verstieß der »Diner« vermutlich gegen irgendeine Vorschrift. Er wollte schon den Rückzug antreten, doch da senkte die Frau den Kopf.

Diese Geste, dieses Nachgeben, war sein Untergang.

Der Scheitel in ihrem dunklen Haar war schief und rosa wie die Haut eines Neugeborenen. Jack hatte den Impuls, einen Finger auszustrecken und sie dort zu berühren, doch statt dessen rammte er seine Hände in die Taschen. Er wußte besser als sonst einer, daß man keiner Frau trauen konnte, die behauptete, sie sage die Wahrheit. Aber was, wenn man gleich von Anfang an wußte, daß sie log?

Jack räusperte sich. »Ich hab mich so schnell ich konnte auf den Weg gemacht, Ma'am«, sagte er und warf dann einen Blick auf Pettigrew. »Ich bin auf der Geburtstagsparty meiner Tante angepiepst worden und bin nicht erst nach Hause gefahren, um meine Arbeitskleidung anzuziehen. Wo sind denn die defekten Geräte?«

Die Küche hatte eine bemerkenswerte Ähnlichkeit mit der im Gefängnis. Jack nickte einer massigen Frau zu, die am Rost stand, und zermarterte sich das Gehirn nach irgendwelchen technischen Details über Spülmaschinen. Er öffnete die Tür, zog den Geschirrkorb heraus und spähte hinein. »Könnte die Pumpe sein ... oder das Wassereinlaufventil.«

Zum erstenmal sah er die Besitzerin des »Diner« direkt an. Sie war klein und zierlich, reichte ihm kaum bis an die Schulter, hatte aber muskulöse Arme, vermutlich von der täglichen schweren Arbeit. Ihr braunes Haar war zu einem Knoten straff nach hinten gebunden und wurde von einem Bleistift an Ort und Stelle gehalten, und ihre Augen hatten die erstaunliche Farbe von Peridot – einem Stein, wie Jack sich erinnerte, der nach dem Glauben der alten Hawaiianer aus den Tränen entstanden war, die die Vulkangöttin vergossen habe. Diese Augen blickten jetzt völlig verdutzt.

»Ich hab jetzt meine Werkzeugtasche nicht dabei, aber die Reparatur müßte ich bis ...« Er tat so, als würde er im Kopf überschlagen, während er den Blick der Frau suchte. *Morgen*, formte sie tonlos mit den Lippen.

»...morgen erledigt haben«, verkündete Jack. »So, und was ist mit dem Kühlraum nicht in Ordnung?«

Pettigrews Blick wanderte von der Besitzerin des »Diner« zu Jack und dann wieder zurück. »Es bringt nichts, den Rest der Küche zu überprüfen, wenn ich ohnehin wiederkommen muß«, sagte er. »Ich mach die Inspektion nächste Woche.« Mit einem knappen Nicken ging er hinaus.

Die »Diner«-Chefin stürzte auf die Köchin zu, umarmte sie und jubelte vor Freude. Strahlend drehte sie sich zu Jack um und streckte ihm die Hand entgegen ... doch diesmal wich er zurück, bevor sie ihn berühren konnte. »Ich bin Addie Peabody, und das ist Delilah Piggett. Wir sind Ihnen ja so dankbar. Sie haben so echt gewirkt!« Plötzlich hielt sie inne. »Sie wissen nicht zufällig, wie man eine Spülmaschine repariert?«

»Nein. Die Ausdrücke vorhin hab ich bei meinem letzten Job aufgeschnappt.« Er sah seine Chance und ergriff sie. »Ich bin eigentlich wegen des Schildes im Fenster hier. Ist die Stelle noch frei?«

Die Köchin strahlte. »Sie haben den Job.«

»Delilah, seit wann hast du hier das Sagen?« Sie lächelte Jack an. »Sie haben den Job.«

»Dürfte ich fragen, was das für ein Job ist?«

»Ja, natürlich, klar. Wir brauchen einen Tellerwäscher.«

Jacks Mund verzog sich zu einem zögerlichen Grinsen. »Das hab ich mitbekommen.«

»Nein, auch wenn die Spülmaschine repariert ist, brauchen wir jemanden, der sie bedient.«

»Vollzeit?«

»Teilzeit ... nachmittags. Mindestlohn.«

Jacks Miene erschlaffte. Er hatte einen Doktor in Geschichte und bewarb sich um einen Job mit einem Stundenlohn von 5 Dollar 15 Cent. Delilah, die seine Reaktion falsch auslegte, sagte: »Ich liege Addie schon eine ganze Weile in den Ohren, einen Hilfskoch einzustellen. Das wäre dann ein Teilzeitjob für vormittags, nicht wahr?«

Addie zögerte. »Haben Sie schon mal in einer Küche gearbeitet, Mr....?«

»St. Bride, Jack. Und ja, das hab ich.« Er sagte nicht, wo diese Küche war, geschweige denn, daß er zu jener Zeit ein Gast des Staates gewesen war.

»Damit schlägt er den Typen, den du zuletzt engagiert hast«, sagte Delilah.

Addie wandte sich an Jack. »Wie alt sind Sie?«

Jack zuckte zusammen – gleich würde sie wissen wollen, wieso ein Mann in seinem Alter sich für einen Aushilfsjob hergab. »Einunddreißig.«

Sie nickte. »Wenn Sie den Job wollen, haben Sie ihn.«

Keine Bewerbungsunterlagen, keine Referenzen, keine Fragen nach seiner letzten Anstellung. Und Anonymität – niemand würde auf die Idee kommen, in der Küche eines Restaurants nach ihm zu suchen. Für jemanden, der beschlossen hatte, seine Vergangenheit hinter sich zu lassen, war der Job zu schön, um wahr zu sein. »Sehr gerne«, brachte Jack heraus.

»Dann schnappen Sie sich eine Schürze«, sagte seine neue Chefin.

Plötzlich fiel ihm ein, daß er noch etwas zu erledigen hatte, falls er länger in Salem Falls bleiben wollte. »Ich brauche eine Stunde, um eine Besorgung zu machen«, sagte er.

»Kein Problem. Das ist das mindeste, was ich dem Menschen gewähren kann, der mich gerettet hat.«

Seltsam, dachte Jack. *Das gleiche hab ich auch gedacht.*

In seinem Streifenwagen fragte sich Detective-Lieutenant Charlie Saxton wie schon so oft, ob er nicht besser bei der Polizei von Miami hätte bleiben sollen.

Es war schwer, als Polizeibeamter in der Stadt zu arbeiten, in der man groß geworden war. Während alle anderen die Neuengland-Kleinstadtidylle aus ihrer Jugend sahen, sah man selbst die dunkle Seite, die sich hinter der Fassade verbarg.

Das Funkgerät knisterte, als er in die Main Street bog. »Saxton.«

»Lieutenant, hier ist ein Typ, der dich unbedingt sprechen will.«

Trotz des schlechten Empfangs klang Wes unüberhörbar genervt. »Hat er einen Namen?«

»Falls ja, verrät er ihn jedenfalls nicht.«

Charlie seufzte. Würde ihn schwer wundern, wenn der Mann innerhalb der Stadtgrenzen einen Mord begangen hatte und jetzt gestehen wollte. »Ich fahre gerade auf den Parkplatz. Biete ihm einen Stuhl an.«

Charlie, durch und durch Spürnase, folgerte sofort, daß der Mann, der da auf ihn wartete, nicht aus der Gegend kommen konnte – niemand, der in New Hampshire lebte, war so blöd, Anfang März bei Frost und Schneematsch ein Sakko und Halbschuhe zu tragen. Dennoch wirkte er nicht sonderlich aufgewühlt wie jemand, der gerade Opfer eines Verbrechens geworden war, oder nervös wie einer, der ein Verbrechen begangen hatte. Nein, er wirkte bloß wie jemand, der einen lausigen Tag hinter sich hatte. Charlie reichte ihm die Hand. »Hallo. Ich bin Detective-Lieutenant Saxton.«

Der Mann stellte sich nicht vor. »Könnte ich ein paar Minuten Ihrer Zeit in Anspruch nehmen?«

Charlie nickte, neugierig geworden. Er ging voraus in sein Büro und deutete auf einen Stuhl. »Was kann ich für Sie tun, Mr. ...?«

»Jack St. Bride. Ich ziehe nach Salem Falls.«

»Willkommen.« Aha, alles klar. Wahrscheinlich ein Familienvater, der sich vergewissern wollte, daß die Stadt für seine Familie sicher war. »Schöne Gegend, schöne Stadt. Kann ich was für Sie tun?«

St. Bride schwieg einen langen Augenblick. Er legte die Hände auf die Knie. »Ich bin hier wegen 651-B«, sagte er schließlich.

Charlie brauchte einen Moment, um zu begreifen, daß dieser adrette, sympathische Mann von einer gesetzlichen Vorschrift sprach, die von bestimmten Straftätern verlangte, daß sie sich über einen Zeitraum von zehn Jahren oder ihr Leben lang, je nach Schwere des Vergehens, wegen dem sie verurteilt worden waren, bei der jeweils zuständigen Polizeibehörde meldeten. Charlie blickte St. Bride vollkommen ausdruckslos an, bis er klargemacht hatte, daß seine freundlichen Begrüßungsworte annulliert waren. Dann nahm er aus einer Schreibtischschublade das Formular zur Registrierung eines Sexualstraftäters.

März 2000
Salem Falls,
New Hampshire

»Was machen Sie denn da?«

Jack wirbelte herum, als er die Stimme seiner neuen Arbeitgeberin hörte, die Fäuste hinter dem Rücken. »Nichts.«

Addie kniff die Lippen zusammen und schob ihren Bestellblock in den Schürzenbund. »Hören Sie«, sagte sie, »ich dulde hier keine zwielichtigen Geschichten. Keine Drogen, keinen Alkohol, und wenn ich Sie beim Klauen erwische, sitzen Sie so schnell mit dem Hintern auf der Straße, daß Sie gar nicht wissen, wer Ihnen den Tritt versetzt hat.« Sie streckte eine Hand hin, Innenfläche nach oben. »Her damit.«

Jack wandte den Blick von ihr ab und gab ihr die Stahlwolle, die er gerade benutzt hatte.

»Das haben Sie vor mir versteckt? Einen Topfreiniger?«

»Ja.«

»In Gottes Namen ... wieso?«

Jack lockerte langsam die Faust. »Ich habe schmutzige Hände.« Er blickte wieder auf seine Fingerkuppen, noch schwarz von der Tinte, mit der Detective Saxton ihm die Fingerabdrücke für die Kartei des Polizeireviers abgenommen hatte.

»Druckerschwärze«, sagte Addie. »Das passiert mir auch dauernd, wenn ich Zeitung lese.«

Erleichtert folgte Jack ihr in den kleinen Vorratsraum, der von der Küche abging. Sie hielt ihm eine Flasche Reinigungsmittel hin. »Das Zeug hier hat mir mal ein Gast gegeben, ein

Farmer. Wahrscheinlich kann man damit Leder beizen oder so … aber man kriegt auch jeden erdenklichen Schmutz damit weg.« Lächelnd hielt sie ihm die Hände hin – spröde, rot, rissig. »Wenn Sie weiter mit dieser Sorte Topfreiniger arbeiten, sehen Ihre Hände irgendwann so aus wie meine.«

Jack nickte und nahm die Flasche entgegen. Aber eigentlich wollte er nur ihre Hände berühren, die Spitzen ihrer Finger spüren, feststellen, ob sie wirklich so kaputt waren, wie sie behauptete, oder ob sie einfach so warm waren, wie sie aussahen.

Roy setzte sich abrupt im Bett auf und hielt sich den Kopf. Gott, tat das weh. Der Raum drehte sich, aber das war harmlos gegen den Lärm, der ihm fast den Schädel spaltete. Mit finsterer Miene stand er auf. Diese verdammte Delilah Piggett. Was fiel der Köchin bloß ein, so ein Spektakel mit Töpfen und Pfannen zu veranstalten, wenn jemand direkt über ihr zu schlafen versuchte?

»Delilah!« brüllte er, als er die Treppe hinunterstampfte, die in die Küche führte.

Aber Delilah war nicht da. Statt dessen hantierte ein großer, blonder Mann, der einfach zu geschniegelt für einen Tellerwäscher aussah, an der Spüle herum. Gerade stellte er wieder einen gußeisernen Topf mit ohrenbetäubendem Geschepper auf ein provisorisches Abtropfgitter. »Delilah ist zum Klo«, sagte der Mann über die Schulter. »Sie ist gleich wieder da.«

Delilah hatte etliche Hamburger auf dem Rost gelassen. Brandgefahr. Das hätte er nie und nimmer getan, als er noch im Geschäft war. »Wer zum Teufel sind Sie?« bellte Roy.

»Jack St. Bride. Ich bin der neue Tellerwäscher.«

»Zum Donnerwetter, wir spülen hier nicht mit der Hand. Dafür gibt's eine Maschine.«

Jack lächelte gequält. »Danke, das weiß ich. Die ist im Eimer.« Er stand beklommen vor dem alten Mann und fragte sich, wer er war und wieso er über eine Hintertreppe aufgetaucht war. Mit den Alkoholschwaden, die der Alte absonderte, hätte man die Gurken einlegen können, die Delilah zum Garnieren in Scheiben geschnitten hatte. Jack nahm den nächsten schmutzigen Topf und stellte ihn ins Spülwasser. Während er schrubbte, stieg schwarzer Rauch vom Rost auf. Er blickte auf seine Hände, auf den Topf, dann zu dem älteren Mann. »Die Hamburger brennen an«, sagte Jack. »Würden Sie sie bitte wenden?«

Roy stand einen Meter vom Rost entfernt; der Wender lag in Reichweite. Doch Roy trat beiseite. »Machen Sie das.«

Jack unterdrückte einen Fluch, stellte das Wasser ab, trocknete sich die Hände ab und schob Roy aus dem Weg, um die Hamburger umzudrehen. »Ist das so schwer?«

»Ich koche nicht«, sagte der alte Mann knapp.

»Das sind Hamburger! Ich hab Sie nicht gebeten, Cordon bleu zu machen!«

»Eins kann ich Ihnen sagen: Ich mache ein ausgezeichnetes Cordon bleu, wenn mir danach ist!«

Die Schwingtür, die ins Restaurant führte, flog auf und Addie kam herein. »Was ist denn hier los? Euer Gebrüll ist ja bis auf die Straße zu hören ... Dad? Was machst du hier unten? Und wo ist Delilah?«

»Zum Klo.« Jack drehte sich zur Spüle um, widmete sich wieder der Arbeit, für die er bezahlt wurde. Sollte der alte Mann doch erklären, was passiert war.

Aber sie fragte nicht einmal nach. Sie schien sich sogar zu freuen, ihren Vater in der Küche anzutreffen. »Wie fühlst du dich?«

»Wie ein Mensch, der kein Auge zutun kann, weil unter ihm jemand ein Blechkonzert veranstaltet.«

Addie tätschelte ihm die Hand. »Ich hätte Jack sagen sollen, daß du oben ein Nickerchen hältst.«

Nickerchen? Koma wäre zutreffender.

»Jack, haben Sie einen Moment Zeit ... vorn müssen noch ein paar Tische abgeräumt werden.«

Jack nickte und nahm einen Plastikeimer für die Tischabfälle. Sein Herz fing an zu pochen, als er das Restaurant betrat, und er fragte sich, wie lange es dauern würde, bis er nicht mehr das Gefühl hatte, daß jede seiner Bewegungen beobachtet wurde. Aber der »Diner« war leer. Erleichtert räumte er einen

Tisch ab und ging dann zur Theke. Jack stellte eine Kaffeetasse aufs Tablett, griff dann nach einem vollen Teller, auf dem das Essen unberührt kalt geworden war. Pommes frites und ein Cheeseburger mit einer Extraportion Pickles – jemand hatte sich das bestellt und nicht einen Bissen genommen.

Er kam um vor Hunger. Er hatte im Gefängnis nicht gefrühstückt, weil er die Entlassungsformalitäten erledigen mußte. Jack blickte sich um. *Wer würde es schon mitkriegen?* Er nahm eine Handvoll Pommes und stopfte sie sich rasch in den Mund.

»Nicht.«

Er erstarrte. Addie stand hinter ihm, das Gesicht kalkweiß. »Lassen Sie die Finger von ihrem Essen.«

Jack blinzelte. »Wessen Essen?«

Aber Addie drehte sich um, ohne zu antworten.

Mit seinen fünfzehn Jahren wußte Thomas McAfee, daß er ein Spätentwickler war. Jedenfalls hoffte er das inständig. Denn es würde wahrlich kein Vergnügen sein, als junger Mann mit nur 1,65 Körpergröße und kurzen Armen geschlagen zu sein.

Die neunte Klasse war ohnehin kein Vergnügen. Nachdem er im letzten Halbjahr mittelalterliche Geschichte belegt hatte, hielt Thomas die High-School für das moderne Äquivalent des Spießrutenlaufens. Die Starken überlebten und gingen auf die Colby-Sawyer und Dartmouth, um Lacrosse zu spielen. Alle anderen wurden an den Spielfeldrand verwiesen, ihr Leben lang zum Zuschauerdasein verdammt.

Doch als Thomas an diesem Tag nach der Schule fröstelnd auf der Main Street stand, dachte er, daß Chelsea Abrams vielleicht eine Schwäche für Verlierertypen hatte.

Chelsea war keine x-beliebige Schülerin. Sie war klug und hübsch, mit Haaren, die das Sonnenlicht einfingen, wenn Thomas mit ihr zusammen Keyboardunterricht hatte. Sie hing auch nicht mit Cheerleadern oder den Schlaumeiern und Strebern rum. Statt dessen war sie dick befreundet mit drei anderen Mädchen – darunter Gillian Duncan, deren Vater die halbe Stadt gehörte. Okay, sie zogen sich ein bißchen komisch an, in Schwarz und mit Tüchern – eine Kreuzung aus Kunstfreakgruftis, die in der Raucherecke herumhingen, und Möchtegernzigeunern –, aber Thomas wußte, besser als die meisten, daß die Verpackung weit unwichtiger war als der Inhalt.

Plötzlich bog Chelsea mit ihren Freundinnen um die Ecke, sogar Gillian Duncan war dabei, die wegen Krankheit nicht in der Schule gewesen war, aber erstaunlich schnell genesen war und jetzt draußen herumlief. Thomas nahm die Schultern zurück und folgte den Mädchen, bis er direkt hinter Chelsea ging. Er konnte Zimt in ihrem Haar riechen, und ihm wurde schwindelig.

»Ist dir schon mal aufgefallen, daß das englische Alphabet total falsch ist?« sagte er beiläufig, als hätte er die ganze Zeit mit ihr geplaudert.

»Wieso das denn?« fragte Chelsea.

»*U* und *I* gehören zusammen.«

Die anderen Mädchen kicherten, Gillian Duncans Stimme schlug zu wie ein Hammer. »Wie fühlt man sich eigentlich als Obertrottel der Schule?« Sie hakte sich bei Chelsea ein. »Los, nix wie weg hier.«

Thomas spürte, wie ihm die Hitze in den Kopf steigen wollte. Chelsea wurde von ihren Freundinnen mitgezogen, so daß er allein dastand. Drehte sie sich noch einmal nach ihm um, oder schob sie bloß den Riemen ihres Rucksacks zurecht? Als sie die Straße überquerten, konnte Thomas Chelseas Freundinnen lachen hören. Aber sie lachte nicht.

Immerhin etwas.

Charlie Saxton aß jeden Mittag ein Erdnußbuttersandwich, obwohl er Erdnußbutter nicht ausstehen konnte. Er tat es trotzdem, weil seine Frau Barbara glaubte, er würde Erdnußbutter mögen, und weil sie sich jeden Morgen die Mühe machte, ihm eins zum Lunch einzupacken.

Er hatte gerade den Mund voll, als die diensthabende Beamtin in sein Büro gehastet kam und ihm einen Aktenordner reichte. »Das hier ist gerade per Fax gekommen.«

Sie schloß die Tür hinter sich, während Charlie die Seiten aus dem Ordner zog und die Gerichtsunterlagen über Jack St. Bride überflog. Er war wegen sexuellen Mißbrauchs einer Schutzbefohlenen verhaftet, schließlich jedoch nur wegen Verführung einer Minderjährigen verurteilt worden.

Charlie rief das Büro der Staatsanwaltschaft von Grafton County an und wollte die Staatsanwältin sprechen, deren Name auf dem Fax stand. »Tut mir leid, aber sie hat zwei Wochen Urlaub. Kann ich Sie mit jemand anderem verbinden?« fragte die Sekretärin.

Charlie zögerte. Die Liste mit Sexualstraftätern, die der Meldepflicht unterlagen, war öffentlich. Das hieß, daß jeder ins Revier spazieren und nachsehen konnte, wer auf der Liste stand und wo er wohnte. An diesem Morgen enthielt seine Liste nur einen einzigen Namen. Salem Falls genoß den Ruf einer verschlafenen Kleinstadt, in der rein gar nichts passierte, was den Einwohnern nur recht war. Sobald der männlichen Einwohnerschaft bekannt würde, daß ein vorbestrafter Sexualtäter in die unmittelbare Nähe ihrer Frauen und Töchter gezogen war, wäre der Teufel los.

Er könnte eine Lawine lostreten oder St. Bride eine Chance geben, indem er ihn einfach nur eine Weile im Auge behielt.

»Sagen Sie ihr bitte, sie soll mich anrufen, wenn sie wieder da ist«, sagte Charlie.

Gillian hatte Wicca als erste ausprobiert, nachdem sie im Internet eine Website für Teenagerhexen gefunden hatte. Es war kein Satanismus, wie die Erwachsenen glaubten. Und es war auch nicht bloß Liebeszauber, wie andere Jugendliche glaubten. Es war lediglich die Überzeugung, daß die Welt eine ganz eigene Energie hatte. Wer hatte noch nicht gespürt, wenn er durch den Wald ging, daß die Luft summte? Oder wenn er auf den Schnee trat, daß die Erde nach seiner Körperwärme griff?

Sie war froh, daß Meg und Whitney und Chelsea ihrem Hexenbund, ihrem Coven angehörten – aber sie praktizierten nicht ganz so wie Gillian. Für die drei war es ein Spaß. Für Gillian war es eine selig machende Gnade. Und es gab einen

Zauber, den sie nicht mit den anderen zusammen, sondern jeden Nachmittag allein durchführte, in der Hoffnung, daß er irgendwann die ersehnte Wirkung zeigte.

Während ihr Vater glaubte, sie säße an ihren Hausaufgaben, kniete sie sich mit einer Kerze auf den Boden – rot für Mut. Aus der Hosentasche zog sie ein zerknittertes Foto von ihrer Mutter. Gilly stellte sich das letzte Mal vor, als sie von ihr in den Armen gehalten worden war, bis das Gefühl so stark war, daß sie an den Oberarmen den Druck der Finger ihrer Mutter spüren konnte.

»Ich rufe die Muttergöttin und den Vatergott«, raunte Gilly und rieb dabei mit Patschuliöl über die Kerze, von der Mitte nach unten und oben. »Ich rufe die Kräfte der Erde, der Luft, des Feuers und Wassers. Ich rufe die Sonne, den Mond und die Sterne an, mir meine Mutter zu bringen.«

Sie schob das Foto ihrer Mutter unter den Kerzenhalter und steckte die Kerze hinein. Sie stellte sich das Lachen ihrer Mutter vor, hell und kräftig, das Gilly immer an das Meer hatte denken lassen. Dann streute sie Kräuter im Kreis um die Kerze: Salbei für Unsterblichkeit und Zimt für Liebe. Der Raum war sogleich erfüllt von Wohlgeruch. In der blauen Hitze der Flamme konnte sie sich als Kind sehen. »Mama«, flüsterte Gilly, »komm zurück.«

Im selben Augenblick, wie immer, flackerte die Kerze und erlosch.

Darla Hudnut kam in den »Diner« gefegt wie ein Wirbelwind. »Wo versteckst du ihn, Addie?« rief sie, während sie sich den Mantel aufknöpfte.

Darla war die Aushilfskellnerin, die ab und zu für Addie einsprang. Doch diesmal konnte Addie sich nicht erinnern, sie gerufen zu haben. »Wieso bist du hier?«

»Du hast mich letzte Woche darum gebeten, weißt du nicht mehr?« sagte Darla. Sie strich sich die Bluse glatt, die sich über ihrem Busen spannte. »Du hast gesagt, du willst ausgehen. Aber vorher mußt du mir alles über den Typen erzählen, den du eingestellt hast.«

»Meine Güte, steht das schon auf Plakaten im ganzen Ort?«

»Ach, tu nicht so, Addie. In so einer Kleinstadt fällt man doch schon auf, wenn man sich den Fingernagel abgebrochen hat. Ein großer, blonder, gutaussehender Mann, der wie aus dem Nichts auftaucht ... ist doch klar, daß die Leute neugierig werden.«

Addie fing an, die Kunstlederbezüge der Sitzbänke abzuwischen. »Was reden die Leute denn so?«

Darla zuckte die Achseln. »Nach dem, was ich bisher gehört habe, ist er dein Exmann, der Bruder von Amos Duncan und der Anlageberater von der Lottozentrale.«

Addie lachte laut auf. »Er ist einfach jemand, der ziemlich viel Pech gehabt haben muß, Darla.«

»Dann gehst du also heute abend auch nicht mit ihm aus?«

Addie seufzte. »Ich gehe heute abend mit niemandem aus.«

»Da bin ich aber anders informiert.« Addie zuckte zusammen, als Wes Courtemanche durch die Tür gefegt kam. Er hatte seine Polizeiuniform ausgezogen und trug jetzt ein schickes Jackett mit Krawatte. »Ich erinnere mich ganz genau, daß du gesagt hast, ich dürfte dich am Mittwoch zum Essen ausführen. Darla, ist heute Mittwoch?«

»Ich denke, ja, Wes.«

»Das wäre dann wohl geklärt.« Er zwinkerte. »Also, Addie, zieh dich um.«

Sie stand wie angewurzelt da. »Das muß ein Scherz sein. Du glaubst doch nicht im Ernst, daß ich mit einem Mann ausgehe, der meinen Vater eingesperrt hat.«

»Das war beruflich, Addie. Das hier ist jetzt ...« Er beugte sich näher heran und senkte die Stimme zu einem weichen Klang. »Vergnügen.«

Addie ging zu einem anderen Tisch und fing an zu scheuern. »Ich hab zu tun.«

»Das kann Darla übernehmen. Und nach dem, was ich gehört habe, auch irgend so ein neues Bürschchen.«

»Genau deshalb kann ich hier nicht weg. Ich muß seine Arbeit überwachen.«

Wes hielt ihre Hand auf dem Tisch fest. »Darla, du kümmerst dich doch um den Neuen, oder?«

Darla klimperte mit den Wimpern. »Na ... ein bißchen was könnte ich ihm wahrscheinlich beibringen.«

»Ganz bestimmt«, sagte Addie halblaut.

»Also dann. Auf geht's. Du willst mir doch nicht etwa das Gefühl geben, daß du *nicht* gern mit mir ausgehst, oder?«

Addie blickte ihm in die Augen. »Wes«, sagte sie, »ich gehe *nicht* gern mit dir aus.«

Er lachte. »Sei mir nicht böse, Addie, aber diese fiese Nummer, die du hier abziehst, macht mich richtig an.«

Addie schloß die Augen. Es war nicht fair, daß sie sich an einem solchen Tag auch noch mit Wes Courtemanche abgeben mußte. Sie hatte doch wirklich schon genug Ärger am Hals. Aber wenn sie nicht mit Wes ausging, würde er den ganzen Abend im »Diner« herumsitzen und ihr auf die Nerven gehen. Um ihn loszuwerden, war es am einfachsten, mit ihm essen zu gehen und dann während der Vorspeise Übelkeit vorzutäuschen.

»Du hast gewonnen«, gab Addie zu. »Ich sag nur noch Delilah Bescheid, wohin ich gehe.«

Doch bevor sie die Küchentür erreichte, tauchte Jack mit ihrem Parka in der Hand auf. Als er die anderen sah, wurde er bleich und zog den Kopf ein. »Delilah hat gesagt, ich soll Ihnen den bringen«, murmelte er. »Sie hat gesagt, es bringt Sie schon nicht um, wenn Sie sich mal einen Abend frei nehmen.«

»Oh ... vielen Dank. Na, gut, daß Sie da sind. Da kann ich Ihnen gleich Darla vorstellen.«

Darla streckte eine Hand aus, die Jack nicht nahm. »Entzückend«, sagte sie.

»Und das ist Wes«, sagte Addie knapp, während sie sich den Mantel anzog. »Also. Bringen wir's hinter uns. Darla, sag Delilah, sie soll Chloe um acht ins Bett bringen.«

Niemand schien hinzuhören. Darla drehte hinter der Theke den Fernseher lauter auf, und Wes schielte Jack an, der versuchte, durch die Risse im Linoleum zu versinken. »Kennen wir uns nicht?« fragte Wes.

Jack wandte den Kopf ab, um dem Mann nicht in die Augen zu sehen. »Nein«, sagte er, während er einen Tisch abräumte. »Ich glaube nicht.«

Wes Courtemanche war gar kein übler Typ – er war nur nicht der Richtige für Addie, aber sie konnte sagen und tun, was sie wollte, er ließ sich einfach nicht davon überzeugen. Wenn sie mit Wes ausging, kam es ihr schon nach zwanzig Minuten so vor, als würde sie sich den Kopf an einer Ziegelwand einrennen. Sie schlenderten Seite an Seite durch die Stadt, beide einen Styroporbecher mit heißer Schokolade in der Hand. Addie blickte über die Grünanlage zu den erleuchteten Fenstern des »Diner« hinüber, die aussahen wie festliche Kerzenleuchter. »Wes«, sagte sie zum sechsten Mal, »ich muß jetzt wirklich gehen – sofort.«

»Drei Fragen. Nur drei ganz kleine Fragen, um dich besser kennenzulernen.«

Sie seufzte. »Also schön. Aber dann gehe ich.«

»Einen Moment. Ich muß sie mir gut überlegen.« Sie waren eben um die Ecke des kleinen Parks gebogen, als Wes sagte: »Warum führst du den ›Diner‹ eigentlich weiter?«

Die Frage verblüffte Addie; sie hatte irgend etwas Witziges erwartet. Sie blieb stehen, der Dampf aus dem Becher stieg ihr ins Gesicht und verhüllte es beinahe. »Ich denke«, sagte sie langsam, »weil ich sonst keinen Ort habe, an den ich gehöre.«

»Woher willst du das wissen, wenn du nie was anderes ausprobiert hast?«

Addie warf ihm einen Seitenblick zu. »Ist das Frage Nummer zwei?«

»Nein. Frage eins, Teil *b*.«

»Das ist schwer zu erklären, wenn man nicht selbst in der Branche steckt. Es macht einfach Spaß, so ein Lokal zu führen, wo die Leute sich wie zu Hause fühlen können. Zum Beispiel Stuart und Wallace … oder der Schüler, der jeden Morgen am hintersten Tisch Nietzsche liest. Oder auch du und deine Kollegen, die auf einen Kaffee reinschauen. Wenn ich den ›Diner‹ aufgeben würde, wo sollen die dann alle hin?«

Sie zuckte die Achseln. »In gewisser Weise ist der ›Diner‹ das einzige Zuhause, das meine Tochter kennt.«

»Aber Addie –«

Sie räusperte sich, bevor er weitersprechen konnte. »Nummer zwei?«

»Was wärst du gern, wenn du die freie Wahl hättest?«

»Mutter«, sagte sie nach kurzem Zögern. »Ich wäre gern Mutter.«

Wes legte den Arm um ihre Taille und grinste, die Zähne so weiß wie die Mondsichel über ihnen. »Du kannst anscheinend Gedanken lesen, Schätzchen, denn damit komme ich zu meiner dritten Frage.« Er drückte seine Lippen auf ihr Ohr, und seine Worte kitzelten ihre Haut. »Wie hast du morgens deine Eier am liebsten?«

Er ist mir zu nah. Addie blieb der Atem im Halse stecken, und kalter Schweiß brach ihr aus. »Unbefruchtet!« entgegnete sie und schaffte es, ihm den Ellbogen in die Seite zu rammen. Dann lief sie auf die einladenden Fenster des »Diner« zu, wie ein schiffbrüchiger Seemann, der einen Leuchtturm sichtet und voller Hoffnung auf Rettung darauf zuschwimmt.

Jack und Delilah standen nebeneinander und hackten Zwiebeln für die Suppe am nächsten Tag. Die Zwiebeln brannten Jack in der Nase und lockten falsche Tränen hervor, aber das war immer noch besser, als daß Darla ihm auf den Leib rückte. Delilah hob ihr Messer und deutete mit der Spitze auf eine Stelle direkt neben Jack. »Genau da ist sie gestorben«, sagte sie. »Ist reingekommen, hat Roy zur Schnecke gemacht und ist umgekippt.«

»Aber es war doch nicht ihre Schuld, daß Roy die falsche Beilage auf den Teller getan hatte.«

Delilah sah ihn mit einem Seitenblick an. »Egal. Roy war im Streß und wollte sich nicht auch noch von Margaret eins auf den Deckel geben lassen, also hat er bloß gesagt: ›Du willst deine Erbsen? Hier hast du deine verdammten Erbsen.‹ Und dann hat er mit dem Topf nach ihr geworfen.«

Delilah schob ihre Zwiebeln in einen Eimer. »Er hat sie nicht getroffen oder so. Es war nur ein Wutanfall. Aber ich glaube, das war einfach zuviel für Margaret.« Sie gab Jack noch eine Zwiebel. »Der Arzt hat gesagt, ihr Herz war wie eine tickende Zeitbombe in ihrer Brust und es hätte auch dann versagt, wenn sie sich nicht mit Roy in die Haare bekommen hätte. Ich sage, an dem Tag ist ganz sicher ein Herz stehengeblieben, aber ich denke dabei an seines. Jeder weiß, daß er sich die Schuld an ihrem Tod gibt.«

Jack überlegte, wie es wohl wäre, mit dem Wissen zu leben, daß man beim letzten Gespräch mit der eigenen Frau einen gußeisernen Topf nach ihr geworfen hat. »Manchmal kann das Leben von einer Sekunde zur anderen völlig aus den Fugen geraten«, bestätigte er.

»Ganz schön tiefschürfend für einen Tellerwäscher.« Delilah legte den Kopf schräg. »Wo kommen Sie eigentlich her?«

Jack rutschte das Messer weg, und er schnitt sich in den Finger. Blut quoll hervor, und er hob die Hand, um die Zwiebeln nicht damit zu besudeln.

Delilah war besorgt, gab ihm einen sauberen Lappen, um die Blutung zu stoppen, und bestand darauf, daß er die Wunde unter fließendes Wasser hielt. »Ist nicht schlimm«, sagte Jack. Er steckte die Fingerspitze in den Mund und saugte daran. »Muß ein schwerer Schlag für Addie gewesen sein.«

»Hä? Ach, Sie meinen, daß ihre Mom gestorben ist. Eigentlich hat sie dadurch etwas bekommen, auf das sie sich so richtig stürzen konnte, nach der Sache mit Chloe.« Delilah blickte auf. »Sie wissen doch von Chloe?«

Jack hatte Addie gehört, wie sie in der zärtlichen Sprache einer Mutter mit Chloe gesprochen hatte. »Addies Tochter, nicht wahr? Ich hab sie noch nicht kennengelernt.«

»Chloe *war* Addies kleine Tochter. Sie starb mit zehn. Es hätte Addie fast umgebracht – zwei Jahre lang hat sie sich in ihrem Haus verkrochen, mit nichts als ihrer Trauer. Dann starb ihre Mutter und sie mußte sich um Roy und den ›Diner‹ kümmern.«

Jack preßte den Lappen so fest auf den Schnitt, daß er seinen Puls spüren konnte. Er mußte an den unangetasteten Teller denken, von dem er ein paar Pommes genommen hatte. Er mußte daran denken, wie oft er Addie mit einem Mädchen hatte reden hören, das gar nicht existierte. »Aber –«

Delilah hob eine Hand. »Ich weiß. Die meisten Leute hier denken, Addie hätte nicht mehr alle Tassen im Schrank.«

»Denken Sie das nicht?«

Die Köchin kaute einen Moment lang auf ihrer Unterlippe, während sie auf Jacks bandagierten Finger starrte. »Ich denke«, sagte sie schließlich, »wir alle haben unsere Geister.«

Bevor sie den Grill abstellte und mit Darla Feierabend machte, hatte Delilah für Jack einen Hamburger zubereitet. Er saß jetzt auf dem Hocker neben dem von Chloe und schaute zu, wie Addie wie eine Hummel von Tisch zu Tisch huschte und die Zuckerstreuer und Ketchupflaschen auffüllte.

Sie war schweigsam und aufgewühlt von ihrer Verabredung zurückgekommen, und Jack hatte schon angenommen, daß sie über ihn Bescheid wußte. Doch als er sah, daß sie sich mit beinahe hysterischer Entschlossenheit an die Arbeit machte, wurde ihm klar, daß sie nur ein schlechtes Gewissen hatte, als müsse sie zweimal so hart arbeiten, um die paar freien Stunden wieder herauszuholen, die sie sich gegönnt hatte.

Jack griff nach dem Hamburger und nahm einen Bissen. Inzwischen machte Addie sich an den Salzstreuern zu schaffen. Im Fernseher ertönte die Titelmusik der Quizsendung ›Jeopardy!‹. Jack merkte, wie er sich unwillkürlich gerade hinsetzte. Quizmaster Alex Trebek kam in seinem schicken Anzug auf die Bühne und begrüßte die drei Kandidaten. Dann zeigte er auf die Tafel, und ein Jingle vom Band kündigte die Kategorien der ersten Runde an.

Ein Metall, dessen Verarbeitungsmethode erst im Jahre 1500 vor Christus beherrscht wurde.

»Was ist Eisen?« sagte Jack.

Eine Kandidatin im Fernsehen drückte den Knopf. »Was ist Eisen?« wiederholte sie.

»Das ist richtig!« sagte Alex Trebek.

Addie blickte zu Jack hoch, dann auf den Fernseher, und lächelte. »›Jeopardy!‹-Fan?«

Jack zuckte die Achseln. »Kann man so sagen.«

Eine Weinkellerei im kalifornischen Modesto, die 1950 als erste ihre Flaschen selbst herstellte.

»Was ist E. & J. Gallo?«

Addie stellte den Salzstreuer hin, den sie in der Hand hielt. »Sie sind mehr als bloß ein Fan«, sagte sie und kam zu ihm. »Sie sind richtig gut.«

Ein Buch der Bibel, von dessen zwölf babylonischen Kapiteln sich neun um Träume und Visionen drehen.

»Was ist Jesaja?« riet Addie.

Jack schüttelte den Kopf. »Was ist Daniel?«

Ein Prophet, der in vier Kapiteln seiner Klagelieder die einzelnen Strophen in der Reihenfolge des hebräischen Alphabetes beginnen läßt.

»Wer ist Jeremia?«

»Sie sind ja ganz schön bibelfest«, sagte Addie. »Sind Sie Geistlicher oder so?«

Er mußte laut lachen. »Nein.«

»Professor für irgendwas?«

Jack tupfte sich den Mund mit einer Serviette ab. »Ich bin Tellerwäscher.«

»Was waren Sie denn gestern?«

Häftling, dachte Jack, aber er blickte nach unten und sagte: »Bloß ein Typ, der irgendwas tut, was ihm eigentlich keinen Spaß macht.«

Sie lächelte und begnügte sich mit der Antwort. »Ein Glück für mich.« Addie nahm den Mop, den Jack aus der Küche geholt hatte, und fing an, das Linoleum zu wischen.

»Ich mach das schon.«

»Sie essen weiter«, sagte Addie. »Es macht mir nichts aus.«

Diese kleinen Nettigkeiten waren es, die ihn brechen würden. Schon jetzt spürte Jack, wie sich Risse in der harten Schale bildeten, von der er sich geschworen hatte, daß er sie sich bewahren würde, um nie wieder jemanden so nah an sich heranzulassen – er wollte nie mehr verletzt werden. Und auf einmal war da Addie, die ihm einfach vertraute, noch dazu seine Arbeit machte – obwohl das Schicksal laut Delilah auch ihr übel mitgespielt hatte.

Er wollte ihr sagen, daß er sie verstand, aber nachdem er knapp ein Jahr fast nur geschwiegen hatte, fiel es ihm nicht mehr leicht, die richtigen Worte zu finden. Also nahm er ganz langsam eine Handvoll Pommes frites und legte sie auf Chloes unangetasteten Teller. Dann tat er noch seine Pickles dazu. Als er fertig war, sah er, daß Addie ihn anstarrte, die Hände auf den Mop gestützt, den Körper fluchtbereit.

Sie glaubte, er wollte sich über sie lustig machen; das sah er in der Tiefe ihrer Augen, verletzt und empfindsam. Ihre Finger umklammerten den Holzstiel.

»Die ... die war ich ihr noch schuldig, von heute nachmittag«, sagte er.

»Wem?« Das Wort fast unhörbar.

Jack wandte den Blick nicht von ihren Augen. »Chloe.«

Addie erwiderte nichts. Statt dessen nahm sie den Mop und schrubbte wie wild drauflos. Sie wischte den Boden, bis er glänzte, bis das Deckenlicht sich in der dünnen Schicht Desinfektionsreiniger spiegelte, bis es Jack weh tat zuzusehen, wie sie furchtlos und gleichgültig tat, weil sie ihn so sehr an sich selbst erinnerte.

Als Addie die Tür hinter sich zuzog und abschloß, schneite es draußen. Riesige Flocken, die Sorte, die sich in der Luft miteinander verhaken wie Fallschirmakrobaten. Sie stöhnte innerlich auf. Sie würde in aller Herrgottsfrühe aufstehen müssen, um die Gehwege freizuschaufeln.

Jack stand ein Stück entfernt, den Kragen seines Sakkos gegen die Kälte hochgeschlagen. Nach Addies fester Überzeugung hatte jeder Mensch einen Anspruch darauf, daß seine Vergangenheit der Vergangenheit angehörte – sie selbst war weiß Gott ein Paradebeispiel für Geheimniskrämerei. Sie wußte nicht, was das für ein Mann war, der da mitten im Winter in New Hampshire ohne Mantel herumlief; sie hatte noch nie jemanden kennengelernt, der so gebildet war, daß er jede Frage in ›Jeopardy!‹ beantworten konnte, aber bereit war, für einen Hungerlohn in einem Aushilfsjob zu arbeiten. Wenn Jack in Ruhe gelassen werden wollte, so sollte es ihr recht sein.

Und sie würde nicht über seine unerhörte Reaktion auf Chloe nachdenken.

»Also«, sagte sie. »Dann bis morgen.«

Jack schien sie nicht gehört zu haben. Er hatte ihr den Rücken zugewandt und die Arme vor sich ausgestreckt. Addie merkte betroffen, daß er Schneeflocken mit der Zunge fing.

Wann war Schnee für sie das letzte Mal etwas anderes gewesen als eine Erschwernis?

Sie stieg in ihren Wagen, ließ den Motor an und fuhr vorsichtig los. Im nachhinein wußte sie nicht, wieso sie noch einmal in den Rückspiegel geblickt hatte. Und ohne das gelbe Licht der Straßenlaterne vor dem »Diner« hätte sie vielleicht gar nicht gesehen, daß er mit gesenktem Kopf auf dem nackten Bordstein saß.

Fluchend fuhr sie einmal um den kleinen Park herum, bis sie wieder am »Diner« war. »Kann ich Sie irgendwohin mitnehmen?«

»Nein. Aber danke für das Angebot.«

Addies Finger umspannten das Lenkrad fester. »Sie haben noch keine Unterkunft, nicht?« Bevor er etwas einwenden konnte, stieg sie aus dem Wagen. »Zufällig weiß ich ein Zimmer, das Sie mieten können. Die schlechte Nachricht ist, daß Sie einen Wohngenossen haben werden, der nicht immer bester Laune ist. Die gute Nachricht ist, wenn Sie mitten in der Nacht Hunger kriegen, können Sie eine gut gefüllte Küche plündern.« Während Addie sprach, schloß sie den »Diner« wieder auf und trat durch die Tür. Sie sah, daß Jack zögerte, vom fallenden Schnee umgeben wie von einem Heiligenschein. »Hören Sie. Mein Vater könnte etwas Gesellschaft gebrauchen. Sie würden mir wirklich einen Gefallen tun.«

Jack bewegte keinen Muskel. »Wieso?«

»Wieso? Na, weil ihm das viele Alleinsein ... aufs Gemüt schlägt.«

»Nein. Warum tun Sie das für *mich*?«

Addie ließ sich nicht von seinem Mißtrauen beirren. Sie tat das, weil sie wußte, wie es war, wenn man am Boden lag und jemanden brauchte, der einem wieder aufhalf. Aber ihr war auch klar, daß Jack, wenn sie ihm das sagen würde, aus lauter Stolz schon halb die Straße runter wäre, bevor sie überhaupt zu Ende geredet hätte.

Also antwortete Addie gar nicht, statt dessen marschierte sie resolut über den schwarzweißen Boden des »Diner«.

Vorhin bei ›Jeopardy!‹ war eine Kategorie griechische Mythologie gewesen. Ein griechischer Held, der die Götter der Unterwelt bewogen hatte, ihm seine Gemahlin Eurydike zurückzugeben, sie aber wieder verlor, weil er sich zu früh nach ihr umschaute, um zu sehen, ob sie ihm auch folgte.

Addie würde nicht Orpheus sein. Sie ging weiter, die Augen starr nach vorn gerichtet, bis sie das schwache Klingeln der Türglocken hörte und wußte, daß Jack aus der Kälte hereingekommen war..

September 1999
North Haverhill,
New Hampshire

Auf Aldo LeGrandes Stirn war ein Totenschädel tätowiert, was für Jack Grund genug war, sich die Pritsche zu nehmen, die am weitesten von ihm entfernt war. Aldo reagierte nicht, als Jack seine Sachen ablegte, sondern schrieb seelenruhig weiter in einem lila Heft, dessen Umschlag mit Hakenkreuzen und Kobras bemalt war.

Jack fing an, ein paar Habseligkeiten in einen kleinen Kasten am Fuß des Bettes zu packen. »Das würd ich an deiner Stelle lieber lassen«, sagte Aldo. »Mountain benutzt den, wenn er nachts pinkeln muß.«

Jack schenkte der Warnung keine Beachtung. Er war seit einem Monat im Gefängnis von Grafton County. Alle Neuzugänge kamen zuerst in den Hochsicherheitstrakt und durften nach zwei Wochen guter Führung ein Gesuch auf Verlegung in den Vollzug mit mittlerer Sicherheitsstufe stellen. Nach weiteren zwei Wochen hatten sie Aussicht, in den Trakt mit minimaler Sicherheitsstufe zu kommen. Nach jedem Umzug mußte Jack sich eine Art Test von seinen neuen Zellengenossen gefallen lassen. Im Hochsicherheitstrakt war er angespuckt worden. Im mittleren Sicherheitsbereich hatte man ihm in den dunklen Ecken, die von den Überwachungskameras nicht erfaßt wurden, Schläge in die Nieren und den Magen verpaßt.

»Mountain wird drüber wegkommen«, sagte Jack knapp. Schließlich verstaute er seine Bücher aus der Gefängnisbibliothek und schob den Plastikbehälter unter die untere Pritsche.

»Liest du?« fragte Aldo.
»Ja.«
»Wieso?«
Jack warf einen Blick über die Schulter. »Ich bin Lehrer.«
Aldo grinste. »Na und, ich bin beim Straßenbau, aber ich male trotzdem keine gestrichelte Mittellinie auf den Fußboden.«
»Das ist auch was anderes«, sagte Jack. »Ich lerne nun mal gern dazu.«
»Aus Büchern lernt man nichts über die Welt, Pauker.«
Aber Jack wußte, daß die Welt auch so keinen Sinn ergab. Vier Wochen hatte er über genau dieses Thema nachgegrübelt. Warum sollte ausgerechnet er auf jemanden wie Aldo LeGrande hören?
»Wenn du hier einen auf etepetete machst«, sagte Aldo, »bist du für die anderen Jungs ein gefundenes Fressen.«
Jack versuchte, nicht darauf zu achten, daß sein Herz bei diesen Worten zu rasen anfing. Genau das war das Bild, das jedem Mann bei dem Gedanken ans Gefängnis vor Augen schwebte. Wäre es Ironie des Schicksals oder biblische Gerechtigkeit, wenn er, verurteilt wegen eines schweren Sexualdelikts, im Gefängnis Opfer einer Vergewaltigung würde?
»Warum hat man dich eingebuchtet?« fragte Aldo und stocherte sich mit seinem Stift zwischen den Zähnen herum.
»Warum hat man *dich* eingebuchtet?«
»Vergewaltigung«, sagte Aldo.
Jack wollte Aldo gegenüber nicht zugeben, daß auch er wegen eines Sexualverbrechens im Gefängnis saß. Das wollte er sich selbst gegenüber nicht zugeben. »Tja, ich hab nicht getan, was sie mir vorwerfen.«
Aldo warf den Kopf in den Nacken und lachte laut auf. »Das hat keiner hier, Pauker«, sagte er. »Kein einziger.«

Der Trakt mit minimaler Sicherheitsstufe glich einem Gänseblümchen: Von einem Gemeinschaftsraum in der Mitte gingen kleine Nischen mit Pritschen ab wie Blütenblätter. Im Unterschied zu den unteren Stockwerken gab es keine Zellen, nur eine einzige verriegelte Haupttür und eine Kabine für die Wachleute in der Mitte. Die Waschräume waren vom Schlafbereich getrennt und konnten jederzeit von den Häftlingen aufgesucht werden.

Jack ging, schon eine halbe Stunde bevor das Licht ausgemacht wurde, in den Waschraum, während alle anderen noch Fernsehen guckten. Im Vorbeigehen warf er einen Blick in den Gemeinschaftsraum. Ein großer Schwarzer saß am dichtesten vor dem Apparat, die Fernbedienung in der Hand. Er war ganz oben in der Hackordnung und durfte entscheiden, welches Programm eingeschaltet wurde. Andere Häftlinge saßen entsprechend ihrer Beziehung zu ihm, die besten Kumpel direkt hinter ihm und so weiter bis zu den Schlußlichtern in der letzten Reihe, die ihm tunlichst aus dem Weg gingen.

Als Jack zu seiner Pritsche zurückkehrte, war Aldo verschwunden. Er behielt Unterhose und T-Shirt an, stieg ins Bett und drehte sich zur Wand. Er schlummerte ein und träumte vom Herbst mit seinem frischen Apfelduft und kristallklaren Himmel. Er sah seine Mannschaft beim Training auf dem matschigen Boden, wie die Stollen unter den Schuhen kleine Erdklumpen hochschleuderten, so daß die Mädchen den Platz im Lauf des Tages regelrecht umpflügten. Er sah, wie ihre Pferdeschwänze hinter ihnen herflatterten wie Bänder im Wind.

Er wachte jäh auf, in Schweiß gebadet, wie immer, wenn er daran dachte, was geschehen war. Doch ehe er die Erinnerung verdrängen konnte, spürte er, wie eine Hand an seiner Gurgel ihn gegen die dünne Matratze preßte. Zunächst konnte Jack nur die gelben Augäpfel des Mannes sehen. Dann sprach er, und seine Zähne glitzerten in der Dunkelheit. »Du atmest meine Luft ein, du Scheißkerl.«

Es war der Mann, den er mit der Fernbedienung in der Hand gesehen hatte, der Mann, den Aldo Mountain genannt hatte. Muskeln spannten sich unter den Ärmeln seines T-Shirts, und da er mit Jack, der im oberen Bett lag, auf Augenhöhe war, mußte er gut und gern an die zwei Meter groß sein. Jack griff nach der Hand, die ihm die Kehle zudrückte. »Es gibt genug Luft für alle«, röchelte er.

»Es war genug da, bevor du hier aufgetaucht bist, Arschloch.«

»Tut mir leid«, krächzte Jack. »Ich hör auf zu atmen.«

Fast im selben Moment lockerte sich der Griff des Riesen. Ohne ein weiteres Wort hievte Mountain sich auf sein eigenes Bett. Jack lag wach, versuchte, nicht zu atmen, versuchte, nicht daran zu denken, wie Mountains dicke Finger seine Gurgel losgelassen und ihn dann statt dessen sanft am Hals gestreichelt hatten.

Die Kühe überraschten Jack. Wie sie so dastanden, einzeln zum Melken an einen Pfosten gekettet, hatte er das zunächst für einen makabren Witz gehalten: Gefängnistiere, die in Ketten gelegt wurden. Doch nach einigen Tagen auf der Farm begriff er, daß sie niemals losgebunden wurden. Jack betrachtete ihre trägen, verschlafenen Mienen und fragte sich, ob es ihm genauso ergehen würde – hörte man nach so vielen Monaten in Gefangenschaft einfach auf, dagegen anzukämpfen?

Die Zwillingsbrüder, die die Farm bewirtschafteten, hatten ihn mit dem Füttern betraut; er mußte Getreidekörner aus zwei verschiedenen Silos mischen und dann die Schubkarrenladung auf die kleinen Tröge vor den Kühen verteilen. Jack nahm die Schubkarre und ging ans hintere Ende der riesigen Scheune. Sie war voller Spinnweben, nur spärlich beleuchtet, und Fledermäuse schossen im Gebälk umher.

Die Mischmaschine wurde mit einem Kippschalter an einem der dicken, aufrechten Holzbalken in Betrieb gesetzt. Jack schaltete sie ein und wartete, daß das Getreide oben in den Schacht rutschte. Der Lärm der prasselnden Körner war so ohrenbetäubend wie ein Hagelsturm.

Der erste Schlag, direkt in die Nieren, ließ ihn auf die Knie sinken.

»Steh auf«, sagte Mountain. »Ich bin noch nicht fertig.«

Für drei Dollar durfte man auf die Krankenstation. Weil es vor Ort nur wenige Frauen gab, stellten sich die Häftlinge häufig krank, weil sie lieber dem wogenden Busen der Krankenschwester unter ihrem weißen Kittel zuschauten, als in einer handtuchgroßen Zelle zu hocken oder Korn zu dreschen. Wer die drei Dollar bezahlte, kam in den Genuß von zwanzig Minuten auf einer der beiden Liegen und einer kostenlosen Dosis Schmerzmittel.

Ein Wachmann brachte Jack auf die Station und versicherte ihm, daß der Besuch auf Kosten des Hauses ging. Einer der beiden Farmer hatte Jack bis zum Hals vergraben in einem Berg Futter gefunden, mit einem herzförmigen Blutfleck auf dem blauen Baumwollhemd, der sich immer weiter ausbreitete.

Die Krankenschwester legte ihre Utensilien auf ein Metalltablett. »Erzählen Sie mir, was passiert ist?«

Jack konnte kaum sprechen, weil er höllische Schmerzen hatte, wenn er nur den Kopf bewegte. »Nasenbluten«, röchelte er.

»Hab noch nie gesehen, daß Nasenbluten mit einem gebrochenen Knorpel einhergeht. Und was ist mit der Quetschung an der Wirbelsäule und den Rippen? Oder soll ich raten … eine Kuh hat Sie getreten.«

»Klingt gut«, sagte Jack.

Kopfschüttelnd stopfte sie ihm Watte in die Nasenlöcher und schickte ihn zurück in seinen Trakt. Im Gemeinschaftsraum saßen einige Männer zusammen und machten irgendwelche Brettspiele. Jack ging zu einem freien Tisch und fing an, Patiencen zu legen.

Plötzlich, zwei Tische entfernt, griff Aldo über ein Scrabblebrett und packte sein Gegenüber am Kragen. »Willst du behaupten, ich wäre ein Lügner?«

Der Mann sah ihm in die Augen. »Ja, LeGrande. Genau das will ich.«

Jack wandte den Blick ab, schaute wieder auf seine Karten und drehte die Pikdame um. Leg sie dahin, in die Reihe mit den fünf Karos …

»Ich sage dir, das Wort gibt es«, sagte Aldo mit Nachdruck.

Der Lärm lockte einen Wachmann herbei. »Was ist los, Aldo? Will dir jemand seine Spielsachen nicht geben?«

Aldo klopfte mit einem Finger auf das Spielbrett. »Gibt es dieses Wort etwa nicht?«

Der Wachmann beugte sich näher heran. »E-K-R-Ü. Nie gehört.«

»Das Wort gibt es«, sagte Jack leise.

Aldo drehte sich mit einem selbstgefälligen Grinsen zu ihm um. »Sag's ihnen, Pauker. Ich hab's in einem von deinen Büchern gelesen.«

»Ekrü«, sagte Jack. »Das ist eine Farbe. Ein Naturton.«

»Siebenundzwanzig Punkte«, fügte Aldo hinzu.

Sein Gegenspieler musterte Jack aus zusammengekniffenen Augen. »Wieso zum Teufel soll ich dir glauben?«

»Weil er sich alles Mögliche reinpaukt«, sagte Aldo. »Der weiß auf alle möglichen Fragen die Antwort.«

Jack wäre es lieber gewesen, wenn Aldo einfach den Mund halten würde. »Nicht auf die wirklich wichtigen«, murmelte er.

Jack kratzte mit der Schaufel über den Beton, hielt den Atem an, um nicht den beißenden Mistgestank einzuatmen, und warf eine weitere Ladung auf die Schubkarre. Zwei Kühe drehten ihren muskulösen Hals und blinzelten ihn mit großen, braunen Augen an. Ihre Euter waren wieder prallvoll mit Milch und hingen ihnen zwischen den Beinen wie ein Blasebalg.

Eine von ihnen muhte ihn an, klimperte dabei mit Wimpern so lang wie sein kleiner Finger. Behutsam nahm er eine Hand von der Schaufel und fuhr damit über das schwarzweiße Muster an ihren Hüften und der Flanke.

Plötzlich wurde ihm die Schaufel aus der Hand geschlagen, und er landete mit dem Gesicht nach unten der Länge nach auf dem Boden. Er spürte kratziges Heu an der Schläfe, die stinkende Lache Dung unter der Wange und die kalte, nackte Luft an seinem Gesäß, als ihm die Jeans heruntergezogen wurde. Die tiefe Stimme von Mountain Felcher vibrierte ihm im Nacken. »Was weißt du denn alles, Einstein? Weißt du auch, was ich jetzt mit dir mache?«

Jack spürte, wie Mountains fleischige Finger sich ihm um den Hals schlossen. Er hörte, wie sich die Zähne eines Reißverschlusses voneinander lösten.

»Ach, verdammt, Mountain«, ertönte eine Stimme, »kannst du dir keinen anderen aussuchen?«

Mountain drückte sich gegen Jack. »Klappe, LeGrande. Halt dich da raus.«

»Von wegen. St. Bride hat mit ein paar von uns eine Wette abgeschlossen. Er sagt, er kann jede Frage bei ›Jeopardy!‹ richtig beantworten, bevor einer von den Klugscheißern in der Sendung den Mund aufmacht. Jeder von uns kriegt 'ne Dose Kaffeepulver, wenn er's verbockt.«

Jack atmete in kleinen, flachen Zügen durch den Mund. Er hatte weder mit Aldo noch mit sonst einem Häftling eine Wette abgeschlossen. Aber er würde seine kompletten Ersparnisse für Kaffee ausgeben, wenn dieses Monster ihn dafür in Frieden lassen würde.

»Wir müssen morgen unsere Lebensmittelbestellungen aufgeben – wenn er heute abend deinetwegen auf der Krankenstation liegt, kriegen wir unseren Kaffee erst in einer Woche.«

Jacks Arme wurden losgelassen. Als er sich mühsam aufgesetzt hatte, machte Mountain sich gerade die Jeans zu und sah ihn forschend an. »Ich kenn die Sendung. Kein Mensch ist so schlau, daß er alle Fragen richtig beantworten kann.« Er verschränkte die Arme. »Ich will keinen Kaffee, wenn du verlierst.«

»Von mir aus. Ich spendier dir statt dessen einen Schokoriegel.«

Mountains Hände packten ihn in Sekundenschnelle an den Schultern und zogen ihn auf die Beine. »Wenn du die Fragen heute abend richtig beantwortest, laß ich dich morgen in Ruhe. Aber morgen abend spielst du wieder und so weiter. Und sobald du nur einen Fehler machst, gehörst du mir.« Er berührte Jack am Kinn, mit weichen Fingerkuppen. »Wenn du verlierst, kommst du freiwillig zu mir.«

Jack erstarrte. Er sah Mountain nach, bis er aus der Scheune war, dann gaben seine Beine nach. Die Hose noch immer unten um die Knie, setzte er sich ins Stroh und rang nach Atem.

»Alles in Ordnung?«

Jack hatte völlig vergessen, daß Aldo noch da war. Er wischte sich mit dem Ärmel über die Nase und nickte. »Ja, danke.«

»Das einzige, was Mountain noch lieber ist als 'ne schnelle Nummer, ist ein neues Spiel.« Eine leuchtende Röte kroch Jack langsam den Hals und das Gesicht hoch, während er seine Kleidung wieder in Ordnung brachte. »Ist gar nicht so wild«, sagte Aldo achselzuckend. »Das haben wir alle mal durchgemacht.«

Jack spürte, daß er plötzlich unkontrolliert zitterte, eine verspätete Reaktion auf das, was beinahe geschehen wäre. Im Gefängnis gab man alles auf – seine Habe, seinen Job, sein Zuhause. Der Gedanke, daß jemand einem Häftling noch mehr wegnahm – etwas so Unersetzliches wie seine Würde – brachte Jack in Rage.

Er durfte Mountain Felcher nicht gewinnen lassen.

Jack gewann. Und wie Scheherezade gewann er über mehrere Abende hinweg eine Gnadenfrist. Die Tage wurden für ihn zum Dauerstreß: Er arbeitete acht Stunden, lieh sich dann in der Bibliothek so viele Bücher aus, wie er tragen konnte, und zog sich damit auf sein Bett zurück. Er las vor dem Abendessen, währenddessen und auch noch danach. Bis die vertraute Melodie der Quizsendung im Gemeinschaftsraum ertönte. Vor dem Einschlafen dachte er an die Zutaten eines Tom Collins; wenn er morgens die Augen aufschlug, rief er sich die Geschichte des Chinesisch-Russischen Krieges in Erinnerung. Aber schon bald war er nicht mehr allein. Häftlinge, die zu Anfang sauer gewesen waren, weil sie nicht den erwarteten Kaffee bekommen hatten, hielten auf einmal zu Jack. Sie hatten erkannt, daß Selbstachtung genauso aufputschte wie Koffein. Sie besorgten ihm Bücher aus der Bibliothek und dachten sich Fragen aus, die sie ihm stellten, während er sich die Zähne putzte, sein Kantinentablett zurückbrachte, sein Bett machte.

Nach einer Woche war jeder im Gefängnis von Grafton County über Jacks Wette mit Mountain Felcher informiert. Die Wachen wetteten untereinander um Geld, daß Jack irgendwann doch scheitern würde. Seine Erfolge machten in sämtlichen Stockwerken die Runde. Und um sieben Uhr abends wurde an jedem Fernsehapparat auf ›Jeopardy!‹ umgeschaltet.

Eines Abends saß Jack wie gewohnt links von Mountain Felcher, die Augen auf den Apparat oben an der Wand gerichtet. Es führte eine Kandidatin namens Isabelle mit einer wilden Lockenpracht. »Kategorie Zitate für sechshundert Dollar«, sagte sie.

Der Historiker Cornelius Tacitus schrieb, daß sie »auf Seiten der Stärkeren« stehen.

Die anderen Häftlinge blickten Jack an und warteten. Selbst der Wachmann hatte sein Kreuzworträtsel liegenlassen und stand jetzt mit verschränkten Armen dabei. Jack spürte, wie die Antwort in ihm aufstieg, mühelos, sorglos. »Die Engel.«

Im selben Moment wußte er, daß seine Antwort falsch war. »Ich meinte –«

»Die Götter«, sagte die Kandidatin.

Eine Glocke ertönte, und 600 Dollar erschienen auf Isabelles Konto. Im Gemeinschaftsraum wurde es so still, daß Jack seinen Herzschlag hörte. Er war sich seiner Sache so sicher gewesen, daß er nicht einmal eine Sekunde überlegt hatte, bevor er sprach. »Die Götter«, wiederholte er und fuhr sich mit der Zunge über die trockenen Lippen. »Ich wollte sagen, die Götter.«

Mountain wandte sich ihm zu, die Augen ausdruckslos und schwarz wie Obsidian. »Du hast verloren«, sagte er.

Aus Mitgefühl ließen die anderen Jack in Ruhe. Wenn er sich im Waschraum übergeben mußte, wenn er schweigend in die Kantine stakste, taten sie so, als würden sie es nicht mitbekommen. Sie dachten, er wäre vor panischer Angst sprachlos, was sie gut nachvollziehen konnten – inzwischen wußten alle, daß es bei der Wette eigentlich um Jacks freien Willen gegangen war. Es war eine Sache, vergewaltigt zu werden; es war eine ganz andere, sich als Opfer anbieten zu müssen.

Aber Jack hatte keine Angst. Er brachte aus Wut kein Wort über die Lippen, weil er fürchtete, daß sein ganzer Zorn dann verpuffen würde. Und er wollte ihn in seinem Innern glühen lassen wie Kohle, damit er Mountain Felcher damit verbrennen und ihm so tiefe Narben zufügen konnte, wie er sie sich mit Sicherheit zuziehen würde.

An dem Abend, als Jack die Wette verloren hatte, erreichte Aldos Stimme ihn auf seinem Bett. »Bring's einfach hinter dich und denk dann nicht mehr dran«, sagte Aldo leise. »Wie an den Knast selbst.«

Jack stand im Schatten der Scheune und sah zu, wie Mountain mit starken Armen einen weiteren Heuballen auf einen Stapel hob. »Hat's dir die Sprache verschlagen?« fragte Mountain mit dem Rücken zu Jack. »Na, verständlich. Dir geht ja der Arsch auf Grundeis.«

Mountain streifte sich die Arbeitshandschuhe ab, Schweiß glänzte auf seiner Stirn und zeichnete eine Linie bis zur Mitte seines T-Shirts. »Ich hatte so meine Zweifel, daß du deine Schuld bezahlst.« Er setzte sich auf einen Heuballen. »Na los, runter mit der Hose.«

»Nein.«

Mountains Augen verengten sich. »Ich hab gesagt, du sollst es selbst wollen, wenn du zu mir kommst.«

»Ich bin gekommen«, sagte Jack mit bemüht ruhiger Stimme. »Mehr kriegst du nicht.«

Mountain sprang auf ihn zu und nahm ihn in den Schwitzkasten. »Wenn du wirklich so schlau bist, solltest du eigentlich wissen, wann du besser die Klappe hältst.«

Jack mußte zwar seinen ganzen Mut aufbringen, aber er ließ die Umklammerung des Mannes widerstandslos über sich ergehen. »Und ob ich schlau bin, du Arschloch«, sagte Jack leise. »Jedenfalls schlau genug, um zu wissen, daß du mich nicht kleinkriegst, nicht mal, wenn du mich in den nächsten sieben Monaten dreimal am Tag vögelst. Weil ich dich nämlich auch dann noch nicht für einen zähen Burschen halten werde. Ich werde dich für ein armseliges Würstchen halten.«

Mountain lockerte den Griff, eine lose Schlinge um Jacks Hals. »Du weißt gar nichts über mich!« Wie zur Strafe und zum Beweis preßte er von hinten die Hüften gegen Jack. Stoff schabte an Stoff, doch von Erregung keine Spur. »Du weißt gar nichts!«

Jack blendete Mountains Körper aus, verdrängte, was passieren könnte, wenn er zu weit ging und den Mann zur Weißglut trieb. »Scheint so, als könntest du mich nicht ficken«, sagte er, schluckte dann schwer. »Dann fick dich doch selbst.«

Mountain brüllte so laut, daß er die Spatzen im Gebälk aufscheuchte, und riß sich von ihm los. Er hatte noch nie jemanden gezwungen, der nachgegeben, aber nicht aufgegeben hatte. Und durch diesen kleinen Unterschied war Jack genauso stark wie der körperlich kräftigere Riese.

»St. Bride.«

Jack drehte sich um, die Arme verschränkt – einerseits, weil er gelassener wirken wollte, und andererseits, weil es ihm den Halt gab, den er dringend brauchte.

»Ich brauch dich nicht, ich kann schließlich zig andere haben«, tönte Mountain. »Du kannst abhauen.«

Aber Jack rührte sich nicht. »Ich *gehe*«, sagte er langsam. »Das ist ein Unterschied.«

Der Kopf des Schwarzen neigte sich fast unmerklich, und Jack erwiderte das Nicken. Sie gingen aus der Scheune ins grelle Sonnenlicht, und der halbe Meter Abstand zwischen ihnen war so unumstößlich wie eine Mauer aus Stein.

Mountain Felchers Strafe wegen Einbruchs endete drei Monate später. Am Abend nach seiner Entlassung lebte der Gemeinschaftsraum richtig auf. Jetzt, da Mountain weg war, herrschte beim Fernsehprogramm freie Auswahl. »Jetzt wird ein Hockeyspiel übertragen, du Idiot«, schrie ein Häftling.

»Ja, und deine Mutter steht im Tor.«

Die Schritte des Wachmanns, der in Richtung des Stimmenlärms hastete, hallten über den Korridor. Jack schloß das Buch, in dem er las, und ging zu dem Tisch, wo die beiden Männer sich gegenseitig Beleidigungen an den Kopf warfen. Er nahm dem einen die Fernbedienung aus der Hand, setzte sich auf den Stuhl direkt vor dem Fernseher und schaltete ›Jeopardy!‹ ein.

Der Titel der Hindu-Fürsten, der im Altindischen »König« bedeutete.

Hinten aus dem Raum rief ein Häftling: »Was ist Radscha?«

Die beiden Länder mit dem höchsten Anteil an schiitischen Muslimen.

»Was sind der Iran und Saudiarabien?« sagte Aldo und nahm neben Jack Platz.

Der Mann, der Hockey sehen wollte, ließ sich hinter ihnen auf einen Stuhl nieder. »Was sind der Iran und der Irak?« korrigierte er. »Bist du blöd oder was?«

Der Wachmann machte auf dem Absatz kehrt. Und Jack, der die Fernbedienung wie ein Zepter auf dem Oberschenkel hielt, kannte jede Antwort auswendig.

Ende März 2000
Salem Falls,
New Hampshire

In den vergangenen drei Wochen hatte Jack jeden Morgen, wenn er in Roy Peabodys Gästezimmer aufgewacht war, zum Fenster hinausgeschaut und gesehen, wie Stuart Hollings – Stammgast im »Diner« – seine holsteinische Kuh zum Frühsport in dem kleinen Park herumführte. Der alte Mann war jedesmal um Punkt halb sechs da, am Halfter das friedliche Tier, das brav dahintrottete wie ein treuer Hund.

Als an diesem Morgen der Wecker klingelte und Jack nach draußen schaute, sah er nur ein einsames Auto die Main Street hinunterfahren und Matschpfützen, die wie kleine Teiche dalagen. Er ließ den Blick über den Park wandern, aber Stuart und seine Kuh waren nirgends zu sehen.

Achselzuckend zog er sich ein frisches T-Shirt und Boxershorts an – erstanden von seinem ersten Gehalt – und trat in die Diele.

Roy, der aus dem Badezimmer kam, erschrak, als er Jack sah. »Ach, du lieber Himmel«, sagte er und blickte ein zweites Mal hin. »Ich hab geträumt, du wärst gestorben.«

»Das muß ja ein schrecklicher Alptraum gewesen sein.«

Roy ging weiter. »Nicht so schrecklich wie die Erkenntnis, daß es nur ein Traum war.«

Jack grinste und ging ins Badezimmer. Sobald er das Gästezimmer bezogen hatte, war ihm klar geworden, daß Roy seit einer Ewigkeit mit niemandem mehr unter einem Dach gewohnt hatte. Im Gegensatz zu Jack, der acht Monate Übung im Zusammenleben mit anderen Männern hatte. Folglich tat Roy, was er nur konnte, um Jack nicht heimisch werden zu lassen. Er verlangte von ihm, daß er seine eigenen Lebensmittel kaufte – sogar Ketchup und Salz – und sie mit seinen Initialen versah, bevor er sie in den Kühlschrank oder ins Regal räumte. Er versteckte die Fernbedienung, damit Jack sich nicht einfach aufs Sofa setzen und durch die Fernsehkanäle schalten konnte. Das alles wäre Jack möglicherweise mit der Zeit auf die Nerven gegangen, wenn der alte Mann nicht jeden Morgen für ihn den Frühstückstisch mit gedeckt hätte.

Bevor er sich jetzt zu Roy gesellte, der schon seine Schokoflakes aß, schaute Jack kurz zum Fenster hinaus.

»Was suchst du?«

»Nichts.« Jack nahm Platz und schüttete sich etwas Müsli in seine Schüssel, stellte dann die Packung zwischen ihnen beiden auf wie eine Barriere. Eine Frühstücksflockenfestung, hatte er als kleiner Junge gesagt. Über die Kartonwand hinweg sah er, daß Roy sich eine zweite Portion Schokoflakes nahm. »Das Zeug bringt Sie noch um.«

»Oh, prima. Ich hätte auf Leberzirrhose getippt.«

Jack schaufelte sich einen Löffel Müsli in den Mund. Er fragte sich, ob Stuart vielleicht in Urlaub gefahren war. »Also«, sagte er. »Wie bin ich gestorben?«

»In meinem Traum, meinst du?«

»Ja.«

Der alte Mann beugte sich vor. »An der Krätze.«

»Krätze?«

»Allerdings. Die kriegt man von Wanzen – Milben –, die einem unter die Haut kriechen. Die dringen in den Blutkreislauf und legen ihre Eier ab.«

»Danke«, sagte Jack trocken. »Ich weiß, was Krätze ist. Aber daran stirbt man nicht.«

»O doch, Schlauberger. Wann hast du denn zuletzt jemanden gesehen, der die Krätze hatte?«

Jack schüttelte belustigt den Kopf. »Ich gebe zu – noch nie.«

»Ich aber – in der Marine. Ein Matrose. Der sah aus, als hätte ihn jemand am ganzen Körper mit einem Bleistift bemalt,

Linien, die zwischen den Fingern und den Zehen verliefen und in die Achselhöhlen und bis zu den Geschlechtsteilen, wie eine Landkarte. Er hat sich wund gekratzt, und die Kratzer haben sich infiziert, und eines Morgens haben wir ihn auf See bestattet.«

Jack wollte erklären, daß der Mann an einer Blutinfektion und nicht an der Krätze gestorben sein mußte, doch statt dessen blickte er Roy direkt in die Augen. »Ich sag Ihnen, wie man die Krätze bekommt«, sagte er im lockeren Tonfall. »Wenn man mit der Kleidung und Bettwäsche einer infizierten Person in Berührung kommt. Wenn ich also wirklich an der Krätze gestorben wäre, wie in Ihrem Traum, dann wären Sie als nächster dran.«

Roy schwieg einen Moment. Dann stand er auf und räumte sein Frühstücksgeschirr ab. »Hör mal, ich hab mir was überlegt. Es ist unsinnig, daß wir beide Milch kaufen, wenn keiner von uns seine Packung in einer Woche schafft. Wir könnten uns doch besser abwechseln, eine Woche kaufst du die Milch, in der nächsten bin ich dran.«

»Klingt wirtschaftlich vernünftig.«

»Ganz genau.« Roy spülte seine Schüssel mit Wasser aus. »Aber deine Bettwäsche wäschst du weiterhin selbst.«

Jack verkniff sich ein Schmunzeln. »Ja, klar. Sicher ist sicher.«

Roy beäugte ihn mißtrauisch, wußte nicht recht, ob Jack sich über ihn lustig machte. Dann schlurfte er Richtung Wohnzimmer. »Bist ja doch ganz sympathisch.«

Roy, der sich strikt weigerte, in der Küche zu arbeiten, bediente die Kasse unter den wachsamen Augen seiner Tochter. Addie ließ ihn immer nur kurz aus den Augen und selbst dann nicht ohne Ermahnungen: »In spätestens zehn Minuten müßtest du von der Bank zurück sein, Dad, und ich seh auf die Uhr.« Meistens saß er da und löste Kreuzworträtsel, tat so, als würde er nicht hinschauen, wenn Darla, die Aushilfe, sich bückte, um sich ihren Schuh zuzubinden, und ihr dabei der Rock hochrutschte.

Es war kurz vor elf Uhr morgens, eine Zeit, in der die Bedienung wenig zu tun hatte, aber in der Küche große Hektik herrschte. Roy konnte sogar hören, wie das Öl in der Friteuse Grad um Grad heißer wurde. Manchmal mußte er daran denken, wie gut er früher Gemüse hatte schneiden können; selbst mit verbundenen Augen hatte er es geschafft, eine Karotte in gleichmäßige Scheiben zu schneiden, bis das letzte Stück nur einen Zentimeter von seinem Finger entfernt war.

»Ich würd zu gern wissen, woran du gerade denkst«, sagte Addie plötzlich neben ihm.

»Aber ich werd's dir nicht verraten.«

»Brauchst du auch gar nicht.« Addie massierte sich das Kreuz. »Ich kann's mir auch so denken.«

»Ach ja?« Manchmal staunte Roy, wie sehr Addie ihn bei den normalsten Gesten – wenn sie blinzelte oder die Beine unter einem Stuhl kreuzte – an seine Frau erinnerte. Er betrachtete die müden Augen seiner Tochter, ihre rissigen Hände und wunderte sich, wieso Margarets Tod dazu geführt hatte, daß Addie ihr eigenes Leben wegwarf.

»Du denkst, wie leicht es dir doch fällt, wieder in den alten Trott hier zurückzufallen.«

Roy lachte. »Welchen alten Trott? Den lieben langen Tag auf dem Hintern zu hocken?«

»Den lieben langen Tag im ›Diner‹ auf dem Hintern zu hocken.«

Er brachte es nicht übers Herz, Addie zu sagen, was er wirklich dachte: Daß ihm der »Diner« nichts mehr bedeutete, seit Margaret gestorben war. Aber Addie hatte es sich in den Kopf gesetzt, daß das »Do-Or-Diner« seinem Leben einen Sinn geben würde, den er auf dem Grund einer Wodkaflasche nicht finden konnte. Addie konnte nicht begreifen, daß es keinen Ersatz gab für das, was man verloren hatte.

Er und Margaret hatten den »Diner« jeden Sommer für eine Woche geschlossen, um mit Addie Urlaub zu machen. Sie waren mit dem Auto in Städtchen gefahren, deren Name sie neugierig machte: Cape Porpoise in Maine, Egypt in Massachusetts, Pa Paw in Michigan, Defiance in Ohio.

Manchmal machte Roy unterwegs auf einen Schwarm Kanadagänse aufmerksam, einen hoch aufragenden, dunkelrot leuchtenden Berg, ein Weizenfeld im Sonnenlicht – und wenn er dann nach hinten zu seiner Tochter schaute, war sie auf dem Rücksitz eingeschlafen und ließ die ganze Welt an sich vorbeiziehen. »Auf der Fahrspur neben uns ist ein Elefant!« rief er dann, oder »Der Mond fällt vom Himmel!«, alles mögliche, nur damit Addie ihre Umgebung wahrnahm.

»Der Mond fällt vom Himmel«, murmelte Roy jetzt.

»Was?«

»Ich habe gesagt, ja, es hat auch Vorteile, hier zu sein.«

Ein Gast kam herein und die Glocke über der Tür klingelte. »Hallo«, rief Addie, ihr Lächeln aufgesetzt wie die Halloweenmaske eines Kindes. Als sie die Frau zu einem Tisch führte, steckte Jack den Kopf durch die Doppeltür.

»Roy«, flüsterte er. »Ist Stuart heute hier gewesen?«

»Stuart, der alte Knacker?« sagte Roy, obwohl er nicht viel jünger als Stuart sein konnte. »Nee.«

»Ich, äh, mach mir Sorgen um ihn.«

»Wieso?«

»Seit ich hier bin, ist er jeden Tag zum Frühstück hergekommen. Und außerdem hab ich ihn heute morgen nicht mit seiner Kuh im Park gesehen.«

Addie kam dazu. »Was ist denn los?«

»Stuart«, erklärte Roy. »Er war heute nicht da.«

Sie runzelte die Stirn. »Stimmt – das ist seltsam. Hast du bei ihm zu Hause angerufen?«

Jack schüttelte den Kopf. »Ich weiß nicht, wie er mit Nachnamen heißt.«

»Hollings.« Addie wählte eine Nummer, und ihre Miene wurde mit jedem Klingeln angespannter. »Er lebt allein, auf der alten Farm hinter dem Pharmawerk.«

»Vielleicht ist er ja bloß für ein Weilchen weggefahren.«

»Stuart bestimmt nicht. Die letzte Reise, die er gemacht hat, ging gerade mal bis nach Concord, 1982. Ich fahr hin und seh nach dem Rechten. Dad, paß auf, daß Chloe vor dem Essen nicht heimlich nascht, auch wenn sie sagt, sie kommt um vor Hunger.« Sie griff nach hinten und band die Schürze ab, wobei sich ihre Brüste hoben. Jack wollte nicht hinsehen, tat es aber doch, was ihn so durcheinander brachte, daß er zunächst nicht begriff, was sie vorhatte. »Hier«, sagte sie und warf ihm die Schürze und den Bestellblock zu. »Du bist soeben befördert worden.«

Stuarts Haus lag auf einem Hügel, umgeben von verschneiten Weiden. Addie parkte hastig den Wagen und stieg aus. Stuarts Kuh muhte wütend im Stall, und Addies Nackenhaare richteten sich auf, weil der alte Mann seine Kuh niemals unversorgt lassen würde.

»Stuart?« Addie trat in den Stall, der bis auf die Kuh mit ihrem prallen Euter leer war. Sie eilte den Weg zum Haus hinauf und rief seinen Namen. Die Vordertür war unverschlossen. »Stuart, ich bin's, Addie. Vom ›Diner‹. Sind Sie da?«

Sie bewegte sich durch das Labyrinth des fremden Hauses, bis sie in die Küche kam. »Stuart?« sagte Addie, und dann entfuhr ihr ein Schrei.

Er lag auf der Seite in einer Blutlache, die Augen geöffnet, eine Gesichtshälfte wirkte seltsam hölzern. »Oh, Gott. Können Sie sprechen, Stuart?«

Addie mußte sich ganz nah zu ihm herabbeugen und angestrengt lauschen, um das abgehackte Wort verstehen zu können, das Stuart aus dem schlaffen Mund kroch. »Sauce?« wiederholte sie, und dann sah sie, daß die rote Lache aus einem zerbrochenen Glas stammte und nach Tomaten roch.

Das Telefon an der Wand war ein uraltes Modell mit Wählscheibe. Es dauerte eine Ewigkeit, die drei Ziffern der Notrufnummer zu wählen und einen Rettungswagen anzufordern. Sie ging wieder zu Stuart, kniete sich in die Spaghettisauce und streichelte dem alten Mann das feine, silbern schimmernde Haar. Wie viele Menschen würde sie denn noch sterben sehen müssen?

Roy band sich die Servierschürze ab und gab sie seiner Tochter zurück. »Wieso hast du denn bedient? Das sollte Jack doch machen.«

»Er war mit den Nerven am Ende. Hat förmlich Ausschlag gekriegt, wenn er zu einem Gast an den Tisch mußte. Er ist schüchtern, weißt du, nicht annähernd so charmant wie ich, also hab ich ihn von seinem Elend erlöst.« Er deutete mit einem Nicken in Richtung Schwingtür. »Erzähl ihm am besten gleich, was mit Stuart ist.«

Addie war schon auf dem Weg in die Küche. Delilah und Jack blickten beide auf, als sie eintrat. »Er ist nicht in Lebensgefahr«, sagte Addie ohne Einleitung. »Wallace ist jetzt bei ihm.«

»Gott sei Dank.« Delilah klopfte den Löffel am Topfrand ab. »Herzanfall?«

»Schlaganfall, glaube ich. Die Ärzte haben mir die übliche Buchstabensuppe serviert. IZI, TIA, keine Ahnung, was das heißen soll.«

»Intermittierende zerebrovaskuläre Insuffizienz, der eine transitorisch-ischämische Attacke vorausgegangen ist«, übersetzte Jack. »Mit anderen Worten, Stuart hatte eine Reihe von kleineren Anfällen, die zu einem großen geführt haben.«

Addie und Delilah starrten ihn an. »Bist du Arzt oder so?« fragte Delilah.

»Nein.« Verlegen hantierte Jack mit einem Tablett voll sauberen Gläsern. »Ich hab das bloß mal irgendwo gehört.«

Addie ging durch die Küche und blieb kurz vor Jack stehen. »Ich hab Stuart gesagt, daß *du* dir seinetwegen Sorgen gemacht hast. Das war sehr nett von dir, Jack.« Sie berührte seine Hand.

Er erstarrte in der Bewegung. »Bitte ... nicht.« Er wich zurück, brach den Augenkontakt ab. »Die Kuh«, sagte Jack in die Stille hinein, um Addie vom Sprechen abzuhalten. »Wer kümmert sich jetzt um die Kuh?«

Sie fluchte leise. »Stimmt. Ich muß jemanden finden, der weiß, wie man mit der Hand melkt.«

»Schau mich nicht an«, sagte die Köchin. »Was ich von Kühen verstehe, beschränkt sich darauf, daß ich sie irgendwann in die Pfanne haue.«

»Ach, komm, Delilah. Du kennst doch jeden in Salem Falls. Gibt es da niemanden, der –«

»Doch«, sagte Jack und blickte fast genauso überrascht wie Addie, als sie seine Stimme hörte. »Ich.«

Starshine, die Besitzerin der okkulten Buchhandlung Wiccan Read, setzte ein Lächeln auf, als die winzigen Silberglöckchen über der Tür von der Ankunft eines Kunden kündeten. Ein Vierergrüppchen junger Mädchen trat ein, eingehüllt in ihr Lachen. Diejenige von ihnen mit der stärksten Aura an Energie war Gillian Duncan, die Tochter des reichsten Geschäftsmannes in der Gegend. Starshine fragte sich, ob er wußte, daß seine Tochter ein kleines, goldenes Pentagramm versteckt unter ihrer Bluse trug, ein Symbol des Paganismus, dem sie anhing.

»Ladies«, sagte sie zur Begrüßung, »was kann ich für euch tun?«

»Wir wollen uns nur ein bißchen umsehen«, sagte Gillian.

Starshine nickte und ließ sie in Ruhe. Sie sah zu, wie sie von den Regalen mit Grimoires – Zauberbücher – zu den kleinen Fläschchen mit Kräutern gingen – Wachsmyrte, Alraune, Wasserdost, Bilsenkraut.

»Gilly«, sagte Whitney, »sollen wir was kaufen, womit wir Stuart Hollings helfen können?«

»Ja. Für einen Heilzauber.« Chelsea lächelte Starshine an. »Ich glaube, jetzt brauchen wir doch Ihre Hilfe.«

Meg eilte hinzu, eine Sechserpackung Kerzen in der Hand. »Seht mal! Beim letzten Mal waren die roten Kerzen ausverkauft!« sagte sie atemlos, sah dann, daß ihre Freundinnen bei den Kräutern standen. »Was sucht ihr?«

»Etwas für den alten Mann, der einen Schlaganfall hatte«, sagte Chelsea. »Wir wollen was für ihn tun.«

Starshine fing an, eine kleine Menge von etwas, das aussah wie Teeblätter, in ein Plastiktütchen abzufüllen. »Yerba Santa«, empfahl sie. »Und ein bißchen Weide. Ein schönes Stück Quarz kann auch nicht schaden.«

Sie gab einem der Mädchen die Tüte und ging das Quarz holen, als sie merkte, daß sie Gillian Duncan aus den Augen verloren hatte. Mit finsterer Miene entschuldigte sie sich kurz. Einmal hatte eine Teenagerhexe ein ganzes Fläschchen Hundszunge geklaut.

Sie entdeckte Gillian hinter dem Seidenvorhang, der den Laden von dem Bereich abtrennte, der als Lager diente. Das Mädchen saß im Schneidersitz auf dem Fußboden, ein schweres, schwarzes Buch aufgeschlagen auf dem Schoß. Gillian hob den Blick. »Was kostet das Buch?«

Starshine nahm es ihr weg und stellte es zurück ins Regal. »Das ist unverkäuflich.«

Gillian stand auf und klopfte sich die Jeans ab. »Ich dachte, für solche Zaubersprüche gibt es Regeln.«

»Gibt es auch. *Wenn es niemandem schadet, tu, was du willst.* Hexen verfluchen nicht, und sie lassen andere auch nicht leiden.« Als Gillian keine Miene verzog, seufzte Starshine. »Die Bücher stehen nicht ohne Grund hier. Ihr sollt sie nämlich nicht lesen.«

Gillian zog eine Augenbraue hoch, ungemein selbstbewußt für eine Siebzehnjährige. »Wieso nicht?« sagte sie. »Sie lesen sie doch auch.«

»Ich weiß«, sagte Jack besänftigend, »gleich geht's dir wieder besser.« Auf der Farm in Grafton war zwar nicht mit der Hand gemolken worden, aber einer der beiden Besitzer hatte ihm einmal gezeigt, wie es ging. Jetzt schloß er die Finger um die Zitzen, und als er sie vorsichtig nach unten zog, schoß ein dünner Strahl Milch in den Eimer.

»Man sieht ihr förmlich an, daß sie sich schon viel besser fühlt«, murmelte Addie. Falls Kühe zu so etwas überhaupt imstande waren, dann hatte die hier einen erleichterten Ausdruck im Gesicht. Addie wußte, wie das war; wenn sie Chloe damals verspätet gestillt hatte, waren ihre Brüste so voller Milch gewesen, daß sie es kaum noch aushielt, bis Chloes schön geschwungene Lippen sie erlösten.

Überrascht sah sie, wieviel Spaß es Jack bereitete, einfach dem warmen Körper der Kuh nahe zu sein oder mit der Hand über den glatten, rosa Euter zu streichen. Sie begriff, daß Jack, der Berührungen nicht ertragen konnte, sich nach Körperkontakt sehnte.

»Du bist auf einer Farm aufgewachsen«, sagte sie.

»Wie kommst du denn da drauf?«

»Das sehe ich. Sonst würde dir das doch nicht so leicht von der Hand gehen.«

Jack schüttelte den Kopf. »Ich bin in New York aufgewachsen. Melken habe ich mal irgendwo gelernt.«

Addie setzte sich ins Stroh. »Was hast du in New York gemacht?«

»Was man so macht. Zur Schule gehen. Sport treiben.«

»Leben deine Eltern noch da?«

Jack zögerte nur eine Sekunde. »Nein.«

»Weißt du«, sagte Addie im Scherz, »genau das mag ich an dir. Du bist eine richtige Plaudertasche.«

Er lächelte sie an, und einen Augenblick lang verschlug es ihr den Atem. »An dir mag ich, daß du die Privatsphäre von anderen so überaus achtest.«

Sie wurde rot. »Ich wollte dir nicht zu nahe treten. Ich möchte bloß ... na ja...«

»Du möchtest wissen, was ich gemacht habe, bevor ich in dein Restaurant spaziert kam.« Er ließ die Zitze los, stand auf und ging mit dem Schemel auf die andere Seite der Kuh, so daß Addie ihn nicht mehr sehen konnte, während er sprach. »Aber du weißt doch schon eine ganze Menge.«

»Daß du in New York aufgewachsen bist und daß Alex Trebek dich besser nicht als Kandidat in seine Quizsendung einlädt?«

»Dein Dad könnte dir einiges erzählen.«

»Zum Beispiel?«

»Zum Beispiel, daß ich die Zahnpastatube nicht in der Mitte eindrücke.«

»Oh, gut zu wissen. Ich hab nachts kein Auge zugetan, weil –«

Plötzlich tauchte sein Kopf über dem Rücken der Kuh auf. »Addie«, sagte Jack, »sei jetzt mal still und komm hier rüber. Du kriegst jetzt deine erste Melkstunde.«

Die Kuh muhte, und Addie wich zurück. »Sie mag dich.«

»Ihr Gehirn ist so groß wie eine Auster. Glaub mir, ich bin ihr schnurzegal.« Er deutete wieder mit einem Nicken auf den Euter, und Addie zog an einer Zitze, ohne daß auch nur ein einziger Tropfen Milch gekommen wäre.

»Sieh her.« Jack kniete aufs Stroh und nahm zwei Zitzen in die Hände. Er fing an, rhythmisch zu pumpen, so daß Milch in den Eimer zischte. Addie merkte sich die Synchronbewegung und legte dann ihre Hand über die von Jack. Sie konnte die Anspannung der Sehnen und Muskeln spüren, als er erstarrte. Sie hob den Blick und sah, daß sein Gesicht verzerrt war, entweder gequält oder verzückt durch die simple Berührung eines Menschen. Er öffnete die Augen und sah sie unverwandt an.

Der Schwanz der Kuh schlug ihm hart ins Gesicht, klamm und stinkig. Addie und Jack fuhren auseinander.

»Ich glaub, jetzt weiß ich, wie's geht«, sagte sie, als sie es erneut versuchte, und tatsächlich kam ein kleiner Spritzer Milch aus der Zitze. Sie konzentrierte sich weiter auf die Kuh, verlegen, weil sie Jack für einen Moment wehrlos gesehen hatte.

»Addie«, sagte Jack leise, »wir machen ein Tauschgeschäft.«

Sie waren nur Zentimeter voneinander entfernt, so nahe, daß sie gegenseitig die Furcht des anderen atmen konnten. »Was tauschen wir denn?«

»Die Wahrheit. Du gibst mir eine ehrliche Antwort«, sagte er, »und dafür kriegst du eine von mir.«

Addie nickte langsam, besiegelte das Geschäft. »Wer fängt an?«

»Von mir aus, du.«

»Na schön ... was hast du beruflich gemacht?«

»Ich war Lehrer. An einer Privatschule für Mädchen. Ich hab auch die Fußballmannschaft trainiert.« Er rieb mit der flachen Hand an der knochigen Wirbelsäule der Kuh entlang, über die vorspringenden Hüftknochen. »Ich war gern Lehrer. Für mein Leben gern.«

»Warum hast du dann –«

»Jetzt bin ich an der Reihe.« Jack zog den Eimer unter der Kuh hervor. Die Milch dampfte, duftend und frisch, ihre Wärme stieg zwischen ihnen auf. »Was ist mit Chloe passiert?«

Addies Augen wurden feucht. Jack umfaßte ihre Oberarme. »Addie –« Er brach ab, folgte ihrem Blick. Auf seine Hände. Die sie berührten. Aus eigenem freiem Willen.

Sofort ließ er sie los.

»Die Kellnerin hat einen richtig geilen A–«

»Thomas«, fiel Jordan McAfee seinem Sohn ins Wort, lugte aber dabei über seine Tasse hinweg, um sich selbst zu überzeugen. Dann grinste er. »Ja, du hast recht.«

Darla, die mit der Kaffeekanne von Tisch zu Tisch ging, drehte sich um.

»Noch ein Täßchen?«

Jordan hielt seine Tasse hoch. Er unterdrückte ein Lächeln, als sein Sohn der Kellnerin unverfroren in den Ausschnitt schaute.

»Weißt du was«, sagte Jordan nachdenklich, sobald Darla weitergegangen war, »bei dir fühl ich mich richtig alt.«

»Ach, Dad. Daß du fünfzehn warst, ist schließlich … wie lange? Jahrhunderte her.«

»Denkst du auch mal an was anderes als an Sex?«

»Natürlich.« Thomas blickte gekränkt. »Ab und zu mach ich mir Gedanken über die Menschen in der Dritten Welt. Und dann denke ich mir, wenn sie nur alle miteinander Sex hätten, wäre ihr Leben um einiges angenehmer.«

Jordan lachte. Als alleinerziehender Vater hatte er ein ganz anderes Verhältnis zu seinem Sohn als die meisten Eltern zu ihren Sprößlingen. Und vielleicht war es ja seine Schuld. Vor einigen Jahren, als sie noch in Bainbridge wohnten, hatte er Frauen reihenweise mit nach Hause abgeschleppt, Frauen, an deren Namen er sich schon am nächsten Tag nicht mehr erinnern konnte.

Er stellte seine Tasse hin. »Wie heißt das Objekt deiner Begierde noch gleich?«

»Chelsea. Chelsea Abrams.«

Thomas' Gesichtszüge wurden weicher, und einen Moment lang war Jordan richtig neidisch auf seinen Sohn. Wie lang war das her, daß ihn die Liebe so richtig erwischt hatte?

»Sie hat unglaublich große –«

Jordan räusperte sich.

»– Augen. Groß und braun. Wie Selena.«

Schon allein bei dem Namen verspannten sich Jordans Schultern. Selena Damascus hatte für ihn als Privatdetektivin gearbeitet, als er noch Strafverteidiger in Bainbridge gewesen war. Sie hatte wunderschöne Augen – ein Braun, in dem man sich verlieren konnte. Einmal wäre das Jordan sogar beinahe passiert. Doch mittlerweile hatte er vierzehn Monate nichts mehr von Selena gehört, seit er nach Salem Falls gezogen war und seine Fälle drastisch eingeschränkt hatte.

»Also«, sagte Jordan, um wieder auf das Thema zurückzukommen. »Chelsea ist wunderschön.«

»Sie hat auch was im Kopf. Sie ist in allen Leistungskursen.«

»Klingt vielversprechend. Und wie denkt sie über dich?«

Thomas verzog das Gesicht. »Das ist schon zu optimistisch formuliert. Wahrscheinlich verschwendet sie keinen einzigen Gedanken an mich.«

»Aha, aber dagegen kannst du doch was machen.«

Thomas blickte auf seine dünnen Arme, seine hohle Brust. »Mit meinem unglaublichen Körper?«

»Mit deiner Beharrlichkeit. Glaub mir, ich hab schon zigmal versucht, dich einfach zu vergessen, aber irgendwie kriechst du mir immer wieder ins Hirn.«

»Verbindlichsten Dank.«

»Gern geschehen. Fragst du sie, ob sie mit dir zum Frühlingsball geht?«

»Nee. Ich muß erst noch was an meiner Beharrlichkeit tun, damit ich nicht wie ein Häufchen Elend zusammenklappe, wenn sie mir eine Abfuhr erteilt.« Thomas zog eine Pommes durch einen Ketchupsee und malte Chelseas Initialen. »Selena konnte mir immer tolle Tips über Mädchen geben.«

»Weil sie eben eine Frau ist«, entgegnete Jordan. »Was ist los, Thomas? Warum bringst du immer wieder die Sprache auf sie?«

»Weil ich es schön fände, wenn wir noch Kontakt zu ihr hätten, das ist alles.«

Jordan blickte zum Fenster hinaus auf zwei Hunde, die einander jagten, mit den Schwänzen Spuren in den Schnee zogen. »Das wäre wirklich schön«, sagte er leise. »Aber ich hab meine beste Ermittlerin vor einem Jahr verloren.«

Am Anfang, als Addie Jack beobachtete, sagte sie sich, sie tue es deshalb, weil er ein neuer Mitarbeiter war – sie mußte schließlich darauf achten, daß er das Salz nicht dort ins Regal stellte, wo der Zucker hingehörte, daß er die Spülmaschine so einräumte, daß möglichst viel Geschirr hineinpaßte und möglichst wenig kaputtging. Dann gestand sie sich ein, daß sie Jack einfach deshalb beobachtete, weil sie es wollte. Es faszinierte sie zu sehen, wie er den Fußboden wischte oder wie gebannt er Delilah zuhörte, wenn sie ihm ein Bouillabaisserezept erklärte, als gäbe es für ihn nichts Aufregenderes. Er sah gut aus, zugegeben, aber auch vorher waren schon jede Menge gutaussehender Männer in ihr Restaurant gekommen. Attraktiv an Jack war seine Exotik – daß er hier einfach völlig fehl am Platz wirkte, wie eine Orchidee in der Wüste, und dennoch so tat, als gäbe es für ihn keinen schöneren Ort auf der Welt. Für Addie – die sich mit dem »Diner« untrennbar verwachsen fühlte – war Jack das faszinierendste Geschöpf, das sie je gesehen hatte.

Sie kassierte gerade bei einem Kunden ab, als Jack, der die Theke saubermachte, zum Vorderfenster hinausblickte und plötzlich in die Küche eilte. Neugierig geworden folgte sie ihm und sah, wie er Delilah eine Bestellung reichte.

Addie nahm sie der Köchin aus der Hand. »An Tisch sieben sitzt doch keiner«, sagte sie.

»Aber gleich. Hast du ihn nicht gesehen? Den Jungen mit den langen Haaren und dem Philosophiebuch – er ist auf dem Weg hierher.«

Addie wußte sofort, wen Jack meinte. Der Schüler kam zwar noch nicht lange, war aber schon ein Stammgast. Bis auf sonntags kam er täglich um halb drei, setzte sich an den hintersten Tisch und holte aus seinem abgegriffenen Rucksack eine zerlesene Taschenbuchausgabe von Nietzsches ›Jenseits von Gut und Böse‹ hervor. Seit drei Wochen bestellte er jeden Tag ohne Ausnahme ein Schinken-Salat-Tomaten-Sandwich, ohne Tomate mit extra Mayonnaise. Eine doppelte Portion Pickles. Dazu gebackenen Käse und schwarzen Kaffee.

Sobald Delilah die Bestellung fertig hatte, eilte Jack damit zurück ins Restaurant, wo der Schüler sich gerade auf seinen Stammplatz setzte. Mit einem triumphierenden Lächeln stellte er den Teller vor ihn hin.

Der Junge, der gerade sein Buch aus dem Rucksack holte, stutzte. »Was soll der Scheiß?« fragte er.

Jack deutete mit einem Nicken zum Fenster. »Ich hab dich kommen sehen. Und du bestellst das hier seit drei Wochen fast jeden Tag.«

»Na und?« sagte der Schüler. »Vielleicht hätte ich heute einen Hamburger gewollt.« Er stieß den Teller über den Tisch, so daß er über den Rand auf die Sitzbank fiel. »Verschonen Sie mich mit Ihren Gedankenspielchen«, sagte er und stürmte nach draußen.

Addie sah von der Schwingtür aus, wie Jack anfing, das Essen aufzusammeln. Wütend wischte er Mayonnaise vom Kunststoffbezug und legte Teile des auseinandergefallenen Sandwichs zurück auf den Teller. Als er sich umdrehte, sah er Addie neben dem Tisch stehen. »Ich mach das schon«, sagte sie.

Aber Jack schüttelte den Kopf. »Tut mir leid, daß ich dir einen Gast vergrault habe.«

»Es war ja wohl keine Absicht.« Addie lächelte. »Außerdem hat er immer nur ein mickriges Trinkgeld gegeben.«

Etwas an Jacks verspannten Schultern und seinem ausdruckslosen Blick verriet ihr, daß er schon einmal eine Ohrfeige hatte einstecken müssen, wo er doch nur jemandem eine Freude hatte machen wollen. »Manche Leute wissen es einfach nicht zu schätzen, wenn man nett zu ihnen sein will«, sagte Addie.

Wie nett würdest du zu mir sein? dachte sie und war über sich selbst entsetzt. Jack war ihr Mitarbeiter. Er war ganz anders als sie, ein Unterschied wie Tag und Nacht. Doch dann mußte sie daran denken, daß er am Morgen für Delilah am Herd gestanden und Pfannkuchen in Form von Schneemännern zubereitet hatte, die er dann auf Chloes Teller auf der Theke gelegt hatte. Sie mußte daran denken, wie sie abends nach Feierabend zusammen den »Diner« für den nächsten Tag vorbereiteten, ein Tanz, der so eingespielt war, als wäre er ihnen schon seit einer Ewigkeit in Fleisch und Blut übergegangen.

Plötzlich wollte sie, daß Jack das gleiche empfand wie sie in letzter Zeit. Daß nämlich jemand an ihrer Seite war, der sie verstand. »Stuart kommt seit Jahren her, und jeden Morgen tue ich so, als hätte ich keine Ahnung, was er bestellen wird, obwohl es immer das gleiche ist – Schinken-Käse-Omelett, Bratkartoffeln und Kaffee. Jack, ich weiß, du wolltest bloß freundlich sein«, sagte Addie, »aber die meisten Gäste mögen es nicht, wenn man sie durchschaut.«

Jack stopfte sich den schmutzigen Spüllappen in den Schürzenbund und nahm ihr den Teller aus der Hand. »Wer mag das schon?« sagte er und ließ Addie stehen, die sich fragte, ob seine Antwort eine Mauer sein sollte, um sie auf Abstand zu halten, oder ein Hinweis, um ihr auf die Sprünge zu helfen.

Meg Saxton empfand Schulsport als eine besondere Form der Demütigung. Sie war nicht fettleibig, wie die Leute, die Richard Simmons besuchte, weil sie nicht mal mehr aus dem Bett kamen. Ihre Mutter meinte, sie sei noch im Wachstum. Ihr Vater meinte, es sei einfach viel dran an ihr, das man lieben konnte. Meg fand, die beiden hatten gut reden; schließlich mußten sie keine Einkaufsbummel mit Freundinnen durchstehen, bei denen sie so tat, als gäbe es nichts Interessantes für sie im Angebot, damit keiner mitbekam, daß sie bei Größe 44 suchte.

Die beiden Mädchen, die ihre Mannschaft zusammenstellen durften, strahlten das Selbstvertrauen aus, daß sie dergleichen durchaus gewohnt waren. Suzanne Abernathy war Kapitän der Feldhockeymannschaft; Hailey McCourt hatte die Fußballmannschaft im Jahr zuvor zur Meisterschaft geführt. Sie ließen den Blick über die Gruppe von Mädchen wandern und trennten im Geist die Sportskanonen von den Nieten.

»Sarah.«

»Brianna.«

»Leah.«

»Izzie.«

Gilly wurde ausgewählt – sie war zwar nicht besonders gut im Sport, aber sie war schnell und clever. Die Auswahl beschränkte sich mittlerweile nur noch auf eine Handvoll Mädchen mit schlechter Koordination. Meg zitterte jedesmal, wenn ein Name aufgerufen wurde, als würde mit jeder weiteren Leidensgenossin ein Stück von ihrem Schutzpanzer entfernt.

Schließlich waren nur noch zwei Mädchen übrig: Meg und Tessie, die das Down-Syndrom hatte und in diesem Jahr in den Genuß des integrativen Unterrichts von Behinderten gekommen war. Hailey sagte zu Suzanne: »Wen willst du? Die Zurückgebliebene oder den Fettkloß?«

Lautes Lachen prasselte auf Meg nieder. Neben ihr klatschte Tessie vor Freude in die Hände.

»Tessie, du gehst zu Suzanne«, bestimmte der Lehrer.

Als der Anpfiff erfolgte, blickte Meg Hailey an, wünschte ihr Furunkeln und Lepra an den Hals, entsetzliche Sachen, durch die sie das honigfarbene Haar, den Cover-Girl-Teint einbüßen würde und schließlich im selben Boot säße wie alle übrigen Außenseiter der Welt. Dann kam der Ball direkt auf sie zu. »Saxton!« brüllte Hailey. »Hierher!«

Meg hob den Fuß – wie schwer war es, einen Fußball zu treten? – und trat mit solcher Kraft zu, daß sie nach hinten kippte und auf dem Po im Schlamm landete.

Das Gelächter der Klasse änderte nichts daran, daß Meg es wie in Zeitlupe erlebte, wie der Ball raketengleich gen Himmel schoß. Sie war ein wenig verdutzt, wie weit er flog, obwohl es die genau entgegengesetzte Richtung von Hailey war. Der Ball landete schließlich weit im Aus auf dem Baseball-Platz nebenan.

Hailey ging an Meg vorbei und bespritzte sie absichtlich mit noch mehr Dreck. »Wenn du nicht geradeaus schießen kannst, Nilpferd, gib den Ball ab.«

»Hailey!« rief der Lehrer scharf und seufzte dann. »Meg, hol den Ball.«

Meg trabte los und es war ihr schmerzlich bewußt, daß Hailey über ihre Art zu laufen witzelte. Eines Tages würde sie als Magersüchtige wiedergeboren. Oder als Supermodel. Oder vielleicht beides zugleich. Mit gesenktem Kopf konzentrierte Meg sich auf das Feuer tief in ihrer Lunge und ihrem Bauch und nicht auf die Tränen, die ihr in den Augen brannten.

»Hier hast du ihn.«

Ein Mann gab ihr den Ball zurück. Er war groß, und die Sonne leuchtete auf seinem Haar wie bei Gilly. Er hatte ein herzliches Lächeln, und sie hätte ihn ungeheuer gutaussehend gefunden, wenn er nicht so alt wie ihr Vater gewesen wäre. »Du darfst ihn nicht mit der Schuhspitze treten«, sagte er.

»Was?«

»Heb das Knie, drück die Zehen nach unten und triff ihn mit dem Spann. Tritt von unten gegen den Ball.« Er grinste Meg an. »Du hast in einem Bein mehr Kraft als die Blonde im ganzen Körper.«

Meg wandte den Blick ab. »Und wenn schon«, brummte sie. Sie stapfte zurück aufs Feld und ließ das Spiel teilnahmslos an sich vorbeilaufen. Sie blickte zum Tor ihrer Mannschaft, als der Ball ihr gegen die Kniekehle prallte. *›Knie hoch, Schuhspitze nach unten, mit dem Spann!‹* hörte Meg die Stimme des Mannes wieder, und ohne nachzudenken, machte sie es genau so.

Der Ball flog flach und kraftvoll, steuerte direkt auf das gegnerische Tor zu. Vielleicht war es die Verblüffung darüber, daß Meg Saxton den Ball tatsächlich getroffen hatte; vielleicht lag es aber auch daran, daß sie – wie der Mann gesagt hatte – ungeahnte Kraft hatte, jedenfalls schoß der Ball durch die Verteidigung hindurch ins Netz.

Einen Moment lang stand alles still, und Meg fühlte sich plötzlich wohlig umhüllt von der tiefen Befriedigung, etwas absolut richtig gemacht zu haben. »Unhaltbar!« sagte ein Mädchen, und eine weitere Mitspielerin klopfte ihr auf den Rücken. Gillian kam zu ihr gerannt. »Unglaublich! Hast du gezaubert?«

»Nein«, gestand Meg, ein wenig erstaunt, daß es ihr ohne Zauberkraft gelungen war.

Doch Gillians Aufmerksamkeit richtete sich auf den Mann am Spielfeldrand, der mit den Händen in den Taschen davonging. »Wer ist denn dein Trainer?« fragte sie.

Meg zuckte die Achseln. »Irgendein Typ. Kenn ich nicht.«

»Er ist süß.«

»Er ist alt!«

Gillian lachte. »Frag ihn beim nächsten Mal, wie er heißt.«

Im Keller waren die Lebensmittel gelagert, die in der Küche keinen Platz hatten: Regale voll mit Brot und Brötchen für Hamburger, großen Maisdosen, Eimern voll Ketchup. Delilah hatte Jack nach unten geschickt, um einen Sack Kartoffeln zu holen. Als er ihn vom Regal zog und auf die Schulter wuchtete, sah er plötzlich Roy vor sich.

Der alte Mann stand hinter dem Metallregal, die Hand um eine Flasche Sherry geschlossen. »Ach, du Scheiße«, seufzte er.

»Addie macht Sie zur Schnecke.«

»Nur, wenn sie es erfährt.« Roy schenkte ihm sein gewinnendstes Lächeln. »Du darfst eine Woche lang im Fernsehen gucken, was du willst, wenn du nichts erzählst.«

Jack dachte kurz darüber nach und nickte. Dann stapfte er mit den Kartoffeln auf der Schulter die schmale Treppe hinauf. »Fang schon mal an zu schälen«, befahl Delilah.

»Hast du meinen Vater gesehen?« wollte Addie wissen, die in die Küche geeilt kam. »An der Kasse steht eine Riesenschlange.«

Delilah zuckte die Achseln. »Hier ist er nicht, sonst wäre ich über ihn gestolpert. Jack, hast du Roy im Keller gesehen?«

Jack schüttelte den Kopf, aber er mied Addies Blick. Und ausgerechnet in diesem Moment kam Roy durch die Kellertür in die Küche. Sein Gesicht glühte, und selbst aus einigen Metern Entfernung konnte Jack seine Alkoholfahne riechen.

Addies Gesicht lief puterrot an. Die Spannung im Raum war förmlich greifbar, und Jack ahnte, daß gleich jemand etwas sagen würde, das er später bedauern würde. Also ballte er die Hand zur Faust, so daß ihm die Kartoffel aus den Fingern flutschte und im Bogen über seine Schulter Richtung Grill flog. Dann holte er tief Luft, griff nach der Kartoffel und drückte die flache Hand auf die glühenden Metallstäbe.

»Au verdammt!« rief er, als echter Schmerz ihm in den Augen stach und seine Knie weich wurden. Delilah zog ihn vom Herd weg, und Addie eilte zu ihm. Energisch führte sie ihn zur Spüle und drehte das kalte Wasser auf. »Das gibt Blasen. Tut's sehr weh?«

Es tat weh, aber nicht das, was sie meinte. Weh taten ihre Finger, die seinen Handrücken streichelten, weh tat das Gefühl, daß ihre Sorge ihn umspülte wie ein Bach. Verpaßte Gelegenheiten waren niemals harmlose Wunden; sie schnitten tief ins Fleisch, bis auf die Knochen.

Addie versorgte die roten Brandstreifen, die auf seiner Haut leuchteten. »Wirklich«, schimpfte sie, jetzt da die Gefahr vorüber war, »du bist so ungeschickt wie Chloe.«

Jack schüttelte den Kopf. Er drückte Addies Finger an seine Brust, so daß sein Herz in ihrer offenen Hand schlug.

Als Thomas aufblickte, stand ausgerechnet das Mädchen, an das er gerade sehnsüchtig dachte, keinen Meter von ihm entfernt. »Äh, hi«, brachte er heraus. *Echt toll.*

»Darf ich mich zu dir setzen?« fragte Chelsea und ließ den Blick über die anderen Tische der Schulkantine streifen. »Ganz schön voll heute.«

»*Mi* Tisch *es su* Tisch.«

»Was?«

»Das ist Spanisch. Na ja, so ungefähr. Ich weiß nicht, was *Tisch* heißt ...« *Halt die Klappe, Thomas, sonst vermasselst du alles.*

»Danke.« Chelsea stellte ihr Tablett ab, winkte dann. Und plötzlich wurde Thomas klar, daß die Prinzessin mit einer Entourage gekommen war. Gillian Duncan und zwei andere Mädchen nahmen Platz, und sobald sie sich niedergelassen hatten, war es, als existierte Thomas nicht mehr.

Immerhin war es besser, die Mittagspause mit Chelsea Abrams fast auf Tuchfühlung neben ihm auf der Holzbank zu verbringen als ganz allein. Er hielt die Luft an, als sie aus Versehen Thomas' Serviette nahm und sie sich an den Mundwinkel drückte: fast genau dieselbe Stelle der Serviette, mit der Thomas sich ebenfalls den Mund abgewischt hatte. Er schickte ein stilles Stoßgebet zu Gott, damit Chelsea vor ihm ging und nicht merken würde, was seine Gedanken in seiner Leistengegend bewirkten.

»Vielleicht ist er ein Sittenstrolch«, sagte Meg, und Thomas wich ein Stück zur Seite, aus Angst, sie könnten seine Erektion durch den Tisch hindurch spüren. »Sonst lauern schließlich keine erwachsenen Männer an Schulsportplätzen.«

»Lauern? Gott, Meg, geht's nicht noch dramatischer?« Whitney warf die Haare nach hinten über die Schulter. »Sittenstrolche leben in Großstädten wie Detroit und L.A., nicht in Salem Falls.«

»Erstens, mein Dad sagt immer, daß die Verbrechensstatistik nicht viel besagt, wenn man zu dem einen Prozent der Opfer gehört. Zweitens – ich hab mit ihm gesprochen, nicht du.«

»Trotzdem«, sagte Gillian, »ich würde nicht so schnell jemanden mit Steinen bewerfen, dem ich es zu verdanken habe, daß ich plötzlich wie eine Fußballkönigin dastehe.«

»Sprecht ihr über den Typen am Fußballplatz?« fragte Thomas.

Chelsea wandte sich ihm zu. »Kennst du ihn?«

Thomas wurde heiß, als alle ihn anblickten. »Klar. Der arbeitet im ›Diner‹ in der Stadt.«

Gillian nahm einen Schluck aus einer Wasserflasche und schaute in die Richtung der Sportplätze, wo der Mann vielleicht genau in diesem Augenblick stand.

»Auch einer, der in einem Restaurant arbeitet, kann ein Sittenstrolch sein«, murmelte Meg. »Mehr sag ich ja nicht.«

Für Jacks Empfinden saß das junge Mädchen mittlerweile derart lange an der Theke, daß man durchaus anfangen konnte, sich Sorgen zu machen, aber es war schließlich nicht sein Restaurant, und es stand ihm nicht zu, sich hier aufzuspielen. Er blieb also mit steinerner Miene an der Kasse sitzen, dort, wo sein Verband nicht naß werden durfte.

Das Mädchen starrte ihn weiter an. Sie war schlank und hübsch, fohlenhaft, obgleich sie für seinen Geschmack zuviel Make-up aufgelegt hatte. Gerade war sie dabei, ihr sechzehntes Zuckertütchen aufzureißen und den Inhalt auf die Theke zu schütten.

Addie kam durch die Schwingtür gefegt, beide Arme mit Tellern beladen. »Hilf mir rasch mal, ja?« Jack stand auf und folgte ihr. Dann nahm er ihr die Teller ab.

»Danke«, sagte sie. »Wenn Chloe mir nicht dauernd vor die Füße läuft, schaff ich es vielleicht trotz der Hektik hier, alle satt zu kriegen.« Sie war schon auf dem Weg zurück in die Küche, als Jack ihren Namen rief.

»Das Mädchen da … die hockt schon seit drei Stunden hier.«

»Von mir aus kann sie drei Jahre hier hocken, solange sie Hunger hat und Daddys Kreditkarte. Das ist Gillian Duncan, die Tochter von dem Typen, dem die Pharmafabrik gehört.«

Jack setzte sich wieder hin und sah zu, wie Gilly Duncan Zuckertütchen Nummer siebzehn und achtzehn aufriß und sie auf die Theke kippte. Verflixt noch mal. Wenn Jack bedienen würde, hätte er vielleicht ein Auge zugedrückt, aber da Addie wegen seiner Hand für ihn eingesprungen war, wurmte ihn der Gedanke, daß sie anschließend hinter der verwöhnten Göre würde saubermachen müssen. »Du saust ganz schön rum«, sagte er.

Gillian hob eine zarte, rote Braue. »Ach du je. Ich hab ja was verschüttet.« Sie steckte den Zeigefinger in den Mund, rollte ihn dann im Zucker und lutschte daran. »Süß.« Wieder steckte sie den Finger in den Zucker und hielt ihn hoch. »Zuckersüß.«

Jack wich zurück, als hätte sie eine Waffe gezogen.

»Ich wollte Ihnen keine unnötige Arbeit machen.« Sie schob sich das Zuckerhäufchen in die hohle Hand und ließ es auf den Rand ihres Tellers rieseln. »So. Ich bin übrigens Gilly. Und Sie?«

»Auf dem Rückzug«, erwiderte Jack, kam hinter der Theke hervor und verschwand zur Eingangstür hinaus.

In Whitneys Garage häufte sich Gillian Zimt in die Hand und begann den dritten Zauber, indem sie einen Kreis um ihre Freundinnen zog. »Trenn mich von der Welt der Menschen. Trenn mich von der Welt des Geistes. Halt mich zwischen beiden, damit mein Zauber wirken kann.« Der letzte Rest Zimt rieselte von ihren Fingern, und sie wandte sich an die anderen. »Der Kreis ist geschlossen.«

Sie kniete sich vor den Altar und griff nach ihrer grünen Kerze. Sie rieb die Kerze von oben nach unten mit Öl ein und sang: »Heil mich ganz, heil mich ganz.« Mit dem Quarz aus dem Wiccan Read kratzte Gillian einen Äskulapstab in die Kerze, das Symbol für vollkommene Heilung. »Wer hat die Streichhölzer?«

Whitney verzog das Gesicht. Sie deutete auf die Motorhaube des silberfarbenen Volvos ihrer Mutter. »Mist. Ich hab sie da liegenlassen.« Sie nahm das Messer, das auf dem Altar lag, und schnitt die unsichtbaren Grenzen des Kreises durch, um ihn zu öffnen, holte die Streichhölzer und trat dann wieder in den Kreis. »Da«, sagte sie und legte Gilly die Schachtel in die Hand.

Die Flamme wuchs jedesmal höher, wenn die Mädchen einatmeten und sich vorstellten, wie Stuart Hollings von seinem Krankenbett aufstand und davonging. Wachs tropfte an der Kerze hinunter, bis die eingeritzte Schlange nicht mehr zu sehen war. Dann blies Zugluft unter dem Garagentor hindurch die Flamme aus.

»Glaubt ihr, das bedeutet, es geht ihm besser?« flüsterte Chelsea.

»Entweder das, oder er ist tot.«

»Vielleicht sollten wir im Krankenhaus anrufen und nachfragen.«

»Die würden es uns nicht sagen«, stellte Gillian klar. »Wir sind nicht mit ihm verwandt. Wir müssen bis morgen warten.«

Die Mädchen saßen schweigend da. »Heute abend war es irgendwie anders«, sagte Whitney schließlich.

»Als würde ich innerlich summen«, stimmte Meg zu.

»Vielleicht hat's daran gelegen, daß wir es nicht für uns selbst gemacht haben.« Whitney sprach langsam. »Wenn wir einen Geld- oder Liebeszauber gewirkt haben, wollten wir *uns* verändern, *uns* helfen. Diesmal haben wir die ganze Energie zu Mr. Hollings geschickt.«

Chelsea runzelte die Stirn. »Aber wenn wir die Energie weggeschickt haben, wieso hat es sich dann im Kreis so kraftvoll angefühlt?«

»Weil es mehr Kraft erfordert, das Leben von jemand anderem zu verändern als das eigene«, erwiderte Gillian.

»Und falls es funktioniert –«, sagte Whitney.

»*Wenn* es funktioniert.«

»*Wenn* es funktioniert ... dann hat er es sich sowieso schon lange gewünscht.« Whitney blickte auf den Altar, auf die qualmende Kerze. »Eine wahre Hexe kann auch für jemand anderen Zauber wirken.«

»Eine wahre Hexe kann auch jemand anderen verzaubern.« Gillian hob den Finger, der braun von Zimt war, und pustete darauf, so daß ein Zimtwölkchen die Luft vor ihr trübte. »Und wenn wir Mr. Hollings nicht geheilt haben? Wenn wir ihn kränker gemacht haben?«

Chelseas Augen wurden größer. »Du weißt, das geht gegen unser Hexenkredo, den Wiccan Read, Gilly. Was immer man tut, wird einem dreifach vergolten.«

»Na gut. Mr. Hollings ist ein blödes Beispiel. Aber wenn es beim Wicca darum geht, das Gleichgewicht der Natur zu bewahren, wieso können wir dann dafür keinen Zauber einsetzen?«

Whitney blickte Gillian an. »Ich versteh nicht, was du meinst.«

Meg beugte sich vor. »Sie meint, wenn wir Leuten helfen, die anderen geholfen haben, ist es doch folgerichtig, Leuten zu schaden, die anderen geschadet haben. Richtig?«

Gillian nickte. »Und zwar so, daß sie nicht wissen, wem sie es zu verdanken haben.« Ihre Stimme glitt über die Vorbehalte der anderen hinweg, wurde weicher. »Überlegt doch mal, wie mächtig ihr euch heute abend gefühlt habt, weil ihr jemanden geheilt habt. Und dann stellt euch vor, wie mächtig ihr euch fühlen würdet, wenn ihr das Leben von jemandem zerstören könntet.«

»Hailey McCourt«, flüsterte Meg.

Gillian drehte sich zu ihr um. »Kein schlechter Anfang.«

»Wo hast du gesteckt?« fragte Addie, als Jack den »Diner« betrat.

»Draußen.«

Es waren keine Gäste da, in der Küche war es ruhig. ›Jeopardy!‹ lief im Fernsehen oben an der Wand, der Ton war leise gestellt. Jack zog sich die Jacke aus, um bei den Vorbereitungen für den nächsten Tag zu helfen.

»Tja, es behagt mir zwar gar nicht, dich darauf hinweisen zu müssen, aber du kannst nicht so einfach ohne eine Erklärung während der Arbeit verschwinden. Oder bist du vielleicht deshalb aus deinem Lehrerjob geflogen?«

Er starrte gebannt auf den Bildschirm über ihrer linken Schulter.

Das Metall, aus dem der Kern eines Vierteldollar hergestellt wird.

Was ist Zink? dachte Jack. »Tut mir leid«, sagte er.

»Das sollte es auch. Ich hätte dich heute abend hier gebraucht. Mag sein, daß ich nicht viel zahle, aber –«

Die Glocken über der Eingangstür klingelten. Addie blickte Jack aus zusammengekniffenen Augen an, vorwurfsvoll, weil er vergessen hatte abzuschließen. Wes Courtemanche kam in Uniform herein. »Kaffee, Addie?«

»Tut mir leid, Wes. Ich hab gerade die Kannen ausgespült.«

»Ich habe eine wunderbare Kaffeemaschine in meiner Küche.«

Jack tauchte den Mop in den Eimer und stieß ihn versehentlich um. Ein kleiner See breitete sich zwischen Wes' Füßen aus. »Tut mir leid«, murmelte Jack und machte sich eilig daran, das Wasser aufzuwischen.

»Selbst wenn ich nicht hundemüde wäre, könnte ich nicht. Chloe ist hinten eingeschlafen, und ich muß sie nach Hause bringen.«

Wes wußte nicht, was er sagen sollte. »Chloe«, wiederholte er.

»Ja.«

»Weißt du, ich hab mir schon öfters einen Korb eingehandelt, Addie, aber noch nie wegen eines Geistes.«

Das geht dich gar nichts an, dachte Jack immer wieder. Er schob den Mop in gleichmäßigem Rhythmus über die schwarzweißen Fliesen.

Die letzte Überlebende der Brontë-Schwestern.

»Ach, komm schon, Addie.«

Nicht Emily.

»Nein, Wes. Ich kann nicht.«

Nicht Anne.

Aus den Augenwinkeln sah Jack, wie Courtemanche die Hand nach ihr ausstreckte, wie Addie zurückwich.

Wer ist Charlotte?

Er ließ den Mop fallen und stellte sich zwischen Addie und Wes, drängte den Polizisten gegen die Wand. »Sie will nirgendwo mit Ihnen hingehen.«

»Jack, laß das!«

Wes stieß Jack zu Boden. »Dafür könnte ich Sie einbuchten.«

Jack machte keine Anstalten aufzustehen. Wes setzte sich seine Mütze auf und stürmte wütend nach draußen. *Addie*, dachte Jack. *Ich habe es für Addie getan.*

»Bist du verrückt?« Sie beugte sich zu ihm hinunter, bis ihr Gesicht mit seinem auf einer Höhe war, die Augen hart und kalt. »Er ist Polizist, Jack. Er könnte einer kleinen Restaurantbesitzerin das Leben ganz schön schwer machen. Und wahrscheinlich wird er mir beim nächsten Mal nur noch mehr zusetzen.«

Jack stand mit einem Ruck auf, zog sich seine Jacke an und ging zum zweitenmal an diesem Tag, ohne Addie zu sagen, wohin und warum.

Chloe unter Wasser, das war Addies stärkste Erinnerung an sie. Chloe war sieben gewesen, als Addie genug Geld zusammengekratzt hatte, um mit ihr in die Karibik zu fahren. Sie hatten ein kleines Haus direkt am Strand gemietet, Palmwedel streiften die verwitterten Fensterläden und jeden Morgen lag eine neue Kokosnuß im Sand.

Eines Nachmittags sah Addie, wie Chloe unermüdlich unter Wasser hin und her schwamm, als wollte sie einen Rekord aufstellen. »Was machst du denn da?«

»Ich bin eine Nixe. Guck doch mal.«

Also war Addie mit der Tauchermaske ihrer Tochter ins Wasser gewatet. Chloe schlängelte sich durch das Wasser: die Beine geschlossen, die Hüften leicht wiegend, die hellblonden Haare hinter sich herwogend. Durchs Wasser hindurch sah Addie die zitternde Sonne, gelb wie ein Eidotter. Plötzlich drehte Chloe sich um und blickte sie an, mit großen Augen, das Gesicht sanft von ihrem Haar umspielt, die Arme blau getönt von den Schatten des Meeres.

Addie erinnerte sich, daß sie als kleines Mädchen im Swimmingpool des Christlichen Vereins junger Frauen auch manchmal Nixe gespielt hatte. Da war sie für kurze Zeit sogar überzeugt gewesen, wirklich eine zu sein – daß ihre Beine aus einem geschuppten Schwanz bestanden, daß ihre Lungen Wasser atmen konnten, daß die breiten Oberschenkel der Frauen, die im Pool Wasseraerobic machten, sich in Korallensäulen verwandelt hatten. Unter Wasser war die Welt eine andere, und man konnte sein, was man wollte. Unter Wasser bewegte man sich langsam, so langsam, daß man vielleicht niemals erwachsen werden mußte.

An dem Tag, als Chloe gestorben war, hatten die Krankenschwestern Addie eine Stunde lang allein bei ihrem Leichnam sitzen lassen. Addie hatte die Bettdecke ganz eng um Chloes reglose Beine gelegt. Sie hatte mit angesehen, wie diese dünnen Ärmchen ganz allmählich blau wurden; sie hatte gesehen, wie Chloes Wangen und Schläfen an den Stellen naß glänzten, wo ihre eigenen Tränen hingefallen waren – und sie hatte gedacht, *Du bist eine Nixe, Schätzchen.*

Sie hatte gedacht, *Warte auf mich.*

Die Neurologen im Krankenhaus hatten dergleichen noch nie erlebt: Ein Mann, der unter den Folgen eines schweren Schlaganfalls litt, stand plötzlich auf und fing seinen Tag an, als wäre nichts geschehen. Doch die Krankenschwestern hatten es mit eigenen Augen gesehen: Stuart Hollings, der nicht sprechen und eine Hälfte seines Körpers nicht bewegen konnte, war morgens aufgewacht und hatte sein Frühstück verlangt – und dann gedroht, nach Hause zu gehen, als er es nicht schnell genug bekam.

Drei Stunden nachdem er kräftig gefrühstückt hatte und die neurologischen Untersuchungen abgeschlossen waren, erklärten die Ärzte Stuart für so weit genesen, daß er sich zu Hause auskurieren könnte.

Im Polizeirevier von Salem Falls wurden sämtliche Beamten routinemäßig über potentielle Probleme unterrichtet, auch über Straftäter, die nach der Entlassung aus dem Gefängnis in die Stadt gezogen waren, obwohl dieser Fall zuvor nie eingetreten war.

Diesen Teil seines Jobs konnte Charlie nicht ausstehen – und genau wegen dieser Aversion wäre er vermutlich von der Uni geflogen, wenn er Jura studiert hätte. Er war sicher, daß man in den Köpfen der Leute nur den leisesten Zweifel zu säen brauchte, und schon würden sie jede neu sprießende Pflanze mitsamt der Wurzel als potentielles Unkraut ausreißen, auch wenn vielleicht bloß ein harmloses Gänseblümchen daraus geworden wäre.

Andererseits war natürlich nicht auszuschließen, daß St. Bride sich an einer Schülerin der High-School vergriff, und dann würde Charlie es bedauern, daß er nicht auf großen Plakaten vor ihm gewarnt hatte.

Er fing an, auf seinem Laptop ein Memo zu tippen, das noch am selben Tag über die hausinterne Post verteilt werden sollte. Er hatte gerade die Überschrift getippt, als seine Sekretärin die Tür öffnete. »Die Zentrale hat eben einen Anruf bekommen. Hatten Sie einen Termin bei Gericht?«

»Ach, du grüne Neune.« Er hatte vergessen, daß er ja zu einem Anklageeröffnungsverfahren mußte. Während er nach draußen eilte, beschloß er, das St.-Bride-Memo fertig zu machen, sobald er wieder im Büro war, wo noch zig andere Dinge erledigt werden mußten.

Leider wußte seine Sekretärin das nicht. So kam es, daß sie, als sie wenig später ein Fax auf Charlies Schreibtisch legen wollte, den noch eingeschalteten Computer sah und ihn ausmachte. Und als Charlie zurückkam, war ihm Jack St. Bride völlig entfallen.

Hailey McCourt konnte die Wörter nicht lesen, weil sie auf der Seite ihres Schulbuches herumtanzten. Sie zog das Haargummi von ihrem Pferdeschwanz und band es etwas lockerer. Ihre Mom litt an Migräne, vielleicht hatte sie das von ihr geerbt. Aber bitte, bitte nicht ausgerechnet heute! Bitte nicht vor dem wichtigen Fußballtraining, danach wäre es Hailey sogar egal, wenn sie im Umkleideraum tot umfiel.

Mr. O'Donnell bat sie, die Matheaufgabe an die Tafel zu schreiben. Hailey schluckte und stand auf, mußte ihr Gleichgewicht suchen, bevor sie nach vorne ging. Nach ein paar Schritten stieß sie gegen einen Tisch und fiel auf die dort sitzende Mitschülerin.

Gekicher ertönte, und das Mädchen, auf das sie gefallen war, warf ihr einen wütenden Blick zu. Schließlich erreichte sie die Tafel und stand direkt hinter Mr. O'Donnell, der irgendwelche Papiere zusammensuchte. Sie wollte die Kreide nehmen, doch sie rutschte ihr immer wieder aus den Fingern. Jetzt lachte die ganze Klasse.

»Miss McCourt«, sagte der Lehrer, »für solche Albernheiten haben wir heute keine Zeit.«

Sie packte die Kreide, hielt sie unbeholfen, als wäre ihre Hand eine Pfote. Dann blickte sie auf.

Das Klassenzimmer hatte sich auf den Kopf gedreht.

Aber sie stand, und die Tafel war vor ihr. Ihre Füße dagegen ruhten an der Decke, und die anderen in der Klasse, hinter ihr, hingen mit den Füßen nach oben an ihren Stühlen.

Sie mußte ein Geräusch von sich gegeben haben, denn Mr. O'Donnell trat zu ihr. »Hailey«, sagte er leise, »ist Ihnen nicht gut?«

Zum Teufel mit Fußball. Zum Teufel mit allem. Hailey spürte, wie ihr die Tränen kamen. »Ich muß an die frische Luft«, flüsterte sie.

Sie drehte sich um und floh, vergaß ihre Bücher und ihren Rucksack. Sie paßte plötzlich nicht mehr in diese Welt, und sie hatte keine Ahnung, wie sie sich elegant in ihr bewegen sollte. Das war Hailey McCourts letzter Gedanke, bevor sie gegen den Türrahmen lief und bewußtlos zu Boden fiel.

Anders als viele Häuser in Salem Falls, die eng beieinander standen, lag das von Addie ganz allein im Wald am Ende einer langen, gewundenen Zufahrt. Es war klein und hübsch, mit verwitterten Schindeln und einem grünen Dach, und paßte zu Addie. Aus dem Schornstein stieg Rauch, der etwas auf den Nachthimmel schrieb. Im Garten, in einer vom Mond erhellten Matschpfütze, stand eine rostige Schaukel.

Jack saß auf dem Gummisitz. Der Lärm, den er durch das Schaukeln verursachte, war quälend, als würden alte Knochen wieder zum Leben erweckt. Addie mußte es im Haus hören.

Als die Tür aufging, sah Jack in ihrem Gesicht eine rasche Abfolge von Emotionen – Hoffnung, als sie zur Schaukel blickte; Enttäuschung, als sie sah, daß es nicht ihre Tochter war; Neugier, als sie sich fragte, warum er gekommen war. Als sie näher kam, sah Jack eine letzte Empfindung: Erleichterung. »Wo warst du denn?«

Jack zuckte die Achseln. »Tut mir leid, daß ich heute nicht zur Arbeit gekommen bin.«

Trotz des Dämmerlichts sah Jack, daß Addie errötete. »Ach was, da bin ich ja selbst schuld. Ich hätte dich gestern abend nicht so behandeln dürfen. Ich weiß, du hast nur getan, was du für richtig gehalten hast.«

Jack sog tief die Luft ein, um die Erklärung hinauszupressen, die ihm in der Brust steckte. »Ich muß dir was sagen, Addie.«

»Nein, zuerst muß ich dir was sagen.« Sie stand vor ihm, stocherte mit einer Schuhspitze im Matsch. »An dem Tag, als Stuart ... da hast du mich gefragt, was mit Chloe passiert ist.«

Jack verhielt sich ganz still, als wäre ein seltener Schmetterling plötzlich direkt vor ihm gelandet. »Ich weiß, daß sie tot ist«, gestand Addie. »Auch wenn ich manchmal so tue, als würde sie noch leben, aber ich weiß es.« Sie setzte die Schaukel leicht in Bewegung. »Eines Morgens ist sie wach geworden und hatte einen entzündeten Hals. Klar – bloß eine Halsentzündung, wie sie Kinder schon mal kriegen. Sie hatte nur etwas Temperatur. Und ich ... ich mußte doch arbeiten. Also hab ich sie oben bei meinem Dad auf die Couch gepackt, wo sie sich im Fernsehen Zeichentrickfilme angucken konnte, und bin runter in den ›Diner‹. Ich dachte, es würde schon von allein wieder weggehen. Wenn es nach dem Mittagsansturm nicht besser wäre, wollte ich mit ihr zum Arzt gehen.« Addie senkte den Kopf, ihr Profil wie in Silber gestochen. »Ich hätte sofort mit ihr zum Arzt gehen müssen. Ich hab einfach nicht für möglich gehalten, daß sie was Ernstes hat.«

»Bakterielle Meningitis«, murmelte Jack.

»Um 17.07 Uhr ist sie gestorben. Ich weiß noch, daß im Fernsehen die Nachrichten liefen, und ich dachte, *Die brauchen mir wirklich nicht zu erzählen, was für furchtbare Sachen auf der Welt passieren, das Furchtbarste erlebe ich gerade selbst.*« Schließlich blickte sie Jack in die Augen. »Ich weiß, daß Chloe das Sandwich nicht essen wird, das ich ihr abends hinstelle, nie wieder. Aber ich muß es ihr hinstellen. Und ich weiß, daß sie mir nie wieder vor die Füße laufen wird, wenn ich serviere, aber ich wünschte, sie würde es tun ... also tu ich einfach so.«

»Addie –«

»Auch wenn ich mir das Hirn zermartere, ich kann mich nicht mehr genau erinnern, wie ihr Lächeln ausgesehen hat. Oder ob ihre Haarfarbe eher golden oder eher gelb gewesen ist. Es wird schlimmer ... schwerer ... mit jedem Jahr. Ich habe sie einmal verloren«, sagte sie mit gebrochener Stimme. »Ich ertrage es nicht, sie immer wieder zu verlieren.«

»Auch ein Arzt hätte vielleicht nicht rechtzeitig die richtige Diagnose gestellt, Addie. Auch nicht, wenn du sie morgens gleich zu ihm gebracht hättest.«

»Ich war ihre Mutter. Es war meine Aufgabe, das Beste für sie zu tun.«

»Du hast nur getan, was du für richtig gehalten hast.«

Aber sie antwortete nicht. Statt dessen starrte sie auf die aufgeworfene, verbrannte Haut in seiner Handfläche, auf der sich Narben bilden würden. Langsam, damit er Zeit hatte, zurückzuweichen, kniete Addie sich hin und beugte sich über Jacks Hand. Küßte sie. Unwillkürlich zuckte er zusammen.

Sofort zog sie sich zurück. »Es tut noch weh.«

Jack nickte. »Ein bißchen.«

»Wo?«

Er zeigte auf sein Herz, unfähig zu sprechen.

Als Addies Lippen über seine Brust streiften, hatte Jack ein Gefühl, als summe sein Körper eine Melodie. Er schloß die Augen, hatte Angst, die Beherrschung zu verlieren und sie in die Arme zu nehmen, hatte noch größere Angst, daß sie zurückweichen würde. Schließlich tat er gar nichts, ließ einfach zu, daß sie sich an ihn schmiegte, während er die Arme hängen ließ. »Besser?« murmelte Addie.

»Ja«, antwortete Jack. »Perfekt.«

April 2000
Salem Falls,
New Hampshire

Gillian beobachtete ihren Vater, der in seinem Büro telefonierte, und während ihm die Worte wie Öl von den Lippen tropften, fragte sie sich, wie es wohl wäre, ihm in den Kopf zu schießen.

Sein Gehirn würde auf den weißen Teppichboden spritzen. Seine Sekretärin, eine ältere Frau, die stets aussah, als würde ihr ein Pflaumenkern im Hals stecken, würde wahrscheinlich einen Herzanfall bekommen. *Na, das war alles viel zu brutal, zu offensichtlich*, dachte Gilly. Besser wäre es, ihn langsam zu vergiften, ihm eins von seinen kostbaren Medikamenten ins Essen zu tun, bis er eines Tages einfach nicht mehr aufwachte.

Gilly mußte grinsen, und ihr Vater blickte zu ihr auf und lächelte ebenfalls. Er legte die Hand auf die Sprechmuschel. »Noch eine Minute«, flüsterte er und zwinkerte.

Es überkam Gilly manchmal ganz plötzlich: dieses Gefühl, daß sie explodieren würde, daß ihre eigene Haut zu eng war, als ob der Zorn so gewaltig und schnell in ihr anschwellen würde, daß er ihr die Kehle zuschnürte. Manchmal hatte sie den unwiderstehlichen Drang, mit der Faust durch eine Scheibe zu schlagen; dann wieder weinte sie hemmungslos. Mit ihren Freundinnen konnte sie nicht darüber reden, denn es konnte doch immerhin sein, daß es nur ihr so erging, weil sie völlig durchgeknallt war. Vielleicht hätte sie sich ihrer Mutter anvertraut, aber sie hatte nun mal seit vielen Jahren keine Mutter mehr.

»So!« sagte ihr Vater triumphierend und legte auf. Er legte einen Arm um ihre Schultern, und Gillian wurde von den Gerüchen umhüllt, die sie an ihre Kindheit erinnerten: Holzrauch und Zimt und dünne kubanische Zigarren. Sie überließ sich dem Duft, schloß die Augen. »Wie wär's mit einem kleinen Rundgang durchs Werk? Du weißt doch, wie sich immer alle freuen, dich zu sehen.«

Im Grunde wollte er nur wieder mit seiner Tochter angeben. Gilly war immer verlegen, wenn sie durch die Fabrik ging, den zahnlückigen Arbeitern zunickte, die ihr höflich zulächelten, aber dabei im stillen dachten, daß sie in einer Woche weniger verdienten, als Gillian an Taschengeld bekam.

Sie betraten die Fertigungshalle. Höllischer Krach schlug ihnen entgegen. »Heute produzieren wir Preventa«, brüllte ihr Vater ihr ins Ohr. »Die Pille danach.«

Er führte sie zu einem Mann, der mit einem Ohrenschutz im Kreis herumging. »Hallo, Jimmy. Erinnerst du dich noch an meine kleine Tochter?«

»Klar doch. Hallo, Gillian.«

»Entschuldige mich einen Moment, Schätzchen«, sagte Amos, und dann erkundigte er sich bei Jimmy nach Lagerbeständen und Auslieferungen.

Gillian schaute zu, wie die Maschinen stampfend und mahlend die Zutaten abmaßen: Levenorgestrel und Äthynilestradiol. Das Gerät neben ihr füllte durch einen schmalen Schlitz frisch geformte Pillen, die dann in kindersicheren Verpackungen landen würden.

Sie griff blitzschnell in die Sortierschale und nahm ein paar Pillen.

Sie hatte die Hand noch tief in der Hosentasche, als Amos sich umdrehte. »Ich langweile dich wohl zu Tode, was?«

Gilly lächelte ihren Vater an. »Noch nicht.«

Im nachhinein dachte Addie, das Ganze hätte eigentlich viel beängstigender sein müssen: kurz vor Mitternacht auf einen Friedhof zu schleichen, mit einem Mond wie ein großes, blutunterlaufenes Auge am Himmel. Doch plötzlich fand sie nichts dabei, daß sie sich im Stockfinstern Zugang zu einem Friedhof verschaffte, daß sie zum erstenmal nach so vielen Jahren das Grab ihrer Tochter besuchte. In dem Moment zählte nur, daß jemand bei ihr war, als sie diesen gewaltigen Schritt tat.

Wärme schwebte vom Boden hoch, alte Seelen schlängelten sich zwischen Addies Beinen hindurch. »Als ich auf dem College war«, sagte Jack, »hab ich mich öfters mit meinen Büchern auf den Friedhof verkrochen.«

Sie wußte nicht, wovon sie mehr überrascht war: von dem, was er getan hatte, oder von der Tatsache, daß er es ihr überhaupt erzählte. »Hattet ihr denn keine Bibliothek?«

»Doch. Aber auf dem Friedhof war es ruhiger. Manchmal hab ich noch einen Picknickkorb mitgenommen, und –«

»Einen Picknickkorb? Das ist ja krank. Das ist –«

»Ist es das da?« fragte Jack, und Addie sah, daß sie vor Chloes Grab standen.

Als sie es zuletzt gesehen hatte, bestand es aus nackter Erde, bedeckt mit Rosen und Kränzen von mitfühlenden Menschen, die keine Worte fanden und statt dessen Blumen brachten. Jetzt stand dort auch ein Grabstein aus weißem Marmor: CHLOE PEABODY, 1979–1989. Addie blickte zu Jack hoch. »Was glaubst du passiert … na ja … wenn man gestorben ist?«

Jack steckte die Hände in die Jackentaschen und zuckte die Achseln, wortlos.

»Früher hab ich gehofft, daß wir, wenn wir unser altes Leben aufgeben, ein neues bekommen.«

Ein Schnauben zerschnitt die Luft zwischen ihnen, Jacks Antwort.

»Dann … danach … hatte ich diese Hoffnung nicht mehr. Ich wollte nicht, daß Chloe die kleine Tochter von irgend jemand anderem wird.« Addie maß behutsam ein Rechteck um das Grab herum ab. »Aber irgendwo muß sie doch sein, oder?«

Jack räusperte sich. »Die Inuit sagen, daß die Sterne Löcher im Himmel sind. Und jedesmal, wenn wir die Menschen, die wir geliebt haben, hindurchscheinen sehen, wissen wir, daß sie glücklich sind.«

Sie beobachtete, wie Jack zwei leuchtende Blüten aus der Tasche nahm und sie aufs Grab legte. Sie stammten von dem Schnittlauch, den Delilah auf der Fensterbank zog, und hoben sich als lila Tupfen von dem Grabstein ab.

Zu dieser nächtlichen Stunde war der Himmel weit aufgerissen, Sterne breiteten sich wie eine Geschichte am Horizont aus. »Diese Inuit«, sagte Addie, und Tränen strömten ihr über die Wangen. »Ich hoffe, sie haben recht.«

Addie zitterten die Hände, als sie Jack zur Wohnung ihres Vater begleitete. Spürte er es auch, jedesmal, wenn sie mit den Schultern aneinanderstießen? Wenn er in einen Raum kam, in dem Addie bereits war, merkte er dann, daß die Luft um sie beide herum sich zusammenzog? Es war ein ganz neues Gefühl für sie, in der Gesellschaft eines Mannes sein zu können, ohne Reißaus nehmen zu wollen.

Sie waren jetzt oben an der Treppe. »Also dann«, sagte Jack, »bis morgen.« Seine Hand drehte den Türknauf.

»Moment noch«, platzte Addie heraus und berührte seine Hand. Wie erwartet, verharrte er reglos. »Danke. Daß du heute abend zu mir gekommen bist.«

Jack nickte, wandte sich dann wieder der Tür zu.

»Darf ich dich was fragen?«

»Wenn es um die Abdichtung an der Lieferantentür geht, die wollte ich –«

»Nein«, sagte Addie. »Ich wollte dich fragen, ob du mich küssen würdest.«

Sie sah die Überraschung in seinen Augen. Nervosität drang aus ihren Poren wie Parfüm.

»Nein«, antwortete Jack sanft.

Addie bekam keine Luft mehr, so lächerlich hatte sie sich gemacht. Mit brennenden Wangen trat sie zurück und stieß gegen eine harte Wand.

»Ich werde dich nicht küssen«, fügte Jack hinzu, »aber du kannst mich küssen.«

»Ich – kann ich?« Sie hatte das merkwürdige Gefühl, daß Jack sich dessen genauso unsicher war wie sie.

»Willst du?«

»Nein«, sagte Addie, und dann stellte sie sich auf die Zehenspitzen, damit ihre Lippen seine berühren konnten.

Fast hätte er sie umarmt. Doch so ließ er nur zu, daß sie die Konturen seines Mundes nachfuhr, bevor er ihn öffnete und spürte, wie ihre Zunge sich gegen seine drückte. Er berührte sie nicht, nicht, als sich ihre Hände auf seine Brust legten, nicht, als ihr Haar ihn am Hals kitzelte, nicht, als er merkte, daß sie nach Kaffee und Einsamkeit schmeckte.

Was Schlimmeres hättest du nicht tun können, sagte er sich. *Das bringt dir garantiert Ärger ein. Schon wieder.*

Aber er ließ Addie Schicksal spielen, ließ sie den Kuß ausdehnen und beenden, als sie es für richtig hielt. Dann verschwand er in Roys Wohnung, um sich möglichst schnell ins Bett zu verkriechen und die letzten zehn Minuten seines Lebens zu vergessen. Doch als er eben das dunkle Wohnzimmer durchqueren wollte, ging eine Lampe an. Roy saß auf der Couch, in Bademantel und Pyjama. »Wenn du meiner Tochter weh tust«, sagte er, »bring ich dich im Schlaf um.«

»Ich hab Ihre Tochter nicht angerührt.«

»Blödsinn. Ich hab durchs Schlüsselloch gesehen, daß du sie geküßt hast.«

»Sie haben durchs Schlüsselloch geguckt? Wie ein Spanner?«

»Na, immer noch besser als ein Gigolo. Du läßt dich einstellen und legst die Chefin flach, damit du sie mitten in der Nacht beklauen und türmen kannst?«

»Erstens, sie hat mich eingestellt. Und zweitens, selbst wenn ich so was Dämliches im Sinn hätte, meinen Sie nicht, dann hätte ich mich an die Chefin des Juwelierladens oder an eine Bankangestellte rangemacht?«

»Addie sieht eben besser aus.«

Jack zog sich die Jacke aus und warf sie wütend auf einen Stuhl. »Es geht Sie zwar nichts an, aber Addie hat *mich* geküßt.«

»Nein ... wirklich?«

»Ist das so schwer zu glauben?«

Der alte Mann stand auf, und ein Lächeln umspielte seinen Mund, als er zurück zu seinem Schlafzimmer ging. »Allerdings«, sagte er nachdenklich, »das ist es.«

Sobald Jordan durch die Türen des Gerichts, des Carroll County Superior Courts, spaziert war, hielt er aus alter Gewohnheit nach Sälen Ausschau, in denen gerade Sitzungen stattfanden, und ließ den Blick über die bedauernswerten Seelen gleiten, die auf ihren Auftritt als Zeugen warteten. Er fühlte sich nackt in seinem Baumwollhemd und Pullover – er, der früher bei Prozessen Armani getragen hatte.

Er hatte zwar nicht vor, den Beruf als Anwalt für immer an den Nagel zu hängen, aber er brauchte Abstand, und Salem Falls schien ihm genau der richtige Ort dafür. Er hatte genug Geld, um sich für ein, zwei Jahre auf seinen Lorbeeren auszuruhen, zumal ihn die letzten Fälle, die er in Bainbridge übernommen hatte, besonders mitgenommen hatten. Die Zeugenbefragungen und Kreuzverhöre hatten Jordan immer mehr Kraft gekostet, bis er erkannte, daß sein Job sich wie eine Schlinge um seinen Hals gelegt hatte, die sich mit jedem Mandanten enger zuzog.

Aber vielleicht hatte es ja gar nicht an seinem Job gelegen. Vielleicht war es die Beziehung zu seiner Ermittlerin gewesen.

Hätte jemand Jordan vor zehn Jahren prophezeit, daß er je wieder würde heiraten wollen, er hätte nur geschmunzelt. Hätte ihm jemand prophezeit, daß die Frau seiner Wahl ihm eine Abfuhr erteilen würde, er hätte sich totgelacht. Doch genau das hatte Selena getan. Sie hatte ihre ermittlerischen Fähigkeiten gegen Jordan selbst gerichtet – und dabei menschliche Schwächen offengelegt, von denen er am liebsten nie erfahren hätte.

Er steuerte direkt auf das Büro von Bernie Davidson zu. Es lohnte sich immer, einen guten Draht zum Verwaltungschef des Gerichtes zu haben. Der war für die Prozeßtermine zuständig, und derlei Informationen waren praktisch, wenn man zum Beispiel im März eine Reise auf die Bermudas vorhatte. Aber vor allen Dingen ließ sich jeder Richter von ihm etwas sagen, was bedeutete, daß so mancher Antrag direkt auf dem entscheidenden Schreibtisch eines Richters landete – und für die dringende Entscheidung über eine Freilassung gegen Kaution sich auch bei einem vollgestopften Kalender noch ein Termin fand. Jordan klopfte einmal, trat dann einfach ein und grinste breit, als Bernie seinen Augen nicht trauen wollte.

»Mich laust der Affe – wenn das nicht der Geist von Jordan McAfee ist!«

Jordan schüttelte ihm die Hand. »Wie geht's denn so, Bernie?«

»Besser als Ihnen«, sagte er und musterte Jordans abgetragene Kleidung und strubbeligen Haare. »Ich hab munkeln hören, Sie wären nach Hawaii gezogen.«

Jordan setzte sich auf einen Stuhl vor Bernies Schreibtisch. »Wie kommt es bloß, daß an solchen Gerüchten nie was dran ist?«

»Wo wohnen Sie denn jetzt?«

»Salem Falls.«

»Verschlafenes Nest, was?«

Er zuckte die Achseln. »Genau das hab ich gesucht.«

Bernie entging der freudlose Unterton in Jordans Stimme nicht. »Und jetzt?«

Jordan konzentrierte sich darauf, einen Fussel von seinem Pullover zu zupfen. Dann hob er den Kopf. »Jetzt?« sagte er. »Ich glaube, jetzt brauche ich langsam etwas Trubel.«

Addie steckte den Kopf zur Küchentür herein. »He, Jack, hilfst du mir mal eben?«

Er spähte durch den Dampf, der aus der offenen Spülmaschine waberte. »Klar.«

Es war kalt draußen, und der Matsch klebte an den Sohlen seiner Schuhe. Addie verschwand hinter dem hohen Zaun, der die Mülltonnen umgab. »Ich krieg den Riegel hier nicht auf«, sagte sie. Er war kaum bei ihr, um sich die Sache anzusehen, da schlang sie die Arme um ihn. »Hi«, sagte sie in den Stoff seines Hemdes hinein.

Er lächelte. »Hi.«

»Wie geht's dir?«
»Großartig. Und dir?«
Addies Lächeln wurde breiter. »Großartiger.«
»Na, dann bis später«, neckte Jack sie und mußte schmunzeln, als Addie sich mit aller Kraft an ihn klammerte. Bläschen stiegen in ihm hoch, die Kohlensäure des Glücks. Wann hatte jemand das letzte Mal so sehnlichst gewollt, daß er blieb, wo er war? »Ist da wirklich mit dem Riegel was nicht in Ordnung?«
»Und ob«, gestand Addie. »Ich bin aus den Angeln.«
Dann küßte sie ihn, zog seine Arme um ihre Taille, damit er sie hielt. Sie waren fest ineinander verschlungen, durch den Zaun um sie herum vor Blicken geschützt. Der Abfallgestank umgab sie wie ein feuchter Dschungel, doch Jack roch nichts anderes als den Vanilleduft, der der Rundung ihres Halses anhaftete. Er schloß die Augen und dachte, wenn er für die nächsten fünfzig Jahre nur einen einzigen Augenblick festhalten könnte, dann diesen.
Addie drängte sich enger an ihn: »Ist das hier eine Liebesgeschichte?«
Ehe Jack antworten konnte, flog die Tür im Zaun auf, und er starrte in das schwarze Auge einer Revolvermündung.
»Um Gottes willen, Wes, steck das Ding weg!« rief Addie.
»Ich wollte auf eine Tasse Kaffee reinschauen und hab Stimmen gehört. Ich dachte, es ist vielleicht ein Einbrecher.«
»Ein *Einbrecher*? Der Mülltonnen ausraubt? Ehrlich, Wes. Wir sind hier in Salem Falls, nicht in der Bronx.«
Wes blickte finster, weil Addie seinen unerschrockenen Rettungsversuch ins Lächerliche zog. »Ist alles in Ordnung mit dir?«
»Ein bißchen Deo und ich bin wieder die alte. Ich hab bloß was in die Mülleimer gefüllt, mehr nicht. Soviel ich weiß, ist das kein Verstoß gegen das Gesetz.«
Aber Wes hörte nicht hin. Er starrte Jack an, der noch immer ihre Hand umklammert hielt. Keiner der beiden machte Anstalten loszulassen, und was noch seltsamer war, weder sie noch er schien zu merken, daß sie einander festhielten.
»Oh«, sagte Wes sehr leise. »So ist das also.«

»Er arbeitet in einem Restaurant«, sagte Whitney und sog an ihrem Strohhalm, bis er ein schlürfendes Geräusch machte. »Dein Vater wär bestimmt nicht begeistert, wenn er wüßte, daß du scharf auf einen Typen bist, der fast in seinem Alter ist und sein Geld als Tellerwäscher verdient.«

Gillian malte ein dickes J in die Soße auf ihrem Teller. »Geld ist nicht alles, Whit.«

»Das sagt sich leicht, wenn man's hat.«

Gilly hörte nicht hin. Sie blickte mürrisch und ärgerte sich, daß nur Addie bediente. Wenn sie Jack nicht mal sah, würde ihr Zauber nicht funktionieren. Gillian hob den Ellbogen und kippte absichtlich einen Milchshake um. »Hier ist ein Malheur passiert!«

Addie seufzte, als sie die Schweinerei sah. »Ich hol jemanden, der den Boden wischt.«

Als Jack sich bückte, um unter dem Tisch zu wischen, sah Gilly den Wirbel in seinem goldenen Haar und spürte plötzlich den unwiderstehlichen Drang, ihn dort zu küssen. »Tut mir leid«, sagte sie. »Ich kann das doch saubermachen.«

»Das ist mein Job.«

»Na, aber ich kann Ihnen doch wenigstens helfen.« Gilly griff nach ein paar Servietten und stieß dabei Megs Cola um. Jack sprang zurück, doch der Schwall traf seine Hose.

»Ach du meine Güte.« Gilly preßte den Stapel Servietten auf Jacks Oberschenkel, bis er kühl ihre Hand wegnahm.

»Ich mach das schon«, sagte er und ging in Richtung Toilette.

Sobald er fort war, fingen die Mädchen an zu tuscheln. »Spinnst du, Gilly, du kannst ihm doch nicht mitten im Restaurant an die Wäsche gehen.«

»Du hast meine Cola absichtlich umgestoßen! Du spendierst mir eine neue!«

»Er sieht wirklich ein bißchen aus wie Brad Pitt.«

»Ich geh zum Klo«, verkündete Gilly. Als sie eben in die Damentoilette hineinwollte, kam Jack aus der Tür nebenan. »Tut mir wirklich schrecklich leid«, sagte sie heiter, aber er antwortete nicht einmal. Er ging mit Abstand an ihr vorbei, um sie ja nicht zu berühren. Na, egal. Sobald ihr Zauber gewirkt hatte, würde er die Hände nicht mehr von ihr lassen können.

Gilly schlich sich auf die Herrentoilette, blickte fasziniert auf das Urinal, in dem etwas Übelriechendes lag, das aussah wie ein kleines Stück Seife. Am Waschbecken tropfte noch Wasser. Gilly drehte den Hahn fester zu, fischte dann aus dem Abfallkorb das oberste Papierhandtuch. Das mußte Jack benutzt haben; es war noch feucht. Sie riß ein quadratisches Stück von dem Teil ab, der, wie sie glaubte, seine Haut berührt hatte. Dann öffnete sie ihre kleine Handtasche.

Darin waren ein aufgerolltes Blatt Papier, auf das sie JACK ST. BRIDE geschrieben hatte, eine rote Rose, eine weiße Rose und ein Stück rosa Band. Sie schob den Fetzen in die Papierrolle und holte das Schweizer Armeemesser hervor, das sie von ihrem Vater zum zehnten Geburtstag bekommen hatte. Dann schnitt sie jede Rose der Länge nach in zwei Hälften, legte die Papierrolle zwischen eine weiße und eine rote Hälfte und band fest eine rosa Schleife darum.

»Eine, um ihn zu suchen«, flüsterte Gilly. »Eine, um ihn zu finden. Eine, um ihn zu holen, eine, um ihn zu binden. Wer immer diese Rosen hält, die schönste Liebe ihm zufällt.«

Sie drehte den Hahn auf – eigentlich müßte es ein Bach sein, aber es war nun mal das einzige fließende Wasser hier – und hielt die Blüten der zusammengebundenen Rosen darunter, warf dann die verbliebenen Blütenblätter in den Abfalleimer.

»Was machst du denn da?«

Gilly fuhr der Schreck in die Glieder, als Addie Peabody hereinkam. »Ich wasch mir die Hände«, sagte sie und versuchte, das Gebinde zu verbergen.

»Auf der Herrentoilette?«

»Wirklich? Ich hab gar nicht auf das Schild geachtet.« Sie konnte Addie ansehen, daß die ihr kein Wort glaubte, also beschloß sie, in die Offensive zu gehen. »Was machen Sie denn auf der Herrentoilette?«

»Sie *gehört* mir. Und ich mache hier stündlich sauber.« Addie kniff die Augen zusammen. »Was immer du hier treibst, mach, daß du fertig wirst, und dann raus mit dir ... Was hast du da?«

Gilly verbarg rasch die Hand auf dem Rücken. »Nichts.«

»Wenn es nichts ist, warum versteckst du es dann vor mir?« Addie packte Gillys Arm und zwang sie, die Hand zu öffnen. »Ich schlage vor, du und deine Freundinnen, ihr zahlt eure Rechnung und verschwindet.« Ohne einen Blick darauf zu werfen, steckte sie geistesabwesend das Gebinde in die Tasche ihrer Schürze und ließ Gillian stehen.

Als Wes an diesem Tag vom »Do-Or-Diner« zurück ins Polizeirevier kam, hatte er etwas Bestimmtes im Sinn. Jetzt wußte er, warum Jack St. Bride ihm so bekannt vorkam: Er hatte ihn auf dem Revier gesehen. Es konnte [redacted] Gründe dafür geben, warum er [redacted] – aber die Erinnerung war in [redacted] eingedrungen wie ein Dorn. Ohne [redacted] er die Computerdateien nicht einsehen, und wahrscheinlich würde er Charlie Saxton eine Erklärung liefern müssen, sobald der Detective überprüfte, wer Einsicht in die Kriminalakten genommen hatte – aber er sagte sich, daß er es für Addies Sicherheit tat. Es hatte nichts damit zu tun, daß er sie für sich selbst gewinnen wollte.

In einer Kleinstadt wie Salem Falls hatte Wes zwischen eingehenden Notrufen reichlich Zeit. Er schickte einen Krankenwagen zum Altersheim und tippte dann St. Brides Namen in das Datenprogramm ein, das sämtliche gespeicherte Akten aus dem ganzen Land aufrufen konnte.

Wes schaute auf den Bildschirm und seine Augen weiteten sich. »Ach, Addie«, murmelte er.

»Dreh dich um«, befahl Amos Duncan.

Gillian vollführte eine langsame Drehung um die eigene Achse, wobei der schwarze Rock um die Oberschenkel wippte und die Haarclips aus Rheinkiesel blitzten.

»Das steht dir schon besser. Aber der Rock ist zu kurz.«

Sie verdrehte die Augen. »Daddy, das sagst du auch, wenn ich knöchellang trage.«

»Ich will eben nicht, daß einer von den Footballspielern auf dumme Gedanken kommt.«

»Keine Gefahr«, sagte Gilly leise und dachte, daß eine Salem-Falls-Sportskanone wirklich der allerletzte wäre, von dem sie sich anfassen lassen würde. »Außerdem paßt Megs Dad auf uns auf.«

»Gut so. Es ist irgendwie beruhigend zu wissen, daß die beste Freundin der eigenen Tochter Verwandte bei der Polizei hat.«

In der Küche fing der Teekessel an zu pfeifen. »Ich geh schon«, sagte Gillian.

»Ich kann mir selbst eine Tasse Tee aufbrühen.«

»Aber ich möchte es machen.« Sie warf ihm über die Schulter ein Lächeln zu. »Das ist das mindeste, was ich tun kann, wo ich dich schon allein zu Hause lasse.«

Amos lachte. »Ich find schon was, um mir die Zeit zu vertreiben. Ich könnte zum Beispiel die Kacheln in der Dusche zählen.«

»Aber das hast du doch schon beim letzten Mal gemacht, als ich abends ausgegangen bin«, witzelte Gilly. Sie ging in die Küche, nahm eine Tasse aus einem Hängeschrank und tat ein Sieb mit Darjeelingblättern hinein, dem Lieblingstee ihres Vaters. Dann griff sie in ihre Bluse, holte ein paar von den Pillen heraus, die sie in der Fabrik hatte mitgehen lassen, und gab sie mit ins Sieb.

Als sie zehn Minuten später in das Sieb schaute, hatten sie sich vollständig aufgelöst. Sie brachte den Tee in die Bibliothek, wo ihr Vater wartete.

»Das willst du anziehen?« fragte Jordan und blickte von seiner Zeitung auf.

Thomas trank einen Schluck Milch aus der Packung, die er aus dem Kühlschrank genommen hatte, und wischte sich den Mund mit dem Handrücken ab. »Was ist denn daran auszusetzen?«

»Na ja, wohl nichts, wenn man bedenkt, daß du dich ja auch wie der letzte Penner *benimmst*.« Jordan blickte mißmutig auf die umgedrehte Baseballkappe und das verblichene Sporttrikot, auf die Hose, die seinem Sohn so tief auf den

Hüften hing, daß sie offenbar Gefahr lief, ganz hinunterzurutschen. »Als ich in deinem Alter war, haben wir uns schick gemacht, wenn wir auf einen Ball gingen.«

»Klar, und dann seid ihr mit der offenen Kutsche zum kleinen roten Schulgebäude gefahren.«

»Sehr witzig. Ich rede von einem ordentlichen Hemd. Vielleicht auch eine Krawatte.«

»Eine Krawatte? Gott, wenn ich da mit einer Krawatte aufkreuze, knüpfen sie mich gleich daran auf. Die halten mich doch für einen von diesen Jesus-Freaks, die in der Cafeteria Flugblätter verteilen.«

»So was machen die?« fragte Jordan. »Während der Schulzeit?«

»Paß auf, Dad, der Anwalt in dir kommt durch.«

Jordan faltete die Zeitung zusammen und stand auf. »Wer fährt heute abend?«

»Keine Sorge. Ich werde mitgenommen.«

»Ach ja?« Jordan lächelte. »Ist Chelsea Abrams deinem ungeheuren McAfee-Charme erlegen und nimmt dich in ihrem Auto mit?«

»Nein, ich fahre mit jemand anderem.« Sobald ihm die Worte herausgerutscht waren, wünschte Thomas sie zurück. Das Funkeln in den Augen seines Vaters war zu stark.

»Einzelheiten?« Als Thomas die Achseln zuckte, hob Jordan eine Augenbraue. »Rück am besten gleich mit der Sprache raus. Es ist mein Job, Leuten Informationen zu entlocken.«

Die Türklingel war Thomas' Rettung. »Mach's gut, Dad. Bleib meinetwegen nicht auf.«

»Moment mal.« Jordan lief ihm nach. »Ich will ihr Gesicht sehen. Wozu hab ich einen Sohn im Teenageralter, wenn ich nicht wenigstens durch ihn was vom Leben mitkriege?« Er grinste, als er sah, wie peinlich es Thomas war. »Sag schon. Sieht sie toll aus?«

Die Tür öffnete sich, bevor Thomas antworten konnte, und davor stand eine große schwarze Frau mit dem Körper eines Models und zornigen Augen. »Das hast du jedenfalls mal gedacht, Jordan«, sagte Selena Damascus und drängte sich an ihm vorbei ins Haus.

Als erstes verschwammen die Wörter auf der Seite vor Amos Duncan. Kurz darauf merkte er, daß es im Raum wärmer geworden war, und jedesmal, wenn er seine Tochter anblickte, die darauf wartete, daß man sie zum Schulball abholte, wurde ihm übel. Wenige Minuten später darauf schaffte er es gerade noch ins Badezimmer, bevor er sich auf den Fußboden erbrach.

»Daddy!« rief Gillian von der offenen Tür aus.

Er kniete in seinem Erbrochenen, Augen und Nase liefen ihm, und er konnte nur noch denken, daß es gleich wieder passieren würde. Diesmal erbrach er sich in die Kloschüssel, dann legte er den Kopf auf den Porzellanrand.

Er spürte, daß Gillian von hinten zu ihm trat, ihm ein kühles, feuchtes Handtuch in den Nacken legte. Amos übergab sich erneut, sein Bauch ein einziges großes, schmerzendes Möbiussches Band. Weit weg hörte er es an der Tür klingeln. »Geh ruhig. Mir geht's gleich wieder besser«, röchelte er.

»Nein«, sagte Gilly entschlossen. »Ich laß dich auf keinen Fall in dem Zustand allein.«

Amos nahm undeutlich wahr, daß sie sich entfernte, vernahm Stimmengemurmel. Als nächstes registrierte er, daß er auf dem Rücken in seinem Bett lag, in einem sauberen T-Shirt und Pyjamahose. Gilly saß auf einem Stuhl neben dem Bett, in Jeans und Pullover. »Wie fühlst du dich?«

»Der ... Ball.«

»Ich hab Chelsea gesagt, sie soll ohne mich hingehen.« Sie drückte ihm die Hand. »Wer soll sich denn sonst um dich kümmern?«

»Wer sonst?« sagte Amos und streichelte ihr das Handgelenk, während er einschlief.

»Soll das heißen, du hast *Selena* zum Schulball eingeladen?« Jordan brüllte jetzt, und eine große Ader pulsierte ihm mitten auf der Stirn. Sein Sohn und seine ehemalige Ermittlerin. Seine ehemalige Geliebte.

Er und Selena waren immer ein gutes Team gewesen – auf beruflicher Ebene. Ihre Gedankenabläufe waren ähnlich, und in interessante Fälle hatten sie sich gemeinsam reingekniet. Doch all das hatte sich vor einem Jahr in Bainbridge, New Hampshire, geändert, als Jordan einen Jungen verteidigt hatte, der wegen Mordes an seiner minderjährigen Freundin angeklagt war. Er hatte etwas getan, das ihm noch nie passiert war – er hatte sich emotional zu sehr auf den Fall eingelassen. Und sobald diese Grenze verwischt war, verlor auch das Verhältnis zwischen ihm und Selena an Eindeutigkeit. Er wäre beinahe zerbrochen an dem Fall, und Selena hätte ihm fast den Gnadenstoß gegeben.

»Ich hatte heute abend nichts vor«, sagte Selena und grinste Thomas an. »Ich hab ihm schon seit langem versprochen, mal mit zum Ball zu kommen, aber dann hat er mir von dieser Chelsea erzählt, und mir wurde klar, daß ungewöhnliche Maßnahmen ergriffen werden müssen. Wir werden's denen zeigen, was, Thomas? Ich wette, daß heute abend nicht sehr viele Jungs mit einer über 1,80 großen, appetitlichen, schokoladenbraunen Frau am Arm auftauchen!«

»Können wir vielleicht mal bei Null anfangen? Dürfte ich bitte erfahren, wie es kommt, daß du nach Monaten Funkstille aus heiterem Himmel wieder in unser Leben platzt?«

»Eins nach dem anderen«, sagte Selena. »*Du* hast *mich* verlassen. Zweitens, mein Aufenthaltsort war kein Geheimnis. Du weißt sehr wohl, daß ich nie im Telefonbuch gestanden habe. Wenn du dir bei der Suche nach mir auch nur halb so viel Mühe gegeben hättest, wie du dir machst, um Beweise für die Freilassung eines Mandanten zu finden, hättest du mich in weniger als zehn Minuten aufgespürt.«

»Ungefähr so lange hab ich auch gebraucht«, pflichtete Thomas achselzuckend bei. »Im Internet.«

Jordan ließ sich auf die Couch sinken und bedeckte sein Gesicht mit den Händen. »Du bist dreiundzwanzig Jahre älter als Thomas.«

»Mein Gott, Dad, ich hab doch kein *Date* mit ihr. Drehst du deshalb so durch? Weil du eifersüchtig bist?«

»Nein, ich bin nicht eifersüchtig. Ich finde es bloß genauso abwegig, daß du mit Selena auf den Ball gehst, wie du es abwegig findest, eine Krawatte zu tragen.«

Selena stieß Thomas mit dem Ellbogen an. »Hermèsseide ist einfach nicht so geschmeidig wie ich auf der Tanzfläche – stimmt's?«

Thomas lachte. »Solange du mich nicht verfluchst, wenn ich dich wegen Chelsea abblitzen lasse.«

»Schätzchen, soll das ein Witz sein? Darum geht's doch gerade.«

Jordan stand auf. »Okay. Okay! Wenn ihr euch unbedingt aufführen wollt wie ... wie *Kinder*, von mir aus. Aber ich höre mir hier nicht seelenruhig an, wie die Frau, die mein Leben ruiniert hat, mit meinem Sohn schäkert, als wäre nie was gewesen!« Er stürmte aus dem Wohnzimmer, und einen Augenblick später knallte die Tür seines Schlafzimmers zu.

»Wer führt sich hier wie ein Kind auf?« sagte Thomas.

Selena grinste. »Ich finde nicht, daß wir herumgeschäkert haben. Du etwa?«

»Überhaupt nicht.«

Sie nahm Thomas' Arm und hakte sich bei ihm ein. »Du hast ihm doch nicht verraten, daß ich heute nacht auf der Couch schlafe, oder?«

Thomas schüttelte grinsend den Kopf. »Nee.«

»Meinst du, es wäre besser, ihn vorzuwarnen? Damit er Zeit hat, sich wieder zu beruhigen, bevor wir zurückkommen?«

Thomas nickte, doch dann schüttelte er den Kopf. »Ein kleines Geheimnis kann nie schaden«, sagte er.

Wes wußte, daß einige seiner Kollegen, die auf den High-School-Bällen als Aufpasser eingesetzt wurden, gern die Mützen tiefer zogen, um sich unauffällig die attraktiven jungen Mädchen anschauen zu können – die sanften Rundungen und das glitzernde Make-up ein sündiges Vergnügen. Seiner Ansicht nach waren es jedoch die jungen Burschen, die beobachtet werden mußten.

»Ich wette zehn Mäuse, daß das Bürschchen da mit der Mütze von Abercrombie & Fitch über kurz oder lang eine Schlägerei anfängt«, sagte Wes zu Charlie Saxton hinübergebeugt. Es war seltsam, den Detective in Uniform zu sehen, wo er doch normalerweise Zivil trug.

»Wenn ich mich nicht irre, Wes, verstößt Wetten in New Hampshire gegen das Gesetz.«

»Ist doch nur eine Redensart.«

Charlie blickte ihn herablassend an. »Danke für die Aufklärung.«

»He, wir von der Streife wissen, was hier in der Stadt wirklich läuft.« Er konnte es kaum erwarten, sein Wissen an den Mann zu bringen. »Schon mal was von einem gewissen Jack St. Bride gehört?«

Charlie seufzte. »Ach, *verdammt.* Ja, hab ich. Er war auf dem Revier, um sich zu melden.«

»Wirklich?«

»Ja. Und ich hab was vergessen: Ich wollte ein Memo an alle schicken.«

»Dann weißt du also über ihn Bescheid.«

»Ja.«

»Verführung einer Minderjährigen.«

Charlie nickte. »Nach Absprache zwischen den Anwälten, ursprünglich angeklagt war er wegen sexuellen Mißbrauchs an einer Schutzbefohlenen.«

»Und du weißt, daß er jetzt in Salem Falls wohnt.«

»Auch Exknackis müssen irgendwo wohnen. Du kannst sie nicht in ein Reservat stecken.«

»Wir müssen aber auch keinen roten Teppich für sie ausrollen«, sagte Wes.

»Das will ich nicht gehört haben, verstanden?« sagte Charlie leise.

Wes nickte verärgert. Charlie war sein Vorgesetzter. »Trotzdem meine ich, die Leute haben ein Recht darauf zu erfahren, mit wem sie's zu tun haben.«

Charlie unterdrückte ein Lächeln. »Zugegeben, diese Taktik könnte durchaus praktisch sein.«

»Schön, daß du das komisch findest. Warten wir mal ab, ob du auch dann noch lachst, wenn dir irgendwann eins von den Mädchen mit zerrissener Kleidung flennend gegenübersitzt, weil sie das Pech hatte, St. Bride über den Weg zu laufen.«

Charlie öffnete den Mund, um etwas zu erwidern, doch da schlug der Junge mit der Abercrombie & Fitch-Mütze einem anderen ins Gesicht. »Zehn Mäuse«, murmelte er und folgte Wes durch ein Meer von gaffenden Teenagern, um seine Arbeit zu tun.

Thomas spürte förmlich die Last von hundert Augenpaaren auf den Schultern, als er sich mit Selena auf der Tanzfläche wiegte. Sie war einen ganzen Kopf größer als er.

Einer aus der Oberstufe – der ihn letzten Monat aus Jux in einen Spind eingeschlossen hatte – kam zu ihnen und fragte, ob Selena Tyra Banks sei. Ein anderer wollte wissen, was ein Begleitservice heutzutage kostete. Aber das Allerbeste war, daß Chelsea sie beobachtete. Er hatte sie am Rand der Turnhalle stehen sehen, mit zwei von den drei Mädchen, die dauernd mit ihr zusammen waren, und ihr Gesichtsausdruck war fast komisch.

Thomas hob das Gesicht und sah Selena an. »Wenn du mich küßt, kriegst du alles Geld von meinem Collegekonto.«

Selena lachte laut. »Thomas, Schätzchen. Nicht mal Bill Gates könnte mir genug dafür bezahlen, daß ich dich hier mitten auf der Tanzfläche küsse. Erstens wimmelt es hier nur so von Cops, und ich möchte nicht wegen Verführung Minderjähriger eingebuchtet werden. Zweitens wäre mir nicht ganz geheuer dabei. Du bist schließlich für mich wie ein Neffe oder so.«

Die Musik hörte auf, und Selena tätschelte Thomas die Wange. »Wie wär's, wenn du hier bleibst und wilde Geschichten über uns erzählst, während ich uns etwas Punsch besorge?«

Sie ging los, ihr wunderbarer Hintern wippte unter der Seide ihres Etuikleides. Und das war noch lange nicht das Attraktivste an Selena – sie hatte Humor, einen scharfen Verstand und die Beherztheit, sich mit Schulhofflegeln anzulegen, die Schnecken aus Spaß töteten oder jüngere Kinder schikanierten. *Scheiße*, dachte Thomas. Wenn er sein Vater wäre, er würde sie ans Bett ketten.

»Thomas.«

Er fuhr herum und sah sich Chelsea gegenüber, und der Boden sackte ihm unter den Füßen weg. »Hi«, sagte er.

Bevor er einen zusammenhängenden Satz anschließen konnte, kam Selena mit zwei tropfenden Bechern zurück. »Widerliches Zeug«, murmelte sie. »Mehr Zucker drin als sonstwas.« Sie reichte Thomas einen Becher, lächelte dann das Mädchen neben ihm strahlend an.

»Ich bin Chelsea Abrams«, sagte es und streckte ihr eine Hand hin.

»Selena Damascus. Bezaubernd.«

»Und wie«, flüsterte Chelsea kaum hörbar.

Der Diskjockey nahm erneut seinen Posten am Kopfende der Turnhalle ein, und wieder dröhnte Musik um sie herum. »Na dann«, sagte Thomas, »möchtest du tanzen?«

»Furchtbar gern«, erwiderte Selena im selben Augenblick, in dem Chelsea »Klar!« sagte.

Chelsea wurde rot und trat zurück. »Tut mir leid ... ich hab gedacht, du ...«

»Hab ich«, versicherte Thomas ihr. »Ehrlich.«

»Na, geht schon, ihr zwei«, sagte Selena.

Doch Chelsea schüttelte den Kopf. »Meine Freundinnen ... die warten auf mich«, sagte sie und huschte davon.

Thomas war richtig weh ums Herz, als er sah, wie sie sich durch die Menge schob. Er hätte alles dafür gegeben, ihre Hand zu nehmen und sie auf die Tanzfläche zu führen, sie zum Lächeln zu bringen, zu spüren, wie sein Puls sich bei dem Gedanken daran beschleunigte, was als nächstes passieren könnte. Und jetzt stand er hier, wieder mal Opfer einer verpaßten Gelegenheit. Er bemühte sich, so zu tun, als wäre alles in wunderbarer Ordnung, setzte eine unbekümmerte Miene auf, bevor er sich zu Selena umdrehte.

Aber es stand in seinen Augen, dieses Verlangen, daß alles

anders gekommen wäre. Selena stutzte, als könne sie nicht ganz glauben, was sie da sah.

»Was ist?« fragte Thomas.

»Nichts.« Selena nippte an ihrem Punsch. »Du hast nur gerade fast genauso geguckt wie dein Vater.«

Als die Tür des »Diner« sich nach Feierabend öffnete, blickte Jack überrascht auf. Er hatte gedacht, Addie hätte abgeschlossen, und Ärger stieg in ihm auf – wer wagte es zu stören, wenn er mit dieser Frau mal allein war?

Der Mann, der eintrat, war ein Stammgast, der sich alle Mühe gab, nicht so betrunken zu wirken, wie er war. »Miss Peabody«, sagte er, »würden Sie mir wohl einen Schuß Koffein setzen?«

Jack trat vor. »Tut mir leid, aber wir –«

Plötzlich war Addies schmale Hand auf seinem Arm, und ihm fehlten die Worte. »Ich denke, das kriegen wir hin, Mr. McAfee.« Sie machte eine unmerkliche Geste in Richtung des Mannes, damit Jack verstand. Der Bursche hatte einen harten Abend hinter sich, das war unübersehbar: Seine Haare waren zerzaust, seine rotgeränderten Augen lagen tief in den Höhlen, und Verzweiflung umschwebte ihn wie ein Schwarm Mücken. »Dauert nur einen Moment.«

Zu den Figuren dieses literarischen Werkes zählen Christian, Faithful und Evangelist.

Jordan blickte auf, als er die Stimme von Alex Trebek hörte. »Die Biographie des Predigers Jerry Falwell.«

Addie grinste. »Stimmt das, Jack?«

»Nein. ›Die Pilgerreise‹.«

Als die Antwort vom Fernseher bestätigt wurde, lachte Jordan. »Donnerwetter.« Er nahm die dampfende Tasse Kaffee, die Addie ihm hingestellt hatte. »Eine andere Frage, in welchem großen Œuvre kommen die Figuren Verschmäht, Angeschmiert und Nach-Strich-und-Faden-Fertiggemacht vor?«

Jack blickte Addie an und zwinkerte.

»Das«, sagte Jordan mit einem Rülpser, »ist die Geschichte meines Lebens.« Er nahm einen kräftigen Schluck aus seiner Tasse. »Nichts für ungut, Miss Peabody, aber Frauen … Gott, die sind wie Glasscherben mitten auf der Straße. Schneiden einen Mann in Stücke, bevor er überhaupt merkt, wie ihm geschieht.«

»Nur wenn ihr uns überfahren wollt«, konterte Addie trocken.

Jordan deutete auf Jack. »Hatten Sie schon mal Probleme mit Frauen?«

»Einige.«

»Da sehen Sie's.«

Addie goß Jordan Kaffee nach. »Wo ist denn Ihr Sohn heute abend, Mr. McAfee?«

»Schulball. Und er hat diese verdammte Glasscherbe mitgenommen.«

»Glasscherbe?«

»Die Frau!« stöhnte Jordan. »Die Frau, die mein Leben ruiniert hat!«

»Ich rufe Ihnen jetzt ein Taxi, Mr. M.«, sagte Addie.

Jack stützte die Ellbogen auf die Theke. »Was hat sie Ihnen denn getan?«

Jordan zuckte die Achseln. »Sie hat nein gesagt.«

Bei den Worten lief Jack ein Schauer über den Rücken.

Plötzlich ging die Tür auf, und Wes, dessen Einsatz beim Schulball beendet war, kam hereingepoltert. »Addie, hast du noch einen Schluck Kaffee für einen Mann, der sich vier Stunden lang Rap anhören mußte –«

»Wir haben geschlossen«, sagte Jack.

Wes' Augen glitten über Jordan zu Jack. »Gott sei Dank bist du nicht allein mit ihm«, sagte er zu Addie.

Sie lächelte. »Mr. McAfee ist vielleicht ein bißchen angeheitert, aber nicht gefährlich...«

»Ich meine nicht McAfee, Addie.« Er legte schützend die Hände um ihre Oberarme. »Alles in Ordnung?«

»Ja, klar«, sagte sie und wand sich frei.

»Ah, schon kapiert. So ein Mistkerl wie St. Bride darf dich anfassen, aber ich nicht.«

»Paß auf, was du sagst, Wes«, sagte Addie warnend.

Der Polizist wirbelte herum und fixierte Jack. »Versteckst

du dich hinter ihrem Rücken? Wie wär's, wenn du deiner *Chefin* endlich erzählst, was du ihr verschwiegen hast, als sie dich jämmerlichen Arsch eingestellt hat?«

Einen Moment lang war Alex Trebeks Stimme das einzige Geräusch: Mit 8 891 Punkten hält Dan O'Brian den Weltrekord in dieser Leichtathletikdisziplin. Jack hatte das Gefühl, daß der Boden unter seinen Füßen wankte, und nicht zum erstenmal dachte er, daß Details das Leben ausmachen.

Er konnte Addie nicht in die Augen sehen – Addie, die ihm vertraut hatte. »Ich war im Gefängnis«, gestand er. »Acht Monate.«

Plötzlich wurde Addie alles klar – warum Jack aus dem Nichts aufgetaucht war, warum ein Mann nur mit einer Handvoll Habseligkeiten und den Kleidern, die er am Leibe trug, in eine Stadt zog, warum er nicht über seine Vergangenheit sprach. Jack wartete, daß sie etwas sagte, sein Mund trocken wie eine Wüste.

»Erzähl ihr, warum«, drängte Wes.

Aber dazu war Jack nicht bereit.

»Wenn das stimmt, kann Jack es bestimmt erklären«, sagte Addie zittrig.

»Er hat sich an einem jungen Mädchen vergangen. Glaubst du, dafür gibt es eine Erklärung?«

Der Raum löste sich auf, bis nur noch das kleine Rechteck aus Schweigen übrig war, das Jack und Addie einschloß. Addies Nasenflügel bebten; ihre Augen waren hell vor Fassungslosigkeit. »Jack?« sagte sie leise, drängte ihn, die Sache richtigzustellen. Jack wußte genau, in welcher Sekunde ihr klar wurde, daß er nicht antworten würde.

Addie nahm ihren Mantel, der über einem Hocker an der Theke lag. »Ich muß gehen«, stieß sie hervor, dann stolperte sie zur Vordertür hinaus.

Jack wollte ihr nach, spürte jedoch plötzlich eine Hand an seiner Kehle. »Nur über meine Leiche«, sagte Wes leise.

»Verlockender Gedanke.«

Das Handgelenk des Polizisten drückte gegen Jacks Luftröhre. »Möchten Sie das zu Protokoll geben, St. Bride?«

Dann ließ Wes ihn abrupt los. »Tun Sie uns allen einen Gefallen. Machen Sie die Tür hinter sich zu und marschieren Sie schnurstracks zur Stadt hinaus.«

Als Wes gegangen war, sank Jack auf eine Sitzbank und vergrub sein Gesicht in den Händen. Als Kind war sein Lieblingsspielzeug eine Schneekugel gewesen, mit einem kleinen Dorf aus Lebkuchenhäusern und Pfefferminzstraßen darin. Er hatte sich so sehnlich gewünscht, dort zu leben, daß er die Glaskugel eines Tages zerschlagen hatte – und er hatte feststellen müssen, daß die Häuser aus Gips waren, die Zuckerstreifen aufgemalt. Er hatte gewußt, daß es eine Illusion war, sich eine neue Existenz in Salem Falls aufzubauen, daß sie eines Tages zerbrechen würde wie die Schneekugel. Aber er hatte gehofft – inständig gehofft –, daß es nicht so schnell passieren würde.

»Das dürfen die nicht mit Ihnen machen.«

Jack hatte ganz vergessen, daß Jordan McAfee noch da war. »Was meinen Sie?«

»Die dürfen Sie nicht aus der Stadt jagen. Sie bedrohen. Sie haben Ihre Schuld gegenüber der Gesellschaft bezahlt; jetzt ist es Ihr Recht, wieder dazuzugehören.«

»Ich war zu Unrecht im Gefängnis.«

Jordan zuckte die Achseln, als hätte er das schon unzählige Male gehört. »Sie waren fast ein dreiviertel Jahr gegen Ihren Willen an einem Ort. Meinen Sie nicht, Sie hätten es verdient, mal aus freien Stücken irgendwo zu bleiben?«

»Vielleicht will ich das ja gar nicht.«

Zwei Autoscheinwerfer warfen ihr Licht ins Innere des »Diner«, das bestellte Taxi. »Nun ja, ich hab eine ganz gute Menschenkenntnis. Und der Blick, mit dem Sie mich vorhin empfangen haben, als ich Sie mit einer gewissen Kellnerin gestört habe, hat eine ganz andere Geschichte erzählt.« Jordan stellte seine leere Tasse in die Spüle hinter der Theke. »Bestellen Sie Addie besten Dank von mir.«

»Mr. McAfee«, sagte Jack. »Hätten Sie was dagegen, wenn ich in Ihrem Taxi mitfahre?«

Das Licht von der Veranda fiel auf ihn, umrahmte Jacks Kopf wie mit einem Glorienschein. »Ich hab es nicht getan«, sagte er sofort. Zwischen ihnen war noch eine Fliegentür, Addie preßte eine Hand dagegen.

Jack legte seine Hand auf die andere Seite des Gitters. Unwillkürlich fragte sich Addie, ob es für ihn im Gefängnis genauso gewesen war, wenn ihn jemand besucht hatte, getrennt durch eine Wand.

»Wes hat mir alles erzählt«, sagte sie. »Die Akten sind im Computer auf dem Revier. Er hat gesagt, du hast dich sogar dort gemeldet als Sexualstraftäter.«

»Das mußte ich. Das war die Auflage für die Strafmilderung.«

Addie hatte Tränen in den Augen. »Wer unschuldig ist, kommt nicht ins Gefängnis.«

»*Und Kinder sterben nicht.* Addie, gerade du müßtest wissen, daß die Welt nicht immer so funktioniert, wie sie sollte.« Jack zögerte. »Hast du dich nie gefragt, warum ich bei dir nie die Initiative ergreife? Warum immer du *mich* küßt, *meine* Hand nimmst?«

»Warum?«

»Weil ich einfach nie der Mann sein will, der ich angeblich war. Ich möchte kein Tier sein, unkontrolliert. Und ich habe Angst, daß ich, wenn ich dich berühre, richtig berühre, nicht mehr aufhören kann.« Jack wandte den Kopf, so daß er mit den Lippen ihre Handflächen durch das Fliegengitter streifte. »Du mußt mir glauben, Addie. Ich würde mich nie an einem jungen Mädchen vergreifen.«

»Das habe ich bei denen auch nicht für möglich gehalten.«

»Bei wem?«

Sie hob das Gesicht. »Bei den Jungs, die mich vergewaltigt haben.«

Sie war sechzehn gewesen, eine gute Schülerin an der High-School von Salem Falls. Sie schrieb für die Schülerzeitung und träumte davon, einmal Journalistin zu werden. Da sie abends oft lange in der Redaktion blieb, vermißten ihre Eltern, die mit dem »Diner« alle Hände voll zu tun hatten, sie auch nicht, wenn sie später kam.

Es war kalt für April, so kalt, daß sie sich wünschte, Jeans zu tragen anstatt des dünnen Rocks, als sie die Tür hinter sich schloß und das Sportgelände überquerte. Sie zog die Jacke enger um sich und ging um den Footballplatz herum Richtung Stadt.

Die Stimmen hörte sie zuerst – drei Sportasse aus der Oberstufe, die in dem Jahr mit ihrem Team die Schulmeisterschaft errungen hatten. Schüchtern – gute Schüler gingen rüpeligen Sportskanonen aus dem Weg – wich sie ihnen in einem großen Bogen aus und tat so, als hätte sie nicht gesehen, daß sie eine Flasche Jack Daniels bei sich hatten.

»Addie«, rief einer von ihnen. Überrascht, daß die Jungs ihren Namen kannten, drehte sie sich um.

»Komm doch mal kurz her.«

Sie ging zu ihnen wie ein Vogel, der auf Brotkrumen zuhüpft – vorsichtig, ein bißchen hoffnungsvoll, aber fluchtbereit beim ersten Anzeichen von Gefahr. »Weißt du noch, der Artikel, den du über das letzte Spiel der Saison geschrieben hast? Der war richtig gut. Findet ihr nicht, Jungs?«

Die anderen nickten. Sie hatten fast etwas Schönes an sich, mit ihren geröteten Gesichtern und den hellen Haaren, wie ein fremder Menschenschlag. »Du hast bloß meinen Namen falsch geschrieben.«

»Das kann nicht sein.« Addie überprüfte immer alles ganz genau; in solchen Dingen war sie pedantisch.

Der Junge lachte. »Ich bin ja vielleicht nicht so schlau wie du, aber meinen Namen kann ich schreiben!« Die anderen stießen sich gegenseitig an und prusteten vor Lachen. »He, willst du ’nen Schluck?« Addie schüttelte den Kopf. »Zum Aufwärmen…«

Vorsichtig nahm sie einen Schluck. Ein Komet schoß ihr heiß den Rachen hinunter – sie spuckte hustend ins Gras, mit tränenden Augen. »Donnerwetter, Addie«, sagte er und legte den Arm um sie. »Aber jetzt ganz ruhig.« Seine Hand glitt an ihr rauf und runter. »Mensch, du bist ja gar nicht so mager, wie du aussiehst.«

Addie wollte sich abwenden. »Ich muß nach Hause.«

»Zuerst will ich dir noch verraten, wie sich mein Name schreibt.«

Ein fairer Kompromiß, dachte Addie. Sie nickte, und der Junge zog sie näher zu sich. »Es ist ein Geheimnis«, flüsterte er.

Addie beugte sich zu ihm, ihr Ohr an seinen Lippen. Und spürte, wie seine Zunge hineinglitt.

Sie wollte wegspringen, aber er hielt sie fest. »Jetzt wiederholst du das«, sagte er und preßte seinen Mund auf ihren.

An das, was dann geschah, konnte Addie sich kaum erinnern. Nur, daß es drei waren. Daß die Unterseite der Zuschauerbänke leuchtend orange gestrichen waren. Daß Angst in hoher Dosierung nach Schwefel riecht. Und daß es im Innern einen Ort gibt, von dessen Existenz man nicht einmal weiß, einen Ort, von dem aus man zuschauen kann, ohne einen Schmerz zu spüren.

»Hast du dich nie gefragt, wer Chloes Vater ist?« fragte Addie.

Sie standen jetzt im Wohnzimmer, und Jack mußte schlucken, weil er einen Kloß im Hals hatte. »Welcher von den dreien?«

»Ich weiß es nicht. Ich wollte es nicht wissen. Ich hab mir gesagt, ich habe es verdient, daß sie mir ganz allein gehört.«

»Wieso hast du es niemandem erzählt?«

»Weil ich dann für alle bloß ein Flittchen gewesen wäre. Und weil ich nicht sicher bin ... bis heute nicht ... ob die drei sich überhaupt daran erinnern konnten.« Ihre Stimme wurde dünn. »Ich wünschte, soviel Glück hätte ich auch gehabt. Jahrelang hab ich mich gefragt, was ich dazu beigetragen habe, daß sie mir das angetan haben.«

»Du warst zur falschen Zeit am falschen Ort«, murmelte Jack. *Das waren wir beide.*

Acht Monate lang hatte er das Rechtssystem gehaßt, das im Zweifelsfall den Frauen Glauben schenkte. Aber jetzt, da er Addie sah – selbst wenn eine Million Männer zu Unrecht hinter Schloß und Riegel kämen, wäre das noch lange keine Wiedergutmachung für das, was sie erlitten hatte.

»Leben sie … hier im Ort?«

»Willst du für mich Drachen töten, Jack?« Addie lächelte schwach. »Einer ist mit dem Motorrad tödlich verunglückt. Einer ist nach Florida gegangen. Einer ist noch hier.«

»Wer?«

»Laß gut sein.« Sie schüttelte den Kopf. »Niemand weiß, was passiert ist, nur mein Vater, und jetzt du. Die Leute haben gedacht, ich hätte mich mit irgendwelchen Jungs eingelassen und wäre schwanger geworden. Und mir soll's recht sein, Jack.« Ihre Gesichtszüge wurden weicher. »Diese entsetzliche Sache hat etwas Wunderbares hervorgebracht. Ich habe Chloe bekommen. Nur daran will ich mich erinnern. An nichts anderes.«

Jack schwieg einen Moment. »Glaubst du, daß ich unschuldig bin?«

»Ich weiß es nicht«, gab Addie zu. Ihre Stimme war nur noch ein Flüstern. Sie kannte Jack erst so kurze Zeit, daß die Tiefe ihrer Gefühle für ihn ihr unangemessen schien, als hätte sie einen Wasserhahn aufgedreht und ein Geysir wäre hervorgesprudelt. Sie verstand es selbst nicht, aber schließlich verstand sie so vieles auf der Welt nicht. Pure Liebe, wie purer Kummer, konnte einem die Orientierung rauben. Sie konnte bewirken, daß man all das vergaß, was man nicht wußte, und sich ausschließlich auf die wenigen Dinge konzentrierte, die man dem Herzen überlassen konnte. »Ich möchte dir glauben«, sagte sie.

»Dann fangen wir genau da an.« Jack schloß die Augen und beugte sich vor. »Küß mich.«

»Ich finde, das ist jetzt weder der rechte Zeitpunkt noch –«

Seine Augen öffneten sich einen Spalt. »Ich möchte dir beweisen, daß ich der bin, der ich zu sein behaupte. Ich möchte dir zeigen, daß ich dir gegenüber niemals gewalttätig werde, egal, was du machst, und egal, was du sagst.«

»Aber du hast gesagt –«

»Addie«, murmelte Jack, »tun wir es für uns beide.«

Er breitete die Arme aus und nach einer Sekunde beugte Addie sich vor und gab ihm einen Kuß auf die Wange. »Ach, komm schon. Das kannst du doch besser.« Sie fuhr mit dem Mund von seinem Hals zum Kinn. Plötzlich spürten sie es, wie eine Spur Kerosin, die nur noch angezündet werden mußte, um sich in eine Feuerwand zu verwandeln.

Dieses hemmungslose Verlangen ... es war, als würde sie zum erstenmal Farbe sehen und sich die Taschen mit leuchtendem Violett, sattem Orange, knalligem Gelb vollstopfen, voller Angst, dabei ertappt zu werden, daß sie etwas stahl, was ihr nicht gehörte, doch mit der Gewißheit, daß sie sich nie so deutlich daran erinnern würde, wenn sie kein Souvenir mitnähme.

Sie war bereit. Sie wollte es. Addie hob seine Hände zum obersten Knopf ihrer Bluse – als Jack plötzlich die Arme sinken ließ.

Er wird es nicht tun. Er will, daß ich es tue.

Nie zuvor hatte sie sich vor einem Mann ausgezogen. Ihr Vater hatte sie nicht mehr nackt gesehen, seit sie zehn war. Verlegen nestelte sie an dem Knopf, schob ihn dann durch das Loch und öffnete den nächsten. Ihre Brüste in dem dünnen, rosafarbenen Seiden-BH erröteten unter Jacks Blick. Sie löste den Verschluß und zog Jacks Kopf nach unten auf ihre Haut.

»Möchtest du wirklich?« flüsterte er.

Als Antwort bedeckte sie ihn mit Küssen von der Brust bis hinunter zum Bauch und verharrte an der Stelle, wo seine Jeans sich wölbte. Sie öffnete den Reißverschluß und nahm seinen Penis in ihre geöffnete Hand.

Im selben Moment fühlte sie sich sicherer als je zuvor in ihrem Leben.

»Tun wir es für uns beide«, wiederholte sie. Gemeinsam griffen sie zwischen seine Beine, zogen ihren Slip beiseite, fügten sich behutsam ineinander. *Er erfüllt mich*, erkannte Addie verwundert, und im selben Moment dachte Jack: *Das also hat gefehlt.*

Juli 1999
Loyal,
New Hampshire

»Jack«, sagte der Polizeibeamte, »du mußt aufs Revier kommen.«

Jack klemmte sich das Handy gegen die Schulter, um Unterlagen in seine Aktentasche zu stopfen. »Geht nicht. Ich hab heute nachmittag eine Konferenz. Aber wie wär's, wenn wir uns um acht auf ein Match in der Sporthalle treffen.« Seit Jay Kavanaugh nach Loyal gekommen war, um die Stelle als einziger Detective am Ort anzunehmen, war er ein guter Freund von Jack geworden – sie spielten häufig zusammen Squash und gingen anschließend ein Bier trinken, um über den Mangel an weiblichen Singles in der Stadt zu jammern.

»Jack, du mußt sofort kommen.«

Er schnaubte. »Ach, Süßer, kannst es wohl wieder nicht erwarten, mich zu sehen.«

»Laß den Quatsch«, sagte Jay, und jetzt bemerkte Jack den nervösen Unterton in seiner Stimme. »Hör zu. Ich möchte wirklich nicht mehr am Telefon sagen. Ich erklär's dir, wenn du hier bist.«

»Aber –«

Der Wählton. »Scheiße«, fluchte Jack. »Ich hoffe, du hast einen guten Grund.«

Er hatte Jay kennengelernt, als der Detective einmal in die Schule gekommen war, um über die Sicherheitsvorkehrungen an Halloween zu sprechen. Augenblicklich war Jay der große Bruder geworden, den Jack nie gehabt hatte. An heißen, trägen Sommertagen fuhren sie mit einem Boot zum Angeln hinaus, und während sie warteten, daß ein Schwarzbarsch anbiß, tranken sie Bier und überlegten, wie sie die Schauspielerin Heather Locklear nach Loyal locken könnten.

»Willst du eigentlich mal richtig seßhaft werden?« hatte Jack einmal gefragt.

Jay hatte gelacht. »Ich bin schon so seßhaft, daß mir Wurzeln wachsen.«

Jay stand sofort auf, als Jack sein Büro betrat. Er blickte auf das Bücherregal, auf den Teppich, Jacks Jackett ... überallhin, nur nicht Jack an. »Würdest du mir bitte verraten, was so verdammt wichtig ist, daß es nicht warten konnte?«

»Wie wär's mit einem kleinen Spaziergang?«

»Komm lieber gleich zur Sache.«

Jays Wangen zuckten. »Tu mir den Gefallen, ja?« Er führte Jack in einen Besprechungsraum, in dem sich nur ein Tisch, drei Stühle und ein Tonbandgerät befanden.

Jack grinste. Er verschränkte die Arme vor der Brust. »Sie haben das Recht zu schweigen. Alles, was Sie sagen, kann und wird gegen Sie verwendet werden. Sie haben das Recht auf einen Anwalt ...« Seine Stimme verklang, als Jay die Augen schloß und sich abwandte. »He«, sagte Jack leise. »Was ist los?«

Als Jay ihn wieder anblickte, war sein Gesicht völlig teilnahmslos. »Catherine Marsh hat behauptet, ihr beide hättet was miteinander.«

»Catherine Marsh hat was?« Jack schaute sich ein zweites Mal in dem kahlen Raum um, sah das Tonbandgerät und Jays Miene. »Bin ich ... du nimmst mich doch nicht fest, oder?«

»Nein. Wir unterhalten uns bloß. Ich möchte deine Version der Geschichte hören.«

»Du denkst doch nicht im Ernst ... verdammt noch mal, Jay ... sie ist – sie ist eine *Schülerin*. Ich schwöre – ich habe sie nicht angefaßt. Ich weiß nicht, wie sie auf so was kommt.« Plötzlich schlug sein Herz wie verrückt.

»Aufgrund der Beweislage wird Anklage gegen dich erhoben«, sagte Jay förmlich. Dann wurde seine Stimme weicher. »Du besorgst dir besser einen Anwalt, Jack.«

Eine Woge der Wut durchflutete Jack. »Wieso hast du mich auf ein Gespräch herbestellt, wenn du mich sowieso festnehmen willst?« Der Vorwurf hing zwischen ihnen in der Luft, und mit einem Mal wurde Jack klar, warum Jay ihn um seine Version der Geschichte gebeten hatte – es hatte nichts mit ihrer Freundschaft zu tun, er wollte bloß von Jack ein Geständnis hören, das vor Gericht gegen ihn verwendet werden könnte.

Loyal war ein idyllisches Städtchen; es hatte einen Lebensmittelladen, die obligatorische Holzbrücke und eine Reihe weißer Holzhäuser, die den kleinen Park säumten und die Architektur der Westonbrook Academy widerspiegelten. Jack wohnte in einem kleinen Cottage. Von seiner Veranda aus konnte er das Haus sehen, wo Catherine Marsh mit ihrem Vater Reverend Ellidor lebte.

Jack hatte es immer gefallen, daß er nicht einmal durch den Ort gehen konnte, ohne ein bekanntes Gesicht zu sehen. Wenn es keine Schüler waren, dann die Frau, die den Lebensmittelladen betrieb. Die Leiterin des Postamtes. Die schon etwas betagten Zwillingsbrüder, die beide ledig waren und zusammen in der Bank arbeiteten, an nebeneinander liegenden Schaltern.

Heute jedoch zog er den Kopf ein, als er durch die Straßen ging, aus Angst, einem Bekannten zu begegnen. Er kam an Jugendlichen vorbei und spürte förmlich, wie sie ihn mit Blicken verfolgten. Als er dem Besen einer Ladenbesitzerin auswich, hörte sie plötzlich auf zu fegen und starrte ihn an, so daß sein Gesicht ganz heiß vor Verlegenheit wurde. *Ich bin unschuldig*, hätte er am liebsten geschrien. Es ging ihnen nicht um die Wahrheit, sie hatten Angst, daß Pech ansteckend war.

Das Haus von Reverend Ellidor und seiner Tochter war fröhlich mit pinkfarbenen Rosen verziert, die an einem Spalier gen Himmel wuchsen. Er klopfte fest an die Tür und trat einen Schritt zurück, als Catherine öffnete.

Sie war jung und hübsch, mit einer Haut, die von innen zu leuchten schien. In diesem ersten Augenblick sah Jack vor seinem geistigen Auge all die Male, wenn er sie kurz an sich gedrückt hatte, nachdem sie ein Tor geschossen hatte, all die Male, wenn ihm aufgefallen war, wie sich ihr Trikot über ihrem Sport-BH spannte. Ein strahlendes Lächeln breitete sich auf ihrem Gesicht aus. »Coach!«

Er öffnete den Mund, um etwas zu sagen, um ihr Vorwürfe zu machen, sie nach dem Grund zu fragen, doch dazu kam es nicht. Ein Gesicht tauchte hinter Catherine auf: Ellidor Marsh, in all seinem biblischen Zorn.

»Reverend«, setzte Jack an.

Mehr brauchte Ellidor nicht. Nur für den Bruchteil einer Sekunde zeichnete sich in seiner Miene ein leichtes Zögern ab, doch dann schnellte seine Faust vor und traf Jack aufs Kinn.

Catherine schrie, als Jack die Stufen hinunterstolperte und in einem Rosenbusch landete. Dornen stachen durch seine leichte Sommerhose. Er spuckte Blut und wischte sich mit der Hand über den Mund.

Catherine wollte zu ihm, doch ihr Vater stieß sie hinter sich. Jack blickte den Reverend aus zusammengekniffenen Augen an. »Hat der liebe Gott Ihnen das eingegeben?«

»Zur Hölle mit Ihnen«, erwiderte Ellidor knapp.

Einige Wochen zuvor hatte Jack an einem Julitag, der so heiß war, daß ihm das Hemd am Körper klebte, vor seiner Oberstufenklasse gestanden und über den Peloponnesischen Krieg gesprochen. »Die Spartaner waren nicht glücklich mit dem Friedensvertrag, den sie unterzeichnet hatten, und die Athener wurden selbst ein bißchen machthungrig …« Sein Blick war über die verschwitzten Gesichter seiner Schülerinnen gewandert, die sich mit selbstgefalteten Papierfächern Kühlung verschafften. »Und nicht eine von euch hört mir im Moment zu.«

Jack bemerkte, daß einem der Mädchen sogar die Augen zufielen. Er selbst war auch nicht begeistert von diesen Sommerkursen, die Westonbrook in den Ferien anbot, damit Schüler der Abschlußklassen ihre Chancen bei den Collegebewerbungen verbessern konnten. Die hundert Jahre alten Klassenräume in Westonbrook, allesamt Brutkästen, waren ernsthaftem Lernen nicht gerade förderlich.

Catherine Marsh saß in der ersten Reihe, der gestärkte Kragen ordentlich über der Schuluniformjacke, die Füße sittsam übereinandergelegt. »Dr. St. Bride«, jammerte sie, »was ist denn an einem Krieg so wichtig, der zweitausendvierhundert Jahre zurückliegt und in einem anderen Land stattgefunden hat? Ich meine, er war doch nicht in unserem Land. Warum müssen wir so was überhaupt lernen?«

Die ganze Klasse pflichtete ihr bei. Jack sah von einem erhitzten Gesicht zum anderen. »Okay«, sagte er, »wir machen eine kleine Exkursion.«

Er hatte keinen genauen Plan im Kopf, er wollte zunächst einmal, daß sie ihre gottverdammten Schuluniformen aus- und etwas Luftigeres anziehen konnten. Badeanzüge wären am besten ... die Mädchen hatten alle einen in ihrem Spind. Aber er wußte auch, wie Mädchen in diesem Alter waren – sie würden sich lieber den linken Arm abhacken, als irgendwelche körperlichen Makel vor Klassenkameradinnen zu zeigen, die ausgeprägtere Rundungen hatten, schlanker oder größer waren ... oder vor einem Lehrer. Plötzlich erhellte sich Jacks Miene, denn er hatte eine Idee, wie er den Mädchen zu einer Abkühlung verhelfen und gleichzeitig den Unterrichtsstoff vertiefen konnte.

Er ging mit ihnen in die Kantinenküche, wo die Köchinnen gerade Salatköpfe zerpflückten. »Ladies«, begrüßte er sie, »wir brauchen Tischdecken.«

Man schickte ihn in die Mensa, wo säuberlich gefaltete Leinentücher gestapelt waren. Jack verteilte die Tischtücher an die Schülerinnen. »So, die Spartaner waren zwar keine Römer, aber egal ...« Er nahm sich ebenfalls ein Tischtuch und wickelte es sich um den Körper. »*Voilà*. Die Toga.«

Er ging mit den Mädchen zum Umkleideraum. »Ich möchte, daß ihr eure Badeanzüge anzieht und euch dann die Toga umlegt. Nehmt eure Uniform mit nach draußen, für den Fall der Fälle.«

»Für welchen Fall?«

Jack grinste. »Für den Fall, daß wir schleunigst vor der Modepolizei Reißaus nehmen müssen.« *Oder dem Schulleiter*, dachte er.

»Da kann ich mir ja gleich ein *V* auf die Stirn malen«, murmelte eine Schülern. »*Versagerin.*«

Doch obwohl einige murrten, verschwanden schließlich alle im Umkleideraum und kamen eine nach der anderen mit ihren Sachen auf dem Arm wieder heraus. »Na?« sagte Jack. »Ist es so nicht angenehmer?«

Als letzte kam Catherine Marsh. Sie trug ihre Toga ... aber offenbar keinen Badeanzug. Mit der nackten Schulter, glatt und gebräunt, streifte sie Jack im Vorbeigehen.

Jack verkniff sich ein Lächeln. Mädchen in diesem Alter – vor allem, wenn sie in ihren Lehrer verknallt waren – hatten das Zartgefühl einer Dampfwalze.

Er führte sie zum Fußballplatz, wo sie ihre Sachen ablegten und sich in einer Reihe aufstellen mußten. »So. Fangen wir an. Stellt euch vor, ihr lebt alle glücklich und zufrieden dank des Friedensvertrages, den die Spartaner unterzeichnet haben.« Dann teilte er die Mädchen in zwei Gruppen ein. »Ihr Spartaner«, sagte er zur ersten Gruppe, »ihr wollt einen Bodenkrieg führen, weil ihr das gut könnt. Und ihr« – er zeigte auf die Athener – »ihr wollt einen Seekrieg, weil das eure Spezialität ist.«

»Aber woher wissen wir, wer der Feind ist?« rief ein Mädchen. »Wir sehen doch alle gleich aus.«

»Gute Frage! Einer, der heute noch euer Freund ist, ist morgen euer Feind, und das einfach aus politischen Gründen. Was macht ihr?«

»Fragen, bevor wir das Schwert ziehen?«

Jack legte den Arm um den Hals des Mädchens, das die Frage gestellt hatte, und tat so, als würde er ihr die Gurgel durchschneiden. »Und wenn ihr nur eine Sekunde zögert, seid ihr tot.«

»Wir bleiben unter unseresgleichen«, rief eine Schülerin.

»Wir sind auf der Hut!«

»Wir schlagen zuerst zu!«

Jack mußte grinsen, als seine lustlose Klasse lebhafter wurde, sich ins Schlachtgetümmel stürzte, bis sich alle auf dem Rasen wälzten und die Togas voller Grasflecken waren. Erschöpft lagen sie auf dem Rücken und schauten den Federwolken zu, die sich wie die langen Beine von Tänzerinnen über den Himmel streckten.

Ein Schatten ragte über Jack auf, und als er aufsah, stand Herb Thayer vor ihm, der Schulleiter der Westonbrook Academy. »Dr. St. Bride ... kann ich Sie kurz sprechen?«

Sie gingen ein paar Schritte, bis sie außer Hörweite waren. »Herrgott, Jack. Wollen Sie uns eine Anzeige einhandeln?«

»Wegen was? Anschaulichem Geschichtsunterricht?«

»Seit wann steht Ausziehen auf dem Lehrplan?«

Jack schüttelte den Kopf. »Verkleiden. Das ist etwas anderes. Jugendliche in diesem Alter sind wie junge Hunde; man muß ihren Kreislauf in Bewegung bringen, damit sich ihr Gehirn einschaltet. Und im Klassenzimmer ist es bei dieser Hitze unerträglich.« Er setzte sein gewinnendstes Lächeln auf. »Das ist genauso wie eine Theatergruppe, die Shakespeare inszeniert.«

Herb wischte sich mit der Hand über die Stirn. »Jack, machen Sie von mir aus mit ihnen die Grundausbildung, damit sie sich den Lehrstoff besser einprägen können. Aber sorgen Sie um Himmels willen dafür, daß sie vollständig angezogen sind, bevor Sie sie draußen auf die Hindernisbahn schicken.« Er stapfte davon, drehte sich aber noch einmal um. »Ich weiß, was Sie machen und warum. Aber der Mann, der da drüben die Straße überquert, der erst beim zweiten Akt reingekommen ist – der sieht etwas ganz anderes.«

Jack wartete, bis Herb gegangen war. Dann ging er zu seinen Schülerinnen zurück, die ihn neugierig anblickten.

»Wer hat gewonnen?« fragte Catherine Marsh.

»Tja, Dr. Thayer ist von unserer Aufführung sehr angetan, empfiehlt aber dringend, daß ihr in Schuluniform weitermacht.«

Die Klasse stöhnte geschlossen auf, aber alle sammelten brav ihre Sachen zusammen.

»Nein«, sagte Catherine. »Ich meinte, wer hat den Krieg gewonnen?«

»Den Peloponnesischen Krieg? Keiner. Beide Seiten setzten auf Zermürbungsstrategie, doch auch nach zehn Jahren hatte sich noch keiner ergeben.«

»Sie meinen, sie haben weiter Krieg geführt, bloß weil keiner sich ergeben hat?«

»Ja. Als schließlich der Nikias-Frieden geschlossen wurde, ging es nicht darum, wer recht oder unrecht hatte ... sondern darum, die Kämpfe endlich einzustellen.« Er klatschte in die Hände, um sich Gehör zu verschaffen. »So, Leute, die Stunde ist zu Ende.«

Die Mädchen entfernten sich grüppchenweise. Jack sah ihnen nach und dachte *Schönheit ist Wahrheit und Wahrheit Schönheit*. Als er ihnen folgte, spürte er plötzlich etwas unter seinem Schuh. Ein hauchdünner Stoff, ein roter Seiden-BH, den eines der Mädchen verloren hatte. Am Innensaum war ein Namensschildchen eingenäht. CATHERINE MARSH, las Jack. Verlegen steckte er ihn in seine Tasche.

Melton Spriggs Kanzlei war alles andere als beeindruckend. Sie lag über dem Chinarestaurant in Loyal und roch auch danach. Eine Klimaanlage gab es nicht, Fußboden, Schreibtisch und der einzige Aktenschrank waren mit Papieren übersät. »Ich muß das Chaos endlich mal beseitigen«, keuchte er, während er einen Stapel Zeitschriften wegräumte, damit Jack Platz nehmen konnte.

Für einen Moment verspürte Jack den Impuls, gleich wieder das Weite zu suchen.

»Also«, sagte Melton, »was kann ich für Sie tun?«

Jack merkte plötzlich, daß ihm die Worte förmlich am Gaumen klebten. »Ich muß mit einer Anklage rechnen.«

Melton grinste. »Da sind Sie bei mir genau richtig. Wenn Sie gesagt hätten, Sie wollten eine Portion Chop-suey, müßte ich Sie eine Etage tiefer schicken. Weshalb rechnen Sie mit einer Anklage?«

»Weil die Polizei das gesagt hat. Ich wurde vor ein paar Tagen zu einem ... Gespräch aufs Revier gebeten. Ein Mädchen ... eine Schülerin von mir ... hat behauptet, sie und ich ... hätten ...«

Melton pfiff durch die Zähne. »Ich kann's mir schon denken.«

»Es ist nicht wahr«, sagte Jack mit Nachdruck.

Der Anwalt gab ihm seine Karte. »Mit der Frage beschäftigen wir uns, wenn es soweit ist.«

Trotz der Hitze ging Jack joggen. Er lief zwei Meilen, vier, sechs. Schweiß rann ihm in die Augen, und er atmete die Luft in tiefen Zügen ein. Er ließ den Ort hinter sich und lief immer weiter. Er umrundete zweimal einen Teich. Als ihm klar wurde, daß er, so sehr er es auch wollte, seiner Angst nicht davonlaufen konnte, ließ er sich am Ufer zu Boden fallen, vergrub das Gesicht in den Händen und weinte.

Catherine Marsh konnte sich noch ganz deutlich an das erste Mal erinnern, als Jack St. Bride sie berührt hatte.

Sie war als Stürmerin auf das gegnerische Tor zugelaufen und wollte gerade zum Schuß ansetzen, als eine Verteidigerin der Gegenmannschaft sich ihr entschlossen entgegenwarf. Sie stießen so heftig mit den Köpfen zusammen, daß es hörbar knallte, das letzte Geräusch, das Catherine wahrnahm, bevor sie das Bewußtsein verlor. Als sie wieder zu sich kam, war der Coach über sie gebeugt, sein goldenes Haar wie ein Heiligenschein im Sonnenlicht, so sahen die Helden im Kino aus. »Catherine«, sagte er, »ist alles in Ordnung?« Zuerst hatte sie nicht antworten können, weil er sie mit den Händen abtastete, um zu sehen, ob sie sich etwas gebrochen hatte. »Ich glaube, dein Knöchel schwillt an«, sagte er. Dann hatte er ihr den Fußballschuh und die Socke ausgezogen und ihren verschwitzten Fuß untersucht, wie Aschenputtels Prinz. »Wunderbar«, sagte er zufrieden, und Catherine dachte, *Ja, das bist du.*

Sie wußte, daß zwischen ihnen irgend etwas Besonderes war, sonst hätte er sie wohl nicht ab und zu nach dem Training gebeten zu bleiben, damit er ihr noch eine Übung zeigen konnte, und ihr auch nicht den Arm um die Schulter gelegt, wenn sie zusammen vom Platz gingen. Als sie ihm anvertraut hatte, daß sie vorhabe, mit Billy Haines zu schlafen, war der Coach so nett gewesen, sie zu einem Arzt zwei Städte weiter zu fahren, um sich die Pille zu besorgen. Na ja, zuerst hatte er Bedenken – aber dann hatte er es doch getan, weil er sie mochte. Und als Billy zwei Tage später mit ihr Schluß gemacht hatte, durfte sie sich an der Schulter des Coaches ausweinen.

Sie fragte sich mehrmals am Tag, was er wohl mit dem BH angestellt hatte, den sie nach der Geschichtsstunde im Freien verloren hatte. Er war ihr wirklich versehentlich aus den Sachen gefallen, die sie auf dem Arm gehabt hatte ... aber vielleicht war es ja doch Schicksal, wenn sie genauer darüber nachdachte. Als sie merkte, daß der BH fehlte, war sie zum Fußballplatz zurückgegangen, um ihn zu holen ... und hatte gerade noch mitbekommen, wie der Coach ihn aufgehoben und in die Tasche gesteckt hatte. Aus irgendeinem Grund hatte sie einfach kehrtgemacht, statt sich den BH zurückgeben zu lassen. Vielleicht hatte der Coach ihn sich unters Kopfkissen gelegt. Vielleicht berührte er manchmal die Seide und stellte sich vor, es wäre ihre Haut.

Gestern war Catherine nicht zur Schule gegangen. Ihr Vater hatte es ihr verboten. Und wahrscheinlich war es so auch am besten, zumal sie ohnehin nicht wußte, was sie zu Jack sagen sollte. Sie hatte gehört, daß man ihn in Handschellen abgeführt hatte, wie einen Schwerverbrecher. Wenn Catherine dabeigewesen wäre, hätte sie sich vor ihn hingekniet und jede Stelle an seinem Handgelenk geküßt, die von dem Metall berührt wurde. Sie hätte darum gebeten, daß man ihr die Handschellen anlegte. Sie würde alles tun, um ihm zu zeigen, wie sehr sie ihn liebte, einfach alles.

Jack beugte sich so dicht zu Melton Sprigg, daß er das Gewebe seiner Fliege genau erkennen konnte. »Ich hab es nicht getan«, sagte er durch die Zähne. »Zählt das denn überhaupt nicht?«

»Ich sage bloß, daß man Geschworenen heutzutage durchaus verständlich machen kann, warum ein Mann ... im fortgeschrittenen Alter ... Interesse für ein junges Mädchen entwickelt.«

»Schön. Wenden Sie diese Strategie bei einem Mandanten an, der wirklich schuldig ist.« Jack ließ sich auf einen Stuhl sinken, plötzlich kraftlos. Heute hatte sein bester Freund ihn wegen sexuellen Mißbrauchs an einer Schutzbefohlenen verhaftet. Sein Bankkonto war um 5 000 Dollar leichter geworden, die er für die Kaution hatte hinterlegen müssen. Von den Handschellen hatte er blaue Flecke an den Gelenken. »Wir werden kämpfen. Darum geht's ja hier schließlich, oder? Beide Seiten sollen zu Wort kommen. Und wer hört schon auf eine Fünfzehnjährige?«

Der Anwalt nickte und lächelte seinem Mandanten zuliebe. Und sagte ihm nicht, was er dachte: daß alle gerade deshalb auf Catherine Marsh hören würden, weil sie erst fünfzehn war.

»Ich werde nicht drum herumreden«, sagte Herb Thayer. »Die Sache ist äußerst unangenehm.«

Endlich jemand, der ihm aus der Seele sprach. »Das müssen Sie mir nicht erzählen«, sagte Jack. »Gestern bin ich aufs Revier vorgeladen worden, damit Jay Kavanaugh mir meine Rechte vorlesen konnte! Verdammt, ich spiele regelmäßig mit ihm Squash, und er buchtet mich ein.« Es sprudelte jetzt nur so aus ihm heraus. »Ich bin ebenso überrascht wie Sie, Herb. Ich habe keine Ahnung, wie das Mädchen auf so was kommt.«

»Sie und Catherine Marsh haben ein sehr enges Verhältnis«, warf Herb ein.

»Sie ... Sie glauben ihr doch nicht, oder?«

»Himmel, Jack, natürlich nicht. Ich will damit nur sagen, daß ich verstehen kann, daß ... andere ... diesen Schluß daraus gezogen haben.«

Jack stand auf und lief im Büro auf und ab. Auf einem Regal standen vier Pokale von den Bezirksmeisterschaften im Mädchenfußball, von denen er sich jeden einzelnen aufgrund des persönlicheren Verhältnisses verdient hatte, das Herb jetzt in Frage stellte. »Ich habe sie nicht angefaßt.«

Herb blickte zum Fenster hinaus. »Sie wissen ja«, sagte er leise, »daß Sie der beste Lehrer der Schule sind. Sie haben ein ungewöhnliches Talent, die Mädchen zu motivieren.«

Jack spürte, wie das Blut ihm durch die Adern rauschte, als ihm klar wurde, daß vielleicht doch nicht alles so düster aussah, wie er geglaubt hatte.

Der Schulleiter nahm einen Stift in die Hand und trommelte damit auf dem Schreibtisch. »Hören Sie, Jack. Ich glaube Ihnen. Aber einige Eltern wollen nun mal wissen, was das für eine Schule ist, die einen Lehrer beschäftigt, dessen Verhalten verdächtig ist. Ellidor Marsh macht mir die Hölle heiß –«

»Ellidor Marsh ist ein reaktionäres Arschloch, der als Schulgeistlicher völlig fehl am Platze ist.«

»Er ist auch ein Vater, der glaubt, daß seine fünfzehnjährige Tochter mit einem Mann geschlafen hat, der doppelt so alt ist wie sie und die Finger von ihr hätte lassen müssen!« Die Anschuldigung hing wie schwarzer Rauch zwischen ihnen in der Luft.

»Das ist nicht bewiesen«, sagte Jack; seine Worte schmeckten wie Staub.

Herb konnte ihm nicht in die Augen blicken. »Versuchen Sie, die Sache von meinem Standpunkt aus zu sehen, Jack. Im Interesse der Schule kann ich keinen Lehrer beschäftigen, der wegen sexuellen Mißbrauchs an einer Schutzbefohlenen vor Gericht steht.« Er kam um den Schreibtisch herum. »Wenn ich Ihnen irgendwie helfen kann …«

»Ersparen Sie mir irgendwelche Gefälligkeiten«, sagte Jack leise und ging, bevor Herb noch etwas sagen konnte.

Annalise St. Bride kannte sogar Brooke Astor persönlich, die große Dame der High-Society. Sie hatte im Schlafzimmer ein Tigerfell als Bettvorleger – ihr Mann hatte das Tier auf einer Safari erlegt; sie hatte auf der Upper West Side eine Wohnung, die schon in etlichen Innenarchitekturzeitschriften vorgestellt wurde. Aber so erstaunlich das alles auch war, weitaus interessanter war, daß Annalise mit der Exgeliebten ihres Mannes zusammenwohnte, die jetzt ihre beste Freundin war. Oder daß sie genauso viele Prostituierte kannte wie Debütantinnen. Doch vor allem hatte sie sich dadurch einen Namen gemacht, daß sie seit zehn Jahren einen Kreuzzug gegen Gewalt gegen Frauen führte. Dank Annalise' Scheckbuch und eiserner Entschlossenheit waren inzwischen zwanzig Zentren für Vergewaltigungsopfer auf die ärmsten Stadtteile von New York City verteilt.

Jack war verblüfft, als seine Mutter plötzlich vor seiner Haustür stand. Es rührte ihn, daß sie zu seiner Unterstützung gekommen war – ohne genau zu wissen, worum es ging. Als er sie anblickte, spürte er, wie der Schutzwall, den er um sich herum errichtet hatte, Risse bekam. Er beugte sich vor, um ihr einen Kuß auf die Wange zu geben, doch sie wich zurück.

»Ich bleibe nicht, Jack. Ich bin nur gekommen, weil ich dir etwas von Angesicht zu Angesicht sagen muß.« Annalise betrachtete ihn ernst. »Weißt du, wie viele vergewaltigte Frauen ich schon gesehen habe?«

Jack versuchte, Luft zu holen, aber er konnte nicht. Nicht genug, daß sein Chef, seine Schülerinnen, sein Anwalt und seine Kollegen ihn für schuldig hielten, jetzt auch noch seine Mutter.

»Erstens geht es nicht um Vergewaltigung, und zweitens bin ich unschuldig«, flüsterte er.

Annalises Miene verfinsterte sich. »Wieso in aller Welt sollte sich eine Frau so etwas ausdenken?«

Jetzt schluckte Jack schwer. »Du mußt mir glauben. Ich bin schließlich dein Sohn.«

»Nicht mehr«, erwiderte Annalise.

Er schiebt seine Hände unter meine Bluse, und ich spüre, wie heiß sie sind. Ich habe ein schreckliches Verlangen nach ihm. Oh, Jack. Ich weiß, es wird mit ihm nicht weh tun, weil er es versprochen hat. Selbst wenn er ihn in mich reinsteckt, ist es mir recht, weil wir dann endlich eins sind.

Jack schob die Fotokopien weg. »Was soll der Mist?«

Melton zuckte die Achseln. »Beweismittel, die die Anklagevertretung offengelegt hat. Das ist der Tagebucheintrag, der Catherines Vater zur Weißglut gebracht hat.« Er blätterte seine Notizen durch. »Zusammen mit den Antibabypillen.«

»Ist schon mal einer auf den Gedanken gekommen, daß das vielleicht reine Phantasien sind?«

»Natürlich, Jack.« Melton setzte sich seine Lesebrille auf. »Aber sie behauptet auch, Sie hätten sie zum Arzt gefahren, damit sie sich Verhütungsmittel besorgt.«

»Wohl oder übel, Melton. Sie wollte mit ihrem Freund schlafen und wußte nicht, wie sie sonst zum Arzt gekommen wäre!«

»Laut Catherine gab es keinen Freund. Sie sagt, sie hat sich die Pille besorgt, weil Sie mit ihr schlafen wollten.«

»Hören Sie. Sie ist in mich verknallt. Ich hab es irgendwie gewußt, auch wenn ich sie nicht darauf angesprochen habe. Ich wollte sie nicht in Verlegenheit bringen, und ich hab gedacht, das gibt sich wieder. So was passiert dauernd.«

»Es ist ein Unterschied, ob eine Minderjährige sich einbildet, daß sie in einen wesentlich älteren Mann verknallt ist, oder ob eine Minderjährige Geschlechtsverkehr mit dem Mann hat.«

»Es ist genau umgekehrt! Sie bildet sich den Sex ein!« Jack holte tief Luft. »Also schön. Die Staatsanwaltschaft hat also ihre Aussage und dieses Tagebuch. Und ein paar Antibabypillen. Das alles ist für mich noch kein schlüssiger Beweis, daß ich eine intime Beziehung zu ihr hatte.«

»Stimmt«, sagte Melton. »Sie wären sicherlich sehr viel besser dran, wenn die Polizei bei der Durchsuchung ihres Hauses nichts gefunden hätte.«

Jack runzelte die Stirn. Die Polizei war mit einem Durchsuchungsbefehl bei ihm aufgetaucht, aber er hatte nicht gewußt, daß dabei irgend etwas herausgekommen war. Melton schob ihm ein Foto über den Tisch zu. »Was ist das, ein Putzlappen?«

»Wie's aussieht«, sagte Melton, »ist das Catherine Marshs BH. Er war in Ihrer Aktentasche.«

Jack starrte einen Moment lang darauf. Dann fing er an zu lachen. »Gott, Melton, die denken doch nicht im Ernst ... ich hab ihn bloß aufgehoben, als sie ihn nach dem Unterricht verloren hatte. Nein, Moment – das klingt zweideutig. Ich hab mit den Mädchen etwas Anschauungsunterricht zum Thema griechische Antike gemacht, und es war brütend heiß, und die Mädchen haben sich aus Tischtüchern Togas gemacht und –«

»Und die Polizei hat in Ihrer Aktentasche einen BH gefunden, in dem Catherine Marshs Name eingenäht war. Mehr wissen die nicht. Und das ist eine ganze Menge.«

»Aber ich kann es erklären.«

»Ich weiß«, sagte Melton. »Leider kann die Staatsanwaltschaft das auch.«

Jack mußte sie sehen. Er kannte die Kautionsbedingungen, die ausdrücklich verlangten, daß er sich nicht nur von Minderjährigen überhaupt, sondern vor allem von Catherine Marsh fernzuhalten habe. Wenn man ihn erwischte, würde über die Haftverschonung neu verhandelt werden. Er würde wegen Mißachtung des Gerichts belangt und sehr wahrscheinlich bis zum Prozeßbeginn in Gewahrsam genommen. Wenn man ihn erwischte, würde er der Staatsanwaltschaft in die Hände spielen.

Aber wenn es ihm gelang, könnte er vielleicht erreichen, daß die Klage gegen ihn fallengelassen wurde.

Die Stundenpläne der Schülerinnen in Westonbrook waren seit zwei Jahren am Computer abrufbar. Binnen zehn Minuten wußte er, wo Catherine Marsh sein mußte. Eine Stunde später stand er hinter einer großen Eiche am Rand des Schulgeländes und beobachtete, wie die Mädchen in kleinen Gruppen fröhlich plappernd vorbeigingen.

Catherine war allein, der erste Glücksfall, seit das ganze Debakel angefangen hatte. Der Schweiß brach ihm aus, als er sich mit aller Kraft auf den Wunsch konzentrierte, sie möge näher kommen. Die Sonne schimmerte auf der Messingschnalle ihres Rucksacks und blendete ihn kurz.

Er packte sie am Oberarm, drückte sie gegen den Baum und hielt ihr die Hand vor den Mund. Catherines Augen weiteten sich vor Angst, dann wurden sie plötzlich weicher. Er ließ sie los. »Coach«, sagte sie lächelnd, als hätte sie nicht sein ganzes Leben auf den Kopf gestellt.

Er schluckte, doch die Wut gewann die Oberhand und stieß einen Satz hervor, rauh und rostig wie ein Nagel. »Catherine«, zischte Jack, »was zum Teufel hast du gemacht?«

Sie hatte ihn noch nie wütend erlebt. Der Druck seiner Finger auf ihren Schultern machte ihr eine Sekunde lang angst, dann durchlief sie ein Schauer. *Er ist meinetwegen hier*, dachte sie.

Plötzlich hatte er sich wieder im Griff. »Was hast du denen erzählt?«

In diesem Augenblick waren ihre Gefühle wie ein Federbett, weich und einladend. Catherine holte tief Luft und sagte: »Daß ich Sie liebe.«

»Daß du mich *liebst*«, wiederholte er, und die Worte klangen falsch, so wie er sie betonte. »Catherine, du liebst mich nicht.«

»Doch. Und ich weiß, daß Sie mich auch lieben.«

»Ich habe nie anders mit dir gesprochen oder dich anders behandelt als alle anderen Schülerinnen«, sagte der Coach. »Catherine, du mußt aufhören mit den Lügen. Begreifst du denn nicht, daß ich deshalb ins Gefängnis kommen könnte?«

Einen Moment lang blieb Catherine das Herz stehen. Und dann erkannte sie, daß es ein Test war. Er wollte nur sein Herz schützen, bis sie ihres bloßlegte. Sie lächelte ängstlich. »Du mußt die Wahrheit nicht mehr verbergen.«

»Die Wahrheit?«

»Du weißt schon ... daß wir zusammensein werden.«

Seine Augen blitzten. »Vor oder nach dem Knast?«

»Oh, Jack«, flüsterte Catherine und wollte ihn umarmen.

Er wich zurück, wollte sie weder berühren noch von ihr berührt werden. Und schließlich hielt Catherine inne. Obwohl sie nach ihm rief, ging er weiter rückwärts, die Handflächen gehoben, als sähe er kein junges Mädchen mehr, sondern eine Giftschlange, die in dem Moment zuschlagen könnte, wenn er am wenigsten damit rechnete.

»Natürlich ist sie verängstigt«, sagte die Staatsanwältin freundlich zu Reverend Marsh. Loretta Winwood faltete geduldig die Hände. »Wenn sie keine Scheu hätte auszusagen, würde ich mir über ihre Beweggründe Sorgen machen. Aber es ist normal, daß minderjährige Zeugen zurückschrecken, wenn's ernst wird. Eine zögerliche Zeugin ist in einem Prozeß wegen sexuellen Mißbrauchs an einer Schutzbefohlenen sogar ausgesprochen überzeugend.«

»Aber Sie haben sie doch gehört! Sie sagt, sie hat das Ganze erfunden.«

Loretta ließ dem Mann einen Moment Zeit, sich zu beruhigen. Armer Kerl, nicht leicht zu erfahren, daß die eigene Tochter eine Affäre mit einem Lehrer hatte, um sich dann wenige Tage später anhören zu müssen, wie sie reumütig alles zurücknahm. In solchen Augenblicken kam sie sich fast vor wie eine Therapeutin. »Reverend Marsh, glauben Sie ihr?«

»Meine Tochter ist ein gutes, christliches Mädchen.«

»Ja, aber entweder ist diese sexuelle Affäre gelogen ... oder es ist gelogen, daß sie sie erfunden hat.«

Marsh preßte sich die Finger an die Schläfen. »Ich weiß es nicht, Miss Winwood.«

»Aus welchem Grund sollte Catherine sich eine Affäre mit ihrem Lehrer ausdenken?«

»Ich wüßte keinen.«

»Also schön. Nehmen wir mal an, daß sie eine Beziehung mit Dr. St. Bride hatte oder noch hat, so empörend der Gedanke auch ist. Aus welchem Grund sollte sie ihr Geständnis plötzlich zurücknehmen?«

Marsh schloß die Augen. »Um ihn zu retten.«

Loretta nickte. »Geschlechtsverkehr mit unter Sechzehnjährigen ist vor allem deshalb vom Gesetz untersagt, weil Minderjährige sich leicht manipulieren lassen. Was Ihre Tochter mir vorhin erzählt hat – nun, so was erlebe ich sehr häufig, Reverend Marsh. Leider sind diese Mädchen wirklich verliebt. Und sobald sie ihre Verliebtheit triumphierend bekanntmachen und das Objekt ihrer Zuneigung dann in Handschellen abgeführt wird, fragen sie sich plötzlich, ob sie nicht besser den Mund gehalten hätten.«

»Können ... können Sie sie zwingen, als Zeugin auszusagen?«

»Ich kann sie in den Zeugenstand zwingen, aber wenn sie nicht aussagen will, sagt sie nicht aus. Deshalb kommt es in vielen solcher Fälle gar nicht erst zum Prozeß.« Sie schloß die Akte, die sie vor sich liegen hatte. »Wenn Catherine den Geschworenen erzählt, daß diese Affäre nur ein Produkt ihrer Phantasie war, kann ich das nicht aufgrund ihrer früheren Aussage in Zweifel ziehen. Wir haben zwar belastende Beweise in der Hand … aber ausschlaggebend ist allein Catherines Aussage. Und so leid es mir tut, aber Jack St. Bride wird dann aller Wahrscheinlichkeit freigesprochen – und höchstwahrscheinlich erneut ein minderjähriges Mädchen verführen.«

Marshs Gesicht bekam rote Flecken. »Eines Tages wird er in der Hölle schmoren.«

Hier lag eine gesetzliche Grauzone vor. Falls Catherine heute gelogen hatte, als sie sagte, sie habe niemals Sex mit St. Bride gehabt, handelte es sich dabei eigentlich nicht um einen entlastenden Beweis. Das bedeutete, daß ihr Geständnis nicht an die Verteidigung übergeben werde mußte … was bedeutete, daß Melton Sprigg nicht erfahren würde, daß Catherine nicht bereit war, gegen seinen Mandanten auszusagen. »Keine schlechte Aussicht«, sagte Loretta. »Aber möglich, daß wir ihm schon früher die Hölle auf Erden bereiten können.«

»Die Staatsanwaltschaft will eine Absprache? So etwas wie ein Deal?« fragte Jack. »Bedeutet das nicht, daß denen allmählich mulmig wird?«

Der Anwalt schüttelte den Kopf. »Die meisten Fälle, die vor Gericht kommen … na ja, rund zehn Prozent gewinnt die Staatsanwaltschaft, und rund zehn Prozent verliert sie. Aber das Gros – achtzig Prozent – liegt irgendwo in der Mitte. Die Staatsanwaltschaft bietet routinemäßig eine Absprache an, weil das zumindest einen Schuldspruch garantiert.«

»Und wozu gehöre ich, Melton? Zu den zehn Prozent, die gewinnen, oder zu den zehn Prozent, die verlieren?«

»Bei Ihnen würde ich sagen, eher fünf Prozent auf beiden Seiten, neunzig Prozent in der Mitte. Bei Sexualdelikten steht nun mal oft ein Wort gegen das andere. Schuldspruch oder Freispruch könnte davon abhängen, ob die Geschworenen an dem Tag gut gefrühstückt haben.«

»Eine Absprache kommt für mich nicht in Frage«, sagte Jack. »Ich gestehe nichts, was ich nicht getan habe.«

»Nun hören Sie doch erst mal zu, was ich zu sagen habe, ja? Ich bin nämlich verpflichtet, Sie darüber zu informieren.« Melton reichte ihm das Fax. »Die Staatsanwaltschaft wäre bereit, die Anklage auf Verführung einer Minderjährigen zu reduzieren. Acht Monate Gefängnis ohne Bewährung. Das ist ein gutes Geschäft, Jack.«

»Es ist ein gutes Geschäft für jemanden, der schuldig ist!« rief Jack. »Ich hab das Mädchen nicht angerührt, Melton. Sie lügt.«

»Glauben Sie, Sie können zwölf Geschworene davon überzeugen? Wollen Sie sich wirklich auf dieses russische Roulette einlassen?« Er hob Jacks Tasse, nahm die darunter liegende Serviette und zeichnete in der Mitte einen senkrechten Strich. Darüber schrieb er PRO und KONTRA. »Schauen wir uns mal an, was passiert, wenn Sie vor Gericht gehen. Im besten Fall werden Sie freigesprochen. Im schlimmsten Fall werden Sie wegen eines Kapitalverbrechens verurteilt und wandern sieben Jahre in den Knast.«

»Ich dachte, die Strafe wäre mindestens dreieinhalb und höchstens sieben Jahre.«

»Nach dreieinhalb Jahren können Sie unter bestimmten Voraussetzungen entlassen werden, aber nur, wenn Sie an dem Therapieprogramm für Sexualstraftäter teilnehmen.«

Jack zuckte die Achseln. »Ist das sehr unangenehm?«

»Sie kommen nicht mal rein, wenn Sie nicht offen und ehrlich zu Ihrer sexuellen Straftat stehen. Das bedeutet, Sie müssen gleich zugeben, daß Sie auf kleine Mädchen stehen.«

»Das ist doch Schwachsinn«, sagte Jack.

»Sie sind schließlich ein verurteilter Straftäter. In den Augen des Ausschusses, der über Ihren Antrag auf vorzeitige Haftentlassung entscheidet, haben Sie die Straftat begangen. Basta. Und Ihr Antrag wird abschlägig beschieden, wenn man Sie als nicht therapiegeeignet einstuft.«

Jack drückte den Daumennagel in eine Kerbe am Tisch. »Die Absprache«, brachte er hervor. »Was spricht dafür?«

»Erstens, Sie sitzen acht Monate ab, Schluß aus. Auch wenn Sie ständig Ihre Unschuld beteuern, läßt man Sie trotzdem erst nach acht Monaten raus. Zweitens, Sie werden während Ihrer Haftzeit auf einer Farm arbeiten. Das heißt außerhalb der Anstalt. Das ist kein Vergleich zum Strafvollzug hinter Schloß und Riegel. Nach Abbüßung Ihrer Strafe sind Sie frei und machen da weiter, wo Sie aufgehört haben.«

»Aber dann bin ich vorbestraft.«

»Wegen eines minderschweren Deliktes«, stellte Melton klar. »Nach zehn Jahren können Sie die Vorstrafe löschen lassen, und Sie sind wieder ein unbeschriebenes Blatt. Bei einer Verurteilung wegen eines sexuellen Kapitalverbrechens dagegen werden Sie die Vorstrafe Ihr Lebtag nicht mehr los.«

Erschrocken merkte Jack, daß ihm fast die Tränen kamen. »Acht Monate. Das ist verdammt lange.«

»Es ist weitaus weniger als sieben Jahre.« Als Jack den Blick abwandte, seufzte der Anwalt. »Falls es Ihnen ein Trost ist, es tut mir leid, daß Sie in diesen Schlamassel geraten sind.«

Jack sah ihm ins Gesicht. »Ich habe nichts Unrechtes getan.«

»Acht Monate«, erwiderte Melton. »Eh Sie sich's versehen, sind Sie wieder draußen.«

Im Gerichtssaal meinte Jack, unter Klaustrophobie zu leiden. Die Wände neigten sich auf ihn zu, und die Luft, die er durch die Zähne sog, blieb ihm wie ein Klotz in der Magengrube liegen. Er stand neben Melton Sprigg, den Blick unverwandt auf Richter Ralph Greenlaw gerichtet, dessen Tochter seit drei Jahren Torhüterin der von Jack trainierten Fußballmannschaft war. Von einem unvoreingenommen Prozeßvorsitzenden konnte also keine Rede sein. Der Mann brauchte ihn nur anzublicken, und er konnte ihm förmlich ansehen, was er dachte: Statt Catherine Marsh könnte seine eigene Tochter am Tisch der Staatsanwaltschaft sitzen.

Der Richter überflog das Blatt mit der von beiden Parteien ausgehandelten Einigung, die Jack mit seiner Unterschrift abgesegnet hatte, als hätte er seine Seele verkauft. »Haben Sie diesen Antrag gelesen, bevor Sie ihn unterzeichnet haben?«

»Ja, Euer Ehren.«

»Ist irgendeine Form von Druck oder Gewalt auf Sie ausgeübt worden, um Sie dazu zu bewegen, sich der Ihnen zur Last gelegten Straftat schuldig zu bekennen, oder sind Ihnen zu demselben Zweck Versprechungen gemacht worden?«

Jack dachte an die Pro- und Kontraliste. Er hatte die Serviette mitgenommen und sie am Tag darauf in der Toilette hinuntergespült. »Nein.«

»Ist Ihnen klar, welche Rechte Sie aufgeben, wenn Sie sich schuldig erklären und auf einen Prozeß verzichten?«

Und ob, dachte Jack. *Das Recht, mein Leben so zu leben, wie ich es mir vorgestellt habe.* »Ja«, sagte er.

»Ist Ihnen klar, daß Sie das Recht auf einen Anwalt haben?«

»Ist Ihnen klar, daß Sie das Recht auf einen Prozeß mit Geschworenen haben?«

»Ist Ihnen klar, daß die Geschworenen nur einstimmig zu einem Schuldspruch gelangen können?«

»Sind widerrechtlich erlangte Beweismittel eingesetzt worden, um diesen Schuldspruch zu erreichen?«

Er spürte, wie Melton den Atem anhielt, als der Richter die nächste Frage stellte. »Bekennen Sie sich schuldig, weil Sie schuldig sind?«

Jack brachte keine Silbe heraus.

Catherine konnte das alles nicht ertragen – den massigen Körper ihres Vaters, der gegen sie lehnte, die stoische Resignation, mit der Jack neben seinem Anwalt saß, die Wahrheit, daß sie das alles hier ins Rollen gebracht hatte. Und als sie es wiedergutmachen wollte, war es zu spät gewesen. Niemand wollte etwas davon wissen, daß sie alles nur erfunden hatte. Die Staatsanwältin und ihr Vater und die hinzugezogene Psychologin hatten gesagt, es sei ganz normal, daß sie Jack vor dem Gefängnis bewahren wolle, aber daß er nun mal für seine Tat bestraft werden müsse.

Ich, dachte Catherine. *Ich muß bestraft werden.*

Sie hätte alles dafür gegeben, alles ungeschehen zu machen, aber sie konnte ihre Worte nicht zurücknehmen.

Sie fühlte sich, als hätte sie Helium geschluckt. »Tut ihm das nicht an!« rief sie.

»Catherine, setz dich hin.« Ihr Vater packte sie am Arm. Die Staatsanwältin und der Richter fuhren fort, als hätten sie mit einem solchen Zwischenruf von ihr gerechnet.

Der Richter nickte dem Gerichtsdiener zu. »Bitte bringen Sie Miss Marsh aus dem Saal«, sagte er, und plötzlich führte ein stämmiger Mann sie sanft nach draußen, wo sie nicht länger Zeugin des von ihr ausgelösten Tollhauses sein mußte.

Es war, als hätte Catherine kein Wort gesagt. »Mr. St. Bride«, wiederholte der Richter, »geben Sie zu, daß Sie zu Catherine Marsh eine sexuelle Beziehung hatten?«

Jack spürte die Augen von Reverend Marsh im Nacken. Er öffnete den Mund, um es abzustreiten, doch die Worte blieben ihm im Halse stecken, als er sich in Erinnerung rief, was sein Anwalt ihm eingebleut hatte: *Nach Abbüßung Ihrer Strafe sind Sie frei und machen da weiter, wo Sie aufgehört haben.*

Jack würgte, bis ihm die Tränen kamen, bis Melton ihm auf den Rücken klopfte und den Richter bat, seinem Mandanten einen Augenblick zu gewähren, um die Fassung zurückzugewinnen. Er hustete und räusperte sich, doch irgend etwas schien festzusitzen, wie ein Knochen, an dem er zu ersticken drohte. »Hier«, flüsterte Melton und reichte Jack ein Glas Wasser, doch der schüttelte nur den Kopf. Auch wenn er einen Ozean leer trinken würde, der Stolz, der ihm im Hals steckte, löste sich nicht auf.

»Mr. St. Bride«, sagte der Richter, »geben Sie zu, die Straftat begangen zu haben?«

»Ja, Euer Ehren«, antwortete Jack mit einer Stimme, die nicht seine eigene war. »Ich gebe es zu.«

Ende April 2000
Salem Falls,
New Hampshire

Selena Damascus trat so fest gegen den Reifen ihres Jaguars, daß ihr der Schmerz das Bein hochschoß. »Verdammt«, brüllte sie so laut, daß Jordan und der Automechaniker zusammenzuckten.

»Geht's dir jetzt besser?« fragte Jordan, der an einem Werkzeugschrank lehnte.

»Halt den Mund. Halt einfach den Mund. Weißt du, wieviel Geld ich in die Karre gesteckt habe?« tobte Selena. »Weißt du das eigentlich?«

»Jeden lausigen Cent, den ich dir je bezahlt habe.«

Sie wandte sich an den Mechaniker. »Für den Kostenvoranschlag, den Sie mir genannt haben, könnte ich mir einen nagelneuen Chevrolet kaufen.«

Dem Mann war sichtlich unwohl zumute, was Jordan gut verstehen konnte. Selena war schon nicht ohne, wenn sie guter Laune war, aber geradezu furchteinflößend, wenn sie wütend war. »Ähm, da wäre noch was«, stammelte der Mechaniker.

»Lassen Sie mich raten«, sagte Selena. »Sie haben niemanden, der einen Jaguar reparieren kann.«

»Nein, das ist kein Problem. Aber es dauert mindestens eine Woche, bis das Ersatzteil da ist.« Ein Telefon klingelte im Büro, und der Mechaniker entschuldigte sich. »Überlegen Sie es sich. Aber so fährt der Wagen keinen Zentimeter mehr.«

Selena drehte sich Jordan zu. »Das darf doch wohl nicht wahr sein. Ich werde mein Leben einfach vierundzwanzig Stunden zurückdrehen, und wenn dein Sohn anruft, laß ich das Telefon klingeln.« Sie schüttelte den Kopf. »Der Kerl hat ein Monopol hier in der Stadt.«

»Ja. Das Kartellamt ist ihm schon auf der Spur.«

»Mach dich gefälligst nicht auch noch lustig über mich, Jordan!«

»Du könntest ihn in deine Werkstatt abschleppen lassen«, schlug er vor. »Oder dir einen Mietwagen nehmen.«

Selena zuckte die Achseln und dachte darüber nach.

»Oder du könntest ein paar Tage bei uns wohnen«, sagte Jordan, und sobald die Worte aus seinem Mund waren, fragte er sich, woher sie gekommen waren. Er wollte Selena Damascus wirklich nicht in seiner Nähe haben, es würde ihn doch nur ständig daran erinnern, was zu einer anderen Zeit an einem anderen Ort möglich gewesen wäre.

»Du kannst ja kaum meinen Anblick ertragen. Mein Gott, Jordan, heute morgen bist du mit deinen Cornflakes ins Schlafzimmer gegangen, nur um nicht mit mir frühstücken zu müssen.«

Er blickte weg.

»Ganz zu schweigen von unserer gemeinsamen ... Geschichte.«

Das war eine Frage, begriff Jordan, kein Nein. Einen Moment lang war er ganz still, während er daran dachte, wie er bis spät in die Nacht darauf gewartet hatte, daß sich der Schlüssel in der Haustür drehte und ihm verriet, daß sie mit Thomas vom Schulball zurückkam, wie er sich heute morgen auf die Couch gesetzt hatte, nachdem er ihre Bettwäsche weggeräumt hatte, und ihm bewußt geworden war, daß ihr Geruch nun ebenso Teil des Sofas war wie die Farbe und der Stoff.

»Wenn ich bei euch wohnen würde, wäre der Ärger doch vorprogrammiert«, sagte Selena.

»Es wäre eine dumme Entscheidung«, stimmte Jordan zu.

»Dumm?« schnaubte sie. »Es wäre einer der größten Fehler in der Geschichte der Menschheit.«

Sie mußten beide lachen und merkten gleichzeitig, daß sie bereits zu seinem Wagen gingen, der sie nach Hause bringen würde.

Addie war schon überrascht, daß Sex ihr Spaß machte, aber sie war völlig verblüfft, daß sie richtig süchtig nach den Augenblicken danach war.

Dann lag sie neben Jack, an ihn geschmiegt und von ihm umhüllt wie eine kostbare Perle in der Auster. Sie konnte ihn an ihrem ganzen Körper fühlen, konnte sich an seinen Fingern schmecken, den Augenblick spüren, wenn sein Atem gleichmäßiger wurde, bevor er einschlief. Aber vor allem wußte sie, daß sie gleichberechtigt waren. Keiner von ihnen führte den anderen, keiner tat irgendwas bloß dem anderen zuliebe. Sie waren einfach Addie und Jack, sie hörte ihm zu und er ihr.

Wohin würdest du fliegen, wenn ein Flugzeug dich überallhin bringen würde?

Was ist deine frühste Kindheitserinnerung?

Würdest du gern ewig leben?

Über solche Dinge sprachen sie bis in den frühen Morgen. Jacks Scheu, über die Vergangenheit zu reden, war gebrochen wie ein Damm; jetzt erzählte er ihr von seiner Arbeit als Lehrer, von seiner Verhaftung, von seiner Zeit im Gefängnis. Manchmal, wenn Jack Addie eine Frage stellte oder ihr eine beantwortete, legte er eine Hand auf ihre Brust. Manchmal streichelte er sie sachte dabei und machte ihr das Zuhören schwer. Er tat das so oft und so gut, daß sie irgendwann aufhörte, jedesmal zusammenzuzucken.

»Du kannst mich alles fragen«, sagte Jack ernst, »und ich antworte.«

Addie wußte, daß er die Wahrheit sagte, und aus diesem Grund verkniff sie sich manchmal die Frage, die ihr auf der Seele brannte: *Was müßte passieren, damit du gehst?*

Jack stand im Gästezimmer von Roy Peabodys Wohnung am Fenster und mußte grinsen, während er Stuart Hollings beobachtete, der wieder seine Kuh die Main Street hinunterführte. Er konnte es selbst kaum fassen, aber er hätte am liebsten ein Lied gepfiffen. Das hatte er Addie zu verdanken. Er öffnete die Tür und schlenderte leise vor sich hin summend ins Wohnzimmer. »Roy, es ist so ein herrlicher Morgen, daß ich sogar Ihren Anblick auf nüchternen Magen ertragen kann.«

Er blieb wie angewurzelt stehen, als er Addie sah, die erregt im Flüsterton mit ihrem Vater debattierte.

»Jack«, sagte sie errötend. »Hi.«

»Hi«, erwiderte er. Er schob die Hände in die Taschen.

Roy blickte von Addie zu Jack und warf dann die Hände hoch. »Verdammt noch mal. Meint ihr, ich wüßte nicht, was zwischen euch läuft? Herrje, Jack. Du schläfst in letzter Zeit so selten hier, daß ich bald fast Skrupel habe, überhaupt Miete von dir zu verlangen. Jetzt sei nicht so zimperlich und setz dich schon neben sie. Aber fangt bloß nicht an, euch zu befummeln, bevor ich nicht eine Tasse Kaffee getrunken habe, okay? Ohne seine Dosis Koffein kann ein Mann in meinem Alter so was nicht mehr verkraften.«

Addie lächelte Jack unsicher zu. »Also«, sagte er und kam sich unter Roys scharfem Blick vor wie ein Schüler. »Worüber habt ihr zwei geredet?«

»Also –«, setzte Addie an, und gleichzeitig sagte Roy: »Nichts.«

Dann bemerkte Jack neben Roys Sessel einen Eimer mit Seifenwasser und Schwamm. »Wollen Sie Ihr Auto waschen?«

Roys Miene verfinsterte sich. »Ja, tritt ruhig noch kräftig drauf, wenn ich schon am Boden liege.«

»Er hat kein Auto«, sagte Addie leise. »Du weißt schon, wegen Alkohol am Steuer.«

»Ah. Dann steht der Frühjahrsputz an?«

Roy und Addie wechselten einen Blick. »Genau«, sagte er, da ihm Jacks Erklärung sehr entgegenkam. »Ich muß die Fenster putzen. Man kann ja vor lauter Dreck kaum noch Stuart von der Kuh unterscheiden.«

»Ich übernehme das«, sagte Jack und stand auf.

»Nein!« sagten Addie und Roy wie aus einem Munde.

»Ich mach das gern. Und ich verspreche, daß ich pünktlich zur Arbeit unten bin. Ach, da fällt mir ein, unten in der Kammer steht doch eine Leiter; kann ich die nehmen?« Er ging um den Eimer herum zur Tür und öffnete sie.

Die Farbe war noch feucht, wütend und knallrot: VERSCHWINDE.

Jack berührte die Schrift mit zittrigen Fingern. »Das ist nicht das erste Mal, stimmt's?«

»Gestern auch schon«, gab Roy zu. »Ich hab's weggewischt, bevor du aufgestanden bist.«

»Wieso haben Sie mir das nicht gesagt?« Jack wandte sich Addie zu. »Oder du?«

»Jack ... Achte einfach nicht drauf, dann hört es irgendwann von selbst auf.«

»Nein«, sagte er. »Wenn man auf so was nicht achtet, macht es einen irgendwann fertig.« Dann stürmte er zur Tür hinaus, stützte sich mit der Hand an der Wand ab und hinterließ einen Abdruck roter Farbe wie frisches Blut.

Gillian träumte, es würde an der Haustür klingeln. Sie lag im Bett, so krank, daß sie kaum die Augenlider heben konnte, aber das Klingeln hörte nicht auf. Nach einer Ewigkeit schaffte sie es, die Beine über die Bettkante zu schwingen. Sie torkelte die Treppe hinunter und riß die Tür auf. Ihr Vater stand davor mit einer Pistole in der Hand. »Gilly«, sagte er, und dann schoß er ihr mitten ins Herz.

Sie fuhr aus dem Schlaf, in Schweiß gebadet, und warf die Decke zurück. Es war noch früh am Morgen – gerade erst halb sieben –, aber sie hörte schon Stimmen von unten.

Augenblicke später schlich sie sich zur Küche. »Ich will damit nur sagen, Tom, daß ich aus gutem Grund hier in Salem Falls lebe«, sagte ihr Vater.

Er sprach mit Whitneys Dad. Gilly spähte hinein und sah Ed Abrams und Jimmy aus der Fabrik ihres Vaters. »Ich wüßte nicht, was wir dagegen unternehmen könnten«, entgegnete Tom. »Schließlich haben Sie Charlie Saxton auch nicht zu dieser Besprechung hergebeten.«

»Charlie ist jederzeit willkommen, solange er seine Dienstmarke an der Tür abgibt.«

Ed schüttelte den Kopf. »Also ich weiß nicht, Amos. Immerhin ist er bisher friedlich geblieben.«

»Wer?« fragte Gilly und trat in die Küche. Mit dem selbstbewußten Auftreten einer erwachsenen Frau goß sie sich Kaffee ein und schlang dann einen Arm um ihren Vater. »Morgen, Daddy«, sagte sie und gab ihm einen Kuß auf die Wange. »Hi, Mr. Abrams. Mr. O'Neill. Jimmy.« Die Männer brummten eine Begrüßung, wandten dann den Blick von Gillians Pyjama ab: ein Baby-Doll-T-Shirt und Boxershorts von ihrem Vater. Ein dünner Streifen rosa Haut zeigte sich zwischen Hosenbund und T-Shirt-Saum. »Wer ist bisher friedlich geblieben?«

»Und aus diesem Grund«, sagte Amos plötzlich, »aus diesem Grund müssen wir den ersten Schritt machen.« Er packte den unteren Rand des T-Shirts seiner Tochter und ballte die Faust, bis sich der Stoff straff über ihrer Brust spannte. Gilly erstarrte, hin und her gerissen zwischen Scham und der Macht, die ihr das Wissen gab, welche Faszination ihr Körper auf diese Männer ausübte.

Tom O'Neill stand auf. »Ich bin dabei.«

Ed Abrams nickte und Jimmy ebenfalls.

Amos brachte die Männer zur Tür und sprach leise, damit Gilly nichts mitbekam. Irgend etwas war geschehen, und sie würde es rausfinden. Sie wartete, bis ihr Vater zurückkam. »Daddy, willst du mir nicht sagen, was los ist?«

Amos starrte sie einen Moment lang an, bevor er seine Stimme wiederfand. »Los, du mußt dich anziehen«, sagte er nur, nahm ihre Hand und führte sie nach oben.

Charlie fuhr zusammen, als die Tür seines Büros aufflog. Auf der Schwelle stand der wutschnaubende Jack St. Bride, der vorbestrafte Sexualtäter, der seiner Meldepflicht nachgekommen war.

»Mr. St. Bride? Möchten Sie nicht hereinkommen?« Er deutete auf den Stuhl vor seinem Schreibtisch, als wäre St. Bride ein ganz normaler Besucher, nicht ein Mann, der seine Wut kaum noch beherrschen konnte. »Was kann ich für Sie tun?«

»Alle wissen Bescheid«, preßte St. Bride hervor.

Charlie gab nicht vor, ihn nicht zu verstehen. »Die Liste der vorbestraften Sexualtäter ist öffentlich. Wenn jemand es möchte, muß ich ihm Einsicht gewähren.«

»Wie viele?«

»Wie viele was?« fragte Charlie.

»Wie viele Leute haben die Liste einsehen wollen, seit ich darauf stehe?«

»Darüber darf ich Ihnen –«

»Sagen Sie schon. Bitte.«

Charlie starrte zur Decke. »Soweit ich weiß, niemand.«

»Genau. Niemand würde wissen, daß ich auf der Liste stehe, wenn nicht einer Ihrer Beamten geplaudert hätte.«

Der Detective rieb sich den Nasenrücken. Dieser verdammte Wes. »Wir haben hier so unsere Vorschriften, Mr. St. Bride, und wenn einer meiner Mitarbeiter sich nicht daran hält, ist das immer eine Enttäuschung.«

»Eine Enttäuschung.« Jack senkte den Blick, und als er ihn wieder hob, glänzten seine Augen. »Diese kleine Enttäuschung wird mein Leben zerstören.«

Charlie verkniff sich die Bemerkung, die ihm auf der Zunge lag: daß nämlich St. Bride sein Leben ganz allein zerstört hatte. »Tut mir leid, aber ich bin machtlos dagegen, daß Gerüchte sich verbreiten.«

»Und was ist mit Vandalismus, Detective? Sind Sie auch dagegen machtlos, daß Leute Roy Peabodys Tür mit netten, kleinen Sprüchen beschmieren, um mich aufzufordern, die Stadt zu verlassen?«

»Sie können natürlich Anzeige erstatten, aber ich sage Ihnen gleich, daß das wahrscheinlich nichts bringt.« Charlie blickte seinem Gegenüber direkt in die Augen. »Kein Mensch kann Sie zwingen, die Stadt zu verlassen. Egal, was die Leute sagen oder tun, Sie haben das Recht zu bleiben, wenn Sie möchten.«

St. Brides Schultern entspannten sich kaum merklich.

»Leider«, fügte Charlie hinzu, »haben die Leute aber auch das Recht, zu sagen und zu tun, was sie möchten, um Sie zum Umdenken zu bewegen.«

»Und wenn sie gewalttätig werden, wenn sie mich krankenhausreif schlagen oder schlimmer? Muß es erst soweit kommen, damit Sie auf meiner Seite sind?«

»Ich bin auf der Seite des Gesetzes. Wenn es zu Gewalttaten kommt, werden die Täter bestraft.« Charlie verbog eine Büroklammer, bis sie zerbrach. »Aber das gilt auch für Sie, Mr. St. Bride. Weil ich auch Sie im Auge behalten werde. Und wenn Sie ein junges Mädchen in Salem Falls auch nur schief anschauen, sind Sie so schnell aus der Stadt raus, wie ein Streifenwagen Sie abtransportieren kann.«

St. Bride schien regelrecht in sich zusammenzusacken. Zuerst schlossen sich die Augen, dann sanken die Schultern herab, dann neigte sich der Kopf – bis Charlie das Gefühl hatte, nur noch die leere Hülle des Mannes anzublicken, der kurz zuvor wütend hereingestürmt war. *Der Mann ist ein vorbestrafter Sexualtäter*, rief Charlie sich in Erinnerung, obwohl ihm war, als sähe er ein Geschöpf mit Federn, Schwimmfüßen und einem Schnabel vor sich, das behauptete, es wäre ein Hund. »Ist das klar?«

Jack öffnete die Augen nicht. »Absolut.«

Gilly beugte sich über den Gang, als Mrs. Fishman der Klasse gerade den Rücken zugedreht hatte, und riß Whitney den gefalteten Zettel aus der Hand.

Tituba hätte sie alle verhexen sollen, stand da. Sie versteckte den Zettel in ihrer zerlesenen Ausgabe von ›Hexenjagd‹.

»Warum haben die jungen Mädchen andere Bürgerinnen beschuldigt, sie wären Hexen?« fragte Mrs. Fishman. »Gillian?«

Sie hatte ihre Hausaufgaben gemacht und das Stück gelesen. Es war total öde. Ein paar puritanische Mädchen behaupteten, die Klatschweiber im Ort wären Hexen, bloß damit eine von ihnen es mit einem verheirateten Mann treiben konnte und keine Angst haben mußte, daß seine blöde Frau dahinterkam. »Also, erstens wollten sie nicht mit ihrem Voodoo-Kram auffliegen.

Und um von sich abzulenken, haben sie gelogen. Aber diese Lüge hat schließlich andere Wahrheiten ans Licht gebracht.«

»Was denn zum Beispiel?«

»Daß Proctor und Abigail miteinander gepimpert haben«, rief ein Mitschüler, und die ganze Klasse lachte.

Mrs. Fishmans Lippen zuckten. »Danke, Frank, daß du das so prägnant ausgedrückt hast.« Sie ging den Gang hinunter. »Abigail soll angeblich später in Boston Prostituierte geworden sein. Elizabeth Proctor hat wieder geheiratet, nachdem ihr Mann gehängt worden war. Und New-Age-Hexen wird natürlich nicht mehr unterstellt, mit dem Teufel im Bunde zu sein.«

Gilly senkte den Kopf. *Sie würden sich wundern*, dachte sie.

Es war erst acht Uhr morgens, aber Addie war bereits so müde, daß sie kaum noch stehen konnte. »Noch ein bißchen Kaffee?« fragte sie und hielt die Kanne so, daß sie wie eine dicke Hummel über der Blüte von Stuart Hollings' Tasse schwebte.

»Wissen Sie, Addie, der Arzt hat gesagt, ich soll keinen Kaffee mehr trinken.« Dann grinste er. »Da hab ich ihm gesagt, wenn ich mit drei Tassen am Tag sechsundachtzig geworden bin, dann werde ich meine Gewohnheit jetzt nicht mehr ändern!«

Schmunzelnd goß Addie ein. »Hoffen wir, Sie schaffen noch mal sechsundachtzig.«

»Bloß nicht«, stöhnte Wallace neben ihm. »Ich hoffe, er gibt den Löffel vor mir ab, damit ich noch zehn Jährchen Ruhe und Frieden hab.«

An der Kasse schlug Roy eine Rolle Pennys auf. »Ganz schön was los heute«, sagte er zu Addie, als sie an ihm vorbeiging, um weitere Gäste zu einem freien Tisch zu führen.

Sie seufzte. »Soviel Betrieb hatten wir ewig nicht mehr.«

Sie lächelte ihren Vater an, und er erwiderte das Lächeln, aber beide wußten sie, womit der plötzliche Ansturm zusammenhing. Leute, die nie zuvor einen Fuß ins »Do-Or-Diner« gesetzt hatten, waren gekommen, weil sie eine besondere Attraktion erwartete, ein Vorbestrafter, der sich wahrhaftig ausgerechnet ihr friedliches Städtchen als Wohnsitz auserkoren hatte. Sie wollten mit eigenen Augen sehen, was für ein Mann so dreist oder so dumm war. Es schien kaum möglich, daß Wes die Neuigkeit so schnell verbreitet hatte, aber andererseits wußte Addie aus eigener Erfahrung, wie so etwas funktionierte. Gerüchte wuchsen und wucherten.

Die traurige Wahrheit war, daß es für ihr Geschäft nichts Besseres gab als Klatsch und Tratsch.

Bislang waren die Gäste jedoch nicht auf ihre Kosten gekommen. Aber noch während Addie das dachte, öffnete sich die Tür und Jack schlüpfte herein, um sich möglichst schnell in der Küche in Sicherheit zu bringen, bevor irgendwer ihn ansprechen konnte. Sein Auftauchen elektrisierte den ganzen Raum: Kaffeetassen und Gabeln verharrten auf dem Weg zum Mund, während die Gäste einen Mann angafften, der sich über Nacht vom Tellerwäscher in einen vorbestraften Vergewaltiger verwandelt hatte. »Entschuldige die Verspätung«, murmelte Jack.

Addie stellte sich ihm in den Weg und wartete, bis er sie direkt ansah. »Wo warst du?«

»Bitte, Addie. Können wir später darüber reden?«

Sie nickte knapp. »Na schön, dann räum bitte die Tische ab.«

Jack griff nach der Aufgabe wie nach einem Rettungsring. »Ich hol nur rasch meine Schürze.« Die Gäste lösten sich wieder aus ihrer Erstarrung, als Jack durch die Schwingtür verschwand.

Gleich darauf tauchte Jack mit einem leeren Tablett wieder auf. Addie sah zu, wie er sich einer Familie näherte, die mit dem Essen fertig war: eine Mutter, ein Vater, ein kleiner Junge. »Mommy«, sagte das Kind hörbar flüsternd, »ist das der böse Onkel?«

Addie war sofort an Jacks Seite. »Ich übernehm das.« Ihre Stimme ließ Jack zusammenfahren. Mit einem Nicken ging er, um die Theke abzuräumen.

Stuart zwinkerte. »Addie hat Sie wohl hergeschickt, weil wir nicht in Gefahr sind. Knackige Backfische sind wir ja nun wirklich nicht.«

Jack wurde puterrot und nahm das schmutzige Besteck.

»Ich kann's Ihnen jedenfalls nicht verdenken. Haben Sie schon mal MTV geguckt? Da muß man schon blind sein, um bei dieser Britney Spears keine Stielaugen zu kriegen.« Stuart grinste. »Wegen der hätte ich liebend gern 'nen Schlaganfall gehabt, wenn Sie wissen, was ich meine.«

»Diese jungen Dinger«, pflichtete Wallace bei. »Die wollen es doch nicht anders.«

Jacks Hände verkrampften sich am Tablett. »Das stimmt nicht.«

»Na, Sie müssen es ja wissen«, sagte Stuart und gluckste vor sich hin. »Sie sind ja hier der Experte.«

Es geschah so schnell, daß Jack sich später nicht erinnern konnte, wann genau er Stuart am pergamentfaltigen Hals packte und ihn mit einer Hand vom Hocker hob. Oder daß Roy versuchte, ihn von dem alten Mann wegzuziehen. Der ganze »Diner« schaute der Vorführung gebannt zu.

»Jack!« rief Addie mit schneidender Stimme. »Jack, hör auf.«

Er ließ augenblicklich los, und Stuart rollte hustend auf die Seite. Das Blut, das in Jacks Kopf gehämmert hatte, floß wieder ruhig, und er starrte auf seine Hände, als wären sie ihm eben erst gewachsen. »Mr. Hollings«, stammelte er. »Es tut mir schrecklich leid.«

»Der Arzt hat fast recht gehabt«, röchelte Stuart. »Nicht der Kaffee bringt mich um, aber der Bursche, der ihn abräumt.« Mit Hilfe von Wallace stand er mühsam auf. »Sie sind ja ein knallharter Bursche, Jack. Man muß schon ein ganzer Kerl sein, um einen alten Knaben wie mich zu vermöbeln ... und ein Kind zu vögeln.«

Jacks Hände zuckten. »Stuart, Wallace«, sagte Addie. »Es tut mir so leid.« Sie trat einen Schritt vor und setzte ihr berückendstes Lächeln auf. »Das Frühstück geht natürlich aufs Haus. Für alle.«

Jubel brach aus, Stuart und Wallace waren wieder die Helden der Stunde, und die Spannung löste sich in nichts auf. Addie wandte sich an Jack. »Kann ich kurz mit dir reden? Unter vier Augen?«

Sie führte ihn auf die Damentoilette, hübsch und blumig und nach Potpourri duftend. Jack wich ihrem Blick aus; er trat unbehaglich von einem Bein aufs andere und wartete auf die Standpauke.

»Danke«, sagte Addie und schlang die Arme um seinen Hals, zart wie Efeu.

Kurz darauf, ihren Geschmack noch auf den Lippen, sagte Jack: »Wieso bist du mir nicht böse?«

»Ich gebe zu, es wäre mir lieber gewesen, du hättest nicht Stuart am Schlafittchen gepackt und nicht vor so vielen Leuten, die nur auf so was gewartet haben. Aber früher oder später werden sie sich fragen, wieso ein Unhold sich auf die Seite der Opfer schlägt.« Sie zog ihn näher an sich, bis sein dankbares Gesicht an ihrem Hals lag und sein Atem in ihre Bluse strömte. »Kommst du heute abend zu mir?« flüsterte sie. Und sie spürte sein Lächeln auf ihrer Haut.

In einer Ecke der High-School-Mensa war ein provisorischer Altar errichtet worden. Er quoll über von Nelkensträußchen und Teddybären und selbstgemachten Karten, die Hailey McCourt, der ein Gehirntumor entfernt worden war, rasche Genesung wünschten. »Ich hab gehört«, flüsterte Whitney, »er soll so groß wie eine Grapefruit gewesen sein.«

Gillian nahm einen Schluck von ihrem Eistee. »Das ist lächerlich. Dann hätte sie doch am Kopf eine Beule gehabt.«

Meg schauderte. »Hailey war ein echtes Scheusal, aber das wünsche ich niemandem.«

Amüsiert sagte Gilly: »*Du* wünschst das niemandem?«

»Natürlich nicht!«

»Meg, durch dich ist sie doch überhaupt erst krank geworden! Findest du es denn gar nicht merkwürdig, daß wir einen Zauber gegen sie sprechen, und am nächsten Tag bricht sie zusammen?«

»Mensch, Gill, muß es denn gleich die ganze Schule erfahren?« Meg blickte nervös auf den Altar, wo zwei Schülerinnen einen riesigen Lutscher ablegten, an den eine Schleife gebunden war. »Außerdem waren wir das nicht. Keiner kriegt über Nacht einen Tumor.«

Gilly beugte sich vor. »Doch, wir haben das gemacht.«

Meg war jetzt kreidebleich. »Aber wir dürfen doch niemandem Schaden zufügen. Gill, wenn wir für ihren Gehirntumor verantwortlich sind, was passiert uns dann?«

»Vielleicht sollten wir sie heilen«, schlug Chelsea vor. »Dafür sind wir doch Hexen, oder?«

Gillian tauchte den Löffel in ihren Joghurt und leckte ihn genüßlich ab. »Wir sind Hexen«, sagte sie, »für alles, was uns nützt.«

Amos Duncan schlug mit einem Hammer auf die Kanzel vorn in der Congregational Church. Das Gemurmel auf den vollbesetzten Kirchenbänken erstarb augenblicklich, und alle richteten ihre Aufmerksamkeit auf den silberhaarigen Mann. »Ladies und Gentlemen, danke, daß Sie so kurzfristig gekommen sind.«

Er ließ den Blick über die Menge wandern. Die meisten Anwesenden kannte er schon sein Leben lang, Menschen, die wie er in Salem Falls geboren und aufgewachsen waren und von denen viele für ihn arbeiteten. Zur Einberufung der Versammlung war hastig ein Flugblatt fotokopiert worden, das Jungs aus dem Ort für ein paar Dollar verteilt hatten.

Charlie Saxton lehnte hinten an einer Wand. Um für Ruhe und Frieden zu sorgen, hatte er gesagt.

»Mir ist zu Ohren gekommen«, begann Amos, »daß ein Fremder unter uns ist. Ein Fremder, der sich unter Vorspiegelung falscher Tatsachen bei uns niedergelassen hat und nur auf einen günstigen Augenblick wartet, um zuzuschlagen.«

»Triebtäter haben bei uns nichts zu suchen!« rief eine Stimme von hinten, und zustimmendes Raunen ging durch den Raum.

Amos hob eine Hand, und es wurde wieder still. »Freunde, ich bin der gleichen Ansicht. Ihr wißt alle, daß ich eine Tochter im Teenageralter habe. Ja, genau wie die Hälfte von euch auch. Sollen wir also tatenlos abwarten, bis einer von unseren Töchtern etwas geschieht, oder den Mann aus der Stadt jagen?«

Tom O'Neill erhob sich. »Amos hat vollkommen recht. Schließlich liegen uns Beweise vor. Dieser Mann war im Gefängnis wegen eines Sexualdeliktes an einer Minderjährigen.«

Charlie schlenderte den Mittelgang hinunter. »Was habt ihr also vor?« fragte er betont harmlos. »Ihn an die Wand stellen? Ihn im Morgengrauen zum Pistolenduell herausfordern? Oder wollt ihr vielleicht bloß sein Haus abfackeln, wenn er praktischerweise gerade drin schläft?« Er war jetzt am Podium und bedachte Amos mit einem strengen Blick. »Es ist meine berufliche Pflicht, euch daran zu erinnern, daß niemand über dem Gesetz steht. Weder St. Bride noch einer von euch.«

»Wir haben die Gerechtigkeit auf unserer Seite«, brüllte jemand.

»Hier geht es um unschuldige Kinder.«

Eine Frau im eleganten Kostüm sprang auf. »Mein Mann und ich haben uns für Salem Falls entschieden, damit unsere Kinder hier aufwachsen. Wir sind aus Boston hergezogen, weil es hier so gut wie keine Kriminalität gibt. Keine Gewalt. Weil wir unsere Haustür nicht abschließen müssen.« Sie blickte sich um. »Wie sieht das denn aus, wenn wir nicht bereit sind, dieses Ideal aufrechtzuerhalten?«

»Entschuldigen Sie.« Alle Augen schwenkten zur linken Seite der Kirche, wo Jordan McAfee lässig in einer Bank saß. »Auch ich bin vor kurzem nach Salem Falls gezogen, um hier in Frieden zu leben. Ich habe einen Sohn im selben Alter wie die meisten von ihren Töchtern, um die Sie sich Sorgen machen.« Schließlich stand er auf und ging nach vorn. »Ich unterstütze Mr. Duncans Initiative. Was meint ihr, wie viele Straftaten hätten vermieden werden können, wenn man das Problem gleich im Keim erstickt hätte?«

Amos lächelte angespannt. Er kannte McAfee zwar nicht, aber wenn der Mann ihn unterstützen wollte, wäre er dumm, ihn daran zu hindern.

Jordan trat aufs Podium und stellte sich neben Amos. »Was sollen wir also tun? Klar, ihn lynchen. Metaphorisch ... buchstäblich ... spielt eigentlich keine Rolle. Wir tun, was getan werden muß, richtig?«

Zustimmendes Gemurmel lief vor ihm durch die Reihen.

»Dazu möchte ich aber noch eines sagen. Wenn wir ehrlich sind und wenn wir die Sache auf diese Weise in die Hand nehmen, gewöhnen wir uns besser gleich an ein paar Veränderungen. Zum Beispiel, alle diejenigen von euch, die Kinder haben, wie viele sind das?« Hände reckten sich wie Grashalme in die Luft. »Also, euch allen empfehle ich folgendes: Geht nach Hause und versohlt euren Kindern den Hintern oder erteilt ihnen Hausarrest oder was auch immer. Nicht etwa, weil eure Kinder was angestellt haben, nein ... rein vorsorglich, weil sie ja in Zukunft was anstellen *könnten.*« Jordan lächelte übers ganze Gesicht. »Und übrigens, Charlie, ich schlage vor, Sie kommen her und nehmen ein paar Leute fest, ich würde sagen, jede fünfte Person. Gut möglich, daß sie früher oder später mit dem Gesetz in Konflikt kommen. Und vielleicht picken Sie am Computer von allen Autohaltern im Ort ein paar heraus und schicken ihnen einen Bußgeldbescheid, denn irgendeiner fährt irgendwann ganz bestimmt schneller als erlaubt.«

»Mr. McAfee«, sagte Amos wütend, »ich denke, Sie haben Ihren Standpunkt klargemacht.«

Jordan drehte sich so unvermittelt zu ihm um, daß der größere Mann einen Schritt zurückwich. »Ich habe noch gar nicht angefangen, Freundchen«, sagte er leise. »Sie können einen Mann nicht wegen einer Tat verurteilen, die er nicht begangen hat. Das ist das Fundament unseres Rechtssystems. Und kein mickriges Kaff in New Hampshire hat das Recht, diesen Grundsatz auf den Kopf zu stellen.«

Amos' Augen funkelten. »Ich werde nicht tatenlos zusehen, daß meiner Stadt Schlimmes widerfährt.«

»Salem Falls ist nicht *Ihre* Stadt.« Aber er wußte, wie alle anderen auch, daß das nicht stimmte. Er ging an Duncan und Charlie Saxton und dreihundert aufgebrachten Einwohnern vorbei. Hinten in der Kirche blieb er stehen. »Menschen ändern sich«, sagte Jordan leise. »Aber nur, wenn ihr ihnen eine Chance gebt.«

Gillian saß im Schneidersitz im Bademantel auf ihrem Bett, die Haare noch feucht vom Duschen, und betrachtete ihren selbstgemachten Altar, während sie darüber nachdachte, was sie an diesem Tag erfahren hatte.

Schon am Nachmittag hatte es sich in der Schule herumgesprochen: Der Tellerwäscher vom »Do-Or-Diner« hatte dort, wo er vorher gelebt hatte, ein junges Mädchen vergewaltigt. Darüber also hatte ihr Vater mit den Vätern ihrer Freundinnen gesprochen, und deshalb sollte sie nach Sonnenuntergang das Haus nicht mehr verlassen. Gilly dachte an Jack St. Bride, an sein goldenes Haar, das ihm in die Stirn fiel, und ein Schauer lief ihr den Rücken hinunter. Vor ihm würde sie keine Angst haben.

Gilly mußte bei dem Gedanken lachen, daß alle der Meinung waren, Jack St. Bride allein hätte das Böse nach Salem Falls gebracht. Dabei war es die ganze Zeit schon dagewesen. Jack war allenfalls das Streichholz, das das Stroh in Brand setzte.

Mehr denn je brauchte er ... einen Menschen, der zu ihm stand.

Gillian öffnete ihren Bademantel und zündete die Kerze vor sich an. »Wirke Zauber in meinem Namen; diese Flamme sei der Samen. Niemand soll Leid und Zerstörung bringen; walte, wenn diese Worte erklingen.«

Ihr war jetzt warm, ganz warm, und das Feuer war in ihr. Gilly schloß die Augen, strich mit den Händen von der Taille aufwärts, umfaßte ihre Brüste und stellte sich vor, Jack St. Bride würde sie berühren, sie erhitzen.

»Gilly?« Ein rasches Klopfen, und die Tür ging auf.

Als Gillians Vater ins Zimmer trat, zog sie sich den Bademantel zu und hielt ihn am Hals geschlossen. Er setzte sich auf die Bettkante hinter sie, ganz nahe. Gilly zwang sich, vollkommen reglos zu bleiben, selbst dann, als er ihr die Hand auf das feuchte Haar legte wie bei einer Segnung. »Du und deine

Kerzen. Eines Tages brennst du noch das Haus nieder.« Seine Hand glitt hinab auf ihre Schulter. »Du hast es inzwischen gehört, nicht?«

»Ja.«

Seine Stimme war belegt. »Ich würde es nicht überleben, wenn dir was passiert.«

»Ich weiß, Daddy.«

»Ich werde dich beschützen.«

Gilly hob die Hand und ihrer beider Finger schlossen sich ineinander. So blieben sie einen Moment lang sitzen, wie gebannt durch die tanzende Kerzenflamme. Dann stand Amos auf. »Also dann, gute Nacht.«

Ihr Atem stieß hervor. »Nacht.«

Mit einem leisen Klicken schloß sich die Tür hinter ihm. Gilly stellte sich wieder vor, wie das Feuer sie verzehrte. Dann hob sie einen Fuß, nahm die Sohle in Augenschein. Die Schnitte, die sie sich letzte Woche beigebracht hatte, waren noch zu sehen, eine dünne Spirale, wie das Schalloch an einer Geige. Auch am anderen Fuß war ein Schnitt. Sie griff in die Tasche ihres Bademantels und holte ein Taschenmesser heraus, mit dem sie an dem Schorf entlangfuhr, um die Wunde erneut zu öffnen. Blut quoll hervor, und Gilly keuchte vor Schmerz. Und weil es so schön war.

Sie stutzte sich die Flügel – damit es ihr unmöglich war, aus dem Haus zu gehen, weil jeder Schritt ihr weh tun würde. Sie brandmarkte sich. Doch währenddessen dachte sie, wie normal es doch sein mußte, eine Narbe zu haben, die für alle sichtbar wäre.

Ein Bild erschien auf der Leinwand in der Aula der High-School von Salem Falls: Ein nettes amerikanisches junges Mädchen hielt Händchen mit einem gleichfalls adretten blonden Jungen. AKZEPTABEL – das Wort stand in roten Lettern quer über ihren Beinen. Der Diaprojektor klickte, und dasselbe Mädchen erschien. Diesmal jedoch hatte ein dunkel und schmuddelig wirkender, älterer Mann die Hand auf ihrem Hintern. INAKZEPTABEL.

Thomas blickte von seiner Algebrahausaufgabe auf. Er hörte gar nicht hin, während Mr. Wood, der Vertrauenslehrer, sprach, und nach den Gesichtern der übrigen vierhundert Schüler zu urteilen, war er nicht der einzige. Ganz vorn warfen einige mit gekauten Papierkügelchen und versuchten offenbar, Woods Schuhe zu treffen. Direkt vor Thomas flocht ein Mädchen sich die Haare. In der hintersten Reihe knutschten ein paar Jungen, die bleich geschminkte Gesichter und schwarz gefärbte Haare hatten, mit ihren Freundinnen.

Auch Thomas würde jetzt nicht seine Mathehausaufgaben machen, wenn das Schicksal ihm nicht einen Platz neben Chelsea beschert hätte. Das Thema von Mr. Woods Vortrag (»Brüste? Können wir das Wort wohl bitte benutzen, ohne daß gekichert wird?«) trug zusätzlich dazu bei, daß Thomas eine Erektion bekommen hatte. Jedesmal, wenn er sich vorstellte, daß Chelsea zu ihm hinüberschaute und seine Erregung wachsen sah, wurde er rot und noch erregter. Schließlich schlug er ein Buch auf, um das Offensichtliche zu verbergen – und sich selbst von der Tatsache abzulenken, daß er sich nur wenige Zentimeter nach links lehnen müßte, um festzustellen, ob sie sich wirklich so weich anfühlte, wie sie aussah.

»Den Kram hab ich nie gerafft«, sagte Chelsea und deutete auf das abgegriffene Buch auf seinem Schoß.

Sein einziger Gedanke war: *Wenn das Buch nicht wäre, hätte sie die Hand auf mir.*

»Das mit *x* und *y*«, flüsterte Chelsea, »kapier ich bis heute nicht.«

»Es ist ganz einfach. Du mußt nur sehen, daß du *x* allein auf eine Seite des Gleichheitszeichens kriegst.«

»Ich find das total unlogisch. Was ist überhaupt ein negatives *Y*?«

Thomas lachte. »Ein deprimiertes Ypsilon.«

Chelsea lächelte ihn an. Auf der Leinwand schlug derselbe schmierige Typ einem Mädchen ins Gesicht. INAKZEPTABEL. »Hält der uns eigentlich für bescheuert?« flüsterte sie.

»Ähm ... ja.«

»Ich hab gehört, er hat früher in einer Kommune in Vermont gewohnt. Und daß er es mit Schafen getrieben hat.«

Thomas beäugte den Poncho des Vertrauenslehrers und seinen dünnen grauen Pferdeschwanz. »Na, dann ist er ja wenigstens qualifiziert, uns was über Angriffe von hinten zu erzählen.«

Chelsea kicherte. Das nächste Dia erschien: Der blonde Junge hatte dem Mädchen den Arm um die Schulter gelegt. Aber für Thomas sah es so aus, als wollte der Junge sie begrapschen. »Schwierige Frage«, murmelte er.

»Sieh dir ihr Gesicht an«, sagte Chelsea. »Sie will es.«

»Akzeptabel«, verkündete Mr. Wood.

Thomas schüttelte den Kopf. »Niemals.«

»Du brauchst anscheinend etwas Nachhilfe.«

»Von Wood? Das wüßte ich aber.«

»Von mir«, sagte Chelsea, und Thomas stockte der Atem. Sie ließ den Arm über das Algebrabuch gleiten, bis ihre Hand seine Rippen berührte. Ob sie bemerkte, wie mager er war? Wie leicht es war, einen Versager einzuwickeln?

Sie kniff ihn ganz fest. »Aua!«

Etliche Köpfe drehten sich um. Doch da hatte Chelsea schon wieder ihre Hände im Schoß gefaltet und blickte brav auf die Leinwand.

»Inakzeptabel«, sagte sie leise.

Thomas rieb sich die Seite. Verdammt, er würde bestimmt einen blauen Fleck bekommen. Plötzlich spürte er, wie ihre Finger sich zwischen die seinen schoben, bis ihrer beide Hände ineinander verschränkt waren. Thomas starrte nach unten, sprachlos, als er seine eigene Haut direkt an der eines Engels sah.

Zögernd blickte er ihr in die Augen, überzeugt, daß sie über ihn lachen würde. Aber sie war todernst, ihre Wangen leuchtend wie Mohnblumen. »Akzeptabel.«

Er schluckte. »Im Ernst?«

Chelsea nickte und ließ ihre Hand, wo sie war.

Thomas rechnete jeden Augenblick damit, daß die Decke auf ihn einstürzen oder daß sein Wecker ihn aus dem Traum reißen würde. Doch er spürte den Druck von Chelseas Hand an seiner, und es war so real wie das Blut, das ihm rasend schnell durchs Herz pumpte. »Ich glaube, jetzt hab ich's kapiert«, sagte er leise.

Chelsea lächelte und ein einladendes Grübchen zeigte sich an einer Wange. »Wurde auch Zeit.«

»Ob ich was von Astralprojektion verstehe?« fragte Starshine, und die Silberglöckchen an ihren Ohrringen klimperten. »Ja. Ob ich es dir beibringe? Auf gar keinen Fall.«

»Ich kann es aber«, sagte Gillian mit Nachdruck. »Ich weiß, ich kann es.«

»Ich habe nicht gesagt, daß du es nicht kannst.« Starshine setzte sich in einen der Schaukelstühle im Wiccan Read und streichelte die Katze, die ihr auf den Schoß sprang. »Aber wenn du eine übersinnliche Vision haben möchtest, die kriegst du auch durch Trance. Wenn du allerdings nur high werden willst, versuch's beim Dealer deines Vertrauens.«

Gillian konnte Starshine nicht sagen, daß sie vor allen Dingen fliegen wollte – den Körper hinter sich lassen und im Geist leben. Sie war für mehr ausersehen als für dieses nichtssagende Kaff, das *wußte* sie einfach, und auch das College würde ihr keinen Ausweg eröffnen, weil ihr Vater sie bestimmt nicht weit weglassen würde. Sie mußte die Sache also selbst in die Hand nehmen. Aber im Wiccan Read gab es kein einziges Buch mit mittelalterlichen Hexenrezepten für Flugsalbe, für Kräuteröl, mit dem sich die Hexen die Stirn einrieben und das eine so verblüffende halluzinogene Wirkung hatte, daß sie glaubten, fliegen zu können. Die neuen Rezepte waren sicherer, politisch korrekter: ein Mischmasch aus Kaminruß, Beifuß und Benzoeharz. Mit anderen Worten, ein dürftiger Ersatz.

Starshine blickte auf das starrsinnige Gesicht des Mädchens und seufzte. »Heute macht keiner mehr Astralprojektionssalbe. Eine Zutat des Rezeptes war das Fett eines ungetauften Neugeborenen, verdammt noch mal. Das kriegst du nicht im Supermarkt.«

Gilly reckte das Kinn vor. »Das war aber nicht die aktive Zutat.«

»Ah, ich habe vergessen, wen ich vor mir habe … die Erbin des Pharmaunternehmens. Nein, du hast recht. Die Wirkung wurde, glaube ich, durch einen Hasch- oder Belladonnatrip erzeugt – ich verkaufe weder das eine noch das andere. Durch ersteres landet man im Gefängnis und durch letzteres im Koma. Es ist einfach zu gefährlich, Kleines.«

Als Gilly geknickt dreinblickte, drückte Starshine ihr die Hand. »Wie wär's, wenn du statt dessen Beltane zelebrierst? Das kannst du praktisch gleich vor der Haustür machen und es ist einfach ein wunderbarer Hexensabbat. Sinnlichkeit und Sex, und die Erde erwacht wieder zum Leben.« Sie schloß die Augen und atmete tief. »Es gibt nichts Schöneres, als nackt über ein Feuer zu springen.«

»Das kann ich mir denken.«

»Na ja, die Besiegelungszeremonie ist auch nicht schlecht. Die hab ich mal an Beltane gemacht, als ich nicht viel älter war als du.«

»Besiegelung?«

»Eine Probehochzeit. Für ein Jahr und einen Tag. Eine Probezeit, wenn du so willst, bevor man sich richtig bindet.«

»Und was war danach?«

»Nach einem Jahr hab ich beschlossen, eigene Wege zu gehen. Aber Beltane … ach, wir haben barfuß mit meinem Coven getanzt und den Maibaum geschmückt, und dann haben wir beide den Großen Ritus direkt dort auf der Wiese zelebriert, wie der Gott und die Göttin.«

Gillys Augen wurden groß. »Sie hatten Sex vor allen anderen?«

»Muß wohl, weil ich mich noch daran erinnern kann. An Beltane muß man als erstes seine Hemmungen ablegen.« Sie ging jetzt durch den kleinen Laden und nahm Kräuter und getrocknete Blumen von den überfüllten Regalen. »Hier. Nimm für deinen Altar Primeln und Johanniskraut, Schlüsselblumen und Rosmarin, etwas Blutjaspis. Mut, Gillian. An Beltane geht's darum, daß du die Seele mit Mut füllst, um die Dinge zu tun, die du dir sonst nicht zutraust.«

Gillian nahm von Starshine alles entgegen. Mut. Wenn sie schon nicht fliegen konnte, war das hier vielleicht das nächstbeste.

»Nicht zu fassen«, sagte Delilah kopfschüttelnd. »Jetzt laß ich dich mal an den Herd und schon machst du eine Schweinerei.«

Jack verzog das Gesicht und versuchte, sich die Spaghettisauce von der Kleidung zu kratzen. Na schön, es war nicht gerade klug gewesen, den Topf an den Herdrand zu schieben, während er einen Fleck von der Platte wischen wollte. Und jetzt, da alles verschüttet war, würde er eine neue Sauce zubereiten müssen. »Wir haben keine Tomaten mehr«, sagte sie und reichte Jack ein sauberes Spültuch.

»Sei froh, daß du mich hast, um welche zu besorgen«, sagte er wie aus der Pistole geschossen.

Addie kam in die Küche, um Delilah eine Bestellung zu geben. »Was ist denn mit dir passiert?« fragte sie mit Blick auf Jack.

»Er hat sich mit einem Topf Tomatensauce angelegt. Ich schick ihn los, frisches Gemüse besorgen«, sagte Delilah.

»Zieh dich lieber vorher um. Sonst denken die Leute noch, du hättest 'nen Bauchschuß abgekriegt.«

Jack antwortete nicht, sondern schlurfte mürrisch die Treppe hoch, die von der Küche zu Roys Wohnung führte. In seinem Zimmer bückte er sich, um aus der untersten Kommodenschublade ein frisches Hemd zu nehmen. Plötzlich explodierte über ihm das Fenster.

Jack warf sich flach auf den Teppich und schnitt sich die Hände an den verstreut liegenden Glasscherben. Mit klopfendem Herzen stand er vorsichtig auf und lugte durch die zersplitterte Scheibe.

Dann roch er den Rauch. Der Ziegelstein war auf dem Teppich gelandet, und die brennende Zeitung, in die der Stein eingewickelt war, loderte auf. »Feuer«, flüsterte Jack heiser. Dann hob er den Kopf und brüllte: »Feuer!«

Addie kam mit einem Feuerlöscher herbeigeeilt, der immer in der Küche neben dem Herd hing. Sie besprühte die Flammen und Jacks Füße mit Schaum. Als Jack gerade erst so richtig kapierte, was passiert war, tauchten auch schon Roy und Delilah auf. »Was zum Teufel hast du gemacht?« wollte Roy wissen.

Addie griff in den Schaum und fischte den Ziegelstein heraus, der noch mit einem Strick und Papierfetzen umwickelt war. »Jack hat gar nichts gemacht. Den hat jemand von draußen reingeworfen.«

»Wir sollten Charlie Saxton anrufen«, sagte Delilah.

»Nein«, erwiderte Jack ausdruckslos. »Zum Glück war ich hier oben. Was, wenn wir alle unten bei der Arbeit gewesen wären, dann wäre der ganze Laden abgebrannt.«

Er fing an, seine Sachen aus den Schubladen zu nehmen: Jeans, Unterwäsche, T-Shirts. »Was hast du vor?« fragte Addie.

»Ich zieh aus. Ich bleibe nicht hier, solange das so weitergeht. Es ist zu gefährlich.«

»Wo willst du denn hin?«

»Das weiß ich noch nicht.«

Addie trat vor und betrachtete seine Kleidungsstücke. Diese Hanes-T-Shirts und die Levi's waren die schönsten Dinge, die sie je gesehen hatte, und das nur, weil sie ihm gehörten. Sie stellte sich vor, wie es wäre, wenn sie ihren Kleiderschrank zu Hause öffnete und ihre Sachen gleich neben seinen sah. »Komm, zieh zu mir«, sagte sie, doch was sie wirklich meinte, war: *Hier ist mein Herz; paß gut drauf auf.*

Sie sahen einander an, als wären sie allein im Zimmer. »Ich möchte dich nicht in Gefahr bringen, Addie.«

»Es muß ja niemand wissen. Hier im Ort rechnet garantiert keiner damit, daß ausgerechnet ich einen … einen …«

Jacks Mundwinkel zuckte nach oben. »Einen Freund habe?«

»Mich laust der Affe«, flüsterte Delilah.

Sie wandten sich um, als ihnen plötzlich einfiel, daß die anderen ja noch da waren. »Wenn du das nicht für dich behältst«, sagte Addie heftig, »dann –«

Delilah verschloß sich pantomimisch die Lippen und warf den Schlüssel weg, führte Roy dann nach unten. Jack trat näher an Addie heran, eine Hand voll Socken. »Es muß ja nicht … na, du weißt schon. Ich kann auch auf der Couch schlafen.«

»Ich weiß.«

»Tust du das, damit deinem Vater nichts passiert?« fragte Jack leise. »Oder meinetwegen?«

Sie wiegte den leeren Feuerlöscher im Arm wie ein Baby. »Ich tue es für mich«, sagte sie.

Gilly war fünf gewesen, als sie zum erstenmal gesehen hatte, wie Medizin hergestellt wurde – Aspirin –, und so unwahrscheinlich es auch war, der Grundstoff stammte von einem Baum. »Salicylsäure«, hatte ihr Vater erklärt. »Sie wird aus Weidenrinde gewonnen. Schon die Indianer haben aus Weidenrinde einen Tee aufgebrüht, um Fieber zu senken.« Heutzutage natürlich wurden im Labor von Duncan Pharmaceuticals, dem größten, eindrucksvollsten Teil der Firma ihres Vaters, von zahlreichen Mitarbeitern mit unterschiedlichen Doktortiteln synthetische Heilpräparate hergestellt. Manchmal war sie wie elektrisiert, wenn sie durch das Labor ging – es roch förmlich nach Wissenschaft, und sie fand es grausam, wenn sie sah, was die Versuchstiere, die Ratten und Kaninchen erleiden mußten, wenn ihnen Tumore wuchsen oder alle Haare ausfielen. Aber Gilly wußte, daß ihr Vater sich am liebsten dort aufhielt.

»Daddy?« sagte sie, als sie den Kopf durch die Tür des Sicherheitsbereichs steckte. Sie zog sich einen Kittel und Plastikhandschuhe über und setzte sich eine Schutzbrille auf. Es war ruhig heute, nur ein paar Grünschnäbel waren da, wie die Assistenten genannt wurden, die frisch von der Uni kamen. Sie blickten auf, als Gilly eintrat, waren aber nicht überrascht, da die meisten sie vom Sehen her kannten.

Sie fand ihren Vater zusammen mit einigen Wissenschaftlern im hinteren Teil des Labors, nicht weit von den armen Tieren. In der Hand trug er eine Schale mit etwas, das aussah wie haarige weiße Möhren. Wie alle anderen schien er den Atem anzuhalten. Gilly folgte seinem Blick zu dem Gaschromatographen mit dem Kapillarschlauch, in dem sich die Substanz befand, die getestet wurde. Zack – der Lichtblitz von dem Massenspektrophotometer traf das Gas in dem Schlauch. Der Techniker nahm die Blätter, die der Computer ausdruckte, direkt vom Gerät entgegen, ein Diagramm voller Gipfel und Täler, das präzise maß, was im Innern des dünnen Glasfadens umherschwamm. Er reichte den Ausdruck an Gillys Dad weiter, der ihn mit einem anderen Diagramm verglich. »Ladies und Gentlemen«, sagte Amos, und ein Lächeln erstrahlte auf seinem Gesicht, »natürliches Atropin!«

Jubel brach los, und Amos gab seinem Labortechniker einen Klaps auf die Schulter. »Ausgezeichnete Arbeit, Arthur. Versuchen Sie jetzt mal, ein Hundertstel Gramm auf der Gelatinescheibe zu isolieren.« Als die Gruppe sich auflöste, ging er zu seiner Tochter. »Welchem Umstand verdanke ich deinen überraschenden Besuch?«

»Wollte nur mal vorbeischauen«, sagte Gilly geistesabwesend. »Hast du ein neues Medikament gemacht?«

»Nein. Ein uraltes«, sagte Amos und führte sie aus dem Labor. »Wir versuchen, auf dem homöopathischen Markt Fuß zu fassen – wir gehen zurück zur Natur, um die ursprünglichen Substanzen zu finden, die wir im Labor nachbilden. Atropin ist unglaublich kosteneffizient. Hast du vorhin das winzige bißchen Gas gesehen? Allein das könnte vielleicht zehntausend Dosierungen ergeben.«

Gilly blendete ihn aus. So sehr sich ihr Vater auch für seine Arbeit begeisterte, es hätte sie auch nicht stärker beeindruckt, wenn er ihr erzählt hätte, daß er aus einem Stein Blut zapfen könnte. Als sie in seinem Büro waren, streckte sie sich auf der weißen Couch an der hinteren Wand aus. »Hast du von dem Brand im ›Do-Or-Diner‹ gehört?«

»Nein«, sagte er und setzte sich. »Was ist passiert?«

»Es war oben in Roy Peabodys Wohnung. Megs Mom hat unten zu Mittag gegessen, als es passiert ist.«

»Ist jemand verletzt worden?« fragte ihr Vater, die Fingerspitzen zusammengelegt.

»Soweit ich weiß, nein.« Gilly setzte sich auf und griff nach einem Schälchen Pfefferminzbonbons. »Aber es soll kein Unfall gewesen sein.«

»Ich kann mir nicht vorstellen, daß Addie viel von der Versicherung kassiert, selbst wenn sie den ganzen Laden abfackeln würde.«

»Sie war's auch nicht. Jemand anders hat angeblich das Feuer gelegt. Als Warnung.« Sie starrte ihren Vater an, wartete darauf, daß er gestand.

»Gilly«, sagte er leise, schockiert. »Du glaubst doch wohl nicht, daß ich so etwas machen würde?«

Irgend etwas in ihrer Brust löste sich. »Nein. Ich hab mich nur gefragt, ob du weißt, wer so was machen würde.«

»Ach, ich könnte mir vorstellen, daß eine ganze Reihe von Leuten aus unserem Ort auf die Idee kämen.«

»Aber das ist scheußlich!« platzte es aus Gilly heraus. »Er hätte verletzt werden können!«

»Besser er als ein Mädchen wie du.«

Es klopfte an der Tür. »Mr. Duncan«, sagte die Sekretärin, »wieviel Belladonna soll ich nachbestellen?«

Gilly drehte sich um. »Belladonna?«

»Erst mal siebenhundertfünfzig Pflanzen«, sagte Amos. Als seine Sekretärin gegangen war, sagte er zu Gilly: »Warum bist du so erstaunt?«

»Wozu brauchst du Belladonna?«

»Aus dieser Pflanze gewinnen wir das Atropin«, erklärte Amos. »Warum?«

Gilly glaubte wirklich an Schicksalsfügungen. Sie wußte, daß es kein Zufall war, daß sie ihren Vater ausgerechnet an diesem Nachmittag besuchte, an dem er mit Belladonna arbeitete, der Pflanze, die Starshine einen Tag zuvor erwähnt hatte, als sie über die Flugsalbe der Hexen sprachen. Hasch und Belladonna, erinnerte Gilly sich. Tja, Hasch könnte sie sich bestimmt problemlos bei ein paar Jungs an ihrer Schule besorgen. Aber auch wenn sie kein Hasch hätte, würde die Wirkung von Belladonna vielleicht ausreichen. Vielleicht könnte sie sich selbst eine Flugsalbe zusammenmischen, und niemand würde es merken. Und Beltane wäre der ideale Zeitpunkt, um in die Lüfte zu steigen.

Mut, dachte sie. »Nur so«, log Gilly. »So heißt eine echt starke Band.« Sie beugte sich über den Schreibtisch und gab ihrem Vater einen Kuß auf die Wange. »Bis später.«

»Du gehst nach Hause«, befahl er. »Ich möchte nicht, daß du allein im Ort herumläufst.«

»Er ist doch nicht Jack the Ripper, Daddy.«

»Gilly.«

»Von mir aus«, murrte sie, schon halb zur Tür hinaus. Aber im Flur bog sie nicht nach links in Richtung Ausgang. Statt dessen ging sie zum Labor zurück. Arthur, der Techniker, war damit beschäftigt, die flaumigen, weißen Möhren zu zerdrücken – *Belladonna.* »Miss Duncan«, sagte er, ohne aufzublicken. »Was kann ich für Sie tun?«

»Ähm, mein Vater hat mich gebeten, ihm eine Probe Atropin in sein Büro zu bringen.«

»Wozu?«

Gilly wurde bleich. Sie hatte sich keinen Grund zurecht gelegt. »Keine Ahnung. Ich soll's nur für ihn holen.«

»Wieviel?«

Sie deutete auf eine kleine Menge unten in einem Teströhrchen. »Hat er nicht gesagt. Ich schätze, das da reicht.«

Der Techniker steckte einen Stopfen auf das Röhrchen und gab es ihr. »Behalt die Handschuhe an. Nicht daß du das Zeug an die Hände kriegst.«

»Danke.« Sie steckte das Röhrchen in ihre Jackentasche und hielt die Hand schützend um ihren Schatz, als sie auf direktem Weg nach Hause ging, wie ihr Vater es gewollt hatte.

»Das ist das Badezimmer«, sagte Addie leicht errötend.

Jack schmunzelte. »Du mußt wirklich keinen Rundgang mit mir machen.« Es war lange her, daß Addie mit jemandem unter einem Dach gelebt hatte. Jetzt kam die erzwungene Nähe in einer noch ganz frischen Beziehung hinzu, und Jack fragte sich zwangsläufig, ob er nicht einen gewaltigen Fehler beging.

»Und das«, sagte Addie, die Hand am Türknauf, »ist Chloes Zimmer.«

Es war der einzige Raum im Haus, den Jack noch nicht gesehen hatte, und als Addie langsam die Tür öffnete, sah er, daß es auch der einzige Raum im Haus war, der nicht aufgeräumt war. Der Fußboden war mit Spielzeug übersät, und über der Lehne eines Stuhls hingen Kleidungsstücke. Ein Poster von einer Rockband, die seit rund zehn Jahren keine Platte mehr gemacht hatte, war mit Klebestreifen an einer Wand befestigt und hatte sich an einer Ecke gelöst. Auf einem Regal hockte eine Parade Teddybären. Das Bett, ein Sammelsurium aus rosa Rüschen, war ungemacht, als würde Addie ab und zu darin schlafen – ein Gedanke, der Jack traurig machte, aber nicht so deprimierend war wie die Alternative: daß Addie den Raum seit elf Jahren einfach unverändert gelassen hatte, als hegte sie einen Schrein.

Aber ein Bett war nur ein Bett, und es konnte frisch bezogen werden. Spielzeug konnte weggeräumt werden. »Ich könnte hier schlafen«, schlug Jack vor. »Dann rück ich dir nicht so auf die Pelle.«

»Nein. Das geht nicht.« Sie stand neben dem Stuhl, strich mit der Hand über den Stoff einer winzigen, weißen Bluse.

»Addie –«

»Es geht nicht«, wiederholte sie. »Auf gar keinen Fall.«

»Na schön«, sagte er leise, als er erkannte, daß er diese Grenze nicht überschreiten durfte. Er folgte ihr hinaus und schloß rasch die Tür, dachte unwillkürlich an die Büchse der Pandora: an das, was er freigesetzt hatte, als er das Siegel dieses Raumes zerbrach, und an die Hoffnung, die vielleicht noch immer darin gefangen war.

Im »Diner« roch es stark nach Rauch, aber das störte Selena nicht. »Wie bei einem Barbecue«, sagte sie, als sie sah, daß Jordan die Nase rümpfte.

»Ja. Bloß wird hier das Haus gegrillt.«

Addie kam mit zwei Tassen und einer Kanne Kaffee an den Tisch. »Milch und Zucker, nicht?«

Selena lächelte die Kellnerin an. »Könnte ich eine Tasse heißes Wasser haben, mit Zitrone?«

Addie nickte und ging zur Theke. »Wie kannst du nur so was Widerliches trinken«, sagte Jordan. »Andere Leute spülen damit ihr Geschirr.«

»Dann stell dir bloß mal vor, wie sauber mein Inneres ist.« Sie nahm die dampfende Tasse von Addie entgegen.

»Ich hatte mal eine Stammkundin, die auch immer heißes Wasser getrunken hat«, sinnierte Addie. »Die ist hundertsechs geworden.«

»Das gibt's nicht«, sagte Jordan.

»Ehrlich.«

»Woran ist sie gestorben?« fragte Selena.

»Eine andere Kellnerin hat ihr aus Versehen Kaffee serviert.« Addie zwinkerte. »Ich bin gleich wieder da und nehm Ihre Bestellung auf.«

Selena schaute ihr nach. »Sie ist sympathisch.«

»Sie kommt aus einer anständigen Familie, wie man hier sagt.« Jordan breitete seine Zeitung aus. »Sie hat's wirklich nicht verdient, daß man ihr das Leben zur Hölle macht.«

»Wie das?«

»Na, der Brand hier. Und der ganze reaktionäre Aufstand um den Burschen, der in der Küche arbeitet.«

Jordan hob die Zeitung, um die Überschriften zu lesen. Mit einer Gabel drückte Selena den oberen Rand hinunter. »Hallo«, sagte sie. »Weißt du noch, wer ich bin? Deine Verabredung zum Frühstück.«

»Jaja, gleich.«

»Dann könnte es zu spät sein. Was ist denn mit dem Typen, der hier arbeitet?«

Jordan schob ihr die Zeitung hin. Die Seite mit den Leserbriefen war aufgeschlagen, und sechs Zuschriften befaßten sich mit der »zwielichtigen Gestalt«, die vor kurzem in den Ort gezogen war. Selena überflog sie rasch; alle sprachen sich dafür aus, Jack St. Bride aus der Stadt zu jagen. »Was hat er angestellt? Eine Bank ausgeraubt?«

»Er war im Gefängnis, weil er ein junges Mädchen verführt hat.«

Selena blickte auf und stieß einen leisen Pfiff aus. »Tja, man kann es den Leuten hier nicht verdenken, daß sie sich Sorgen um ihre Töchter machen. Ich finde es auch richtig, daß vorbestrafte Sexualtäter sich bei der Polizei melden müssen.«

»Gleichzeitig werden solche Leute dadurch ein zweites Mal verurteilt. Wie sollen sie sich je rehabilitieren, wenn die Gesellschaft sie weiterhin an einer Straftat mißt, für die sie längst gebüßt haben?«

Selena lugte unter den Tisch. »Was suchst du da?« fragte Jordan.

»Ich hab nur nachgesehen, ob du vielleicht auf einem Rednerpodest stehst. Du weißt verdammt gut, daß Sexualtäter Wiederholungstäter sind. Wie würdest du die Sache sehen, wenn du wüßtest, daß dieser St. Bride, ähm, eine Schwäche für fünfzehnjährige Jungs hätte?«

»Wiederholungstäter«, sagte Jordan und schlug die Zeitung wieder auf, »sind gut fürs Geschäft.«

Selena klappte die Kinnlade herunter. »Das ist so ziemlich das Unmenschlichste, das ich je aus deinem Munde gehört habe, McAfee, und glaub mir, ich habe schon so einiges aus deinem Munde gehört.«

»Ha, aber Strafverteidiger sollten gar nicht menschlich sein. Dann fällt es ihnen leichter, sich auf das Niveau der negativen Erwartungen anderer herabzulassen.«

Selena ging nicht darauf ein. Sie dachte, daß Jordan sehr wohl menschlich war, allzu menschlich, und sie mußte es schließlich wissen, weil sie es war, die ihm das Herz gebrochen hatte.

»Komm schon«, drängte Gilly. »Wovor hast du Angst? Daß er gleich an der Theke über uns herfällt?«

Neben ihr schielte Meg auf die Neonschrift über der Tür. Das R war nie so hell gewesen wie die anderen Buchstaben. Vor Jahren hatte sie das lustig gefunden, weil es sich las wie »Doo Diner«, was wirklich ein komischer Name für ein Restaurant wäre. »Mein Dad reißt mir den Kopf ab«, sagte Meg.

»Dein Dad wird es nicht erfahren. Los, Meggie. Willst du

dich verkriechen, wenn alle anderen den Drachen bekämpfen, oder willst du das Schwert halten?«

»Kommt drauf an. Wie sind die Aussichten, daß ich knusprig braun geröstet werde?«

»Wenn er dich schänden will, werfe ich mich selbstlos über dich und biete mich als Ersatz an.«

Meg schüttelte den Kopf. »Ich möchte nicht mal, daß er weiß, wie ich *aussehe*.«

»Herrgott, Meg, ich will doch gar nicht seinetwegen rein. Ich hab bloß *Durst*. Wahrscheinlich kriegen wir ihn gar nicht zu Gesicht. Die irre Addie bedient uns, wir trinken unseren Milchshake und verziehen uns wieder.«

Langsam wich Meg zurück. »Tut mir leid, Gill. Mein Dad hat's mir verboten.«

Gilly stemmte ihre geballten Fäuste in die Hüften. »Na und, meiner mir auch!« Meg war schon ein Stück die Straße hinunter. »Na schön. Dann eben nicht!« Gekränkt öffnete Gilly die Tür und betrat den Diner. Der Raum war praktisch leer, nur ein alter Mann saß an der Kasse über ein Kreuzworträtsel gebeugt. Sie nahm Platz und trommelte mit den Fingernägeln ungeduldig auf den Tisch.

Gleich darauf kam die irre Addie zu ihr. »Was darf's sein?«

Gilly blickte sie abschätzig an. Nicht in ihren kühnsten Träumen konnte sie sich vorstellen, in diesem langweiligen Kaff aufzuwachsen und dann auch noch dort zu arbeiten und zu sterben. Die Frau war ohne jeden Zweifel eine Versagerin. Wahrscheinlich hatte sie sich als Kind begeistert ausgemalt, *Wenn ich mal groß bin, werde ich Kellnerin ohne die geringsten Aufstiegschancen.*

»Einen Milchshake«, sagte Gilly, und dann sah sie aus den Augenwinkeln Jack, der aus dem Gang zu den Toiletten kam und mit einem vollen Müllsack in Richtung Hintertür verschwand.

Er bemerkte sie nicht.

»Ach, eigentlich möchte ich doch nichts, ich hab gar keinen Durst«, murmelte Gillian und ging nach draußen. Das Sonnenlicht blendete sie; sie stolperte und ging dann um das Gebäude herum nach hinten, wo ein Zaun den Bereich für die Mülltonnen abtrennte. Jack hantierte dort mit den Abfalleimern herum.

Gilly sog die Unterlippe zwischen die Zähne, um ihr etwas Farbe zu geben. Sie knöpfte sich die Jacke auf und zog dann den Reißverschluß ihres knappen Sweatshirts so tief, daß der Ansatz ihrer Brüste zu sehen war. Sie ging zu dem Gatter und wartete, daß Jack sie bemerkte.

Kurz darauf sah er sie und blickte weg.

»Hallo«, sagte Gilly, »was machen Sie denn da?«

»Ski fahren. Sieht man das nicht?«

Gillian beobachtete, wie seine Muskeln sich spannten, als er wieder einen Müllsack hochhob. Sie stellte sich vor, wie er sich gegen sie preßte, ihre Handgelenke umklammerte. Fest. Sie fragte sich, ob es dem Mädchen, das er vergewaltigt hatte, gefallen hatte, nur ein kleines bißchen.

»Im Restaurant ist das Essen besser«, sagte Jack.

»Ich hab keinen Hunger.«

Gott, seine Augen waren so blau, wie sie es noch nie gesehen hatte. Dunkel und weich, wie das Herz einer Flamme. Es müßte ein Wort für diese Farbe geben – Jackürkis vielleicht, oder –

»Warum bist du dann hergekommen?«

Gilly senkte die Wimpern. »Um Ski zu fahren natürlich.«

Er schüttelte den Kopf, als könne er nicht glauben, daß sie wirklich vor ihm stand. Es machte sie um so entschlossener. »Ich wette, du hast als Kind am Strand Krebse mit dem Finger angestoßen, damit sie sich von der Stelle rühren«, sagte Jack vor sich hin, »auch auf die Gefahr hin, daß sie zuschnappen.«

»Was soll denn das heißen?«

»Das heißt, bleib auf der Anfängerpiste, Gillian«, sagte Jack ausdruckslos.

Ihre Augen verdunkelten sich, irgendwo zwischen Tränen und Wut gefangen. Jack wollte gehen, doch Gillian versperrte ihm den Ausgang. Einen beklommenen Augenblick lang tanzten sie umeinander herum, weil Jack ihren Körper nicht streifen und Gillian ihn nicht gehen lassen wollte.

»*Gillian.*«

Beim Klang einer anderen Stimme sprangen sie auseinander. Wes Courtemanche kam in seiner Uniform um die Ecke. »Ich hab das Gefühl, dein Vater wäre nicht begeistert, wenn er wüßte, daß du dich hier hinten rumtreibst.«

»Ich hab so das Gefühl, daß Sie nicht mein Vater sind«, erwiderte Gillian gereizt. Aber sie trat zur Seite und ließ Jack vorbei.

»Jetzt aber marsch nach Hause«, sagte Wes zu dem Mädchen.

»Ich hab keine Angst vor Ihnen. Ich hab vor niemandem Angst.« Als wollte sie den Beweis antreten, drehte sie sich um und ging ganz nah an Jack heran. Sie warf ihm eine Kußhand zu, als sie an ihm vorüberfegte, eine Geste, die nur für seine Augen bestimmt war und als Versprechen oder als Drohung gemeint sein mochte.

19.40 Uhr. In zwanzig Minuten hatte Wes Dienstschluß. Normalerweise hingen um diese Uhrzeit Kids von der High-School hinter dem Postamt herum, oder sie hockten in ihren Autos auf dem Parkplatz, aber zur Zeit war die Main Street wie ausgestorben, als befürchteten die Jugendlichen, sie würden dem Sittenstrolch im Ort zum Opfer fallen, wenn sie dem »Do-Or-Diner« zu nahe kamen.

Wes hörte Schritte hinter sich und drehte sich um, die Hand am Pistolengurt. Ein Jogger näherte sich. Die Reflektoren an seiner Wollmütze und den Laufschuhen blinkten im Schein der Straßenlaternen.

»Wes«, sagte Amos Duncan, als er vor dem Polizisten stehenblieb und die Luft in tiefen Zügen einsog. Er legte die Hände auf die Knie und richtete sich auf. »Schöner Abend, nicht wahr?«

»Für was?«

»Fürs Laufen, natürlich.« Amos wischte sich mit dem Ärmel den Schweiß vom Gesicht. »Aber Teufel noch mal. Man könnte meinen, wir hätten hier eine Ausgangssperre, so leer, wie die Straßen sind.«

Wes nickte. »Wie eine Geisterstadt, schließlich haben wir erst halb acht.«

»Vielleicht essen die Leute später zu Abend«, schlug Amos als Erklärung vor, doch sie beide wußten, daß das nicht der Fall war. »Na, ich muß nach Hause. Gilly wartet.«

»Ich rate Ihnen, ein wachsames Auge auf sie zu haben.«

Amos' Miene verfinsterte sich. »Was wollen Sie damit sagen?«

»Ich hab sie heute nachmittag gesehen, am ›Diner‹. Sie hat mit St. Bride geredet.«

»Geredet?«

»Mehr nicht.«

Ein Muskel an Amos' Wange spannte sich an. »Hat er sie angesprochen?«

»Da bin ich überfragt, Amos.« Er wählte seine Worte mit Bedacht, weil er wußte, daß er bei seinen Kollegen über Monate schief angesehen würde, wenn er es sich mit Duncan verscherzte. »Ich hatte bloß den Eindruck, daß Gilly ... wie soll ich sagen, sich nicht so richtig darüber im klaren ist, wie gefährlich der Mann werden kann.«

»Ich rede mit ihr«, sagte Amos. Er fragte sich, wie ein Mann in einer Stadt, die ihn nicht wollte, so tun konnte, als hätte er ein Recht, dort zu sein. Er fragte sich, wie viele harmlose Plaudereien vonnöten waren, bis ein junges Mädchen mit einem nach Hause ging wie ein zahmes Reh. Er stellte sich vor, wie St. Bride den Namen seiner Tochter rief, wie sie sich umdrehte, lächelnd. Er sah vor seinem geistigen Auge das, was seiner Meinung nach passiert war.

Amos richtete seine Aufmerksamkeit wieder auf Wes. »Bald Feierabend?«

»In zehn, fünfzehn Minuten.«

»Schön, schön.« Er nickte. »Jedenfalls, danke für den Hinweis.«

»Ist mein Job, für Sicherheit zu sorgen.«

Amos lief wieder los und hob eine Hand zum Abschied. Wes ging zurück in Richtung Park. Er sah nicht mehr, daß Amos von der Straße, die zu seinem Haus führte, abgebogen war und im schnellen Tempo in die entgegengesetzte Richtung lief.

Tom O'Neill öffnete die Haustür und sah verblüfft Amos Duncan an, der keuchend vor ihm stand.

»Amos, ist alles in Ordnung?«

»Tut mir leid, daß ich störe.«

Tom warf einen Blick über die Schulter. Im Eßzimmer saß seine Familie beim Abendessen. »Nein, nein, kein Problem.« Er trat nach draußen auf die Veranda. »Was ist passiert?«

Amos blickte ihm ernst in die Augen. »Nun«, sagte er. »Folgendes.«

30. April 2000
Salem Falls,
New Hampshire

Addies Gedanken kreisten nur noch um Jack. Jetzt beugte sie sich vor und küßte ihn auf den Nacken, um ihn endlich vom Fernseher im Wohnzimmer abzulenken. Ein Tee, von dem die aus Formosa stammende Sorte berühmter ist als die Sorten aus Amoy, Foochow und Canton.

»Was ist Oolong?« fragte Jack, die Ellbogen auf die Knie gstützt. Addie öffnete den Mund und leckte ihm über die weiche Ohrmuschel. »Laß das! Ich muß mich konzentrieren.«

»Du sollst dich auf mich konzentrieren.« Fast den ganzen Tag im »Diner« suchte Jack unentwegt ihren Blick, so eindringlich, daß ihr schwindelig wurde, oder er schaffte es immer wieder, so dicht an ihr vorbeizugehen, daß sie sich kurz berührten. Aber wenn ›Jeopardy‹! lief, hätte sie splitterfasernackt vor ihm tanzen können, ohne daß er sie auch nur eines Blickes gewürdigt hätte.

Jack war ›Jeopardy!‹-süchtig. In drei Jahren hatte er nur eine einzige Sendung verpaßt, und zwar deshalb, weil er in einem Streifenwagen saß, der ihn ins Gefängnis brachte. Er freute sich, daß er und Addie sich ab dem Nachmittag frei genommen hatten, um seine Sachen zu ihr zu bringen, denn so konnte er schon die Sendung um sieben sehen. Addie jedoch hatte andere Pläne.

Sie fing an, ihm das Hemd aufzuknöpfen, aber Jack schob sie weg. »In der Werbepause zahl ich's dir heim«, warnte er halbherzig.

»Ooh ... da krieg ich ja richtig Angst.«

Demeters Tochter, die in die Unterwelt entführt wurde.

»Das weißt du doch bestimmt«, sagte Jack.

Als Antwort fuhr sie ihm mit der Hand in die Jeans.

Er zuckte zusammen. »Addie!« sagte er, obwohl es ihn erregte.

»Wer ist Persephone?« sagte die Kandidatin.

Addie drückte sanft zu. »Aha. Du hast es nicht gewußt.«

Unter ihr bewegten sich Jacks Hüften. »Ich hab's gewußt. Ich war nur kurz abgelenkt.«

Jefferson hat gesagt, sie ist ab und zu eine gute Sache.

Addie setzte sich rittlings auf ihn und versperrte ihm den Blick auf den Fernseher. Schließlich gab Jack nach. Er zog ihr Gesicht zu sich und küßte sie, sprach die Antwort in ihren Mund: »Was ist eine kleine Rebellion?«

»Ab und zu eine gute Sache«, wiederholte Addie. »Genau wie so manches andere.« Sie bog den Hals nach hinten, legte den Kopf in den Nacken und verharrte plötzlich. »Hast du das gehört?«

Aber Jack war ganz auf Addie konzentriert. »Nein.«

Ein Knacken, das Geräusch von laufenden Füßen. Addie setzte sich noch etwas aufrechter. »Da, schon wieder.«

»Das ist irgendein Tier«, sagte Jack. »Du lebst schließlich im Wald.«

Sie stand auf, obwohl er sie festhalten wollte und enttäuscht aufstöhnte, weil er ihr weiches Gewicht nicht mehr auf seinem Schoß spürte. Addie spähte zum Fenster hinaus, konnte aber nur die Hälfte der Schaukel sehen, vom Mondlicht wie abgesägt. »Nichts zu sehen.«

»Dann guck mal hierher.« Jack stand auf und ging auf Addie zu. Er nahm sie in die Arme und sagte: »Sind bestimmt ein paar Waschbären. Geh schon mal nach oben; ich werd sie verscheuchen.«

»Du willst auf die Endrunde von ›Jeopardy!‹ verzichten?« neckte Addie ihn.

»Absolut nicht«, sagte er todernst und zwinkerte dann. »Um elf kommt die Wiederholung.«

Gillys Gedanken kreisten nur noch um Jack. Zigmal durchlebte sie den Augenblick hinter dem »Diner«, grübelte darüber nach, was sie statt dessen hätte sagen und tun sollen, stellte sich vor, wie Jack sie packte und so fest küßte, daß ihre Lippen bluteten. Jedesmal, wenn sie daran dachte, daß Jack sie wie ein kleines Kind behandelt hatte, verkrampfte sich ihr Magen und sie mußte weinen, als würde sie immer wieder tausend Tode sterben. Dann wiederum wurde sie fuchsteufelswild und konnte es kaum erwarten, ihm beim nächsten Mal zu beweisen, daß sie doch kein Kind mehr war.

Ihr Vater hatte sie den ganzen Nachmittag und Abend nicht aus den Augen gelassen; dann war er Joggen gewesen, und sie mußte ihm hoch und heilig versprechen, daß sie das Haus nicht verließ, solange er nicht da war. Jetzt ertränkte sie ihren Kummer in den Songs von Sarah McLachlan und lackierte sich die Fingernägel blutrot, als das Telefon klingelte. Whitneys Stimme fragte: »Gil, wie spät heute abend?«

Gillian seufzte. Sie hatte jetzt keine Lust, sich mit ihren Freundinnen abzugeben. Sie wollte in Ruhe überlegen, wie sie ihren Vater davon abhalten konnte, bei ihr den Wachhund zu spielen, damit sie Jack endlich zeigen konnte, was ihm fehlte. »Wie spät was?«

»Das *Treffen.*«

»Das Treffen...«

»Ich könnte schwören, daß wir den dreißigsten April vereinbart haben.«

Jetzt erinnerte sie sich. »Ach ja, Beltane«, sagte Gilly.

»Hast du's etwa vergessen?«

Gillian hatte es eigentlich nicht vergessen; sie war nur mit ihren Gedanken ganz bei Jack gewesen. Ihr Coven hatte ausgemacht, daß sie sich hinter dem Friedhof treffen würden, an dem blühenden Hartriegelbaum. Meg wollte Feuerholz mitbringen, Whit war für die Kräutersäckchen zuständig, die sie als Geschenk für den Gott und die Göttin in den Baum hängen wollten, und Chelsea sollte einen Maibaum besorgen. Gilly hatte das Schlichte Fest übernommen, die gemeinsame Einnahme von Speis und Trank innerhalb des magischen Kreises.

Ihr Vater wäre außer sich, wenn sie sich nachts aus dem Haus schlich.

Ihr Blick fiel auf eine kleine Keramikvase, die einst ihrer Mutter gehört hatte. Darin lag das Röhrchen Atropin, das sie aus dem Labor hatte mitgehen lassen.

»Um elf«, sagte sie ins Telefon. »Pünktlich.«

Sie fielen ihn von hinten an. Kaum war Jack aus dem kleinen Lichtkreis der Laterne neben der Tür getreten, als er auch schon gepackt wurde; man riß ihm die Arme auf den Rücken und schlug ihn mit Fäusten in die Rippen, den Bauch, das Gesicht. Blut lief ihm in die Kehle, schmeckte nach Metall; er bespuckte seine Angreifer damit. Er suchte nach ihren Gesichtern, um sie sich einzuprägen, aber sie trugen Wollmützen, die sie tief heruntergezogen hatten, und hochgezogene Schals; Jack konnte nur ein Meer aus Schwarz sehen, mehrere Hände und eine wütende Welle nach der anderen überrollte ihn.

Addie bürstete sich die Haare und sprühte dann ein wenig Parfüm auf Handgelenke, Knie und Bauchnabel. Jack war schon eine Weile weg, was merkwürdig war; noch merkwürdiger war, daß sie ab und an ein lautes Geräusch hörte. Wenn das Waschbären waren, dann aber ziemlich viele.

Sie ging ans Schlafzimmerfenster und zog den Vorhang auf. Es war dunkel, und zunächst konnte sie keine Spur von Jack entdecken. Dann tauchte am Rand des gelben Lichtkegels der Verandalampe ein Fuß auf. Ein Ellbogen. Schließlich der ganze Körper eines in Schwarz gekleideten Mannes, die Hände leuchtend rot vor Blut.

»Jack«, keuchte sie und holte das Gewehr hervor, das sie unter dem Bett aufbewahrte. Sie hatte es einmal in zwanzig Jahren benutzt – um einen tollwütigen Waschbären zu erlegen, der in den Garten gekommen war, als Chloe dort spielte. Sie lud es im Laufen, hastete die Treppe hinunter, und sobald sie die Verandatür aufgerissen hatte, feuerte sie einen Schuß in den Nachthimmel. Fünf Köpfe drehten sich ihr zu, dann rannten die Männer in verschiedene Richtungen in den Wald hinter ihrem Haus, hinterließen Spuren wie die Speichen eines Rades.

Auf dem Kies lag Jack, ein schlaffes, blutiges Bündel.

Addie stellte das Gewehr ab, lief zu ihm und drehte ihn behutsam um. *Oh, Gott*, dachte sie. *Was haben sie mit dir gemacht?*

Jack hustete, und als seine Lippen sich öffneten, glänzten seine Zähne von Blut. Er versuchte, sich aufzusetzen, zuckte vor Addies Händen zurück. »Nein«, stieß er knirschend hervor. *»Nein!«*

Weil sie sich auf keinen Fall selbst vergiften wollte, ging Gilly um Viertel nach acht ins Internet, um sich kundig zu machen, welche Atropindosierung die richtige war. Im Web fand man sogar Anweisungen zum Bau einer Bombe. Da müßte es doch ein Kinderspiel sein herauszufinden, welche Menge Halluzinogen notwendig war, um high zu werden.

Schließlich fand sie eine Liste mit den Dosierungen für Erwachsene. Zur innerlichen Anwendung, $^{1}/_{20}$ bis $^{1}/_{100}$ Gran. Gilly runzelte die Stirn. Eine ganz schöne Spanne. Vielleicht sollte sie $^{1}/_{20}$ Gran nehmen und Whitney, die klein war, nur $^{1}/_{100}$?

Das Telefon klingelte wieder. »Gilly«, sagte ihr Vater. »Ich wollte mich bloß mal melden.«

»Du meinst, du wolltest bloß mal einen Kontrollanruf machen.«

»Ach, Kleines. Du weißt ja auch, warum.«

Ihr Herz schlug plötzlich dreimal so schnell. »Bist du denn nicht beim Joggen?«

»Bin gerade fertig. Ich komm gleich nach Hause.«

Was, wenn er kam und sie nicht mehr da war? »Hör mal«, sagte Gilly, »es ist doch gut, daß du anrufst. Meg hat gefragt, ob ich heute abend zu ihr kommen könnte.«

»Davon halte ich wirklich nicht viel, Gilly, bei dem, was hier zur Zeit alles passiert.«

»Bitte, Daddy. Ihre Mom will mit uns in einen Spätfilm, und so blöd wird doch wohl keiner sein, mir was antun zu wollen, wenn ich mit der Frau eines Detectives unterwegs bin.« Als er nichts erwiderte, log Gilly weiter. »Mrs. Saxton hat gesagt, ich kann bei ihnen übernachten. Wenn du einverstanden bist.« Sie war erstaunt, wie leicht ihr die Lügen über die Lippen kamen. Sie war entschlossen, heute nacht Beltane zu feiern, und daran würde sie nichts und niemand hindern, auch nicht Amos Duncan.

Sie konnte hören, wie ihr Vater trotz seiner Bedenken nachgab. Megs Vater war ein Cop: Ihre Mom eine Frau, die er seit ewigen Zeiten kannte. Bei den Saxtons war Gilly vermutlich sicherer als bei ihm. »Okay«, sagte er. »Aber du rufst mich an, sobald du aus dem Kino zurück bist. Egal, wie spät es ist.«

»Mach ich. Ich hab dich lieb, Daddy.«

»Ich dich auch.«

Nachdem sie aufgelegt hatte, starrte Gilly noch einen langen Augenblick auf das Telefon und schmunzelte. Wie leicht es doch war, ein Lügennetz zu spinnen.

Sie schaltete den Computer aus und ging in die Küche. Als Beltane-Überraschung für ihren Coven hatte sie eine Astralprojektion geplant; die Wirkung würde noch verblüffender sein, wenn sie völlig unerwartet kam. Gilly schüttelte die Thermosflasche mit Eistee und betrachtete erneut das Glasröhrchen in ihrer Hand.

Mut.

Sie träufelte ein paar Tropfen der Flüssigkeit in den Tee, steckte dann den Finger in die Thermosflasche, um zu probieren ... nein, es schmeckte noch immer nach Tee, vielleicht ein kleines bißchen bitterer – $^{1}/_{20}$ Gran? $^{1}/_{100}$? Achselzuckend schüttete Gilly den ganzen Inhalt des Teströhrchens in die Thermosflasche und schraubte den Deckel zu.

Als Jack erwachte, lag Addie neben ihm, in der Hand einen Waschlappen, der auf der Bettdecke einen Wasserfleck in Form einer Glocke hinterlassen hatte. Er stützte sich auf einen Ellbogen, zuckte zusammen, weil seine Rippen schmerzten, und berührte Addie an der Wange. Als sie sich nicht rührte, stieg er vorsichtig aus dem Bett.

Wie sein Leben wohl verlaufen wäre, wenn er während des Alptraums in Loyal jemanden wie sie an seiner Seite gehabt hätte? Wie wäre es gewesen, wenn er sie jeden Dienstag während seiner Haft gesehen hätte, im Besucherzimmer, unter den wachsamen Augen der Wärter? Wie wäre es gewesen, wenn Addie zu Hause auf ihn gewartet hätte, als er aus dem Gefängnis kam?

Er ging durch das dunkle Haus und dachte, wie gern er ebenso viel für sie tun würde wie sie für ihn. Dank Addie grübelte Jack nicht mehr über seine Fehler nach. Er hatte sie in eine Kiste verstaut und den Deckel fest zugemacht. Addie dagegen … sie sah die Kiste tagtäglich durch, hielt jede Erinnerung ins Licht wie ein kostbares Familienerbstück, obwohl es sie im Innersten bluten ließ.

Plötzlich stand er vor der Tür von Chloes Zimmer.

Wenige Minuten später hatte er die Bettwäsche abgezogen und die Poster von den Wänden genommen. Er räumte Chloes Spielsachen in eine Kiste, die er in ihrem Schrank gefunden hatte. Wenn er alles wegräumen könnte, was Addie an ihren Verlust erinnerte, würde es ihr vielleicht nicht mehr so schwerfallen, nach vorn zu schauen.

»Was zum Teufel machst du da?« Addies Stimme pulsierte, als hätte sie einen Schlag abbekommen.

»Wenn du all das hier nicht mehr jeden Tag vor Augen hast –«

»Meinst du vielleicht, daß ich dann nicht mehr ihr Gesicht sehe, sobald ich morgens die Augen aufschlage? Daß ich sie nicht in- und auswendig kenne? Meinst du, ich muß ihre Haarspange sehen, um mich an den Menschen zu erinnern, den ich auf der Welt am meisten liebe?«

»*Geliebt habe*«, sagte Jack leise.

»Das hört nicht auf, bloß weil sie nicht mehr da ist.« Addie ließ sich auf das zerwühlte Laken sinken.

»Addie, ich wollte dir nicht weh tun. Wenn das, was wir zusammen haben, dir irgend etwas bedeutet…«

Sie wandte ihm das Gesicht zu. »Du wirst mir nie, *niemals* soviel bedeuten wie meine Tochter.«

Jack wankte rückwärts, ihre Worte schmerzvoller als jeder Schlag, den er bei dem Überfall eingesteckt hatte. Er sah, wie sie sich zwischen den Laken krümmte. »Was hast du damit gemacht?« sagte sie und hob das tränennasse Gesicht.

»Womit?«

»Mit ihrem Geruch. Chloes Geruch.« Addie durchwühlte die Laken und Kissen. »Er war da; heute morgen war er noch da ... aber jetzt ist er weg.«

»Liebste«, sagte er sanft. »Die Laken riechen nicht nach Chloe. Schon sehr, sehr lange nicht mehr.«

Sie ballte die Fäuste auf dem Stoff. »Raus«, schluchzte sie und wandte ihr Gesicht ab, als Jack leise die Tür hinter sich schloß.

Wie das »Rooster's Spit« zu seinem Namen gekommen war, konnte niemand mehr genau sagen, nur einige alte Leute wußten noch, daß die Kneipe am Rande von Salem Falls einmal eine Baptistenkirche gewesen war. Jetzt war der Raum ein dunkles, enges Lokal, wo ein Mann in Selbstmitleid schwelgen oder seine Sorgen in einem Glas Whiskey ertränken konnte.

Roy Peabody leerte sein Glas, schloß die Augen, als die wohlige Wärme ihm die Kehle hinunterströmte. Nachdem er wochenlang von Addie verfolgt und von Jack St. Bride mit Argusaugen beobachtet worden war, saß er wieder in einer Bar. Er war allein, bis auf Marlon, den Barkeeper, der die Gläser polierte, bis es quietschte. Marlon war einer der Barkeeper, die die Gabe besaßen, einfach einen Gast in Ruhe seinen Drink genießen zu lassen. Roy fühlte sich in dieser Bar, wo niemand auch nur das geringste von ihm erwartete, eher zu Hause als in seiner Wohnung.

Als die Tür des »Rooster's Spit« aufging, sahen Roy und Marlon überrascht auf. In Salem Falls kam es selten vor, daß jemand unter der Woche noch um zehn Uhr abends einen trinken ging, und der Gedanke, daß er diesen wundervollen Augenblick mit irgend jemandem teilen mußte, verstimmte Roy.

Es war schwer zu sagen, wer von beiden verdutzter war, als er den anderen sah: Jack oder Roy.

»Was machen Sie denn hier?«

»Wonach sieht's denn aus?« Roy verzog das Gesicht. »Na los, lauf schon; erzähl's meiner Tochter.«

Aber Jack setzte sich schwer auf den Barhocker neben ihm. »Ich nehme das gleiche wie er«, sagte er zu Marlon.

Der Whiskey wurde vor ihm hingeknallt wie ein Stempel der Anerkennung. Jack spürte Roys Augen auf sich gerichtet, als er seinen ersten langen Schluck nahm. »Wollen Sie mich die ganze Zeit beobachten?«

»Ich hätte nicht gedacht, daß du Whiskey trinkst«, gab Roy zu.

Jack lachte leise. »Der Schein kann trügen.«

Roy akzeptierte das und nickte. »Du siehst beschissen aus.«

»Vielen herzlichen Dank.«

Der alte Mann streckte eine Hand aus und berührte die Wunde über Jacks Auge. »Gegen 'ne Wand gelaufen?«

Jack warf einen Blick auf Roys Glas. »Limonade?«

Roy zögerte. »Ich nehme an, Addie weiß, daß du hier bist.«

»Genauso, wie sie weiß, daß *Sie* hier sind.«

»Ich habe dich gewarnt, St. Bride, wenn du ihr das Herz brichst –«

»Und was, wenn sie mir das Herz bricht, Roy?« fiel Jack ihm verbittert ins Wort. »Was würden Sie in dem Fall denn für mich tun?«

Roy warf nur einen Blick auf die tiefen Furchen, die neben Jacks Mund eingemeißelt waren, und sah in seinem Gesicht etwas, das ihm nur allzu vertraut war. »Dir einen Drink spendieren«, sagte er.

Damals im Pfadfinderlager hatte Gillian ein Feuer gemacht. Während die anderen Kartoffeln zum Rösten aufspießten und »We shall overcome« sangen, hatte Gilly die Flammen gefüttert: mit Stöckchen und Kiefernnadeln und Schnürsenkeln, Brotstückchen und Münzen und sogar mit einer unglückseligen Kröte. Gebannt hatte sie zugesehen, wie die Flamme alles verschlang. Sie hatte ins Feuer gestarrt und gedacht: *Ich habe kein Herz. Ich habe so ein Feuer in mir.*

Das Feuer heute nacht war kleiner … oder vielleicht war sie einfach größer. Sie stand mit den anderen drum herum, und sie hielten sich an den Händen. Aber sie waren nicht mehr Gillian, Chelsea, Whitney und Meg. Sie waren Göttinnen, ein Coven. Und sie war ihre Hohepriesterin.

Der Wind, frühlingsschwer, glitt Gillian zwischen die Schenkel wie ein Geliebter. Ihre Sachen lagen auf einem Haufen unter dem Hartriegelbaum. Als sie gesagt hatte, sie wollte so rein wie möglich sein, waren die anderen überrascht gewesen. Doch Whitney hatte sich die Bluse ausgezogen. Chelsea zitterte in BH und Slip. Nur Meg, die sich genierte, war noch vollständig angezogen.

Gilly blickte den anderen nacheinander in die Augen. Spürten sie es? Noch nie hatte ihr Körper innerlich so vibriert. Sie legte den Kopf in den Nacken, schleuderte die Worte in den Nachthimmel. »Wächter auf den Wachtürmen des Ostens, wo Sonne, Mond und Sterne geboren werden, ich rufe euch an und beschwöre euch!«

Die Worte schrieben sich selbst, wurden ihr wie ein Band aus dem Herzen gerissen, und zum erstenmal verstand Gilly, was Starshine mit der Macht gemeint hatte, seine eigenen Zaubersprüche zu schreiben. »Fahrt über unsere Haut wie ein Flüstern, liebkost uns. Bringt uns Phantasie; lehrt uns zu tanzen. Seid gesegnet.«

Die anderen schwankten leicht. »Seid gesegnet«, wiederholten sie.

Whitney drehte sich um, mit glühendem Gesicht. »Wächter auf den Wachtürmen des Südens, leidenschaftlich und heiß, ich rufe euch an und beschwöre euch. Teilt eure Hitze mit uns; macht, daß wir im Innern brennen. Seid gesegnet!«

»Seid gesegnet!«

»Wächter auf den Wachtürmen des Westens«, fuhr Chelsea fort, »das Blut der Erde, ich rufe euch an und beschwöre euch. Laßt euer Geheimnis über uns fließen. Seid gesegnet!«

»Seid gesegnet!«

Schließlich sprach Meg. »Wächter auf den Wachtürmen des Nordens, Nacht der kühlen Magie, ich rufe euch an und beschwöre euch. Vergrabt uns tief in eurer Erde; gebt uns die Macht von Erde und Stein. Seid gesegnet!«

»Seid gesegnet!«

»Geist«, rief Gilly, »komm und spiel mit uns, während wir unsere Bänder weben, sing mit uns, während wir das Feuer entzünden. Trag uns zu einer Welt ohne Worte. Mach diese Nacht magisch ... sei gesegnet!«

»Sei gesegnet!«

Sie kniete vor dem Altar nieder und berührte das Weihrauchschälchen, das Wasser, die Erde und fuhr dann mit der Hand durch die Flammen des Feuers. »Ich vertreibe alle Unreinheiten des Geistes und der Welt. Wie ich will, so sei es.« Dreimal beschrieb Gillian den Kreis – mit Wasser und Erde, mit Weihrauch und schließlich mit Energie. Dann lächelte sie. »Der Kreis ist vollkommen.«

Gillian berührte einen Zweig des Hartriegelbaums, und eine Wolke zarter, weißer Blütenblätter regnete ihr auf die Schultern. Sie hob die Hände, ihr Körper schlank und bläulich im Mondschein. »Muttergöttin, Königin der Nacht, Vatergott, König des Tages, wir feiern eure Vereinigung. Nehmt diese Geschenke an.« Sie griff in die Segeltuchtasche und nahm eins von den Säckchen heraus, die mit den Kräutern gefüllt waren, die sie im Wiccan Read gekauft hatte. Es waren insgesamt zwanzig Säckchen, die Whitney selbst angefertigt hatte. »Mach du's«, sagte Gilly und gab ihrer Freundin das Säckchen.

Whitney hängte es an einen Zweig, ein mohnroter Schmuck. Sie nahm die übrigen Säckchen aus der Tasche und verteilte sie an die anderen, die damit den Baum behängten. Ihre Geschenke baumelten zwischen der Blütenpracht, ein Regenbogen von Opfergaben.

Chelsea sank auf den Boden. »Mal abgesehen davon, daß wir nackt sind, finde ich, daß nur der Gott und die Göttin voll auf ihre Kosten kommen.«

»Was meinst du damit?«

»An Beltane geht's doch um Sex, oder? Aber ich sehe hier keinen Freddie Prinze Jr. in unserem Coven. Nimm's mir nicht übel, Gill, aber du hast nicht die richtige Ausstattung.«

Gillian wandte sich ihr zu. »Aber wohl dieser Blödmann Thomas McAfee?«

Chelseas Wangen glühten. »So ist er nicht –«

»Nein? Dann sag uns doch, wie er ist. Du hängst in letzter Zeit ständig mit ihm rum, ich hab schon gedacht, du bringst ihn mit. Aber so ist das wohl, wenn man einen jungen Hund abrichtet, nicht? Man läßt ihn nicht aus den Augen.«

»Gilly –«

»Los, wir zaubern uns einen Mann«, schlug Whitney vor. »Wir sind doch bloß alle neidisch. Stimmt's, Gilly?«

Aber Gillian antwortete nicht. Die anderen Mädchen wechselten Blicke, unsicher, was sie tun, was sie sagen wollten. »Wir könnten uns sowieso nicht einigen«, fuhr Whitney hastig fort. »Ich steh auf Rothaarige, aber Meg steht auf so kleine, dicke bullige Typen.«

»Südländische Typen«, korrigierte Meg. »Und die sind nicht klein und dick.«

Schließlich lächelte Gillian. Die anderen ließen es sich zwar nicht anmerken, aber insgeheim waren sie alle erleichtert. Das war die Gilly, die sie kannten, die sie mochten. »Wenn wir richtig gute, kleine Paganistinnen sind, machen uns der Gott und die Göttin vielleicht auch ein Geschenk.«

Sie ging zu einem Baum in der Nähe, einer schlanken Kiefernsäule. Irgendwie hatte Chelsea es geschafft, an einem Ast fast drei Meter über dem Boden lange Bänder zu befestigen. Gilly nahm ein Band in die Hand und ließ es sich zwischen die Brüste gleiten, über Bauch und Oberschenkel hinweg. Sie bog den Oberkörper nach hinten, und die anderen Mädchen waren wie gebannt – Gilly veränderte plötzlich ihre Gestalt, verwandelte sich in eine Sirene, als hätte sie es schon hundertmal gemacht. »Und jetzt«, sagte sie leise, »jetzt feiern wir.«

Addie wachte auf, die Wange an Chloes Kissen gedrückt. Es war leicht, das kleine Gesicht ihrer Tochter zu sehen, ihr unbändiges Haar. Sie legte die Hand auf die abgenutzte Baumwolle, stellte sich vor, Chloes weiche Haut an den Fingern zu spüren.

Es ist nicht ihre Haut.

Sie hörte die Worte so deutlich, als hätte Jack sie ausgesprochen, ein Gedanke, der wie eine Granate einschlug und genauso zerstörerisch war. Noch beunruhigender war, daß Jack sich in ihren Kopf drängte, wo sie doch hartnäckig versuchte, an Chloe zu denken. Sie wollte mit aller Kraft die Erinnerungen an die Oberfläche holen, aber es kamen nur Bilder aus der letzten Zeit: Jack, der die Arme um ihre Taille schlang; Jack, der zu ihr aufsah, während er in der Küche Paprika schnitt; Jacks Lächeln. So unfaßbar und unerklärlich es für sie auch war, in Wahrheit konnte sie sich ihr Leben ohne Jack genauso wenig vorstellen wie ohne Chloe.

Deprimiert schlug sie die Bettdecke zurück, stand auf und ging durchs Haus. Unten an der Treppe berührte sie automatisch das kleine Foto, das dort hing, so wie immer, wenn sie daran vorbeikam, als wäre es eine Mesusa. Und im selben Augenblick begriff sie, daß sie gelogen hatte.

Jack mochte ihr zwar nie mehr bedeuten als Chloe, aber bei Gott, er bedeutete ihr genauso viel.

Addie ließ sich auf die unterste Stufe sinken und legte den Kopf auf die Knie. Als sie das letzte Mal einen Menschen so geliebt hatte, war er ihr genommen worden. Jack, ihre zweite Chance, hätte sie mit beiden Händen festhalten müssen.

»Ich liebe ihn«, murmelte sie, »*ich liebe ihn.*«

Addie stand abrupt auf, schwindelig und benommen, wie eine Krebspatientin, der man soeben eröffnet hatte, daß ihre Krankheit verschwunden war. Und in gewisser Weise war es nicht viel anders, schließlich hatte sie gedacht, ihr Herz sei für alle Zeit gebrochen, und auf einmal war es wieder heil. Sie holte tief Luft und spürte es: Die Leere, die durch den Verlust Chloes in ihrer Seele entstanden war, füllte sich nun allein durch den Gedanken an Jack.

Sie mußte ihn finden. Sie mußte sich bei ihm entschuldigen. Rasch zog sie sich Schuhe und Mantel an. Sie war schon fast an der Tür, als sie stehenblieb. Ergeben wie jemand, der zu seiner Hinrichtung schreitet, ging sie wieder die Treppe hinauf.

In Chloes Zimmer zog sie die Bettwäsche ab und trug sie nach unten. Das Wäschebündel in ihren Armen erinnerte sie daran, wie sie nachts ihr Neugeborenes gewiegt hatte. Sie stopfte Laken und Kissenbezüge in die Waschmaschine. Der frische Duft des Waschmittels stieg aus der Maschine. »Adieu«, flüsterte Addie.

Amos Duncan konnte nicht schlafen.

Er setzte sich im Bett auf, schaltete das Licht an und fand sich damit ab, daß er kein Auge zutun konnte. Er benahm sich albern, das wußte er. Als Vater war er überängstlich. Schon des öfteren hatte er mitbekommen, daß die Leute im Ort es bedauerlich fanden, daß er nicht wieder geheiratet hatte, Gilly zuliebe. Aber Amos hatte einfach keine Frau mehr gefunden, die ihm wichtiger gewesen wäre als seine Tochter. Was war daran bedauerlich?

Es war dreiundzwanzig Uhr; der Film, in den Gilly gegangen war, müßte in einer halben Stunde aus sein. Es war vernünftig, daß Gilly bei den Saxtons übernachtete, denn das Kino, ja, praktisch alles, lag auf der anderen Seite von Salem Falls. Außerdem hatte Charlie wahrscheinlich eine Pistole neben dem Bett liegen. Und seiner Frau war zuzutrauen, daß sie auch eine hatte. Nicht mal Jack St. Bride wäre so dumm, sich mit der Familie des Detective anzulegen.

Gilly war in guten Händen.

Und trotzdem zog Amos sich um halb zwölf an und fuhr zu den Saxtons, um seine Tochter abzuholen.

Jack wollte sich mit dem Handrücken den Mund abwischen, aber er brauchte drei Anläufe. Darüber mußte er lachen – so laut, daß er Schluckauf bekam, den er nur mit einem weiteren kräftigen Schluck Whiskey bekämpfen konnte –, und als das Problem aus der Welt war, überlegte er, worüber er eigentlich gelacht hatte. Er lehnte sich zurück, merkte zu spät, daß der Hocker gar keine Rückenlehne hatte, und ehe er sich's versah, lag er flach auf dem Boden und starrte die rissige Decke an. »Roy«, brüllte er, obwohl der direkt neben ihm saß. »Roy, ich glaub, ich bin ein bißchen betrunken.«

Marlon schnaubte. »Ein wahrer Einstein«, brummte er.

Jack rappelte sich mühsam auf. Er spähte in sein leeres Glas. »Noch 'nen kleinen«, sagte er und schob das Glas Marlon zu, aber Marlon stand nicht mehr hinter der Theke. Er reckte den Hals und sah den Barkeeper neben Roy stehen, der völlig weggetreten war.

Jack wäre entsetzt gewesen, wenn er dazu noch in der Lage gewesen wäre. Roy lag zusammengesackt auf der Theke und schnarchte. »Moment, ich pack mit an«, sagte Jack, doch als er aufrecht stand, drehte sich der ganze Raum um ihn.

Marlon sah kopfschüttelnd zu, wie Jack sich wieder auf den Hocker quälte. »Sie hätten nach dem fünften Schluß machen sollen.«

Jack nickte, sein Kopf so schwer wie eine Bowlingkugel. »Abscholut richtig.«

Marlon verdrehte die Augen und packte Roy. »Wohin schaffscht du ihn?« brüllte Jack.

»Immer mit der Ruhe, Kumpel. Roy hat hier im Hinterzimmer schon so manchen Rausch ausgeschlafen.« Er verschwand in einer Kammer, die nicht größer war als ein Wandschrank. Jack hörte es krachen, als Roys bewußtloser Körper auf ein Feldbett plumpste.

»Ich musch nach Hause«, sagte Jack, als Marlon wieder da war. »Aber ich hab kein Ssuhause.«

»Tja, Roy hat das einzige Bett hier belegt. Tut mir leid, Kumpel.« Marlon nahm Jack genau in Augenschein, schätzte ab, wie schwer er angeschlagen war, und kam offenbar zu dem Schluß, daß er eindeutig zuviel intus hatte. »Geben Sie mir Ihre Autoschlüssel.«

»Hab kein Auto.«

Der Barkeeper nickte beruhigt. »Gut so. Zu Fuß werden Sie sich wohl keinen Ärger einhandeln.«

Jack rutschte vom Hocker. »*Ärger*«, sagte er, »ist sozusagen mein zweiter Vorname.«

Charlie kam im Bademantel an die Tür. »Duncan, auch wenn du der reichste Mann im Ort bist, gehört dir die Polizei noch lange nicht. Ich bin sicher, das, was du auf dem Herzen hast, hat Zeit bis morgen.«

Er wollte schon wieder die Tür schließen, als Amos sagte: »Verdammt noch mal, Charlie. Ich bin bloß hier, um meine Tochter abzuholen. Dann ist sie wohl noch nicht wieder da.«

»Wovon redest du?«

Gerade die Seelenruhe in Charlies Stimme jagte Amos Panik ein. Charlie funktionierte bei Krisen, indem er sein emotionales Thermostat herunterdrehte.

»Meg ist doch mit ihr im Kino. Zusammen mit ... deiner Frau.«

»Meine Frau ist oben, sie schläft«, sagte Charlie. »Meg hat gesagt, sie würde bei *euch* übernachten.«

»Charlie –«

Aber der Detective hatte sich schon abgewandt, um nach seinem Funkgerät zu greifen. Amos trat in die Diele, und Charlie blickte ihm in die unruhigen Augen. »Saxton hier«, sagte er ins Mikro. »Wir haben ein Problem.«

Wes saß in seinem Streifenwagen und träumte von einer Tasse Kaffee, als die Meldung durchkam. Zwei – möglicherweise vier – junge Mädchen wurden vermißt. Möglicher Aufenthalt unbekannt. Himmelherrgott, das bedeutete Großalarm, vor allem jetzt, wo ein Sittenstrolch in der Stadt war.

Er schaltete das Blaulicht ohne die Sirene an und fuhr im Schneckentempo durch die Nebenstraßen von Salem Falls. Bestimmt waren inzwischen alle Reserveleute alarmiert, doch im Augenblick waren nur drei Streifenbeamte im Einsatz. Wenn Wes die Mädchen als erster fand, hatte er gute Aussichten auf eine Beförderung.

Gerade war er am »Rooster's Spit« um die Ecke gebogen, als er auch schon irgend etwas sah, das sich wackelig die Straße entlangbewegte. Ein tollwütiges Tier? Es kam ab und an vor, daß die Polizei einen Waschbären erschießen mußte. Aber nein, das da war viel größer. Ein Reh?

Wes fuhr so nah heran, bis der Schein des Blaulichts die Gestalt erfaßte. »Ach nee, wen haben wir denn da«, sagte er leise und parkte den Wagen.

Jack stellte erstaunt fest, daß seine Füße sich wie von selbst abwechselnd bewegten. Er torkelte die Straße entlang, die hinein nach Salem Falls führte, und als er stolperte, konnte er sich im letzten Moment wieder fangen, bevor er mit dem Gesicht voran zu Boden fiel.

Es dauerte ein Weilchen, bis er merkte, daß ihm ein Wagen folgte. Die Scheinwerfer sahen aus wie die Augen eines Wolfs, gelb und schräg. Der Motor surrte hinter ihm, folgte ihm auf Schritt und Tritt.

Jack versuchte, schneller zu gehen, wobei er hin und wieder einen Blick über die Schulter warf.

Waren das die Männer, die ihn überfallen hatten? Wollten sie ihn jetzt erledigen? Wenn sie ihn umbrachten, wer würde überhaupt davon Notiz nehmen?

Schwer atmend drehte er sich so weit um, daß er einen Mann hinter dem Lenkrad sehen konnte. Er war zu weit weg und zu verschwommen, als daß Jack das Gesicht hätte erkennen können, aber der Mann hatte offenbar dunkles Haar … oder er trug eine schwarze Wollmütze.

O Gott, der Wagen beschleunigte. Jack hörte, wie der aufheulende Motor ihm im Kopf dröhnte, und Panik schnürte ihm den Hals zu. *Er will mich überfahren.* Kopflos lief er quer über die Straße, um seinen Verfolger abzuschütteln; er stolperte einmal, schlug dann mit der Hand gegen die Motorhaube des Wagens, als er sich aufrichtete, und flüchtete schließlich in eine Gasse zwischen zwei Häusern.

Er kam auf eine Querstraße und versuchte, seinen heftig zitternden Körper unter Kontrolle zu bringen, als es strahlend hell um ihn herum wurde, so, als würde ein riesiges UFO mit nach unten gerichteten Scheinwerfern zur Landung ansetzen. Jacks Blick fiel auf die Neonränder der Schaufenster und Bordsteine. Ehrfürchtig – in seinen Augen war es so unglaublich *schön* – stand er mitten auf der Straße, derart fasziniert, daß er völlig vergaß, wie knapp er dem Tode entronnen war.

Plötzlich war ein Polizeiwagen ganz dicht vor ihm, und er mußte die Hand zum Schutz gegen das blendend grelle Licht heben. »He«, rief Wes Courtemanche. »Alles in Ordnung?«

Es war diese schlichte Freundlichkeit, die Jack zu Bewußtsein brachte, daß etwas nicht in Ordnung war. Wes hatte ihm mit allen Mitteln klargemacht, daß er ihn nicht ausstehen konnte. Die ganze Stadt wollte ihn loswerden; für einen Cop wäre es ein leichtes, ihn abzuknallen und dann zu behaupten, es wäre Notwehr gewesen. War Wes einer der Männer gewesen, die ihn zusammengeschlagen hatten? War es sein Streifenwagen gewesen, der ihn fast über den Haufen gefahren hatte? Ohne nachzudenken, nur von dem Wunsch beseelt, möglichst weit weg von Wes zu kommen, lief Jack los, auf die Wiese hinter der Straße, dann in kleine Wege hinein, durch die ein Auto ihm nicht folgen konnte.

Jack hörte Wes fluchen, hörte die Stiefel des ihm nachsetzenden Polizisten auf dem Asphalt. Hinter dem Friedhof verschwand er in den Wald, um im Dunkeln unterzutauchen, als er plötzlich über eine Wurzel stolperte. Er schrammte sich die Handfläche, die Wunde über dem Auge platzte wieder auf, und ein zurückschnellender Ast zerkratzte ihm das Gesicht, so daß es blutete. Aber Jack war durchtrainiert und trotz der Hindernisse gelang es ihm, Wes abzuhängen. Er lief fünf Minuten lang, bis er sich außer Gefahr wähnte, und streifte dann durch den Wald, ohne zu wissen, wo er war und wie er zurück in den Ort finden sollte.

Als er stehenblieb, um zu verschnaufen und sich zu orientieren, hörte er es: Lachen. Sämtliche griechische Mythen, die er in Westonbrook im Unterricht behandelt hatte, stürmten auf ihn ein: Apollo, der Daphne jagte, und Artemis mit ihrem Bogen. Und dann, wie im Traum, sah er die Göttin selbst – ihre weiße Haut schimmerte silbrig durch die Bäume, ihre Füße tanzten in der Luft, ihr Haar flatterte wie ein Banner hinter ihr her. Jack war einen Moment lang verwirrt: Sie war nackt, wie eine Nymphe, doch sie schien für ihn zu singen wie eine Sirene.

Plötzlich sah er, daß sie zu viert waren, mehr oder weniger bekleidet, und daß das Mädchen, das er anstarrte, seinen Namen rief.

Das Schluchzen hörte er zuerst.

Charlie kannte das Geräusch aus langjähriger Berufserfahrung zur Genüge – man hoffte zwar, es wäre ein Tier, das mit dem Bein in einer Astgabel hängengeblieben war, doch es erwies sich stets als etwas Menschlicheres und noch Herzzerreißenderes. Er blieb stehen, um genau zu lauschen, dann rannte er in die Richtung, aus der das Geräusch kam.

Megs orangefarbener Anorak war wie ein Signalzeichen, und mit ungeahnter Energie rannte Charlie darauf zu. Vier Mädchen kauerten zusammen am Friedhofseingang. Ihre Haare waren völlig zerzaust, und so, wie sie aussahen, hätte sich wohl keine von ihnen in der Öffentlichkeit sehen lassen, aber sie machten den Eindruck, als seien sie unversehrt, und Charlie stieß einen Seufzer der Erleichterung aus.

Meg, Whitney und Chelsea standen um die weinende Gillian herum. Sie streichelten und besänftigten sie, aber sie war untröstlich. Solchen Schmerz hatte Charlie erst einmal erlebt – als er einer Frau, die einen Autounfall überlebt hatte, beibringen mußte, daß ihr zwei Jahre altes Kind nicht dasselbe Glück gehabt hatte wie sie.

Seine Tochter sah ihn. »Daddy«, sagte sie und warf sich in seine Arme.

»Schsch. Meggie, Kleines, jetzt ist ja alles gut.« Den Arm fest um seine Tochter gelegt, ging er zu den anderen. »Was ist passiert?« Aber er bekam keine Antwort.

Er kniete sich neben Gillian. »Kleines«, sagte er und sah jetzt die Blutflecken auf ihrer Bluse, die falsch zugeknöpft worden war. »Alles in Ordnung mit dir?«

Sie hob das Gesicht, weiß und von Tränenspuren durchzogen, wie ein Netz aus Narben. Gillians Kehle zog sich deutlich sichtbar zusammen, und ihr Mund zuckte, als sie schließlich doch die Kraft fand zu sprechen. »Er … war's.«

Jeder Muskel in Charlies Körper spannte sich an. »Wer, Kleines?«

»Er hat mich vergewaltigt«, schluchzte Gillian, die Worte abgehackt. »Jack St. Bride.«

II

Jill kommt gerannt, sieht den Verband
und kugelt sich vor Lachen,
Als Mutter das hört, schimpft sie empört
Und läßt den Rohrstock krachen.

Wenn eine von euch nur ein Wort oder auch nur den Hauch von einem Wort über das andere sagt, dann komme ich mitten in einer schrecklich finsteren Nacht und rechne mit euch ab, daß ihr vor Angst zittert.

– HEXENJAGD

1. Mai 2000
Salem Falls,
New Hampshire

Sie mußte sich auf einen großen Bogen Papier stellen und sich die Kleidung abbürsten, damit Sand und Blätter aus dem Wald darauffielen. Gillian blickte auf das blütenweiße Papier und sah gebannt zu, wie es immer mehr Sprenkel bekam.

Gott sei Dank kümmerte sich eine Ärztin um sie, kein Mann. Sie hatte nach Gillys Alter, Größe und Gewicht gefragt, hatte das Datum ihrer letzten Periode wissen wollen und gesagt, sie müsse einen Abstrich machen. Sie hatte gefragt, ob Gilly schon einmal operiert worden war, ob sie in psychiatrischer Behandlung gewesen war, ob sie Medikamente nahm, ob sie vorher schon einmal einem Sexualdelikt zum Opfer gefallen war. Dann fragte sie, wo die Penetration erfolgt war, damit sie wisse, wo sie nach Beweismitteln suchen sollte. Gillian hatte sie verständnislos angestarrt. »Vaginal«, erklärte die Ärztin. »Oral. Anal.«

Gillian konnte sich nicht erinnern, ob und was sie geantwortet hatte. Sie hatte das Gefühl, als hätte sich eine Stahlhülle um sie herum gebildet, so daß es ihr unmöglich war, klar und deutlich zu hören oder sich schnell zu bewegen. Sie stellte sich vor, daß die Hülle dicker wurde, bis sie irgendwann auseinanderbrach und nichts als Staub darin war. »Ist mein Vater da?« flüsterte sie.

»Er muß gleich kommen. In Ordnung?« Die Ärztin lächelte freundlich und legte die Akte hin, in die sie geschrieben hatte. Gilly sah die Worte, die ganz oben standen: Patientin meldet eine Vergewaltigung. Es lief ihr kalt über den Rücken.

Gillian knöpfte sich die Bluse auf. »Meine Socken«, flüsterte sie flehentlich. »Darf ich die anbehalten?«

Die Ärztin nickte. Sie warf einen Blick auf die Bluse mit dem Blutfleck und schob sie dann vorsichtig in eine Papiertüte, auf der ein Etikett des gerichtsmedizinischen Labors war. Gillians Unterwäsche – ein gelbes Set mit der Aufschrift FREITAG, obwohl es nicht Freitag war – kam in eine andere Tüte. Schließlich faltete sie den Bogen Papier, auf dem Gilly gestanden hatte, zusammen und tat ihn in einen Beweismittelbeutel.

Während Gilly dastand wie ein Pferd auf einer Auktion, ging die Ärztin langsam um sie herum. »Ich suche jetzt nach Kratzern und Blutergüssen«, erklärte sie, bückte sich dann, um einen roten Fleck auf Gillians Oberschenkel in Augenschein zu nehmen. »Woher stammt der?«

»Vom Rasieren«, murmelte Gilly.

»Und das?« fragte die Ärztin und deutete auf einen Bluterguß am Handgelenk.

»Ich weiß nicht.«

Eine Kamera wurde aus einer Schublade genommen; ein Foto wurde gemacht. Gilly dachte an die Schnitte an ihren Fußsohlen, an die Narben, die sie nicht sehen konnten. Dann bat die Ärztin sie, sich auf den Untersuchungstisch zu legen. Gilly schluckte schwer und preßte die Oberschenkel zusammen. »Wollen Sie jetzt…«

»Noch nicht.« Die Ärztin schaltete das Licht im Raum aus, und eine helle lila Glühbirne leuchtete auf. »Das ist eine Woodslampe.« Sie hielt sie wenige Zentimeter von Gillys Haut entfernt und bewegte sie dann über ihren Körper.

Es sah schön aus, wie das violette Licht über ihre Schultern, den Bauch und die Hüften glitt. Auf Bitte der Ärztin spreizte sie die Beine. Die Lampe fuhr auf und ab. »Bingo.«

An der Innenseite eines Oberschenkels schimmerte ein kleiner, rundlicher Fleck seltsam grün im Licht der Lampe. »Was ist das?« fragte Gilly.

Die Ärztin blickte auf. »Wahrscheinlich getrocknetes Sperma.«

Amos Duncan kam ins Krankenhaus gestürmt, mit wildem, entsetztem Blick. Er eilte direkt zur Stationsschwester in der Notaufnahme. »Meine Tochter. Wo ist meine Tochter?«

Noch bevor die Schwester antworten konnte, legte Charlie Saxton seinem alten Freund einen Arm um die Schultern. »Amos, ganz ruhig. Sie ist hier, und in guten Händen.«

Der kräftige Mann wurde blaß und sein Gesicht verzerrte sich. »Ich muß zu ihr«, sagte er und ging auf die Schwingtüren der Notaufnahme zu.

»Jetzt nicht, Amos. Herrje, überleg doch mal, was sie durchgemacht hat. Du kannst jetzt nicht da reinplatzen, während die Ärztin sie gerade untersucht.«

»Untersucht? Du meinst, jetzt wird sie auch noch befingert und so?«

»DNA-Beweismittel. Wenn ich den Scheißkerl schnappen soll, brauch ich was, womit ich arbeiten kann.«

Langsam drehte Amos sich um. »Du hast recht«, sagte er heiser, obwohl ihm die Vorstellung zuwider war. »Du hast recht.«

Er ließ sich von Charlie zu einer Stuhlreihe gegenüber der Tür führen, aus der Gilly kommen würde. Die Hände zwischen die Knie geklemmt, wiegte er sich vor und zurück. »Den Kerl kastrier ich«, sagte Amos sanft, sein Tonfall im völligen Widerspruch zu seinem Gesichtsausdruck.

Dann kam Gillian mit einer jungen Ärztin heraus, die einige Beweismittelbeutel in der Hand trug. Amos blickte seine Tochter an und spürte, wie sich sein Innerstes zusammenzog. Angst stieg in ihm auf, bis es ihn fast vom Stuhl warf. »Daddy«, flüsterte Gillian.

Einen Moment lang starrten sie sich nur in stummer Zwiesprache an. Dann flog Gillian ihm in die Arme, preßte schluchzend das Gesicht in sein Hemd. »Jetzt bin ich ja da«, sagte er besänftigend. »Ich bin ja da, Gilly.«

Sie hob das tränennasse Gesicht. »D-Daddy, ich – ich –«

Amos legte ihr die Finger auf die Lippen und lächelte zärtlich. »Sag nichts, Schätzchen. Sag kein Wort.«

Ed Abrams und Tom O'Neill hatten ihre völlig verstörten Töchter nach Hause gebracht und waren wieder ins Krankenhaus gefahren, um Amos Duncan zur Seite zu stehen. Gillian war untersucht und verarztet worden, so daß Charlie mit seinen Ermittlungen anfangen konnte. Da sie im Augenblick nichts weiter tun konnten, machten sie sich auf den Heimweg.

Als sie durch die Eingangshalle des Krankenhauses gingen, sagte Ed barsch: »So eine gottverdammte Schweinerei.«

»Amos wird dafür sorgen, daß der Scheißkerl aufgehängt wird. Mit seinen Verbindungen kriegt er das hin.«

Die Männer traten hinaus in eine Nacht, die so warm und weich wie Seide war. Wie auf ein unausgesprochenes Zeichen hin blieben sie am Bordstein stehen. »Meinst du, daß er...«, setzte Tom an, schüttelte dann den Kopf.

»Uns erkannt hat?« formulierte Ed die Frage zu Ende. »Du meine Güte, Tom, darüber denke ich nach, seit Charlie uns erzählt hat, was passiert ist.«

»Es war aber doch dunkel. Und wir waren alle von Kopf bis Fuß schwarz gekleidet.«

Ed zuckte die Achseln. »Wer weiß, woran der gedacht hat, als wir ihn zusammengeschlagen haben? Vielleicht hat er sich aus Rache an dem Mädchen vergriffen.«

»Das ist ihm gelungen.« Tom wippte auf den Fußballen. »Meinst du, wir sollten es Charlie erzählen?«

»Das ändert jetzt auch nichts mehr.« Ed wandte den Blick ab. »Ich denke ... ich denke, wir behalten die Sache am besten für uns. Das würde Amos auch sagen.«

»Wenn ich wüßte, daß meine Tochter für etwas büßen mußte, das ich gemacht habe, würde ich mich erschießen«, murmelte Tom. »Das muß ihn doch umbringen.«

Ed nickte. »Und deshalb wird er statt dessen Jack St. Bride umbringen.«

Charlie klopfte an die Tür des Wartezimmers im Krankenhaus, bevor er eintrat. Amos hatte gebeten, einen Augenblick mit seiner Tochter allein sein zu dürfen, und er wollte dem Mann die Bitte nicht abschlagen. Sie saßen eng zusammen auf

Plastikstühlen, die Finger ineinander verschränkt. »Gillian. Wie geht's dir?«

Sie blickte Charlie mit völlig leeren Augen an. »Geht so«, flüsterte sie.

Charlie nahm Platz. »Du mußt mir ein paar Fragen beantworten«, sagte er sanft. Mit einem raschen Blick auf Amos fügte er hinzu: »Natürlich hat das Zeit bis morgen, wenn es dir lieber ist.«

»Sie möchte die Sache hinter sich bringen«, sagte Amos.

»Ich muß dich bitten, uns einen Moment allein zu lassen.«

»Nein!« rief Gillian und klammerte sich am Arm ihres Vaters fest. »Kann er nicht bei mir bleiben?«

Charlie blickte sie an und sah nicht den aufgelösten Teenager vor sich, sondern eine Zehnjährige, die mit seiner Tochter bei ihm zu Hause im Garten spielte. »Natürlich«, sagte er, obwohl er wußte, daß das für Amos nicht leicht werden würde. Verdammt, an seiner Stelle würde er nicht in allen Einzelheiten hören wollen, was seine Tochter mitgemacht hatte.

Er nahm ein Aufnahmegerät aus seiner Tasche und stellte es auf den Tisch. »Gillian«, sagte Charlie. »Erzähl mir, was heute nacht passiert ist.«

Mit dem Schlüssel, den Addie ihm Wochen zuvor gegeben hatte, schloß Jack die Tür zum »Diner« auf und fragte sich, wie er nur so dumm gewesen sein konnte. Wieso war er bloß auf die Mädchen zugelaufen statt in die andere Richtung? Na, vielleicht hatte es ja daran gelegen, daß er sich in seinen einunddreißig Lebensjahren noch nie so schrecklich gefühlt hatte. Er stank nach Alkohol. Ihm dröhnte der Schädel; der Kratzer an der Wange pochte. Das Auge, das einen Schlag abgekriegt hatte, war fast zugeschwollen. Im Mund hatte er ein pelziges Gefühl, und obendrein mußte er sich eingestehen, daß er jetzt obdachlos war, und am liebsten wollte er die Uhr um vierundzwanzig Stunden zurückdrehen, um alles anders zu machen.

Jack zog es in den Restaurantbereich statt in die Wohnung des alten Mannes. Er bewegte sich vorsichtig im Dunkeln an dem schlafenden Riesen von Herd vorbei, an dem Warmhaltetisch und den Konservenreihen. Als er durch die Schwingtür trat, sah er Addie schlafend auf einer Bank.

Bewegt kniete er sich vor ihr hin. Ihre Wimpern warfen einen ausgefransten Schatten, ihre Mundwinkel waren mißmutig nach unten gezogen. Sie war wunderschön, obwohl sie es nicht geglaubt hätte, wenn er es ihr gesagt hätte. Er berührte sie, und sie schreckte aus dem Schlaf, schlug sich den Kopf an der Tischkante. »Oh, tut mir leid. Tut mir schrecklich leid, Addie.«

Sobald der stechende Schmerz nachließ, begriff sie, daß Jack bei ihr war. »Nein«, sagte sie langsam, »*mir* tut es leid.« Sie küßte ihre Fingerspitzen, fuhr dann damit über sein blau verschwollenes Auge. »Du hast recht gehabt, Jack. Du bist nicht meine Tochter.«

»Nein.«

»Aber du erinnerst mich so sehr an sie.«

»Tue ich das?«

»Ja.« Addie schenkte ihm ein Lächeln. »Weil ich euch beide liebe.«

In diesem Augenblick spürte Jack, wie etwas in ihm Risse bekam. Er schluckte schwer; er atmete tief. Und Jack, der wußte, wann die erste Wetterkarte entstanden war und woher die Sardine ihren Namen hatte und wo Katar lag, wußte nicht, was er sagen sollte.

Er zog Addie an sich und küßte sie, hoffte, daß seine Lippen vermitteln konnten, was er mit Worten nicht vermochte. Daß auch er sie liebte. Daß sie ihm sein Leben zurückgegeben hatte. Daß er sich bei ihr an den Mann erinnern konnte, der er einmal gewesen war.

Sie legte das Gesicht an seine Wange. »Ich finde, wir haben ein Happy-End verdient.«

»Wenn nicht wir, wer dann?«

Addie rümpfte die Nase. »Ich finde aber auch, du gehörst dringend unter die Dusche. Wenn der Whiskeygeruch nicht wäre, würde ich sagen, du hast dich in modrigem Laub gewälzt.«

»Ich hab … eine ziemlich miese Nacht hinter mir.«

»Da geht's mir genauso. Komm, wir gehen nach Hause.«

»Nach Hause«, sagte Jack und lächelte. »Klingt gut.«

Meg schlich sich an der offenen Schlafzimmertür ihrer Eltern vorbei und verharrte kurz, weil ihre Mutter sich im Traum umdrehte. Dann auf leisen Sohlen nach unten und zur Küchentür hinaus, weil das Klicken der Tür dort nicht bis oben zu hören war.

Im Laufschritt brauchte sie fünfzehn Minuten bis zum Wald hinter dem Friedhof, und als sie ankam, unter dem Arm die kleine Ballettasche, die sie zuletzt mit sechs Jahren benutzt hatte, war sie durchgeschwitzt und außer Atem.

Als Tochter eines Detective hatte sie die Routineabläufe der Polizeiarbeit in sich aufgesogen. Binnen Stunden würden Beamte den Wald nach Beweismitteln durchkämmen. Und als erstes würden sie das Feuer, den Maibaum, die Kräutersäckchen finden – die Überreste ihrer Beltane-Feier.

Das mußte verhindert werden.

Sie hatte doch nur deshalb bei dem Hexencoven mitgemacht, weil sie das Geheimnisvolle und die Heimlichtuerei reizte, das Gefühl, daß sie etwas tat, wovon niemand auch nur eine Ahnung hatte. Sie schauderte bei der Vorstellung, was ihre Eltern sagen würden, wenn sie dahinterkämen; was man an der Schule von ihr denken würde. Durch ihr Übergewicht hatte sie es schwer genug, sie konnte sich denken, wie man sich über sie lustig machen würde, wenn die Sache bekannt würde.

Sie hatte noch immer Kopfschmerzen von der nächtlichen Feier, und der Kopf dröhnte ihr bei jedem Schritt. Nur dank des blühenden Hartriegels gelang es ihr, die Stelle im Wald wiederzufinden, und eine Sekunde lang sah sie vor ihrem inneren Auge, wie Gillian mit verquollenem, nassem Gesicht an der Schulter von Megs Vater schluchzte.

Das bestärkte sie.

Auf der Erde lagen die Pappbecher und Gillians Thermosflasche. Meg steckte sie in die Ballettasche, pflückte dann die Säckchen vom Hartriegelbaum und verstaute sie ebenfalls.

Die Maibaumbänder hatten sich von allein gelöst und tanzten jetzt wie Geister umher. Chelsea war größer als Meg; sie kam sich vor wie ein Troll, als sie zu den hohen Ästen hinaufblickte, wo die Bänder befestigt waren. Sie biß sich auf die

Unterlippe und zupfte an einem, das sich glücklicherweise leicht herunterziehen ließ. Sie knüllte es zusammen und zog an dem nächsten und so weiter. Das letzte Band, ein silberfarbenes, war höher als die anderen festgebunden, und als Meg daran zerrte, löste es sich nicht.

Schließlich wickelte sie sich das lose Ende des Bandes ums Handgelenk und zog ganz fest. Plötzlich riß es ab, und Meg fiel rückwärts auf den Waldboden. Ein kleines silberfarbenes Stückchen blieb am Ast zurück. Egal, wer würde schon da oben hinsehen? Entschieden stopfte sie das letzte Band in die Ballettasche.

Sie schaute sich ein letztes Mal auf der kleinen Lichtung um, dann lief Meg nach Hause, ihr Geheimnis und das ihrer Freundinnen fest unter den Arm geklemmt.

Chief Homer Rudlow war in Salem Falls eine Institution und hatte früher die High-School-Footballmannschaft trainiert, in der Charlie mitgespielt hatte. Eigentlich hatte sich an ihrem Verhältnis seit der Schulzeit nichts geändert: Charlie wühlte im Dreck, während Homer am Rand stand und ihm ab und zu ein Lektion erteilte.

Charlie saß in Homers Wohnzimmer. Der Chief trug einen Bademantel, seine Frau hatte Kaffee gemacht und einen Teller Donuts hingestellt. »Wir haben alle Beweismittel eingesammelt«, sagte Charlie. »Ich bring sie morgen zum Labor in Concord.«

»Aussicht auf DNA-Spuren?«

»Der Scheißkerl hat ein Kondom benutzt«, sagte Charlie. »Aber an der Bluse des Opfers war Blut, hoffentlich seines.«

»Oh, das wäre wunderbar«, sagte Homer sehnsüchtig. Er trank einen Schluck Kaffee und hielt die Tasse zwischen seinen fleischigen Händen. »Charlie, ich muß dir nicht erst sagen, daß wir unter Druck stehen. Amos Duncan wird nicht zulassen, daß wir die Sache vermasseln.«

»Das hab ich auch nicht vor.«

»So hab ich das nicht gemeint«, sagte der Chief.

»Ich weiß, ich weiß. Ich kann es nur langsam nicht mehr hören, daß Amos Duncan mit seiner dämlichen Fabrik unser schönes Örtchen gerettet hat.« Charlies Augenbrauen zogen sich zusammen. »Ich krieg das Arschloch dran, Homer, aber nicht, weil Amos mir im Nacken sitzt, sondern weil es genausogut Meg getroffen haben könnte.«

Homer betrachtete ihn gründlich. »Geh zu Judge Idlinger. Die springt dir wahrscheinlich nicht an die Gurgel, wenn du sie aus dem Bett holst, damit sie einen Haftbefehl ausstellt.« Der Detective nickte, blieb aber sitzen, den Kopf gesenkt. »Ist noch was?«

»Ich hab bloß ... als ich in Miami war...« Charlie hob den Kopf und blickte dem Chief in die Augen. »Solche Sachen gibt es nicht in Salem Falls.«

Homers Lippen wurden schmal. »Ab jetzt doch.«

Der Polizeiwagen hielt vor Addie Peabodys Haus. Wes Courtemanche auf dem Beifahrersitz wollte schon aussteigen, aber Charlie schüttelte den Kopf und stützte das Handgelenk auf das Lenkrad. »Moment noch«, sagte er.

»Was gibt's denn noch? Ich will den Scheißkerl in Handschellen sehen.«

»Reg dich ab, Wes.«

Der Officer drehte sich zu ihm um, mit glühenden Augen. »Er ist da drin bei ihr, Charlie. Bei Addie.«

Charlie kannte Addie Peabody natürlich – wie jeder im Ort. Er kannte sie seit seiner Kindheit, denn sie waren beide in Salem Falls groß geworden. Aber seit er zurückgekommen war, hatte er sie kaum gesehen.

Wes hatte Charlie erzählt, daß Addie und Jack eine Beziehung hatten ... und er nahm es Addie kein bißchen übel. Menschen täuschten sich nun mal in anderen – Charlie konnte ein Lied davon singen. Und jetzt würde er in das Haus gehen und Jack St. Bride vor ihren Augen verhaften müssen.

Er stellte sich die Bestürzung auf ihrem Gesicht vor, sobald sie ihn mit gezückter Dienstmarke vor ihrer Tür stehen sehen würde. Er mußte daran denken, wie er sie auf der High-School erlebt hatte: bedrückt und still und in sich gekehrt.

Charlie seufzte. »Gehen wir«, sagte er und stellte den Motor ab.

Beim Frühstück wurde Addie klar, daß sie ohne weiteres den Rest ihres Lebens mit Jack St. Bride verbringen könnte. Als sie ihm ein Glas Orangensaft eingoß, legte er ihr ganz selbstverständlich den Arm um die Taille, und als sie ihm dann gegenüber saß, war der Raum zwischen ihnen ausgefüllt mit der behaglichen Ruhe zweier Menschen, die einander sicher sind und wissen, daß sich daran in den nächsten Jahren nichts ändern wird.

Plötzlich blickte er auf und lächelte. »Was ist?«

»Nichts.«

»Und wieso wirst du dann rot?« sagte Jack lachend. »Du guckst, als wolltest du mich gleich nach den Cornflakes vernaschen.«

Addie zog eine Augenbraue hoch. »Du hattest schon mal schlechtere Ideen.«

»Wir müssen los. Im ›Diner‹ warten hungrige Mäuler auf uns.« Doch dann zog er sie zu sich herüber. »Die gibt es hier allerdings auch.«

Er fing an, ihren Hals und das kleine Muttermal hinter ihrem Ohr zu küssen, und Addie hörte Musik. Kleine, klingelnde Silberglöckchen, wie Engel sie an den Flügeln haben. Doch plötzlich merkte sie, daß das Geräusch real war und von der Türglocke kam.

Vor der Haustür stand Charlie Saxton, direkt hinter ihm Wes Courtemanche. Addie starrte die Polizisten an und spürte, wie das Leben aus ihr entwich. »Charlie«, sagte sie steif. »Was kann ich für dich tun?«

Sein Gesicht war rot, und er konnte ihr nicht in die Augen blicken. »Ich möchte zu Jack St. Bride.«

Addie spürte eine sanfte Berührung am Oberarm, als Jack neben sie trat. »Ja bitte?«

Charlie wedelte mit einem Blatt Papier und steckte es in seine Jackentasche. »Mr. St. Bride, ich habe einen Haftbefehl gegen Sie. Sie stehen unter Verdacht, gestern nacht eine schwere Sexualstraftat an Gillian Duncan begangen zu haben.«

Addie spürte, wie ihr ganzer Körper anfing zu zittern.

»*Was?*« rief Jack. »Ich war gestern nacht nicht mal in der Nähe von Gillian Duncan! Das ist doch verrückt!« Er blickte wild um sich, richtete dann die Augen fest auf Addie. »Sag's ihnen«, sagte er. »Sag ihnen, daß das nicht stimmt.«

Er war's nicht, dachte Addie. Und gleich darauf: *Er war gestern abend nicht bei mir. Er war betrunken. Wir hatten Streit.*

Es könnte sein, daß er Gillian Duncan das angetan hat, was auch mir einmal angetan wurde.

Jack mußte gesehen haben, wie der Hauch eines Zweifels über ihr Gesicht huschte, bevor es ihr gelang, die Lippen zu bewegen. »Er war es nicht«, flüsterte sie, doch da hatte Jack sich schon abgewandt.

»Wir müssen Sie mit aufs Revier nehmen«, sagte Charlie. Er trat zurück, und Wes legte Jack die Handschellen an, bevor er ihn unsanft aus der Tür zog und zum wartenden Polizeiwagen brachte.

Addie war plötzlich speiübel, und sie hätte sich am liebsten ins Bett verkrochen, um zu sterben. Sie wollte Jack St. Bride nie im Leben wiedersehen. Sie wollte ihn umarmen und ihm sagen, daß sie ihm glaubte.

Sie war so aufgewühlt, daß sie erst einen Augenblick später merkte, daß Charlie noch vor ihr stand. »Alles in Ordnung?« fragte er sanft.

Sie blickte auf, die Augen hart und dunkel. »Wie kannst du es wagen, mich das zu fragen?«

Gekränkt streckte Charlie die Hand aus, um die Tür zuzuziehen, dann zögerte er. »Es wäre sehr hilfreich, wenn wir die Sachen haben könnten, die er gestern getragen hat.«

»Mach doch, was du willst«, entgegnete sie weinend. Sie blieb wie angewurzelt stehen, während sie hörte, wie Charlie durchs Haus ging, und sie blickte nicht einmal auf, als er mit Jacks schlammbespritzten Schuhen, seiner schmutzigen Kleidung und ein paar Kondomen von ihrem Nachttisch an ihr vorbei nach draußen ging.

Jack St. Bride ließ die Aufnahmeprozedur – Fotos, Fingerabdrücke – über sich ergehen, als wäre sie ein komplizierter Tanz, dessen Schritte er vor langer Zeit gelernt hatte. Dann machte Charlie Aufnahmen von den Verletzungen an Jacks Stirn und von seinem geschwollenen Auge, bevor er einen langen Kratzer auf St. Brides Wange in Augenschein nahm – den ihm Gillian, wie sie gesagt hatte, zugefügt hatte, als sie sich verzweifelt zur Wehr setzte.

Charlie hatte auch einen richterlichen Beschluß für Jacks Person, was bedeutete, daß er ihm eine Blut- und Haarprobe abnehmen lassen durfte. Als er jetzt mit St. Bride zum Krankenhaus fuhr, warf er einen Blick in den Rückspiegel. Der Mann, der im Fond saß, starrte tief in Gedanken zum Fenster hinaus. »Kommen Sie ins Grübeln, Jack?« sagte Charlie im Plauderton. »Oder übermannt Sie das schlechte Gewissen?«

St. Bride blickte ihm im Rückspiegel in die Augen. »Fahr zur Hölle«, murmelte er.

Charlie lachte. »Vielleicht später. Wenn wir im Krankenhaus fertig sind.«

Jack wurde in Handschellen in die Notaufnahme geführt, wo eine Krankenschwester ihm Blut abnahm. Charlie versah die Blutprobe mit seinen Initialen, um zu bestätigen, daß alles vorschriftsmäßig unter seiner Aufsicht erfolgt war. Als Jack vom Untersuchungstisch gleiten wollte, schüttelte Charlie den Kopf. »Ich bin noch nicht fertig mit Ihnen.« Er streifte sich einen Gummihandschuh über und riß St. Bride ein Büschel Kopfhaare aus.

»Das tut weh!«

»Sie Ärmster«, knurrte Charlie und tat die Haare in einen Umschlag.

Jack funkelte ihn an. »Sind wir jetzt fertig?«

»Nein. Hose runter.«

»Ich denk nicht dran.«

Charlie blickte ihn ruhig an. »Entweder ich reiß Ihnen ein

paar Schamhaare aus oder Sie machen es selbst.« Langsam streckte Jack ihm die Handgelenke entgegen und schüttelte die Handschellen. »Dafür brauchen Sie nicht viel Bewegungsfreiheit«, sagte Charlie. »Sie legen mich nicht rein.«

Jack holte tief Luft, knöpfte sich die Jeans auf und griff in seine Boxershorts. Die Handschellen verfingen sich an den Knöpfen, aber Charlie tat, als bemerke er es nicht. Wenn der Scheißkerl sich aus Versehen den Schwanz abschnitt, wäre die Welt ein wenig sicherer. Jack zuckte, als er sich das erste Haar ausriß, und tat es auf ein Blatt weißes Papier, das Charlie bereitgelegt hatte. »Wie viele?«

Für eine DNA-Analyse reichten fünf, höchstens zehn vollkommen aus. Charlie blickte Jack unverwandt in die Augen. »Dreißig«, sagte er und lehnte sich zurück.

1. Mai 2000
Salem Falls,
New Hampshire

Matt Houlihan hatte die Instinkte eines Pitbull und ein Gesicht wie der nette Junge von nebenan, was ihm als stellvertretendem Staatsanwalt eine erstaunlich hohe Erfolgsrate einbrachte und bei so manchem Strafverteidiger den geheimen Wunsch geweckt hatte, ihn im Schlaf zu erdrosseln. Als er nun um sieben Uhr früh im Gericht von Grafton County vor einem Besprechungsraum stand und hörte, wie ein äußerst unangenehmer Verteidiger mit seinem ebenfalls unangenehmen Mandanten lautstark stritt, schloß er die Augen und dachte an Molly.

Er konnte sich ihre kornblumenblauen Augen und ihre weiche Haut ebenso bildhaft vorstellen wie den süßen Geruch, den er einatmete, wenn er das Gesicht an ihrem Hals vergrub. Sie hielt ihn die ganze Nacht auf Trab, aber das machte ihm nichts. Er war unsterblich in sie verliebt. Und das seit ihrer Geburt vor sechs Monaten.

Es hatte ihm schon immer große Genugtuung bereitet, einen Schuldspruch zu erreichen, doch jetzt, da er eine kleine Tochter hatte, war er regelrecht besessen. Er wollte jeden Kriminellen hinter Schloß und Riegel bringen, damit Molly, wenn sie mal auf eigenen Füßen stand, in Sicherheit leben konnte. Seine Frau Sydney sagte, er wäre der prädestinierte Bluthochdruckpatient und er könne nicht Supermann spielen, um allein die Welt zu retten. »Du wirst dich wundern«, hatte er erwidert.

Matt verschränkte die Arme und hegte den sehnlichen Wunsch, den Fall endlich loszuwerden. Der Angeklagte war mit Drogen erwischt worden, und daß Matt ihm Strafmilderung bei einem Schuldbekenntnis angeboten hatte, war zumindest in seinen Augen ein bemerkenswerter Akt der Gnade. Der Verteidiger hatte dennoch versucht, die Anklage zu beschränken. Matt hatte abgelehnt, war aber dann auf den Flur gegangen, damit der Anwalt mit seinem Mandanten unter vier Augen sprechen konnte.

»Nein«, sagte der Mandant zum vierten Mal. »Da mach ich nicht mit.«

Matt verdrehte die Augen und ging wieder ins Besprechungszimmer. Er riß dem Angeklagten das Formular aus der Hand, zerriß es und ließ die Schnipsel über das nach oben gewandte, perplexe Gesicht des Mannes regnen. »Mein Angebot ist vom Tisch.«

»Herrgott!« rief der Verteidiger. »Er war drauf und dran anzunehmen!«

Matt richtete sich vor dem kleinen Mann auf. »Die Sache ist vom Tisch«, sagte er mit sanfter Stimme. »Ich werde Ihren Mandanten vor Gericht so zur Schnecke machen, daß er sich wünscht, er wäre kooperativer gewesen, und Sie sich wünschen, Sie wären überzeugender gewesen.« Er trat zurück und zog sein Jackett gerade. »Auf Wiedersehen«, sagte er und ging.

Matt sah auf die Uhr und lächelte. Er wurde erst in zwei Stunden im Büro erwartet. Wenn er Glück hatte, konnte er Molly noch ihr Frühstücksfläschchen geben.

Der Raum war stickig und leer bis auf einen Tisch, zwei Klappstühle und ein Tonbandgerät. Eine Neonröhre an der Decke summte und flackerte in unregelmäßigen Intervallen.

Er konnte es noch immer nicht glauben, daß er das wirklich erlebte, daß die Stahlbänder an seinen Handgelenken kein Spielzeug waren und daß die Geschichte sich tatsächlich wiederholt hatte. Jack hatte keine Angst – nein, er war fast resigniert, als hätte er schon eine ganze Weile damit gerechnet, daß es so kommen würde. Die Schmierereien am »Diner« und der heimtückische Überfall hätten ihm Warnung genug sein müssen. Aber weder seine Verhaftung noch Wes' Bemerkungen noch die demütigende Prozedur im Krankenhaus hatten ihn so tief getroffen wie der Augenblick, als er erkannte, daß Addie an ihm zweifelte.

Die Tür öffnete sich, und Charlie trat ein. Er hielt Jack eine Packung Zigaretten hin. »Möchten Sie eine?« Jack schüttelte den Kopf. »Ach ja. Sportskanone, nicht?«

Als Jack nichts erwiderte, seufzte Charlie. Er drückte den Aufnahmeknopf am Tonbandgerät. »Sie haben das Recht zu schweigen«, sagte er. »Alles, was Sie sagen, kann gegen Sie verwendet werden. Sie haben das Recht auf einen Anwalt und auf die Anwesenheit eines Anwalts während der Verhöre. Wenn Sie sich keinen Anwalt leisten können, wird Ihnen auf Staatskosten einer gestellt werden.« Charlie faltete die Hände auf dem Tisch. »Erzählen Sie mir, was passiert ist, Jack?«

Jack wandte den Kopf ab und schwieg.

Charlie nickte; es überraschte ihn nicht. »Kennen Sie einen Anwalt, den Sie anrufen möchten?«

Der letzte Anwalt, dem Jack sein Leben anvertraut hatte, hatte ihn für acht Monate ins Gefängnis gebracht. Seine Kiefermuskulatur zuckte bei dem Gedanken, sich wieder auf Gedeih und Verderb einem Rechtsverdreher auszuliefern, dem es völlig egal war, ob er den Fall gewann, Hauptsache, er bekam einen Vorschuß.

»Also schön«, sagte Charlie seufzend. Er winkte einem Beamten, der in den Verhörraum kam, um Jack zurück in die Arrestzelle zu führen. Sie waren schon fast zur Tür hinaus, als Charlies Stimme Jack zurückhielt. »Soll ich irgendwen für Sie anrufen?«

Addie.

Jack blickte starr geradeaus und ging weiter.

»Wußtest du eigentlich«, sagte Matt zu seiner Frau, die sich gerade Muskatnuß auf ihren Hüttenkäse streute, »daß das Zeug einen umbringen kann, wenn man es sich intravenös injiziert?«

»Hüttenkäse? Nie im Leben.«

»Nein, Muskatnuß.« Matt tauchte den Löffel erneut in das Glas Pfirsiche und hielt ihn seiner Tochter an die Lippen. Wie zu erwarten, spuckte Molly ihm alles entgegen.

Sydney setzte sich auf den Stuhl neben Matt. »Würdest du mir verraten, worauf du deine esoterischen Gewürzkenntnisse stützt?«

Er zuckte die Achseln. »Ich hab eine Frau in den Knast gebracht, die ihrem Mann, Diabetiker, Muskatnuß ins Insulin gemischt hat.«

»Das muß ich mir aufschreiben«, sagte Sydney lächelnd. »Für den Fall, daß du mir irgendwann auf die Nerven gehst.«

Matt wischte Molly das Gesicht mit einem Waschlappen ab und zur Sicherheit auch seine eigene Wange. »Ich sollte mir einen Schutzanzug zulegen.«

»Ach, ich bin überzeugt, wenn sie vor den Traualtar tritt, kann sie gekonnt mit einem Löffel umgehen.«

Das Telefon klingelte. »Für dich«, sagte Sydney gleich darauf. »Charlie Saxton.«

Matt hatte zuletzt vor über einem Jahr mit Charlie gearbeitet, in einem Fall wegen schweren Diebstahls, bei dem er eine Absprache mit der Verteidigung erreicht hatte. Aber im Grunde passierte in Salem Falls nicht viel, das vor Gericht kam. »Charlie«, sagte Matt, sobald er den Hörer in der Hand hatte. »Was kann ich für Sie tun?«

»Wir haben eine Vergewaltigung. Ein Typ, der gerade acht Monate wegen eines minderschweren Sexualdelikts abgesessen hat, ist gestern nacht über ein junges Mädchen hergefallen.«

Matt wurde schlagartig ernst. »Will das Opfer, daß wir Anklage erheben?« Es kam häufig vor, daß vergewaltigte Frauen nach der demütigenden Beweismittelsammlung vor einem Prozeß zurückschreckten.

»Ja. Ihr Vater ist Amos Duncan.«

»Der Pharmaunternehmer?« Matt stieß einen Pfiff aus. »Donnerwetter.«

»Sie sagen es.«

»Also, was kann ich für Sie tun?« wiederholte Matt.

»Treffen Sie sich mit mir am Tatort«, sagte Charlie. »Neun Uhr?«

Matt ließ sich die Wegbeschreibung geben. Nachdem Charlie aufgelegt hatte, lauschte der Staatsanwalt noch einen langen Augenblick gedankenversunken dem Wählton und streichelte seiner Tochter die weiche, verwundbare Stelle oben auf dem Kopf.

Meg, Whitney und Chelsea klingelten um kurz nach acht Uhr morgens bei Gillian zu Hause. »Hallo«, begrüßte Amos sie ernst. »Habt ihr keine Schule?«

Aus Höflichkeit übersahen sie seine blutunterlaufenen Augen und seine zerknitterte Kleidung. »Unsere Eltern haben gesagt, wir sollen zu Hause bleiben.« Whitney sprach für alle drei.

»Wir wollten nur mal nachsehen, ob es Gilly wieder besser geht«, fügte Chelsea fast im Flüsterton hinzu.

»Ich weiß nicht, ob sie schon wach ist ...« Amos' Worte verklangen, als die Mädchen ihre Aufmerksamkeit auf irgend etwas hinter ihm richteten. Gilly stand da, wirkte zerbrechlich wie Porzellan, eine Decke um die Schultern gelegt. Ihre Füße waren nackt, wie bei einem Kind, und Amos schnürte sich der Magen zusammen.

»Schon gut, Daddy«, sagte Gilly. »Ich will mit ihnen reden.«

Die Mädchen drängten sich um sie wie die Hofdamen einer Prinzessin. Sie gingen zusammen nach oben in Gillys Zimmer. Sobald die Tür geschlossen war, stieß Whitney einen kleinen Schrei aus und drückte Gilly an sich. »Geht's dir gut?«

Gillian nickte an ihrer Schulter. Jetzt, da es Morgen war, kamen ihr die Geschehnisse der vergangenen Nacht unwirklich vor.

»Was haben sie mit dir gemacht?« fragte Chelsea mit großen Augen.

»Jede Menge Untersuchungen im Krankenhaus. Und ich mußte mit Mr. Saxton sprechen.« Sie blickte von einem Mädchen zum anderen. »Was guckt ihr so fürchterlich aus der Wäsche? Schließlich hab *ich* das alles durchgemacht und nicht ihr.«

Vor Verlegenheit entgegnete keines der Mädchen etwas, weil sie sich ertappt fühlten, egoistisch gedacht zu haben, wo Gillian doch am meisten gelitten hatte. Whitney spielte mit einem Faden, der aus dem Teppich ragte. »Jetzt kommt alles über uns raus, nicht?«

»Von unseren Vätern hat doch gestern nacht keiner was rausgefunden, oder?« sagte Gilly.

»Aber sie gehen heute wieder dahin. Müssen sie doch, nach dem, was du erzählt hast.«

Meg, die auffällig still gewesen war, schüttelte den Kopf. »Ich hab mich um alles gekümmert.«

Gilly wandte sich ihr zu. »Um was?«

»Ich hab alles … beseitigt. Ich war heute morgen ganz früh da.«

Gillian gab Meg einen Kuß auf die Stirn. »Du bist toll«, sagte sie.

Meg wurde rot. Es schmeichelte ihr, daß Gillian sie so offen lobte.

Gillian griff unter ihre Matratze und holte das ›Buch der Schatten‹ hervor. »Versteck das bei dir zu Hause«, sagte sie zu Chelsea. »Im Augenblick ist es zu riskant, es hier zu behalten.«

Chelsea überflog die Seiten – auch den letzten Eintrag, in dem Gillian minutiös die Beltanezeremonie beschrieben hatte. Zum erstenmal, seit sie Wicca praktizierte, fühlte sie sich innerlich leer. »Gilly«, sagte sie leise, »gestern nacht…«

»Was meinst du wohl, wem sie glauben werden?« Gillians Blick kehrte sich nach innen, bis sie sehr weit weg von den anderen schien. »Nach dem, was er mir angetan hat«, sagte sie so leise, daß die anderen angestrengt lauschen mußten, »hat er es nicht anders verdient.«

Eine Gruppe von Männern – Amos, Charlie, Matt und Beamte von der Spurensicherung – folgte Gillian den Weg hinauf, der vom Friedhof in den Wald führte. Sie war bleich und in sich gekehrt, obwohl sie sie mit Samthandschuhen anfaßten. Plötzlich blieb sie stehen. »Hier ist es passiert.«

An der Stelle stand ein großer, blühender Hartriegelbaum, dessen Blütenblätter den Waldboden wie künstlicher Schnee bedeckten. Auf Charlies Anweisung hin spannte ein Officer gelbes Polizeiband von einem Baumstamm zum nächsten, um den Bereich abzusperren. Weitere Beamte knieten sich hin, um Bodenproben zu nehmen und nach sonstigen Spuren zu suchen, die die Ermittlungen gegen Jack St. Bride weiterbringen könnten.

Charlie ging zu Amos und seiner Tochter. Gillian hatte die Augen weit aufgerissen und bebte am ganzen Körper. »Kleines«, sagte Charlie. »Erinnerst du dich, wo er dich zu Boden geworfen hat?«

Ihr Blick schweifte über die kleine Lichtung. »Da vorn«, sagte sie und zeigte auf eine Stelle, an der kein Laub lag und die sich in keinster Weise von der Umgebung unterschied, aber Charlie wußte, daß Experten Kostbarkeiten zutage fördern konnten, die für das bloße Auge unsichtbar waren.

Er schickte zwei seiner Leute hin, die Stelle genauer unter die Lupe zu nehmen. »Am besten, du bringst sie nach Hause«, sagte Charlie zu Amos. »Sie klappt ja gleich zusammen.«

»Gillian ist stark. Sie –«

»– muß nicht hierbleiben. Ich weiß, du willst uns helfen. Aber im Moment wäre es besser, du hegst und pflegst sie ein bißchen, damit sie wieder auf dem Damm ist, wenn wir sie im Zeugenstand brauchen.«

»Ja«, entgegnete Amos hölzern. »Das kann ich machen.«

»Gut. Sobald ich was weiß ...«, versprach er und ging zurück zu seinen Kollegen.

Zwei Männer untersuchten die Stelle, wo die Vergewaltigung stattgefunden hatte. »Was entdeckt?« fragte Charlie.

»Keine eindeutigen Spuren. Keine Körperflüssigkeiten.«

»Verschont mich«, knurrte Charlie. »Habt ihr das Kondom gefunden? Oder die Hülle?«

»Nein. Aber wir haben Fußabdrücke. Sieht nach einem Kampf aus. Könnte aber auch sein, daß hier einfach jede Menge Leute rumspaziert sind. Wir machen Fotos.«

Matt Houlihan tippte Charlie auf die Schulter. »Kommen Sie mal mit.« Er ging voraus über die Lichtung und zeigte auf die dunkle Erde. »Sehen Sie das? Asche.«

»Und?«

»Hier war ein Feuer.«

Charlie zuckte die Achseln. »Das hat Gillian auch ausgesagt. Hatte ich Ihnen doch schon erzählt.«

»Ja, aber eine Bestätigung kann nicht schaden.«

»Haben Sie ihre Aussage bezweifelt?«

»Sie wissen, wie schwer es ist, einen Sexualtäter zu überführen ... auch wenn er einschlägig vorbestraft ist. Ich brauche möglichst für alles, was das Mädchen gesagt hat, eine Bestätigung.«

»Sie hat gesagt, sie hat den Typen gekratzt«, stellte Charlie fest. »Und dafür hab ich den Beweis auf Fotopapier.«

»Polizeifotos allein reichen nicht, um ihn zu verknacken. Das Mädchen muß genauere Angaben machen.« Matt blickte auf. »Meinen Sie, Sie kriegen sie dazu, genau anzugeben, wie lange die Tat gedauert hat?«

»Sie hat gesagt, zwischen fünf und zehn Minuten.«

»Das ist ein Unterschied wie Tag und Nacht, Charlie.«

»Ach, verdammt, Houlihan. Ich kann gut nachvollziehen, daß sie nicht daran gedacht hat, ihre Stoppuhr hervorzuholen.«

Mit einem Seufzer senkte Matt den Blick. »Wird sie psychologisch betreut?«

»Ja. Von Dr. Horowitz.«

Matt nickte, hob dann einen verkohlten Stock auf und spielte damit, bis ein Cop ihn ihm mit finsterer Miene aus der Hand nahm und in einen Beweismittelbeutel steckte. »Habt ihr irgendwas aus dem Tatverdächtigen herausbekommen, oder habt ihr ihn bloß abgelichtet?«

»Ach, Gott«, sagte Charlie. »Natürlich war er nicht hier.«

»Hat er Ihnen das erzählt, nachdem Sie ihn über seine Rechte aufgeklärt haben?«

Charlie schüttelte den Kopf. »Danach hat er mich keines Blickes mehr gewürdigt. Erzählt hat er mir das, zwei Sekunden nachdem ich ihn verhaftet habe. Eine ganz spontane Reaktion.«

Matt überlegte. Es würde nicht leicht werden, die Aussage zugelassen zu bekommen. Andererseits war ihm das schon des öfteren gelungen.

»Lieutenant Saxton«, rief ein Cop. »Sehen Sie sich das hier mal an.«

Matt und Charlie gingen zu einer Stelle unter dem Hartriegelbaum. In dem feuchten Boden war ein nahezu vollständiger Schuhabdruck – eindeutig größer als der Fuß eines jungen Mädchens. Der Polizist drehte den Männerschuh um, den er in der Hand hielt und den Charlie aus Addies Haus geholt hatte. »Natürlich muß sich erst ein Experte den Gipsabdruck ansehen«, sagte der Cop, »aber für mich ist die Ähnlichkeit verblüffend.«

Tatsächlich, sogar die Furchen im Muster der Sohle stimmten überein. Als St. Brides Schuh an den Abdruck angelegt wurde, paßte auch die Größe ganz genau. Und St. Bride hatte behauptet, er wäre vergangene Nacht nicht in Gillian Duncans Nähe gewesen.

Matt setzte sein typisches, jungenhaftes Grinsen auf. »Das«, sagte er, »ist wirklich ein ausgezeichneter Anfang.«

Die Anklageerhebung wurde von einem Richter geleitet. Jack atmete erleichtert auf. Ein Mann würde sicherlich wissen, wann ein anderer Mann fälschlich beschuldigt wurde. Er fixierte Richter Lucius Freeley, als könne er ihm durch Blicke seine Version ins Gehirn einbrennen.

Doch der Richter schien ihn kaum wahrzunehmen. Er blickte kühl auf die Kameras hinten im Saal und dann zum Tisch der Anklagevertretung, wo ein großer, rothaariger Mann seine Notizen durchblätterte. Dann richtete er seine Aufmerksamkeit auf Jack und runzelte die Stirn. »In der Sache New Hampshire gegen Jack St. Bride. Mr. St. Bride, Sie werden einer schweren Sexualtat beschuldigt und haben das Recht auf einen Strafverteidiger. Wenn Sie sich keinen Anwalt leisten können, erhalten Sie einen Pflichtverteidiger.« Der Richter blickte bedeutungsvoll auf den leeren Platz neben Jack, gab ihm mit den Augen zu verstehen, daß er Jack für einen Schwachkopf hielt, wenn er sich diese Laune des Gesetzes nicht zunutze machen würde.

Jack dachte an Melton Sprigg und seine Gesichtszüge verhärteten sich. »Euer Ehren, ich würde lieber keinen –«

Er verstummte, spürte die kalten, grünen Augen des Staatsanwaltes auf sich. »Ich kann mir keinen Verteidiger leisten«, sagte er und fügte sich in sein Schicksal.

Dreißig Minuten später rief Bernie Davidson, der Verwaltungschef des Gerichts, im Büro der Pflichtverteidiger an. »Ich brauche mal wieder einen von euren Leuten«, sagte er, nachdem er die Anklageschrift durchgefaxt hatte.

»Ich kann Ihnen nicht helfen«, sagte der Koordinator. »Sie wissen ja, wie wenig Leute wir sind, das reicht hinten und vorne nicht, um den Kollegen zu unterstützen, der St. Bride übernimmt.«

Bernie seufzte. Es war zwar Freitag, aber es kam ihm schon vor wie Montag morgen. »Na schön. Dann muß ich wohl auf meiner Reserveliste nachsehen. Danke.«

Er legte auf und blätterte den Stoß Karteikarten durch, die er in seiner Schreibtischschublade aufbewahrte, um im Notfall aus der Gruppe Rechtsanwälte mit eigener Kanzlei einen Pflichtverteidiger zu bestellen. Schließlich blieb sein Blick an einem Namen hängen. »Da hätten wir ja genau den Richtigen«, sagte Bernie schmunzelnd und nahm den Hörer ab.

Als er den dritten Knall hörte, stellte Jordan seine Tasse Kaffee ab und ging nachsehen. Er folgte der Fährte wie ein Bluthund durch den Flur, bis er die Lärmquelle aufspürte – hinter der verschlossenen Tür von Thomas' Zimmer. Was ihm seltsam vorkam, da Thomas schon seit zwei Stunden in der Schule war.

Wieder ein Krachen. Dann: *»Verdammter Mist!«* Jordan stieß die Tür auf und sah Selena ausgestreckt auf dem mit Zeitungen abgedeckten Teppich liegen. Sie trug ein ärmelloses Oberteil und eine von seinen Boxershorts. Ihre Mahagonihaut war mit blauen Tupfen besprenkelt, und eine Farbrolle lag ein Stück entfernt in einer blauen Lache.

»Falls du dir ein neues Outfit verpassen wolltest ... es ist dir mißlungen«, sagte Jordan.

Selena kniff die Augen zusammen. »Wenn ich Stöckchen werfe, zischst du dann ab?«

Er trat ins Zimmer. »Erst wenn du mir verrätst, warum du Thomas' Decke streichst...« Er blieb stehen und las das Etikett auf dem Farbeimer. »Rauchblau.«

»Vielleicht weil du es nicht tust?« Sie machte eine ausladende Handbewegung durchs Zimmer. »Herrgott, Jordan. Der Junge ist fünfzehn. Meinst du, Osterei-Lila und Häschentapete sind das passende Ambiente für ihn?«

Jordan blickte sich um, sah Thomas' Zimmer mit ganz anderen Augen. Es hatte einem kleinen Mädchen gehört, als sie das Haus gekauft hatten. Seit mittlerweile einem Jahr versprach Jordan, sie würden das Zimmer zusammen renovieren. Er schaute auf seine Trainingshose und das alte Baumwollhemd. Kein Verlust, wenn sie ruiniert würden. Er trat näher und hob die Farbrolle auf. »Jedenfalls kann ich auf eine Leiter steigen. Gott – du hast einen Radau veranstaltet, als würdest du hier alles kurz und klein schlagen.«

»Zu deiner Information, auf der Leiter zu bleiben war nicht das Problem.« Selena blickte finster. »Bloß die Farbrolle ist dauernd runtergefallen.«

Jordan malte ein blaues Rechteck an die Decke. »Wundert mich, daß du überhaupt eine Leiter brauchst, du alte Amazone.«

Selena war aufgestanden. Sie nahm die Farbschale und hielt sie Jordan hin. »Sehr witzig.«

»Sarkasmus kriegst du als Sonderleistung.« Er kniff die Augen zusammen. »Wieso blau?«

»Ist beruhigend. Und über die Stelle da mußt du noch mal drüber. Siehst du?«

Jordan zog eine finstere Miene. »Für mich sieht das alles wunderbar aus.«

»Weil du praktisch blind bist.« Selena stieg die Leiter hoch, bis sie direkt hinter Jordan war. Er drehte sich etwas, so daß sie unter seinem Arm hindurchtauchen konnte. Dann zeigte sie auf eine Stelle, die nicht richtig abgedeckt war. »Da«, sagte sie.

Aber Jordan hörte nicht hin. Er atmete den Duft von Selenas Haut ein, spürte die Wärme ihres Körpers. Er schloß die Augen und neigte den Kopf ein winziges bißchen näher. »Ich bin nicht blind, Selena«, raunte er.

Sie verharrten in einem Wirrwarr von Möglichkeiten. Und gerade als Jordan sich vorneigte, um Selena zu küssen, drehte sie den Kopf weg, so daß er nur über ihren Nacken streifte. »Jordan«, flüsterte sie. »Wir sind doch aus Fehlern klug geworden.«

»Diesmal könnte es anders werden. *Ich* bin anders.«

Sie lächelte sanft. »Eine Erektion ist kein Zeichen für Persönlichkeitsreife.«

Er wollte ihr widersprechen, doch da klingelte das Telefon. Er löste sich aus ihrer Umklammerung, wobei er sowohl Selena als auch die Farbrolle wieder zu Boden beförderte, sprang von der Leiter, lief ins Wohnzimmer und griff nach dem Telefon.

Gleich darauf tauchte er wieder in der Tür zu Thomas' Zimmer auf. Selena stand auf der Leiter, die Farbrolle über den Kopf gehoben. Als sie ihn anschaute, war ihr Blick völlig ausdruckslos, als wäre vorhin nicht das geringste zwischen ihnen passiert. »Bitte sag, daß es der idiotische Mechaniker war und mein Wagen fertig ist.«

»Das war Bernie Davidson, vom Gericht«, sagte Jordan, noch immer ein wenig benommen. »Anscheinend bin ich wieder im Geschäft.« Er blickte Selena fragend an.

»Ich bin dabei«, sagte sie und stieg von der Leiter.

Wie jeder Einwohner von Salem Falls, der älter als acht Jahre war, wußte auch Jordan, daß Jack St. Bride wegen eines Sexualdeliktes im Gefängnis gesessen hatte. Daß ihm jetzt eine Anklage wegen Vergewaltigung blühte, war so ziemlich das Schlimmste, was ihm widerfahren konnte. Und eines stand fest: Als einschlägig Vorbestrafter würde St. Bride keinesfalls gegen Kaution auf freien Fuß gesetzt. Was Jordan nur recht war, denn ein Mandant hinter Schloß und Riegel konnte sich nicht noch mehr Ärger einhandeln.

Seine Haare waren noch naß vom Duschen, als er im Büro der Staatsanwaltschaft in Ossipee eintraf. Er hatte nun mal ein Mandat, und somit mußte er möglichst früh an möglichst viele Informationen gelangen. Vergewaltigungsprozesse waren immer schwierig; je mehr Jordan wußte, desto besser waren seine Chancen.

Er wartete auf Matt Houlihan, dem die Sekretärin Bescheid gegeben hatte. Jordan konnte den stellvertretenden Staatsanwalt nicht leiden. Der Typ war ihm zu großspurig. Jordan war nicht sicher, was ihm mehr gegen den Strich ging – daß der junge Staatsanwalt so hartnäckig war oder daß er noch keine Spur von schütterem Haar zeigte.

Matt kam um die Ecke und grinste. »Er ist wiederauferstanden!«

Auch Jordan setzte ein breites Lächeln auf und schüttelte ihm die Hand. »Die Meldungen über mein Ableben waren reichlich übertrieben.«

Matt deutete in Richtung seines Büros. »Wo haben Sie gesteckt, Jordan? Nach dem Hart-Fall waren Sie plötzlich wie vom Erdboden verschluckt.«

»Nein ... ich hab mich bloß nach Salem Falls abgesetzt.« Jordans Mund zuckte. »Also hatten Sie vielleicht doch nicht ganz unrecht.« Er nahm Matt gegenüber Platz. »Man hat mich zum Pflichtverteidiger von Jack St. Bride bestellt«, sagte er ohne Umschweife.

»Ich dachte, er kriegt jemanden aus dem Büro der Pflichtverteidiger.«

»Anscheinend gab es da Probleme. Sie haben es also mit mir zu tun.«

Matts Augen funkelten. »Ich freue mich immer über eine Herausforderung.«

Jede Erwiderung darauf wäre Jordan im Halse steckengeblieben. Gegen Matt Houlihan anzutreten, um einen Mann zu verteidigen, der, wie es aussah, nicht die geringste Chance hatte, war so ziemlich das allerletzte, das Jordan sich gewünscht hätte. »Ich hoffe, Sie können mir die Polizeiberichte geben, die bisher vorliegen.«

Matt warf ihm eine Akte zu. »Die Klageschrift und die Aussage des Opfers.«

Das war ein Geschenk, wie Jordan wußte. Ohne diese Unterlagen wäre das Opfer eine unbekannte Größe, und es wäre ihm praktisch unmöglich, seine Verteidigung vorzubereiten. Er schlug die Akte auf, und der Name des Opfers sprang ihm förmlich ins Auge. Jordan verzog keine Miene. »Na dann«, sagte er. »Wir sprechen uns ja noch.«

»Wozu?« Matt legte die Fingerspitzen aneinander, eine entspannte Geste, die im völligen Widerspruch zu der unerbittlichen Entschlossenheit in seinen Augen stand. »Ein junges Mädchen sagt aus, von einem Typ vergewaltigt worden zu sein, einem Typ, der vor kurzem noch wegen einer Sexualstraftat gesessen hat. Es gibt nichts mehr zu bereden, Jordan. Ich bringe Ihren Mandanten für zwanzig lange Jahre ins Kittchen.«

Sowie Jordan McAfee den Zellentrakt im Untergeschoß des Gerichtsgebäudes betrat, stand Jack auf. Jordan blickte ihm sofort in die Augen, was die Mitarbeiter des Sheriffs, die für die Zellen verantwortlich waren, tunlichst vermieden. »Hi, Jack«, sagte er sanft. »Ich weiß, wir sind uns schon mal begegnet, aber vermutlich wissen Sie nicht, warum ich hier bin. Ich bin seit rund zwanzig Jahren Rechtsanwalt, und gelegentlich bestellt das Gericht mich zum Pflichtverteidiger, wenn Not am Mann ist. Ich soll Sie vertreten.«

Jack öffnete den Mund, um etwas zu sagen, aber Jordan hob eine Hand. »Heute morgen können wir nichts machen; wichtig ist nur, daß wir auf der Hut sind. Wir werden zu dem Fall kein Wort sagen, und wir werden den Richter um nichts bitten.«

»Sie müssen mich gegen Kaution hier rausholen.«

»Jack, Sie sind vorbestraft. Ihre Chancen, hier rauszuspazieren, sind gleich Null. Sie müssen mir vertrauen –«

»Ihnen *vertrauen? Ihnen* vertrauen?« Jacks Augen blickten wild. »Ich kenn Sie ja nicht mal.«

Jordan schwieg einen Moment. »Sie wissen, daß ich meinen Kaffee mit Milch trinke und daß ich die ›New York Times‹ und nicht den ›Globe‹ lese. Sie wissen, daß ich zwanzig Prozent Trinkgeld gebe, jedesmal. Das ist mehr, als die meisten Angeklagten über ihre Anwälte wissen. Also, ich hab Sie nicht in diese Zelle gebracht ... Das haben Sie ganz allein bewerkstelligt.«

»Ich will nicht wieder ins Gefängnis«, sagte Jack verzweifelt. »Ich bin unschuldig.«

Jordan betrachtete Jacks unordentliche Kleidung, die aufgerissenen Augen, den langen Kratzer an der Wange und ließ die Worte von sich abprallen. Er hatte diesen Satz nur zu oft von seinen Mandanten gehört. »Ich verstehe ja, daß Sie jetzt aufgewühlt sind. Bringen wir erst mal das Anklageeröffnungsverfahren über die Bühne, und dann sehen wir weiter, wie Ihre Chancen stehen.«

»Das letzte Mal, daß ein Anwalt das zu mir gesagt hat, bin ich für acht Monate in den Knast gewandert.«

Jordan zuckte die Achseln und schwieg. Aber er dachte: *Diesmal kommt es noch viel schlimmer.*

»Das nenne ich ein Déjà-vu-Erlebnis«, sagte Judge Freeley und schlug erneut die Akte vor sich auf. »Mr. St. Bride, wie ich sehe, werden Sie jetzt von Mr. McAfee vertreten.«

Jordan erhob sich und knöpfte sich das Jackett zu. »Ja, Euer Ehren. Ich habe meinem Mandanten die Anklageschrift erläutert, und er hat sie gelesen und verstanden. Mein Mandant bekennt sich nicht schuldig.«

»Schön«, sagte der Richter. »Gibt es einen Antrag auf Haftverschonung gegen Kaution?«

Matt Houlihan hob seinen schlaksigen Körper aus dem Stuhl und warf einen Blick auf Jack. »Es geht hier um eine schwere Gewalttat, Judge. Darüber hinaus ist der Angeklagte einschlägig vorbestraft und hat keinerlei enge Bindung an die Gemeinde – er ist erst vor kurzem hergezogen, hat keine Angehörigen hier, hat keinen Haus- oder Grundbesitz –, weshalb erhöhte Fluchtgefahr besteht. Darüber hinaus, Euer Ehren, stellt er eine Gefahr für die Menschen hier dar, falls er auf freien Fuß gesetzt wird. Dieser Mann wird angeklagt, sich brutal an einem jungen Mädchen vergangen zu haben, und er wurde schon einmal wegen eines Sexualdeliktes schuldig gesprochen. Es ist nicht auszuschließen, daß er sich im Falle einer Haftverschonung ein weiteres Opfer sucht. Aus diesen Gründen, Euer Ehren, beantragt der Staat, daß eine Freilassung gegen Kaution nicht gewährt wird.«

Der Richter wandte sich dem Tisch der Verteidigung zu. »Mr. McAfee?«

»Ich habe keinerlei Einwände, Euer Ehren.«

Judge Freeley nickte. »Gut, dann –«

»Der Grund«, fiel ihm Jordan ins Wort, »warum ich keine Freilassung gegen Kaution beantrage, ist ganz einfach der, daß es sicherer für meinen Mandanten ist. Sie sehen hier einen Mann, der durch Gerüchte und Mutmaßungen seiner Bürgerrechte beraubt wird – einen Mann, der keine Straftat begangen hat, aber zum Straftäter abgestempelt wird. Euer Ehren, die Bürger von Salem Falls haben Jack St. Bride seit seiner Ankunft gehetzt wie ein Tier.«

Der Richter machte eine Geste in Richtung der Kameras hinten im Saal. »Das war ja ein oscarreifer Auftritt, Mr. McAfee«, sagte er trocken. »Wer von meinen Kollegen und Kolleginnen Ihren Prozeß führen muß, verdient jetzt schon unser tiefes Mitleid. Weiter im Text.«

Als der nächste Fall aufgerufen wurde, wandte sich Jordan seinem Mandanten zu, der völlig sprachlos war. »Was ist denn?« fragte er.

»Ich ... ich hätte nicht gedacht, daß Sie sich so für mich einsetzen«, gab Jack zu.

Jordan packte seine Unterlagen ein. »Nun ja, wenn ich an Sie glauben kann, vielleicht schaffen Sie es ja dann auch, an mich zu glauben.« Der Gerichtsdiener kam, um seinen Mandanten zurück in die Zelle zu führen.

»Moment noch«, sagte Jack zu Jordan. »Wann sehe ich Sie wieder?«

»Heute nicht mehr. Ich habe einen vollen Terminkalender.« Jordan klemmte sich seine Aktentasche unter den Arm und verließ den Gerichtssaal. Er fragte sich, was Jack St. Bride wohl denken würde, wenn er wüßte, daß sein Anwalt für den Rest des Tages rein gar nichts mehr zu tun hatte.

Mai 2000
Salem Falls,
New Hampshire

Gefängnisse riechen alle gleich.

Schal. Ein wenig nach Urin und ein wenig nach Backstube. Schweiß, Desinfektionsmittel. Und über allem schwebt der berauschende Geruch von Angst. Jack schlurfte neben dem Gefängniswärter her, die Handschellen wippten zwischen seinen Handgelenken. *Ich bin nicht hier*, dachte er benommen. *Ich schlafe auf einer großen, grünen Wiese in der Sonne, und das hier ist nur ein Alptraum.* Er zitterte bei dem Gedanken, erneut unschuldig eingesperrt zu werden. Wer würde denn schon einem Mann glauben, der zum zweiten Mal aus der Haft seine Unschuld beteuerte?

»Name«, bellte der übergewichtige Beamte in der Aufnahme.

»St. Bride«, sagte Jack mit heiserer Stimme. »Dr. Jack St. Bride.«

»Größe?«

»1,88.«

»Gewicht?«

»Fünfundachtzig Kilo.«

Der Beamte blickte nicht auf. »Augenfarbe?«

»Blau.«

Jack sah zu, wie seine Antworten auf eine Karteikarte gekritzelt wurden. *Allergien. Medikamente. Besondere Kennzeichen.*

Person, die im Notfall verständigt werden soll.

Aber, dachte Jack, *das hier ist doch wohl einer, oder?*

Der Wärter führte Jack in einen Raum von der Größe einer Besenkammer. Er war leer, bis auf einen Schreibtisch und eine Reihe Regale, auf denen Gefängniskleidung gestapelt war. »Ausziehen«, sagte er.

Im selben Augenblick war alles wieder da: das Gefühl, eine Nummer zu sein, namenlos. Ohne einen Hauch von Privatsphäre. Nicht entscheiden zu können, wann man aß, wann man abends das Licht ausmachte, wann man den Himmel sehen wollte. Bei seiner letzten Einlieferung ins Gefängnis war er seiner Menschlichkeit beraubt worden – als er die Häftlingskluft angezogen hatte.

»Nein.«

Der Wärter blickte zu ihm auf. »Wie bitte?«

»Ich bin in Untersuchungshaft. Ich bin kein verurteilter Häftling. Also muß ich mich auch nicht so anziehen.«

Der Wärter verdrehte die Augen. »Nun machen Sie schon.«

Jack blickte auf den Stapel orangefarbener Kleidung. Verblichen und labberig vom jahrelangen Tragen. »Ich kann nicht«, sagte er höflich. »Bitten Sie mich nicht darum.«

»Ich bitte Sie nicht darum. Ich *sage* Ihnen einfach klipp und klar: Ziehen Sie Ihre verdammten Klamotten aus.«

Jack sah an sich hinunter, auf die Sachen, die er zusammen mit Addie eingekauft hatte. Er hatte noch kein besonderes Verhältnis zu der Garderobe, er hatte die Sachen nur zufällig angehabt, als Charlie Saxton ihn verhaftete.

Jack setzte eine entschlossene Miene auf. »Sie müssen es schon selbst machen.«

Einen Moment lang schien der Wärter das in Erwägung zu ziehen. Er war größer als Jack. Aber irgend etwas in Jacks Augen – seine zornige Resolutheit – schreckte ihn ab. »Scheiße«, knurrte er und fesselte Jack mit einer Handschelle an den Schreibtisch. »Wieso passiert so was ausgerechnet in meiner Schicht?«

Er ging aus dem Raum, und Jack fragte sich, was für eine Lawine er da wohl losgetreten hatte.

Roys Augen waren so blutunterlaufen, daß er im wahrsten Sinne des Wortes rot sah. Er stutzte, als der Orangensaft karmesinrot in sein Glas lief, blickte dann finster auf das Etikett und kniff die Augen zusammen. Da stand Tropicana. Er roch an der Flüssigkeit – Tomatensaft, und ihm fiel ein, daß er ihn selbst letzte Woche in den Saftkarton umgefüllt hatte, weil die Glasflasche nicht in den Kühlschrank gepaßt hatte. Erleichtert nahm er einen Schluck, schlug dann ein rohes Ei hinein und gab einen Schuß Whiskey hinzu.

Das beste Mittel gegen einen Kater, und er mußte es schließlich wissen.

Hinter ihm öffnete sich die Tür. Roy drehte sich rasch um, und davon wurde ihm fast schlecht. Addie war stocksauer, kein Wunder. »Ich weiß, ich weiß«, setzte Roy an. »Es ist völlig unverantwortlich von mir ... *Addie*?« Jetzt, da sie näher gekommen war, sah er die Tränen in ihrem Gesicht. »Schätzchen? Was ist denn los?«

»Es geht um Jack. Charlie Saxton hat ihn verhaftet.«

»*Was?*«

»Er hat gesagt ... ach, Daddy. Charlie hat gesagt, Jack soll gestern am späten Abend Gillian Duncan vergewaltigt haben.«

Roy sank auf einen Stuhl. »Gillian Duncan«, murmelte er. »Heilige Mutter Gottes.« Irgend etwas meldete sich in seinem Hinterkopf, aber er kam nicht richtig dran. Plötzlich fiel es ihm ein, und er blickte auf. »Addie, Jack war gestern abend ab zehn Uhr mit mir zusammen.«

Hoffnung zeigte sich in ihrem Gesicht. »Wirklich?«

»Es wird dir bestimmt nicht gefallen, aber wir waren im Rooster. Haben einen getrunken.« Roy verzog das Gesicht. »Aber ich schätze, gesoffen zu haben ist lange nicht so schlimm, wie als Vergewaltiger abgestempelt zu werden.«

»Jack war gestern ab zehn mit dir zusammen? Noch lange? Das mußt du der Polizei sagen.«

»Er ist um zehn aufgetaucht. Ich kann bezeugen, daß er bis halb zwölf bei mir war, so um den Dreh.«

»Und danach?«

Roy zog den Kopf ein. »Na ja, danach, ähm, war ich weggetreten. Marlon ließ mich im Hinterzimmer meinen Rausch ausschlafen. Ich schätze, Jack ist gegangen, als die Kneipe dichtgemacht hat.«

»Wann war das?«

»Um Mitternacht.«

Addie setzte sich auf die Couch und überlegte. »Bei mir war er erst um halb zwei in der Nacht. Wo war er so lange?«

Roy wandte den Kopf, um den Schmerz in den Augen seiner Tochter nicht sehen zu müssen. »Vielleicht haben sie sich vertan«, sagte er beklommen, während er in Wahrheit dachte, *Vielleicht haben wir uns alle vertan.*

Wer im Gefängnis Ärger machte, wurde bestraft.

Und so kam es, daß Jack, der noch keine Stunde in der Strafanstalt von Carroll County in Untersuchungshaft saß, von zwei Wärtern zum Büro des Gefängnisdirektors eskortiert wurde.

Der Anstaltsleiter war ein dicker, halsloser Mann mit kurzgeschorenem, grauem Haar und einer Brille aus den fünfziger Jahren. Möglicherweise, so dachte Jack, saß er tatsächlich schon seit einem halben Jahrhundert an seinem Schreibtisch. »Mr. St. Bride«, sagte der Direktor mit so zarter Stimme, daß Jack ihn kaum verstehen konnte, »Sie weigern sich, den Anweisungen eines Vollzugsbeamten Folge zu leisten. Kein vielversprechender Anfang.«

Jack sah über die Schulter des Mannes. Hinter ihm an der Wand hing ein Kalender, die Sorte, die man kostenlos von der Bank bekam. »Aufgrund Ihrer persönlichen Erfahrungen, Mr. St. Bride, sollten Sie eigentlich wissen, daß Verstöße gegen die Ordnung einer Strafanstalt ... sogar geringfügige ... sich bei Ihrer Verurteilung entscheidend auf das Strafmaß auswirken können. Ihre kleine Unbotmäßigkeit beispielsweise könnte die Haftstrafe, die Sie zu erwarten haben, um drei bis sieben Jahre verlängern.« Der Gefängnisdirektor verschränkte die Arme. »Möchten Sie etwas zu Ihrer Verteidigung sagen?«

»Ich bin kein verurteilter Häftling. Und ich will nicht wie einer aussehen.«

Die Lippen des Direktors wurden schmal. »Hören Sie, Freundchen«, sagte er fast flüsternd, »ich rate Ihnen, lassen Sie diese Mätzchen. Damit kommen Sie hier nicht weit. Wenn Sie schön brav mitspielen, wird Ihr Aufenthalt hier sehr viel angenehmer.«

Jack starrte stur geradeaus.

Sein Gegenüber seufzte. »Mr. St. Bride, wegen der Weigerung, die vorgeschriebene Anstaltskleidung zu tragen, erhalten Sie drei Tage Einzelhaft.« Er nickte den beiden Wärtern zu. »Bringen Sie ihn weg.«

Das Schlimmste am Job eines Staatsanwaltes, so fand Matt Houlihan, war, daß er auch dann nicht gewann, wenn er gewann. Auf der Welt war eben nicht alles schwarz und weiß. Selbst wenn er Jack St. Bride für zwanzig Jahre hinter Gitter brachte, änderte das nichts an der Tatsache, daß der Mistkerl, der schon einmal als Sexualstraftäter verurteilt worden war, erneut ein Verbrechen begangen hatte. Es änderte nichts daran, daß Gillian Duncan bis an ihr Lebensende mit diesem Trauma leben mußte. Es war, als würde man den Elefanten einfangen, nachdem er gerade durch den Porzellanladen getrampelt war.

Matt hatte beschlossen, das Gespräch mit Amos Duncan und seiner Tochter bei ihnen zu Hause zu führen. Normalerweise machte er keine Hausbesuche, aber in diesem Fall hielt er es für besser. Das Mädchen in sein Büro zu laden, würde die bevorstehende Schlacht im Gerichtssaal nur um so erschreckender machen. Im Augenblick war es für alle Beteiligten besser, daß Gillian die Ruhe bewahrte, damit sie, wenn Matt sie schließlich in den Zeugenstand rufen mußte, vor den Geschworenen genau so reagierte, wie er es brauchte.

Er nahm die Tasse Kaffee, die Gillian ihm reichte, und trank einen Schluck, während sie sich neben ihren Vater auf die Couch setzte. »Schmeckt ausgezeichnet. Aus Hawaii?«

Amos nickte.

»Der aus Jamaika ist genauso gut. Im Büro kriegen wir natürlich nur Instantbrühe.«

»Ich spendiere dem Büro der Staatsanwaltschaft eine Espressomaschine«, schwor Amos, »wenn Sie den Scheißkerl einbuchten.«

Matt nickte. »Mr. Duncan, Sie haben mein vollstes Verständnis. Und deshalb bin ich hier. St. Bride ist wegen eines schweren Sexualdeliktes angeklagt und muß mit bis zu zwanzig Jahren Gefängnis rechnen. Ich habe vor, die Höchststrafe zu verlangen. Das bedeutet, daß eine Absprache zwischen Anklage und Verteidigung zwecks mildernder Umstände bei einem Schuldbekenntnis nicht in Frage kommt.«

»Kommt er auf freien Fuß?«

»St. Bride hat keine Aussicht auf Kaution, er wird also bis zum Prozeß und für die Dauer des Prozesses in Untersuchungshaft bleiben. Nach seiner Verurteilung wird er zwanzig Jahre abbüßen und dann bis an sein Lebensende überwacht werden.« Er lächelte traurig. »Also, nein, Mr. Duncan. Er wird in absehbarer Zeit nicht auf freien Fuß gesetzt.«

Matt wandte sich an Gillian. »Unser Büro kann dir psychologische Hilfe besorgen, wenn du möchtest.«

»Darum haben wir uns bereits gekümmert«, entgegnete Amos.

»Gut. Zur Zeit führen wir Zeugenbefragungen durch. Gillian, fällt dir irgend jemand ein, der über das, was gestern nacht passiert ist, etwas wissen könnte?«

Gillian blickte ihren Vater an. Er war aufgestanden und ging im Zimmer auf und ab. »Die anderen, denke ich. Whitney und Chelsea und Meg.«

Matt nickte. »Detective Saxton wird mit ihnen sprechen.«

»Was ist mit den Untersuchungen, die im Krankenhaus gemacht wurden?« fragte Amos. »Hat sich daraus irgendwas ergeben?«

»Das können wir erst in zwei Wochen sagen, Mr. Duncan.«

»Zwei Wochen? Dauert das so lange?«

»Hauptsache, wir kriegen die Laborergebnisse vor Prozeßbeginn. Ich bin sicher, wir finden Indizien, die Gillians Zeugenaussage untermauern.«

»Meine Zeugenaussage?«

Matt nickte. »Ich muß dich in den Zeugenstand rufen.«

Sie schüttelte augenblicklich den Kopf. »Das kann ich nicht.«

»Doch, das kannst du. Wir sprechen deine Aussage vorher genau durch; es wird keine Überraschungen geben.«

Gillians Finger nestelten am Saum ihres Pullovers. »Aber was der andere Anwalt fragen wird, können Sie doch gar nicht wissen.« Plötzlich kam ihr ein Gedanke. »Wenn das Labor beweisen kann, daß er es war, muß ich dann immer noch aussagen?«

Eine solche Reaktion eines Vergewaltigungsopfers war nicht selten, schon gar nicht bei einem jungen Mädchen. Matt sagte sanft: »Zerbrich dir jetzt darüber nicht den Kopf. Ich habe noch nicht alle Beweise vorliegen. Ich habe noch nicht alle Polizeiberichte erhalten und auch noch nicht alle Zeugenaussagen. Laß mich einfach meine Arbeit machen, laß Detective Saxton seine Arbeit machen ... und dann überlegen wir uns die beste Strategie.« Matt zögerte. »Ich muß dir allerdings noch eine Frage stellen«, sagte er. »Gillian, ich muß dich fragen, ob du noch Jungfrau warst, als diese schreckliche Sache passiert ist.«

Gillians Blick huschte zu ihrem Vater, der wie angewurzelt stehengeblieben war. »Mr. Houlihan...«

»Es tut mir leid. Aber die Antwort ist wichtig.«

Gillian ließ ihren Vater nicht aus den Augen, als sie leise »Nein« sagte.

Amos wandte sich ab, versuchte, die Fassung wiederzugewinnen. »Ich möchte bei den Ermittlungen behilflich sein«, erklärte er unvermittelt.

Seine Tochter war über die Ankündigung genauso verblüfft wie Matt. »Danke für das Angebot. Aber das überlassen wir besser den Fachleuten, Mr. Duncan. Nicht, daß St. Bride noch wegen Formfehlern freikommt.«

»Krieg ich sie zu sehen?« wollte Amos wissen.

»Was?«

»Die Berichte. Die Polizeiprotokolle. Die DNA-Beweise.«

»Im laufenden Prozeß«, sagte Matt, »werde ich Sie ständig über alles unterrichten, was ich in Erfahrung gebracht habe, so bald wie möglich. Ich zeige Ihnen alles, was Sie sehen wollen.«

Das beschwichtigte Amos. Er nickte steif.

Aber Matt machte sich Sorgen um Gillian, die offensichtlich noch immer ganz bestürzt über die Eröffnung war, daß sie in den Zeugenstand gerufen werden würde. »Gillian«, sagte er sanft. »Ich werde auf dich aufpassen. Versprochen.«

Die Linien auf ihrer Stirn glätteten sich, und sie lächelte zaghaft. »Danke.«

Amos nahm wieder Platz und legte den Arm um seine Tochter, als wollte er ihr in Erinnerung rufen, daß auch er ihr zur Seite stehen würde. Matt blickte weg, um sie in diesem innigen Augenblick nicht zu stören. Und er schwor sich inbrünstig, daß er sich bis zur Selbstaufopferung für die Duncans einsetzen würde, um ihnen wenigstens einen Bruchteil des Lebens zurückzugeben, das sie gehabt hatten, bevor Jack St. Bride aufgetaucht war.

Bei ihrem letzten Besuch bei Dr. Horowitz war Gilly neun Jahre alt gewesen. Sie erinnerte sich, daß sie mit Puppen gespielt hatte, während Dr. Horowitz etwas in ein Notizbuch schrieb. Und sie wußte noch, daß die Psychiaterin ihr nach jeder Sitzung Pfefferminzplätzchen gegeben hatte. Eines Tages war ihr Vater zu dem Schluß gekommen, daß Gillian den Tod ihrer Mutter verarbeitet haben müßte, und sie war nicht mehr zu den Sitzungen gegangen.

»Gillian«, sagte Dr. Horowitz. »Wir haben uns lange nicht gesehen.«

Dr. Horowitz war jetzt fünf Zentimeter kleiner als Gillian. Ihr Haar war an den Schläfen ergraut, und sie trug eine Bifokalbrille an einer Perlenkette. Sie sah alt aus, was Gilly schockierte – denn wenn für Dr. Horowitz soviel Zeit vergangen war, dann auch für *sie*. »Ich weiß gar nicht, was ich hier soll«, platzte Gillian heraus. »Ich komm schon alleine klar.«

Dr. Horowitz nickte nur. »Dein Vater sieht das anders.«

Gillian schwieg. Sie hatte Angst zu reden. Es war schlimm genug, mit dem Staatsanwalt und mit Detective Saxton zu sprechen, aber die wollten schließlich nur was in Erfahrung bringen. Nicht so Dr. Horowitz – die wollte ihre geheimsten Gedanken erforschen, herausfinden, was wirklich in ihr vorging.

»Wie wär's, wenn wir gemeinsam entscheiden, ob ich dir helfen kann?« schlug die Psychiaterin vor. »Wie fühlst du dich heute?« Gillian zuckte die Achseln und schwieg. »Hast du was essen können? Konntest du schlafen?«

»Ich wollte nicht.«

»Kannst du dich konzentrieren?«

»Konzentrieren!« entfuhr es Gillian. »Ich kann an nichts anderes denken.«

»Woran denkst du?«

»An *ihn*.«

»Mußt du daran denken, was passiert ist?«

»Andauernd«, sagte Gillian. »Aber es ist so, als wäre ich nicht da.«

»Wie meinst du das?«

Ihre Stimme wurde dünn. »Als würde ich ... irgendwo hoch oben sitzen und das Mädchen im Wald sehen ... wie er sie packt ... und wenn er wegläuft, bin ich plötzlich auch weg.«

»Das muß beunruhigend sein.«

Sie nickte und zu ihrem Entsetzen kamen ihr die Tränen. »Tut mir leid. Es geht mir gut, wirklich. Bloß ... ich ... ich ...«

Dr. Horowitz reichte ihr ein Taschentuch. »Gillian, es ist nicht deine Schuld. Du mußt dich nicht schämen, und es muß dir nicht peinlich sein, was passiert ist.«

Sie zog die Knie an die Brust und schlang die Arme darum. »Wenn das stimmt«, sagte Gilly, »wieso hat er sich dann ausgerechnet mich ausgesucht?«

In einer Ecke der Zelle war eine Urinlache, und an der Zementwand klebte etwas Mattes, Getrocknetes, die Hinterlassenschaft des Häftlings, der zuletzt hier in Einzelhaft war. Als die Tür zuknallte, ließ sich Jack auf das Metallbett nieder. Immerhin trug er seine eigenen Sachen. Keine Gefängniskleidung. Sie konnten ihn zwar einsperren, aber sie würden nicht seinen Willen brechen.

Er tastete den Rahmen des Bettes ab und suchte unter der Matratze, auf dem Rand der Dusche und im Abguß, sogar unten am Klo. *Ein Stift*, betete er. *Bloß ein kleiner Stift.* Aber vergeblich, er fand nichts, womit er sich die Zeit vertreiben könnte.

Jack lehnte sich zurück und inspizierte seine Fingernägel. Er zupfte an einem losen Faden seiner Jeans. Er band sich die Schnürsenkel auf und wieder zu.

Er schloß die Augen, und sogleich stellte er sich Addie vor. Er konnte sie noch immer auf seiner Haut riechen, ein winziger Hauch ihres Parfüms. Plötzlich spürte er ein Brennen in der Brust und ein Stechen im Arm. Ein Herzinfarkt – o Gott, er bekam einen Herzinfarkt. »Wache!« brüllte er aus voller Lunge. Er rüttelte so fest an dem Metallbett, daß die Scharniere, mit denen es an der Wand befestigt war, klapperten. »Hilfe!«

Aber niemand hörte ihn – jedenfalls kam niemand.

Er zwang sich, seine Gedanken auf etwas anderes zu konzentrieren als auf den Schmerz. Etwas, das jemand meidet, der an Pogonophobie leidet.

Konzentrier dich, Jack. Was sind Bärte?

Die einzige Nahrung, die eine Fettkrautpflanze verträgt.

Einatmen. Ausatmen. Was sind Insekten?

Etwas, wovon ein Arctophilist sicherlich eine ganze Sammlung hat.

Was sind Teddybären?

Er legte die Hände flach auf die Brust, und der Schmerz ließ allmählich nach und hörte schließlich auf. Und er war eigentlich nicht überrascht, als er merkte, daß er seinen Herzschlag nicht mehr spürte.

Gillian sah zu, wie die Kerzenflamme mit einem Zischen im flüssigen Wachs versank. Ein Zettel, auf dem der Name ihrer Mutter stand, verbrannte in einer Silberschale zu Asche. Gillian starrte auf die Kerze, auf den selbstgemachten Altar. *Vielleicht kommt sie deshalb nicht, weil sie den Menschen nicht ausstehen kann, der ich geworden bin.*

Der Gedanke war ihr nicht neu, aber heute zwang er sie fast in die Knie. Langsam stand sie auf und ging zum Spiegel. Sie nahm eine Schere und hob eine dicke Strähne ihres roten Haares hoch. Sie schnitt sie dicht am Kopf ab, so daß nur noch ein kleines Büschel hochstand, der Rest fiel wie ein Seidenschal zu Boden.

Sie hob wieder eine Strähne und schnitt sie ab. Und noch eine. Bis ihr Schädel mit unregelmäßigen Stacheln bedeckt war, kurz wie bei einem Jungen. Bis ihre nackten Füße voller Haare waren, eine Grube kastanienfarbener Schlangen. Bis ihr Kopf sich so leicht und frei anfühlte, daß Gilly meinte, er würde sich wie ein Luftballon von ihrem Hals heben und in weite Ferne davonfliegen.

So, dachte sie, *jetzt würde er mich keines Blickes mehr würdigen.*

Der Besprechungsraum in der Strafanstalt war schmal und häßlich, auf einem zerkratzten Tisch lag ein Stapel lädierter Gesetzesbücher, die Fenster konnten nicht geöffnet werden, und die Temperatur lag mindestens bei dreißig Grad. Jordan saß auf einem der beiden Stühle, trommelte mit den Fingern auf dem Tisch und wartete, daß Jack St. Bride hereingeführt wurde.

St. Bride war wirklich ein Versager – wie konnte sich jemand bloß zweimal in eine ähnliche Situation bringen? Und jetzt hatte Jack sich auch noch binnen einer Stunde, seit er hier war, drei Tage Einzelhaft eingehandelt … wie sollte man so jemanden verteidigen?

Ein Wärter stieß Jack herein. Er stolperte einmal und blickte dann über die Schulter. »Gut zu wissen, daß die Genfer Konventionen hier nicht gelten«, knurrte er.

»Wieso auch? Wir sind hier nicht im Krieg, Jack. Obwohl gemunkelt wird, Sie hätten gleich bei Ihrer Einlieferung die Schlacht eröffnet.« Jordan stand schwungvoll auf. »Ehrlich gesagt, bin ich nicht gerade begeistert, daß Sie schon nach einem Tag in Einzelhaft sitzen. Ich mußte mir bei den Wärtern den Mund fusselig reden, damit ich hier mit Ihnen sprechen kann statt durch die Klappe in der Zellentür. Wenn Sie hier den Aufmüpfigen spielen wollen, von mir aus – aber Sie sollten sich darüber im klaren sein, daß der Staatsanwaltschaft alles zu Ohren kommt, was Sie hier sagen und tun, und das könnte sich negativ auf Ihr Verfahren auswirken.«

Der kleine Vortrag sollte Jack eine Heidenangst einjagen, ihn zu gutem Betragen zwingen. Doch Jack setzte bloß eine eiserne Miene auf. »Ich bin kein verurteilter Gefängnisinsasse.«

Jordan ging nicht darauf ein. Er kannte das, seine Mandanten waren hervorragende Selbstverleugner. »Um an unser gestriges Gespräch anzuknüpfen, Sie sind wegen einer schweren Sexualstraftat angeklagt. Wollen Sie auf schuldig plädieren?«

Jack klappte der Unterkiefer herunter. »Soll das ein Witz sein?«

»Bei Ihrer letzten Anklage haben Sie das auch getan.«

»Aber das ... das war...« Jack blieben die Worte im Halse stecken. »Da war ich zu Unrecht angeklagt worden. Und mein *Anwalt* hat gemeint, es wäre die sicherste Strategie.«

Jordan nickte. »Damit hatte er recht.«

»Wollen Sie nicht wissen, ob ich die Tat begangen habe, die mir vorgeworfen wird?«

»Als Ihr Verteidiger spielt das für mich keine entscheidende Rolle.«

»Aber für *mich*.« Jack beugte sich über den Tisch, bis er direkt vor Jordans Gesicht war. »Ich will auf gar keinen Fall wieder einen Anwalt, der nicht mal *zuhört*, wenn ich ihm die Wahrheit erzähle.«

»Jetzt hören Sie *mir* mal gut zu, Jack. Ich habe Sie letztes Jahr nicht in den Knast gebracht, und ich habe Sie auch diesmal nicht *verhaftet*. Ob Sie freigesprochen werden oder verurteilt, *ich* spaziere als freier, unbescholtener Mann aus dem Gerichtssaal. Ich bin hier lediglich Ihr Rechtsbeistand, mit anderen Worten, die größte Hoffnung, die Sie verdammt noch mal haben. Während Sie in Einzelhaft hocken, setze ich mich da draußen für Ihre Interessen ein. Und wenn Sie mit mir kooperieren, statt mich dauernd anzuschnauzen, werde ich noch wesentlich härter für Sie kämpfen.«

Jack schüttelte den Kopf. »Und jetzt hören Sie *mir* mal gut zu. Ich habe dieses Mädchen nicht vergewaltigt. Ich war zur Tatzeit nicht mal in ihrer Nähe. Das ist die gottverdammte Wahrheit. Ich bin unschuldig. Deshalb werde ich keine Gefängnisklamotten anziehen und auch nicht mit den Leuten hier in einer Zelle hocken. Ich gehöre hier nicht hin.«

Jordan hielt seinem Blick stand. »Beim letzten Mal haben Sie sich aber bereitwillig auf eine Absprache eingelassen, trotz Ihrer ... Unschuld.«

»Und genau deshalb«, sagte Jack mit brüchiger Stimme, »werde ich das auf keinen Fall ein zweites Mal tun. Lieber bring ich mich um, als daß ich wieder für eine Tat büße, die ich nicht begangen habe.«

Jordan betrachtete Jacks zerknitterte Kleidung, seine wilden Augen. Er hatte auch früher schon Mandanten gehabt, die der Meinung waren, sie könnten ihren Anwalt nur mit einem leidenschaftlichen Schrei nach Gerechtigkeit dazu bringen, sich mit aller Energie für sie einzusetzen; sie kamen offenbar nicht auf den Gedanken, daß ein guter Anwalt sofort merkte, wenn man ihm Schwachsinn erzählte. »Also schön. Sie waren zur Tatzeit nicht in ihrer Nähe.«

»Nein.«

»Wo waren Sie?«

»Ich hab mich betrunken«, gestand Jack.

»Natürlich«, brummte Jordan, erstaunt, daß es in diesem Fall noch schlimmer kommen konnte. »Mit wem?«

»Roy Peabody. Ich war im Rooster's Spit, bis der Laden dichtgemacht hat.«

»Wieviel haben Sie getrunken?«

Jack wandte den Blick ab. »Mehr als ich vertragen kann.«

»Phantastisch«, seufzte Jordan.

»Dann bin ich spazierengegangen.«

»Ein Mitternachtsspaziergang. Hat Sie jemand gesehen?«

Jack zögerte nur eine Sekunde. »Nein.«

»Wo sind Sie hingegangen?«

»Nur … so durch die Gegend. Außerhalb der Ortschaft.«

»Aber Sie waren nicht in der Nähe des Waldes hinter dem Friedhof. Nicht in der Nähe von Gillian Duncan.«

»Das hab ich doch schon gesagt. Ich habe sie in der Nacht nicht gesehen, geschweige denn angefaßt.«

»Das ist seltsam, Jack. Weil Sie an der Wange einen Kratzer haben, und Gillian hat ausgesagt, sie hätte Sie gekratzt.«

»Der Kratzer ist von einem Ast«, sagte Jack mit zusammengebissenen Zähnen.

»Aha. Von einem Ast in dem Wald, in dem Sie nicht waren?« Jordan betrachtete die Blutergüsse in Jacks Gesicht. »Hat sie Sie auch geschlagen?«

»Nein. Das waren ein paar Typen mit Skimasken.«

»Skimasken«, wiederholte Jordan, der ihm kein Wort abkaufte. »Wieso sollten Leute mit Skimasken Sie zusammenschlagen?«

»Keine Ahnung.«

Jordan seufzte. »Können Sie sich an sonst noch was erinnern, was in der fraglichen Nacht passiert ist?«

Jack zögerte. »Ich erinnere mich, daß ich an dem Abend von Addies Haus weg bin … und dann habe ich sie im ›Diner‹ wiedergesehen.«

»Wieviel Zeit lag dazwischen?«

»Vier Stunden.«

»Was haben Sie nach Ihrem Spaziergang um Mitternacht gemacht?«

Jack schwieg, und Jordan verdrehte die Augen. »Sie wollen auf nicht schuldig plädieren. Sie behaupten, zur Tatzeit nicht in dem Wald gewesen zu sein, aber Sie haben kein Alibi. Dann sagen Sie mir bitte, was wir machen sollen?«

»Beweisen, daß sie lügt«, erwiderte Jack. »Ich weiß nicht, warum sie das macht oder was sie gegen mich hat. Aber ich war es nicht, das schwöre ich. *Ich habe Gillian Duncan nicht vergewaltigt.*«

»Also schön«, sagte Jordan, obwohl er ihm kein Wort glaubte. »Ziehen wir vor Gericht.«

»Nein«, sagte Charlie.

Matt, der sich Notizen auf einem Block machte, stutzte am anderen Ende der Leitung. »Was soll das heißen, nein?«

»Das soll heißen, ich kann nicht, Matt. Ich hab einfach keine Zeit.«

Matt legte seinen Stift hin. »Vielleicht haben Sie ja vergessen, wie das läuft, Charlie. Wir arbeiten zusammen an einem Fall; ich sage Ihnen, was ich brauche; Sie besorgen es. Und wenn ich sage, Sie sprechen mit Addie Peabody, dann machen Sie das, auch wenn Sie dafür Ihren Donut weglegen und Ihren Hintern aus Ihrem Schreibtischstuhl hieven müssen.«

»Ich muß die Beweismittel zum Labor in Concord bringen. Dann muß ich drei Mädchen vernehmen. Von ein paar anderen Dingen ganz zu schweigen. Falls ich es nicht erwähnt habe, ich bin Detective bei der Polizei von Salem Falls, und noch dazu der einzige.«

»Tut mir leid, daß im Budget für eure Dienststelle kein Geld für einen Laufburschen vorgesehen ist. Aber wie auch immer, Sie sind der einzige, der diese Addie befragen kann.«

»Das können Sie auch«, entgegnete Charlie. »Ihnen gegenüber ist sie wahrscheinlich sogar gesprächsbereiter, da nicht *Sie* ihren Freund verhaftet haben.«

Matt wußte, daß Addie Peabody mit ihm sprechen würde. Alle sprachen mit ihm, auch wenn sie sich zuvor gesträubt hatten. Er stellte eine Frage, und es sprudelte nur so aus ihnen heraus. Das Problem bei Addie war allerdings, daß sie Matt unter vier Augen etwas anderes erzählen könnte als später im Zeugenstand. »Sie ist nicht kalkulierbar, Charlie. Wenn sie uns im Prozeß eine andere Geschichte auftischt, kann ich mich nicht selbst als Zeugen aufrufen, um ihre Glaubwürdigkeit anzuzweifeln.«

»Sie wird nicht lügen.«

»Das weiß man nie«, sagte Matt. »Die Verhaftung ihres Freundes könnte bei ihr einen Schock ausgelöst haben. Das wäre durchaus verständlich. Oder sie könnte mit der Anklagevertretung Mata Hari spielen und ihren Freund am Ende rausboxen. Sie ist genau die Sorte Zeugin, die mir vor einem Prozeß schlaflose Nächte bereitet.«

»Hören Sie, ich kenne Addie schon seit meiner Kindheit.« Charlie hörte sich an, als würde er die Worte nur mit Mühe herausbringen. »Sie gehört zu den Menschen, die sich einer beschissenen Situation stellen, statt die Augen davor zu verschließen. Wenn Sie unbedingt wollen, nehmen Sie Wes Courtemanche mit; dann haben Sie jemanden, den Sie in den Zeugenstand rufen können, wenn Sie Addies Glaubwürdigkeit anfechten müssen. So, sind wir jetzt fertig? Oder muß ich mir noch einen Vortrag anhören, bevor ich endlich Ihre Beweismittel aus dem Kühlschrank holen kann?«

»Machen Sie sich auf die Socken«, knurrte Matt und knallte den Hörer auf die Gabel.

Sie hatte zwei linke Hände, seit sie am Morgen den »Diner« betreten hatte – sie hatte drei Gläser zerbrochen, einen Teller Pfannkuchen fallen lassen, einem Gast Kaffee über die Zeitung geschüttet. »Addie«, sagte ihr Vater, der ihr eine Hand auf die Schulter legte, und beinahe wäre ihr das gesamte Tablett aus den Händen gerutscht. »Ich finde, du solltest Darla rufen.«

Ohne zu antworten, rauschte sie in die Küche, Roy hinterdrein. »Gepriesen sei Gott«, sagte Delilah. »Ich hoffe, du bist da, um zu spülen.« Sie deutete mit einem Nicken auf den Berg schmutziges Geschirr.

Addie legte Delilah eine Bestellung hin. »Leider keine Zeit.«

Die Köchin nahm den Zettel und machte eine finstere Miene. »Na schön, Schätzchen, du kriegst deine Frittata, aber du mußt sie auf einem dreckigen Teller servieren.«

»Ach, Delilah, von mir aus kannst du sie auch in einem Schuh rausbringen.«

Addie klammerte sich an einen letzten Rest Selbstbeherrschung. Sie hatte gehofft, die Arbeit würde sie ablenken wie damals bei Chloe. Aber sie hatte nur einen Gedanken: Jack war nicht mehr da.

»Addie«, sagte ihr Vater, »du bist ja völlig am Ende. Geh doch nach oben und leg dich ein Weilchen hin.«

»Aber vorher besorgst du bitte noch jemanden für den Abwasch«, brummte Delilah.

Das brachte das Faß zum Überlaufen. Tränen schossen Addie in die Augen, als sie ihre Schürze abband und auf den Küchenboden schleuderte. »Ich hab seit drei Nächten kein Auge zugetan. Meinst du, ich weiß nicht, daß wir jemanden für die Küche brauchen? Ein Mann, den ich ... von dem ich gedacht habe, daß ich ihn lieben könnte, ist vor meinen Augen verhaftet worden, weil er ein Mädchen vergewaltigt haben soll. Und ich kann euch nicht sagen, ob er es getan hat oder nicht. Es ist mir im Moment schnuppe, ob wir in schmutzigem Geschirr ersticken. Ich versuche wirklich, es allen hier recht zu machen. Verdammt noch mal, was wollt ihr denn noch?!«

Die Stimme, die antwortete, kam überraschend und war leise und kühl. »Na ja«, sagte Matt Houlihan, der hinter Wes stand. »Zunächst mal eine kleine Unterhaltung.«

Houlihan wirkte sympathisch, obwohl er die Absicht hatte, Jack für zwanzig Jahre hinter Gitter zu bringen. Als er lächelte, zeigte sich eine Lücke zwischen den Vorderzähnen, und Addie stellte überrascht fest, daß in seinen Augen ein Verständnis lag, das sie nicht erwartet hätte. »Die Situation muß sehr schwierig für Sie sein, Miss Peabody«, sagte Matt. Wes, der in Roys Wohnzimmer in der Ecke stand, schnaubte und überspielte es dann rasch mit einem Husten.

»Muß ich mit Ihnen sprechen?«

»Nein, natürlich nicht. Aber ich würde gern mit Ihnen reden, damit Sie wissen, was ich Sie vor Gericht fragen werde; ich möchte Sie nicht einfach mit einer Vorladung überrumpeln.« Er lächelte mitfühlend. »Soviel ich weiß, haben Sie und Mr. St. Bride eine Beziehung.«

Addie nickte, überzeugt, daß sie kein einziges erklärendes Wort durch ihre zugeschnürte Kehle würde pressen können.

»Können Sie mir etwas über ihn erzählen?«

Sie nahm die Fernbedienung vom Fernseher ihre Vaters in die Hand und mußte an Jacks Vorliebe für ›Jeopardy!‹ denken. »Er ist sehr klug«, sagte sie leise. »Weiß einfach alles.«

»Wie lange kennen Sie ihn?«

»Ich habe ihn vor zwei Monaten eingestellt, im März. Er hat als Tellerwäscher angefangen.«

»Wußten Sie da schon, daß er vorbestraft ist?«

Addies Wangen wurden heiß. »Ich dachte ... er hätte ein paar mal Pech gehabt.«

Sie spürte Wes' Blicke auf sich, ließ sich aber nicht dadurch beirren. »Hat St. Bride Ihnen gegenüber jemals irgend etwas über Gillian Duncan gesagt?« fragte Matt.

»Nein.«

»Haben Sie die beiden jemals zusammen gesehen?«

»Nur wenn sie mit ihren Freundinnen im ›Diner‹ war und Jack ihren Tisch abräumen mußte.« Während sie sprach, überlegte sie verzweifelt, ob sie jemals mitbekommen hatte, wie Jack den Mädchen zulächelte, mit ihnen flirtete, einen Augenblick zu lange bei ihnen stehenblieb, wenn er ihre Teller abgeräumt hatte. Was hatte sie übersehen? Was hatte sie übersehen *wollen*?

»Hat er Sexmagazine gelesen?«

Addies Kopf fuhr hoch. »Was?«

»Sexmagazine«, wiederholte der Anwalt. »Den »Playboy« zum Beispiel, oder hat er vielleicht Pornovideos geguckt ... oder Kinderpornos im Internet?«

»Nein!«

»Hatte er in seiner sexuellen Beziehung zu Ihnen gewisse Vorlieben, die Ihnen irgendwie anormal erschienen?«

»Wie bitte?«

Wieder das breite, jungenhafte Lächeln. »Miss Peabody, mir ist klar, daß solche Fragen rüde und intim sind. Aber Sie verstehen doch wohl, warum wir diese Informationen benötigen.«

»Nein«, sagte sie.

»Nein, Sie verstehen also nicht –?«

»Nein«, fiel Addie ihm ins Wort, »er hatte keine anormalen sexuellen Vorlieben.« Im Hintergrund war ein Knacken zu hören, als Wes der kleinen Tonfigur eines Fischers im Bücherregal ihres Vaters einen Arm abbrach. Hastig setzte er ihn notdürftig wieder an und brummte eine Entschuldigung.

»War St. Bride Ihnen gegenüber jemals gewalttätig?«

Addie hob das Kinn. »Er war der sanfteste Mann, den ich kenne.«

»Hat er übermäßig Alkohol getrunken?«

Sie preßte die Lippen zusammen. Sie wußte, worauf der Staatsanwalt hinauswollte; und selbst wenn Jack schuldig war, so würde sie auf keinen Fall noch mehr zu seiner Misere beitragen, als sie es ohnehin schon getan hatte.

»Miss Peabody?«

Andererseits war ein junges Mädchen vergewaltigt worden.

»In der fraglichen Nacht hat er sich betrunken«, gab Addie zu. »Zusammen mit meinem Vater.«

»Verstehe«, sagte Matt. »Waren Sie an dem Abend mit ihm zusammen?«

»Er war bis halb zehn bei mir zu Hause. Mein Vater war bis halb zwölf mit ihm zusammen. Ich habe ihn erst um halb zwei Uhr morgens wiedergesehen.«

»Hat er Ihnen erzählt, wo er war?«

Addie schloß die Augen. »Nein. Und ich ... ich habe ihn nicht danach gefragt.«

Der Ball segelte über das weite, grüne Meer des Golfübungsplatzes und landete irgendwo in der Nähe einer Sandkuhle. Jordan bückte sich nach dem Eimer und nahm einen neuen Ball heraus, den er auf das Tee legte. Er hob den Schläger und wollte gerade durchschwingen, als Selenas Stimme ihn aus der Konzentration riß.

»Wessen Gesicht siehst du da auf dem kleinen Ball? Das von Homer ... oder St. Bride?«

Jordan holte erneut zum Schlag aus und sah, wie der Ball das Ziel weit verfehlte. »Hat dir noch nie jemand gesagt, daß man einen Golfspieler nicht stört?«

Selena steckte sich ein Stück der Orange, die sie geschält hatte, in den Mund. »Du bist kein Golfspieler, Jordan; du bist ein Dilettant.«

Jordan schlug unbeirrt drei weitere Bälle. »Ich hab mal eine Frage.«

»Nur zu.«

»Wenn du wegen Mordes angeklagt wärst, wen würdest du zu deiner Verteidigung engagieren?«

Selena zog die Stirn in Falten und überlegte. »Ich glaube, Mark D'Amato. Oder Ralph Concannon.«

Jordan warf ihr einen Blick über die Schulter zu. »Mark ist gut«, gab er zu.

Sie lachte auf. »Mein Gott, Jordan, an deinem Pokerface mußt du noch arbeiten. Na los, frag schon, warum ich nicht gesagt habe, ich würde dich nehmen.«

Er legte den Schläger hin. »Warum nicht?«

»Weil du der einzige Mensch bist, der mich so in Rage bringt, daß ich ihn umbringen könnte, und dann wärst du nicht mehr da, um mich zu verteidigen. Jetzt zufrieden?«

»Ich weiß nicht«, sagte Jordan und zog die Stirn kraus. »Ich muß darüber nachdenken.«

Selena blickte auf den halbvollen Eimer. »Hast du dich genug abreagiert, um mir von deinem Gespräch von heute morgen zu erzählen?«

»Dazu bräuchte ich sechs Eimer.« Er rieb sich den Nacken. »Wieso hab ich bloß das Gefühl, daß dieser Fall mich ungeheuer viel Nerven kosten wird?«

»Weil St. Bride dich aus deinem süßen Nichtstun reißt. Selbst ein sauberer Freispruch würde dir die Laune versauen. Will er sich schuldig bekennen?«

»Schön wär's. Unser Marschbefehl lautet: Auf in den Prozeß!«

»Im Ernst?«

»Allerdings.«

Sie zuckte die Achseln. »Na schön. Haben wir einen Schlachtplan?«

»Unserem hochgeschätzten Mandanten ist nichts zu entlocken, er leidet praktischerweise an Amnesie. Was bedeutet, du mußt beweisen, daß das Mädchen lügt.«

Selena schwieg beharrlich, und Jordan machte weitere sechs Schläge, bevor er mitleidig sagte: »Ich weiß, das ist so gut wie unmöglich. Bislang paßt alles zusammen, was sie ausgesagt hat.«

»Nein, das finde ich nicht.« Sie blickte auf. »Wer ist Dr. Horowitz?«

»Keine Ahnung. Irgendwer vom Krankenhaus?«

»Er ... oder sie ... wird in der Aussage erwähnt, die das Opfer bei der Polizei gemacht hat. Ich tippe auf eine Psychiaterin, bei der Gillian Duncan früher mal war.«

Zum erstenmal landete Jordans Ball dort, wo er ihn haben wollte. Langsam drehte er sich um und starrte Selena an, die die Augenbrauen hob und ihm das letzte Stück von der Orange gab. Als er es nahm, berührten sich ihre Finger. »Da könntest du richtig liegen«, sagte er.

Jack starrte die ordentlich gefalteten Kleidungsstücke auf dem Stuhl an und mußte sich beherrschen, nicht nachzugeben.

Das Duschen in den drei Tagen Einzelhaft war eine heikle Angelegenheit gewesen. Zuerst hatte er sich mit seinem T-Shirt abgetrocknet. Als es dann anfing, modrig zu riechen, hatte er sich mit bloßem Oberkörper an der Luft trocknen lassen. Doch als er zum Büro des Anstaltsleiters sollte, mußte er sein T-Shirt wieder anziehen. Es klebte ihm auf der Haut und stank wie ein Abwasserkanal.

Jack blickte die Kleidung sehnsüchtig an. »Verlockend, nicht?« sagte der Direktor. »Sie brauchen nur zuzugreifen.«

»Nein danke.«

»Mr. St. Bride, Sie haben Ihren Standpunkt klargemacht.«

Jack lächelte. »Erzählen Sie mir das, wenn Sie mal in meine Lage kommen.«

»Die Kleidung dient Ihrer eigenen Sicherheit.«

»Nein, sie dient *Ihrer* Sicherheit. Sie wollen, daß ich die Sachen anziehe, damit alle hier wissen, daß Sie mich kleingekriegt haben.«

Die Augen des Direktors funkelten; Jack wußte, daß er sich auf sehr dünnem Eis bewegte. »Unsere Einzelzellen sind keine Penthousewohnungen. Sie können nicht ewig dort bleiben.«

»Dann lassen Sie mich meine Kleidung in einer normalen Zelle tragen.«

»Das kann ich nicht.«

Jack blickte wieder auf die frische Anstaltskleidung. »Und das kann ich nicht«, entgegnete er leise.

Auf ein Nicken des Direktors trat der Wärter hinter ihm vor. »Stecken Sie Mr. St. Bride für weitere sechs Tage in Einzelhaft. Und diesmal drehen Sie ihm das Wasser zum Duschen ab.«

Jack wurde vom Stuhl gerissen. Er strich sich das T-Shirt vorne glatt, als wäre es das Gewand eines Königs.

»Mr. St. Bride«, sagte der Direktor. »Sie werden nicht gewinnen.«

Jack blieb stehen, drehte sich aber nicht um. »Ich hab aber auch nichts zu verlieren.«

Francesca Martine, eine attraktive Genforscherin, legte eine Probe unters Mikroskop. »Mal ehrlich, Frankie«, sagte Matt, »stammt die von Ihrem Freund?«

»Wohl kaum. Ich bin seit einem halben Jahr solo, außerdem habe ich was anderes zu tun, als meine Partner auf ihre Zeugungsfähigkeit hin zu testen.« Sie spähte ins Okular. »Wie geht's Ihrer süßen Kleinen?«

»Molly ... Prächtig. Ich kann gar nicht beschreiben, wie wunderbar sie ist. Also müssen Sie sich wohl selbst was Kleines zulegen.«

»Wieso meinen völlig normale Leute bloß immer, sie müßten andere zur Fortpflanzung animieren, bloß weil sie selbst gerade Eltern geworden sind.«

»Das ist Darwinismus, glaube ich. Die eigene Art muß erhalten bleiben.« Unruhig stand Matt auf. »Außerdem müßt ihr Labortypen ab und an daran erinnert werden, daß es noch nettere Methoden gibt, DNA zu reproduzieren, als in einem Thermozykler.«

»Danke, Mom«, sagte Frankie trocken. »Sind Sie extra gekommen, um mit mir über mein jämmerliches Liebesleben zu sprechen, oder gibt es noch einen anderen

Grund?«

»Die Beweismittel in dem Vergewaltigungsfall, die Charlie Saxton hergebracht hat –«

»Dazu bin ich noch nicht gekommen, Matt. Gestern hatte ich einen Gerichtstermin und heute vormittag –«

»Ich will Sie ja nicht drängen.« Er lächelte verlegen. »Na ja, jedenfalls nicht mehr als sonst. Ich wollte Ihnen nur sagen, wonach ich suche.«

»Lassen Sie mich raten«, sagte Frankie mit unbewegter Miene. »Sperma?«

»Genau. Auch das Blut an der Bluse interessiert mich. Und die Erde von den Schuhen.« Er wandte sich von dem Labortisch ab. »Also, krieg ich die Ergebnisse in zwei Wochen?«

»Drei«, murmelte Frankie, während sie durchs Mikroskop schaute.

»Ach, kommen Sie – zehn Tage, das wäre prima.« Matt zog sich zurück, bevor sie widersprechen konnte. »Danke.«

Frankie blickte nicht vom Mikroskop auf. »Das sagen sie alle«, seufzte sie.

Addie wußte selbst nicht, woher sie den Mut nahm, an der dicken Tür der Strafanstalt von Carrol County zu klingeln.

Ein Vollzugsbeamter öffnete. »Ja bitte?«

»Ich ... ich...«

Ein freundliches Lächeln breitete sich im Gesicht des Mannes aus. »Das erste Mal hier? Kommen Sie herein.«

Er führte Addie in einen Vorraum, wo eine kleine Menschenschlange vor einem in Glas eingefaßten Schalter wartete. »Stellen Sie sich da an«, sagte der Wärter.

Addie nickte. Die Besuchszeit war mittwochs abends von sechs bis neun. Jetzt graute ihr vor dem Augenblick, da sie Jack gegenüberstehen und um Worte ringen würde.

Nachdem sie mit Matt Houlihan gesprochen hatte, war ihr klargeworden, daß sie erst Jacks Version der Geschichte hören mußte, bevor sie irgend jemand anderem glaubte.

Sie hatte Angst, daß er sie belügen würde, daß ihre ganze

gemeinsame Zeit lediglich eine Lüge gewesen war. Genauso große Angst hatte sie davor, daß er ihr die grausame Wahrheit sagen würde. Denn dann würde sie sich eingestehen müssen, daß sie ihr Herz einem Mann geschenkt hatte, der ein Vergewaltiger war.

»Der nächste, bitte!«

Addie rückte auf, als ein Summton erklang und der Mann vor ihr durch eine Gittertür ging. Sie blieb vor einem Gefängnisbeamten stehen, dessen Gesicht sie an eine mißgestaltete Kartoffel erinnerte. »Ihr Name?«

Das Herz schlug ihr bis zum Hals. »Addie Peabody.«

»Der Name des Häftlings, den Sie besuchen möchten?«

»Oh. Jack St. Bride.«

Der Beamte sah auf einer Liste nach. »St. Bride darf keinen Besuch empfangen.«

»Er darf keinen –«

»Er ist in Einzelhaft.« Er blickte ihr über die Schulter. »Der nächste, bitte!«

Aber Addie rührte sich nicht von der Stelle. »Wie kann ich mit ihm Verbindung aufnehmen?«

»Telepathie«, schlug der Beamte vor, dann wurde Addie zur Seite gedrängt.

Als Strafverteidiger hatte Jordan reichlich Erfahrung mit Verlierertypen, die davon überzeugt gewesen waren, daß man ihnen vorenthalten hatte, was ihnen zustand. Es war nicht seine Aufgabe, über sie oder ihre falsche Selbsteinschätzung zu urteilen. Aber noch nie hatte Jordan sich mit einem Mandanten herumschlagen müssen, der sich so zielstrebig ins eigene Verderben stürzte – und das nur, weil er angeblich Gerechtigkeit verlangte. Als wieder ein Trupp Gefangener, die vom Sport kamen, an ihm vorbeiwollte, rückte er mit seinem Klappstuhl etwas näher an die Zellentür, durch deren Klappe er mit Jack konferierte. »Es sind Klamotten, Jack«, sagte Jordan müde zum x-ten Mal. »Bloß Klamotten.«

»Wenn ich diese Gefängniskluft anziehe«, entgegnete Jack

mit dünner Stimme, »bin ich einer von denen. Es sind *nicht* bloß Klamotten. Durch sie werde ich ein Teil des Systems.«

»System«, wiederholte Jordan. »Soll ich Ihnen mal was über das System verraten, Jack? Das System sagt, sobald Direktor Warcroft Ihre kleine Privatzelle für jemand anderen braucht, schickt er Sie prompt nach Concord ins Staatsgefängnis. Glauben Sie mir, dagegen ist das Bezirksgefängnis hier der reinste Freizeitpark. In Concord sind die Vollzugsbeamten von Kopf bis Fuß gepanzert – Schild und Helm mit Gesichtsmaske und Stiefel mit Stahlkappen. Sie eskortieren Sie überall hin, wenn Sie Ihre kleine Zelle mal verlassen müssen, was so gut wie nie vorkommt. Ach ja, die Zellen sind übrigens um eine kugelsichere Aufsichtskabine herum angeordnet, von wo die Wärter Sie keine Sekunde aus den Augen lassen. Sie beobachten Sie beim Essen, Schlafen, sogar wenn Sie auf dem Klo sitzen. Sie beobachten Sie beim Atmen, Jack. Sie und die drei Arschlöcher, mit denen Sie sich eine Zelle teilen und die vermutlich richtig was auf dem Kerbholz haben, nicht bloß die Weigerung, Gefängniskleidung anzuziehen.«

»Ich gehe nicht ins Staatsgefängnis.«

»Die werden Sie wohl kaum fragen, ob Sie Lust dazu haben«, brüllte Jordan. »Begreifen Sie denn nicht? Sie sind hier. Finden Sie sich damit ab. Denn jede Minute, die ich darüber nachdenken muß, ob Sie nicht schon wieder Mätzchen machen, geht von der Zeit ab, die ich in Ihre Verteidigung investiere.«

Eine Weile kam kein Geräusch aus der Zelle. Jordan legte die flache Hand an die Tür. Dann hörte er eine leise Stimme. »Die wollen aus mir jemanden machen, der ich nicht bin. Dieses T-Shirt ... diese Jeans ... sind das einzige, was noch von dem Menschen übrig ist, der ich bin. Und ich muß die Sachen sehen, Jordan, sonst glaub ich irgendwann auch, was man über mich sagt.«

»Was *sollte* man denn über Sie sagen, Jack?« hakte Jordan nach. »Was ist wirklich passiert?«

»Ich kann mich nicht erinnern!«

»Wie können Sie sich dann sicher sein, daß Sie sie nicht vergewaltigt haben?« hielt Jordan entgegen. Er rang um Beherrschung. Er würde nicht auf eine rührselige Geschichte hereinfallen. Wenn dieser Mandant sich unbedingt nach Concord verlegen lassen wollte ... ihm konnte es egal sein, er bekam die Fahrtkosten vom Gericht erstattet. »Ich habe einen vorgezogenen Prozeßbeginn beantragt und die psychiatrischen Unterlagen über Gillian Duncan angefordert«, sagte er energisch. »Sie müßten in Kürze bei mir auf dem Schreibtisch liegen.«

»Sie ist verrückt. Ich wußte es.«

»Sie war als Kind in Therapie; es kann also sein, daß es uns nicht viel nützt.«

»Was haben Sie noch?« fragte Jack.

»Ich habe Sie.«

»Mehr nicht?«

»Das muß reichen.« Jordan legte die Stirn gegen das Metall. »Verstehen Sie jetzt, warum es wichtig ist, daß Sie sich am Riemen reißen?«

»Na schön.«

Die Worte kamen so leise, daß Jordan fast sicher war, sich verhört zu haben. »Was?«

»Ich hab gesagt, ich mach's. Ich zieh die Sachen an. Aber nur unter einer Bedingung.«

Jordan spürte, wie erneut Wut in ihm aufstieg. »Sie haben überhaupt keine Bedingungen zu stellen. Wenn hier einer –«

»Daß Sie mir kurz Ihren Stift geben, Herrgott noch mal. Das ist alles.«

Seinen Stift. Jordan blickte auf den Kugelschreiber in seiner Hand. Jacks Meinungsumschwung war zu schnell gekommen. Er malte sich aus, wie sein Mandant den Stift nahm und ihn sich in den Hals rammte.

»Ich glaube nicht, daß das...«

»Bitte«, sagte Jack leise. »Nur ganz kurz.«

Langsam schob Jordan den Stift durch die Klappe in der Tür. Einige Sekunden später kam er zurück, eingewickelt in eine blaßblaue Rolle. T-Shirt, begriff Jordan. Jack hatte ein

Stück von seinem gottverdammten, kostbaren T-Shirt abgerissen, um etwas darauf zu schreiben.

»Würden Sie das bitte Addie Peabody geben?« fragte Jack.

Jordan entrollte es. Ein einziges Wort stand darauf, ein Wort, das man sowohl als Lob als auch als Vorwurf deuten konnte. »Wieso sollte ich Ihnen helfen?« fragte er. »Sie helfen mir doch auch nicht.«

»Das werde ich«, versprach Jack, und einen kurzen Moment lang – die Zeit, die der Anwalt brauchte, um sich in Erinnerung zu rufen, mit wem er sprach – glaubte Jordan ihm tatsächlich.

»Verdammt, Thomas.« Jordan zuckte zusammen, als die Tür zuknallte. »Mußt du so einen Krach machen?«

Thomas blieb stehen, als er seinen Vater auf der Couch liegen sah, einen Waschlappen auf der Stirn. Selena berührte ihn an der Schulter. »Der arme Schatz mußte heute arbeiten«, sagte sie und schnalzte besorgt mit der Zunge. »Er hat schlechte Laune.«

»Der arme Schatz kann dich laut und deutlich hören, und er hat höllische Kopfschmerzen«, knurrte Jordan.

»Das St.-Bride-Syndrom«, murmelte Selena.

Thomas ging in die Küche und nahm eine Packung Milch aus dem Kühlschrank. »Wo liegt denn eigentlich das Problem bei dem Typen? Im ›Diner‹ hat er doch einen ganz netten Eindruck gemacht.«

»Das hat Ted Bundy auch«, brummte Jordan.

»Ted Bundy hat da gearbeitet?« sagte Thomas. »Wahnsinn!«

Jordan setzte sich auf. »Was erzählt man denn so in der Schule?«

»Alles Mögliche. In der letzten Pause ging schon das Gerücht, daß er ausgebrochen ist und ein Mädchen aus der Oberstufe vergewaltigt hat.«

»Er ist nicht ausgebrochen, und es besteht der Verdacht, daß er eine Vergewaltigung begangen hat.«

»Wirklich erstaunlich«, sagte Selena, »sein Mandant bringt ihn auf die Palme, und trotzdem ist er jede Sekunde im Job.«

»Erstaunt mich überhaupt nicht, schließlich hat er mir auch schon mal Hausarrest aufgebrummt, obwohl er behauptet, daß er mich lieb hat.« Thomas setzte sich auf den Fußboden und griff nach der Fernbedienung des Fernsehers, aber Jordan war schneller.

»Moment noch«, sagte er. »Erzähl mir mehr.«

Thomas seufzte. »Na ja, einige haben Mitleid mit Gillian.«

»Und andere?«

»Die denken, was sie immer gedacht haben ... daß sie ein Miststück ist.«

»Ein Miststück? Ich dachte, Gillian Duncan hat Aussicht, zur beliebtesten Schülerin des Jahres gewählt zu werden«, sagte Selena.

Thomas lachte auf. »Wahrscheinlich würde sie sich lieber vorher umbringen. Sie hält sich für was Besseres, und das läßt sie jeden spüren. Sie steckt nur mit ihren drei Freundinnen zusammen und sorgt dafür, daß die sich nicht mit dem gemeinen Volk abgeben. Als ich Chelsea das erste Mal angesprochen habe –«

»Wer ist Chelsea?«

Thomas bedachte ihn mit einem genervten Blick. »Dad. Das weißt du genau.«

»Ja, jetzt fällt's mir wieder ein.«

»Jedenfalls, Gillian hat sich total aufgeregt, hat Chelsea einreden wollen, ich wäre doch reine Zeitvergeudung. Ich meine, wenn du mich fragst, hat Gillian sich das auch zum Teil selbst eingebrockt – ständig hat sie auf andere runtergeschaut, ist doch klar, daß das irgendwann mal jemandem gehörig gegen den Strich geht. Als ich das Chelsea gesagt hab, hat sie gemeint, das wäre ganz anders gewesen.«

»Ach ja?«

»Sie war dabei, als Gillian weinend aus dem Wald gekommen ist ... danach. Und sie hat gesagt, Gillian hätte kaum ein Wort rausgekriegt. Und daß sie noch immer völlig fertig ist.«

Jordan ballte die Faust um den feuchten Waschlappen. Er warf Selena einen kurzen Blick zu, sah dann wieder seinen Sohn an. »Thomas«, sagte er, »finde raus, was Chelsea weiß.«

Der Briefumschlag steckte zwischen der Stromrechnung und einem Flugblatt, das für George W. Bush als zukünftigen Präsidenten warb. ADDIE PEABODY stand darauf in einer Schrift, die sie nicht kannte. Eine Briefmarke fehlte; jemand hatte den Umschlag persönlich eingeworfen, während sie bei der Arbeit war.

Sie schlitzte das Kuvert mit dem Finger auf.

Der Inhalt war ein Stück Stoff, dasselbe Blau wie das T-Shirt, das Jack am Morgen seiner Verhaftung getragen hatte. Addie klappte es auf und sah, daß in seiner Handschrift ein Wort darauf geschrieben war.

Loyal.

Sie drehte und wendete den Stoff und versuchte, sich einen Reim auf diese kryptische Nachricht zu machen. Warf er ihr vor, daß sie nicht zu ihm stand? Bat er sie um Unterstützung?

Sie zermarterte sich das Gehirn. Plötzlich kam ihr ein Gedanke: Vielleicht handelte es sich gar nicht um ein Adjektiv.

Das Klingeln des Telefons riß Jordan aus dem Tiefschlaf. Er stieß den Radiowecker um, als er nach dem Hörer griff, und zog ihn halb übers Bett. »Hallo«, sagte er barsch.

»Ein R-Gespräch für Sie aus der Strafanstalt von Carroll County«, sagte eine Computerstimme. »Übernehmen Sie die Kosten?«

»Ach, verdammt«, brummte Jordan.

»Bitte wiederholen Sie –«

»Ja«, brüllte Jordan. »Ja, ja!«

»Danke.« Im nächsten Moment war St. Bride in der Leitung. »Jordan? Jordan, sind Sie da?« Jack war aufgeregt, außer Atem.

»Beruhigen Sie sich. Was ist los?«

»Ich muß Sie sprechen.«

»Gut. Ich komme morgen vorbei.«

»Nein, ich muß Sie sofort sprechen.« Jacks Stimme schnappte über. »Bitte. Ich erinnere mich. Ich *erinnere* mich wieder.«

»Bin schon unterwegs«, sagte Jordan.

Eine Stunde später stand Jack vor ihm, schwitzend und aufgedreht, nachdem er alles erzählt hatte. Die Uhr an der Wand des kleinen Besprechungsraumes tickte wie eine Bombe. »Also noch mal«, sagte Jordan schließlich. »Sie erinnern sich, daß Sie Sachen an den Bäumen haben hängen sehen.«

Jack nickte. »Sie waren daran festgebunden.«

»Wie Lametta?«

»Nein«, sagte Jack. »Bänder und kleine Säckchen. Gruseliges Zeugs. Wie in dem Film ... ›Blair Witch Project‹.«

Jordan verschränkte die Arme vor dem Bauch. »Dann hingen also gespenstische Kruzifixe aus Zweigen an den Bäumen, als Sie dran vorbeigingen, im Dunkeln, im Wald, wo Sie Gillian Duncan *nicht* begegnet sind. Und deshalb haben Sie mich aus dem Bett geholt?«

»Da war irgendwas Seltsames im Gange. Entschuldigung, daß ich gedacht habe, es wäre vielleicht wichtig für meinen Fall, und mea culpa, daß ich Ihren Schönheitsschlaf gestört habe.«

»Es ist nicht wichtig, Jack. Wichtig wäre, wenn Sie sich an jemanden erinnern könnten, der Sie zwischen Mitternacht und halb zwei gesehen hat. Wichtig wäre, wenn Sie einfach zugeben würden, mit dem Mädchen geschlafen zu haben.«

»Ich hatte keinen Sex mit Gillian Duncan«, brüllte Jack. »Wieso glauben Sie mir nicht?«

»Sie waren *betrunken*! Was würden Sie denn eher glauben – daß ein Mann, der voll wie eine Haubitze ist und dem zufällig ein junges Mädchen über den Weg läuft, die Kontrolle verloren hat ... oder diese Spukinszenierung mitten im Wald, die Sie mir weismachen wollen? Für die, wie ich hinzufügen möchte, weder die Cops noch meine Ermittlerin irgendwelche Anhaltspunkte gefunden haben?«

Jack warf sich auf den Stuhl. »Ich möchte einen Lügendetektortest machen«, sagte er.

Jordan schloß die Augen. *Gott erlöse mich von diesem Mandanten.* »Auch wenn Sie den Lügendetektortest bestehen würden, es wäre vor Gericht nicht zulässig. Sie würden ihn bloß für sich selbst machen, Jack.«

»Und für Sie. Damit Sie mir endlich glauben.«

»Ich habe Ihnen bereits gesagt, es ist für mich unerheblich, ob Sie schuldig oder unschuldig sind, ich verteidige Sie in jedem Fall.«

Jack legte den Kopf auf seine gefalteten Hände. »Wenn Sie an meiner Stelle wären«, sagte Jack leise, »würde Ihnen das reichen?«

Roy blinzelte seine Tochter erneut an, überzeugt, daß er sich verhört haben mußte.

Delilah dagegen hatte es nicht die Sprache verschlagen. »Soll das heißen, du packst die Koffer und der alte, abgetakelte Trunkenbold hier hat in der Zwischenzeit das Sagen?«

»Der alte, abgetakelte Trunkenbold hatte schon das Sagen, bevor du hier angefangen hast«, knurrte Roy.

Addie ging dazwischen. »Er hat nicht das Sagen, Delilah. Er soll einfach ein paar Aufgaben mehr übernehmen.«

»Dann kannst du den Laden ja gleich dichtmachen, Schätzchen.«

»Ich begreife einfach nicht, was du dir überhaupt von diesen ... Nachforschungen versprichst«, sagte Roy.

Addie überhörte die kleine Stimme in ihr, die genau dasselbe fragte. Paradoxerweise war es ausgerechnet Jack gewesen, der ihr, durch Chloe, die Augen geöffnet hatte, daß sie Dinge ein für allemal klären mußte. Wenn sie herausfand, daß er sie angelogen hatte, konnte das nicht quälender sein als die Ungewißheit, ob er das schreckliche Verbrechen begangen hatte. »Das mußt du auch nicht. Hilf mir einfach«, sagte Addie zu ihrem Vater. »Ich bin ja bald wieder da.«

Roy schaute sich um. »Und wenn ich nicht will?«

Daran hatte Addie nicht gedacht. »Ich weiß nicht«, sagte sie langsam. »Dann schließen wir eben.«

»Schließen!« rief Delilah.

Roy blickte finster. »Schließen? Der Laden war seit Jahren nicht geschlossen. Nicht seit...«

»Seit Moms Tod«, führte Addie den Satz leise zu Ende. Sie holte tief Luft. »Darla hat sich bereit erklärt, meine Schicht zu übernehmen. Delilah, für dich ändert sich gar nichts, außer daß ein neues Gesicht dir die Bestellungen durchgibt. Und Daddy, du sorgst einfach dafür, daß der Laden läuft.«

Roy senkte den Blick. »Nicht gerade meine Stärke, Addie.«

»Meinst du, das weiß ich nicht? Meinst du, ich würde dich darum bitten, wenn ich eine andere Wahl hätte? All die Jahre hab ich mit angesehen, wie du dich heimlich davongemacht hast, um zur Flasche zu greifen, und ich hab so getan, als würde ich nichts merken. Ich hab verstanden, daß man bestimmte Dinge tun muß, egal, was das für Folgen hat ... wieso gestehst du mir das jetzt nicht auch zu?«

Ihr Vater beugte sich vor und legte seine Hand auf Addies. »Warum tust du dir das an? Wenn etwas Schlimmes passiert ist, warum bohrst du dann in der Wunde, bis es wieder blutet?«

»Vielleicht hat er es ja nicht getan.«

»Und vielleicht ist Chloe nicht wirklich gestorben? Und vielleicht kommt deine Mom gleich zur Tür hereinspaziert?« Roy seufzte. »Du fährst doch nicht, weil du dir beweisen willst, daß er schuldig ist; das wird sich bald vor Gericht zeigen. Du fährst, weil du die Wahrheit, die dir förmlich ins Gesicht springt, nicht glauben willst.«

»Du weißt ja nicht mal, wo du suchen sollst«, fügte Delilah hinzu.

»Da fällt mir schon was ein.«

»Und wenn du nicht findest, was du suchst?«

Auf Roys Frage hin blickte Addie auf. »Dann habe ich Zeit vergeudet.«

Alle wußten, daß das nicht stimmte. Aber weder Roy noch Delilah, ja nicht einmal Addie wollten zugeben, daß ein Herz, das bereits so viele Risse bekommen hatte, dann vielleicht endgültig brechen würde.

Jordan stand im Bad vor dem Spiegel und rasierte sich. Während er den Schaum wie mit einem Schneepflug durchzog, mußte er an Jack denken, der – Gott sei Dank – geduscht und rasiert gewesen war, als er Jordan mitten in der Nacht zu sich gerufen hatte, um ihm von den Kruzifixen aus Zweigen zu erzählen oder was auch immer er da an den Bäumen hatte hängen sehen.

Er spülte die Klinge ab, bevor er sie wieder an die Wange hob. Er konnte immer noch auf verminderte Schuldfähigkeit wegen Trunkenheit plädieren. Vielleicht fand er sogar einen exzentrischen Psychiater, der als Gutachter aussagte, übermäßiger Alkoholgenuß könnte eine Dissoziation auslösen oder irgendeinen anderen Zustand, durch den Jack sich seiner Handlungen zur Tatzeit nicht bewußt war. Von da war es ein kleiner Schritt zur Schuldunfähigkeit ... nicht schuldig aufgrund von Volltrunkenheit.

»Dad?«

Als Thomas die Tür aufriß, fuhr Jordan vor Schreck zusammen. Er schnitt sich in die Wange, und Blut tropfte ihm am Hals hinunter. »Verdammt noch mal, Thomas! Kannst du nicht anklopfen?«

»Tschuldigung. Ich wollte mir nur die Rasiercreme ausleihen«, sagte er. Er schielte in den Spiegel. »Du blutest«, sagte er und schloß die Tür hinter sich.

Jordan fluchte und klatschte sich Wasser ins Gesicht. Der Rasierschaum brannte in der Wunde. Er trocknete sich das Gesicht ab und schaute hoch. Es war ein langer, gerader, dünner Schnitt mitten auf der rechten Wange. »Mist«, sagte er laut. »Ich seh ja aus wie St. Bride.«

Er drückte sich ein Stück Klopapier auf die Wunde, bis es aufhörte zu bluten, wischte dann das Waschbecken sauber und war schon halb zur Tür hinaus, bis er sich besann und noch einmal vor den Spiegel trat, um seine Wange genauer zu betrachten.

Gillian Duncan hatte ausgesagt, sie habe Jack gekratzt, als sie sich gewehrt hatte. Charlie Saxton hatte den Kratzer auf Jacks Wange fotografiert; das Foto war in der Akte. Doch ein Mädchen, das sich kratzend gegen seinen Vergewaltiger zur Wehr setzt, würde dazu die ganze Hand nehmen – es müßten also vier oder fünf Kratzer zu sehen sein.

Jack hatte aber nur einen.

Mai 2000
Salem Falls,
New Hampshire

Gill und Jack durchfährt ein Schreck
beim Spiel am Brunnenrand:
Und Jack fickt Gill, ganz wie er will,
und Gill plumpst in den Sand.

Charlie zerknüllte die mit der Hand geschriebenen Verse, die ihm jemand an den Computer geklebt hatte. »Das ist nicht witzig«, brüllte er, so daß jeder es hören mußte, und setzte dann ein Lächeln auf, als das erste der drei Mädchen, die er befragen sollte, am Arm des Vaters das Gebäude betrat.

»Ed«, sagte Charlie mit einem Nicken. »Und Chelsea. Schön, daß du da bist.«

Er führte sie in das kleine Besprechungszimmer, das seiner Ansicht nach unwesentlich besser war als der Verhörraum. Die Mädchen waren schon nervös genug, weil sie in die Ermittlungen hineingezogen wurden; er mußte sie nicht unbedingt noch nervöser machen. Er hielt die Tür auf und ließ Ed und seine Tochter eintreten.

»Verstehst du, warum es wichtig ist, daß ich deine Aussage zu Protokoll nehme?«

Chelsea nickte, die blauen Augen weit aufgerissen. »Ich möchte Gilly helfen, so gut ich kann.«

»Das ist schön. Also, ich werde unser Gespräch auf Band aufnehmen, damit auch der Staatsanwalt hören kann, was für eine treue Freundin du bist.«

»Ist das wirklich nötig?« fragte Ed Abrams.

»Leider ja, Ed.« Charlie wandte sich wieder Chelsea zu und schaltete den kleinen Kassettenrecorder ein. »Kannst du mir erzählen, wo ihr in der fraglichen Nacht hingegangen seid, Chelsea?«

Sie warf ihrem Vater einen Seitenblick zu. »Wir wollten nur mal nachts ein bißchen herumstromern.«

»Wo seid ihr hingegangen?« fragte Charlie.

»Wir haben uns am alten Friedhof getroffen, um elf. Meg und Gilly sind zusammen gekommen, Whit und ich waren schon da. Dann sind wir alle zusammen den kleinen Weg hoch, der in den Wald führt.«

»Was hattet ihr vor?«

»Bloß ein bißchen quatschen, und ein Lagerfeuer machen, damit wir, na ja, Licht hatten.« Ihr Kopf fuhr hoch. »Bloß ein klitzekleines Feuer, nichts Gefährliches.«

»Ich verstehe. Wie lange wart ihr da?«

»So zwei Stunden. Wir wollten gerade gehen, als … Jack St. Bride aufgetaucht ist.«

»Ihr kanntet ihn?«

»Ja.« Chelsea strich sich die Haare aus dem Gesicht. »Aus dem ›Diner‹.«

»Hatte er vorher schon mal mit euch geredet?«

Sie nickte. »Es war … irgendwie unheimlich. Ich meine, ein erwachsener Mann, der ständig witzig sein will und so Sprüche klopft. Als wollte er uns beweisen, wie cool er ist.«

»Wie hat er ausgesehen?«

Chelsea setzte sich aufrechter hin. »Er hatte ein gelbes T-Shirt an und Jeans, und er sah aus, als hätte er eine Schlägerei gehabt. Er hatte ein blaues Auge, ganz zugeschwollen.« Sie rümpfte die Nase. »Und er hat gestunken, als hätte er in Whiskey gebadet.«

»Hatte er irgendwelche Kratzer im Gesicht?«

»Daran kann ich mich nicht erinnern.«

»Hattest du Angst?«

»Und wie«, sagte Chelsea. »Ich meine, schließlich war er ja der Grund dafür, warum wir alle nachts zu Hause bleiben sollten.«

»Wirkte er wütend? Aufgeregt?«

»Nein.« Chelsea wurde rot. »Als ich klein war, wollte meine Mom immer, daß ich mir im Fernsehen so einen Spot ansehe, in dem Kinder davor gewarnt wurden, von Fremden Süßigkeiten anzunehmen. Und daran hat er mich erinnert ... einer, der ganz harmlos aussieht, aber dann, wenn wir nicht hingucken, das Gesicht zur Kamera dreht und grinst wie ein Monster.«

»Was ist dann passiert?«

»Wir haben gesagt, wir müßten nach Hause, und er ist gegangen. Ein paar Minuten später sind wir dann auch los.«

»Zusammen?«

Chelsea schüttelte den Kopf. »Gilly ist in eine andere Richtung.«

»Habt ihr irgendwas gehört, nachdem ihr gegangen seid?«

Chelsea beugte den Kopf. »Nein.«

»Kein Schreien, Rascheln, Schlagen, Rufen?«

»Nichts.«

»Was ist dann passiert?« fragte Charlie.

»Wir waren gerade aus dem Wald raus, am Friedhof, und plötzlich haben wir gehört, wie etwas durchs Gestrüpp kam. Ich hab gedacht, ein Reh. Aber es war Gilly. Sie kam auf uns zugelaufen und hat geweint.« Chelsea schloß die Augen und schluckte schwer. »Ihre ... ihre Haare waren voller Blätter. Ihre Kleidung war von oben bis unten verdreckt. Und sie war hysterisch. Ich wollte sie anfassen, um sie zu beruhigen, da hat sie mich geschlagen. Als wüßte sie nicht, wer ich bin.« Chelsea zog sich den Ärmel ihrer Bluse übers Handgelenk und wischte sich damit die Augen. »Sie hat gesagt, er hat sie vergewaltigt.«

»Wieso habt ihr sie allein nach Hause gehen lassen?«

Chelsea senkte den Blick. »Ich wollte sie ja nach Hause bringen, ich hab's ihr angeboten.«

»Aber du hast es nicht getan.«

»Nein«, sagte Chelsea. »Gilly hat gesagt, ich wär schon genauso schlimm wie unsere Eltern. Es würde ihr schon nichts passieren.« Sie zerrte nervös am Saum ihrer Bluse. »Aber es ist ihr doch was passiert.«

Whitney O'Neill starrte finster einen Punkt auf der Tischplatte an. »Und keine von euch dreien ist auf die Idee gekommen, es wäre vielleicht nicht so gut, Gillian alleine durch den Wald nach Hause gehen zu lassen?« fragte Charlie.

»Ist meine Tochter Zeugin oder Tatverdächtige?« entfuhr es Tom O'Neill.

»Schon gut, Daddy«, sagte Whitney. »Er hat ja recht. Wir waren alle müde oder auch ein bißchen beunruhigt, weil Jack St. Bride so plötzlich aufgetaucht war. Chels, Meg und ich hatten uns kaum von ihr getrennt, da ist uns klar geworden, daß wir sie doch besser nach Hause bringen sollten. Ich hab dann nach Gilly gerufen.«

»*Du* hast gerufen«, vergewisserte Charlie sich. »Nicht Chelsea oder Meg.«

»Ja, ich«, sagte Whitney trotzig. »Glauben Sie das etwa nicht?«

Charlie übersah die funkelnden Blicke des Mädchens und seines Vaters. »Hat Gilly geantwortet?«

»Nein.«

»Und ihr seid nicht hinter ihr hergegangen? Um nachzuschauen, ob mit Gillian alles in Ordnung ist?«

»Nein«, flüsterte Whitney mit bebender Unterlippe. »Und Sie ahnen ja nicht, wie sehr ich mir wünsche, wir hätten es getan.«

Als Meg klein war, verkroch sie sich immer unter das Sofa, wenn ihr Vater seine Uniform anzog. Sie hatte zwar keine Angst vor Polizisten, aber wenn ihr Dad die glänzenden Schuhe und die Schirmmütze und das funkelnde Dienstabzeichen trug, war er nicht mehr derselbe Mann, der sonntags Pfannkuchen für sie machte und sie abends an den Füßen kitzelte, damit sie sie unter die Bettdecke zog. In Uniform wirkte er härter, als würde er in der Mitte durchbrechen, wenn er sich zu tief bückte.

Jetzt war es ihr unheimlich, auf ihrem Bett zu sitzen, umgeben von all ihren Stofftieren, während ihr Vater sie bei laufendem Tonbandgerät befragte. Noch unheimlicher war, daß er genauso unglücklich wirkte, wie sie es war.

Megs Herz pochte wie wild, so schnell, daß sie sicher war, es würde ihr jeden Augenblick aus der Brust springen. Sie fühlte sich wie von Nebelschwaden umwabert. Nicht zum erstenmal wünschte sie sich, sie hätte ihre Aussage in Anwesenheit von Chelsea und Whitney machen können. *Du schaffst das*, beschwor sie sich.

Sie schloß die Augen und dachte daran, wie sie heimlich noch einmal in den Wald gelaufen war und alles entfernt hatte, was sie an die Äste gehängt hatten. Das hatte sie getan, und niemand hatte was gemerkt.

»Schätzchen?« sagte ihr Vater. »Ist alles in Ordnung?«

Meg nickte. »Hab bloß gerade an Gillian gedacht.«

Er beugte sich vor, strich ihr die Haare aus dem Gesicht hinters Ohr. »Du machst das ganz toll. Wir sind auch gleich fertig.«

»Gut, weil es nämlich ganz schön schwer ist, darüber zu reden«, gab Meg zu.

Ihr Vater stellte das Bandgerät wieder an. »Hast du irgendwas gehört, als ihr gegangen seid?«

»Nein.«

»Keine Schreie von Gillian? Kampfgeräusche? Raschelndes Gestrüpp?«

»Nichts.«

Charlie blickte auf. »Wieso habt ihr sie allein gehen lassen?«

»Ich ... ich weiß nicht mehr genau ...«

»Denk nach.«

»Gilly wollte es so«, sagte Meg schwach. »Wenn sie sich einmal was in den Kopf gesetzt hat, dann macht sie das auch. Sie hatte ja mit ihm geredet, vielleicht hat sie gedacht, mit allem fertigzuwerden.«

»Hat eine von euch versucht, sie umzustimmen?«

Meg nickte rasch. »Chelsea ... oder vielleicht auch Whitney. Ich weiß es nicht mehr. Eine von beiden hat ihr jedenfalls gesagt, sie soll nicht allein gehen.«

»Und?«

»Und sie hat ... einfach nicht drauf gehört. Sie hat gesagt, sie will durch die Höhle des Löwen spazieren, damit sie anschließend damit angeben kann. Das ist typisch für sie.«

Er starrte sie an, durch und durch Polizist, so daß ihm unmöglich anzusehen war, was er dachte. »Daddy«, flüsterte Meg. »Kann ich was sagen ... was nicht ins Protokoll kommt?«

Er nickte und schaltete das Tonband aus.

»Daß ich mich ... in der Nacht aus dem Haus geschlichen hab...« Meg senkte den Blick. »Das war nicht richtig.«

»Meg, ich –«

»Ich weiß, du hast nichts gesagt, als ich das fürs Protokoll erzählt habe«, fuhr sie hastig fort. »Und ich weiß, du bist jetzt als Polizist hier, nicht als mein Dad. Aber ich wollte dir bloß sagen, ich hätte zu Hause bleiben müssen, wie du es gewollt hast. Das war nicht richtig von mir.«

»Kann ich auch was sagen? Was nicht fürs Protokoll ist?« Ihr Vater wandte den Blick ab, blinzelte, als würde er weinen, aber Meg mußte sich täuschen, denn sie hatte ihn noch nie eine Träne vergießen sehen. »Als ich Gillians Aussage aufgenommen habe, da habe ich die ganze Zeit deine Stimme gehört. Und auch als ich die Beweismittel ins Labor gefahren habe, habe ich mir vorgestellt, sie wären von dir. Ich finde es schrecklich, was deiner Freundin passiert ist, Meg ... aber ich bin so verdammt dankbar, daß es nicht dir passiert ist.«

Er beugte sich hinunter und nahm sie in den Arm. Meg vergrub das Gesicht an seinem Hals, weil sie Trost suchte, aber auch, um sich davon abzuhalten, etwas zu gestehen, das er nie erfahren durfte.

Molly strampelte mit ihren rosa Beinchen, als Matt die Vorderseite der Windel hochklappte und das Klebeband an den Seiten festmachte. »Sobald sie auf dem Wickeltisch liegt«, sagte er, »ist sie kaum zu bändigen.«

Charlie griff in die Tasche und holte seine Polizeimarke hervor. Er ließ sie über den gierigen Babyhänden baumeln und lenkte die Kleine so lange ab, bis Matt ihr den Strampler angezogen hatte. »Ich glaube nicht, daß Meg mal so winzig war.«

»Ja, und ich glaube nicht, daß Molly jemals so groß wird.«

Matt nahm seine Tochter auf den Arm und trug sie ins Wohnzimmer hinüber, Charlie folgte ihm.

»Sie werden sich noch wundern«, sagte Charlie. »An einem Abend singt man ihr noch ein Schlaflied vor, und am nächsten Morgen wacht sie auf und hört sich Limp Bizkit an.«

»Was um Himmels willen ist denn Limp Bizkit?«

»Das erfahren Sie noch früh genug.« Charlie setzte sich auf die Couch, während Matt dem Baby eine bunte Rassel gab. Dann ließ er sich in einem Sessel gegenüber von Charlie nieder und griff über den Tisch, um einen Stapel protokollierter Aussagen zu nehmen.

Charlie kam augenblicklich zur Sache. »Der Fall scheint klar zu sein, nicht?«

Matt zuckte die Achseln.

»Das Opfer kann den Täter identifizieren, der Täter ist einschlägig vorbestraft, und die Chancen, daß die Beweismittel auf ihn hinweisen, stehen ausgezeichnet. Und jetzt haben Sie obendrein noch die Aussagen von drei Augenzeuginnen, die alles erhärten.«

»Erhärten«, wiederholte Matt. »Interessante Wortwahl.« Er nahm die Abschrift eines Tonbandprotokolls in die Hand und schlug eine Seite auf, auf der eine Dialogstelle mit Textmarker hervorgehoben war. »Haben Sie das hier gesehen?« sagte er und reichte ihm die Abschrift.

Charlie überflog die Passage. »Klar. Nachdem Gillian gegangen war, bekam Whitney O'Neill Gewissensbisse und hat nach ihrer Freundin gerufen, die aber nicht antworten konnte, weil sie gerade angegriffen wurde.«

Matt reichte ihm die Abschrift eines zweiten Protokolls, die Aussage von Chelsea. »Das Mädchen hier sagt, sie habe Gillian angeboten, sie nach Hause zu bringen, bevor sie losgegangen ist. Was Whitney O'Neill in ihrer Aussage mit keinem Wort erwähnt.«

Charlie schnaubte. »Aber das ist doch nun wirklich nicht entscheidend. Ist doch klar, daß sie sich nicht an jede Sekunde in der Nacht erinnern können. Herrje, alle drei machen übereinstimmende Angaben darüber, wann der Typ aufgetaucht ist, was er zu ihnen gesagt hat, wie er ausgesehen hat. Alle drei sagen, sie hätten nichts gehört, nachdem sie sich von Gillian getrennt hatten. Genau das interessiert die Geschworenen.«

»Ihre eigene Tochter«, fuhr Matt fort, »sagt aus, Gillian habe darauf bestanden, allein nach Hause zu gehen, als eine Art Mutprobe. Ich muß schon sagen ... wenn ich in jener Nacht dabeigewesen wäre, *das* wäre mir im Gedächtnis geblieben.« Er warf die drei Abschriften auf den Tisch. »Also, welche Geschichte ist denn nun die richtige?«

Charlie warf einen Blick auf das glucksende Baby auf dem Boden. »Wir sprechen uns wieder, wenn sie sechzehn ist. Reden Sie mal mit einem Mädchen, das einen Heidenschiß hat, weil ihre Freundin mitten in der Nacht im Wald vergewaltigt wird, dann werden Sie sehen, an wie viele Einzelheiten sie sich noch erinnern kann. Herrje, Matt, das sind noch halbe Kinder. Sie sind um Haaresbreite einer Katastrophe entkommen, aber sie sind noch immer völlig aufgelöst. Und selbst wenn sie sich an diesen einen Punkt nicht mehr genau erinnern können, was soll's, sie wurden schließlich nicht vergewaltigt. Ihre Aussagen sind nicht von derselben Bedeutung wie die von Gillian – sie sollen nur bestätigen, was sie gesagt hat.«

Als Matt nichts erwiderte, fuhr Charlie aus der Haut. »Soll das etwa heißen, ich hab die Mädchen für nichts und wieder nichts das Ganze noch mal durchleben lassen? Die sind nervlich am Ende. Und das wird für die Geschworenen mehr ins Gewicht fallen als eine beschissene kleine Ungereimtheit, die nicht mal von Bedeutung ist.«

»Nicht von Bedeutung?« sagte Matt mit lauterer Stimme. »Alles ist von Bedeutung, Charlie. Jede verdammte Kleinigkeit. *Ihre* Arbeit wirkt sich gewaltig auf *meine* Arbeit aus. St. Bride ist kein kleiner Ladendieb. Er ist ein Raubtier, und ich bin der einzige, der eine Flinte hat, um ihn zu erlegen. Wenn wir ihn nicht lückenlos als Täter überführen können, marschiert der Scheißkerl vielleicht wieder als freier Mann aus dem Gerichtssaal und sucht sich ein neues Opfer.«

»He, hören Sie, es ist nicht meine Schuld –«

»Wessen dann? Wessen Schuld ist es, wenn Gillian Duncan von Alpträumen aus dem Schlaf gerissen wird und bis an ihr Lebensende kein Vertrauen mehr zu Männern hat und auch zu keiner unbelasteten sexuellen Beziehung mehr fähig ist? Selbst wenn St. Bride für alle Zeit in den Knast wandert, wird das Opfer seines Lebens nicht mehr froh. Und wir auch nicht, Charlie, weder Sie noch ich.«

Die Wut in seiner Stimme erschreckte Molly. Sie rollte sich von ihrer Rassel weg und brüllte los. Matt nahm sie rasch hoch und wiegte sie in den Armen. »Schsch«, flüsterte er mit dem Rücken zu Charlie. »Daddy ist ja da.«

Loyal, New Hampshire, sah aus wie auf einer Ansichtskarte, wenn der Schnee sich wie eine Daunendecke über die Hügel und Täler legte. Sogar jetzt, da alles im Matsch versank, wirkte der Ort durch die weiß getünchten Häuser und die Mädchen in ihren Schuluniformen wie eine Filmkulisse.

Addie parkte vor einem Gemischtwarenladen, wo eine Frau in Wanderstiefeln und knappem Minirock ein Sonderangebot auf ein Schild am Schaufenster malte. Addie schirmte die Augen gegen die Sonne ab und ging zu ihr. »Stiefel für 5,99 Dollar? Das ist ja geschenkt.«

Die Frau drehte sich um und musterte sie mit einem kurzen Blick. »Es kommen immer wieder Mädchen her, die aufs Westonbrookinternat gehen und keine Ahnung haben, daß die Gegend hier von April bis Juni das reinste Moor ist. Da verkaufen wir Gummistiefel wie warme Semmeln.«

»Dann ist die Schule also gut fürs Geschäft.«

»Klar, was anderes hat Loyal auch nicht vorzuweisen. Die Schule wurde schon 1888 gegründet, da haben sich hier noch Fuchs und Hase gute Nacht gesagt.«

»Tatsächlich?« Addie war erstaunt, daß das Internat schon so alt war.

Die Frau lachte. »Im Sekretariat der Schule kriegen Sie Hochglanzprospekte, und wenn Sie möchten, führt man Sie herum. Sie wollen sich bestimmt einen Eindruck verschaffen, ob das Internat das richtige für Ihre Tochter ist, nicht?«

Addie drehte sich langsam um. Die Frau hatte ihr gerade einen guten Vorwand geliefert. Schließlich konnte sie schlecht einfach so ins Büro des Schulleiters marschieren und sich nach Jack erkundigen. Wenn sie sich aber als besorgte Mutter ausgab, der Gerüchte zu Ohren gekommen waren ... tja, dann wären bestimmt auch noch andere bereit, ihr zu erzählen, was passiert war.

»Ja«, sagte Addie lächelnd. »Sieht man mir das sofort an?«

»Mrs. Duncan, nicht wahr?« Herb Thayer, Schulleiter von Westonbrook, kam ins Büro. Addie saß auf einer Hepplewhitecouch, trank Tee aus einer Limogestasse und bemühte sich so gut es ging, ihre ramponierten Stiefel unter dem Möbel zu verstecken.

»Oh, bitte, keine Förmlichkeiten.« Er deutete auf seine Füße, die in dicken Gummistiefeln steckten. »Als William Weston die Schule am Ufer seines Baches gründete, hat er leider nicht an den Schlamm im Frühling gedacht.«

Addie lächelte gekünstelt, tat so, als hätte er etwas halbwegs Amüsantes gesagt. »Freut mich, Sie kennenzulernen, Mr. Thayer.«

»Ganz meinerseits.« Er setzte sich ihr gegenüber und nahm seine eigene Tasse vom Tablett. »Sicher haben Sie im Sekretariat schon erfahren, daß wir für dieses Halbjahr leider niemanden mehr aufnehmen können –«

»Ja. Gillian ist in Exeter ... aber Amos und ich hätten es lieber, wenn sie eine Schule besucht, die ein wenig näher an Salem Falls liegt.«

»Amos«, wiederholte der Schulleiter mit gespielter Überraschung. »Amos Duncan von Duncan Pharmaceuticals?«

»Ganz genau.«

Thayer lächelte noch breiter. »Ich bin überzeugt, daß wir mit ein wenig Einfallsreichtum doch noch ein Plätzchen für Ihre Tochter finden. Schließlich möchten wir kein Mädchen abweisen, das für Westonbrook ein Gewinn wäre.«

Ein finanzieller Gewinn bei einem reichen Daddy. »Wir interessieren uns sehr für Ihre Schule, Dr. Thayer, aber uns sind beunruhigende ... Informationen zu Ohren gekommen. Ich hatte gehofft, Sie könnten mir diese Angelegenheit erläutern.«

»Wenn es mir möglich ist, gern«, sagte Thayer ernst.

Addie blickte ihm direkt in die Augen. »Stimmt es, daß ein Lehrer Ihrer Schule wegen eines Sexualdeliktes verurteilt wurde?«

Sie sah, wie ihrem Gegenüber die Röte ins Gesicht stieg, wie Quecksilber in einem Thermometer. »Ich versichere Ihnen, Mrs. Duncan, an unserer Einrichtung unterrichten die besten Lehrkräfte.«

»Sie haben meine Frage nicht beantwortet«, sagte Addie kühl.

»Es war eine unangenehme Geschichte«, erklärte Thayer. »Eine Beziehung zwischen einer minderjährigen Schülerin und einem Lehrer. Aber die Sache ist ausgestanden, keiner von beiden ist noch in Westonbrook.«

Addie war enttäuscht. Sie hatte gehofft, Thayer würde sagen, es wäre nie etwas gewesen. Doch jetzt hatte sie die Bestätigung: Jack hatte hier gelebt, hatte etwas Unrechtes getan, war verurteilt worden.

Immerhin war Verführung einer Minderjährigen etwas anderes als Vergewaltigung. Zwar konnte Addie beides nicht begreifen ... aber ersteres vielleicht verzeihen.

»Was genau ist passiert?«

»Ich bin zur Verschwiegenheit verpflichtet – zum Schutz einer Minderjährigen und so weiter. Ich kann Ihnen jedoch versichern, daß die Schule Maßnahmen ergriffen hat, die dergleichen für alle Zukunft ausschließen«, erwiderte der Schulleiter.

»Ach ja? Sind jetzt alle Ihre Lehrer jünger als sechzehn? Oder sind Ihre Schülerinnen älter?«

Sobald sie die Worte ausgesprochen hatte, wünschte sie sie zurück. Sie griff hastig nach ihrem Mantel und erhob sich rasch. »Dr. Thayer, ich denke, mein Mann und ich werden die Angelegenheit noch weiter besprechen müssen«, sagte sie steif und ging, bevor sie erneut in ein Fettnäpfchen treten konnte.

»Wenn du die Variable auf diese Seite bringst und dividierst«, erklärte Thomas, »dann ist es so, als würdest du ihr einen Teppich unter den Füßen wegziehen … und sie verschwindet auf diese Seite des Gleichheitszeichens.«

So dicht, wie Chelsea neben ihm saß, war er verblüfft, daß er überhaupt in der Lage war, sich auf die Sache zu konzentrieren. Der Duft ihres Shampoos – Apfel mit einem Hauch Minze – machte ihn ganz schwindelig. Und Gott, wie sie sich über seine Kladde beugte, um zu sehen, was er geschrieben hatte … wie ihr Haar über die Seite streifte: Thomas hatte nur den einen Gedanken, wie es sich wohl anfühlen würde, wenn diese Locken über seine Haut glitten.

Thomas holte tief Luft und rückte ein paar Zentimeter von ihr weg. Die Tatsache, daß sie auf ihrem Bett saßen, erleichterte ihm die Situation nicht gerade – auf ihrem *Bett*, verdammt! – wo sie jede Nacht in etwas Rosa und Hauchdünnem schlief, das unter dem Kopfkissen hervorlugte.

Als er ein wenig auf Abstand ging, lächelte Chelsea ihn an. »Ich glaub, langsam kapier ich's.« Sie rutschte in seine Richtung und tilgte die Pufferzone wieder, die er wohlweislich errichtet hatte. Dann kritzelte sie etwas aufs Papier und grinste triumphierend. »$a = 5 b + \frac{1}{4} c$. Richtig?«

Thomas nickte, und als Chelsea begeistert aufjubelte, wich er wieder ein Stück zurück. Sie hatte ihn hergebeten, damit er ihr Nachhilfe in Mathe gab, nicht, um über sie herzufallen. Er schluckte schwer und zwang sich, nicht darauf zu achten, wie toll sie aussah, wenn sie lächelte, und vorsichtshalber entfernte er sich noch etwas weiter von ihr. Seine Hand glitt unter ihre Bettdecke und stieß auf etwas Hartes, das er hervorzog.

»Was ist das denn?« fragte er, bevor Chelsea ihm das schwarzweiße Schulheft aus der Hand riß.

»Nichts.« Sie schob es sich unter ein Bein.

»Wenn es nichts wäre, würdest du ja wohl kaum so eine Hektik machen.«

Chelsea kaute auf der Unterlippe. »Es ist ein Tagebuch, alles klar?«

Thomas hätte es ohnehin nicht gelesen, wenn es etwas Persönliches war, aber er fragte sich trotzdem, ob Chelsea es ihm vielleicht deshalb nicht zeigen wollte, weil, Gott im Himmel, etwas über ihn drin stand. Er blickte auf den Umschlag, der unter ihrem Oberschenkel hervorschaute. »›Buch der…‹«, las er.

Plötzlich lag Chelsea in seinen Armen und drückte ihn nach unten auf die Kissen, die ihren Duft verströmten und ihn wie das wundervollste Gespinst umfingen. »Was kostet eine Nachhilfestunde denn heutzutage?« flüsterte sie.

Kneif mich, dachte Thomas, *denn das kann nur ein Traum sein.* »Einen Kuß«, hörte er sich sagen, »und wir sind quitt.«

Und dann fuhr ihr Mund über seinen. Einen Moment lang wich sie zurück, Überraschung in den Augen, als hätte sie selbst auch nicht mit dem gerechnet, was sie da tat … als wäre sie überrascht, wie leicht es doch ging. Etwas langsamer diesmal fanden ihre Lippen wieder zueinander. Und Thomas war so überwältigt von dem weichen Gewicht der Göttin auf sich, von dem süßen Geschmack ihres Atems, daß er nicht bemerkte, wie Chelsea das Tagebuch zwischen Bett und Wand schob.

Jordan war ganz versunken in den Bericht über Gillian im Alter von neun Jahren, weswegen er nicht einmal aufblickte, als Selena die Beifahrertür öffnete und sich mit entnervter Miene neben ihn setzte.

»Das glaubt man einfach nicht«, sagte sie.

Jordan brummte.

»In der Fabrik wird gestreikt. Mit den Ersatzteilen ist vorläufig nicht zu rechnen. Mist, ich nehme mir jetzt einen Mietwagen und hau ab.«

»Damit wartest du besser noch ein bißchen.«

Selena blickte ihn an. »Würdest du das bitte erklären?«

Doch Jordan starrte weiter auf die Akte. Selena nahm sie ihm aus der Hand. »Was liest du denn da so Faszinierendes?« Sie las den Namen auf dem Deckel. »Gillian Duncans psychiatrische Berichte? Die hat Houlihan dir anstandslos überlassen?«

Jordan zuckte die Achseln. »Einem geschenkten Gaul schaut man nicht ins Maul. Und hör dir das an, es ist einfach wunderbar: ›Keinerlei Hinweise auf eine Psychose … mehrere Quellen widersprechen ihrer Darstellung … manipulativ

… wiederholt Bezugspersonen belogen.‹« Er grinste. »Und sie hat noch dazu in Supermärkten geklaut.«

»Laß mal sehen.« Sie schnappte sich wieder die Akte und überflog die Seiten. »Wieso war sie überhaupt mit neun Jahren in Therapie?«

»Ihre Mutter ist gestorben.«

Selena schnalzte leise mit der Zunge. »Da kriegt man ja richtig Mitleid mit ihr.«

»Du solltest lieber mit Jack St. Bride Mitleid haben«, entgegnete Jordan.

»Und was willst du jetzt mit den Informationen anfangen?«

Er zuckte die Achseln. »Ihre Glaubwürdigkeit anfechten, falls nötig.«

»Aber vermutlich hat sie sich inzwischen gebessert.«

Er hob eine Augenbraue. »Wer kann sagen, daß Gillian Duncan sich in Streßsituationen nicht immer noch so verhält? Wir haben es hier mit einem Mädchen zu tun, das erwiesenermaßen sagt, was sie sagen muß, um Aufmerksamkeit zu bekommen.«

Selena verzog das Gesicht. »Ich kann es nicht leiden, wenn du mich als Testperson für deine Verteidigungsstrategie mißbrauchst.«

»Ich weiß, aber wie findest du sie?«

»Das lassen dir die Geschworenen nicht durchgehen. Du nimmst das Opfer zu hart ran. Dadurch verlierst du deine Glaubwürdigkeit.«

»Meinst du?« Jordan seufzte. »Vielleicht hast du recht.«

»Außerdem ist es genauso möglich, daß St. Bride der Lügner ist.«

»Stimmt«, gab er zu. »Da ist was dran.« Er trommelte mit den Fingern auf dem Lenkrad, den Blick nach vorne gerichtet. »Also … fahren wir zu einer Mietwagenfirma?«

Selena legte umständlich den Sicherheitsgurt an. »Ich hab's nicht eilig«, sagte sie.

Seine Hand war auf ihr, brachte die Haut zum Schmelzen. Sie glitt von ihrer Hüfte zur Taille, liebkoste dann ihre Brust.

Heiß, wie ein Stein in der Sonne. Sie erstarrte, hoffte, er würde die Hand wegziehen, betete, daß er es nicht tat.

»Sind Sie ausreichend versichert?« sagte die Stimme in der Werbung und riß Meg aus dem Schlaf. Sie drehte sich auf die Seite und drückte den Ausschaltknopf des Radioweckers.

Es klopfte an der Tür. »Aufstehen!« rief ihre Mutter.

»Ja«, knurrte Meg. Doch statt aufzustehen, starrte sie an die Decke und fragte sich, warum sie schweißgebadet war und ihr Atem so schnell ging, als wäre sie eine Meile gerannt.

Charlie bemühte sich, nicht auf Gillian Duncans zerstörte Haarpracht zu achten. In Miami hatte er oft genug erlebt, daß Vergewaltigungsopfer sich dergleichen antaten, und wahrscheinlich war es immer noch besser, als wenn sie sich in die Arme schnitten oder gar einen Selbstmordversuch unternahmen. »Denk immer dran«, sagte er, als er mit Gillian durch das Polizeirevier ging, »du mußt einen kühlen Kopf bewahren. Überleg genau, bevor du dich entscheidest, du hast alle Zeit der Welt.«

Sie nickte, aber Charlie sah ihr an, daß sie noch immer nervös war. Er warf Matt einen Blick zu, und der zuckte mit den Schultern. Zum erstenmal war Gillian ohne den Beistand ihres Vaters und fühlte sich entsprechend schutzlos. Aber Matt hatte darauf bestanden – heute wollte er nicht, daß irgend jemand Gillian beeinflussen könnte. Nicht einmal Amos Duncan.

Matt trat um sie beide herum und öffnete die Tür. Ein Officer wartete bereits, um das Verfahren zu überwachen. »Dann wollen wir mal«, sagte Charlie und ließ Gillian an einen Tisch treten, während er und Matt etwas im Hintergrund blieben. »Erinnerst du dich, welche Sorte du in jener Nacht gesehen hast?«

Auf dem Tisch lagen sechs verschiedene Kondommarken, die sich durch Farbe und Machart unterschieden. Charlie hatte sie im Auftrag von Matt gekauft. Es waren geriffelte und glatte dabei und sogar eine Sorte, die im Dunkeln leuchtete … und es war auch die dabei, die Charlie von Addie Peabodys Nachttisch mitgenommen hatte.

Mit zitternder Stimme sagte sie: »Kann ich … kann ich sie anfassen?«

»Natürlich.«

Sie streckte die Hand zuerst nach einer lila Packung aus, schwenkte aber dann nach links und fuhr mit den Fingern über eine andere.

Sie nahm eine Packung in die Hand, dann die daneben liegende.

Plötzlich warf sie das Kondom zurück auf den Tisch und vergrub das Gesicht in den Händen. »Ich weiß es nicht«, schluchzte sie. »Es war dunkel ... und ich ... ich hatte so schreckliche Angst ... und ...«

Matt deutete mit einer jähen Kopfbewegung auf Gillian, und Charlie legte ihr rasch einen Arm um die Schultern. »Schon gut, Kleines. Beruhig dich.«

»Aber ich soll mich doch entscheiden. Als Beweis.«

»Wir haben andere Beweise«, sagte Matt.

Gilly schniefte laut. »Wirklich?«

»Aber ja«, sagte Charlie. »Das hier wäre nur das Tüpfelchen auf dem i gewesen. Okay?«

Sie nickte. »Ja.«

»Möchtest du aufhören?«

»Nein.« Gilly wandte sich wieder dem Tisch zu, die Hände zu Fäusten geballt, als könne sie die Erinnerung durch Willenskraft zurückrufen. »Sie war lila«, sagte sie einen Moment später. »Die Verpackung war lila.« Als sie lächelte, verwandelte sich ihr ganzes Gesicht. »Stimmt doch, nicht?«

»Und ob«, sagte Matt und nahm ihr das Kondom aus der Hand.

Charlie brachte sie zur Tür und öffnete sie. »Joe«, sagte er zu dem draußen wartenden Officer. »Würden Sie Miss Duncan bitte zu ihrem Vater zurückbringen?«

»Klar, Lieutenant.«

Charlie sah Gillian nach, ging dann wieder in den Raum zu dem Staatsanwalt. Er stopfte die Hände in die Taschen. »Sie hat sich entschieden.«

Matt nickte. »Leider«, sagte er, »nicht für die Marke, die Sie bei Addie Peabody gefunden haben.«

Das sprach für Jack.

Der unerwartete Gedanke traf Jordan wie ein Schlag in den Magen und raubte ihm die Luft. Nie hätte er damit gerechnet, daß in den Unterlagen, die er am Abend von Matt Houlihan erhalten hatte, irgend etwas wäre, das für seinen Mandanten sprach.

Jordan blies einen Zigarrenrauchkringel in Richtung seiner nackten Füße, die er auf das Geländer der Veranda gestützt hatte. Das Polizeiprotokoll von Charlie Saxton lag aufgeschlagen auf seinem Schoß. Neben ihm auf dem Holzboden befanden sich die Zeugenaussagen der Mädchen sowie das überraschende Ergebnis der Befragung von Gillian Duncan zu den Kondomen. Jetzt fehlte nur der Bericht der Gerichtsmedizin, der wegen Überlastung des Labors noch eine Woche auf sich warten lassen würde.

Die vergangenen zwei Wochen hatten Jordan nicht von Jack St. Brides Unschuld überzeugt – er war sicher, daß die monotone Beteuerung seines Mandanten, er sei nicht am Tatort gewesen, reines Wunschdenken war. Seine Nelson-Mandela-Strategie in der Untersuchungshaft zeugte nicht von einem reinen Gewissen, sondern war lediglich lästig. Und die verrückte Geschichte, er habe im Wald irgendwelchen Baumschmuck gesehen, sagte weniger etwas über die Glaubwürdigkeit des Mannes aus als über die Whiskeymarke, die er getrunken hatte.

Doch als er jetzt auf die Beweismittel der Staatsanwaltschaft starrte, fragte Jordan sich, ob man Jack St. Bride nicht vielleicht doch unrecht tat.

Leise öffnete er die Tür und tappte durch den Flur in sein Schlafzimmer, das er ritterlich Selena überlassen hatte. Ein Streifen Mondlicht fiel auf sie, und für einen Moment raubte ihm der Anblick dieser Frau in seinem Bett erneut den Atem.

Selena rollte sich auf die andere Seite. »Raus aus meinem Zimmer, Jordan«, sagte sie gedämpft in die Bettdecke hinein.

»Das ist mein Zimmer.«

»Egal, ich will dich nicht hier haben.«

»Es geht um Jack. Ich muß mit dir reden.«

Resigniert drehte Selena sich auf den Rücken. »Um drei Uhr morgens.«

»Vier.« Jordan setzte sich neben sie aufs Bett. »Hast du die Unterlagen von der Staatsanwaltschaft gelesen?«

»Zum Teil.«

»Tja ... es gibt Lücken.«

Selena zuckte die Achseln. »Es gibt immer Lücken. Das sagst du mir zumindest immer.«

»Aber die Hälfte der Zeit ist es gelogen. In diesem Fall ist es wahr.«

»Was zum Beispiel?«

»Der Kratzer. Ich hab dir doch davon erzählt. Und die psychiatrischen Berichte. Und die Geschichten der Mädchen stimmen nicht hundertprozentig überein.«

»Was ist mit dem Laborbericht?«

»Der steht noch aus«, gab Jordan zu.

Selena blickte ihn an. »Aber du denkst...«

»Genau«, sagte Jordan überrascht. »Daß er vielleicht genau das bestätigt, was Jack uns schon die ganze Zeit erzählt hat.«

In seinem Alptraum war Matt im Gerichtssaal.

Er starrte die Geschworenen an, als könne er sie hypnotisieren, weil es in einem Vergewaltigungsprozeß im Grunde einzig und allein darauf ankam, wem sie am meisten glaubten. Die Richterin rief seinen Namen. »Mr. Houlihan!«

»Ja, Euer Ehren. Entschuldigen Sie.« Er zerrte an seinem Kragen, weil ihn seine Krawatte fast erwürgte. »Der Staat ruft Gillian Duncan in den Zeugenstand.«

Ein Blitzlichtgewitter setzte ein, und die Zuschauer reckten die Hälse, um die Hauptbelastungszeugin besser sehen zu können. Aber die Türen gingen nicht auf; das Mädchen kam nicht herein. Matt wollte den Gerichtsdiener fragen, wo denn seine Zeugin blieb, doch die Stimme der Richterin kam ihm zuvor. »Mr. Houlihan, wo liegt das Problem?«

»Meine Zeugin«, sagte Matt. »Ich kann sie nicht finden.«

»Da vorne ist sie doch.« Die Richterin zeigte auf den Zeugenstand.

Doch Matt konnte nichts sehen. Er ging rasch zum Zeugenstand, die Beine weich wie Pudding, und legte eine Hand auf das Geländer. »Bitte nennen Sie Ihren Namen fürs Protokoll«, sagte er. Als keine Antwort kam, spähte er nach unten in den Zeugenstand.

Und da lag seine eigene kleine Tochter und lächelte zu ihm hoch, als wüßte sie, daß er sie retten könnte.

Es bereitete ihm ein klammheimliches Vergnügen, als er sah, wie Jack, begleitet von einem Vollzugsbeamten, an der Tür des kleinen Besprechungsraumes auftauchte und sich den Schlaf aus den Augen rieb. »Jordan«, sagte er, »es ist mitten in der Nacht.«

»Hat Sie beim letzten Mal auch nicht gestört.« Jordan lehnte sich zurück und musterte seinen Mandanten.

»Was ist?« fragte Jack und blickte an seinem Overall hinunter, als wären Blutflecken oder sonstige belastende Spuren darauf. »Bin ich schon verurteilt worden?«

Jordan mußte fast lächeln. »Das hätten Sie mitgekriegt.«

»Warum sind Sie hier?«

Jordan stützte die Ellbogen auf den Tisch. »Weil ich«, sagte er langsam, »weil ich so was Ähnliches wie eine spirituelle Erleuchtung erlebe.«

Jack musterte ihn argwöhnisch. »Wie schön für Sie.«

»Und auch für Sie.« Jordan schob Jack einen dicken Umschlag über den Tisch zu. »Ich habe heute die von der Staatsanwaltschaft offengelegten Beweismittel bekommen. Jedenfalls alles bis auf den Laborbericht.« Während er zusah, wie Jack den Packen öffnete und die Seiten überflog, räusperte Jordan sich verlegen. »Ich sage Ihnen jetzt etwas, das ich nicht oft gesagt habe und noch nie direkt zu einem Mandanten, also kommt es mir nicht ganz leicht über die Lippen. Verdammt.« Er schüttelte den Kopf und Röte stieg ihm ins Gesicht. »Drei kleine Worte, und ich bring sie nicht raus.«

Jack blickte auf, mit wachsamen Augen. »Sie wollen mir doch hoffentlich kein Liebesgeständnis machen, oder?«

»Gott, nein«, sagte Jordan. »Ich *glaube* Ihnen.«

Jack sog scharf die Luft ein. »Sie tun was?«

»Ich denke, das Mädchen lügt. Und ich weiß nicht, wo Sie zur Tatzeit waren, aber jedenfalls nicht bei ihr.«

Er sah, wie Jacks Augen vor Verblüffung ganz dunkel wurden. »Ich hätte Sie zwar in jedem Fall rausgeboxt«, sagte er unverfroren. »Aber jetzt *will* ich es auch.« Er fühlte sich trunken, ihm schwindelte. Als hätte sich etwas, das lange in ihm festgebunden war, endlich befreit, etwas, das ihn in die Lage versetzte, Berge zu besteigen, Riesen zu erschlagen.

Fassungslos wandte Jack den Blick ab. »Ich kann's nicht glauben.«

Jordan lachte auf. »Jack«, sagte er. »Da sind Sie nicht der einzige.«

Juni 2000
Salem Falls,
New Hampshire

Das Blut auf der Bluse des Opfers stammte eindeutig vom Tatverdächtigen.

Matt spürte, wie ein Lächeln in ihm aufstieg. »Ich *wußte* es«, murmelte er. Er hatte sich auf Wunsch von Frankie mit ihr in einem Restaurant im Stil der fünfziger Jahre getroffen.

Sie blickte zu Matt hoch. »Sie können es bestimmt kaum erwarten ... also, ja, der Fleck, den wir auf dem Oberschenkel entdeckt haben, war Sperma.«

»Ja!« Matt schlug vor Freude mit der Faust auf den Tisch. Vergewaltigungsfälle ohne DNA-Beweise waren so gut wie nicht zu gewinnen.

»Ich bin noch nicht fertig.« Frankie legte den Kopf schief. »Was wissen Sie über DNA?«

»Bei O.J. Simpson hat sie für einen Schuldspruch nicht gereicht.«

»Und was noch?«

»Na ja ... daß ich deshalb zehn Zehen habe«, antwortete Matt.

»Und zweifellos diesen rasiermesserscharfen Verstand«, sagte Frankie trocken. »Hatten Sie überhaupt mal Bio in der High-School?«

»Ich bin ein Mann des Wortes, kein Wissenschaftler.«

»Also schön. Genetik für Anfänger: Alles an Ihnen kommt von Mom und Dad. Sie hat Ihnen eine Erbanlage, ein Allel, gegeben, er ein anderes. Und deshalb haben Sie blaue Augen oder gute Zähne oder nicht angewachsene Ohrläppchen.«

»Oder einen unwiderstehlichen Charme«, fügte Matt hinzu.

»Tja, manchmal kommt man einfach zu kurz«, sagte Frankie mitfühlend. »Jedenfalls, all diese Eigenschaften sind auf dem DNA-Molekül, das mikroskopisch betrachtet über einen Meter achtzig lang ist. Nun spielt es für forensische Zwecke meist keine Rolle, ob jemand nicht angewachsene Ohrläppchen hat. Daher teste ich etwas anderes, und zwar acht Abschnitte, von denen der Laie keine Ahnung hat – zum Beispiel TPOX oder CSF1PO. Jeder Mensch hat in diesen Abschnitten einen Typ – zwei Allele, eins von Mom und eins von Dad.«

Matt nickte und blickte auf Frankies Ergebnisse.

Genlocus	CSF 1PO	TPOX	THO1	VWA	D16 S539	D7 S820	D13 S317	D5 S818
100	12;12	8;11	6;7	17;17	12;14	9;12	9;13	12;12
200	12;12	11;11	6;7	15;15	13;13	8;8	11;11	10;12
Bluse	12;12	11;11	6;7	15;15	13;13	8;8	11;11	10;12
Nägel	12;12	11;(8)	6;7	17;(15)	12;14,(13)	9;12,(8)	9;13,(11)	12;(10)
Schenkel	N/A	8;(11)	6;(7)	17;(15)	N/A	12;(8),(9)	13;(9),(11)	12;(10)

»Die Zeile mit der Hundert ist die Blutprobe vom Opfer. Die Zeile mit der Zweihundert ist die Probe, die dem Tatverdächtigen entnommen wurde. Das sind die Standards, die bekannten Proben, die wir mit allem vergleichen, was wir haben. Die Zahlen in den Kästchen sind Allele, die an verschiedenen Stellen auf dem DNA-Molekül gefunden wurden. Wie Sie sehen, ist die DNA, die wir von dem Blut auf der Bluse gewonnen haben, identisch mit den Standards des Tatverdächtigen.«

»Bisher«, sagte Matt, »bin ich von Grund auf zufrieden.«

»Schön. Denn bei den Hautpartikeln unter den Fingernägeln sieht es etwas anders aus. Die Hautzellen des Opfers sind natürlich vorhanden, ebenso ein paar Hautzellen, die nicht von dem Mädchen stammen.«

»Wie eine Mischung?« fragte Matt.

»Ganz genau. Sie sehen Zahlen, die sowohl mit dem Opfer als auch mit der anderen Person übereinstimmen.«

»Sind dafür die Klammern?«

»Jawohl. Unterschiedliche Grade, basierend auf der Kombination von Allelen bei jeder der beiden Personen. Nehmen wir zum Beispiel an, daß sowohl der Tatverdächtige als auch das Opfer am Genlocus TPOX eine Elf haben ... aber nur das Opfer hat eine Acht. Bei einer Kombination ihrer beider DNA würde ich bei der Elf ein dickeres Band erwarten als bei der Acht. Die Klammern deuten genau darauf hin.«

Die Kellnerin segelte auf Rollschuhen herbei und stellte schwungvoll zwei Schokoladenmilchshakes auf den Tisch. »Beim Sperma waren die Ergebnisse leider nicht überzeugend.«

Matt machte ein langes Gesicht. »Wieso?«

»Bei CSF und D16 haben wir kein Ergebnis. Das liegt daran, weil wir manchmal, wenn wir nicht genug DNA haben, an diesen Loci keine Werte ablesen können.«

Matt blickte mit finsterer Miene auf die Zahlen. »Können Sie mir überhaupt was dazu sagen?«

»Ja. Da es sich um Sperma handelt, weiß ich, daß es sich um eine Mischung aus Haut von der Oberschenkelinnenseite des Opfers und Spermien irgendeines Mannes handeln wird.«

»Wie die Hautpartikel unter den Fingernägeln?«

Frankie nickte. »Vergleichen Sie die beiden Zeilen da.«

Matt blickte einen Moment lang auf die Tabelle, zuckte dann die Achseln. »Die Zahlen sind alle gleich ... nur hier und da sind sie durcheinander. Das bedeutet, Sie können den Tatverdächtigen nicht ausschließen, oder?«

»Im Grunde genommen stimmt das«, gab Frankie zu. »Aber es gibt da etwas, weshalb ich zögern würde, ihn eindeutig als Täter zu bezeichnen.«

Matt warf die Papiere hin und lehnte sich zurück. »Lassen Sie hören.«

»Stellen Sie sich alle Menschen auf der Welt mit den verschiedenen Allelen vor, die sie geerbt haben. Ich habe noch nie erlebt, daß eine Mischung aus zwei nicht miteinander verwandten Personen nicht an *irgendeinem* Genlocus vier unterschiedliche Zahlen ergeben hat. Man möchte meinen, schon der Wahrscheinlichkeitsstatistik nach, daß es irgendeine Stelle gäbe, wo der Tatverdächtige – sagen wir – eine Zwölf, Dreizehn hat und das Opfer eine Elf, Vierzehn ... aber das ist hier nicht der Fall.« Sie zeigte auf die Oberschenkelanalyse. »Sehen Sie sich die Überlappung an. Tatsächlich hat nur eine Handvoll Loci Zahlen, die bei der DNA des Opfers nicht vorkommen.«

»Soll das heißen, dem Labor ist ein Fehler unterlaufen?«

»Vielen herzlichen Dank für Ihr Vertrauen.«

»Vielleicht hatten Sie ja nicht genug DNA. Wäre es nicht möglich, daß Sie bei einer besseren Probe vier Allele gefunden hätten?«

»Möglich schon«, gestand Frankie zu. »Aber das ist nicht das einzige, das mir zu schaffen macht. Sehen Sie sich zum Beispiel den Genlocus THO1 an. Sowohl das Opfer als auch der Tatverdächtige haben da sechs, sieben, also müßte eine Mischung ihrer DNA *immer* sechs, sieben haben.«

»Das ist doch der Fall.«

»Nein, bei der Spermaprobe eben nicht. Und das ergibt keinen Sinn.« Sie schüttelte den Kopf. »Ich will Ihnen nicht den Fall versauen. Aber obwohl ich Ihren Verdächtigen nicht ausschließen kann ... absolut passend ist er nicht.«

Matt schwieg einen Moment und fuhr mit dem Finger durch den nassen Fleck, den der Milchshake auf dem Tisch hinterlassen hatte. »Kommen Sie, Frank. Selbst wenn Sie die DNA von jedem Typen in Salem Falls mit der von meinem Opfer kombinieren würden, könnten Sie trotzdem keine Mischung wie aus dem Lehrbuch vorzeigen.«

Frankie dachte darüber nach. »Vielleicht sind sie verwandt.«

»Tatverdächtiger und Opfer? Ausgeschlossen.«

»Na, dann ist außer dem Verdächtigen, den ich getestet habe ... noch jemand im Spiel, von dem die Spermaprobe stammt. Verwandte haben DNA-Profile, die sich überlappen ... was manchmal merkwürdige Resultate hervorbringen kann.«

Matt atmete langsam aus. »Wollen Sie mir erzählen, meine

Klägerin hat den Verdächtigen derart zerkratzt, daß ihre Bluse voll mit seinem Blut ist … und dann hat sie seinen Bruder geholt, damit er sie vergewaltigt?«

Frankie hob eine Augenbraue. »Es wäre möglich.«

»Das wäre es, wenn der Verdächtige einen Bruder *hätte*!«

»Lassen Sie Ihren Ärger nicht an mir aus.« Frankie legte ihre Berichte zusammen. »Ein privates Labor könnte mehr Systeme testen, vielleicht kriegen Sie ja dann, was Sie brauchen.«

»Und wenn wir dafür kein Geld haben?«

»Würde ich an Ihrer Stelle den Familienstammbaum unter die Lupe nehmen.«

Matt trank seinen Milchshake in einem Zug aus und holte seine Brieftasche hervor. »Ist es sein Blut?«

»Ja.«

»Und die Wahrscheinlichkeit ist hoch, daß er von dem Opfer gekratzt wurde?«

Frankie nickte.

»Und Sie können *nicht* ausschließen, daß das Sperma von ihm ist?«

»Nein.«

Matt schob einen Zehn-Dollar-Schein auf den Tisch. »Mehr will ich gar nicht hören.«

Die Mädchen tobten in ihren seidigen Trikots herein, mit hochroten Köpfen, verschwitzt, mit wippenden Pferdeschwänzen, als wäre ein Schwarm Spatzen durch die offene Tür in den Umkleideraum gerauscht. Zu zweit und zu dritt miteinander plappernd, gingen sie zu den Duschen, ohne der Frau Beachtung zu schenken, die am Eingang stand und sich ein Foto von der Schulmannschaft aus dem letzten Jahr ansah.

Da posierte Jack mit seinem Team, die Haare so hell wie das Gold des schimmernden Pokals, den eines der Mädchen in der Hand hielt. Sein Kopf war im Profil zu sehen, und er strahlte die jungen Frauen bewundernd an.

»Kann ich Ihnen helfen?«

Die Stimme riß Addie aus ihren Gedanken. »Tut mir leid«,

sagte ein junges Mädchen lächelnd. »Ich wollte Sie nicht erschrecken.«

»Nein … nein, schon gut.«

»Sind Sie die Mutter von jemandem?« fragte das Mädchen.

Addie war verblüfft über die persönliche Frage, bis sie begriff, daß sie sie falsch verstanden hatte. Das Mädchen meinte nicht Chloe; Addie wurde bloß wieder einmal für jemand gehalten, der sie nicht war. Wieso sollte eine Schülerin sich hier nicht mit ihrer Mutter verabreden?

»Ach so. Lassen Sie mich raten. Eine von denen«, sagte die Schülerin scherzhaft, »Ihre Tochter ist eine Sportskanone und Sie möchten mit dem Coach reden.«

Addie lachte. »Wo finde ich ihn denn?«

Die Augen des Mädchens huschten zu dem Foto. »Er ist eine Sie, und sie müßte jeden Moment kommen.«

»Eine Frau?«

»Sie trainiert jetzt die Mannschaft. Unser alter Coach … mußte gehen.«

Addie räusperte sich. »Ach ja?«

Das Mädchen nickte und legte eine Hand auf das Glas des Fotos. »Es war ein ganz schöner Skandal, jedenfalls haben sie einen draus gemacht. Aber wenn Sie mich fragen, ich finde, es war ein bißchen wie Romeo und Julia. Verstehen Sie, sich in jemanden verlieben, in den man sich nicht verlieben darf.« Sie zog die Stirn kraus. »Nur daß sie am Ende nicht gestorben sind.«

»Romeo und Julia?«

»Nein … der Coach und Catherine.«

»Ladies! Wieso höre ich noch kein Wasser rauschen?« Eine schrille Stimme hallte durch den Umkleideraum, als die neue Trainerin die Mädchen Hände klatschend zu den Duschen scheuchte.

»Das ist sie«, sagte das Mädchen. Sie winkte kurz und trabte dann in Richtung Waschraum.

Die Trainerin kam mit einem Lächeln näher. »Kann ich Ihnen helfen?« fragte sie.

»Ich sehe mich nur ein wenig um. Falls es gestattet ist.« Addie deutete auf den glänzenden Pokal. »Eine tolle Trophäe.«

»Allerdings, aber sie haben ihn sich auch schwer erkämpft. Die Mädchen sind richtig gut.«

Addie beugte sich zu dem Foto vor. Doch anstatt sich die Mädchen anzusehen, las sie das, was unter dem Foto stand: Von links nach rechts: Suzanne Wellander, Margery Cabot, Coach St. Bride, Catherine Marsh.

Das Mädchen neben Jack, das den Pokal hielt. Das Mädchen, das er, wie Addie jetzt begriff, anstarrte.

»Hier ist eine Kopie deiner Aussage«, sagte Matt und reichte sie Gillian über den Schreibtisch hinweg. »Nimm sie mit nach Hause und lies sie gut durch, damit du dich an alles erinnerst, was du gesagt hast.«

Amos, der neben ihr saß, warf einen Blick auf den dünnen Stoß Blätter. »Ich hoffe bei Gott, daß Sie für Ihren Fall mehr haben als das da.«

»Keine Sorge«, entgegnete Matt gelassen. »Aber die Aussagen Ihrer Tochter sind das Fundament unserer Beweisführung.« Er schlug eine Akte auf und reichte Duncan eine Kopie von Frankies Laborbericht. »Diese Ergebnisse untermauern allesamt das, was Gillian ausgesagt hat. St. Brides Blut auf ihrer Bluse, die Haut unter den Fingernägeln, das Sperma.«

»Sperma?« flüsterte Gillian.

»Ja.« Matt grinste. »Ich war genauso froh, das zu hören. Ich hatte meine Zweifel, da du angegeben hast, daß er ein Kondom benutzt hat. Anscheinend hat das Sperma, das man an deinem Oberschenkel gefunden hat, für eine DNA-Analyse ausgereicht. Und das wird helfen, den unwiderlegbaren Beweis zu erbringen.«

»An deinem Oberschenkel«, wiederholte Amos und drückte die Hand seiner Tochter.

Der Staatsanwalt konnte das Erstaunen der Duncans gut verstehen. Er hatte ihnen von vornherein gesagt, daß es kniffig sei, einen Schuldspruch wegen Vergewaltigung zu erzielen – und jetzt hatten sich ihre Chancen erheblich verbessert. Matt lächelte Gillian und ihren Vater strahlend an. »Manchmal«, sagte er, »braucht man eben auch ein bißchen Glück.«

Thomas warf seinem Vater den per Eilboten zugestellten Umschlag auf den Schoß. »Für dich.«

Jordan, der seinen Sohn beim Nintendo haushoch schlagen wollte, legte den Joystick hin und öffnete das Päckchen. »Das müssen die DNA-Ergebnisse sein«, sagte er und überflog rasch die kurze Notiz, die Matt Houlihan dazugelegt hatte – nur ein paar nichtssagende Zeilen, aber Jordan hätte es genauso gemacht angesichts der Ergebnisse des forensischen Labors ... daß nämlich Jack zur Tatzeit nicht in Gillian Duncans Nähe gewesen war.

Er las die erste Seite, dann die zweite, schmiß dann den ganzen Stoß fluchend auf den Boden und stand auf. »Ich muß weg«, knurrte er.

Auf dem Bildschirm vernichtete Thomas einen der Spieler seines Vaters. »Aber du gewinnst.«

»Nein«, sagte Jordan. »Leider nicht.«

Mandanten lügen. Das war das erste, das man als Strafverteidiger lernte, eine Lektion, die Jordan schmerzhaft geschluckt hatte. Schließlich ist ein Typ, der seine Mutter kaltblütig erschießt oder einen Supermarkt überfällt kein Ausbund an Ehrenhaftigkeit, sondern jemand, der so gut wie alles tut oder sagt, um seinen Hals zu retten. Jordan war also nicht überrascht, daß Jack ihn seit Wochen an der Nase herumgeführt hatte. Was ihn allerdings fassungslos machte, war die Tatsache, daß er derart leichtgläubig gewesen war.

Seine Laune war deutlich anders als beim letzten Mal, als er in diesem Besprechungsraum gesessen hatte und der festen Überzeugung gewesen war, daß er eine zu Unrecht verleumdete Menschenseele vor den Mühlen des Gesetzes rettete. Auch Jack bemerkte die Veränderung sofort, als er hereinkam.

»Wissen Sie«, hob Jordan freundlich an, »es überrascht mich nicht sonderlich, daß Sie gelogen haben.«

»Aber Sie … Sie haben doch neulich gesagt –«

»Was meinen Sie, wie egal mir das ist. Was mir allerdings gegen den Strich geht, ist, daß Sie sich selbst in die Pfanne gehauen haben, indem Sie Saxton erzählt haben, Sie wären zur Tatzeit nicht in der Nähe von Gillian Duncan gewesen.«

»Aber das stimmt.«

Jordan schlug mit seinen Händen auf den Tisch. »Wie zum Teufel kommt dann die Erde an Ihre Schuhe, Jack? Wie zum Teufel kommt Ihr Blut an ihre Bluse, Ihre Haut unter ihre Fingernägel? Und Ihr verdammtes Sperma an ihren Oberschenkel? Würden Sie mir das bitte erklären? Oder möchten Sie vielleicht lieber bis zum Prozeß warten und es den Geschworenen erklären, wenn Sie im Zeugenstand stehen und Houlihan Sie als Lügner entlarvt?«

Jack ließ sich auf einen Stuhl sinken und schwieg.

»Mit diesen Indizien wird der Staatsanwalt als erstes Ihre Glaubwürdigkeit zunichte machen. Wenn ich einer von den Geschworenen wäre und hören würde, daß der Angeklagte die Polizei belogen hat … daß seine DNA an dem Opfer gefunden wurde, würde ich keine Sekunde zögern, ihn schuldig zu sprechen. Wieso sollte jemand lügen … wenn er nichts zu verbergen hat?«

Frustriert warf Jordan seinem Mandanten den forensischen Laborbericht zu, und Jack überflog die Ergebnisse. »Also«, sagte er barsch. »Ich schlage vor, wir versuchen's mit gegenseitigem Einvernehmen.«

»Was?« Jacks Kopf hob sich langsam.

»Sie waren offensichtlich in jener Nacht zusammen mit dem Mädchen im Wald.«

»Also schön, ich war da«, sagte Jack ruhig, »aber wir hatten keinen Sex.«

»Könnten wir bitte mit der Pfadfindernummer aufhören, Jack? Ich verliere nämlich langsam die Geduld.« Jordans Miene verfinsterte sich. »Oder wollen Sie jetzt einen auf Clinton machen und mir eine kreative Definition von Geschlechtsverkehr auftischen?«

»Ich hatte keinen Geschlechtsverkehr mit ihr, Jordan, in keiner Form. Ich war betrunken, und ich habe sie alle zusammen im Wald gesehen. Und ... sie war nackt. *Sie* hat sich an *mich* rangemacht.« Jack blickte unglücklich auf. »Verstehen Sie jetzt, warum ich Ihnen das nicht erzählen wollte? Oder Saxton? Wer würde mir schon glauben?«

»Hätte auch nicht viel geändert«, brummte Jordan.

»Ich wollte nur schnellstens weg da, und sie hat versucht, mich zurückzuhalten.«

»Wie? Wie hat sie das gemacht?« wollte Jordan wissen.

»Ich kann mich nicht erinnern! Herrgott, Jordan. Ich versuch es ja. Ich zermartere mir das Gehirn. Schön, ich war da – na und? Das heißt noch lange nicht, daß ich Sex mit ihr hatte. Ich hab sie weggestoßen und dann bin ich gerannt.«

Jordan faltete die Hände auf dem Tisch. »Und während dieses reizenden Gerangels haben Sie ein paar Tröpfchen Sperma verloren?«

»Ich war nicht ausgezogen. Ich weiß nicht, wessen Sperma gefunden wurde, meines jedenfalls nicht.«

»Können Sie sich vorstellen, wie unglaubwürdig das in den Ohren der Geschworenen klingen wird? Erst recht, wenn der DNA-Sachverständige ihnen erzählt, daß das Blut und die Haut eindeutig von Ihnen stammen?«

»Das ist mir egal«, sagte Jack. »Ich sage nämlich die Wahrheit.«

»Ach ja, ich vergaß. Die *Wahrheit.*« Jordan nahm die Papiere, steckte sie in seine Mappe und stand auf. »Wie lange denn diesmal, Jack?« sagte er und schritt aus dem Besprechungsraum, ohne sich noch einmal umzublicken.

Richterin Althea Justice hatte eine Vorliebe für seltene Stücke. Schnupftabakdosen aus Europa, chinesische Seide, Tinte aus Roßkastanien. Sie lebte in einem Haus mit riesigen Fenstern, das man eher am Strand von L.A. erwarten würde als in den Wäldern von Neuengland, fuhr einen restaurierten 1973er Pacer und hatte einen Hund aus Weißrußland, eine seltene Rasse, von der es angeblich auf der Welt nur noch dreißig Exemplare gab. Sie hob sich gern von der Masse ab, was ihr nicht schwerfiel; als einzige schwarze

Richterin des höheren Gerichts war sie einfach nicht zu übersehen.

Für ein kleines Mädchen, das mit dem Nachnamen Justice aufwuchs, war die Juristerei praktisch eine Selffulfilling Prophecy, und obwohl von ihrer Familie sonst niemand das College besucht hatte, war Altheas Werdegang so vorgezeichnet wie die Linien in ihrer Hand. Es wäre ja schon bemerkenswert gewesen, wenn sie es entweder als Frau oder als Mensch mit dunkler Hautfarbe in die Richterschaft gebracht hätte, doch da sie beides war, galt sie als New Hampshires Aushängeschild für Chancengleichheit.

Sie maß 1,88 ohne Schuhe, wie sie normalerweise im Superior Court von Carroll County anzutreffen war. Wen scherte es schon, ob sie unter ihrer schwarzen Robe etwas an den Füßen hatte oder nicht, und wenn es jemanden störte, so hatte er nicht den Mumm, sie darauf anzusprechen. Anwälte, die mit ihr im Gerichtssaal zu tun hatten, wußten, daß mit ihr nicht gut Kirschen essen war. Eine Frau, die es so weit gebracht hatte wie Althea, ließ sich nicht um den Finger wickeln.

Ihr neuer Sekretär war ein junger Mann, der tatsächlich glaubte, es würde ihm etwas einbringen, wenn er sich bei ihr lieb Kind machte... doch was, war ihr ein Rätsel. Eine gute Position bei der Staatsanwaltschaft? Eine faire Chance, wenn er irgendwann seinen ersten Fall unter ihrem Vorsitz vertrat? Er hatte die unangenehme Angewohnheit, irgendwelche kaum bekannten Urteile von anderen Gerichten zu zitieren, als könnte er damit bei Althea Eindruck schinden. Die einzige Aufgabe, mit der sie ihn bislang betraut hatte, war die, ihr Ungetüm von Hund Gassi zu führen, wenn sie wegen eines Verhandlungstermins keine Zeit hatte, und obwohl er mit seiner Promotion dafür eigentlich überqualifiziert war, schien er darin dennoch den Einstieg in eine steile Karriere zu sehen.

Es war ein lausiger Morgen gewesen – ihr weißrussischer Rassehund hatte in der Küche vor die Spüle gepinkelt, sie war seit über einer Stunde wach und hatte noch immer keinen anständigen Kaffee bekommen, und zu allem Übel hatte sie auch noch ihre Tage bekommen, was bedeutete, daß sie sich heute angesichts ihres vollen Terminkalenders nach nichts anderem sehnen würde als einer heißen Wärmflasche und einer Überdosis Midol.

»Ich gebe Ihnen zehn Sekunden, Mark, keine Sekunde mehr: Was haben Sie für mich?« fragte Althea und legte die nackten Füße übereinander.

»Schwarz«, sagte ihr Assistent und reichte ihr eine Tasse Kaffee. »Genau, wie Sie's mögen.« Dann wurde er puterrot. »Das sollte keine rassistische Bemerkung sein.«

Althea beäugte ihn über den Rand ihrer Tasse. »War es auch nicht, bis Sie's gesagt haben.«

»Tut mir leid.« Mark verfärbte sich erneut. Diese weißen Bürschchen.

Althea beschloß, ihn vom Haken zu lassen. So konnte sie ihn stets aufs neue ködern. »Sagen Sie schon, was heute auf dem Programm steht.«

»Anhörung in der Sache New Hampshire gegen Jack St. Bride.«

Sie nahm die Akte, die er ihr entgegenhielt. »Der Vergewaltigungsfall?«

»Ja.« Mark holte tief Luft. »Wenn Sie einen Blick hineinwerfen, sehen Sie, was für Recherchen ich gemacht habe, und finden auch meine Stellungnahme dazu.«

»Tja, ehrlich gesagt, interessiert mich erst mal, ob einer der beteiligten Anwälte versucht hat, Sie auszuquetschen, was von mir zu halten ist.«

Wieder errötete er. »Na ja, Euer Ehren, es hat ein paar Fragen gegeben ...«

»Staatsanwaltschaft oder Verteidigung?«

Mark blickte auf seine blitzblanken Schuhe. »Sowohl als auch, Ma'am.«

Wenn Althea Justice lächelte, was nicht oft vorkam, verwandelte sich ihr Gesicht wie ein Tal, in das die Sonne fällt. Sie hatte von dem Fall gehört; Gott, wie sollte sie auch nicht, wo es vor dem Gerichtsgebäude von Reportern nur so wimmelte.

Sie dachte an Matt Houlihan und Jordan McAfee, die Anwälte, die in wenigen Stunden vor ihr stehen würden, auf Gedeih und Verderb einem großen, bösen, schwarzen Drachen ausgeliefert. »Mark«, sagte Althea schmunzelnd, »sieht so aus, als könnte es doch noch ein schöner Tag werden.«

Eine Stunde nach der Anhörung lag Jordan im Wald auf dem Rücken und betrachtete die Sonnenstrahlen, die von Ast zu Ast hüpften. Er spürte die Feuchtigkeit, die ihm aus dem Boden unter die Haut kroch. Die Erde roch nach Sterben, aber das konnte auch an seinem Gemütszustand liegen. Er hatte einen unerfreulichen Fall, steckte in einer Sackgasse, und sein Mandant wollte sich einfach nicht auf eine Absprache mit der Staatsanwaltschaft einlassen. Genau an dieser Stelle hatte Jack St. Bride *keinen* Sex mit Gillian Duncan gehabt, obwohl Partikel von seiner Haut unter ihren Nägeln und sein Blut an ihrer Bluse gefunden worden waren. Vielleicht kamen die Außerirdischen, die Gillian vergewaltigt hatten, ja zurück, wenn er nur lange genug hierblieb, und beförderten ihn mit einer Laserpistole ins Jenseits, dann könnte sich ein anderer bedauernswerter Anwalt mit Jacks Fall herumschlagen.

»Hab ich mir doch gedacht, daß ich dich hier finden würde.«

Jordan setzte sich blinzelnd auf. »Ach, du bist's«, sagte er verdrossen.

»Glaubst du, Lancelot ist auch so ein Empfang beschert worden?« knurrte Selena und versuchte, Jordan auf die Beine zu ziehen.

»Du bist mein weißer Ritter?«

»Na ja, ich geb mir alle Mühe. Du machst es mir nicht leicht.«

Sie hatte ihn umschlungen, um ihn in eine aufrechte Position zu bringen. Jordan konnte die Seife riechen, die sie benutzte – Honig mit irgendeinem Blütenaroma drin. »Wovor schützt du mich?«

»Vor dir selbst«, sagte Selena. »Verzweiflung. Wurzelfäule. Such dir was aus.« Sie betrachtete Jordan nachdenklich. »Wie ich höre, hattest du eine miserable Anhörung.«

»Miserabel?« Jordan lachte. »Das würde ich nicht sagen. Es war absolut katastrophal. Diese Richterin hat meinen Antrag auf Nichtberücksichtigung von Jacks Aussage, er sei zur Tatzeit nicht in der Nähe des Mädchens gewesen, glatt abgeschmettert. Dafür hat sie aber Houlihans Antrag, Jacks Vorstrafe zuzulassen, dankend angenommen.«

»*Einen* Antrag sollst du aber durchgekriegt haben.«

»Allerdings«, schnaubte Jordan. »Den auf einen möglichst baldigen Verhandlungstermin, was kein Kunststück ist. Den hatte ich schon vor Wochen gestellt, als ich noch keine Ahnung hatte, daß ich es mit einem Mandanten zu tun haben würde, der mir alle naslang eine neue Geschichte auftischt.« Er seufzte. »Ach ja, noch was, oder hab ich schon erwähnt, daß das DNA-Ergebnis da ist?«

»Und?«

»Die Bluse des Mädchens ist voll mit Jacks Blut. Seine Haut war unter ihren Fingernägeln. An ihrem Oberschenkel war Sperma, und auch wenn die Ergebnisse diesbezüglich nicht eindeutig sind, könnte auch das von ihm stammen.«

»Vielleicht ist es aber *nicht* von ihm.«

»Ja, klar, und vielleicht bin ich Staranwalt Johnnie Colchrane.«

Selena grinste. »Glaub mir, du hast nicht den richtigen Teint. Außerdem würde Johnnie sich nicht einfach hinlegen und von einem Staatsanwalt überrollen lassen.«

»Johnnie hat ja auch nicht Jack St. Bride als Mandanten.«

Selena lehnte sich gegen den Stamm des Hartriegelbaumes. »Du kannst nicht jeden Fall gewinnen, Jordan.«

»Danke, daß du mich daran erinnerst, der Gedanke ist mir nämlich seit mindestens einer halben Sekunde schon nicht mehr ins Bewußtsein gedrungen.«

Jordan fuhr mit den Händen über die gesprenkelte Rinde eines Baumes. Er mußte an Altersflecken denken und dann daran, daß er langsam alt wurde, und was zum Teufel hatte er vorzuweisen? Und dann mußte er daran denken, daß Jack St. Bride im Gefängnis fünfzig werden und wahrscheinlich mit jedem Atemzug hinausschreien würde, daß er kein Verbrechen begangen hatte.

Er wandte sich seiner Ermittlerin zu. »Was hast du so getrieben?«

»Was meinst du?«

»Außer meinen Kühlschrank leer essen und die klimatisierte Luft einatmen, für die ich bezahle ... was hast du in unserem Fall ausgegraben?«

»Nichts. Addie Peabody ist noch immer nicht zurück, und wir brauchen sie dringend, um Jack in ein besseres Licht zu rücken.«

»Falls sie überhaupt noch mit ihm spricht«, gab Jordan zu bedenken. »Vor den Augen der eigenen Freundin verhaftet zu werden, hat schon so mancher Beziehung den Garaus gemacht. Was hast du noch?«

Selena seufzte. »Egal, mit wem ich rede, ich kriege nur zu hören, was für ein nettes Mädchen Gillian Duncan doch ist. Intelligent, lieb, Daddys brave kleine Tochter. Die Glaubwürdigkeit in Person, und wenn man die belastenden Indizien hinzuzählt ... tja, Jordan, dem habe ich nicht viel entgegenzusetzen.« Sie griff zwischen ihre Füße und pflückte einem vertrockneten Löwenzahn den flaumigen Kopf ab. »Hier. Du hast einen Wunsch frei.«

»Nur einen?«

»Du willst die Magie doch nicht überstrapazieren, oder?«

Er schloß die Augen. »Ich wünsche mir, daß alles anders wird.«

Selena hielt den Atem an, bis Jordan auf die Kugel blies und die Samen in den Wind stoben. »Was meinst du damit?«

»Ich wünschte, ich könnte den Fall abgeben. Ich wünschte, Jack St. Brides Blut wäre nicht auf Gillians Bluse. Ich wünschte, wir beide könnten ...«

Seine Stimme verklang, und Selena blickte ihn an. »Wir beide könnten was?«

»Etwas finden, das unseren Mandanten entlastet.«

Selena klopfte sich die Jeans ab. »Das wird nicht geschehen, solange wir hier untätig herumlungern. Gehen wir.« Aber Jordan folgte ihr nicht, und ehe sie sich's versah, war sie wieder am Rand des Waldes. Ärgerlich spähte sie durch die Bäume, konnte ihn aber nicht sehen. »Kommst du?« rief sie. »Ich bin schon fast zu Hause.«

Auf der Lichtung drehte Jordan sich um, als er Selenas Stimme vernahm. *Ich bin schon fast zu Hause.* »Wo bist du?« rief er.

»Hier und warte auf *dich*.«

Jordan eilte den schmalen Pfad hinunter, der zum Friedhof führte. Er zählte die Schritte ... dreiunddreißig, vierunddreißig, fünfunddreißig ... und als er schließlich durch das dichtere Gestrüpp brach, sah er Selena ungeduldig auf der Stelle treten. »Einundfünfzig«, verkündete Jordan.

»Nein, ich bin erst achtunddreißig. Mach mich nicht älter, als ich bin.« Selena drehte ihm den Rücken zu. »Können wir jetzt bitte gehen?«

»Nein. Selena, wo sind wir?«

Sie beäugte Jordan. »Bist du da hinten mit dem Kopf gegen einen Ast geknallt?«

»Das hier ist die Stelle, wo Saxton Gillian gefunden hat. Wo sie nach der Vergewaltigung ihre Freundinnen eingeholt hat. Stimmt's?«

»Ja. Und?«

»Ich hab dich gehört. Eben, als du meinen Namen gerufen hast.«

Selena begriff, worauf Jordan hinauswollte. »Aber könnte man vielleicht noch mehr als eine Stimme hören? Zum Beispiel zwei Leute, die miteinander kämpfen?«

»Ich weiß nicht. Warte hier.« Er lief zurück in den Wald und fing an, mit den Füßen Laub hochzutreten. »Kannst du das hören?«

Selena lauschte angestrengt. Die Geräusche des Tages – Vögel und Lastwagen in der Ferne – waren lauter, aber hier und da vernahm sie ein leises Rascheln. »So eben«, rief sie. »Aber ganz schwach.« Selena trabte zurück zu der Lichtung. »Ich schätze, es sind ungefähr fünfzig Meter«, sagte sie. »Aus fünfzig Metern Entfernung hört man so einiges.«

»Ja«, stimmte Jordan zu, »und in der Zeit, die man braucht, um fünfzig Meter zu gehen, kann man auch nicht viel machen.« Er griff nach den Knöpfen seiner Hose, und Selena trat einen Schritt zurück. »Mach dir keine Hoffnungen; ich will nur mal was ausprobieren. Geh ganz langsam los.«

Selena sah ihn mißtrauisch an. »Was hast du vor?«

»Eine Vergewaltigung simulieren.«

Sie blickte auf seine Hose, dann auf seine Hand. »Allein?«

»*Simulieren*«, wiederholte Jordan. »Nicht *stimulieren*.«

Selena ging los, sehr viel langsamer, als ein junges Mädchen gehen würde, erst recht, wenn es möglichst schnell zu Hause sein wollte, bevor seine Eltern merkten, daß es nicht da war. Einmal blieb sie stehen, um sich einen Stein aus dem Schuh zu schütteln, und ein zweites Mal, um eine Kröte zu betrachten, die mit schwarzen Knopfaugen zu ihr hochschaute. Dann war sie am Waldrand. »Ich bin da.«

»Schon?«

»Wenn ich langsamer gegangen wäre, hätte ich Moos angesetzt.«

»Siebenundachtzig Sekunden«, sagte Jordan, als er bei ihr war.

»Gillian hat gesagt, die Vergewaltigung hätte fünf Minuten gedauert. Doch als sie ihre Freundinnen einholte, waren die nur knapp fünfzig Meter entfernt.«

»Und wenn sie so langsam gegangen wären –«

»– dann hätten sie einen Kampf hören müssen«, beendete Selena den Satz.

Jordan wandte sich ihr zu. »Vorausgesetzt«, sagte er, »es hat überhaupt ein Kampf stattgefunden.«

Juni 2000
Salem Falls,
New Hampshire

Nach dem Mittagsansturm und vor dem Andrang am Abend mußte Delilah sich übergeben. Sie saß an dem kleinen Tisch in der Küche, ein feuchtes Geschirrtuch gegen die Stirn gedrückt. »Roy, sie hat hohes Fieber«, sagte Darla.

»Mir geht's gut. Mir wird bloß übel, wenn ich Muschelsuppe koche.«

Roy verschränkte die Arme vor der Brust. »Du hast Hackbraten gemacht.«

Delilahs tränende, rotgeränderte Augen richteten sich auf Roy, und sie brachte ein schwaches Lächeln zustande. »Dann bin ich wohl krank, Boß«, sagte sie leise.

Er ging neben ihr in die Hocke. »Jetzt mach ich mir aber wirklich Sorgen. Die Delilah, die ich kenne, würde das nie im Leben zugeben.«

Delilah stützte ihren schweren Kopf auf die Hände. »Vielleicht fühle ich mich in einem anderen Leben gut genug, um darüber zu diskutieren.«

»Du hast dir eine Sommergrippe eingefangen«, sagte Darla und fügte mit Blick auf Roy hinzu: »Ich hoffe nur, sie hat heute morgen nicht alle Gäste angesteckt.«

Roy musterte skeptisch ihre massige Gestalt. »Ich könnte sie hoch zu mir tragen ...«

»Nein, ihr Sohn kommt sie abholen. Ich hab ihn angerufen.« Darla zwinkerte ihm zu. »Also, was machen wir jetzt?«

»Roy springt für mich ein, nicht wahr, Roy?« sagte Delilah. »Sonst können wir den Laden nämlich dichtmachen ... und das würde Addie glatt umbringen.«

»Das kann ich nicht«, flüsterte er. »Du weißt, warum.«

Delilah zuckte die Achseln. »Manchmal haben wir keine Wahl und müssen hinnehmen, was das Leben uns beschert. Und jetzt beschert das Leben dir einen Kochlöffel.«

Im selben Augenblick kam Delilahs Sohn in die Küche. Er arbeitete in einem Sägewerk und war mindestens so groß und imposant wie seine Mutter. Sie ließ sich von ihm aufhelfen. »Ihr kommt schon ohne mich klar«, sagte sie und ging.

Roy warf einen Blick auf die schwarze Grillplatte. Richtig kochen würde er ja gar nicht. Er würde bloß zu Ende bringen, was Delilah angefangen hatte.

Ganz langsam bewegte er sich auf die Seite der Küche zu, wo gekocht wurde. Er ertastete die Rillen auf dem Schneidebrett, in das fast zwanzig Jahre lang Messer ihre Geschichte geschnitzt hatten. Und er rechnete damit, daß ihm das Herz stehenblieb, genau wie Margarets.

Roy, träumst du schon wieder? Wo bleibt mein Toast mit Spiegelei?

Plötzlich hörte er wieder die Stimme seiner Frau, die ihn neckte, weil er für eine einfache Bestellung zu lange brauchte. Er konnte sehen, wie sie sich auf die Zehenspitzen stellte, um eine Bestellung in die runde Halterung zu klemmen. Er konnte den Schmerz der Narbe spüren, die ihm geblieben war, nachdem sie einmal in die Küche gehuscht war, um ihn zu küssen, und er, überwältigt vom Augenblick, die Hand auf das offene, glühende Waffeleisen gepreßt hatte.

»Gut Ding will Weile haben«, flüsterte er, wie damals immer, wenn es Margaret nicht schnell genug ging.

»Hier.« Darla hielt ihm eine alte, weiße Kochjacke hin. »Addie hat mir erzählt, daß sie die für dich aufbewahrt.«

Roy nahm sie langsam entgegen, zog sie dann an. Zu seiner Überraschung paßte sie noch. Darla sah zu, wie er die Jacke zuknöpfte, und sie mußte lächeln. »Richtig gut siehst du aus«, sagte sie leise.

Sie räusperte sich plötzlich, als wollte sie verhindern, daß sie im Beisein eines anderen ihren Gefühlen freien Lauf ließ. »Was ist heute das Tagesgericht?« fragte sie betont munter.

Roy schloß die Finger um den Griff eines Holzlöffels, zunächst zaghaft, dann entschlossener. »Alles«, sagte er stolz. »Sag den Gästen, ich koche ihnen alles, was sie möchten.«

Addie saß in einem Verandasessel gegenüber von Reverend Marsh und seiner Tochter und nippte an ihrem Eistee. »Danke«, sagte sie. »Schmeckt köstlich.«

Der Reverend war ein dürrer, knochiger Mann mit einem Adamsapfel, der vorstand wie ein Knoten an einem Baum. Seine Tochter hatte die Hände sittsam im Schoß gefaltet, die Augen starr auf eine Stelle auf dem Verandaboden gerichtet. Catherine Marsh hatte keine lange, seidige, dunkle Lockenpracht mehr, und auch die sportliche Figur und das gewinnende Lächeln waren verschwunden. Sie war dünner, ertrank fast in ihrem zu weiten T-Shirt und den Jeans, und die Haare waren ganz kurz geschnitten. Addie blickte das Mädchen an und malte mit der Fingerspitze einen Kreis auf die beschlagene Seite ihres Glases. *Hat Jack dir das angetan?*

»Ich freue mich, daß Sie zu mir gekommen sind«, sagte der Reverend. »Manchmal glaube ich, daß die Zeitungen heutzutage solche Angst vor religiösen Fragestellungen haben, daß sie deswegen immer mehr in eine atheistische Richtung abgleiten.«

Sobald sie Catherines Namen wußte, hatte sie die Adresse im Telefonbuch nachgeschlagen. Reverend Ellidor Marsh wohnte in Goffeysboro, einem kleinen Ort dreißig Meilen von Loyal entfernt. Addie hatte angerufen und sich als Reporterin ausgegeben, die eine Artikelserie über religiöse Themen schreiben wollte, wußte sie doch, daß der Reverend sie nie und nimmer in sein Haus gelassen hätte, um über die Verführung seiner Tochter zu sprechen.

»Ich muß Ihnen etwas beichten«, sagte sie jetzt und stellte ihren Eistee ab.

Der Reverend lächelte und zupfte an seinem weißen Kragen. »Das höre ich häufiger«, witzelte er. »Aber eigentlich müßte ich Sie da zu Vater Ivey schicken, der wohnt ein Stück die Straße runter.«

»Ich bin keine Reporterin«, platzte Addie heraus.

Catherine Marshs Blick hob sich zum erstenmal, seit ihr Vater sie dazugerufen hatte. »Ich bin hier, um über Jack St. Bride zu sprechen«, sagte Addie.

Was dann geschah, kam einem Sturmwind gleich: Reverend Marshs selbstgefällige Miene war plötzlich wie weggefegt und wurde durch eine eiskalte Wut ersetzt, die derart heftig war, daß man sich gut vorstellen konnte, wie er Hölle und Verdammnis von der Kanzel schleuderte. »Ich verbitte mir, daß der Name dieses Mannes in meiner Gegenwart fällt.«

»Reverend Marsh –«

»Wissen Sie eigentlich, wie das ist, wenn das Leben der eigenen Tochter von einem Mann zerstört wurde, der doppelt so alt ist wie sie? Von einem Mann, der sittlich so verdorben ist, daß er es nicht als Unrecht erkennt, ein unschuldiges Mädchen zu verführen?«

»Daddy –«

»Nein!« donnerte Ellidor. »Ich will nichts davon hören, Catherine. Kein Wort. Und du, schwach wie jede Frau ... schwach wie deine Mutter ... hast auch noch geglaubt, du liebst ihn.«

»Reverend Marsh, ich möchte doch nur wissen –«

»Sie wollen wissen, was Jack St. Bride für ein Mensch ist? Er ist ein berechnender, perverser Sittenstrolch, der meine Tochter becirct und ihre Arglosigkeit ausgenutzt hat, um sie in sein Bett zu kriegen. Er ist ein Sünder der schlimmsten Sorte – Männer wie er zerren Engel aus dem Himmel in die tiefste Sünde. Ich hoffe, er schmort in der Hölle für das, was er meinem Kind angetan hat.«

Catherines Gesichtszüge zuckten gequält. Ellidor stand jäh auf und zog seine Tochter hoch. »Bitte gehen Sie«, zischte er, fuhr herum und wollte ins Haus.

Addies Gedanken überschlugen sich. Den Verwünschungen nach war Marsh überzeugt, daß seiner Tochter Schlimmes widerfahren war. Und wer kannte ein Kind besser als der Vater oder die Mutter? Es war also kein Mißverständnis gewesen, es hatte vor einem Jahr in Loyal einen Fall von sexuellem Mißbrauch an einer Minderjährigen gegeben. Und es war Jack gewesen, der für das abscheuliche Vergehen verantwortlich war. Er hatte sie in der Sache Catherine Marsh belogen. Und höchstwahrscheinlich auch, was Gillian Duncan betraf.

Doch irgend etwas ließ sie im letzten Moment Catherines Namen rufen.

Das Mädchen drehte sich um, fest gepackt von dem Reverend.

»Ist es wirklich so gewesen?« fragte Addie leise.

Catherines Blick huschte zu ihrem Vater. Sie nickte und ließ sich dann von ihm und seiner Wut ins Haus zerren.

Und in diesem Moment gab Addie alle Hoffnung auf, daß Jack unschuldig war. Schließlich war sie vor Jahren in einer ähnlichen Situation wie Catherine gewesen. Auch sie war einer Sexualtat zum Opfer gefallen, wenn auch einer weitaus schlimmeren, und hatte überlebt. Und keine Frau würde sich so etwas ausdenken – nein, ein solches Erlebnis hinterließ so tiefe Narben, daß die Zeit sie nicht heilen konnte.

Es ist eine Qual, sich aufzusetzen, so schwer ist ihr Kopf. Schwer wie der Mond, der auf die Erde gefallen ist. Schwer von Gedanken ... Dinge, die sie nicht machen sollte, Dinge, an die sie sich jetzt kaum erinnern kann.

Jemand kommt ihr zu Hilfe. Eine behaarte Hand, besprenkelt wie mit Pfeffer. Diese Hände, die Pfefferhände, greifen nach ihr, umfassen ihre Brust, während sie wieder hinfällt. Ihre eigene Hand, glatt und weiß, stößt gegen seine Erektion.

Sei gesegnet.

Meg setzte sich auf, mit wildem Blick. Die Bettdecke fiel von ihr ab. Die Erinnerungen ließen sich nur schwer abschütteln.

Der Gartenschlauch spritzte die Mädchen naß, die barfuß um den Range Rover sprangen. Helles Lachen durchschnitt die flimmernde Sommerluft und landete dann in den Pfützen aus

Seifenwasser, die sich in der Einfahrt gebildet hatten. Meg schwenkte den Schlauch von Chelsea und Whitney weg auf Gillian, die quietschend die Flucht ergriff.

»Wenn sie so weitermachen«, sagte Charlie, der von der Veranda hinter dem Haus der Duncans aus zusah, »ist dein Wagen erst im Oktober gewaschen.«

Amos schmunzelte nur. »Ist doch egal. Sieh sie dir an.« Gillian drehte sich um, ein Lächeln im Gesicht, das kurze Haar stachelig vom Kopf abstehend. »Dank ihrer Freundinnen ist sie wieder das Mädchen, das sie mal war.«

»Ich weiß, Amos.« Charlie wollte noch mehr sagen, doch er hatte einen Kloß im Hals. Wie oft hatte er hier schon mit seinem alten Freund zusammengesessen, ein Bier getrunken und ihren Töchtern beim Spielen zugeschaut? Wer hätte gedacht, daß die Kinder über Nacht erwachsen werden würden? Er stellte seine Flasche auf die Armlehne des Liegestuhls. »Wie geht's ihr?«

Amos nahm einen Schluck Bier und verzog das Gesicht. »Sie geht regelmäßig zu Dr. Horowitz, und manchmal muß sie danach weinen, manchmal ist sie wütend, manchmal möchte sie nur allein sein. Sie hat noch immer Alpträume.«

»Herrgott.«

»Ja.« Amos blickte zu seiner Tochter hinüber. »Jede Nacht.«

»Das muß auch für dich hart sein. Alles allein durchzustehen.«

»Nein, ich danke Gott, daß Sharon das nicht mehr erlebt hat. Es hätte sie umgebracht, wenn der Krebs das nicht bereits getan hätte. Ich meine, verdammt, Charlie. Ich bin ihr Vater. Ich bin dafür da, sie zu lieben und auf sie aufzupassen. Wieso also hab ich es nicht verhindern können?« Er blies sachte über die Flaschenöffnung, und ein Klang wie von einer Oboe ertönte. »Ich würde jeden Cent, den ich besitze, dafür hergeben«, sagte Amos leise, »wenn ich es ungeschehen machen könnte.«

Jetzt hatte sich Gilly den Schlauch geschnappt und startete einen Angriff auf ihre Freundinnen. Sie lachte und bespritzte die anderen, bis sie von Kopf bis Fuß durchnäßt waren. In dem Augenblick sah sie aus wie ein ganz normaler Teenager.

Charlie rieb mit dem Daumennagel über einen haardünnen Riß in der grünen Farbe seines Stuhls. »Fragst du dich manchmal, ob es da oben jemanden gibt, der Buch führt, Amos?« sagte er leise. »Du weißt schon ... ob man am Ende das bekommt, was man verdient hat?«

Amos' Miene verfinsterte sich. »Gillian hat nicht verdient, was ihr angetan wurde.«

»Nein«, murmelte Charlie. »Gillian nicht.«

Selena stellte folgende Überlegung an: Ein Mädchen, das seinen Vater belog, um sich still und leise aus dem Haus schleichen zu können, verheimlichte wahrscheinlich auch noch andere Dinge vor ihm. Und ein Mädchen, dessen Daddy der reichste Mann der Stadt war, hatte wahrscheinlich von ebendiesem Daddy zum sechzehnten Geburtstag eine Kreditkarte bekommen.

Sich Zugang zu fremden Computersystemen zu verschaffen war illegal, aber als Ermittlerin eines Anwalts wußte sie, wie sie das Gesetz für ihre Zwecke zurechtbiegen konnte. Die erste Voraussetzung war natürlich die, daß der verklemmte Anwalt, für den sie tätig war, den ganzen Abend außer Haus weilte, und es schadete auch nicht zu wissen, daß sein Sohn ebenfalls nicht zugegen war, weil er ein Rendezvous hatte. Die zweite Voraussetzung war die, alles wieder zu aktivieren, was sie im Laufe der Jahre an Wissen erworben hatte ... so beispielsweise, daß das Paßwort des Durchschnittsmenschen bei weitem nicht so kompliziert war, wie es sein sollte. Selena vermutete, daß Gillians Geburtsdatum, leicht umgestellt, der Schlüssel zu ihrem Konto bei America Online war, und nach drei Versuchen hatte sie Erfolg. Ihre jüngsten Online-Käufe herauszufinden war da schon etwas kniffliger – Amazon.com und Reel.com erwiesen sich als Fehlschlag, doch dann fand Selena einen CD-Anbieter, bei dem Gilly ein Konto hatte. Nach weiteren zehn Minuten hatte sie die Verschlüsselung des Bestellsystems geknackt und bekam eine American-Express-Nummer.

Sie rief den Kundenservice an und gab sich als Gillian Duncan aus.

»Was kann ich für Sie tun, Gillian?« fragte die Stimme am anderen Ende der Leitung.

»Also, ich habe da ein Problem mit meinen Kontobelegen.« Selena tat so, als würde sie einen Moment lang suchen. »Am fünfundzwanzigsten April, 25,60 Dollar im Gap?«

»Am fünfundzwanzigsten April?«

»Ja.«

Da Selena sich das alles bloß ausgedacht hatte, war es nicht verwunderlich, daß die Dame keinen Beleg finden konnte.

»Ich habe hier nur zwei Abbuchungen für den fünfundzwanzigsten April – eine über 47,75 Dollar bei Wiccan Read und eine über 10,70 Dollar bei CVS. Nichts vom Gap. Sind Sie sicher, daß Sie den richtigen Auszug haben?«

Selena kritzelte hektisch auf den Rand von Jordans Zeitung. »Ach, du liebe Güte, ich Schussel. Das sind ja die Belege von meiner *MasterCard*«, sagte sie kichernd. »Tschuldigung.«

»Kann ich sonst noch etwas für Sie tun?«

»Nein, vielen Dank. Tut mir schrecklich leid«, erwiderte Selena und legte auf. CVS – nicht ungewöhnlich, dort zehn Dollar auszugeben. Einmal Nagellack, ein Snickers und eine Packung Kaugummi, mehr nicht. Oder vielleicht sogar eine Packung Kondome.

Wiccan Read stellte ein größeres Rätsel dar. »Wiccan«, sagte Selena laut und ging dann in Thomas' Zimmer, um im großen Webster nachzuschlagen. Sie sah unter W nach, fand aber keinen Eintrag.

Aber sie hatte das Wort schon einmal gehört, darauf hätte Selena gewettet. Sie setzte sich wieder an den Computer und rief eine Suchmaschine auf.

Wiccan, tippte sie ein.

Gleich darauf erschienen die ersten fünf Treffer von insgesamt 153 995 auf dem Bildschirm.

Paganismus und Wicca. Das Grimoire und das kleine Buch der Feen und Elfen. Wie kontaktiere ich einen Coven in meiner Nähe? Wicca-Rituale: Segnungen, Gebete und Sprüche – die beste Wicca-Homepage für Teenager.

Und dann eine Website, die Selena ins Auge sprang: Warum haben wir Angst vor Hexen?

Jetzt fiel Selena wieder ein, wo sie das Wort gehört hatte. »Mannomann, Miss Gillian«, murmelte sie und klickte die Website an, die als Hintergrund einen Hexenkessel zeigte, in unergründliches, brodelndes Schwarz getaucht. »Wo bist du da bloß reingeraten?«

Thomas hatte eine Hand unter Chelsea Abrams Bluse geschoben, während er an britische Monarchen dachte. *James I., Charles I., die Cromwells, Charles II., James II., William und Mary.* Es war das Langweiligste, das er sich ins Gedächtnis rufen konnte, um sich von Chelseas weicher Haut und ihrem Rosenduft abzulenken und nicht vor Erregung zu platzen.

Sie konnte so verdammt gut küssen. Ihre Zunge wand sich in seinen Mund, tanzte und zog sich zurück, bis er nicht glauben konnte, daß er noch vor einer Stunde keine Ahnung von dem köstlichen Geschmack dieser Ambrosia gehabt hatte. Wer hätte gedacht, daß Thomas bei einem Mädchen, das zwei Jahre älter war als er, so weit kommen würde? Wer hätte gedacht, daß dieses Mädchen sich auf ihn einlassen würde?

Sie lagen unter der Tribüne des Footballplatzes, wo sich die Schüler der High-School schon von jeher zum Knutschen trafen. Chelsea hatte ihn mit dem Auto ihrer Eltern abgeholt, da Thomas noch keinen Führerschein besaß. Sie waren ins Kino gegangen und hatten danach einen Kaffee getrunken – Thomas hatte bezahlt, als könnten sie beide dadurch vergessen, daß sie älter war als er. Jetzt erkundeten sie den Körper des anderen mit der langsamen und wundersamen Neugier, die man nur dann erlebt, wenn man jemanden das erste Mal berührt. »Thomas«, hauchte sie, »es geht so.« Sie griff zwischen ihre Brüste und öffnete den Verschluß ihres BHs.

O mein Gott. Anne und George I. und II. und verdammt, alle Georges zusammen und William IV. und Victoria…

Plötzlich wich Chelsea zurück. Konnte es sein, daß Mädchen schüchtern wurden, wenn sie halb ausgezogen waren? »Möchtest du … lieber aufhören?« brachte Thomas atemlos hervor, obwohl er sicher war, daß er sich von der nächsten Klippe stürzen würde, wenn sie jetzt ja sagte.

»Du denn?«

Er konnte ihre Augen im Dunkeln nicht sehen. War sie nervös ... oder dachte sie, er wäre es? »Chels«, sagte er ganz ehrlich, »ich möchte bis in alle Ewigkeit weitermachen.«

Ihr Lächeln fing das Licht des Mondes ein. »Länger nicht?« flüsterte sie, und ihre Brüste quollen weich wie Schnee in seine Hände.

O mein Gott, dachte Thomas. Chelsea zog ihm das Hemd aus und schmiegte sich an ihn, eine Feuerlinie leckte an ihren Körpern, wo Haut auf Haut traf. Sie biß ihm ins Ohr. »Wer sind George und Elizabeth?«

»Gute Freunde«, keuchte Thomas, als sie ihn auf den Rücken drehte. Ein Medaillon, das zwischen ihren Brüsten hing, baumelte über seinem Gesicht. Er griff danach.

»Nicht«, sagte Chelsea.

Aber es pendelte und klickte ihm gegen die Zähne, als er gerade hoffte, etwas Weicheres, Rosafarbenes zu kosten. Thomas hielt das Medaillon hoch und kniff die Augen zusammen. »Hübsch«, sagte er. »Ein Judenstern?«

»Die haben sechs Zacken. Nicht fünf«, sagte Chelsea. Und dann: »Willst du wirklich darüber reden?«

»Nein, ich will es abnehmen.«

»Das geht nicht.«

»Ich steck's solange in die Tasche. Ich schwöre, ich verliere es nicht.« Er küßte sie seitlich am Hals und begann, an dem Verschluß zu hantieren.

»Thomas, laß das. Ich hab versprochen, es immer zu tragen.«

»Versprochen? Wem denn? Deinem Ex?«

Sie erwiderte nichts, und Thomas blickte auf das kleine, silberne Amulett. Er hatte so etwas noch nie gesehen – aber vielleicht war es ja irgendein ausgefallenes religiöses Symbol, vielleicht ein Hindupendant zum Kruzifix oder so. Obwohl Chelsea auf ihn nicht den Eindruck machte, daß sie auf Hinduismus stand.

Chelsea betrachtete ihn eindringlich. »Magst du mich, Thomas?«

Er konnte kaum atmen … dachte sie auch an das, woran er jetzt dachte? Sämtliche Regenten des British Empire von Anbeginn der Zeit würden nicht verhindern können, daß seine Hormone mit ihm durchgingen, wenn Chelsea jetzt tatsächlich mit ihm schlafen wollte.

Er nickte heftig und schluckte schwer.

»Wenn ich dir etwas erzähle, etwas, das ich noch nie irgendwem erzählt habe, schwörst du dann, daß du es für dich behältst?«

Heiliger Bimbam. Sie war auch noch Jungfrau. Thomas spürte, wie das ganze Blut aus seinem Körper in seine Leistengegend strömte. »Klar«, stöhnte er.

Chelsea hob die Hand und ließ sie vom Hals über die Brust zu dem komischen, kleinen Anhänger gleiten. »Ich bin Paganistin«, flüsterte sie und küßte ihn.

Das Wort hallte ihm verschwommen durch den Kopf. »Paganistin?« wiederholte Thomas. »Wie diese Typen von Stonehenge?«

»Das waren Druiden. Paganisten glauben an Gott … und die Göttin. Und das Pentagramm … der Stern hier … symbolisiert die fünf Elemente, die wir zelebrieren. Das Spirituelle, Luft, Wasser, Feuer und Erde.« Sie blickte Thomas ernst an, wartete auf sein Urteil. »Verrückt, was?«

»Nein«, sagte er rasch, obwohl er keineswegs sicher war. »Dann … stehst du also so richtig auf Natur und so?«

Chelsea nickte. »Ja, aber viele Leute sehen das nicht so. Als Gillian und Meg und Whit und ich einen Coven gegründet haben, wußten wir, daß wir es für uns behalten müssen. Wir haben uns gedacht, daß die Leute, wenn sie davon erfahren, alles ganz falsch verstehen.« Plötzlich grinste sie. »Mein Gott, Thomas, weißt du, wie gut das tut, jemandem das erzählen zu können?« Sie schlang die Arme um seinen Hals und küßte ihn leidenschaftlich. »Neun von zehn Typen würden jetzt nach meinem Besen suchen oder damit rechnen, daß ich sie mit einem Liebeszauber verzaubere.«

Plötzlich stutzte Thomas. »Du meinst, du bist –«

»Eine Paganistin, eine Hexe, wie immer du es nennen willst«, sagte Chelsea. »Wir vier.«

Seine Hände wanderten nicht mehr über Chelseas Rücken, und plötzlich wurde ihm klar, daß er, selbst wenn sie sich jetzt die Hose vom Leib reißen und sich auf ihn setzen würde, zu abgelenkt wäre, um irgendwas zu tun. Herrgott noch mal, da hatte er ein wunderschönes, halbnacktes Mädchen neben sich und konnte doch nur an den Fall seines Vaters denken.

In der Stille der Nacht sah der Tatort ganz anders aus. Eulen riefen einander von dunklen Orten am Himmel etwas zu, ein Orchester von Grillen stimmte die Instrumente und kleines Getier tanzte in den Kiefernnadeln zu Jordans Füßen. Er wußte eigentlich gar nicht, warum er hergekommen war. Vielleicht, um sich inspirieren zu lassen? Er hatte zwar mittlerweile eine Strategie für seine Verteidigung, doch sie stand auf wackeligen Beinen. Daß der zeitliche Ablauf im Widerspruch zu den Entfernungsverhältnissen stand, schloß Jack nicht als Täter aus – es legte nur den Gedanken nahe, daß Gillian Duncan irgend etwas verschleierte.

Wenn Jordan eine Spielernatur wäre, würde er jede Wette eingehen, daß Jack und Gillian Sex miteinander gehabt hatten und daß das Mädchen anschließend Gewissensbisse bekommen und die Geschichte verdreht hatte, um sich von jeder Verantwortung reinzuwaschen. Aber wieso hatten die anderen Mädchen dann nicht die Geräusche ihrer Lust gehört? Wieso erzählte Jack ihm das nicht, wenn es so gewesen war?

Er sagte, er habe Gillian nicht angerührt. Und außerdem war es merkwürdig, daß die anderen Mädchen, die doch dabei gewesen waren, angeblich nichts mitbekommen hatten – einen Blick, ein Lächeln, eine flüchtige Berührung zwischen Gillian und Jack, alles Anzeichen für eine mögliche erotische Anziehung. Doch keine einzige von ihnen hatte es erwähnt. Wollten sie ihre Freundin schützen? Oder stimmte es einfach, daß Jack – wie er behauptete – keinen Sex mit Gillian gehabt hatte?

Entweder war Jack ein Lügner, der ein brutales Verbrechen begangen hatte – sehr schnell und leise – oder Gillian log … und es war nicht das geringste passiert.

Im Baum über Jordans Kopf blickten die großen, gelben Augen einer Eule ihn weise an. Jordan legte den Kopf in den Nacken und sah zum Himmel. Sein Blick fiel auf etwas Kleines, das an einem Ast silbern funkelte, ein Stern, der herabgefallen war und sich im Baum verfangen hatte. Neugierig stand Jordan auf und klopfte sich den Hosenboden ab. Auf Zehenspitzen reichte er so eben an das glitzernde Etwas heran.

Verdammt. Es hing fest. Mit zusammengebissenen Zähnen packte er das Ende fester und zog mit aller Kraft daran.

Ein schmales Stück silbernes Band löste sich. »Was zum –«

Bänder und kleine Säckchen. Gruseliges Zeugs.

Bänder.

Jordan rannte so schnell er konnte den fünfzig Meter langen Pfad zu seinem Wagen und fuhr dann auf direktem Weg zum Gefängnis von Carroll County.

»Denken Sie nach!« befahl Jordan.

Jack tigerte in dem kleinen Raum auf und ab. »Ich hab Ihnen doch schon alles gesagt«, erwiderte er. »Ich erinnere mich an die Bänder. Sie waren an die Äste eines Baumes gebunden. Und die Enden flatterten frei.«

Es hörte sich völlig unglaublich an. Ja, Jordan hätte sich nach wie vor eine spöttische Bemerkung nicht verkneifen können, wenn er nicht zufällig ein Stück silbernes Band in der Tasche hätte. »Wie Luftschlangen auf einem Schulball?«

»Wie ein geschmückter Baum«, stellte Jack klar. »Ein Maibaum.«

»Die Sachen, die an diesem Baum hingen … war das irgendwelcher Schmuck?«

»Kein Weihnachtsbaumschmuck, wenn Sie das meinen. Eher wie diese kleinen Beutel, die Frauen zwischen ihre Wäsche legen.«

»Und Gillian Duncan war nackt«, sagte Jordan.

Jack nickte. »Zwei andere Mädchen hatten die Blusen ausgezogen, aber sie haben sich wieder angezogen, als ich auftauchte.«

Jordan senkte den Kopf, wußte nicht weiter. »Haben die da so eine Art Orgie veranstaltet?«

»Miteinander? Nein ... nein.«

»Was haben sie denn gemacht?«

Jack überlegte einen Moment. »Getanzt. Um das Feuer herum. Wie Indianerkrieger.«

»Ah, verstehe. Bestimmt hatten sie einen Büffel erlegt und haben es ordentlich zelebriert.«

»Zelebrieren«, sagte Jack langsam. »Genau das hat Gillian auch gesagt.«

Es war nach zwei Uhr morgens, als Jordan leise ins Haus trat. Die Gedanken wirbelten ihm rasend schnell durch den Kopf, und er merkte zunächst gar nicht, daß das Licht noch brannte. Thomas und Selena warteten auf ihn.

»Jetzt haltet euch fest«, sagte Jordan und grinste über das ganze Gesicht.

»Dad«, fiel Thomas ihm ins Wort. »Sie ist eine Hexe.«

III

Jetzt lacht Klein-Jack, und Jill läuft weg,
doch kommt sie bald schon wieder
und schlägt ihm vor: »Sing mit ihm Chor,
wir trällern frohe Lieder.«

Wir sind [in Salem], wie wir immer waren,
doch ein paar hysterisch kreischende Kinder
bestimmen jetzt den Lauf der Dinge, und niedere
Rache wird zum Gesetz.

– HEXENJAGD

Juni 2000
Salem Falls,
New Hampshire

Addie zahlte zehn Dollar für eine Kopie von Jacks erster Verurteilung, obwohl sie gar nicht wußte, was sie damit anfangen sollte. Sie aufbewahren in der Schatulle, in der Chloes Geburtsurkunde und ihr Todesschein lagen? Sie verbrennen, in einer Art Ritual? Sie im Garten vergraben, mit all ihren anderen Träumen?

Nachdem sie die ganze Nacht kein Auge zugetan hatte, war sie zu der Überzeugung gelangt, daß Jack ein Netz aus Lügen gesponnen hatte, so mühelos wie eine Seidenraupe ihren Kokon, und das Ergebnis war genauso schön anzusehen. Sie konnte es ihm nicht verdenken, daß er ihr weisgemacht hatte, er habe keine Beziehung mit Catherine Marsh gehabt oder er habe Gillian Duncan nicht vergewaltigt oder gar er liebe sie, Addie. Zu einer Lüge gehörten zwei – der Schwindler und der Dummkopf, der es unbedingt glauben wollte.

Der Beamte des höheren Gerichts von Grafton County reichte Addie das Gewünschte. »Bitte schön«, sagte er. »›Der Staat New Hampshire gegen Jack St. Bride.‹«

Addie bedankte sich und blickte auf die Unterlagen. »Jack St. Bride?« sagte eine Stimme links von ihr.

Der große Mann trug Polizeiuniform. Er hatte graumeliertes Haar, eine Nase, die zu groß für sein Gesicht war, und viele Lachfältchen an den Augen. »Ja«, entgegnete Addie.

»Sie kennen ihn?«

Ihre Faust hielt das Papier viel zu fest. »Das habe ich zumindest geglaubt.«

Addie bemerkte, daß sich ein trauriger Schatten um die Augen des Mannes legte wie bei ihr. »Ich weiß«, sagte er schließlich. »Das hab ich auch.«

Soweit Addie sich erinnern konnte, saß sie zum erstenmal als Gast in einem Restaurant. Jay Kavanaugh bestellte sich ein ganzes Frühstück, aber Addie war nicht hungrig.

»Überrascht mich nicht«, sagte Jay, nachdem er erfahren hatte, daß Jack wegen Vergewaltigung angeklagt worden war. »Sexualstraftäter sind in der Regel Wiederholungstäter. Was mich allerdings überrascht, ist, daß ich damals auf ihn reingefallen bin.« Kopfschüttelnd fügte er hinzu: »Ich bin Cop, ich habe einen sechsten Sinn – ich rieche es eine Meile gegen den Wind, wenn irgendwas stinkt. Und ich schwöre bei Gott, ich war felsenfest davon überzeugt, daß Jack nichts anderes war als ein engagierter Lehrer – na ja, ein ganz normaler Typ. Und plötzlich stellt sich raus, daß er aus einer stinkreichen Familie stammt und daß er nach der Schule nicht den Unterricht vorbereitet, sondern seine Schülerinnen verführt.«

»Stinkreich?« fragte Addie. »Jack hat keinen Penny.«

Jay blickte auf. »Das ist auch bloß eines von seinen Märchen.« Er zuckte die Achseln. »Tut irgendwie gut, daß er auch anderswo so erfolgreich gelogen hat.«

Die Kellnerin kam und servierte ihm sein Frühstück. »Jack war immer spontan«, fuhr Jay fort. »Wie wär's mit einer Bergtour? Klar! Eine Klasse braucht einen Vertretungslehrer? Kein Problem! Aber wenn ich mal vorgeschlagen habe, ein Bier trinken zu gehen oder eine Partie Squash zu spielen, hat er abgelehnt. Er könnte erst am späten Abend, hat er dann gesagt. Hat mir erzählt, er hätte um sieben einen festen Termin – und nie, nicht ein einziges Mal, ist er davon abgewichen. Ich hab gedacht, er hat bestimmt eine Lehrerkonferenz oder so. Bis das Mädchen später erzählt hat, sie hätten sich immer um diese Uhrzeit getroffen. Jeden Abend, um sieben, im Umkleideraum.«

Es war befreiend und deprimierend zugleich, daß dieser Mann auch ein Opfer von Jack war. Doch so sehr Jay Kavanaugh sich auch hintergangen fühlte, er hatte Jack nicht durch seinen Schutzwall gelassen, nicht in sein Herz, seinen Körper. Er hatte Jack nicht sagen hören »Ich liebe dich«. Er hatte nicht mit großen Augen zugehört und es geglaubt.

»He«, sagte Jay. »Sie sind ja ganz woanders.«

»Nein, ich denke nur nach.«

»Über Jack?«

Addie schüttelte den Kopf. »Darüber, daß ich Männer nicht leiden kann.«

»Sie dürfen nicht von Jack auf alle Männer schließen. Die meisten von uns sind um einiges beschränkter als er und haben nicht annähernd das Zeug dazu, solche Tricks durchzuziehen.« Jay schmunzelte. »Im nachhinein ist man immer klüger. Und nach einer Weile tut es auch nicht mehr so weh. Ich hatte zehn Monate Zeit, darüber nachzudenken. Aber ich weiß noch genau, wie ich an meinem Schreibtisch gesessen habe, nachdem ich ihn festgenommen hatte – meinen besten Freund! – und mich gefragt habe, wie zum Henker ich so blind sein konnte.«

»Was ist aus der Schülerin geworden?« fragte Addie.

»Sie ist nicht mehr in Westonbrook. Sie kriegt jetzt angeblich Privatunterricht und soll auch keinen Kontakt mehr zu ihren Freundinnen in Loyal haben.« Er hielt inne, fügte dann leise hinzu: »Ich glaube, sie will das alles einfach nur noch vergessen.«

Plötzlich mußte Addie daran denken, daß auch Catherine Marsh geglaubt hatte, sie würde Jack lieben. »Das wird ihr nicht gelingen«, flüsterte sie.

In ihrem Hotelzimmer packte Addie ihren Koffer, während im Hintergrund die Rosie-O'Donnell-Show im Fernsehen lief.

»Ich schwöre, John«, sagte Rosie gerade. »Ich gewinne. Ich habe fleißig geübt.« Addie blickte auf das Gesicht der Talkmasterin, das den Bildschirm füllte. »Kelsey Grammer und

Joy Behar«, sagte sie, an ihre Gäste gewandt, »was ist eure Lieblingspotage?«

»Was ist denn Potage?« fragte ihr Bandleader.

»Ein altes Wort für Suppe«, sagte Rosie. »Wer bei ›Jeopardy! für Prominente‹ gewinnen will, muß das wissen, und genauso muß man wissen, wie der größte See in Afrika heißt und daß die Königin der Niederlande die Cousine zweiten Grades des Erzherzogs Franz Ferdinand ist. Das letzte habe ich erfunden, John, aber das merkt auch nur jemand, der wie ich die nächste Gewinnerin bei ›Jeopardy! für Prominente‹ sein wird.«

Gelächter vom Publikum. Addies Herz verkrampfte sich, als sie Jacks Stimme im Kopf hörte. »Für das Prominentenquiz schrauben sie das Niveau runter«, hatte er zu ihr gesagt, »sonst würde keiner der Stars auch nur eine Frage richtig beantworten können.«

Jack würde alles wissen. »Die meisten von uns sind um einiges beschränkter als er«, hatte Jay gesagt. »Heute abend um sieben, hier auf ABC«, gab Rosie bekannt. »Ich sage dir, John, das könnte für mich der Auftakt zu einer ganz neuen Karriere sein.«

Addie fiel ein, was Jack ihr von seiner Zeit im Gefängnis erzählt hatte, daß sein Allgemeinwissen ihn vor der Vergewaltigung bewahrt hatte. Sie mußte daran denken, wie sie vergeblich versucht hatte, ihn zu verführen, während die Sendung lief. *Bei diesem Wust an Wissen in seinem Kopf,* hatte sie manchmal gedacht, *wo ist da noch Platz für mich?*

Plötzlich stutzte sie. ›Jeopardy!‹ heute abend um sieben, hier auf ABC. Wie jeden Abend um sieben!

Addie wußte eines ganz genau: Für eine halbe Stunde am Tag ließ sich Jack durch nichts auf der Welt von seiner Lieblingssendung abbringen.

Nicht einmal durch Catherine Marsh.

In dem okkulten Buchladen roch es wie in einer Apotheke. Worum es sich bei den Dingen in den aufgereihten Gläsern mit kleinen handbeschrifteten Etiketten handelte, wollte Selena gar nicht erst wissen. Die schmalen Regale waren vollgestopft mit Büchern, die solche Titel hatten wie ›Anastasias Grimoire‹ und ›Transfiguration für Anfänger‹ und ›Hexenratgeber‹. Eine Katze mit einem Glöckchen um den Hals stolzierte über die Theke.

Starshine warf einen Blick auf die unangetastete Tasse Tee in Selenas Hand. »Trinken Sie ruhig. Es wird Sie nicht in eine Kröte verwandeln.«

Sie wirkte wie eine Kreuzung aus Erdmutter und Blumenkind, das silberne Haar durchsetzt mit vereinzelten geflochtenen Strähnchen und einen Ring an jedem Zeh. Es machte Selena nervös. Sie ließ den Blick über die Ladenwände wandern. »Kommen viele Teenager her?«

»Zu viele«, sagte Starshine und seufzte. »Der Zauberkram lockt die meisten an. Die Mädchen hören das Wort Hexe und denken gleich, sie könnten einen Zauberstab schwenken und der Star der Basketballmannschaft verliebt sich Hals über Kopf in sie.«

»Die Mädchen binden es ihren Eltern wahrscheinlich nicht auf die Nase, daß sie Wiccaner sind.«

»Allerdings nicht«, stimmte Starshine zu, »und das reicht zurück bis zu den Zeiten der Inquisition, fürchte ich. Eine Hexe zu sein ist nicht eben vertrauenerweckend, weil zu viele Leute es mißverstehen, wenn man sich als Hexe bezeichnet. Und leider glaube ich, daß Teenager genau das am Wicca-Kult faszinierend finden – etwas hinter dem Rücken ihrer Eltern tun, auch wenn es etwas Natürliches und Harmloses ist.«

»Kommt Gillian Duncan oft her?«

Die ältere Frau zuckte die Achseln. »Sie war erst kürzlich hier, hat nach Belladonna gesucht.«

»Belladonna? Das Gift?«

Starshine nickte. »Sie wollte es für ein Rezept, das früher für außerkörperliche Erfahrungen und Halluzinationen verwendet wurde. Natürlich hab ich versucht, ihr Augenmerk auf etwas anderes zu lenken.«

»Auf was?«

Die Katze sprang der Frau auf den Schoß. Starshine streichelte sie, bis sie die Augen zu Schlitzen schloß. »Ich habe ihr gesagt, sie sollte statt dessen den bevorstehenden Hexensabbat zelebrieren.«

»Erinnern Sie sich, wann genau Sie das Gespräch mit ihr hatten?«

»Am Tag vor Beltane.« Als sie Selenas verständnislosen Blick bemerkte, fügte sie hinzu: »Das ist die Nacht auf den ersten Mai.«

»Und wenn sie es sich woanders besorgt hat?« fragte Jordan. Er und Selena saßen auf einer Teakholzbank in seinem Garten und schauten zu, wie ein Blauhäher eine Schar Finken attackierte. Sie saßen dicht nebeneinander, und Jordan hätte ihr genau sagen können, wie viele Zentimeter ihre Körper an Schultern und Hüfte trennten. Gott, die Spannung zwischen ihnen hielt ihnen sogar die Mücken vom Leib.

Selena schien nichts davon zu spüren. Falls doch, so ließ sie es sich jedenfalls nicht anmerken, und das machte sie verdammt gut. »Das Belladonna?« fragte sie.

»Ja. Es könnte doch sein, daß sie das Rezept zusammengemixt und am Abend des dreißigsten April verabreicht hat. Dann torkelt Jack betrunken vorbei, und Gillian halluziniert die Vergewaltigung.«

Selena runzelte die Stirn. »Das muß aber ausgezeichneter Stoff gewesen sein, daß sie sich sogar Sperma auf den Oberschenkel zaubern konnte.«

»Schon gut«, räumte Jordan ein, »da hakt die Sache.«

»Du meinst, klebt.«

»Für das Sperma hab ich keine Erklärung. Aber das ist auch nicht meine Aufgabe. Ich muß lediglich dafür sorgen, daß die Geschworenen es nur eine Nanosekunde lang für möglich halten, es könnte in der betreffenden Nacht noch etwas anderes passiert sein als eine Vergewaltigung. Und die Glaubwürdigkeit des Opfers ist fraglich, wenn wir beweisen, daß ihre Erinnerungen durch Drogen beeinträchtigt sind.«

»Trotzdem, Jordan«, wandte Selena ein, »Belladonna ist ein Gift. Da kommt man nicht so leicht dran.«

»Sie könnte doch statt dessen ein anderes Halluzinogen genommen haben.«

Selena schnaubte. »Und wo hat sie das her? Aus der Apotheke im Ort?«

»Vom Dealer an der High-School«, berichtigte Jordan, und dann lächelte er. »Oder von Daddy.«

Es dauerte dreieinhalb Stunden, bis Reverend Marsh das Haus verließ, dreieinhalb Stunden, die Addie versteckt hinter einem Hortensienbusch im Vorgarten verbrachte. Sie wartete, bis er mit seinem Buick davongefahren war, und klopfte dann an die Tür.

»Du hast gelogen«, sagte Addie, sobald Catherine Marsh geöffnet hatte.

»Ich weiß nicht, wovon Sie reden.«

»Zwischen dir und Jack St. Bride ist nie etwas gewesen. Du hast nicht mit ihm geschlafen. Ich weiß nicht, warum und wie du das gemacht hast, Catherine, aber irgendwie hast du das Gerücht in die Welt gesetzt und es geschafft, sein Leben zu zerstören.«

»Er hat mir gesagt ... er hat mir gesagt ...«

»Er hat dir nichts gesagt, was er nicht auch jeder anderen Schülerin gesagt hätte.«

Catherine wollte protestieren, doch dann war es, als zerbröselte sie. Ihre Mundwinkel sackten herab, ihre Augen schlossen sich wie von selbst und ihre gespielte Tapferkeit brach zusammen. »Ich hab das alles nicht gewollt«, flüsterte sie. »Mein Vater ... er hat die Antibabypillen in meiner Wäscheschublade gefunden und ist völlig ausgerastet. Dann hat er mein Tagebuch gelesen.« Catherine schluckte. »Ich hab das alles nur erfunden. Ich meine, wir alle waren verknallt in den Coach. Als mein Freund mit mir Schluß gemacht hat ... hat der Coach sich besonders lieb um mich gekümmert, ich durfte mich an seiner Schulter ausweinen. Ich hab das alles erfunden, weil er mich doch mochte, na, eben so, ein bißchen. Also hab ich Sachen über ihn geschrieben. Über uns beide.«

»Reine Phantasie«, sagte Addie mit Nachdruck, und Catherine nickte elend. »Und als dein Vater zur Polizei gegangen ist? Ist dir da nicht der Gedanke gekommen, du solltest die Sache lieber richtigstellen?«

»Das hab ich doch. Aber alle haben gedacht, ich wollte ihn bloß vor dem Gefängnis bewahren, weil ich ihn liebe.« Sie wischte sich eine Träne von der Wange. »Als ich gelogen habe, haben sie mir jedes Wort geglaubt. Und als ich die Wahrheit gesagt habe, hat kein Mensch zugehört.«

»Catherine –«

»Ich schäme mich so«, flüsterte das Mädchen. »Es tut mir so leid, daß ich ihm das angetan habe.«

Addie rang um Beherrschung. »Dann hilf ihm jetzt.«

»Mit Ihnen hätte ich wirklich nicht gerechnet«, sagte Charlie, als er Jordan hereinließ.

»Ich bin auch nicht als Anwalt hier«, erwiderte Jordan. »Bloß als Vater.«

Charlie bedeutete Jordan, auf einer geblümten Couch Platz zu nehmen. »Ihr Junge ist in der Mittelstufe, nicht?«

»Ja.« Jordan spürte, wie ihm der Schweiß ausbrach. Er hatte für das, was er Charlie sagen wollte, nicht den geringsten Beweis – nichts als einen bloßen Verdacht, doch er hoffte, daß er davon profitieren könnte, wenn der Detective als Vater beunruhigt würde. »Charlie, damit eins klar ist. Was ich zu sagen habe, bleibt unter uns, ja?«

Der Detective nickte bedächtig.

»Mein Sohn – Thomas – ist mit Chelsea Abrams zusammen.«

»Ach ja?« sagte Charlie unbekümmert. »Ein liebes Mädchen.«

»Ja. Er ist jedenfalls felsenfest davon überzeugt.« Sie lachten beide. »Die Sache ist ein bißchen unangenehm, Charlie«, sagte Jordan und atmete schwer aus. »Thomas hat mir etwas erzählt, das Sie wissen sollten.«

Charlie war augenblicklich hellwach und setzte sich aufrecht hin.

»Chelsea hat gesagt, sie und ihre Freundinnen hätten in der Nacht, als sie im Wald waren, Drogen genommen.«

Charlie bewegte keinen Muskel. »Meine Tochter ... würde so was nie machen.«

»Das hätte ich auch nicht gedacht. Und ich weiß, daß Sie das unter den gegebenen Umständen nicht ausgerechnet von mir hören möchten. Aber als Vater – verdammt, wenn jemand das über Thomas erfahren würde, dann würde ich wollen, daß man es mir erzählt.« Er stand auf, um Charlies Zeit nicht über Gebühr in Anspruch zu nehmen. »Wahrscheinlich ist es nur ein Mißverständnis.«

»Wahrscheinlich.« Charlie brachte ihn zur Haustür und sah dem Anwalt nach, der über die Schieferplatten in Richtung Zufahrt ging. »Jordan.«

Einen Moment lang blickten die beiden Männer einander nur an.

»Danke«, sagte Charlie.

Als Laborant bei Duncan Pharmaceuticals hatte Arthur Quince auch dann alle Hände voll zu tun, ohne daß irgendwelche Ermittler ihm den Tagesrhythmus durcheinanderbrachten. Vor allem Ermittlerinnen, die mit einem Leuchten in den Augen darauf aus waren, seinen Arbeitsplatz mit einem Verbrechen in Verbindung zu bringen. Zuerst die Vergewaltigung der Tochter seines Bosses und jetzt auch noch ein Drogenfall in Salem Falls? Wo sollte das alles nur hinführen?

»Ich weiß nicht, ob ich Ihnen helfen kann«, sagte Arthur zu Selena Damascus. »Manchmal stellen wir pro Woche sechs Wirkstoffe gleichzeitig her.«

»Zum Beispiel?«

Herrje, die Frau war hartnäckig. Arthur rief ein Dokument auf seinem Computer auf und zeigte auf den Bildschirm. »Zur Zeit produzieren wir Fentanylcitrat, Lidocainhydrochlorid und Phenobarbitalnatrium.«

»Und davor?«

Er rief sich die Daten zu dem Zeitraum von vor drei Wochen auf, angefangen mit der Woche vom 24. April. »Acyclovir, Pemolin, Risedronat und Atropin befanden sich in unterschiedlichen Produktionsphasen.«

»Sind Halluzinogene dabei?«

»Wir produzieren für gewöhnlich keine Drogen, die auf der Straße verkauft werden.«

»Das ist mir klar. Deshalb ist es wichtig, daß die Firma Duncan Pharmaceuticals als Quelle für die Substanz, die im Zentrum unserer Ermittlungen steht, auszuschließen ist.« Selena senkte die Stimme. »Hören Sie, Dr. Quince, ich glaube nicht, daß ihr hier für irgend etwas verantwortlich seid. Aber es sind Drogen an der High-School von Salem Falls gefunden worden, in demselben Ort, in dem ein Pharmaunternehmen ansässig ist. Da müssen wir doch, allein schon, damit wir alle aus dem Schneider sind, sichergehen, daß es sich nicht um das gleiche Zeug handelt.« Sie richtete ihr Augenmerk wieder auf den Bildschirm. »Was bedeutet der Stern da?«

»Duncan Pharmaceuticals bringt eine neue homöopathische Produktserie auf den Markt – verschreibungspflichtige Mittel auf rein pflanzlicher statt auf chemischer Basis. Das Atropin zählt dazu.«

Selena setzte sich auf einen Hocker neben ihm. »Auf pflanzlicher Basis? Woraus wird Atropin denn gewonnen?«

»Aus Belladonna.«

»Belladonna?«

»Ja. Wahrscheinlich haben Sie schon davon gehört. Die Pflanze ist extrem giftig.«

»Kann man davon eine Überdosis einnehmen?«

Arthur fuhr aus der Haut. »Fast jedes Medikament auf dem Markt hat schädliche Nebenwirkungen, Miss Damascus.«

»Welche wären das bei Belladonna?«

»Verwirrung. Erregungszustände.« Arthur seufzte. »Delirium.«

»Delirium? Dann ist es also doch ein Halluzinogen.«

Im selben Augenblick kam Amos Duncan ins Labor. Als er Selena sah, stutzte er. Er hatte sie natürlich schon in der Stadt gesehen, aber da Selena wohlweislich gar nicht erst versucht hatte, mit Amos persönlich zu sprechen, würde er nicht wissen können, daß sie im Auftrag von Jordan da war. »Arthur«, sagte er mit dröhnender Stimme. »Ich muß mit Ihnen sprechen.«

»Miss Damascus wollte sich ohnehin gerade verabschieden«, erklärte Arthur hastig. »Sie sammelt Informationen in einem Fall von Drogenmißbrauch.«

Wider Erwarten schien Amos nicht im geringsten beunruhigt, als wüßte er, wie heikel seine Branche war. »Sie arbeiten für Charlie Saxton? Da haben Sie mein aufrichtiges Mitgefühl!« sagte Amos grinsend. Selena grinste ebenfalls. Wenn er unbedingt glauben wollte, daß sie von der Polizei war, so würde sie ihn nicht eines Besseren belehren. Nein, das würde er schon selbst merken, wenn er sie im Gerichtssaal sah.

Sie gingen durch die Gänge des Musikladens, ließen dabei die Fingernägel auf ordentlich aufgereihte CDs klicken. Scheinbar wie von selbst richteten sich andere Augenpaare auf die Mädchen. Kein Wunder. Was für üppige Schönheiten, was für ein Selbstvertrauen, das sie ausstrahlten.

Chelsea, Meg und Whitney schienen sich ihrer Anziehungskraft nicht bewußt. Sie schlenderten ziellos umher, wobei jede von ihnen ihre fehlende Freundin spürte wie einen Phantomschmerz.

Meg stolperte und warf ein ganzes CD-Regal um. »Ach, du Schande. Ich helf Ihnen«, sagte sie entschuldigend zu einem pickeligen Verkäufer, der herbeigeeilt war, um das Chaos aufzuräumen.

»Dämliche Kuh«, knurrte er.

Whitney drehte sich um, die Hände auf den Hüften. »Was hast du gesagt?«

Der Junge wurde rot, blickte aber nicht auf.

»Hör zu, du kleine Kröte«, flüsterte Whitney scharf. »Ich brauch nur mit den Fingern zu schnippen, und dir fällt der Schniedel ab.«

Der Junge schnaubte. »Ja, klar.«

»Du denkst, ich bluffe. Aber was, wenn ich eine Hexe bin?« Whitney lächelte zuckersüß. »Willst du's drauf ankommen lassen oder lieber verduften?«

Der Verkäufer suchte rasch das Weite. »Whit«, sagte Meg tadelnd. »Das hättest du nicht sagen dürfen.«

»Wieso nicht?« Sie zuckte die Achseln. »Der Typ hat mich total genervt. Und außerdem, ich *könnte* so was machen, wenn ich wollte.«

»Das weißt du doch gar nicht«, sagte Chelsea. »Und selbst wenn, du sollst es nicht. Es geht nicht darum, jemanden loszuwerden, der dir im Weg ist.«

»Wer sagt das? Heilen ist langweilig. Genauso wie der ganze Mist mit den Mondphasen. Sollen wir jetzt, wo wir all die Zaubersprüche rausgefunden haben, alles für uns behalten?«

»Es ist sicherer so.« Chelsea zuckte die Achseln. »So kommen weniger Leute zu Schaden.«

Whitney lachte. »Das kleine Arschloch hat Meg beleidigt. Genau wie Hailey McCourt.«

»Ihr geht's wieder besser«, stellte Meg klar. »Und sie ist netter.«

»Sie hat dazugelernt, dank uns.« Whitney blickte in die Richtung, in die der Verkäufer Reißaus genommen hatte. »Die kleine Ratte hat es nicht anders verdient.«

»Und was ist mit Jack St. Bride?«

Die Frage, die aus Chelseas Mund sprang wie ein brennendes Streichholz, verschlang die Luft zwischen ihnen. »Verdammt«, brachte Whitney schließlich hervor. »Darüber sollten wir nicht in der Öffentlichkeit reden, Chels.«

Doch jetzt, da es Chelsea herausgeplatzt war, konnte sie sich nicht mehr bremsen. Sie hielt sich die Hand vor den Mund, doch die Worte drangen hindurch. »Fragst du dich das nicht auch, Whit? Mußt du nicht auch ständig daran denken?«

»Ich ja«, murmelte Meg. »Ich krieg es nicht mehr aus dem Kopf.«

Chelsea blickte Whitney an. »Gillian ist nicht hier«, sagte sie. »Sie wird nie erfahren, daß wir darüber gesprochen haben. Und auch wenn du es nicht zugibst, Whit, du weißt, wir hätten –«

»– das Thema nicht anschneiden dürfen«, sagte Whitney entschieden. Sie steckte verstohlen eine CD in ihre Makramétasche und strebte zum Ausgang, sicher, daß ihre Freundinnen ihr folgten.

Charlie wußte es eigentlich besser. Als Detective war ihm jahrelang eingetrichtert worden, wie mit Beweismitteln zu verfahren war, wie sie gesammelt werden mußten. Es hatte noch in letzter Zeit Fälle gegeben, in denen Beweismittel vor Gericht nicht zugelassen wurden, weil sie aus dem Zimmer eines Teenagers ohne dessen Zustimmung genommen worden waren. Beweise für Drogenmißbrauch.

»Was machst du da?«

Die Stimme seiner Frau schreckte ihn aus seinen Gedanken, und er wäre fast aus Megs Wandschrank gestolpert. »Ich such nur was«, brachte Charlie hervor.

Barbara verzog keine Miene. »Einen Kordrock?«

Er blickte auf den Bügel, den er in der Hand hatte. »Ein Hemd. Das Meg sich ausgeliehen hat.«

»Ach so«, sagte Barbara. »Sieh mal in der Kommode nach. Dritte Schublade von oben.«

Sie ging, und Charlie legte den Kopf an die Schranktür. Er wollte nicht, daß Barbara wußte, wonach er suchte. Wollte nicht zugeben, daß er seiner Tochter mißtraute.

Er fingerte an einem verschlissenen Freundschaftsarmband, das um den Knauf der Tür gebunden war – ein rot-blau-grün gestreiftes, das Meg in ihrem ersten Sommerlager geschenkt bekommen hatte.

Charlie kniete sich hin und durchwühlte die fast unbenutzten Sportsachen – er hatte fast zehn Jahre gebraucht, um einzusehen, daß aus seiner Tochter nie eine Sportskanone würde – und Schuhe, die inzwischen einige Nummern zu klein waren. Er fand einen Teddybär, dem ein Auge fehlte, und ein Plakat, das Meg für ein Schulprojekt über Naturschutz gemalt hatte. Eine alte, rosa Ballettasche lag neben einem Sammelsurium von Puppen, von denen seine Tochter sich einfach nicht trennen konnte. Charlie lächelte und nahm eine in die Hand, ein nacktes Baby mit gelben Haaren und einem Glasauge, das sich nicht mehr bewegen ließ. Ein Mädchen, das solche Dinge verwahrte, weil sie an ihnen hing, würde doch keine Drogen vor ihrem Vater verstecken, oder?

Er hatte in Salem Falls häufig genug mit Teenagern zu tun gehabt, die Drogen nahmen, und er wußte, daß allen Fällen ein bestimmtes Muster zugrunde lag: Entweder war die Kommunikation zwischen Kind und Eltern schwer gestört oder das Kind hegte einen Groll gegen die Eltern oder die Eltern waren so mit sich selbst beschäftigt, daß sie nicht mitkriegten, in was ihr Kind hineingeraten war. All das traf nicht auf ihn und Meg zu – sie standen sich schon immer näher als die meisten Eltern und Kinder. McAfee hatte da irgendwas mißverstanden. Vielleicht hatte sein Junge etwas Falsches aufgeschnappt. Vielleicht hatte Chelsea aus welchen Gründen auch immer gelogen.

Beruhigt räumte er Megs Sachen so chaotisch wie möglich wieder in den Schrank, damit sie nicht merkte, daß jemand herumgeschnüffelt hatte. Erst den Teddybär, dann den Hockeyschläger, die Inlineskates. Er griff nach der Ballettasche und fühlte mit der Hand etwas Hartes. Ballettröckchen, Ballettschuhe, Balletthose – alles in der Tasche müßte eigentlich weich sein.

Charlie öffnete den Reißverschluß. Er griff in die Tasche hinein und zog ein Stück silbernes Band heraus, lang und seiden. Dann förderte er ein paar ineinandergesteckte Plastikbecher und eine Thermosflasche zutage.

Becher und Thermosflasche waren leer, bis auf etwas, das sich abgelagert hatte und wie weißes Pulver aussah. Kokain? Charlie roch daran, drückte dann den kleinen Finger in das Pulver und hob ihn zum Schmecken an die Zunge.

Es war wahrscheinlich nichts.

Erschöpft fuhr er sich mit der Hand über das Gesicht und rieb sich die müden Augen. Er würde es trotzdem analysieren lassen, nur zur Beruhigung. Er hatte einen Kumpel im staatlichen Labor, der toxikologische Untersuchungen durchführen konnte – und ihm noch einen Gefallen schuldete.

Wenige Augenblicke später weiteten sich Charlies Pupillen, und er konnte nicht mehr scharf sehen.

Addie fuhr ziellos durch die Straßen von Salem Falls, während die Wischerblätter ihres Wagens einander Gerüchte zuraunten. Sie mußte nach Haus und ihren Koffer auspacken; sie mußte so schnell wie möglich zurück zum »Diner«. Doch statt dessen stand sie unversehens in einer engen Telefonzelle und suchte im Telefonbuch nach einer Adresse.

Wenige Minuten später öffnete eine Schwarze die Tür des Hauses von Jordan McAfee. »Ver-Verzeihung ...«, stammelte Addie. »Ich habe mich wohl in der Adresse vertan.« Sie war schon wieder auf dem Weg in den Regen, als sie zurückgerufen wurde.

»Addie Peabody, nicht wahr?« Als Addie nickte, lächelte die Frau. »Mein Name ist Selena, und nein, ich bin nicht das Dienstmädchen. Kommen Sie doch rein.«

Erst, als sie ins Haus trat, fiel Addie ein, wo sie die Frau schon einmal gesehen hatte. »Sie waren bei mir im ›Diner‹«, sagte sie. »Sie haben eine heiße Zitrone bestellt.«

»Donnerwetter, ich bin beeindruckt!« sagte Selena und nahm Addies Regenmantel. »Jordan muß bald da sein. Ich weiß, daß er mit Ihnen reden möchte. Wenn Sie nichts dagegen haben, leiste ich Ihnen gern Gesellschaft, bis er kommt.«

Addie setzte sich auf eine gemütliche Couch im Wohnzimmer. »Es geht um Jack St. Bride.«

»Verstehe.«

»Er hat es nicht getan«, sagte Addie.

Selena setzte sich auf die Kante des Couchtisches. »Haben Sie ein Alibi für ihn?«

»Nein. Aber ... ich weiß, daß er unschuldig ist.« Sie beugte sich vor, die Hände auf dem Schoß ineinander verschlungen. »Ich war in Loyal, wo er schon einmal angeklagt worden ist, und hab ein bißchen recherchiert. Und die Schülerin, die er verführt haben soll, sie hat gelogen. Sie hat nie was mit Jack gehabt.«

»Ist sie bereit, als Zeugin auszusagen?«

»Nein«, flüsterte Addie.

Selenas Augen wurden weicher. Es stand Addie ins Gesicht geschrieben, was sie für Jack St. Bride empfand. »Ich möchte Ihnen nicht zu nahe treten, Miss –«

»Nennen Sie mich doch bitte Addie.«

»Addie. Warum sind Sie nicht schon vor zwei Wochen zu uns gekommen?«

Addie ließ sich Zeit mit der Antwort. Dann sagte sie leise: »Ich mußte zuerst selbst herausfinden, ob Jack der Mann ist, für den ich ihn halte.«

Selena dachte an den Morgen, an dem sie Jordan eröffnet hatte, daß sie ihn nicht heiraten würde. Und an jeden weiteren Morgen seitdem, an dem sie sich gefragt hatte, ob die Entscheidung richtig gewesen war. »Ich weiß, Sie möchten uns helfen, aber ohne ein Alibi kommen wir nicht sehr viel weiter.«

»Deshalb bin ich nicht hier«, sagte Addie. »Ich hatte gehofft, *Sie* könnten *mir* helfen.«

»Saxton am Apparat.«

»He, Charlie, ich bin's.«

Charlie erstarrte. Albert Ozmander rief wegen der Thermosflasche an, die Charlie aus dem Zimmer seiner Tochter hatte mitgehen lassen. Oz wußte allerdings nicht, woher die Thermosflasche stammte. Für den Toxikologen war es reine Routinearbeit in einem namenlosen Fall.

Charlie merkte, daß er unter dem Schreibtisch nervös mit dem Fuß wippte. »Volltreffer«, sagte Oz, »aber es ist eine komische Sache. Frag mich nicht, warum die Kids bei dir in der Stadt nicht Hasch rauchen oder koksen wie überall sonst in der freien Welt, Charlie, aber das Zeug in der Thermosflasche ist eindeutig Atropinsulfat.«

»Noch nie gehört.«

»Doch, hast du. Es ist in Medikamenten gegen Verdauungsstörungen enthalten, unter anderem. Hast du schon mal Lomotil genommen?«

Einmal, großer Gott, ja, als er und Barbara in Mexiko waren und sterbenskrank wurden. Charlie krümmte sich heute noch, wenn er nur daran dachte. »Wieso sollten Kids sich mit einem Mittel gegen Durchfall einen Trip verschaffen?«

»Weil du richtig schön high werden kannst, wenn du genug davon nimmst. Ich schicke dir die Ergebnisse gerade zu.« Das Fax in der Ecke von Charlies Büro piepste; er sah zu, wie das Papier sich herauswand.

»Danke, Oz«, sagte Charlie und legte auf. Er saß am Schreibtisch und vergrub das Gesicht in den Händen. Meg, die ihren Vater noch nie belogen hatte; Meg, für die er die Welt aus den Angeln heben würde. Meg war irgendwie in den Besitz dieser Droge gelangt.

Die Enttäuschung lastete so schwer auf ihm, daß er sich nur mit Mühe aufrichten konnte, um die Tasten seines Telefons zu erreichen. »Matt«, sagte er, als der Staatsanwalt sich meldete, »ich muß mit Ihnen reden.«

Jack schleppte sich über die grauen Gänge, gefolgt von dem Vollzugsbeamten, der ihn zum Besprechungszimmer brachte, wo Jordan bereits wartete. Bis zum Prozeßbeginn waren es nur noch wenige Tage; bestimmt war sein Anwalt gekommen, um ihm das Angebot der Staatsanwaltschaft auf Strafmilderung bei einem Schuldbekenntnis zu unterbreiten. Natürlich würde Jack es nicht annehmen. Er würde sich lieber zwanzigmal schuldig sprechen lassen, als seine Freiheit aus freien Stücken aufzugeben. Wenn sie ihn haben wollten, würden sie ihn kriegen ... um sich tretend und schreiend auf dem Weg zum Berufungsgericht.

»Sparen Sie sich die Worte«, sagte er zu Jordan, als der Beamte die Tür öffnete. »Ich werde auf keinen Fall –« Er hielt abrupt inne, als er sah, daß Jordan nicht allein war. Neben ihm saß, zerbrechlich und müde und so wunderschön, daß sich sein Magen zusammenzog, Addie.

Jordan stand auf und riß Jack aus seiner Erstarrung. »Wie in Gottes Namen –«

»Herzlichen Glückwunsch zum Geburtstag«, sagte Jordan.

»Ich habe nicht Geburtstag.«

»Ich weiß«, gestand Jordan und verließ den Raum.

Jack wußte nicht, was er tun sollte. Das letzte Mal hatte er Addie bei seiner Verhaftung gesehen. Er trat einen Schritt vor, mit rasendem Herzen.

Er hatte Addie in den Wochen im Gefängnis schamlos benutzt. Sie war das Bild, das er sich Trost suchend vor Augen rief. Sie war der Grund, warum er in einer Zelle überlebt hatte – denn eines Tages vermutlich würde er rauskommen und ihr alles erklären können.

Und wenn sie gekommen war, um ihm zu sagen, daß sie ihn nie wiedersehen wollte?

Addie wandte sich ab, und Jack blieb abrupt stehen. »Nicht.« Sie schloß die Augen und fing an zu reden. »Es tut mir so leid, Jack. An dem Morgen, als Charlie aufgetaucht ist und all die schrecklichen Sachen gesagt hat, hätte ich nicht auf ihn hören dürfen. Ich hätte nicht auf ihn hören dürfen, weil ich nur Ohren für dich hätte haben müssen.«

»Addie –«

»Laß mich ausreden. Bitte.« Sie blickte hinab auf ihre Hände. »Ich war in Loyal. Ich habe mit Catherine gesprochen. Sie ... sie ist ein sehr hübsches Mädchen.« Jack rührte sich nicht. »Ich schäme mich, daß ich erst nach Loyal fahren mußte. Ich wünschte, ich hätte Charlie an dem Morgen einfach ins Gesicht blicken und ihm sagen können, daß er den falschen Mann verhaften will. Ich wünschte, ich könnte die Zeit zurückdrehen und alles ... anders machen ... bis auf eins.« Sie blickte hoch, lächelte unter Tränen. »Ein sehr kluger Mann hat einmal zu mir gesagt, daß man nicht zurückschauen soll – man soll einfach die Vergangenheit hinter sich lassen und etwas Besseres in der Zukunft suchen.«

Und dann lag er in ihren Armen, barg das Gesicht in ihrem duftenden Haar und klammerte sich an den einzigen Anker, den er hatte. Seine Lippen glitten über ihre Haut, ihr Kummer schnürte ihm die Kehle zu. Er schluckte, flüsterte dann: »Glaubst du, daß ich es getan hab?«

Addie legte die Hand an seine Wange. »Wieso weißt du die Antwort darauf nicht, wo du doch sonst soviel weißt?«

Bis zu diesem Augenblick, als Addie ihm ihr Vertrauen überreichte wie die Schlüssel zu einer goldenen Stadt, hatte er sich noch nie so geehrt gefühlt.

»Ich wünschte, du müßtest mich nicht so sehen. Hier.«

»Das tue ich nicht. Ich sehe dich auf einer Picknickdecke in meinem Garten liegen, wo du ein Festessen ausgebreitet hast, das du nur für mich zubereitet hast.« Addie lächelte ihn an.

Er zog Addie an sich und hielt sie in den Armen. Dann sprach Jack ganz leise, seine Worte nur ein Flüstern an Addies Ohr. »Alles, was ich durchgemacht habe«, sagte er, »würde ich noch einmal über mich ergehen lassen. Die Verurteilung, das Gefängnis, die Verhaftung – alles –, wenn das die einzige Möglichkeit wäre, dich kennenzulernen.«

Schatten huschten über Addies Gesicht, in den gespenstischen Formen ihrer Vergewaltigung, ihrer Mutter, ihrer Tochter. »Oh, Jack«, sagte sie mit bebender Stimme. »Ich liebe dich auch.«

Die letzte Woche im Juni 2000
Salem Falls,
New Hampshire

Man konnte mit offenen Augen einschlafen. Meg wußte das, weil sie manchmal in der Schule auf eine Mücke an der Wand starrte und plötzlich war der Unterricht zu Ende. Sie schlief nachts nicht mehr gut wegen der Erinnerung. Wenn ihr Kopf sich am hellichten Tage abschaltete, so war es ihr nur recht.

Meg sorgte dafür, daß es immer etwas gab, auf das sie sich konzentrieren konnte, um nicht an jene Nacht zu denken. Aber sie konnte nicht verhindern, daß ihr Vater erzählte, was er für Matt Houlihan getan hatte und wer die Zeugen waren, die im Prozeß aussagen würden. Sie konnte nicht verhindern, daß ihre Freundinnen darüber tuschelten. All das zerrte an Meg, zerriß sie langsam.

Sie rannte ins Haus und an ihrer Mutter vorbei. Es war zu einer Manie geworden: jeden Nachmittag, wenn sie von der Schule kam, sah sie sofort nach. Sie riß die Tür zu ihrem Zimmer auf und steckte den Kopf in den Wandschrank.

»Margaret Anne Saxton«, sagte ihre Mutter von der Tür her. Meg fuhr zusammen und stieß mit dem Kopf gegen den Holzrahmen des Wandschranks.

»Schätzchen, ist alles in Ordnung?« Megs Mutter kam zu ihr und fühlte ihr die Stirn, um zu sehen, ob sie Fieber hatte, oder den Verstand verloren. »Du siehst aus, als hätte dich eine Meute bissiger Hunde gehetzt.«

»So schlimm ist es nicht«, brachte Meg mit einem schwachen Lächeln hervor. »Ich hab nur jede Menge Hausaufgaben.«

»Ich mach mir Sorgen um dich. Du siehst nicht gut aus.« Sie warf einen Blick auf Megs Kleidung. »Du hast abgenommen.«

»Mensch, Mom, seit Jahren liegst du mir in den Ohren, ich soll Diät machen.«

»Das hab ich nie gesagt. Ich hab nur gedacht, daß es schade ist, wenn du von deinem hübschen Gesicht ablenkst.«

Meg verdrehte die Augen. »Ich hab dich auch lieb, Ma«, sagte sie trocken. »Kann ich jetzt bitte allein sein? Zur Abwechslung?«

Sobald ihre Mutter die Tür geschlossen hatte, tauchte Meg in den Wandschrank ab. Auf Händen und Knien warf sie die Puppen und Schuhe beiseite ... doch die Ballettasche, die gestern nachmittag noch dagewesen war, war verschwunden. »Ach, du Scheiße«, flüsterte sie, und dann spürte sie, wie sich ihr die Nackenhaare sträubten.

Ihr Vater hatte leise die Tür geöffnet und lehnte jetzt im Rahmen, die rosa Tasche in der Hand. »Suchst du die hier?«

Meg senkte den Kopf. *Ich will sterben*, dachte sie.

Er kam ins Zimmer, schloß die Tür und setzte sich ihr gegenüber auf den Fußboden. »Willst du zuerst reden oder soll ich?«

Plötzlich hatte Meg das Gefühl, daß sie sich auflöste. Von innen nach außen, wie in den Horrorfilmen, in denen ekelige Bakterien die Organe von Menschen zu Brei werden lassen. Sie hatte nur noch Leere im Kopf.

»Meggie«, sagte ihr Vater mit einer so leisen Stimme, daß es ihr weh tat, »hast du in der Nacht Drogen mit in den Wald genommen?«

Meg schüttelte den Kopf, fassungslos. In der Thermosflasche ... die Gillian mitgebracht hatte ... waren *Drogen* gewesen? Und ihr Vater glaubte, daß Meg dafür verantwortlich war.

Die Erinnerungen stürzten auf sie ein: der Wald, der in jener Nacht vor ihren Augen tanzte; die Lücken in ihrem Kopf, die fehlenden Zeitblöcke; sie und ihre Freundinnen, hysterisch schluchzend, als ihr Vater sie fand. Plötzlich brach der Damm. Nie in ihrem Leben hatte Meg so geweint, haltlos, bis sie zitterte, bis sie überhaupt kein Geräusch mehr von sich geben konnte, bis ihre Mutter in Panik ins Zimmer gerannt kam. »Charlie«, hörte sie ihre Mutter sagen, durch einen fernen, langen Tunnel. »*Tu* was.«

Meg weinte wegen Gillian, wegen des Ausdrucks im Gesicht ihres Vaters, wegen allem, an das sie sich langsam erinnerte. Sie schlug mit den Armen und trat nach jedem, der ihr zu nahe kam.

Schließlich gab ein Notarzt ihr eine Spritze. Sie wehte zurück auf die Erde wie eine von den Blüten, die in jener Nacht von dem Hartriegelbaum gefallen waren. Die starken Arme ihres Vaters schlangen sich fest um sie, und sein Kaffeeatem fiel auf ihre Wange. »Meggie«, sagte er mit brechender Stimme. »Wer?«

Sie sprachen nicht von derselben Sache, ganz und gar nicht, und in irgendeinem Winkel ihres Gehirns wußte Meg das auch. Doch als ihr die Augen zufielen, als sie kopfüber wieder in jene Nacht stürzte, murmelte sie: »Ich hätte es gewesen sein können.«

Zum erstenmal saß Gillian ohne ihren Vater neben sich in Matt Houlihans Büro. Natürlich war er nebenan im Wartezimmer, preßte vielleicht sogar das Ohr an die Tür, doch ohne ihn fühlte sie sich stark. »Ich hoffe, es ist dir nicht unangenehm, mit mir allein zu sein«, sagte Houlihan.

Was für ein einfühlsamer Typ, dachte Gillian. *Achtet darauf, daß das Vergewaltigungsopfer nicht durch einen großen, bösen Mann und einen kleinen, geschlossenen Raum verängstigt wird.* Sie blickte auf ihren Schoß. »Es geht schon«, sagte sie.

»Der Grund, warum ich mit dir unter vier Augen sprechen will, ist folgender: Ich habe neue Beweismittel vorliegen, über die du vielleicht lieber nicht im Beisein deines Vaters reden möchtest.«

Jede Zelle in Gillians Körper schaltete auf Alarmbereitschaft. Sie erstarrte, wartete, daß er weitersprach.

»Detective Saxton hat im Zimmer seiner Tochter eine Thermosflasche und ein paar Plastikbecher gefunden, Gillian. Meg sagt, die Sachen sind von dir.«

Vor lauter Erleichterung, daß *das* die Beweismittel waren, die er meinte, hätte Gillian beinahe laut aufgelacht. »Das stimmt.«

»Und die Drogenreste in der Thermosflasche und den Bechern? Wo kommen die her?«

Gillian sah ihn verständnislos an. »Was für Drogen?«

»Atropin. Das ist ein verschreibungspflichtiges Mittel ... man kann high davon werden.«

»Davon hab ich noch nie gehört.«

»Tja, Meg sagt, du hättest in der Nacht Eistee mitgebracht. Mit dem Atropin drin.«

Dieses Miststück. »Das hat Meg gesagt?« brachte Gilly hervor, ihre Stimme so angespannt, daß sie fürchtete, ihre Stimmbänder würden reißen. »Ich würde niemals Drogen mitbringen. Ich würde niemals Drogen *nehmen*.« Sie lachte, aber es klang gezwungen. »Mr. Houlihan, ich bin mit Pharmaprodukten aufgewachsen. Schon als ich ganz klein war, hat mein Vater mir eingebleut, die Finger von Drogen zu lassen.« Sie blickte in Richtung Wartezimmer. »Fragen Sie ihn doch, wenn Sie mir nicht glauben.«

»Wenn du das Atropin nicht mitgebracht hast, wer dann?«

»Ich hab keine Ahnung«, sagte Gillian. »Wahrscheinlich Meg.«

»Megs Vater ist Polizeibeamter. Sie hat vermutlich die gleichen Warnungen zu hören bekommen wie du.«

»Das ist nicht mein Problem«, zischte sie.

Houlihan seufzte. »Gillian, mir persönlich ist völlig schnuppe, wer hier der Dealer ist. Für meine Prozeßstrategie spielt das keine Rolle. Aber ich muß wissen, ob du in jener Nacht von dem Tee getrunken hast.«

Bevor Gillian antworten konnte, klingelte das Telefon. Der Staatsanwalt nahm den Hörer ab, sprach ein paar Worte und wandte sich ihr dann entschuldigend zu. »Ich muß kurz mit jemandem sprechen, der jetzt einen Prozeßtermin hat«, erklärte er. »Bin gleich wieder da.«

Zwei Sekunden später war Gillian allein im Büro.

Hatte sie in der Nacht Drogen genommen? Ja, natürlich. Aber wenn Houlihan das erfuhr, wäre er gar nicht begeistert.

Jemand, der ein Halluzinogen genommen hatte, war kein zuverlässiger Zeuge.

Aber andererseits waren fast sechs Wochen vergangen. So lange blieb keine Droge im Organismus, schon gar nicht, wenn die Menge so gering gewesen war. Auch wenn Houlihan ihr auf der Stelle Blut abzapfen ließ, würde er nicht wissen, ob sie log.

Im Krankenhaus hatte man ihr Blut abgenommen.

Die Erinnerung traf sie wie ein Schlag. Gillian biß sich auf die Unterlippe und starrte die Akte auf Houlihans Schreibtisch an.

Rasch nahm sie die Akte und schlug sie auf. Auf der ersten Seite standen die Ergebnisse der im Labor untersuchten Spuren. Sie überflog die Zahlen und Fachausdrücke, bis sie zu der Überschrift VOM OPFER ENTNOMMENE PROBEN kam. Und alle Drogen, auf die sie negativ getestet worden war.

Atropin stand nicht auf der Liste…

Sie hatte die Akte gerade wieder zurückgeschoben, als Houlihan hereinkam. »Ich habe nichts von dem Tee getrunken«, sagte Gilly.

»Bist du absolut sicher?«

»Ja. Meg hat sich die Thermosflasche von mir geliehen, aber den Eistee hat sie mitgebracht. Ich kann Eistee nämlich nicht ausstehen.«

Der Anwalt betrachtete sie prüfend und nickte dann zufrieden. Er öffnete eine Schublade seines häßlichen Metallschreibtischs und zog ein silberfarbenes Band heraus. »Hast du eine Ahnung, was das ist?«

»Nein«, sagte sie und ließ es durch ihre Finger gleiten. »Wo haben Sie das her?«

»Es lag bei der Thermosflasche und den Bechern.«

»Nun ja«, sagte Gillian achselzuckend. »Dann wird das wohl auch Meg gehören.«

Als Addie den »Diner« betrat, war der Abendansturm schon vorbei, und Darla saß mit ihrem Vater in der Küche und spielte Schach. »Da bist du ja wieder«, sagte Roy.

Eine Schürze – ihr Vater trug eine Schürze. Noch ehe sie diesen verblüffenden Anblick verdauen konnte, fiel Darla über sie her. »Ich hab Doppelschichten geschoben, weil Delilah krank geworden ist, und denk ja nicht, ich will dafür keine Zulage.« An Roy gewandt, sagte sie: »Schach«, und dann fegte sie zur Küche hinaus.

»Wie du aussiehst«, sagte Addie und schluckte an der Traurigkeit in ihrer Kehle vorbei.

»Ja.« Ihr Vater lachte, drehte sich auf der Stelle wie eine Schönheitskönigin. »Da staunst du, was?«

»Da fahr ich einmal für ein paar Tage weg, und du … und du …« Weiter kam sie nicht, Tränen liefen ihr übers Gesicht. Erschöpft und müde von der Anstrengung, Jack gegenüber Zuversicht zu mimen, flüchtete sie sich in die Arme ihres Vaters, schon immer der wohltuendste Ort auf der Welt.

»Ach, Addie«, sagte er. »Das mit Jack tut mir so leid.«

Addie wich zurück. »Er ist unschuldig, Daddy.«

»Warum weinst du denn dann?«

»Weil«, sagte Addie, »ich die einzige bin, die das glaubt.«

Roy ging zum Herd, füllte einen Teller mit Kartoffellauchsuppe und stellte ihn mit einem Löffel vor seine Tochter auf den Tisch. »Iß«, befahl er.

»Ich krieg nichts runter, selbst wenn ich wollte.«

Er hob den Löffel an ihren Mund und die Suppe lief ihr die zugeschnürte Kehle hinunter. »Tut das nicht gut?«

Addie nickte und nahm den Löffel selbst in die Hand. Unterdessen hantierte Roy in der Küche, häufte Kartoffeln und gedämpfte Karotten, Reis und Soße auf einen riesigen Teller, den er ebenfalls vor Addie hinstellte.

Diesmal zögerte sie nicht. Sie fiel mit Heißhunger über das Essen her. »Besser?« fragte er.

Addie merkte, daß der Schmerz in ihr abgeebbt war. Sie stellte sich vor, wie all die weichen Speisen einen zusätzlichen Schutzwall in ihrem Innern errichtet hatten. Ihr Vater hatte sie vollgestopft, weil er besser wußte als irgendwer sonst, daß Herzeleid sich am besten verhindern ließ, indem man den bevorstehenden Schlag dämpfte.

»Entspannt euch«, sagte Gillian und blickte ihre Freundinnen nacheinander an. »Sie wissen gar nichts.«

Sie saßen im Garten der Duncans hinter einem dichten Rosenbusch, der sie vor Blicken abschirmte. »Mein Dad bringt mich um«, sagte Chelsea. »Wenn er erfährt, daß da Drogen drin waren –«

»Wieso überhaupt?« fragte Whitney. »Ich bin ein bißchen neugierig, Gill, schließlich warst du für die Getränke zuständig.« Auch die anderen blickten Gillian an. »Ich will damit nicht sagen, daß ich es nicht probiert hätte ... aber ich hätte gern die Wahl gehabt.«

»Whit, sei keine Zimperliese. Es war nur eine Prise, du hast ja nicht mal was gespürt. Ein Schluck Malzbier wär dir mehr zu Kopf gestiegen.« Gillian blickte ihre Freundinnen eindringlich an. »Überlegt doch mal. Ist eine von euch in der Nacht high gewesen?«

»Ich hab getanzt und hatte keine Bluse an«, zischte Whitney.

»*Bevor* du was getrunken hattest«, stellte Gillian richtig.

Megs Augen waren dunkel, durchsetzt mit dem Gefühl, hintergangen worden zu sein. »Mein Dad sagt, damit ist die Beweisführung der Staatsanwaltschaft im Eimer.«

»Matt Houlihan ist da anderer Ansicht«, sagte Gillian.

»Nur, weil du ihm erzählt hast, ich hätte die Drogen mitgebracht. Wenn die Geschworenen hören, daß du high warst, glauben sie dir kein Wort mehr.«

»Ich war nicht high, Meg. Nicht mehr als ihr.«

»Und wieso muß ich dann als Sündenbock herhalten?«

Gillians Augen verengten sich. »Weil wir sonst alle dran sind.«

»Das behauptest du.«

Die anderen Mädchen fuhren zusammen. Mit Gillian legte man sich nicht an. Das wußte doch jeder.

»Jetzt hör mal zu, Meg, es geht hier nicht um dich oder mich; es geht darum, daß wir unsere Geschichten aufeinander abstimmen. Bei der geringsten Ungereimtheit bricht alles zusammen.« Gillian schluckte trocken.

»Du bist nicht die einzige, die nicht vergessen kann, was in der Nacht passiert ist. Aber im Unterschied zu uns *willst* du es nicht vergessen.« Megs Hände ballten sich zu Fäusten. »Du kannst ja nichts anderes mehr denken, Gillian. Glaubst du, wenn ich meinem Vater sage, daß ich diese Thermosflasche vorher noch nie gesehen hatte, hält er uns gleich für Hexen? Nein, er wird genau das glauben, was ich ihm sage ... daß du sie mitgebracht hast, um uns high zu machen.«

Gillian wurde weiß. »Das wagst du nicht, Meg.«

»Wieso nicht?« sagte Meg und stand auf. »Du hast es doch auch mit mir so gemacht.«

»Gott, tut das gut«, seufzte Matt. »Mach das noch mal.«

Sydney Houlihan stellte sich vorsichtig auf den Rücken ihres Mannes, der aufstöhnte und das Gesicht in den Teppich drückte. Neben ihnen, in ihrem Kinderstuhl, klatschte Molly. »Ich glaube nicht, daß sie das sehen sollte«, sagte Sydney.

»Was denn? Daß Mommy über Daddy hinweggeht? Für Metaphern ist sie noch ein bißchen zu klein.« Matt grunzte, als Sydney auf eine besonders schmerzhafte Stelle trat. »Weißt du, warum ich dich geheiratet habe?«

»Weil ich die einzige Frau bin, die zu so abartigen Sachen bereit ist?«

»Weil du genau das richtige Gewicht hast.«

Sydney trat behutsam wieder auf den Teppich und setzte sich in den Schneidersitz. »Also, was war diesmal der Grund?«

»Was meinst du?«

»Du kriegst immer Rückenprobleme, wenn dir ein Fall an die Nieren geht.«

Matt rollte sich herum. »Ich habe dich auch wegen deiner übersinnlichen Wahrnehmung geheiratet.« Er zog die Knie an, dehnte die Muskelstränge entlang der Wirbelsäule. »Gillians Freundinnen haben in der Tatnacht Drogen genommen.«

»Und Gillian?«

»Sie sagt, nein.«

Sydney zuckte die Achseln. »Und?«

»Tja, ob es stimmt oder nicht, es ist jedenfalls ein Indiz, das den Täter entlasten könnte. Ich muß die Verteidigung darüber informieren.«

»Das ändert doch nichts an der Tatsache, daß sie vergewaltigt wurde, oder?«

»Nein«, sagte Matt langsam.

Sydney hob die Augenbrauen. »Du glaubst, sie belügt dich.«

»Ach, verdammt.« Matt stand auf und begann auf und ab zu gehen. »Ich weiß es nicht. Sie sagt, es sei zwar ihre Thermosflasche, aber Charlies Tochter hätte den Eistee mit der Droge drin mitgebracht. Und daß sie in der Nacht nichts getrunken hat, weil sie keinen Durst hatte. Ich könnte Meg wahrscheinlich das Geständnis entlocken, daß sie die Droge besorgt hat, wenn ich sie in den Zeugenstand rufe. Aber trotzdem ... es waren fünf Becher mit Drogenresten drin – einer für jedes der vier Mädchen und einer für St. Bride. Das ist ein gefundenes Fressen für McAfee.«

»Vielleicht wurde ihr was eingeschenkt, aber sie hat es nicht getrunken.«

»Vielleicht.«

Sydney schwieg einen Moment. »Glaubst du, die Vergewaltigung ist auch gelogen?«

Er schüttelte den Kopf. »Ich habe zu viele Beweismittel. Das Blut an ihrer Bluse, der Kratzer in seinem Gesicht, das Sperma.«

Sie schlang die Arme um Matts Taille. »Du hast deine Spielsachen noch nie gern mit anderen geteilt.«

»Was soll denn das heißen?«

»Du bist sauer, weil du der Verteidigung etwas geben mußt, das deiner Beweisführung schadet.«

»Aber das stimmt nicht«, entgegnete Matt. »Zugegeben, Gillian steht dann nicht wie ein Engel da ... aber ich kann St. Bride trotzdem hinter Schloß und Riegel bringen.«

Sydney lachte und küßte ihn aufs Kinn. »Fühlst du dich jetzt besser?«

Zu seiner Überraschung war dem tatsächlich so. Der Rücken tat ihm nicht mehr weh, und zum erstenmal an diesem Tag juckte es ihm wieder in den Fingern, endlich mit dem Fall vor Gericht zu gehen. »Das ist der dritte Grund, warum ich dich geheiratet habe«, sagte er und drückte ihr einen Kuß auf den Mund.

»Fünf Plastikbecher bedeuten nicht die Bohne, Jordan«, sagte Selena.

»Berechtigter Zweifel. Ich muß nur die Saat ausstreuen.«

»Von mir aus kannst du einen ganzen Baum pflanzen. Die Tatsache, daß ein Becher da war, bedeutet noch lange nicht, daß das Mädchen daraus getrunken hat. Dein Auto steht in der Garage. Heißt das, daß ich es benutze?«

Thomas, der am Küchentisch saß und über einer Matheaufgabe brütete, blickte auf. »Könnt ihr das bitte woanders diskutieren?«

Doch weder Jordan noch Selena beachteten ihn. »Wenn Gillians Behauptung, keine Drogen genommen zu haben, gelogen ist, darf man vermuten, daß sie auch bei einigen anderen Dingen die Unwahrheit gesagt hat. Einschließlich der Vergewaltigung.«

»Jordan, hör dir bloß an, was du da sagst! Matt Houlihan könnte mit einer Dampfwalze durch die Lücken in deiner Beweisführung fahren.«

»Fällt dir was Besseres ein?« fauchte Jordan. »Mir nämlich nicht. Ich habe einen Mandanten, der behauptet, das Opfer habe sich an ihn rangemacht, aber mehr Einzelheiten könne er uns bedauerlicherweise nicht liefern. Ich habe den Beweis, daß das Mädchen einen ziemlich abartigen Hokuspokus betreibt, aber wenn ich sie in ein schlechtes Licht rücke, heißt das noch lange nicht, daß Jack freikommt. Und da ich nun mal bloß einen verdammten Kieselstein habe, den ich auf Goliath schleudern kann, bedeutet das, daß ich so weit aushole, wie ich nur kann.«

»Manno«, knurrte Thomas und fing an, seine Bücher und Hefte zusammenzuraffen, um sich in ruhigere Gefilde zurückzuziehen.

Plötzlich erlosch das Feuer in Jordan. Er ließ sich auf einen Stuhl gegenüber von Thomas sinken und stützte den Kopf in die Hände. »Tut mir leid. Ich führ mich auf wie ein Idiot.«

»Da widerspreche ich nicht«, sagte Selena.

»Aber es sind nur noch vier Tage bis zum Prozeß, Selena, und dann müssen wir Farbe bekennen. Alles, was du in der letzten Woche ausgegraben hast – ich meine, das war wirklich prima Arbeit. Aber als ich den Fall übernommen habe, dachte ich, das wäre eine einfache Kiste – Mädchen sagt, Mann hat sie vergewaltigt, Mann ist einschlägig vorbestraft. Anklage, Prozeß. Und plötzlich hab ich ständig mit irgendwas Neuem zu tun – Hexenkram und Drogen und Beweismittel, die nicht eindeutig zuzuordnen sind. Das ist nicht mehr der Fall, auf den ich mich eingelassen habe.« Er preßte Daumen und Zeigefinger in die Augenwinkel. »Ich wünsche mir ein Jahr Zeit für die Vorbereitung. Und in der nächsten Sekunde will ich das nicht mehr, weil wir bei dem Tempo, das wir vorlegen, wahrscheinlich irgendwann rausfinden, daß Gillian Verbindungen zur sizilianischen Mafia hat.«

»Du übertreibst. Obwohl, ich hab da was läuten hören, daß sie mal Praktikantin beim Präsidenten war.«

»Sehr witzig«, brummte Jordan. »Ich habe keinen Schimmer, wie ich erklären soll, was in der Tatnacht passiert ist.«

»Jack war einige Stunden vorher zusammengeschlagen worden. Du könntest sagen, er war körperlich in einer viel zu schlechten Verfassung, um die Tat zu begehen.«

»Aber so jämmerlich war seine körperliche Verfassung auch wieder nicht, sonst hätte er sich wohl kaum in einer Kneipe besaufen können.« Jordan schüttelte den Kopf. »Ich kann die Aussage des Mädchens entschärfen, aber ich kann sie nicht widerlegen. Das einzige, was Jack von der Tatnacht in Erinnerung hat, ist einfach lachhaft. Bänder und ein Feuer und nackte Teenager –«

»Nackt?« quietschte Thomas. »Chelsea war nackt?«

»Wie soll ich die Geschworenen dazu bringen, das zu schlucken? Und dann einen Freispruch verlangen?«

»Deshalb brauchst du Beweise, Jordan«, sagte Selena sanft. »Berechtigter Zweifel funktioniert meistens ... aber wie du gesagt hast, die Alternative, die du anzubieten hast, ist ziemlich verschroben. Du mußt den Geschworenen deine eigenen

Beweismittel liefern, damit sie wissen, daß Gillian in der Tatnacht im Wald Hexe gespielt hat. Ein Plastikbecher reicht da nicht aus.«

Thomas packte seine Bücher zusammen. »Bis später«, brummte er. »Ich bin sicher, ihr werdet mich hier schmerzhaft vermissen.«

»Ich weiß«, seufzte Jordan. »Aber falls sie Atropin genommen hat, ist das fast zwei Monate her. Die Droge hat sich nach sechs Stunden zur Hälfte abgebaut. Wenn wir ihr jetzt Blut abnehmen lassen, wäre nicht mehr das geringste nachzuweisen.«

»Wir hätten ihr Blut gleich nach Jacks Verhaftung von einem privaten Labor analysieren lassen müssen. Wieso haben wir nicht daran gedacht?«

Jordan blickte sie an. »Weil wir gedacht haben, sie sagt die Wahrheit.«

Thomas' Stimme drang aus dem Flur. »Ihr habt ihr Blut doch untersuchen lassen«, rief er. »Direkt im Krankenhaus.«

»Bei routinemäßigen Drogentests ist Atropin nicht nachweisbar.«

»Tja ... warum könnt ihr es dann nicht noch mal machen lassen, mit einem komplizierteren Test? Was haben die denn anschließend mit der Blutprobe gemacht?«

»Sie wurde zusammen mit den anderen Beweismitteln ins staatliche Labor –«, erklärte Jordan. »– heiliger Strohsack, die Beweismittel. Die DNA-Analyse wurde mit Blutproben gemacht, die man in der Tatnacht entnommen hatte.«

»Und der ganze Kram wird aufbewahrt.« Selena war bereits aufgesprungen. »Wie schnell kriegst du die Unterschrift der Richterin für einen Antrag auf einen unabhängigen Test?«

Jordan griff nach der Tasche, in der sein Laptop war. »Du wirst staunen«, sagte er.

Roman Chu hatte sein erstes Labor in einer kleinen Kammer eingerichtet, die er von der Garage seiner Eltern abgetrennt hatte. Nachdem er sich den Ruf erworben hatte, forensische Tests wesentlich schneller durchzuführen als das staatliche

Labor, dauerte es nicht mehr lange, bis er sich ein eigenes Gebäude und zehn Mitarbeiter leisten konnte, die noch in letzter Minute wahre Wunder für Anwälte bewirkten.

»Vielen, vielen Dank«, sagte Jordan wohl zum zwanzigsten Mal.

Nachdem die Richterin den Antrag bewilligt hatte, war Selena zum staatlichen Labor gefahren, um Gillians Blutprobe abzuholen. Die vorbereitende Arbeit war schon bei der DNA-Analyse erledigt worden: Das Blut war von den Zellen getrennt worden, das Serum eingefroren. Roman mußte nur noch das Massenspektrometer laufen lassen. Jetzt starrten sie beide auf den Computermonitor und warteten auf die Ergebnisse. »Ich will kubanische Zigarren«, brummte Roman. »Nicht den Mist aus Florida, den du mir letztes Jahr angedreht hast.«

»Geht klar.«

»Aber die Überstunden berechne ich dir trotzdem.«

Der Bildschirm blinkte grün, und plötzlich erschien eine Flut von Zahlen. Roman nahm einen Referenztext zur Hand und verglich ihn mit dem, was im Computer zu sehen war, dann stieß er einen leisen Pfiff aus.

»Nun übersetz schon«, drängte Jordan ihn.

Roman zeigte auf die Prozentzahlen. »In dem Blut ist Atropin.«

»Bist du sicher?«

»Absolut. Bei einer so hohen Drogenkonzentration bin ich überrascht, daß die Kleine nicht ins Koma gefallen ist.«

Jordan verschränkte die Arme. »Und wie hat sich das deiner Meinung nach körperlich ausgewirkt?«

Roman lachte. »Kumpel«, sagte er, »sie war auf dem Trip ihres Lebens.«

Zum erstenmal nach rund zehn Jahren gönnte Addie sich eine Mittagspause. Ihr Vater und Delilah kümmerten sich um die Küche, Darla servierte, und Addie war sich fast überflüssig vorgekommen. Am liebsten hätte sie Jack besucht, aber Besuchszeit war erst am nächsten Tag – am Abend vor Prozeßbeginn. Also ging sie statt dessen zu Chloe.

»Tage wie heute«, sagte Addie, »hast du immer am liebsten gemocht.« Sie legte einen kleinen Strauß Gänseblümchen vor Chloes Grabstein nieder. »Weißt du noch, wie wir so getan haben, als wäre Sommer, mitten im Januar? Wir haben ein Badetuch für ein Picknick ausgebreitet und die Heizung aufgedreht und sind dann im Badeanzug in die Wanne gestiegen.« Sie berührte den Granitstein. Er war warm von der Sonne, fast so warm wie die Haut eines Kindes. »Ist da oben, wo du bist, die ganze Zeit Sommer, Chloe?« flüsterte sie.

Was sie sich jetzt mehr als alles andere wünschte, war ein riesiger Vorrat an solchen Erinnerungen. Addie fühlte sich um so vieles betrogen: Sie durfte nicht miterleben, wie ihre Tochter den ersten Sport-BH bekam, ihr nicht helfen, ein Kleid für den Schulball auszusuchen, nicht sehen, wie ihre Augen dunkler leuchteten, wenn sie zum erstenmal von einem Jungen sprach, in den sie verliebt war. Es fehlte ihr, sie zur High-School fahren zu können, mit ihr Eis essen zu gehen und das Hörnchen mit ihr zu tauschen, um den anderen Geschmack zu probieren. Es fehlte ihr, zu reden und eine Antwort zu hören.

»Miss Peabody?«

Der Klang einer Mädchenstimme erschreckte Addie so sehr, daß sie herumfuhr. Meg Saxton stand am Grab und blickte genauso verblüfft drein wie Addie.

»Meg ... ich hab dich gar nicht kommen hören.«

Zwischen ihnen war eine Wand, unsichtbar, aber dick. Das letztemal, daß Addie mit Meg gesprochen hatte, war auf Chloes Beerdigung gewesen. Meg und Chloe hatten oft zusammen auf der Schaukel in Addies Garten gespielt. Aber da stand Meg, fast erwachsen, und Chloe war tot.

»Wie ... wie geht's dir?« fragte Addie höflich.

»Gut«, antwortete Meg. Schweigen.

»Wolltest du Chloe besuchen?« fragte Addie.

Sie wandten sich beide dem Grabstein zu, als erwarteten sie, daß Chloe auftauchte. »Ich wünschte, sie wäre noch da«, gestand Meg. »Ich meine, sie war nur ein bißchen älter als ich, und ich glaube ... wir wären jetzt Freundinnen.«

»Das hätte Chloe bestimmt schön gefunden«, sagte Addie leise. Megs Augen füllten sich mit Tränen, und sie wandte sich ab, um sie zu verbergen. »Meg? Ist alles in Ordnung?«

»Nein!« rief Meg, und das Wort erstickte in einem Schluchzen »O mein Gott.«

Addie nahm sie instinktiv in die Arme, und die Berührung war wie ein elektrischer Schlag. Meg roch nach Shampoo und billiger Kosmetik und Kindheit, und Addie war überwältigt davon, den Körper eines Mädchens zu spüren, das fast in dem Alter war, in dem Chloe jetzt wäre. *So wäre es also gewesen*, dachte sie und schloß die Augen.

Meg flüsterte so leise, daß Addie meinte, nicht richtig gehört zu haben. »Ich beneide sie.«

»Wen?«

»Chloe.«

Addies Hände verharrten. »Das meinst du nicht im Ernst.«

»Doch.« Meg wischte sich mit dem Saum ihres T-Shirts über das Gesicht. »Ich wünschte, ich wäre tot.«

Plötzlich begriff Addie, wieso Meg auf dem Friedhof war. Sie war noch einmal an der Stelle gewesen, wo die angebliche Vergewaltigung stattgefunden hatte. Jack hatte es nicht getan – da war sie sich so sicher, wie sie wußte, daß Chloe hier begraben lag –, aber irgend etwas in der Nacht hatte Meg trotzdem aus der Fassung gebracht.

Addie drückte Megs Schultern. »Ich denke, wir sollten gehen. Dieser Ort weckt bei uns beiden schlechte Erinnerungen.«

Meg blickte widerwillig in die Richtung, wo die Lichtung lag. »Miss Peabody«, flüsterte sie elend. »Ich glaube ... ich glaube, er hat mich auch angefaßt.«

»Angefaßt ... dich?« sagte Addie, die Worte hohl, völlig tonlos.

»Mich *angefaßt*«, wiederholte Meg gequält. »Sie wissen schon.« Und ob Addie wußte. *Gott, steh mir bei*, dachte sie.

Letztendlich lief es darauf hinaus, daß eine Frau, die einmal Mutter gewesen war, für alle Zeit Mutter blieb; dieses Gefühl schlummerte in ihr und konnte bei dem geringsten Auslöser wieder aufflammen. Und dabei spielte es offenbar keine Rolle, ob das Kind ihr eigenes Fleisch und Blut war oder bloß eins, das in ihrem Herzen einen Platz hatte – Instinkt war nun mal Instinkt.

Addie liebte Jack. Sie glaubte ihm, daß er Gillian Duncan nichts angetan hatte. Aber sie war eine Mutter, und sie wußte, was zu tun war. Also nahm sie Meg mit zum Polizeirevier, brachte sie in Charlies Büro und schloß die Tür. Sie setzte eine ausdruckslose Miene auf. Dann hielt sie Meg zur moralischen Unterstützung die Hand und hörte zu, wie das Mädchen – die Freundin ihrer Tochter – Charlie erzählte, was sie Addie kurz vorher erzählt hatte.

Charlie wußte, daß der Boden stabil war, doch er konnte spüren, wie er unter seinen Füßen schwankte. Er räusperte sich zum x-tenmal und schluckte, schaltete dann das Aufnahmegerät ein, das zwischen ihm und seiner Tochter stand.

Meg zitterte, obwohl sie die blaue Uniformjacke trug, die immer an seiner Bürotür hing. Ihre Hände reichten in der Jacke nur bis zu den Ellbogen, und er mußte daran denken, wie er und Barb sie manchmal kostümiert hatten, als sie noch ganz klein war.

O Gott.

»Wo, ähm, hat er dich angefaßt?«

Sie konnte ihm nicht in die Augen sehen, und das war gut so, weil Charlie sie ebenfalls nicht ansehen konnte. »Hier. Und da.«

»Das Opfer«, sagte Charlie mit belegter Stimme, »zeigt auf ihre linke Hüfte und Brust.«

Jeder Muskel in seinem Körper war hart vor Anspannung. Wie sollte er das Barbara beibringen? Wie sollte er das hier durchstehen? Man konnte nicht Polizist sein, wenn man den dringenden Wunsch verspürte, einfach nur Vater zu sein.

»Charlie.« Houlihans Stimme ertönte dumpf. »Sie müssen das nicht machen.«

Charlie schüttelte knapp den Kopf. »Meg, hat Jack St. Bride sich vor dir entblößt?«

»Nein«, flüsterte seine Tochter.

»Hat er dich noch woanders berührt? Auf eine andere Weise?«

»Ist irgendein Teil seines Körpers mit irgendeinem Teil deines Körpers in Berührung gekommen?« fragte Matt leise.

»Verdammt noch mal!« Charlie war aufgesprungen und schaltete das Aufnahmegerät ab. Wieso konnte man nicht das eigene Leben zurückspulen? Er schritt zum anderen Ende des Raumes und Matt trat neben ihn. »Mein kleines Mädchen«, sagte Charlie mit erstickter Stimme. »Er hat sich an meinem kleinen Mädchen vergriffen.«

»Wir kriegen ihn«, versprach Matt. »Auch dafür klagen wir ihn an.«

Charlie nickte und wollte wieder an seinen Schreibtisch, doch Matt hielt ihn zurück. »Nein«, sagte der Staatsanwalt. »Ich mach weiter.«

Molly lag zusammengerollt auf der Flanelldecke in ihrem Bettchen und schlief. Matt betrachtete sie und konnte sich gut vorstellen, was Charlie zur Zeit durchmachte. Gott, er wäre nicht mehr zurechnungsfähig, wenn sich irgend jemand je an seiner Tochter vergehen würde.

Diese gräßliche Sache mit Meg mußte ausgerechnet am Abend vor Prozeßbeginn ans Tageslicht kommen. Aber ihre Beschuldigungen würden in einem anderen Fall verhandelt werden ... falls sie überhaupt für eine Anklage ausreichten. Matt hätte es Charlie nie erzählt, aber ein Teil von ihm fragte sich, wie glaubwürdig Megs tränenreiches Geständnis wirklich war. Sie hatte zur Tatzeit bereits halluzinogene Drogen genommen ... Es war also durchaus möglich, daß diese angeblichen unsittlichen Berührungen reine Einbildung waren.

Und aus diesem Grund war sein aktueller Fall davon nicht unbeeinflußt – er konnte das Risiko nicht mehr eingehen, Meg als Zeugin aufzurufen. Wenn sie aussagte, sie habe die Drogen mitgebracht, und dann gestand, Jack habe sie ebenfalls angegriffen, würden die Geschworenen ihr glauben? Und falls nicht, würden sie dann noch Gillian glauben?

Matt konnte nicht mit Sicherheit sagen, ob Meg eine Hilfe war oder seiner Beweisführung schadete. Er brauchte sie nicht, um Jack als Täter zu überführen, daher würde er das Mädchen einfach außen vor lassen. Er würde statt dessen Chelsea Abrams in den Zeugenstand rufen ... und auch wenn ihre Geschichte nicht so glatt mit der von Whitney O'Neill übereinstimmte wie die von Meg, so war sie bei den Geschworenen ein weniger großes Risiko.

Matt berührte leicht die niedliche Rundung des Kopfes seiner Tochter. »Gute Nacht«, flüsterte er. Es dauerte eine ganze Weile, bis er sich wieder von der Stelle rührte.

Der Mond glitt über die Fensterbank und unter die Bettdecke, doch Jordan und Selena bemerkten es nicht. Selena senkte den Kopf und blickte auf ihre Arme, die mit Jordans direkt unter ihren Brüsten verschlungen waren. »Woran denkst du?«

»Daß ich auf vorübergehende Unzurechnungsfähigkeit plädiere.«

»Aha.« Selena drehte sich in seiner Umarmung um. »Du fühlst dich schuldig?«

»Nein. Ich fühle ... ich fühle...«

Sie schlug ihm auf die Hand. »Ja, ich sehe, was du fühlst.« Lachend entzog sie sich ihm. »Laß das.«

»Das hast du vor zehn Minuten aber nicht gesagt.«

»Vielleicht plädiere ich auch auf vorübergehende Unzurechnungsfähigkeit.«

Sie waren beide vor dem Fernseher auf der Couch eingeschlafen. Und als sie aufwachten, lagen sie sich irgendwie in den Armen, fest aneinandergepreßt. Das war der Anstoß, den sie gebraucht hatten; eine unbewußte Erinnerung daran, daß sie zusammengehörten, so sehr sie sich auch dagegen gewehrt hatten. Danach konnten sie von Glück sagen, daß sie es überhaupt noch bis ins Schlafzimmer geschafft hatten.

»He, Selena?«

»Mmm?«

»Wieso haben wir das nicht schon vor einem Monat getan?«

»Oh, vielleicht waren wir da noch klüger. Oder wir hatten uns besser unter Kontrolle.«

Jordan blickte sie ernst an. »Glaubst du das wirklich?«

Diesmal hatte sie keine schlagfertige Antwort parat. »Ehrlich gesagt, nein«, gab Selena zu. »Was glaubst du, was draus wird?«

Jordan schüttelte den Kopf. »Ich habe keine Ahnung.«

Selena lächelte an seiner Brust. »Redest du über uns oder den Fall?«

»Über beides.« Er seufzte, entschied sich für das unverfänglichere Thema. »Bisher können wir nur beweisen, daß sie eine Hexe ist.«

»Eine Hexe unter Drogen. Ich habe drüber nachgedacht«, gestand Selena. »Und ich habe für ungefähr alle Beweismittel eine einleuchtende Erklärung und kann Jack im Kopf entlasten. Bis auf das Sperma. So was hinterläßt man nicht, wenn man nur mit jemandem geredet hat.«

»Das Sperma ist das schwächste Glied in Houlihans Beweiskette. Die Geschworenen werden das sehen.«

»Hoffst du.«

»Hoffe ich.«

»Es könnte trotzdem sein, daß Jack dich belügt«, gab Selena zu bedenken.

»Es könnte auch sein, daß Gillian Duncan lügt.«

Sie schwiegen eine Weile, genossen die Wärme des anderen und die Erinnerung.

»Apropos Lügen«, flüsterte Selena. »Ich muß dir was sagen.«

Jordan stützte sich auf einen Ellbogen. »Was?«

»Mein Wagen war schon vor zwei Wochen fertig.«

»Ich muß dir auch was sagen.« Seine Zähne blitzten in der Dunkelheit auf. »Dein Wagen hätte schon vor *fünf* Wochen fertig sein können, aber ich hab den Mechaniker bestochen, damit er sagt, die Ersatzteillieferung würde sich verzögern.«

Selena stützte sich ebenfalls auf. »Soviel Mühe machst du dir, um deine beste Ermittlerin nicht zu verlieren?«

Jordan beugte sich vor und küßte sie sacht. »Nein«, sagte er. »Soviel Mühe mache ich mir, um dich nicht zu verlieren.«

Sie hielten Händchen auf einem Tisch in der Cafeteria, umgeben von Männern, die andere bei einem Kampf umgebracht oder ihre Frauen geschlagen oder Häuser niedergebrannt hatten, obwohl noch Menschen drin waren. Ein Wachmann beobachtete sie. Als Addie Jack zur Begrüßung umarmt hatte, war sie von dem Beamten höflich darauf hingewiesen worden, daß Berührungen dieser Art nicht erlaubt seien.

In fünfzehn Stunden würde der Prozeß beginnen.

»Bist du nervös?« fragte sie.

»Nein. Ich denke, je früher die Sache über die Bühne geht, desto früher bin ich wieder bei dir.«

Addie senkte den Kopf. »Das wäre wunderbar«, sagte sie.

»Ich habe mir auch schon was überlegt. Wir fahren in die Karibik. Im Juni ist dort zwar Regenzeit, aber ich finde, wir könnten beide Urlaub gebrauchen. Ich möchte den ganzen Tag draußen sein. Ich möchte draußen schlafen. Vielleicht können wir uns sogar das Geld für ein Zimmer sparen.«

Addie unterdrückte ein Lachen, das sogleich in leises Schluchzen überging. Sie blickte Jack an und versuchte zu lächeln.

»Wenn dich das so erschreckt, gehen wir in ein Hotel.« Er sprach sanft, streichelte ihr die Handfläche mit dem Daumen.

Ein tiefer, zittriger Atemzug durchfuhr Addie. »Und wenn –«

»Nein, Addie, nicht.« Jack legte ihr ganz kurz einen Finger auf die Lippen, bevor die Miene des Wärters sich verfinstern konnte. »Manchmal, wenn ich denke, ich drehe hier durch, stell ich mir vor, ich bin bereits draußen. Ich male mir aus, was wir am Wochenende machen, und überlege, ob im ›Diner‹ wohl die Hölle los ist und daß ich kaum die Nacht erwarten kann, um in deinen Armen zu schlafen. Ich denke über uns nach, wie es wohl in sechs Monaten sein wird. In sechs Jahren. Bis ich mich daran erinnern kann, wie es ist, wieder ein normales Leben zu führen.«

»Ein normales Leben«, wiederholte Addie sehnsüchtig.

Addie blickte ihm in die Augen, diese wunderschönen Ozeanaugen. Sie dachte an Meg. Und dann stellte sie sich einen unendlich breiten Strand vor, Wellen, die ihr und Jack schäumend um die Füße spülten, während sie beide zuschauten, wie die Sonne einen ganz gewöhnlichen Tag besiegelte.

Und sie lächelte aus tiefstem Herzen.

29. Juni 2000
Gefängnis von Carroll County,
New Hampshire

Jack band seine Krawatte zu einem Windsorknoten, zog ihn stramm und verdrängte so gut er konnte den Gedanken an einen Galgenstrick. Er strich den Stoff glatt, ohne dabei den Blick von dem Fremden im Spiegel abwenden zu können. Blauer Blazer, khakifarbene Hose, Halbschuhe, Hemd und Krawatte – das war jetzt seine Prozeßuniform. Und der Mann, der ihn anblickte, war jemand, der wußte, daß das Rechtssystem nicht funktionierte.

Es klopfte heftig an der anderen Seite der Waschraumwand. »Beeilung«, rief ein Wachmann. »Sie sind schon spät dran.«

»Und wenn du dich entschieden hast, sag Darla, welches Tagesgericht es heute gibt«, mahnte Addie.

Roy schlang einen Arm um die Taille seiner Tochter. »Wir kommen prima klar ohne dich.« Er betrachtete sie stolz: pfirsichfarbenes Kostüm, elegante Schuhe mit flachen Absätzen, das braune Haar nach hinten gekämmt und mit einer schlichten goldenen Spange befestigt. Gott, sie sah aus wie eine Managerin, nicht wie eine einfache Kellnerin. »Du bist wunderschön«, sagte Roy leise. »Jack wird die Augen nicht von dir abwenden können.«

Roy schob Addie vor die Küchentür. Dort blieb sie allein im Morgenlicht des »Diner« stehen und sah zu, wie die Sonne über Schatten auf dem Linoleumboden hüpfte. Wenn sie früh genug da war, konnte sie vielleicht dasein, wenn Jack gebracht wurde, und ihm zulächeln.

Plötzlich fiel ihr Blick auf etwas unter dem Hocker an der Theke, der Platz, auf dem sie sich Chloe so gern vorstellte. Vertrocknet und brüchig, eher braun als rot – Addie brauchte einen Moment, bis sie erkannte, daß es der kleine Strauß war, den sie Gillian Duncan vor geraumer Zeit abgenommen, in ihre Schürze gesteckt und vergessen hatte. Der Strauß mußte herausgefallen sein, als sie vorhin ihre Schürze weggeräumt hatte.

Es war verrückt, aber als sie sich die welken Blumen an die Nase hielt, hätte sie schwören können, daß sie so stark dufteten wie frische Blüten.

Amos Duncan eilte die Treppe hinab zur Küche. »Gillian«, rief er über die Schulter. »Beeil dich, wir kommen sonst zu spät.«

Er wollte wenigstens rasch noch eine Tasse Kaffee trinken, bevor er sich der Hölle des Prozesses stellte. Houlihan würde Gillian als erste in den Zeugenstand rufen. Der Gedanke, daß seine Tochter dort sitzen würde, tausend Augen und Fernsehkameras auf sich gerichtet und den kritischen Blicken von zwölf Geschworenen ausgesetzt, weckte in ihm Mordgelüste. Und Jack St. Bride wäre das Opfer.

Er hätte alles dafür gegeben, an ihrer Stelle auszusagen, damit sie endlich wieder ein Privatleben hätten. Doch er war zum Zuschauen verdammt und konnte nur abwarten.

Der Kaffeegeruch wurde stärker, als Amos die Küche betrat. Gillian saß am Tisch in dem jungfräulich weißen Outfit, das Houlihan extra für sie ausgesucht hatte. Sie schaufelte sich Cornflakes in den Mund, hinter einer Barrikade aus bunten Frühstücksflockenverpackungen.

Amos blickte sie an, obwohl sie fast gänzlich von den Kartons verdeckt wurde. Er goß sich einen Kaffee ein, schwarz. Dann setzte er sich gegenüber seiner Tochter an den Tisch.

Drei Packungen versperrten ihm die Sicht. Er schob die Müslipackung beiseite, und als er die zweite mit Zimtbits bewegte, hörte seine Tochter auf zu kauen.

Schließlich rückte er die Cornflakes aus dem Weg, so daß er Gillian ungehindert sehen konnte. »Gilly«, sagte er sanft, legte eine ganze Geschichte in dieses eine Wort.

Gillian griff nach der Zimtbitsverpackung und baute sie wieder auf, eine Wand. Sie nahm den Cornflakes- und den Müslikarton und errichtete Barrieren auf beiden Seiten der ersten Packung. Dann hob sie den Löffel und aß schweigend weiter, als wäre ihr Vater gar nicht da.

»*Sydney!*« brüllte Matt aus vollem Hals. Er hielt seine kreischende Tochter auf Armeslänge von sich weg, während sie ihm mit aller Kraft den Keks geben wollte, den sie matschig gekaut hatte.

»Wo brennt's denn?«

»Hier brennt's«, sagte Matt und schob ihr das Baby unter den freien Arm. »Und zwar lichterloh. Ich will mich von ihr nicht bekleckern lassen. Ich muß ins Gericht.«

Sydney hauchte einen Kuß auf Mollys Kopf. »Sie will dir doch nur ihren Talisman geben, nicht wahr, Schätzchen?«

»Ich will ihren Keks nicht, verdammt.«

Seine Frau zuckte die Achseln. »Na, da wird aber jemand ein schlechtes Gewissen haben, wenn die Geschworenen ihren Freispruch verkünden.«

Matt nahm seine Unterlagen und stopfte sie in die Aktentasche. »Ich glaub nun mal nicht an diesen Hokuspokus.« Er gab Sydney einen Abschiedskuß und strich seiner Tochter über den weichen Flaum auf dem Kopf.

Sydney folgte ihm zur Haustür. »Daddy bringt jetzt die bösen Buben hinter Gitter.«

Charlie holte tief Luft und klopfte an die Badezimmertür, die sich gleich darauf öffnete. Dampf waberte in die Diele, und das Gesicht seiner Tochter schwebte in dem Dunst, der nach der Dusche noch im Raum hing. »Was ist?« sagte sie streitlustig. »Willst du eine Leibesvisitation machen?«

Sie riß die Tür weit auf und breitete die Arme aus, wobei das Badehandtuch, das sie sich um den feuchten Körper gewickelt hatte, ein Stück verrutschte. Charlie wußte nicht, was er sagen sollte. Er wußte nicht, wer dieses Mädchen war, denn sie benahm sich nicht mehr wie seine Tochter. Also entschied er sich für das Praktische, das Funktionale, als würde es nicht so weh tun, wenn er gegen die Wand aus Mißtrauen zwischen ihnen prallte, indem er so tat, als wäre sie unsichtbar. »Hast du meine Dienstmarke gesehen?« fragte Charlie.

Meg wandte sich ab. »Hier ist sie nicht.«

Trotzdem warf Charlie einen Blick über ihre Schulter, auf den Rand des Waschbeckens.

»Was soll das, Daddy?« sagte Meg. »Ach ja. Du glaubst mir ja nicht.«

»Meg...« Er glaubte ihr sehr wohl, und das war das Problem. Er mußte sie nur ansehen, und gleich hatte er wieder das Bild vor Augen, wie sie schluchzend in seinem Büro erzählte, daß Jack St. Bride sie unsittlich berührt hatte. Wie gern würde Charlie die Zeit zurückdrehen. Er wünschte sich, Megs Schrank zu durchsuchen, ohne die Thermosflasche zu finden. Er wünschte sich, seine Tochter einsperren zu können, damit ihr nie etwas Schlimmes widerfuhr.

Er hatte Meg nicht auf das Atropin angesprochen. Er konnte kaum ein paar harmlose Worte mit ihr wechseln, geschweige denn ernsthafte, mißtrauische Fragen stellen.

»Aber vielleicht hab ich deine Dienstmarke ja versteckt, Daddy«, sagte Meg mit Tränen in den Augen. »Guck doch mal in meinem Schrank nach.«

Charlie trat einen Schritt vor. »Meg, Schätzchen, hör doch nur, was du da sagst.«

»Wieso? Du tust es ja auch nicht.«

Die Traurigkeit überwältigte sie, und sie stand in ihrem Badetuch vor ihm und weinte so herzzerreißend, daß es Charlie in der Brust weh tat. Er nahm sie in die Arme, wie damals, als sie klein war und fürchtete, unter ihrem Bett hätten sich Monster versteckt. »Es gibt keine Monster«, hatte er gesagt, obwohl er eigentlich hätte sagen sollen: *Da sind keine Monster*.

Plötzlich versteifte Meg sich in seinen Armen. »Faß mich nicht an«, sagte sie und wich zurück. »Faß mich nicht an!« Sie drängte sich an ihm vorbei und flüchtete in ihr schützendes Zimmer.

Als Charlie durch die offene Badezimmertür schaute, sah er etwas auf dem Boden glänzen. Seine Dienstmarke; sie mußte ihm heruntergefallen sein, als er sich die Hände gewaschen hatte. Charlie ging in die Hocke und hob sie auf, steckte sie sich an die Brust und blickte in den Spiegel. Da war sie, silbern glänzend, an der vorgeschriebenen Stelle befestigt – ein Schild, der sein Herz bedeckte, aber es nicht hatte schützen können.

»Mist«, entfuhr es Jordan. »Sie waren schneller.«

Selena blickte blinzelnd gegen die Sonne auf die Stufen des Gerichtsgebäudes, wo es vor Kameras und Fernsehreportern nur so wimmelte. »Gibt es einen Hintereingang?«

Er stellte den Motor ab. »Ich muß mich ihnen stellen, das weißt du.« Sie stiegen aus dem Wagen, Selena strich ihre Strumpfhose glatt und Jordan zog sein Jackett an. »Bist du bereit?«

Die Reporter kamen Jordan wie ein Schwarm Schmeißfliegen vor. Er setzte ein Lächeln auf und bahnte sich einen Weg durch das Gedränge die Stufen hinauf. »Mr. McAfee«, rief eine Reporterin. »Rechnen Sie mit einem Freispruch?«

»Absolut«, erwiderte Jordan glatt.

»Wie wollen Sie die Tatsache entkräften, daß Ihr Mandant einschlägig vorbestraft ist?«

»Kommen Sie mit rein«, sagte Jordan grinsend. »Dann werden Sie's sehen.«

Die Presse liebte ihn. Er war großspurig, fotogen und schlagfertig. Er schob sich an den Kameras und Mikrofonen vorbei und fragte sich, wie weit Selena hinter ihm war.

Auf der letzten Stufe stellte sich ihm eine Frau in den Weg. »Mr. McAfee«, brüllte sie, »wissen Sie, daß im letzten Jahr allein in den Vereinigten Staaten 132 000 Frauen Anzeige wegen Vergewaltigung erstattet haben – und daß sich die Zahl, wenn man die Dunkelziffer dazurechnet, auf 750 000 erhöht?«

»Ja, das weiß ich«, sagte Jordan und blickte ihr unverwandt in die Augen. »Aber mein Mandant hat niemanden vergewaltigt.«

Jack saß in einer kleinen Zelle im Untergeschoß des Gerichtsgebäudes und starrte auf den Boden zwischen seinen Schuhen, ohne zu merken, daß sein Anwalt eingetreten war. »Jack«, sagte Jordan leise.

Er war verblüfft, wie adrett Jack aussah. Doch dann fiel ihm ein, daß Jack ein solches Outfit praktisch mit in die Wiege gelegt worden war: teure Blazer und Krawatten und schicke Schuhe. Jordan schenkte ihm ein zuversichtliches Lächeln. »Alles klar?«

»Ich denke, ja.«

»Ich muß Ihnen nicht erklären, was Sie erwartet. Sie haben das ja schon einmal durchgemacht. Sie werden jede Menge Mist zu hören bekommen, aber für Sie ist vor allem wichtig, daß Sie die Ruhe bewahren. Wenn Sie aus der Haut fahren, ist das für die Staatsanwaltschaft ein gefundenes Fressen: der Beweis, daß Sie ein unkalkulierbares Gewaltpotential haben.«

»Ich fahr schon nicht aus der Haut.«

»Und denken Sie dran, wir kommen immer als letztes zum Zug«, sagte Jordan. »Das ist das Beste an der Verteidigung.«

»Und ich hab immer gedacht, das Beste für Sie wäre, daß Sie sich mit wirklich faszinierenden Menschen verbrüdern können.«

Ein verblüfftes Lachen perlte aus Jordans Mund, doch als der Anwalt aufblickte, sah er, daß Jack ihn anstarrte, ernst und eindringlich. »Wußten Sie, daß die durchschnittliche Strafdauer für Gewalttäter sich auf einhundertfünf Monate beläuft?«

Jack schnaubte. »Wer sagt das denn?«

»Die Justizstatistik. Letztes Jahr wurden eine Million erwachsene Straftäter verurteilt.«

»Vielleicht sind es dieses Jahr 999 999.«

Es herrschte beklommenes Schweigen. Jordan seufzte. »Eine Sache muß ich doch noch ein allerletztes Mal ansprechen, Jack. Sie haben mir nicht viel an die Hand gegeben, womit ich arbeiten kann. Aber unter den Geschworenen sitzen sechs Männer, und jeder einzelne von ihnen hat es schon einmal erlebt, daß er mit einer Frau herumgeknutscht hat, bis sie es sich im letzten Moment anders überlegt hat. Wenn wir die Verteidigung darauf aufbauen, daß Sie die Zustimmung des Opfers unterstellt haben, stehen unsere Chancen gut.« Er beugte sich vor. »Sind Sie absolut sicher, daß Sie es nicht mit dieser Strategie versuchen wollen?«

Jack verschränkte die Hände zwischen den Knien. »Jordan, tun Sie mir einen Gefallen?«

Der Anwalt nickte, und Jack sah ihn an, mit kalten Augen. »Fragen Sie mich das nie wieder.«

Matt griff nach den Unterlagen in seiner Aktentasche und stellte fest, daß sie durch die getrockneten Überreste eines zermatschten Kekses zusammengeklebt waren. Kopfschüttelnd machte er sich daran, die einzelnen Blätter vorsichtig voneinander zu lösen.

»Oha.« Jordan McAfee verzog das Gesicht, als er am Tisch des Staatsanwalts vorbeikam. »Das letzte Mal habe ich so eine Schweinerei auf der Uni gesehen; da hatte ein Kommilitone in die Aktentasche des Richters gekotzt, bei dem er sein Praktikum machte.«

»Bestimmt ein Freund von Ihnen«, sagte Matt.

»Soviel ich weiß, ist er Staatsanwalt geworden.« Jordan verkniff sich ein Lächeln, als eines von Matts Papieren riß. »Vorsicht. Sonst ruinieren Sie sich noch Ihre Mogelpackung.«

»McAfee, ich könnte den ganzen Prozeß verschlafen und würde trotzdem gewinnen.«

»Schätze, Sie sind schon dabei, denn Sie träumen ganz offensichtlich.« Er griff in seine eigene Aktentasche und holte eine Packung Kleenex hervor, die er dem Staatsanwalt auf den Tisch warf. »Da«, sagte Jordan. »Ein Versöhnungsgeschenk.«

Matt zog ein Taschentuch heraus und wischte seine Unterlagen ab, dann warf er Jordan die Packung zurück. »Bewahren Sie den Rest auf, damit Sie Ihrem Mandanten nach dem Schuldspruch die Tränen trocknen können.«

Eine Seitentür öffnete sich, und Jack wurde in Handschellen von einem Wachmann zu dem Stuhl neben Jordans geführt. Als die Handschellen abgenommen wurden, musterte

Jordan seinen Mandanten, der das reinste Nervenbündel war. »Entspannen Sie sich«, sagte er leise.

Jordan wußte, daß das so gut wie unmöglich war. Die Zuschauerreihen waren bis auf den letzten Platz mit Presseleuten und Einwohnern aus Salem Falls besetzt, die gekommen waren, um sich zu überzeugen, daß ihr Städtchen so sauber blieb, wie es immer gewesen war. Amos Duncan, der hinter dem Tisch der Staatsanwaltschaft saß, fixierte Jack mit glühenden Augen, und auch der Rest der gut zweihundert Zuschauer blickte gebannt auf den Angeklagten. Nicht einer von ihnen stand auf Jacks Seite.

»Jordan«, flüsterte Jack mit Panik in der Stimme. »Ich kann es fühlen.«

»Was können Sie fühlen?«

»Wie sehr mich alle hassen.«

Da fiel Jordan ein, daß Jack ja noch nie einen richtigen Prozeß durchlitten hatte. Seine Verurteilung war das Ergebnis einer Absprache zwischen Staatsanwaltschaft und Verteidigung gewesen – eine kurze, unangenehme Verhandlung, aber bei weitem nicht so mörderisch wie das, was ihm jetzt bevorstand. Das Rechtssystem klang gut auf dem Papier, aber die Wahrheit war eine andere: Solange Jack neben einem Strafverteidiger saß, war er in den Augen dieser Zuschauer schuldig, bis seine Unschuld bewiesen war.

Die Geschworenen, sechs Männer und sechs Frauen, kamen mit ernster Miene durch eine Seitentür in den Gerichtssaal. Bevor sie Platz nahmen, warfen alle Jack einen forschenden Blick zu. Jack umklammerte mit den Händen seine Knie unter dem Tisch.

»Bitte erheben Sie sich!«

Althea Justice rauschte zu ihrem Platz hinter der Richterbank. Ihre kühlen grauen Augen richteten sich auf die Zuschauerreihen: auf die Kameras, die Reporter mit ihren Handys, die dicht gedrängt sitzenden Bürger von Salem Falls.

»Ladies und Gentlemen«, sagte sie, »wie ich sehe, haben wir heute ein ausverkauftes Haus. Also stellen wir von vornherein eines klar. Bei dem geringsten Anzeichen von ungebührlichem Verhalten« – sie blickte einen Kameramann an – »oder Gefühlsausbrüchen« – sie blickte Amos Duncan an – »werden Sie alle aus meinem Gerichtssaal eskortiert und für die Dauer des Prozesses draußen bleiben. Wenn während der Zeugenvernehmungen auch nur ein Handy losgeht, werde ich persönlich sämtliche elektronischen Geräte in diesem Saal einsammeln und sie draußen vor dem Gebäude auf einem Scheiterhaufen verbrennen. Als letztes möchte ich alle Anwesenden – einschließlich der Anwälte – daran erinnern, daß dies ein Gerichtssaal ist und kein Zirkus.« Sie senkte ihre Lesebrille und spähte über den Rand. »Mr. Houlihan«, sagte sie, »fangen wir an.«

»Am Abend des dreißigsten April 2000 verabschiedete Amos Duncan sich von seiner Tochter und ging joggen. Sie war siebzehn Jahre alt, und obwohl er sie nie gern alleine ließ, wähnte er sie in Salem Falls sicher, einem Städtchen, von dem er glaubte, daß Kinder dort unbeschadet aufwachsen könnten. Amos Duncan hätte sich daher nicht im Traum vorstellen können, in welcher Verfassung er seine Tochter wiedersehen würde: hysterisch schluchzend, die Kleidung zerrissen, Blut an der Bluse, Haut unter den Fingernägeln, Sperma am Oberschenkel. Und daß sie der Polizei erzählen würde, daß sie im Wald außerhalb von Salem Falls, New Hampshire, vergewaltigt worden war.«

Matt schritt langsam auf die Geschworenen zu. »Der Staat wird Ihnen heute Beweise vorlegen, aus denen sich folgendes unzweifelhaft ergibt: Am dreißigsten April 2000 verließ Gillian Duncan um 20.45 Uhr ihr Elternhaus. Sie traf sich mit ihren Freundinnen und ging zu einer Lichtung im Wald hinter dem Friedhof von Salem Falls. Sie machten ein Feuer und amüsierten sich zusammen, wie Teenager es nun mal tun. Und als sie kurz nach Mitternacht nach Hause gehen wollten, tauchte dieser Mann auf.«

Matt stieß einen Finger in Jacks Richtung. »Dieser Mann, Jack St. Bride, näherte sich den Mädchen auf der Lichtung. Er war unsicher auf den Beinen. Sie konnten den Alkohol in seinem Atem riechen. Er sprach sie an und setzte sich zu ihnen, um mit ihnen zu plaudern. Als die Mädchen ihm sagten, sie wollten nach Hause, stand er auf und ging.

Minuten später trennte Gillian sich von ihren Freundinnen, die in eine andere Richtung mußten. Aus Sorge, die glühende Asche des Lagerfeuers könnte Schaden anrichten, ging Gillian noch einmal zurück, um die Glut mit Erde zu ersticken. In diesem Moment trat Jack St. Bride auf die Lichtung, stieß Gillian zu Boden und vergewaltigte sie.«

Matt blickte wieder die Geschworenen an. »Ladies und Gentlemen, mein Name ist Matt Houlihan, und ich bin Anwalt für den Staat New Hampshire. Ich habe Sie zwar bereits kennengelernt, als Sie als Geschworene ausgewählt wurden, aber ich möchte mich Ihnen noch einmal vorstellen, weil es als Vertreter des Staates meine Aufgabe ist, sämtliche Elemente der hier zur Verhandlung stehenden Straftat so zu beweisen, daß kein begründeter Zweifel zurückbleibt. Jack St. Bride ist angeklagt, an Gillian Duncan ein schweres Sexualdelikt verübt zu haben ... aber bitte, verlassen Sie sich nicht nur auf mein Wort.«

Er setzte sein gewinnendstes Lächeln auf, um den Geschworenen das Gefühl zu geben, daß sie in den besten Händen waren. »Hören Sie statt dessen Gillian Duncan zu, wenn sie Ihnen erzählt, was sie durch Jack St. Bride erlitten hat. Und hören Sie ihren Freundinnen zu, die in der fraglichen Nacht bei ihr waren. Hören Sie dem Detective zu, der Ihnen berichten wird, wie er Gillian nach der Vergewaltigung vorfand, und der den Tatort untersuchte. Hören Sie zu, was Ihnen die sachverständige Zeugin zu sagen hat, die eine DNA-Analyse der am Opfer sichergestellten Beweismittel durchführte. Hören Sie der Ärztin zu, die Gillian Duncan nach der Tat untersuchte.« Matt blickte die Geschworenen nacheinander an. »Hören Sie genau zu, Ladies und Gentlemen. Denn am Ende der Beweisführung werde ich Sie bitten, Mr. St. Bride schuldig zu sprechen ... und aufgrund dessen, was Sie dann gehört haben, werden Sie es tun.«

Jordan sah zu, wie Matt zu seinem Platz zurückkehrte. Die Geschworenen blickten ihn erwartungsvoll an. Doch er blieb noch einen Moment sitzen, als würde er Houlihans Worten unbesehen glauben und hätte ihnen nichts hinzuzufügen. Dann stand er auf. »Wissen Sie«, sagte er im Plauderton, »wenn Sie nur die Beweise zu hören bekämen, die Mr. Houlihan Ihnen soeben dargelegt hat, würde ich ihm hundertprozentig zustimmen. Nach allem, was er gesagt hat – jawohl, da sieht es ganz so aus, als hätte Jack St. Bride die Tat begangen. Doch jede Geschichte hat zwei Seiten. Und Sie werden nicht nur hören, was sich nach Meinung der Staatsanwaltschaft in jener Nacht ereignet hat. Sie werden auch Mr. St. Brides Version hören.«

Er fuhr mit einer Hand leicht über das Geländer der Geschworenenbank. »Mein Name ist Jordan McAfee, und ich vertrete Jack St. Bride. Und genau wie Mr. Houlihan möchte ich, daß Sie genau zuhören. Aber ich möchte Sie auch daran erinnern, daß die Dinge nicht immer so sind, wie sie zu sein scheinen.« Unvermittelt beugte Jordan sich vor, als wollte er einer Geschworenen etwas hinter dem Ohr hervorziehen. Die Frau errötete, als er zurücktrat und eine glänzende Münze hochhielt.

»Einspruch«, rief Matt. »Ist das hier eine Eröffnungsrede oder ein Auftritt von David Copperfield?«

»Ja, Mr. McAfee«, sagte die Richterin warnend. »Habe ich nicht gesagt, daß der Gerichtssaal kein Zirkus ist?«

»Ich bitte um Verzeihung, Euer Ehren. Ich wollte nur einen Punkt anschaulich machen.« Jordan grinste und hielt erneut die Münze hoch. »Ich denke, wir wissen alle, daß ich das Geldstück nicht hinter dem Ohr der Geschworenen hervorgeholt habe. Aber es sah so aus, nicht wahr? Wie ich schon sagte – die Dinge sind nicht immer so, wie sie zu sein scheinen. Nicht einmal, wenn man sie selbst erlebt.« Jordan warf die Münze in die Luft – und nachdem sie sich ein paarmal gedreht hatte, schien sie einfach zu verschwinden. »Das sollten Sie auf jeden Fall bedenken, wenn Sie den Zeugen der Anklage zuhören.«

Matt sprang auf. »Einspruch!«

»Mit welcher Begründung, Mr. Houlihan?« fragte die Richterin.

»Euer Ehren, über die Glaubwürdigkeit der Zeugen müssen die Geschworenen entscheiden. Nicht Mr. McAfee ... und schon gar nicht während des Eröffnungsplädoyers.«

Die Richterin zog eine Augenbraue hoch. »Mr. Houlihan, können wir das Eröffnungsplädoyer bitte erst einmal hinter uns bringen?«

»Ich hätte gern einen Entscheid über meinen Einspruch, Euer Ehren, nur fürs Protokoll«, sagte Matt steif.

»Abgelehnt.« Sie wandte sich wieder Jordan zu. »Fahren Sie fort.«

»Hören Sie sich alles genau an«, riet Jordan den Geschworenen. »Aber trauen Sie nicht allem, was Sie hören. Stellen Sie sich vor, was die Zeugen Ihnen erzählen, aber gehen Sie nicht vorschnell davon aus, daß es sich genauso zugetragen hat. Wie Mr. Houlihan gesagt hat, ist Ihre Aufgabe von größter Bedeutung. Doch anders als der Staatsanwalt, der möchte, daß Sie als Schwamm fungieren, möchte ich, daß Sie gleichsam ein Filter sind. Ich möchte, daß Sie sich fragen, wer da war. Fragen Sie sich, was die Betreffenden gesehen haben. Und dann fragen Sie sich, ob Sie ihnen glauben.«

Vergewaltigungsopfer, dachte Matt, *waren am schlimmsten dran.* Die Opfer, die brutal mißhandelt worden und meistens noch immer traumatisiert waren, mußten dem Täter in die Augen sehen.

»Das ist er«, erwiderte sie auf Matts letzte Frage. Sie deutete mit einem zitternden Finger auf Jack.

»Euer Ehren«, sagte Matt, »das Protokoll soll festhalten, daß die Zeugin den Angeklagten identifiziert hat.« Er trat schwungvoll vor Gillian und versperrte ihr erneut die Sicht auf St. Bride. »Gillian, was ist in der fraglichen Nacht geschehen?«

Gillian neigte den Kopf, verbarg das Gesicht. »Ich habe meinem Vater erzählt, ich würde bei meiner Freundin Meg übernachten, aber das stimmte nicht. Wir haben alle gelogen, um uns wegschleichen zu können. Alle im Ort hatten Angst ... und unsere Eltern hätten uns niemals gehen lassen ... na ja, für uns war es eine Art Mutprobe.«

»Wo seid ihr hingegangen?«

»In den Wald hinter dem Friedhof. Da steht ein Hartriegelbaum.« Gillian schluckte. »Wir haben ein Lagerfeuer gemacht, und wir haben uns drum herum gesetzt und Witze erzählt und einfach ... mutig getan.«

»Wer war alles mit dabei?«

»Meg. Und Whitney und Chelsea.«

»Wie spät war das?«

»So gegen elf.«

»Was ist dann passiert?«

»Nach Mitternacht wollten wir ... wieder nach Hause gehen. Wir waren gerade dabei, das Feuer auszumachen, als er auftauchte.«

»Wer, Gillian?«

»Jack St. Bride«, flüsterte sie.

»Was hatte er an?«

»Ein gelbes T-Shirt. Und Jeans, und Stiefel.«

»Hat er irgendwas zu euch gesagt?«

»Er hat gelächelt«, erwiderte Gillian. »Er hat hallo gesagt.«

»Habt ihr auch was gesagt?«

»Wir hatten ganz schön Angst. Ich meine, wir wußten ja, was über ihn geredet wurde, daß er sich früher an einem Mädchen vergangen hat –«

»Einspruch«, sagte Jordan. »Hörensagen.«

»Stattgegeben.« Die Richterin blickte zu den Geschworenen hinüber. »Bitte lassen Sie die letzte Äußerung außer acht.«

»Ihr hattet Angst«, setzte Matt erneut an.

»Ja ... und auf einmal war er da und hatte so einen wilden Blick. Da haben wir kein Wort rausgekriegt. Vor lauter Panik.«

»Was ist dann passiert?«

Gillian schien in sich zusammenzusacken, während sie sich erinnerte. »Er hat zum Feuer geguckt«, sagte sie, »und sich hingesetzt. Er hat gefragt, ob wir Kartoffeln geröstet hätten. Ich habe gedacht ... na ja, das ist ja eine ganz normale Frage. Ich hatte mir jemanden, der angeblich ein so gefährlicher Mann ist, etwas ... gefährlicher vorgestellt.«

»Was ist dann passiert?«

»Ich hab zu ihm gesagt, wir wollten gerade nach Hause. Er hat gesagt, das wäre aber schade. Dann hat er gute Nacht gesagt und ist im Wald verschwunden.«

»Erinnerst du dich, welchen Weg er genommen hat?« fragte Matt und deutete auf eine Karte, die neben ihr aufgestellt war.

Gillian zeigte auf eine dünne Linie, die im Bogen nach Norden verlief, aber nicht zurück zum Friedhof führte. »Den da.«

»Und dann?«

»Na ja, sobald er weg war, waren wir alle ganz aufgeregt, konnten nicht fassen, daß er es gewesen war.« Sie zog die Schultern hoch. »Dann sind wir gegangen.«

»Welchen Weg hast du genommen?«

Gillian zeigte auf eine Linie, die nach Nordosten führte, und fuhr an ihr mit dem Finger bis zum Waldrand entlang. »Ich hab den da genommen«, sagte sie leise. »Es ist für mich eine Abkürzung. Aber die anderen sind Richtung Friedhof gegangen, weil es für sie der kürzeste Weg nach Hause ist.«

»Warst du ängstlich, weil du allein gegangen bist?«

»Nein«, sagte Gillian. »Ich meine, der Mann, den alle für den Teufel persönlich gehalten haben, war ja nicht mehr da. Wovor hätte ich sonst noch Angst haben sollen?«

»Was hast du dann gemacht?«

Gillian kamen die Tränen, und Matt krampfte sich das Herz zusammen. Gott, was würde er dafür geben, wenn er ihr ersparen könnte, das alles noch einmal zu durchleben. »Ich war ein kurzes Stück gegangen, als mir einfiel, daß ich gar nicht nachgesehen hatte, ob das Feuer richtig aus war. Wir hatten es zwar ausgemacht, aber es hatte noch ein bißchen gequalmt. Also dachte ich mir, ich gehe besser zurück und sehe nach, ob es sich nicht wieder entfacht hatte.« Ihre Worte klangen gepreßt. »Als ich zu der Lichtung kam, war sie leer. Ich hab Erde auf das Feuer getreten, und auf einmal hat er ... hat er mich von hinten gepackt. Er hatte sich wohl versteckt … oder … oder war mir gefolgt«, sagte sie.

»Was ist dann passiert, Gillian?«

Sie machte ein tiefes, entsetzliches Geräusch in der Kehle. »Er hat mich zu Boden gestoßen … und mir die Hand auf den Mund gelegt. Er hat gesagt, wenn ich einen Laut von mir gebe, bringt er mich um.« Gillian wandte den Kopf ab und schloß die Augen. »Er hat meine Hände festgehalten und meine Jeans aufgeknöpft. Er … er hat ein Kondom aus seiner Tasche genommen und gesagt, ich soll es ihm überziehen.«

»Hat er deine Hände losgelassen?«

»Ja.« Tränen liefen ihr jetzt ungehindert das Gesicht herab, in den Kragen ihres Kleides. »Ich hab so getan, als wollte ich die Packung aufreißen, und hab ihm das Gesicht zerkratzt. Ich wollte weg, aber er hat meine Handgelenke gepackt und mich wieder runtergedrückt und das mit dem Kondom selbst gemacht.«

»Und dann?«

»Und dann … dann …« Sie sank auf dem Stuhl nach hinten, die Stimme schmerzverzerrt. »Und dann hat er mich vergewaltigt.«

Matt ließ den Satz einen Moment lang im Raum stehen. »Wie lange hat es gedauert?«

»Eine Ewigkeit«, flüsterte Gillian.

»Hat er seinen Penis in deine Vagina eingeführt?«

»Ja.«

»Hat er ejakuliert?«

»Ich … ich glaube«, sagte Gillian. »Jedenfalls hat er aufgehört.«

»Hat er währenddessen irgendwas gesagt?« fragte Matt.

»Nein.«

»Hast du etwas gesagt?«

»Ich hab geweint. Ich konnte ihn nicht ansehen.«

»Hast du versucht, irgendwie loszukommen?«

Gillian schüttelte den Kopf. »Er hat mich festgehalten. Ganz fest. Und immer wenn ich versucht habe, mich wegzurollen, hat er mich noch härter auf den Boden gepreßt.«

Die Geschworenen blickten Gillian gebannt an. »Was ist passiert, als er von dir abgelassen hat?«

Die Antwort kam leise. »Er ist aufgestanden und hat seine Hose zugemacht«, sagte Gillian und schlang die Arme um sich. »Er hat gesagt, wenn ich es irgend jemandem erzähle, tut er mir noch mal was an.«

»Was hast du dann gemacht?«

»Ich hab gewartet, bis er weg war, und dann hab ich bis hundert gezählt und bin losgerannt.«

»In welche Richtung ist er gegangen?«

»Den Weg lang, der die kürzeste Strecke zu mir nach Hause ist«, sagte Gillian. »Also bin ich den anderen Weg lang. Den meine Freundinnen gegangen waren. In Richtung Friedhof.«

»Wie lange hat es gedauert, bis du deine Freundinnen eingeholt hast?«

»Ich weiß nicht. Ein paar Minuten vielleicht.«

»Was ist passiert, als du bei deinen Freundinnen warst?« fragte Matt.

»Ich hab nur noch geweint. Und mir sind ... einfach die Beine weggesackt. Ich fühlte mich so schmutzig, und ich hab einfach kein Wort rausgekriegt.«

Matt ging auf den Tisch der Verteidigung zu. »Hattest du Jack St. Bride vorher schon mal gesehen?«

»Ja.«

»Wann?«

Sie ließ den Blick über Jack gleiten und dann wie einen Stein in den Schoß fallen. »Er hat im ›Diner‹ in der Stadt gearbeitet. Ab und zu war ich mit meinen Freundinnen da.«

»Hast du bei der Gelegenheit mal mit ihm gesprochen?«

»Manchmal ist er zu uns an den Tisch gekommen und hat ein Gespräch angefangen.«

Matt nickte. »Hast du ihm gegenüber jemals angedeutet, daß du an einer Beziehung mit ihm interessiert wärst?«

Gillian schüttelte heftig den Kopf. »Nein.«

»Gibt es für dich irgendeinen Zweifel, Gillian, daß der Angeklagte der Mann ist, der dich kurz nach Mitternacht am ersten Mai vergewaltigt hat?«

Die Muskeln um Gillians Unterkiefer spannten sich. »Ich spüre noch immer seinen Körper auf mir. Ich rieche ihn manchmal, in leeren Räumen. Und ich wache auf und ringe nach Luft, weil ich glaube, daß es wieder passiert.« Ihre Augen suchten die Zuschauerbänke ab, bis sie auf ihrem Vater verweilten. »Ich habe nicht den geringsten Zweifel«, flüsterte Gillian. »Er war es.«

»Keine weiteren Fragen«, sagte Matt und setzte sich.

Sobald Jordan sich erhob, spürte er förmlich das Drahtseil unter den Füßen. Er mußte behutsam vorgehen. Matt hatte es in der letzten halben Stunde geschafft, bei allen im Gerichtssaal Mitleid für Gillian zu erzeugen; wenn Jordan sie zu hart ins Kreuzverhör nahm, würden die Geschworenen sich gegen ihn statt gegen das Mädchen wenden.

Er ließ ihr einen Moment Zeit, die Fassung zurückzugewinnen, und näherte sich ihr langsam. Aus Erfahrung wußte er, daß selbst der erbarmungswürdigste kleine, streunende Hund sich plötzlich umdrehen und nach einem schnappen konnte. »Miss Duncan, als Sie mit Ihren Freundinnen im Wald waren und Mr. St. Bride dazu kam, hatten Sie da Angst?«

»Ja. Schließlich hatte ich seit Wochen zu hören bekommen, ich sollte mich möglichst weit von ihm fernhalten.«

»Aber Sie haben auch gesagt, es sei für Sie und Ihre Freundinnen so etwas wie eine Mutprobe gewesen, in der Nacht in den Wald zu gehen. Aus Trotz gegen das Verbot Ihrer Eltern, die Ihnen eingeschärft hatten, sich von Mr. St. Bride fernzuhalten. Dann war es also die allergrößte Herausforderung, ganz in seiner Nähe zu sein, nicht wahr?«

Gillian schüttelte den Kopf. »Das hätte ich nie getan.«

»Sind Sie sofort gegangen, als er plötzlich auftauchte?«

»Ja.«

»Aber vorhin haben Sie ausgesagt, er habe gefragt, ob Sie Kartoffeln geröstet haben, und sich zu Ihnen gesetzt, richtig?«

Ein Licht glimmte in Gillians Augen. »Aber dann habe ich zu ihm gesagt, wir wären im Begriff zu gehen, weil wir ihn so am schnellsten loswerden konnten.«

»Ihn loswerden? Weil Sie noch immer Angst hatten?«

Sie hob das Kinn. »Ja.«

»Aber Sie haben doch gesagt, sobald er gegangen war, hatten Sie keine Angst mehr.«

»Das stimmt.«

»Ihnen ist nie der Gedanke gekommen, Mr. St. Bride würde Sie angreifen?«

Gilly schüttelte den Kopf. »Dann wäre ich ja wohl bei meinen Freundinnen geblieben.«

»Ihnen ist nie der Gedanke gekommen, er würde Sie angreifen, obwohl Sie seit Wochen nichts anderes gehört hatten, als daß er nur auf die Gelegenheit wartet, sich an jungen Frauen zu vergreifen?«

Sie steckte in der Zwickmühle – und das wußte sie. Jordan wartete geduldig auf ihre Antwort. »N-Nein«, sagte Gillian.

»Also gut. Sie haben sich dann auf den Weg nach Hause gemacht und sind umgekehrt, um nachzusehen, ob das Feuer wirklich aus war?«

»Ja.«

»Wie weit waren Sie gegangen, bevor Sie kehrtmachten?«

»Nicht weit. Nur ein kurzes Stück.«

»Und Mr. St. Bride hat Sie angefallen, als Sie wieder auf der Lichtung waren?«

»Das ist richtig«, sagte sie leise.

»Haben Sie gesehen, ob er sich versteckt hat, bevor Sie und Ihre Freundinnen gegangen sind?«

»Nein. Er ist den Weg runtergegangen.«

»Und wie lange hat es gedauert, bis ihr gegangen seid, nachdem er weg war?«

»Ein paar Minuten vielleicht. Nicht lange.«

Jordan nickte. »Wenn er davon ausgegangen ist, daß Sie jeden Moment gehen würden, Miss Duncan, warum hätte er dann zu der Lichtung zurückkommen sollen, um Sie anzufallen? Wäre es nicht logischer gewesen, er hätte Ihnen irgendwo aufgelauert?«

Gillian blickte Jordan an. »Ich weiß es nicht.«

»Wenn Sie nicht beschlossen hätten, noch einmal nach dem Feuer zu sehen, wären Sie doch gar nicht zu der Lichtung zurückgekehrt, nicht wahr?«

»Ja.«

»Hat Mr. St. Bride Sie ausgezogen?«

»Er hat mir die Jeans und die Unterwäsche runtergezogen«, wisperte Gillian.

»Und Ihre Bluse? Hat er Ihnen die ausgezogen?«

»Nein.«

»Hat er sie aufgeknöpft?«

»Nein«, sagte Gillian.

»Und seine eigenen Sachen?«

»Die Hose.«

»Hat er zuerst seine Hose heruntergezogen und dann Ihre oder umgekehrt?«

Tränen traten ihr in die Augen, und sie schüttelte den Kopf.

»Miss Duncan«, sagte die Richterin freundlich, »ich muß Sie bitten, die Frage zu beantworten.«

»Ich weiß nicht mehr«, murmelte Gillian.

»Hat er sich die Hose heruntergezogen, bevor er Sie aufgefordert hat, ihm das Kondom überzuziehen, oder danach?«

»Davor.«

»Hat er Ihnen weiterhin die Hände festgehalten, als er sich die Jeans heruntergezogen hat?«

»Ja.«

»Wie?«

»Er hat meine Handgelenke mit einer Hand festgehalten«, sagte Gillian. »Mit der anderen hat er sich die Hose runtergezogen.«

»Dann hat er Sie also, obwohl Sie sich heftig gewehrt haben, mit der unteren Körperhälfte nach unten gedrückt und Ihnen mit einer Hand die Handgelenke festgehalten und es gleichzeitig geschafft, sich die Jeans zu öffnen und von den Hüften herunterzuziehen?«

»Ja.«

»Beschreiben Sie mir, wie Sie Mr. St. Bride das Gesicht zerkratzt haben.«

»Er hatte mich auf den Boden geworfen«, sagte Gillian. »Dann hat er meine Hände losgelassen und gesagt, ich soll ihm das Kondom überziehen. Ich hab nach seinen Augen gegriffen, aber seine Wange erwischt.«

»Welche Wange?«

»Die rechte.«

»Haben Sie ihn mit einem Finger gekratzt?«

»Nein, mit der ganzen Hand.« Gillian machte eine Kralle.

»Haben Sie ihn mit vier Fingern gekratzt?«

»Ich weiß nicht. Ich habe ihm einfach die Finger über die Wange gezogen. Dann hat er meine Hand gepackt und mich zu Boden gestoßen.«

»Sie haben gesagt, Sie hätten nach der Vergewaltigung durch Mr. St. Bride bis hundert gezählt und seien dann Ihren Freundinnen nachgerannt. Ist das richtig?«

»Ja.«

»Wie haben Sie gezählt?«

Gillian blickte auf, verwirrt. »Wie meinen Sie das?«

»Na ja, in welchem Tempo? Eher schnell oder eher langsam ...«

Er zuckte die Achseln. »Bitte seien Sie doch so nett, einmal bis zehn zu zählen, damit wir uns ein Bild machen können.«

Sie warf Matt Houlihan einen kurzen Blick zu, doch der Anwalt zuckte kaum merklich mit den Schultern. »Eins«, sagte Gillian langsam, »zwei ... drei...«

Als sie bei zehn angelangt war, blickte Jordan von seiner Armbanduhr auf und rechnete rasch im Kopf. »Sie haben also achtzig Sekunden gewartet, bevor Sie die Lichtung verlassen haben?«

»Kann sein.«

»Sind Sie zu Ihren Freundinnen gegangen? Schleichend? Auf Zehenspitzen?«

»Ich bin gerannt. So schnell ich konnte.«

»Und es hat einige Minuten gedauert, bis Sie bei Ihren Freundinnen waren?«

»Ja.«

»Sind Sie sich da ganz sicher?«

Gillian nickte. »Etwa fünf Minuten.«

Jordan zeigte auf der vergrößerten Karte auf den Pfad, der zum Friedhof führte. »Ist das der Weg, den Sie genommen haben?«

»Ja.«

»Haben Sie eine Vorstellung, wie lang diese Strecke ist, Miss Duncan?«

»Nein.«

»Zweiundfünfzig Meter«, sagte Jordan. »Können Sie mir zeigen, wo genau Ihre Freundinnen waren, als Sie sie eingeholt haben?«

Sie zeigte auf den Rand des Friedhofs. »Genau da. Am Waldrand.«

»Und als Detective Saxton kam, waren Sie noch genau an der Stelle?«

»Ja.«

»Während Sie mit Ihren Freundinnen im Wald waren, haben Sie weder Alkohol getrunken noch sonst irgendwelche Drogen genommen, ist das richtig?«

»Ja.«

»Sie haben in der ganzen Stunde, die Sie da waren, nicht gegessen oder getrunken?«

»Ich hab ein paar Plätzchen gegessen. Mehr nicht.«

»Haben Ihre Freundinnen irgend etwas getrunken?«

»Ja«, sagte Gilly. »Eistee.«

»Sagt Ihnen der Begriff Atropin etwas?«

»Ja.«

»Was wissen Sie darüber?«

»Es ist ein Wirkstoff, der im Labor meines Vaters hergestellt wird«, erwiderte Gillian.

»Wissen Sie, wie Atropin eingenommen wird?«

»Nein.«

»Hatten Sie Atropin dabei, als Sie in der fraglichen Nacht im Wald waren?«

»Nein!« entgegnete Gillian vehement.

»Wissen Sie, daß in der Thermosflasche, in der eine Ihrer Freundinnen den Eistee mitgebracht hat, Atropinspuren gefunden wurden?«

»Ja. Mr. Houlihan hat es mir erzählt.«

»Und dennoch sagen Sie hier unter Eid aus, daß Sie nichts davon genommen haben?«

»Ja. Ich nehme keine Drogen.«

Jordan trat näher an den Zeugenstand. »Ist es möglich, daß Ihnen aus Versehen etwas davon verabreicht wurde?«

»Ich habe nichts von dem Eistee getrunken.«

»Könnte es sein, daß die Droge heimlich einem anderen Getränk zugegeben wurde, das Sie in der betreffenden Nacht zu sich genommen haben?«

»Nein«, sagte Gillian mit Bestimmtheit. »Bevor ich aus dem Haus ging, hab ich nur eine Limo getrunken. Von dem Eistee habe ich keinen Schluck genommen, das schwöre ich.«

Jordan wandte sich von ihr ab. »Wissen Sie, Miss Duncan, Sie haben uns so einiges von dem geschildert, was in jener Nacht geschehen ist ... aber Sie sagen nicht immer die Wahrheit, nicht?«

Gillians Augenbrauen zogen sich zusammen. »Doch, ich sage die Wahrheit.«

»Trifft es nicht zu, daß Sie dazu neigen, Ereignisse falsch darzustellen? Daß Sie kurz nach dem Tod Ihrer Mutter in psychiatrischer Behandlung waren, weil Sie Ihren Vater wiederholt belogen hatten?«

»Da war ich neun«, sagte Gillian. »Und ich war damals völlig durcheinander. Ich bin jetzt ein ganz anderer Mensch, und mein Vater und ich stehen uns sehr nahe. Ich erzähle ihm alles.«

»Alles?« wiederholte Jordan.

»Ja.«

»Warum haben Sie ihm dann nicht erzählt, wo Sie in jener Nacht wirklich hinwollten?«

Gillians Wangen verfärbten sich leuchtend rot. »Ich ... ich ...«

»Schon gut, Miss Duncan«, sagte Jordan und setzte sich wieder neben Jack. »Die Antwort kennen wir bereits.«

Als Richterin Justice eine fünfzehnminütige Verhandlungspause verkündete, sagte Jack zu seinem Anwalt: »Ich muß mal.« Er warf einen nervösen Blick über die Schulter auf die

Reporter, die aus dem Saal strömten, um erste Meldungen an ihre Redaktionen durchzugeben.

Jordan rief den Wachmann. »Mein Mandant muß zur Toilette –«

»Geht nicht«, sagte der Mann. »Die Toiletten unten sind verstopft. Der Klempner ist schon da.«

Jordan schnitt eine Grimasse. Es behagte ihm ganz und gar nicht, Jack zu den öffentlichen Toiletten auf dem Gang gehen zu lassen, wo die Medien sich auf ihn stürzen würden. »Kommen Sie«, knurrte er. »Ich bring Sie hin.«

Sobald sie aus dem Gerichtssaal traten, explodierten Scheinwerfer und Blitzlichter wie ein Meteoritenschauer, so daß Jordan vorübergehend geblendet war. »Kein Kommentar«, sagte er, zog Jack zur Herrentoilette und schob ihn hinein. »Tut mir leid, Jungs, aber ihr müßt draußen bleiben«, sagte er zu den Reportern und hielt die Tür zu.

Jack trat an ein Urinal. »Was für einen Eindruck haben Sie?«

»Noch gar keinen«, erwiderte Jordan.

Plötzlich ertönte eine Klospülung, und eine der Kabinentüren öffnete sich. »Mr. Duncan«, sagte Jordan vorsorglich, um einen Eklat zu verhindern.

Doch der Mann hob eine Hand. Er blieb ganz dicht vor Jack stehen, der hektisch den Reißverschluß seiner Hose hochzog.

»Man hätte ihn dir abschneiden sollen«, sagte Duncan und verließ die Toilette, gefolgt von Jacks starrem Blick.

»Dr. Paulson, trifft es zu, daß Sie am ersten Mai eine Patientin namens Gillian Duncan behandelt haben?« fragte Matt.

Die Ärztin der Notaufnahme fühlte sich sichtlich unbehaglich im Zeugenstand. »Ja.«

»Um welche Uhrzeit?«

»Gegen halb zwei Uhr morgens.«

»Lagen Ihnen zu dem Zeitpunkt bereits medizinische Informationen über die Patientin vor?«

»Ja. Eine Krankenschwester hatte eine Anamnese gemacht und den Blutdruck gemessen, der hundertzwanzig zu achtzig betrug. Außerdem hatte die Patientin einen erhöhten Puls. Sie war bei klarem Verstand, weder verwirrt noch akut hysterisch, obwohl sie verängstigt wirkte. Bei ihrer Aufnahme hatte sie angegeben, vergewaltigt worden zu sein.«

»Wie haben Sie Gillian untersucht?«

»Zunächst bat ich sie, sich auf einen Bogen Papier zu stellen und sich zu entkleiden«, sagte Dr. Paulson. »Dann habe ich eine allgemeine Untersuchung durchgeführt. Das Abhorchen der Brust und des Herzens ergab keine Auffälligkeiten. Der Unterleib war weich, unempfindlich und nicht aufgebläht, die Bauchgeräusche normal. Die Bauchdecke war nicht druckempfindlich. Am rechten Handgelenk hatte die Patientin deutlich sichtbare Blutergüsse; ich habe Fotos davon gemacht.«

Matt bat um Erlaubnis, an den Zeugenstand zu treten, und reichte Dr. Paulson die Fotos. »Erkennen Sie sie?«

»Ja. Das sind die Fotos, die ich von der Patientin gemacht habe.«

»Liefern sie ein angemessenes und unverfälschtes Bild der Blutergüsse, die Sie an Gillian Duncan festgestellt haben?«

»Ja.«

»Welche Untersuchungen haben Sie außerdem an der Patientin vorgenommen?«

»Eine gynäkologische Untersuchung. Die äußeren Genitalien zeigten keinerlei Auffälligkeiten, und es gab keine Anzeichen für eine gewaltsame Penetration. Mit einem Kolposkop, das ist so etwas wie ein Vergrößerungsglas mit einem Licht darauf, habe ich die Vagina untersucht.«

»Was stellten Sie fest?«

»Ich habe keinerlei Auffälligkeiten festgestellt, weder Verletzungen noch Sperma. Der Gebärmutterhals war geschlossen, die Gebärmutter selbst klein und unauffällig. Der Patientin zufolge hatte keine anale Penetration stattgefunden, also wurde auf eine rektale Untersuchung verzichtet.« Die Ärztin lächelte den Geschworenen zu. »Kurz gesagt, die Ergebnisse waren normal.«

»Ist es ungewöhnlich, daß die inneren Geschlechtsorgane einer Patientin nach einer Vergewaltigung weder Verletzungen noch Hämatome noch sonstige Unregelmäßigkeiten aufweisen?«

»Nein«, sagte die Ärztin. »Manchmal lassen sich Hämatome feststellen, manchmal nicht. Die Vagina ist für den Geschlechtsverkehr geschaffen und kann, um es einmal so auszudrücken, einiges aushalten. Ein erzwungener Geschlechtsverkehr hinterläßt oftmals keine sichtbaren Spuren in der Vagina.«

»Woran läßt sich denn dann überhaupt feststellen, daß ein Geschlechtsverkehr stattgefunden hat?«

»Nur am Vorhandensein von Sperma. Doch auch das Fehlen von Sperma heißt nicht, daß kein Geschlechtsverkehr stattgefunden hat. Schließlich kann ein Kondom benutzt worden sein. Oder der Mann hatte eine Vasektomie.«

»Haben Sie an der Patientin noch andere Untersuchungen vorgenommen?«

»Ja. Ich habe die Oberschenkel und den Lendenbereich untersucht.«

»Was haben Sie gefunden?«

»Mit Hilfe einer Ultraviolettlampe entdeckte ich am rechten Oberschenkel etwas, das aussah wie Sperma.«

»Was haben Sie gemacht?«

»Ich habe eine Probe davon entnommen.«

»Was haben Sie mit der Probe gemacht?«

»Ich habe sie in einen dafür vorgesehenen Papierumschlag gegeben und den Umschlag vorschriftsmäßig mit meinem Namen, dem Datum und dem Namen der Patientin beschriftet, den Umschlag versiegelt und das Siegel mit meinen Initialen versehen.«

»Haben Sie von Gillians Körper noch weitere Proben sichergestellt?«

»Ja. Ich habe ihr Schamhaare ausgekämmt und die Fingernägel geschnitten. Schließlich habe ich ihr eine Blutprobe entnommen.«

»Und was haben Sie anschließend mit den Proben gemacht?«

»Ich habe sie alle zusammen Detective Saxton übergeben, der die Patientin ins Krankenhaus gebracht hatte.«

»Hatte irgend jemand Zugang zu den Proben zwischen ihrer Sicherstellung und ihrer Übergabe an den Detective?«

»Nein.«

»Haben Sie Gillian behandelt?«

»Ja. Wir haben ihr eine hohe Dosis Antibiotika als Schutzmaßnahme gegen Geschlechtskrankheiten und ein Medikament zur Schwangerschaftsverhütung verabreicht.«

Matt ging quer durch den Saal und baute sich vor der Geschworenenbank auf. »Dr. Paulson, als Sie Gillian in der fraglichen Nacht untersuchen wollten ... welchen Eindruck machte sie da auf Sie?«

Zum erstenmal während ihrer Aussage wurde die Stimme der Ärztin weich. »Sie war sehr blaß und ruhig. Lethargisch. Sie hatte auch Scheu, sich von mir berühren zu lassen.«

»Erleben Sie ein solches Verhalten häufiger bei Ihren Patienten?«

»Leider ja«, gab Dr. Paulson zu. »Bei Opfern von sexuellem Mißbrauch und Vergewaltigung.«

»Falls in der Vagina kein Sperma nachweisbar ist, Doctor, läßt sich durch eine gynäkologische Untersuchung nicht eindeutig feststellen, ob eine Frau kurz zuvor Geschlechtsverkehr hatte ... richtig?«

Dr. Paulson betrachtete Jordan kühl. »Ja.«

»Und Sie konnten bei der Untersuchung, die Sie bei Gillian vorgenommen haben, kein Sperma feststellen?«

»Das ist richtig.«

»Trifft es nicht auch zu, daß Sie in Gillians Vagina keinerlei Hämatome entdecken konnten?«

»Ja.«

»Sie haben auch an ihren äußeren Genitalien keinerlei Verletzungen finden können?«

»Ja.«

»Haben Sie Blutergüsse in ihrem Gesicht festgestellt?«

»Nein.«

»Am Hals?«

»Nein.«

»An Oberarmen oder Oberschenkeln?«

»Nein. Nur am rechten Handgelenk, Mr. McAfee.«

Jordan ging zur Geschworenenbank. »Sie haben Sperma an der Innenseite von Miss Duncans Oberschenkel gefunden?«

»Ja.«

»Wußten Sie zu dem Zeitpunkt, daß Miss Duncan bereits sexuell aktiv war, wie sie es später Detective Saxton erzählt hat?«

»Es war nicht Teil meiner Untersuchung, sie danach zu fragen«, sagte Dr. Paulson.

»Also können Sie nicht sagen, ob das Sperma, das Sie an Gillian Duncans Oberschenkel gefunden haben, mit der angeblichen Vergewaltigung in Zusammenhang steht oder von einem anderen Mann stammt, mit dem sie kurz zuvor Geschlechtsverkehr gehabt haben könnte.«

»Nein.«

»Doctor, trifft es nicht zu, daß Ihre Untersuchung keine schlüssigen Hinweise ergeben hat, die Miss Duncans Aussage bestätigen, kurz zuvor Opfer eines erzwungenen Geschlechtsverkehrs gewesen zu sein? Daß wir, was die fraglichen Ereignisse betrifft, im Grunde nur Gillians Angaben haben?«

»Das ist richtig.«

»Können Sie sagen, ob Gillian gelogen hat?«

Dr. Paulson schüttelte den Kopf. »Nein.«

Whitney O'Neill war ein Nervenbündel. Sie kaute unablässig an den Fingernägeln, so daß Jordan jeden Moment damit rechnete, daß ihre Finger anfingen zu bluten. Es war ein reines Wunder, daß sie die Befragung durch den Staatsanwalt überhaupt überstanden hatte. »Sie haben also, zehn Sekunden nachdem Sie die Lichtung zusammen mit Meg und Chelsea verlassen hatten, nach Gillian gerufen?« sagte Jordan, um den Punkt eindeutig klarzustellen.

Whitney kaute auf der Unterlippe. »Ja, aber sie hat nicht geantwortet.«

»Und bevor sie losgegangen ist, hat niemand von Ihnen vorgeschlagen, sie sollte bei Ihnen bleiben? Weil das sicherer wäre?«

»Nein«, sagte Whitney.

»Nachdem Sie nach Gillian gerufen haben, wie lange hat es dann gedauert, bis sie zu Ihnen gerannt kam?«

»Hmm, vielleicht fünfzehn Minuten.«

Jordan ging zu der Karte, die Matt mitgebracht hatte. »Wissen Sie, wie weit es vom Rand des Friedhofs bis zu der Stelle ist, wo Sie das Feuer gemacht habt?«

»Nein.«

»Zweiundfünfzig Meter, Miss O'Neill. Das entspricht der halben Länge eines Football-Feldes.« Jordan trat einige Schritte vor. »Haben Sie eine Vorstellung, wie langsam man gehen muß, um fünfzig Meter in fünfzehn Minuten zurückzulegen?«

»Ich, äh, vielleicht –«

»Selbst wenn man mit verbundenen Augen auf allen vieren rückwärts kriecht, braucht man höchstens fünf Minuten.«

»Einspruch«, seufzte Matt. »Er schikaniert meine Zeugin.«

»Etwas behutsamer bitte, Mr. McAfee«, sagte die Richterin.

»Ich bitte um Verzeihung«, sagte Jordan zu dem Mädchen, aber es war nicht zu übersehen, daß es ihm nicht besonders leid tat.

»Vielleicht waren es ja nicht genau fünfzehn Minuten«, flüsterte Whitney.

»Soll das heißen, daß Sie gerade gelogen haben? Unter Eid?«

Whitney wurde blaß. »Nein. Ich meine, es kam mir wie eine Ewigkeit vor. Oder wie knapp fünfzehn Minuten.«

Jordan zuckte die Achseln. »Wie wär's mit einem Kompromiß? Sagen wir, es hat zehn Minuten gedauert. Einverstanden?«

Das Mädchen nickte heftig.

»In den zehn Minuten, die Sie gebraucht haben, um die zweiundfünfzig Meter zu gehen, war Ihre Freundin angeblich zweiundfünfzig Meter entfernt und wurde vergewaltigt.

Glauben Sie nicht, Sie hätten bei der extrem kurzen Entfernung irgend etwas davon hören müssen?«

Whitney schluckte. »Ich habe nichts gehört. Es war zu weit weg.«

»Sie haben Ihre Freundin nicht rufen hören?«

»Nein.«

»Sie haben keine Zweige brechen hören? Oder Kampfgeräusche?«

»Nein.«

Jordan sah sie einen Augenblick lang an. Dann bat er um Erlaubnis, an die Richterbank zu treten. »Euer Ehren, ich würde gern etwas demonstrieren.«

»Ich protestiere«, sagte Matt. »Es ist absolut unangemessen, daß Mr. McAfee die Geschehnisse der fraglichen Nacht hier nachstellt.«

Die Richterin blickte von einem Anwalt zum anderen, dann auf die Zeugin, die zusammengekauert dasaß. »Wissen Sie was, Mr. Houlihan, ich werde es zulassen. Bitte sehr, Mr. McAfee.«

Jordan ließ sich von Selena, die auf einer Zuschauerbank saß, einen Zollstock geben. »Ich werde jetzt genau zweiundfünfzig Meter abmessen«, erklärte er. Er schritt Meter für Meter den Mittelgang hoch, durch die Doppeltür und in die Eingangshalle. Das Gemurmel im Saal verstummte, als er seinen Weg fortsetzte, vorbei an den Stühlen des Wartebereichs, dem Büro des Gerichtssekretariats und den Getränkeautomaten. Schließlich klopfte er mit dem Zollstock auf den Boden und spähte den Gang hinunter durch die Tür des Gerichtssaals zum Zeugenstand. »Miss O'Neill«, rief er, »können Sie mich hören?«

Er sah, wie sie nickte, sah, wie ihre Lippen das Wort Ja formten.

Jordan kehrte zurück in den Saal. »Danke«, sagte er. »Das wäre alles.«

Whitney wollte schon aufstehen, um möglichst schnell aus dem Zeugenstand zu kommen. Doch Matt war aufgesprungen, wütend. »Ich möchte meine Zeugin noch einmal befragen, Euer Ehren«, bellte er. »Miss O'Neill, haben Sie eben gehört, was Mr. McAfee Ihnen aus zweiundfünfzig Metern Entfernung zugerufen hat?«

»Ähm, ja.«

Matt deutete auf den hinteren Teil des Gerichtssaals. »Wenn Mr. McAfee in zweiundfünfzig Metern Entfernung von einem Mann zu Boden gedrückt worden wäre, der ihm die Hand auf den Mund gepreßt hätte, und wenn Mr. McAfee sich mit aller Kraft gegen eine Vergewaltigung zur Wehr gesetzt hätte, glauben Sie, Sie hätten ihn rufen hören können?«

»N-Nein«, sagte Whitney.

Matt drehte sich auf dem Absatz um. »Keine weiteren Fragen.«

Am Morgen beim Frühstück hatte Thomas Jordan gefragt, ob er Chelsea Abrams ins Kreuzverhör nehmen wolle. »Weiß ich noch nicht«, hatte er erwidert. »Kommt drauf an, was sie sagt, wenn der Staatsanwalt sie befragt.«

Thomas hatte die Schultern so hoch gezogen, daß sein Gesicht fast in die Müslischüssel getaucht wäre. »Tu mir nur einen Gefallen«, hatte Thomas gesagt. »Versuch, nicht allzu gemein zu sein.«

Im Grunde war genau das der Grund dafür, daß Jordan die Aussage von Chelsea Abrams in ihre Bestandteile zerlegen würde. Weil das hübsche Mädchen, das mit einem zaghaften Lächeln zu ihm aufblickte, in ihm Thomas' Vater sah und nicht den Gegner, der er nun mal war.

»Miss Abrams«, sagte Jordan und erhob sich, um mit seinem Kreuzverhör zu beginnen. »Sagen Sie mir doch noch einmal, wer in der fraglichen Nacht alles im Wald war.«

»Meg, Whitney, Gilly und ich.«

»Und Jack, mein Mandant?«

»Klar.«

»Und Jack ist als erster gegangen.«

»Ja.«

»Sie vier sind noch kurz auf der Lichtung geblieben, bevor Sie sich auf den Weg gemacht haben?«

»Ja.«

»Dann müßten Sie alle es also gehört haben, wenn eine von Ihnen vier irgend etwas gesagt hätte, bevor Sie gegangen sind?«

»Sicher.«

»Sie haben ausgesagt, Sie hätten, bevor Sie alle losgegangen sind, Gillian gefragt, ob sie nicht lieber mit Ihnen zusammen nach Hause gehen wolle.«

»Ja.«

»Wo stand Whitney, als Sie das gefragt haben?«

»Direkt neben mir.«

»Nachdem Sie mit Meg und Whitney losgegangen sind, hat da eine von Ihnen irgend etwas gesagt?«

»Nein«, sagte Chelsea. »Wir sind einfach hintereinander den Pfad entlanggegangen.«

Jordan blickte die Geschworenen an und hoffte inständig, daß sie sich alle daran erinnerten, daß Whitney etwas anderes gesagt hatte. »Trifft es nicht zu, daß am dreißigsten April, in der Nacht, in der Sie sich alle im Wald getroffen habt, Beltane ist?«

Eins mußte er ihr lassen: Chelsea verzog keine Miene. »Was?«

»Ist Beltane im Wicca-Glauben nicht ein Hexensabbat?«

»Ich hab keinen Schimmer.«

»Einspruch«, sagte Matt. »Die Zeugin kann diese Art von Fragen offensichtlich nicht beantworten.«

»Euer Ehren, wenn Sie mir nur noch einen Moment Zeit lassen würden –«

»Wahrscheinlich wollen Sie diesmal die Strecke bis Kentucky ausmessen«, sagte Matt leise.

Jordan blickte finster. »Es ist für meine Beweisführung wichtig, Euer Ehren.«

»Ich gestatte Ihnen eine weitere Frage, Mr. McAfee«, erwiderte die Richterin.

»Trifft es nicht zu, Miss Abrams, daß Sie und Ihre Freundinnen zu der Lichtung im Wald gegangen sind, um Beltane zu zelebrieren, so wie Hexen auf der ganzen Welt es zur selben Zeit tun?«

Am Tisch der Anklagevertretung gab Matt Houlihan ein Geräusch von sich, als wäre ihm etwas im Hals steckengeblieben. Vielleicht bemühte er sich aber auch bloß, nicht laut aufzulachen. »Einspruch!«

Doch bevor die Richterin reagieren konnte, reagierte Chelsea. Ihre Wangen waren vor Zorn hochrot angelaufen, und sie hatte einen Ausdruck im Gesicht, wie ihn nur Teenager zustande brachten. »Ich weiß nicht, wovon Sie überhaupt reden und was dieser Beldingsbumsmist soll. Meine Freundinnen und ich wollten nur mal was Verrücktes machen. Basta.«

»Mr. McAfee«, sagte die Richterin, »wechseln Sie das Thema. Sofort.«

Aus den Blicken, mit denen die Geschworenen Jordan bedachten, sprach fast genausoviel Verachtung wie aus Chelseas Augen. Na schön, vielleicht war er ein bißchen zu weit gegangen … und worauf er hinauswollte war zugegebenermaßen völlig bescheuert. Er würde die Zeugin entlassen. Mit etwas Glück würde er die Sache wieder hinbiegen und Thomas würde doch noch mit ihm sprechen.

Thomas.

Jordan schickte seinem Sohn in Gedanken eine Entschuldigung. »Miss Abrams, tragen Sie Schmuck?«

Wieder dieser Blick. Gott, lernte man heutzutage auf der High-School, so zu gucken?

»Nein«, sagte sie.

»Keine Ohrringe?«

»Doch, manchmal.«

»Keine Armbänder oder Halsketten, keine Ringe?«

»Nein.«

»Trifft es nicht zu, daß Sie jetzt, in diesem Augenblick, eine Halskette tragen?«

»Ja«, sagte sie gepreßt.

»Und trifft es nicht zu, daß Sie die Kette niemals abnehmen?«

»Na ja, ich –«

»Wären Sie so nett, sie uns zu zeigen?«

Chelsea warf dem Staatsanwalt einen fragenden Blick zu. Dann zog sie langsam eine lange Kette aus ihrer Bluse, und der fünfzackige Stern kam zum Vorschein.

»Was bedeutet das Symbol, Miss Abrams?«

»Ich weiß nicht. Ich finde es einfach hübsch.«

»Wissen Sie, daß ein fünfzackiger Stern Pentagramm genannt wird?«

»Nein.«

»Und daß das Pentagramm ein Symbol paganistischer Religionen ist ... gerade solcher Gruppen, die in der Nacht des dreißigsten April Beltane feiern?«

Chelsea ließ die Kette wieder in ihre Bluse gleiten. »Es ist bloß eine Halskette.«

»Natürlich ... und Sie und Ihre Freundinnen waren in der Nacht auch nur im Wald, um mal was Verrücktes zu machen.«

»*Einspruch!*«

»Ich ziehe die letzte Bemerkung zurück«, sagte Jordan. »Keine weiteren Fragen.«

Später am selben Tag
Gerichtsgebäude von Carroll County

O Gott, wie weh es tat, ihn hier zu sehen.

Sobald Addie als Zeugin in den Gerichtssaal geleitet wurde, richteten ihre Augen sich auf Jack. Das Herz tat ihr so schrecklich weh, daß sie die Hand unter ihre Jacke schob, um gegen den Schmerz anzudrücken. Und als Jack sie anlächelte und nickte, als wollte er sagen, *Du schaffst das schon*, dachte Addie, sie würde in Tränen ausbrechen.

Bitte, lieber Gott, betete sie, als sie vereidigt wurde. *Bloß ein kleines Erdbeben. Ein Feuer. Egal was, nur mach, daß dieser Alptraum aufhört, sofort, bevor ich hineingezogen werde.*

»Die Staatsanwaltschaft ruft Addie Peabody auf«, sagte Houlihan.

Die ersten zehn Minuten ihrer Vernehmung vergingen, und Addie mied jeden Blickkontakt zu Jack. *Du schaffst das*, beschwor sie sich selbst. *Beantworte einfach nur die Fragen.* Dann hörte sie Matt Houlihan sagen: »Sie sind heute nicht gern hier, nicht wahr, Miss Peabody?«

»Nein«, gab sie zu.

»Sie haben noch immer eine Beziehung zu Mr. St. Bride.«

»Ja.«

»Können Sie uns sagen, was passiert ist, nachdem Sie ihn bewußtlos im Garten Ihres Hauses gefunden hatten?«

Addie wrang die Hände im Schoß. »Als er zu sich kam, habe ich ihn ins Schlafzimmer geschafft. Ich habe ihm mit einem

Waschlappen das Gesicht abgewischt, und wir sind beide eingeschlafen.«

»Hatte er Verletzungen im Gesicht, Miss Peabody?«

»Ja. Kratzer, und ein Auge war zugeschwollen.«

»Wo waren die Kratzer?«

»Über einem Auge, an der Stirn.«

»Hatte er auch Kratzer an der Wange?« fragte der Staatsanwalt.

»Nein.«

»Wie lange haben Sie geschlafen?«

»Gut zwei Stunden.«

»Wodurch sind Sie aufgewacht?«

»Ich weiß nicht. Ich glaube, weil ich gespürt habe, daß er nicht mehr neben mir lag.«

»Was haben Sie gemacht?«

»Ich habe ihn gesucht ... und dabei habe ich ein Geräusch aus dem Zimmer meiner Tochter gehört.«

»War das denn so ungewöhnlich?«

Addie holte tief Luft. »Ja«, sagte sie. »Meine Tochter ist vor sieben Jahren gestorben.«

»Sind Sie in das Zimmer gegangen?«

Addie zupfte an einem Faden am Saum ihres Rockes. Sie dachte, daß es im Leben genauso war: ein falscher Stich – und schon löste sich die stabilste Bindung auf. »Er war dabei, ihre Sachen einzupacken«, sagte sie leise.

Der Staatsanwalt nickte verständnisvoll. »Haben Sie mit ihm gestritten?«

»Ja, ein paar Minuten.«

»Kam es zu Handgreiflichkeiten?«

»Nein.«

»Wie ging der Streit aus?«

Sie war vereidigt worden und hatte gewußt, daß dieser Augenblick kommen würde, wenn ihre Worte wie Pfeile wären, die direkt auf Jacks Herz zielten. »Ich habe gesagt, er soll gehen.«

»Ist er gegangen?«

»Ja.«

Und wenn sie ihn nicht weggeschickt hätte, wäre er in jener Nacht nicht im Wald gewesen. Er wäre gar nicht erst in die Nähe von Gillian Duncan gekommen.

»Wie spät war es, als Mr. St. Bride Ihr Haus verließ?«

»Etwa Viertel vor zehn am Abend.«

»Wann haben Sie den Angeklagten danach wiedergesehen?«

»Gegen halb zwei Uhr morgens«, flüsterte Addie. »Im ›Diner‹.«

»Können Sie beschreiben, wie er aussah?«

Jedes Wort war wie ein Messerstich. »Seine Wunden bluteten wieder. Er hatte einen Kratzer an der Wange, und seine Kleidung war schmutzig, und er roch nach Alkohol.«

»Was hat er zu Ihnen gesagt?«

Addie holte tief Luft. »Daß es ein harter Abend gewesen sei.«

»Miss Peabody«, sagte Matt, »dann trifft es also zu, daß Mr. St. Bride zwischen neun Uhr fünfundvierzig am Abend und halb zwei Uhr morgens nicht mit Ihnen zusammen war?«

Sie atmete schwer aus, erwiderte aber nichts.

»Miss Peabody?«

Die Richterin beugte sich vor. »Sie müssen die Frage beantworten.«

Sie wollte antworten, aber sie wollte die richtige Antwort geben. Sie wollte dem Staatsanwalt in die Augen sehen und ihm sagen, daß er den falschen Mann angeklagt hatte, daß der Jack, den sie kannte, dieses entsetzliche Verbrechen nicht begangen hatte. Sie wollte ihn retten, so wie er sie gerettet hatte.

Addie hob das Gesicht und sagte: »Nein, er war bei mir.«

Der Staatsanwalt wandte sich ihr zu. »Wie bitte?«

»Er war bei mir«, wiederholte Addie mit kräftigerer Stimme. »Er war die ganze Zeit bei mir.«

Houlihans Augen verengten sich. »Sie stehen unter Eid, Miss Peabody. Meineid ist strafbar.«

Ihre Augen glänzten feucht. »Er war bei mir.«

»Wirklich«, sagte der Staatsanwalt. »Wo?«

Addies Hände glitten über ihr Herz, als könnten sie so verhindern, daß es brach. »Genau hier.«

»Was haben Sie gedacht, als die Polizei kam, um Jack zu verhaften?«

Auf Jordans Frage hin blickte Addie auf. »Ich wußte eigentlich nicht, was ich denken sollte. Ich war nicht in der besten Verfassung.«

»Was meinen Sie damit?«

»Ich stand unter Schock. In der Stadt hatte es Gerüchte gegeben ...«

»Gerüchte?«

»Daß Jack im Gefängnis gewesen war.«

»Hatte er Ihnen erzählt, daß er wegen eines Sexualdelikts verurteilt worden war?«

»Er hat mir erzählt, daß ein junges Mädchen ihn zu Unrecht beschuldigt hatte, eine intime Beziehung zu ihr zu haben. Eine Schülerin von ihm. Und daß er sich auf den Rat seines Anwalts hin auf ein Schuldbekenntnis eingelassen hatte, weil er so nur die Mindeststrafe absitzen mußte und die ganze Geschichte hinter sich lassen konnte.«

Jordan runzelte die Stirn. »Aber er hat ausdrücklich gesagt, er sei nicht schuldig gewesen?«

»Immer und immer wieder«, erwiderte Addie.

»Und Sie haben ihm geglaubt?«

»Hundertprozentig«, schwor sie. »Aber so viele Leute im Ort haben ... na ja, sich wie die Geier verhalten, nur darauf gewartet, sich auf ihn stürzen zu können. Und ich hatte mich inzwischen wohl so daran gewöhnt, daß alle Leute nur das Schlimmste von Jack erwartet haben, daß ich zunächst ... genauso gedacht habe wie sie, als die Polizei kam.« Sie runzelte die Stirn. »Erst als ich danach richtig in mich gegangen bin, habe ich gedacht, *Die haben Jack verhaftet. Jack.* Da wußte ich, daß er unmöglich zu dem fähig wäre, was ihm vorgeworfen wurde.«

»Miss Peabody, Sie haben gesehen, wie Jack in der fraglichen Nacht von fünf Männern zusammengeschlagen wurde?«

»Ja.«

»Hat er sich gewehrt?«

Sie schüttelte den Kopf. »Er war ohnmächtig.«

»Haben Sie die Polizei verständigt?« fragte Jordan.
»Nein.«
»Wieso nicht?«
Addie blickte Matt Houlihan an, dann die Richterin. Sie beugte sich zur Richterbank vor und flüsterte Althea Justice etwas zu, die daraufhin nickte.
»Ich habe die Polizei nicht verständigt«, sagte Addie, »weil ich dachte, jemand von der Polizei könnte dabeigewesen sein.«

Als die Sitzung für den Tag beendet war, reichte Jordan seine Aktentasche Selena auf der Zuschauerbank. »Versuchen Sie, sich etwas auszuruhen«, sagte er zu Jack. Der Wachmann legte Jack die Handschellen an und führte ihn ins Untergeschoß, dann durch einen Tunnel, der das Gerichtsgebäude mit dem Gefängnis verband. Sobald sie die Sicherheitstür passiert hatten, übernahm ein Vollzugsbeamter Jacks Verwandlung in einen Untersuchungshäftling und brachte ihn in einen kleinen Raum, wo Jack sich ausziehen mußte. »Wir lassen Ihre Sachen reinigen und bügeln«, witzelte der Beamte und legte Jacks Hose zusammen. Sobald Jack nackt war, untersuchte der Beamte bei ihm sämtliche Körperöffnungen, um sicherzugehen, daß Jack nichts in die Strafanstalt geschmuggelt hatte.
Jack St. Bride war jetzt ein anderer Mann als der, der zwei Monate zuvor in Untersuchungshaft gekommen war. Sein Gesicht war ausdruckslos und leer wie bei jedem anderen Gefangenen. Er zog sich seine Zivilkleidung aus wie eine Schlange, die sich häutet, als wüßte er, daß sie ihm in der nächsten Phase seines Lebens nicht mehr passen würde. Während der demütigenden Leibesvisitation schloß Jack die Augen und tat, wie ihm geheißen.
All das machte ihm nichts mehr aus. Er hatte die Gesichter der Männer und Frauen auf der Geschworenenbank gesehen – wie sie mit Gillian Duncan geweint hatten, die schrägen Blicke, mit denen sie ihn durchbohrten, überzeugt, er würde sie nicht spüren können. Er hatte gesehen, wie sein eigener Anwalt den Gerichtssaal verließ, nach Hause in sein eigenes Leben – in dem es keine Rolle spielte, ob Jack St. Bride

schuldig oder unschuldig war und das sich nicht ändern würde, egal, ob er freigesprochen wurde oder ins Gefängnis kam.

Folgsam trottete Jack neben dem Wärter her, der ihn in seine Zelle brachte.

Er war zwar noch nicht verurteilt, aber das war nur noch eine Frage der Zeit.

»Wahnsinn«, sagte Gillian und fuhr im Bett hoch, als sich die Tür ihres Zimmers öffnete und Meg den Kopf hereinsteckte. »Du glaubst ja nicht, wie froh ich bin, daß du da bist.« Die Tür öffnete sich weiter, und Gillian sah ihren Vater hinter Meg stehen. »Daddy«, sagte sie erschreckt.

Seine Augen waren dunkel, zusammengekniffen. »Ich wußte nicht, ob du Besuch haben möchtest.«

»Doch, doch«, sagte Gillian rasch. »Wirklich.« Sie packte Meg an der Hand und zog sie herein, wartete dann, bis ihr Vater die Tür geschlossen hatte und sie allein waren.

Es war, dachte Meg, *als hätte ihrer beider Streit wegen der Droge in der Thermosflasche nie stattgefunden.* Gillian flatterte um sie herum wie ein Nachtfalter, erzählte aufgeregt von dem Prozeß und den Zeugen, und wer was gesagt hatte. »Du glaubst ja nicht, wie gern ich mit Whit und Chelsea reden würde«, plapperte sie. »Aber ich darf nicht, ich bin weiterhin Zeugin, falls mich einer von den Anwälten noch mal in den Zeugenstand rufen will. Aber ich hab gehört, Whit hat sich vor Angst in die Hose gemacht und Thomas' Vater hat sich Chelsea gegenüber wie ein Arschloch benommen.«

»Er hat nur seinen Job gemacht«, sagte Meg mit trockenem Mund.

Gillian trat vor sie. »Was ist denn so über mich gesagt worden?«

»Nichts.«

»Ach ja, klar. Du warst ja noch nicht im Zeugenstand. Glaubst du, du bist morgen dran? So schlimm ist es eigentlich gar nicht. Eine von den Geschworenen hat ein ekeliges Muttermal am Hals. Ich mußte die ganze Zeit hingucken –«

»Ich muß nicht als Zeugin aussagen«, murmelte Meg.
»Nicht?«
Sie schüttelte den Kopf. »Mr. Houlihan hat es sich anders überlegt.«
Gillian starrte Meg an. »Willst du mir eins auswischen wegen dem Atropin ...«
»Mensch, Gilly ... es geht nicht immer bloß um dich!« Meg wandte sich gequält ab. »Er hat mich angefaßt«, gestand sie. »Er hat mich überall angefaßt, Gilly. Ich hab mich erinnert.«
Gillian stand wie versteinert neben ihr. »Das stimmt doch gar nicht.« Ihre wütenden Augen glitten über Megs formlose Gestalt, das Doppelkinn, die dicklichen Arme. Ihre Nasenflügel bebten.
»Wieso erinnere ich mich dann daran?« rief Meg. »Wieso spüre ich seine Hände auf meinen –«
»Nein!« Gillian schlug so fest zu, daß Megs Kopf zur Seite schnellte und sich der rote Abdruck einer Hand auf ihrer Wange abzeichnete. Tränen strömten Meg über das Gesicht und die Nase lief ihr, während sie verzweifelt einen klaren Gedanken zu fassen versuchte. »Er hat dich nicht angefaßt«, sagte Gillian. »Hast du verstanden?«
Meg nickte rasch.
»Er hat *mich* angefaßt.« Gillian packte Megs Arm und drückte ihn fest. »Sag es!«
»Er hat dich angefaßt«, schluchzte Meg.
»Gut«, sagte Gillian, und das lodernde Feuer in ihren Augen erlosch. Sie zog Meg an sich, schlang die Arme um sie und wiegte sie hin und her. Sie streichelte Meg die Wange, bis der rote Fleck verblaßte, und drückte ihr einen Kuß auf die feuchte Haut. »So ist's gut«, flüsterte Gillian. »Vergiß es nicht.«

Am nächsten Morgen waren die Geschworenen träge, woran auch der erste Zeuge nichts änderte – ein pensionierter FBI-Bodenspezialist, so alt wie Methusalem, der mit einem Wust an Fachtermini erklärte, daß die Erde, die an der Sohle von Jacks Stiefeln gefunden worden war, eindeutig mit der Bodenprobe vom Tatort übereinstimmte. Als der Staatsanwalt schließlich seine forensische Expertin in den Zeugenstand rief, damit sie die DNA-Analyse erläuterte, tat er Jordan schon fast leid. Würde die Richterin den Prozeß wegen Verfahrensfehlern einstellen, falls sämtliche Geschworenen ins Koma fielen?

Doch Jordan hatte einen typischen DNA-Wissenschaftler erwartet – einen langweiligen Schlaukopf mit schütterem Haar, der nur Fachchinesisch von sich gab. Statt dessen folgte der Auftritt von Frankie Martine.

Sie hätte ohne weiteres als Fotomodell durchgehen können, mit ihren vollen, sinnlichen Lippen, dem langen Blondhaar und der Wespentaille. Jordan warf einen Blick auf die Geschworenen und war nicht überrascht, daß sie plötzlich ganz Ohr waren. Verdammt, sie hätte eine Einkaufsliste vorlesen können, und die sechs Männer auf der Geschworenenbank hätten an ihren Lippen gehangen.

»Jeder Mensch hat die Hälfte seiner DNA von der Mutter, die andere Hälfte vom Vater«, sagte Frankie. »Wir alle kennen die Redensart, ›Die Nase habe ich von meiner Mom ... das Kinn von meinem Dad.‹ Genauso erben wir Tausende von genetischen Eigenschaften, die niemandem außer schlauen forensischen Wissenschaftlern etwas sagen.« Sie lächelte die Geschworenen an. »Können Sie mir soweit folgen?«

Alle nickten. Und der Obmann der Geschworenen, ein kahlköpfiger Mann mit Bierbauch, zwinkerte ihr zu.

Jordan staunte, als Frankie unbeirrt fortfuhr. »So hat der Durchschnittsbürger keine Ahnung, daß er zum Beispiel am Genlocus CSF1PO den Typ zwölf, dreizehn besitzt ... doch genau das wäre für ihn äußerst nützlich, falls er mal einer Straftat beschuldigt wird und sich herausstellt, daß der Täter einen genetischen Fingerabdruck mit dem Typ zehn, elf bei CSF1PO hinterlassen hat.«

Jordan sah zu den Geschworenen hinüber und wäre fast vom Stuhl gefallen, als der Obmann der Zeugin erneut zuzwinkerte.

»Einspruch«, sagte er und stand auf.

Matt Houlihan sah ihn an, als wäre er nicht bei Trost, und das mit gutem Grund. Frankie Martine hatte nichts gesagt, das einen Einspruch berechtigte.

»Mit welcher Begründung, Mr. McAfee?«

Er spürte, wie ihm die Röte aus dem Kragen kroch. »Ablenkung, Euer Ehren.«

Die Richterin zog die Augenbrauen hoch. »Beide Anwälte zu mir.« Jordan und Matt gingen zur Richterbank, zögernd angesichts der finsteren Miene der Richterin. »Würden Sie mir bitte erklären, was Sie nun wieder geritten hat?«

»Euer Ehren, ich glaube, die Zeugin lenkt gewisse Geschworenen ab«, sagte Jordan hastig.

»Welche Geschworenen?«

Die mit Y-Chromosomen, dachte Jordan. »Den Obmann insbesondere. Ich glaube, Miss Martines körperliche Attribute haben, ähm, es ihm angetan.«

Matt Houlihan lachte. »Sie belieben wohl zu scherzen. Die Zeugin ist eine professionelle forensische Wissenschaftlerin.«

»Sie ist auch überaus ... attraktiv.«

»Was soll ich denn Ihrer Meinung nach machen? Verlangen, daß sie mit einer Papiertüte über dem Kopf aussagt?«

»Der Obmann zwinkert ihr ständig zu«, sagte Jordan. »Ich habe Grund zu der Annahme, daß er sich nicht genügend auf seine Aufgabe konzentriert.«

»Wieso passiert so was immer *mir*?« Die Richterin seufzte. »Ich lasse nicht zu, daß Sie so über die Zeugin reden, Mr. McAfee. Auch wenn Sie Ihre Gedanken nicht beisammen halten können, so bin ich doch überzeugt, daß *gewisse* Geschworenen dazu in der Lage sind. Ihr Einspruch ist abgelehnt.«

Jordan stahl sich zurück zu seinem Platz. Der Staatsanwalt näherte sich der Zeugin, schüttelte den Kopf und fuhr fort. »Miss Martine, welche Beweiskraft haben DNA-Analysen?«

»Lassen Sie mich das an einem einfachen Beispiel erläutern«, sagte sie. »Sie fahren mit dem Auto zur Arbeit und werden von einem anderen Pkw abgedrängt. Sie rufen die Polizei und werden gebeten, das Fahrzeug zu beschreiben. Wenn

Sie lediglich sagen, der Wagen sei blau, so ist das nicht sehr hilfreich. Doch wenn Sie angeben, es sei ein blauer Acura, Baujahr 1991, mit Schrägheck, Schiebedach und einem Aufkleber mit der Aufschrift SAG NEIN ZU DROGEN, wird die Polizei den Wagen, der Sie abgedrängt hat, leichter finden können. Je mehr Merkmale Sie nennen, desto kleiner wird die Zahl der verdächtigen Pkws.

Genauso verhält es sich mit der DNA: Je mehr genetische Merkmale einer von mir analysierten Probe ich Ihnen nennen kann, desto mehr Menschen kann ich ausschließen. Wenn Sie dann eine Person finden, die mit dem Profil übereinstimmt, dann ist es äußerst unwahrscheinlich, daß es noch eine andere Person gibt, die genau dieselben Kriterien aufweist.«

»Wie komplex ist die Analyse?«

»Sehr komplex«, sagte Frankie. »Es liegt in der Natur der Sache, daß wir äußerst behutsam und gewissenhaft vorgehen müssen.«

Der Staatsanwalt drehte sich um und streifte sich ein Paar Plastikhandschuhe über. Dann hielt er eine mit Blut befleckte Bluse hoch. »Miss Martine«, sagte er, »erkennen Sie dieses Kleidungsstück?«

»Ja. Es ist die Bluse, die ich getestet habe.«

Matt ließ die Bluse als Beweisstück aufnehmen und bat Frankie dann, jeden Umschlag und jedes Fläschchen mit den von der Spurensicherung gesammelten Beweismitteln zu identifizieren. »Zu welchen Ergebnissen sind Sie nach der Analyse dieser Proben gekommen?«

Frankie legte ein Schaubild auf einen Overheadprojektor. An dieser Stelle verloren forensische Wissenschaftler für gewöhnlich das Interesse ihrer Zuhörer. Leider, so dachte Jordan und verzog das Gesicht, würde das vermutlich hier nicht der Fall sein. Die Geschworenen konnten Frankies Beine sehen, die – wie Jordan nicht umhin konnte zu bemerken – ausgesprochen wohlgeformt waren.

Passenderweise vollführte Frankie mit dem Schaubild auch noch einen Striptease, indem sie jeweils nur die Zeile offenlegte, über die sie gerade sprach. »Die Zeile mit der links stehenden Hundert«, erklärte Frankie, »zeigt alles, was ich Ihnen über die Blutprobe des Opfers sagen kann. Und jede dieser acht merkwürdigen Buchstaben- und Zahlenkombinationen rechts davon stellen einen Abschnitt auf der DNA-Kette dar. Denken Sie an das Beispiel mit dem Pkw, der von der Polizei gesucht wird ... die erste Spalte ist die Marke des Wagens. Die zweite ist das Modell. Die dritte ist die Farbe ... bis hin zu Spalte acht, dem Aufkleber. An jedem Genlocus hat das Opfer ein Allel von der Mutter und eins vom Vater erhalten. Am Locus CSF1PO beispielsweise erbte Miss Duncan von jedem Elternteil den Typ zwölf.

Genlocus	CSF 1PO	TPOX	THO1	VWA	D16 S539	D7 S820	D13 S317	D5 S818
100	12;12	8;11	6;7	17;17	12;14	9;12	9;13	12;12
200	12;12	11;11	6;7	15;15	13;13	8;8	11;11	10;12
Bluse	12;12	11;11	6;7	15;15	13;13	8;8	11;11	10;12
Nägel	12;12	11;(8)	6;7	17;(15)	12;14,(13)	9;12,(8)	9;13,(11)	12;(10)
Schenkel	N/A	8;(11)	6;(7)	17;(15)	N/A	12;(8),(9)	13;(9),(11)	12;(10)

Die Zeile mit der Zweihundert ist die Blutprobe des Angeklagten. Jedes Zahlenpaar für diese acht Loci sind Allele, die er von seiner Mutter und seinem Vater geerbt hat.« Sie zeigte auf die Reihe darunter. »An der Bluse, die Mr. Houlihan vorhin hochgehalten hat, waren Blutflecke, von denen ich DNA entnommen habe. Sie sehen hier, daß das Profil des Blutes mit dem Profil von Mr. St. Bride übereinstimmt.«

»Wie viele andere Menschen könnten ein Profil haben, das dem der Blutflecken entspricht?«

»Es ist nicht möglich, jeden Menschen auf der Welt einer DNA-Analyse zu unterziehen, daher wende ich eine mathematische Formel an, mit deren Hilfe sich die Frage annähernd beantworten läßt. Meinen Berechnungen zufolge findet sich ein übereinstimmendes Profil bei nur einem einzigen Menschen von über sechs Milliarden, was ungefähr der Weltbevölkerung entspricht.«

»Würden Sie uns bitte die nächste Zeile erläutern?« sagte Matt.

»Ich weiß, daß das DNA-Profil, das anhand der Hautpartikel erstellt wurde, die man unter Miss Duncans Fingernägeln gefunden hat, sich aus einer Mischung zusammensetzt, weil wir an bestimmten Loci drei Zahlen haben – und jeder Mensch erbt nur zwei Allele. Das ist nicht überraschend. Es ist nicht auszuschließen, daß Miss Duncan Genmaterial zu der Mischung beigesteuert hat, da ich davon ausgehe, daß Zellen von ihren Händen beteiligt waren. Von besonderem Interesse ist, wessen DNA sich mit der von Miss Duncan vermischt hat. Und aufgrund der Zahlen im Profil von Mr. St. Bride – die Zweihundert-Reihe – läßt er sich als Mitbeisteuernder nicht ausschließen.«

»In welchem Fall wäre er auszuschließen, Miss Martine?«

»Wenn an einem Genlocus eine Zahl auftauchen würde, die sich nirgendwo in seinem Genprofil befindet.«

»Aber das ist bei der betreffenden Mischung nicht der Fall?«

»Nein«, sagte Frankie. »Es ist zweihundertvierzigmillionenmal wahrscheinlicher, daß der Angeklagte zu der Probe beigesteuert hat, als daß dafür ein willkürlich aus der Weltbevölkerung ausgewähltes Individuum in Frage käme.«

»Und die Zeile, vor der ›Schenkel‹ steht?«

Frankie runzelte die Stirn. »Das war eine Spermaprobe, die vom Oberschenkel des Opfers genommen wurde. In diesem Fall weisen zwei Loci uneindeutige Ergebnisse auf.«

»Was bedeutet das?«

»Es lag nicht genug DNA vor, um alle acht Loci zu analysieren«, erwiderte Frankie. »Bei den übrigen sechs konnte Mr. St. Bride nicht ausgeschlossen werden. Es ist siebenhundertvierzigtausendmal wahrscheinlicher, daß Mr. St. Bride zu der Spermaprobe beigesteuert hat, als irgendeine andere Person, die willkürlich aus der Weltbevölkerung ausgewählt würde.«

»Ich danke Ihnen, Miss Martine«, sagte der Staatsanwalt.

Und der Obmann der Geschworenen zwinkerte ihr zu.

Zuerst starb die Katze.

Das war an und für sich keine große Überraschung. Magnolia hatte seit drei Jahren Diabetes gehabt, und zwölf Jahre war für eine Katze schon ziemlich alt. Sie war gestorben, während Chelsea im Gericht war, um für die arme Gillian auszusagen, hatte ihre Mutter erzählt.

Am selben Nachmittag war Chelseas kleiner Bruder vom Klettergerüst gefallen und hatte sich dreifach den Arm gebrochen.

»Ein Unglück kommt selten allein«, hatte ihr Vater gesagt.

Aber ihre Eltern hatten keine Ahnung vom Gesetz der Drei; sie wußten nicht, daß der Schlag eines Schmetterlingsflügels genügte, um einen gewaltigen Sturm auszulösen. Alles, was man tat, wurde dreifach vergolten – das Gute ... und das Böse. Chelsea war sich nicht sicher, wieviel sie von dem Kram glaubte, aber eines wußte sie: Sie hatte in einem Gerichtssaal einen Eid geschworen und war im Zeugenstand gewesen, und das hatte sie nun davon. Ihre Katze, ihr Bruder – höheren Gesetzen zufolge stand ihr noch ein Unglück bevor, als Strafe für das, was sie getan hatte.

Beim Abendessen starrte sie ihre Eltern eindringlich an. Ihrer Mutter stand am nächsten Tag eine Mammographie bevor. Würde bei ihr Krebs diagnostiziert werden? Ihr Vater wollte nach dem Essen noch einmal zur Arbeit fahren ... würde er einen Autounfall haben? Würde sie einfach so im Schlaf aufhören zu atmen? Würde sie aufschrecken und den Teufel an ihrem Bett sitzen sehen?

»Chelsea«, sagte ihre Mutter, »du hast ja noch keinen Bissen angerührt.«

Sie hielt es nicht aus, nicht zu wissen, welche Tragödie kommen würde. Sie stand vom Tisch auf, lief nach oben in ihr Zimmer, schloß die Tür hinter sich ab und wühlte ihre Schubladen durch, bis sie fand, was sie so sorgsam versteckt hatte.

Konnte man seine Missetaten mit guten Absichten tilgen, wie ein Abakus, der rückwärts funktioniert? Chelsea wußte es nicht. Doch sie band das kleine Bündel ganz fest zu, mit drei Knoten. Sie steckte es in einen wattierten Umschlag und schrieb eine neue Adresse auf die Vorderseite, klebte Briefmarken auf und lief, verfolgt von den besorgten Fragen ihrer Eltern, aus dem Haus.

Sie lief bis zur nächsten Straßenecke, wo ein Briefkasten stand. Die nächste Leerung, so las sie, war um 22 Uhr. Mit zitternden Händen warf Chelsea das Päckchen ein. Sie dachte nicht an Gillian. Sie dachte an nichts, das sie im letzten Moment von ihrem Entschluß abbringen könnte. Statt dessen konzentrierte sie sich auf den rutschigen Abhang der Hoffnung, der ihr verhieß, daß sich ihr Leben am nächsten Mittag wenden könnte.

»Sie haben die ausgekämmten Schamhaare analysiert, die Ihnen mit den übrigen Proben übergeben wurden, nicht wahr, Miss Martine?« sagte Jordan und stand von seinem Stuhl auf.

»Ja.«

»Was haben Sie festgestellt?«

»Es fanden sich keine Haare darunter, deren DNA nicht mit der des Opfers übereinstimmte.«

Jordan runzelte die Stirn. »Ist es nicht äußerst schwierig, eine Vergewaltigung zu begehen, ohne ein einziges Schamhaar zu verlieren?«

»Das ist nicht selten. Wir testen normalerweise keine Schamhaare, wenn wir DNA haben, da Haare auf ganz harmlose Weise übertragen werden können. Wenn Sie zum Beispiel in der letzten Sitzungspause auf der Toilette waren, sind Sie wahrscheinlich mit fremden Schamhaaren an den Schuhen wieder herausgekommen, trotzdem gehe ich davon aus, daß Sie keine Vergewaltigung begangen haben.«

Sie sah gut aus, dachte Jordan, sogar wenn sie ihm eins auswischte. Er ging nicht weiter darauf ein und sagte: »Sie haben ausgesagt, daß das Blut, das an der Bluse des Opfers gefunden wurde, mit dem des Angeklagten übereinstimmt, ist das richtig?«

»Nein. Ich habe ausgesagt, daß die von mir analysierten Genorte übereinstimmen.«

»Wie auch immer.« Jordan tat die Unterscheidung als unbedeutend ab. »Können Sie sagen, ob das Blut, das Sie getestet haben, von einem Kratzer an der Wange des Angeklagten stammt … oder von einer Wunde über seinem Auge?«

»Nein.«

»Ist es möglich, anhand des Blutes auf der Bluse festzustellen, ob der Angeklagte von einem Menschen gekratzt wurde oder ob er sich den Kratzer an einem Ast zugezogen hat?«

»Nein«, erwiderte Frankie und zuckte die Achseln. »Allerdings wurde unter den Fingernägeln des Opfers eine DNA-Mischung gefunden, die zum Teil vom Angeklagten stammen könnte.«

»Trug das Opfer Nagellack?«

Der Hauch eines Lächelns umspielte ihre Lippen. »In der Tat. Kirschrot. Die Nägel waren überdies recht lang, weshalb die darunter entnommene Probe Hautzellen ergiebig war.«

»Muß man jemanden kratzen, um Haut unter die Fingernägel zu bekommen?«

»Nicht unbedingt.«

»Man kann auch Haut unter die Fingernägel bekommen, wenn man jemandem die Kopfhaut massiert, richtig?«

»Vermutlich.«

»Oder wenn man jemandem liebevoll mit den Fingerspitzen über den Arm streicht?«

Die forensische Wissenschaftlerin zog ein Gesicht, das ihm unmißverständlich klarmachte, was sie von seinem alternativen Szenario hielt. »Das ist möglich.«

»Gehen wir etwas näher auf einige Beweismittel ein«, sagte Jordan. »Das Sperma und die Haut unter den Fingernägeln … bei beidem hat sich eine DNA-Mischung ergeben?«

»Ja.«

»Vermutlich handelt es sich um die Mischungen der beiden bekannten Proben, deren Ergebnisse Sie mitgebracht haben – von Miss Duncan und Mr. St. Bride?«

»Möglicherweise ja.«

»Wie kommt es dann, daß die beiden Zeilen nicht identisch sind?«

»Sie sehen die Diskrepanz in der Intensität – die Zahlen in Klammern im Unterschied zu den Zahlen ohne Klammern. Und dafür kann es vielerlei Gründe geben«, erklärte Frankie. »Wenn wir die DNA-Mischung im Labor machen würden, wäre sie sehr genau – zwei Tropfen Blut von jedem Beteiligten. Doch eine Mischung, wie wir sie zur Analyse erhalten haben, läßt sich nicht immer gleichmäßig auf die beiden Personen aufteilen, von der sie stammt. In der Hautzellenmischung, die unter den Fingernägeln gefunden wurde, konnte ich eindeutig nicht soviel DNA von dem Verdächtigen finden wie vom Opfer.«

»Aber wenn wir von Sperma reden, müßte darin nicht eine ziemlich große Menge DNA vom Mann enthalten sein?«

»Kommt drauf an, wieviel Sperma er hat«, sagte Frankie. »Bei jemandem, der häufig ejakuliert, ist die Menge nicht sehr groß. Bei einem Cracksüchtigen ist die Menge nicht sehr groß. Bei einem Alkoholiker oder Diabetiker auch nicht. Da spielen viele Faktoren eine Rolle.«

»Miss Martine, ist der Angeklagte Ihres Wissens jemand, der häufig ejakuliert?«

»Ich habe keine Ahnung.«

»Wissen Sie, ob er cracksüchtig ist?«

»Nein.«

»Wissen Sie, ob er Alkoholiker oder Diabetiker ist?«

»Nein.«

Jordan wippte auf den Fußballen. »Als Sie die beiden unterschiedlichen Mischungsprofile gesehen haben ... hat es Sie da nicht gestört, so viele Nichtübereinstimmungen festzustellen?«

Sie zögerte. »Ein Intensitätsunterschied ist eigentlich keine Nichtübereinstimmung. Manchmal taucht eine Zahl in Klammern auf, die wir nicht erwartet haben ... doch das kann viele Ursachen haben – es kann an dem Prozentsatz der DNA liegen, mit dem beide Personen an der Mischung beteiligt sind, oder daran, ob die beiden Personen verwandt sind oder nicht. Wir schließen einen Verdächtigen nicht aufgrund einer minimalen Nichtübereinstimmung aus.«

»Es ist ein großer Unterschied, ob man zweihundertvierzigmillionenmal eher als die Person in Frage kommt, die an einer DNA-Mischung beteiligt ist – wie im Falle der Fingernägelprobe – oder siebenhundertvierzigtausendmal – wie bei der Spermaprobe.«

»Das ist wahr.«

»Was wäre, wenn Sie an den beiden fehlenden Genorten Ergebnisse gefunden hätten, die nicht in die Analyse gepaßt hätten?«

»Da handelt es sich um ein großes Wenn, Mr. McAfee«, sagte Frankie. »Es ist möglich, daß Ihr Mandant ausgeschlossen worden wäre. Es ist ebenfalls möglich, daß er um so mehr in Frage gekommen wäre.«

»Trifft es nicht zu, daß bestimmte Labors mehr als acht Genorte testen?« fragte Jordan.

»Ja. Das FBI-Labor typisiert dreizehn.«

»Ist es nicht möglich, daß Sie, wenn Sie mehr Genorte typisiert hätten, Jack als Verdächtigen ausgeschlossen hätten?«

»Ja.« Sie blickte die Geschworenen an. »Wenn man die Suche noch weiter spezifiziert, auf einen 1991er blauen Acura mit Schrägheck, Schiebedach und Aufkleber … und eine gesprungene Windschutzscheibe und eine Beule am Kotflügel und Allwetterreifen, schrumpft die Zahl der möglichen Verdächtigen noch mehr.«

»Hat die Anklagevertretung Sie gebeten, diese zusätzliche Typisierung vorzunehmen?«

»Unser staatliches Labor ist dafür noch nicht ausgerüstet.«

»Miss Martine, wenn Sie erlauben, darf ich Ihrem Schaubild eine Zeile hinzufügen?« Als sie nickte, ging Jordan zu dem Overheadprojektor und legte ein handgeschriebenes Blatt mit einem neuen Profil auf.

Genlocus	**CSF 1PO**	**TPOX**	**THO1**	**VWA**	**D16 S539**	**D7 S820**	**D13 S317**	**D5 S818**
neu	N/A	8;8	6;6	17;15	N/A	8;12	11;13	10;12

»Miss Martine, unterscheidet sich diese Probe von der bekannten Probe von Jack St. Bride, die Sie typisiert haben?«

»Ja.«

»Dann könnte sie also von einer anderen Person stammen?«

»Theoretisch ja«, sagte Frankie.

»Dürfte ich Sie wohl bitten ... uns vor Augen zu führen, wie Ihrer Meinung nach eine Mischung der Einhundert–Zeile und der neuen Probe aussehen könnte ... Gillian Duncan und ein hypothetischer Verdächtiger?«

Frankie nahm einen Marker und fing an, auf den unteren Rand ihres Schaubildes zu schreiben.

Genlocus	**CSF 1PO**	**TPOX**	**THO1**	**VWA**	**D16 S539**	**D7 S820**	**D13 S317**	**D5 S818**
neu	N/A	8;8	6;6	17;15	N/A	8;12	11;13	10;12
100	12;12	8;11	6;7	17;17	12;14	9;12	9;13	12;12
100 + neu	N/A	8;(11)	6;7	17;(15)	N/A	12;(8);(9)	13;(9);(11)	12;(10)

»Miss Martine«, sagte Jordan, »woran erinnert Sie die letzte Zeile?«

»An das Spermaprofil.«

»Wäre es also möglich, daß die Person, von der diese hypothetische Blutprobe stammt, an der Spermamischung beteiligt ist?«

»Ja, diese Person könnte ebenfalls nicht ausgeschlossen werden.«

»Dann ist es also möglich, daß noch jemand anders als Jack St. Bride ... jemand mit diesem bestimmten DNA-Profil beispielsweise ... als Verdächtiger in Frage käme?«

Frankie blickte ihm in die Augen. »Alles ist möglich, Mr. McAfee, aber mein Labor testet nur konkrete Beweismittel. Ich hatte diese hypothetische Blutprobe nicht vorliegen, und ich kenne diesen hypothetischen Verdächtigen nicht. Aber wenn Sie ihn finden, rufen Sie mich an ... und ich mache die Tests.«

Während Charlie versuchte, sich auf die Fragen des Staatsanwalts zu konzentrieren, schweifte sein Blick immer wieder zu Addie Peabody.

Sie saß hinter der Verteidigung, fast in einer direkten Linie mit Jack St. Bride, und ihre Augen bohrten dem Mann ein Loch in den Nacken. Ihr Haar rutschte langsam aus dem Knoten, und ihr Kostüm – das einzige, das sie hatte, wie er wetten würde – war bereits ganz zerknittert.

Er wollte nicht hier sein. Er wollte zu Hause sein, um das Rätsel zu entwirren, das seine Tochter war. Er wollte Addie packen und schütteln, bis sie mit der ganzen Wahrheit herausrückte, die Meg ihr gestanden hatte.

»Welchen Eindruck hat sie auf Sie gemacht?« fragte Matt jetzt, und seine Worte trieben aus einem langen Tunnel auf Charlie zu.

Verängstigt. In sich gekehrt. Benommen.

Nach Chelseas Aussage wäre er am liebsten nach Hause geeilt, um Meg zu packen und sie zu fragen, ob sie auch eine Hexe war. Aber er hatte sie schon einmal beschuldigt, und was hatte es ihm gebracht? Was, wenn er sie ein zweites Mal beschuldigte? Wieviel Schaden vertrug das enge Verhältnis zwischen einem Vater und seiner Tochter, bevor es unwiderruflich zerstört war?

Zerstört.

Erst als Matt eine weitere Frage stellte, merkte er, daß er laut gesprochen hatte. »Was haben Sie getan, nachdem Sie ihre Aussage aufgenommen hatten?«

»Ich bin zum Revier gefahren und habe einen Antrag auf einen Haftbefehl getippt«, sagte Charlie.

»Haben Sie den Haftbefehl erhalten?«

»Ja.«

»Wo haben Sie die Verhaftung vorgenommen?«

»Bei Addie Peabody zu Hause«, antwortete Charlie, und obwohl er nicht in ihre Richtung blickte, spürte er, wie sie sich auf ihrem Platz gerader hinsetzte. »Ich habe gefragt, ob Mr. St. Bride da sei, und als er an die Tür kam, habe ich ihm mitgeteilt, daß er verhaftet sei wegen des Verdachts, in der Nacht zuvor ein schweres Sexualdelikt an Gillian Duncan begangen zu haben.«

»Was ist dann passiert?«

»Er hat gesagt, er sei zu der fraglichen Zeit nicht in ihrer Nähe gewesen.«

»Sind Sie selbst je auf der Lichtung hinter dem Friedhof gewesen, um nach Spuren zu suchen?«

»Ja, am nächsten Morgen.«

»Was haben Sie gefunden?«

»Die Reste eines Lagerfeuers«, sagte Charlie. »Ein paar Stellen, an denen Laub aufgewirbelt worden war. Einen Schuhabdruck.«

»Haben Sie eine Kondomverpackung gefunden?«

»Nein.«

»Haben Sie Gillian am nächsten Tag wiedergesehen?«

»Ja«, murmelte Charlie. »Ich bin bei ihr zu Hause vorbeigefahren, um nach ihr zu sehen.«

»Welchen Eindruck machte sie da auf Sie?«

Den gleichen wie Meg jetzt, wurde Charlie klar, und als er in die dunklen, leeren Augen von Jack St. Bride blickte, spürte er, wie er ertrank.

Jordan ging schon auf den Zeugen zu, noch ehe der Staatsanwalt wieder Platz genommen hatte. »Die Suche, die Sie auf der Lichtung vorgenommen haben, war nicht die einzige, die Sie in Verbindung mit diesem Fall durchgeführt haben, nicht wahr?«

»Nein.«

»Detective, Sie haben das Zimmer Ihrer Tochter durchsucht und Beweismittel gefunden, die Ihrer Ansicht nach mit dem Fall zu tun hatten, richtig?«

Eine Erinnerung blitzte zwischen ihnen auf: Jordan, wie er auf Charlies geblümter Couch saß und dem Polizisten verlegen seinen Verdacht gestand. »Ja.«

Jordan nahm etwas vom Tisch des Staatsanwaltes. »Erkennen Sie das hier wieder?«

»Ja. Es ist ein Stück Band, das ich gefunden habe.«

»Wo?«

»Im Kleiderschrank meiner Tochter.«

»Was haben Sie außer diesem Band noch dort gefunden?« fragte Jordan.

»Ein paar Plastikbecher und eine Thermosflasche.«

»Waren Rückstände in den Bechern und der Thermosflasche?«

»Ja.«

»Und Sie haben sie analysieren lassen.«

Charlie nickte. »Ja.«

»Es waren Atropinrückstände, nicht wahr?«

»So wurde mir gesagt«, gab er zu.

»Wissen Sie, was Atropin ist?«

»Ein Arzneiwirkstoff«, sagte Charlie.

»Trifft es nicht zu, daß Atropin gelegentlich Nebenwirkungen auslöst, wie sie auch bei sogenannten Freizeitdrogen vorkommen?«

»Ja.«

»Detective, den einzigen Hinweis auf eine Straftat haben Sie demnach im Zimmer Ihrer Tochter gefunden, nicht wahr? Weil Sie auf der Lichtung im Wald nichts gefunden haben, das darauf schließen ließ, daß dort eine Vergewaltigung stattgefunden hatte, nicht wahr?«

»Nichts Eindeutiges.«

»Trifft es nicht zu, daß Sie Miss Duncan gebeten haben, sich mehrere Kondome anzuschauen, um festzustellen, ob sie die Marke, die in der fraglichen Nacht benutzt worden war, identifizieren konnte?«

»Ja.«

»Aber sie konnte sie nicht identifizieren, stimmt's?«

»Nein ... aber ich kann mir auch nicht vorstellen, daß sie auf die Marke geachtet hat, während sie vergewaltigt wurde.«

Die Richterin blickte Charlie mißbilligend an. »Bitte beantworten Sie nur die Frage, Detective.«

»Als Sie die Mädchen in der fraglichen Nacht fanden, hielten sie sich am Rand des Friedhofs auf?«

»Ja.«

»Wie weit ist es von dort bis zu der Stelle, wo sie das Lagerfeuer gemacht hatten?«

»Die Lichtung ist zirka fünfzig Meter entfernt«, sagte Charlie.

»Wie lange haben Sie gebraucht, um dorthin zu gehen?«

»Ich habe die Zeit nicht gestoppt.«

Jordan näherte sich Charlie. »Länger als dreißig Sekunden?«

»Nein.«

»Waren auf dem Weg dorthin irgendwelche Hindernisse?«

»Nein.«

»Keine Steinbrocken, über die Sie klettern mußten? Kein Graben, in den Sie hätten fallen können?«

»Es ist ein flacher, ebener Pfad.«

Inzwischen war Jordan mit dem Gesicht dicht vor dem des Detective. »Nach seiner Verhaftung hat mein Mandant Ihnen gesagt, er sei unschuldig, nicht?«

»Ja.« Charlie zuckte die Achseln. »Das sagen die meisten Tatverdächtigen.«

»Aber im Gegensatz zu den meisten Tatverdächtigen haben Sie aus meinem Mandanten beim Verhör kein Geständnis herausgeholt. Mein Mandant hat sogar hartnäckig beteuert, die Tat nicht begangen zu haben, nicht wahr?«

»Einspruch!« rief Matt.

»Stattgegeben.«

Jordan verzog keine Miene. »Als Sie Gillian Duncan am Rande des Friedhofs antrafen, wie sah da ihre Kleidung aus?«

»Schmutzig, voller Laub. Ihre Bluse war falsch zugeknöpft.« Charlie warf Jack einen Blick zu. »Als hätte man sie ihr vom Leib gerissen.«

»Ich habe hier die Mitschrift von Miss Duncans gestriger Aussage, Detective. Wären Sie wohl so nett, die Passage vorzulesen, die ich markiert habe?« Jordan reichte Charlie ein Blatt Papier.

»›Und Ihre Bluse? Hat er die Ihnen ausgezogen?‹« las Charlie, und dann gab er Gillians Antwort wieder. »›Nein. Hat er sie aufgeknöpft? Nein.‹«

»Danke.« Jordan hielt ein Foto hoch, das auf dem Tisch mit den Beweismitteln gelegen hatte. »Haben Sie dieses Foto von Mr. St. Bride gemacht?«

»Ja.«

»Gibt es einigermaßen genau wieder, wie er bei seiner Verhaftung ausgesehen hat?«

»Ja.«

»Sehen Sie sich den Kratzer in seinem Gesicht an. Ist das ein Kratzer oder sind es fünf?«

»Einer.«

»Würde man nicht fünf Kratzer erwarten, wenn jemand einem das Gesicht mit den Fingern zerkratzt?«

Plötzlich mußte Charlie daran denken, wie Gillian nervös die Hände im Schoß gewrungen hatte, wie Amos eine Hand genommen und gehalten hatte. Sie hatte lange Fingernägel gehabt, leuchtendrot, die gleiche Farbe wie der Nagellack, den seine Tochter in der Woche getragen hatte, nachdem sie Gilly zu Hause besucht hatte. »Ich weiß nicht«, murmelte Charlie.

Jordan klatschte das Foto auf den Tisch. »Keine weiteren Fragen.«

Die Räucherstäbchen hüllten Gillians Zimmer in eine lavendelblaue Wolke, und als sie den Duft einsog, stellte sie sich vor, sie würde mit dem Rauch treiben, sich auflösen, Energie aufsteigen lassen. Zimt sprenkelte Sommersprossen auf das verblaßte Foto, das unter einer Kerze steckte. »Ich rufe die Erde, Luft, das Feuer und Wasser«, flüsterte sie. »Ich rufe die Sonne, den Mond und die Sterne.«

Sie wußte nicht, was im Gerichtssaal auf der anderen Seite der Stadt vor sich ging, und in diesem Moment war es ihr völlig gleichgültig. Sie dachte nicht an ihren Vater, der hinter Matt Houlihan saß, wie der Drache, der Gillys Tugend bewachte. Sie dachte nicht an Jack St. Bride.

Duftender Salbei kitzelte ihr in der Nase, und mit jeder Faser ihres Körpers wünschte Gillian sich ihre Mutter herbei.

Direkt am Rande des Kreises konnte sie sie sehen, eine durchsichtige Gestalt mit einem Lachen, das in Gillys Ohrmuschel drang. Und diesmal geschah etwas. Die Kerze zischte diesmal nicht, und ihre Mutter verschwand nicht einfach, sondern blickte Gillian in die Augen und sang ihren Namen, glockenhell. »Das darfst du nicht«, sagte ihre Mutter, und die Flamme der Kerze loderte so hell auf, daß es blendete.

Als Gillian endlich merkte, daß der Teppich brannte, war ihre Mutter verschwunden. Sie schlug die Flammen aus, doch das Foto war nicht mehr zu retten. Es war verbrannt, nur ein Stück von der Hand ihrer Mutter war noch zu sehen, der Rest gekräuselt und verkohlt.

Gillian warf sich neben die Asche auf den Boden, atmete schluchzend den Rauch ein. Erst sehr viel später sollte sie merken, daß sie sich die Hände beim Löschen der Flammen verbrannt hatte und daß jede aufgeplatzte Blase eine Narbe in Form eines Herzens hinterließ.

Matt Houlihan war müde. Er wollte nach Hause und Molly auf seiner Brust einschlafen lassen, während Sydney ihm die Füße massierte. Er wollte sich bis zur Besinnungslosigkeit betrinken, damit er nicht ständig Gillian Duncans Gesicht vor Augen hatte.

Er war fast fertig.

Das, mehr als alles andere, gab Matt die Kraft, sich auf die Beine zu hieven. Er zog ein Blatt Papier aus einem Aktendeckel und reichte es McAfee, der seit der ersten Anhörung gewußt hatte, daß dieser Augenblick kommen würde.

»Euer Ehren, die Anklagevertretung ruft keine weiteren Hauptbelastungszeugen mehr auf. Ich möchte allerdings noch eine beglaubigte Kopie des Gerichts von Grafton County, New Hampshire, vorlegen, aus der hervorgeht, daß Jack St. Bride am 20. August 1998 wegen eines Sexualdelikts schuldig gesprochen wurde. Mr. St. Bride hat damals gestanden, ein fünfzehnjähriges Mädchen, seine Schülerin, verführt zu haben, und er wurde zu einer achtmonatigen Freiheitsstrafe verurteilt, die er in der Haftanstalt von Grafton County verbüßte.«

Die Geschworenen trauten ihren Ohren nicht. Sie blickten Matt an, sie blickten den Angeklagten an, und sie dachten genau das, was jeder vernünftige Mensch angesichts eines solchen Beweises denken würde – wenn er sich schon einmal an einem Mädchen vergriffen hat, dann hat er es sehr wahrscheinlich wieder getan.

Matt legte die Kopie auf den Tisch des Gerichtsschreibers, blickte dann Jack St. Bride an und hoffte, daß dem Mistkerl angst und bange wurde, weil diesmal er sich jemand anderem auf Gedeih und Verderb ausgeliefert fühlte, jemandem, der alle Trümpfe in der Hand hielt. »Euer Ehren«, sagte Matt. »Der Staat schließt seine Beweisführung.«

3. Juli 2000
Gefängnis von Carroll County

Addie griff nach Jacks Hand, als würde sie ertrinken, und ihrer beider Finger verschränkten sich auf dem alten Tisch im Untergeschoß des Gefängnisses von Carroll County. Sie berührte ihn mit der ganzen Innigkeit, die sie seit ihrer Aussage vor Gericht in sich verschlossen gehalten hatte. Sie berührte ihn tausendmal, für jeden Augenblick, in dem sie während der Verhandlung am liebsten aufgestanden und zum Tisch der Verteidigung gegangen wäre, um Jack eine Hand auf die Schulter zu legen und einen Kuß auf den Hals zu drücken. Sie berührte ihn und stellte fest, daß etwas so Unschuldiges wie das Verschränken der Finger bereits genügte, um das Herz schneller schlagen zu lassen.

Und sie war so fasziniert davon, wie ihre Hand in seine paßte, daß sie gar nicht merkte, wie sehr der Mann, an den sie sich klammerte, sich ihr entziehen wollte.

Erst als Jack sanft ihre Finger von seinen löste, blickte Addie auf. »Ich muß mit dir reden«, sagte Jack leise.

Addie starrte in sein Gesicht. Die eigensinnige Kinnpartie, der weiche Mund, die feinen, goldenen Härchen, die auf seinen Wangen glitzerten – das alles war noch da. Doch seine Augen – ausdruckslos und blauschwarz – in ihnen lag einfach nichts.

»Ich finde, es läuft doch ganz gut, oder?« sagte sie und lächelte so bemüht, daß ihr die Wangenknochen schmerzten. Sie log, und das wußten sie beide. Wie eine finstere Gewitterwolke schwebte die unausgesprochene Erinnerung an den

Augenblick über ihnen, als Matt Houlihan Jacks Vorstrafe offenbarte. Und wenn sie beide der Gedanke verfolgte, dann ganz bestimmt auch die Geschworenen.

»Jack«, sagte Addie so gefühlvoll wie sie konnte. »Das mit meiner Aussage – das tut mir so leid. Aber was hätte ich denn gegen die Vorladung machen können?« Sie schloß die Augen. »Ich hätte einfach lügen sollen, als Charlie dich verhaftet hat.«

»Addie«, sagte Jack mit schmerzlich ruhiger Stimme. »Ich liebe dich nicht.«

Man kann an dem stabilsten Stuhl festgeschnallt sein und trotzdem das Gefühl haben, daß die Erde unter einem nachgibt. Addies Hände umklammerten die Tischkante. Wo war der Mann, der ihr gesagt hatte, sie sei das strahlende Licht, das ihn durch diese Hölle geleite? In welchem banalen Augenblick zwischen gestern und jetzt hatte sich alles verändert?

Manchmal, wenn ich denke, ich drehe hier durch, stell ich mir vor, ich bin bereits draußen.

Tränen brannten ihr in den Augen, kleine, heiße Pfeile. »Aber du hast doch gesagt –«

»Ich sage so einiges«, sagte Jack bitter. »Aber du hast ja gehört, was der Staatsanwalt gesagt hat. Nicht alles, was ich sage, ist wahr.«

Sie wandte den Kopf zu dem einzigen Fenster, ein winziges Quadrat schmutziges Glas fast unter der Decke. Sie hielt die Augen weit aufgerissen, um nicht vor Jack zu weinen. Und vielleicht war das der Grund, warum sie plötzlich eine klare Vision von ihrem Vater hatte, von vor vielen Jahren, nachdem ihre Mutter gestorben war.

Eines Tages hatte sie ihn im Wohnzimmer angetroffen, ausnahmsweise nüchtern, umgeben von einem Wust von Papieren. Er hatte ihr eine Schachtel mit irgendwelchem Schnickschnack gegeben. »Hier ist mein Testament drin. Und ein paar … Sachen, die du haben sollst. Der erste Brief, den ich deiner Mom geschrieben habe, mein Orden aus dem Koreakrieg.«

Addie hatte in der Schachtel herumgekramt und ihre Finger waren kalt und steif geworden. Es waren Sachen darin, die man aufbewahrt, wenn jemand gestorben war – wie ihr Vater es nach der Beerdigung ihrer Mutter getan hatte, wie Addie es vor gar nicht so langer Zeit mit Chloes Sachen getan hatte. Addie sah, wie ihr Vater seine schöne, goldene Uhr in die Schachtel legte, und sie begriff: Er brachte seine Sachen in Ordnung, damit sie es nicht würde tun müssen.

»Du stirbst nicht«, hatte Addie zu ihm gesagt und ihm die Schachtel zurück in die Hände geschoben.

Roy hatte geseufzt. »Aber es könnte bald soweit sein.«

Jetzt richtete Addie langsam wieder den Blick auf Jack. Er hatte nichts, was er ihr hätte geben können: kein Testament, keine Orden, keine Erinnerungen. Aber er gab ihr ihr Herz zurück, um jede Verbindung zu kappen, wenn er aus ihrem Leben trat.

»Nein«, sagte sie mit fester Stimme.

Jack sah sie verständnislos an. »Wie bitte?«

»Du solltest dich schämen. Mir einfach so ins Gesicht zu lügen. Verdammt noch mal, Jack. Wenn du unsere Beziehung wirklich beenden wolltest, hättest du dir was Überzeugenderes einfallen lassen müssen. Zum Beispiel … daß du nicht gut genug bist für mich. Oder daß du nicht willst, daß ich das alles hier durchmache. Aber mir zu sagen, daß du mich nicht liebst … nein, das kauf ich dir nicht ab.«

Sie beugte sich vor, zielte mit ihren Worten direkt auf sein Herz. »Du liebst mich. Das weiß ich. Und verdammt, ich bin es satt, von den Menschen, die mich lieben, verlassen zu werden, bevor ich bereit bin, sie gehen zu lassen. Das passiert mir *nicht* noch mal.« Sie stand auf, wütend und entschlossen. Dann ging sie zur Tür, wo ein Wärter stand, und Jack mußte den Schlag verdauen, verlassen worden zu sein.

»Nun schlaf endlich«, sagte Selena, »sonst bist du morgen zu nichts zu gebrauchen.«

Zwei Uhr morgens, und sie lagen nebeneinander im Bett und starrten an die Decke. »Ich weiß«, gab Jordan zu.

»Du bist ja total verspannt.« Sie stützte sich auf einen Ellbogen. »Kaum zu glauben, nach dem, was wir gerade gemacht haben.«

»Ich kann nichts dafür. Ständig klingt mir in den Ohren, wie Houlihan den Geschworenen genüßlich unterbreitet, weswegen Jack schon mal im Gefängnis war.«

Selena überlegte einen Moment. »Dann bring ich dich jetzt auf andere Gedanken.«

»Selena, ich bin zweiundvierzig. Du bringst mich noch ins Grab.«

»Du denkst auch immer nur an das eine, McAfee.« Sie setzte sich in den Schneidersitz und legte sich die Bettdecke um wie ein Medizinmann sein Schultertuch. »Hör zu. Ein Mann wird verklagt, weil der Postbote bei ihm zu Hause auf der vereisten Zufahrt ausgerutscht ist und sich den kleinen Finger gebrochen hat. Zwei Tage später erhält er vom Scheidungsanwalt seiner Frau einen unverschämten Brief. Er hat so die Schnauze voll von Anwälten, daß er in die Kneipe geht, um seinen Frust zu ertränken.«

»Klingt schon mal nicht schlecht«, warf Jordan ein.

»Zehn Tequila und er ist sternhagelvoll. Er steigt auf die Theke und brüllt aus vollem Halse: ›Alle Anwälte sind Arschlöcher!‹«

»Ausgezeichnet. Und wieso soll mich das entspannen?«

Selena sprach unbeirrt weiter. »Ein Mann am anderen Ende der Theke ruft: ›He! Paß auf, was du sagst.‹ Der Besoffene grinst höhnisch und sagt: ›Ah, Sie sind wohl Anwalt.‹«

Jordan erzählte die Pointe. »›Nein. Ich bin ein Arschloch.‹«

Selena blickte zerknirscht. »Den kanntest du schon.«

»Schätzchen, er könnte von *mir* stammen.« Er seufzte. »Ich brauche einen schönen, ruhigen Job. Vielleicht ist bei der IRA ja ein Job als Bombenleger frei.«

»Ich kenn da einen Anwalt, für den du arbeiten könntest.«

Jordan lächelte. »Willst du mich wegen sexueller Belästigung verklagen?«

»Ich weiß nicht. Willst du mich verklagen?«

»Ich weiß was Besseres mit dir anzufangen«, murmelte Jordan, doch als sie erwartete, er würde nach ihr greifen, wandte er sich bloß ab.

Selena beugte sich über ihn, ihre Haare streiften seine Schulter. »Jordan?«

Er nahm ihre Hand, wünschte sich, es wäre genauso einfach, den Rest von ihr festzuhalten. »Wirst du mich wieder verlassen, Selena?«

»Wirst du mich wieder einengen, Jordan?«

»Ich hab dich gebeten, mich zu heiraten. Mir war nicht klar, daß das ein Verbrechen ist.«

»Jordan, du wolltest mich nicht heiraten. Du hattest dich noch immer nicht von dem Harte-Fall erholt. Und ich war der nächstbeste Rettungsanker.«

»Sag mir nicht, was ich wollte. Ich weiß, was ich wollte. Dich. Und ich will dich noch immer.«

»Warum?«

»Weil du clever bist und wunderbar und die einzige Frau, die ich kenne, die einem Strafverteidiger um zwei Uhr nachts einen richtig miesen Anwaltswitz erzählt.« Er umfaßte ihr Handgelenk fester. »Weil ich durch dich daran glauben kann, daß es Dinge gibt, für die es sich zu kämpfen lohnt.«

»Mit mir zu schlafen macht aus dir vielleicht einen glücklicheren Anwalt, Jordan, aber keinen Anwalt, der sich stärker für seine Mandanten einsetzt.« Sie schüttelte den Kopf. »Du hast Arbeit und Privatleben noch nie voneinander trennen können. Und durch dich habe ich das auch getan.«

»Bleib bei mir, Selena. Ich bitte dich jetzt darum, damit du weißt, daß es nichts damit zu tun hat, wie unser Fall ausgeht.«

»Vielleicht sollte es das«, sagte sie leichthin, um sich mit einem Scherz aus der Affäre zu ziehen. »Vielleicht sollten wir die Geschworenen bitten, für uns zu entscheiden, da das offenbar nicht unsere Stärke ist.«

»Geschworene treffen tagtäglich falsche Entscheidungen.«

Sie blickte ihn an. »Diesmal auch?«

Jordan wußte nicht, ob sie Jack St. Bride oder ihre Beziehung meinte. Er hob ihre Hand und streifte mit den Lippen über ihre Fingerknöchel, ein Versprechen. »Nicht, wenn ich dabei ein Wörtchen mitzureden habe.«

Um drei Uhr morgens hatte Gillian nicht nur 75 000 Schafe gezählt, sondern es zur Abwechslung auch mit anderen Tieren versucht. Die Zeit schleppte sich langsam dahin, jede Sekunde eine Ewigkeit. Aber Gillian hatte ja auch wahrlich Grund, nervös zu sein. In sechs Stunden ging der Prozeß weiter und Jack St. Brides Verteidiger würde Gelegenheit bekommen, die ganze Arbeit des Staatsanwaltes zunichte zu machen.

Sie hatte sich so unruhig herumgewälzt, daß die Laken ein einziges großes Knäuel waren. Seufzend schlug sie die Bettdecke hoch, um kühle Luft an ihre Haut zu lassen. Als sie Schritte auf dem Flur hörte, erstarrte sie.

Das Licht ging an, und Gillian ballte die Hände zu Fäusten. Das Geräusch von fließendem Wasser, dann ein Knarren. Ganz vorsichtig, ganz leise griff sie nach der Decke und zog sie hoch, ein dichter Kokon.

Als ihr Vater die Tür öffnete, hatte Gillian sich auf die Seite gedreht und stellte sich schlafend. Sie spürte den Boden beben, als er durch das Zimmer ging und sich auf die Kante ihres Bettes setzte. Wie ein Gebet fiel seine Hand auf ihre Schläfe. »Mein Baby«, flüsterte er und der Schmerz in seiner Stimme durchfuhr sie.

Gillian rührte sich nicht. Sie atmete gleichmäßig, auch noch, als eine Träne zwischen die Hand ihres Vaters und ihre Wange glitt.

So traurig es war, aber der Höhepunkt des Tages war für Thomas die Postzustellung. Er rechnete zwar nicht damit, daß irgend etwas für ihn dabei war – na ja, ab und an erhielt er Werbung für eine Kreditkarte und noch immer diese verdammte Pfadfinderzeitschrift, die er schon mit zwölf Jahren abbestellt hatte und die ihn trotz mehrerer Umzüge unerbittlich verfolgte wie ein Spukgespenst –, aber wenn man fünfzehn war und die Wahl hatte zwischen nicht mehr ganz frischen Cornflakes zum Frühstück, der Lektüre für die nächste Englischstunde und dem Gang zum Briefkasten, um die Post zu holen, dann trug letzteres spielend den Sieg davon.

Jordan und Thomas McAfee.

Der Umschlag war leicht und dick, und Thomas mußte unwillkürlich daran denken, wie sein Vater einmal eine tote Maus mit der Post geschickt bekommen hatte, weil sein Mandant, eine Mitglied der Mafia, verurteilt worden war; das grausige Präsent stammte von dessen Bruder. Beklommen öffnete Thomas den Umschlag, schüttelte ihn, und ein kleines Heft fiel ihm in die Hände.

Er runzelte die Stirn. Ein schwarzweißes Schulheft war an sich nichts Besonderes. Aber das hier war wie ein Geburtstagsgeschenk mit einem glitzernden Silberband umwickelt. Vorne drauf standen die Worte ›Buch der Schatten‹. Thomas löste die Schleife und schlug das Heft auf. ›Wie man sich Geld beschert. Liebeszauber Nr. 35‹. Die Einträge waren angeordnet wie Kochrezepte – Zutaten gefolgt von Anleitungen. Sie waren mit der Hand geschrieben, aber mit unterschiedlicher Schrift, als wären mehrere Personen daran beteiligt gewesen. Auf den Rändern waren kurze Notizen und lustige Gesichter, wie er sie selbst auf seine Schulbücher malte, wenn er sich im Unterricht langweilte.

Ein längerer Eintrag: ›Imbolg, 1999‹. Es sah aus wie ein Theaterstück für vier Darsteller, die alle einen Text hatten. Aber das, was sie sagten, taten ... so etwas hatte Thomas noch nie zuvor gesehen. Mit zusammengezogenen Brauen fing er an zu lesen.

»Sie verstehen also, wie wichtig Ihre Antworten sind«, murmelte Jordan, während er nervös die Frau an seiner Seite betrachtete. Mit ihrem wüsten Silberhaar und den Jesuslatschen, den silbernen Armreifen und schwingenden Ohrringen wirkte sie ein wenig fehl am Platze – eher jemand, den man bei einem Grateful-Dead-Konzert erwarten würde als in einem Zeugenstand.

»Absolut, Mr. McAfee«, sagte Starshine. Sie griff in ihre Tasche und holte ein blaues Stoffsäckchen hervor, das mit einem lila Faden zugebunden war. »Würden Sie das bitte Ihrem Mandanten geben?«

»Jack? Was ist das denn?«

»Eine Art Talisman. Nur etwas Lorbeer, High-Joan-Wurzel, Johanniskraut und Eisenkraut. Ach ja, und ein paar Pinienkerne, etwas Tabak und Senfkörner, nur für alle Fälle. Und natürlich ein Bild von einem offenen Auge.«

»Natürlich«, wiederholte Jordan schwach.

»Damit Justitia ein wohlwollendes Auge auf ihn wirft.«

Was sollte er dazu sagen? Jordan steckte das Säckchen in seine Brusttasche wie ein Taschentuch, und Starshine nahm im Zeugenstand Platz.

Sogleich hatte sie die volle Aufmerksamkeit der Geschworenen.

Starshine schob eine Hand aus dem langen, weiten Ärmel und berührte die Bibel. »Ich schwöre, die Wahrheit zu sagen, die volle Wahrheit und nichts als die Wahrheit, so wahr mir Gott helfe.« Sie lächelte. »Und die Göttin.« Dann wandte sie sich an die Richterin. »Noch einen Moment bitte, ja?«

Richterin Justice hatte es offenbar die Sprache verschlagen. Mit einem Wink gab sie ihre Genehmigung.

Starshine griff in eine Hanftasche, die sie dabei hatte, und förderte eine Thermosflasche, eine grüne Kerze, ein Päckchen Zucker und ein Gewürzfläschchen mit der Aufschrift SAFRAN zutage.

»Das darf doch nicht wahr sein«, knurrte Matt Houlihan. Dann lauter. »Einspruch, Euer Ehren.«

»Stattgegeben«, sagte die Richterin. »Ma'am, ich muß Sie fragen, was Sie da machen.«

Doch die Frau schwankte jetzt leicht, die Arme ausgebreitet und die Augen geschlossen. »Ich sammele bloß Energie, Euer Ehren«, erwiderte Starshine. »Ich wirke einen Schutzraumzauber.«

»Wie bitte?«

»Darf ich den Stuhl drehen? Ich muß nach Süden blicken.«

Am Tisch der Verteidigung vergrub Jordan das Gesicht in den Händen.

Die Richterin gab die Frage weiter an den Staatsanwalt, der sich ein Lächeln abrang. »In Gottes Namen«, sagte Matt.

»Wenn wir einen Schutzraumzauber brauchen, dann brauchen wir eben einen.«

Starshine zündete die Kerze an, goß etwas von der Flüssigkeit aus der Thermosflasche in den dazugehörigen Becher. »Das ist bloß Milch«, sagte sie und schüttete dann den Inhalt des Päckchens und des Fläschchens dazu. »Vermischt mit ein wenig Safran und Zucker.« Sie hob den Becher an den Mund und inhalierte tief, schloß dann die Augen und stellte sich eine Frau in Schwarz, eine Frau in Rot und eine Frau in Weiß vor, die alle drei auf sie zukamen. »Ich war von Anbeginn bei euch«, sagte sie und trank.

Ruhe senkte sich über den Gerichtssaal. Selbst die Leute auf den Zuschauerbänken konnten sie spüren, und ein leises, überraschtes Raunen ging durch die Reihen. Starshine erdete die Kraft ihres Geistes, band den Zauber und löste den Kreis. »Das wäre geschafft.«

Richterin Justice wandte sich an Jordan. »Viel Vergnügen, Mr. McAfee«, sagte sie.

Jordan erhob sich kopfschüttelnd. Einerseits kam eine Spinnerin wie Starshine seiner Verteidigung zugute, da Gillian ja auch Hexe spielte. Andererseits bestand die Gefahr, daß die Geschworenen der Frau kein Wort glauben würden, falls sie den Eindruck machte, völlig plemplem zu sein. »Kennen Sie Gillian Duncan?« begann er.

»Ja. Sie kommt ziemlich häufig in meinen Laden.« Starshine wandte sich den Geschworenen zu. »Wiccan Read, ein okkulter Buchladen in Windham.«

»Ein okkulter Buchladen? Was ist das?«

»Wir verkaufen Bücher und Talismane und Kräuter für Leute, die erdverbundenen Religionen anhängen.«

»Wann war Miss Duncan das letzte Mal in Ihrem Laden?«

»Am fünfundzwanzigsten April.«

»Wonach hat sie gesucht?« fragte Jordan.

»Einspruch«, rief Matt. »Hörensagen.«

»Euer Ehren, ich möchte mit der Frage die Glaubwürdigkeit von Miss Duncan hinsichtlich der Ereignisse in der fraglichen Nacht anfechten«, gab Jordan als Begründung an.

»Einspruch abgelehnt, Mr. Houlihan. Ich möchte die Antwort hören.«

Starshine sagte: »Sie wollte von mir etwas über Hexenflugsalbe erfahren.«

»Ein paar Hintergrundinformationen wären vielleicht ganz hilfreich«, sagte Jordan, der Verwirrung heuchelte. »Sagten Sie Hexen?«

»Ja. So nennen sich die Anhänger des Wicca-Kults.«

»Können Sie uns sagen, woran Wiccaner glauben?«

»Das ist im Grunde ganz einfach. Erstens, niemandem Schaden zufügen, aber dem eigenen Willen folgen. Zweitens, daß eine Hexe fähig ist, Energie zu sammeln, Zauber zu wirken, Magick auszuüben und direkt mit der Göttin zu kommunizieren.«

»Einspruch, Euer Ehren«, sagte Matt. »Das hier ist ein Vergewaltigungsprozeß, keine Folge aus der Serie ›Verliebt in eine Hexe‹.«

Jordan wandte sich um. »Euer Ehren, es wird gleich klar, worauf ich hinauswill.«

Die Richterin lehnte den Einspruch ab. »Gibt es viele Hexen?« fragte Jordan.

»Weltweit drei bis vier Millionen, aber nicht viele binden es jedem auf die Nase.« Sie warf einen Blick auf die Richterin. »Wer weiß, vielleicht ist die Lady da oben ja auch eine?«

»Da muß ich Sie enttäuschen«, sagte die Richterin.

»Alte Gewohnheiten lassen sich nur schwer ablegen, und es gibt sehr viel Diskriminierung, obwohl Hexen im Grunde genommen nichts anderes tun, als Frauen zu achten und die Natur zu ehren. Es wäre ja nicht das erste Mal, daß eine Hexe für Dinge verantwortlich gemacht wird, die in einer Stadt schiefgehen, oder als Satanistin gebrandmarkt wird.« Sie lächelte. »Man muß sich ja nur die Statue von Giles Corey in dem kleinen Park in Salem Falls ansehen, um sich der Hysterie im Jahre 1692 zu erinnern.«

»Sie sagten, Miss Duncan habe sich nach Flugsalbe erkundigt. Was ist das?«

»Im Mittelalter haben Hexen Astralprojektionssalbe verwendet, um eine psychedelische Wirkung zu erzeugen. Sie enthielt Bestandteile wie Haschisch und Belladonna, die eigentlich, wenn man so will, für den Trip gesorgt haben. Natürlich verwenden wir die Salbe heutzutage nicht mehr. Gillian wollte wissen, ob ich ein Rezept dafür habe.«

»Was haben Sie ihr gesagt?«

»Daß so etwas illegal ist. Ich habe ihr empfohlen, ihre Energie umzuleiten und statt dessen Beltane zu zelebrieren.«

»Beltane? Was ist das?«

»Das letzte der drei Fruchtbarkeitsfeste im Frühjahr, ein Hexensabbat zur Feier der Vermählung des Gottes und der Göttin. Mit einem Wort, Mr. McAfee«, sagte sie, »es geht um Sex.«

»Gibt es eine traditionelle Beltane-Zeremonie?«

»Hexen hängen als Gaben für den Gott und die Göttin Nahrungsmittel und Kräuter an die Äste eines Baumes. Häufig wird ein Feuer gemacht, über das sie springen, um ihre Hemmungen abzuwerfen.«

»Ein Feuer?« wiederholte Jordan.

»Ja. Und einen Maibaum, und häufig findet auch noch eine Besiegelungszeremonie statt –«

»Besiegelungszeremonie?«

»Für eine Ehe auf Probe. Man faßt den Zukünftigen an die Hand und springt mit ihm über die Flammen, und dann ist man für ein Jahr aneinander gebunden – sozusagen eine Probezeit. Und nach der Besiegelung findet natürlich immer der Große Ritus statt.« Sie mußte lachen, als sie Jordans verständnisloses Gesicht sah. »Das Paar schläft miteinander, Mr. McAfee, direkt unter freiem Himmel.«

»Tja«, sagte Jordan und wurde leicht rot. »Das klingt wirklich festlich.«

»Wird Beltane an einem bestimmten Datum zelebriert?«

»Jedes Jahr zur gleichen Zeit«, erwiderte Starshine. »Um Punkt Mitternacht am dreißigsten April, wenn der Kalender auf den ersten Mai umspringt.«

Es sprach Bände, daß die erste Zeugin, die McAfee aufgerufen hatte, Matts Beweisführung in keiner Weise schadete. Es spielte für ihn keine Rolle, ob Gillian Duncan eine Paganistin, eine Buddhistin oder eine Schamanin war. Der Hokuspokus und die Kerzen und der Schutzraumzauber änderten nichts daran, daß Gillian Duncan in der fraglichen Nacht vergewaltigt worden war.

»Miss Starshine«, sagte Matt. »Stützt sich Ihr Wissen, daß Gillian Duncan eine Hexe ist, auf noch etwas anderes als auf das, was sie Ihnen erzählt hat?«

»Ich bin nicht in ihrem Coven, wenn Sie das meinen.«

»Waren Sie an Beltane auf der Lichtung im Wald?«

»Nein, ich habe woanders zelebriert.«

»Sie haben Gillian in der fraglichen Nacht nicht gesehen, richtig?«

»Ja.«

»Und Sie haben auch Mr. St. Bride in der Nacht nicht gesehen?«

»Ich sehe den Mann hier zum erstenmal«, sagte Starshine.

»Dann können Sie also nicht mit Sicherheit sagen, ob der Angeklagte und Miss Duncan in der Nacht vom dreißigsten April auf den ersten Mai zusammen waren?«

»Nein.«

Matt ging wieder auf seinen Platz zu, drehte sich dann aber um. »Dieser Schutzraumzauber, den Sie am Anfang ausgeübt haben ... machen das andere Hexen auch?«

»In unterschiedlicher Form ist ein Schutzzauber recht verbreitet, ja.«

»Wovor schützt er?«

»Vor negativer Energie«, sagte Starshine.

»Aber wenn der Angeklagte sich jetzt auf Sie stürzen und Sie packen würde –«

»Einspruch!« rief Jordan.

»– wenn er Sie zu Boden werfen und festhalten würde –«

»Stattgegeben!«

»– könnte ein Schutzzauber dann verhindern, daß Sie vergewaltigt werden?«

»Mr. Houlihan!« Die Richterin schlug mit der flachen Hand auf ihren Tisch. »Sie hören sofort auf!«

»Ich ziehe die letzte Frage zurück«, sagte Matt. »Keine weiteren Fragen.«

Mit seinen zerzausten Haaren und dem schwarzen T-Shirt sah Dr. Roman Chu aus wie ein Teenager, den Jordan vom Skateboardfahren auf der Straße gegen Bezahlung in den Zeugenstand gelockt hatte. Doch sobald der Toxikologe vereidigt worden war, zählte er eine lange Liste von Referenzen auf und erwähnte die zahlreichen Auftritte vor Gericht als forensischer Sachverständiger, die die Staatsanwaltschaft zur Bedingung gemacht hatte, um ihn als Zeugen zuzulassen.

»Meine Arbeit umfaßt den Nachweis von Drogenkonsum durch die Isolierung, Identifizierung und Quantifizierung toxischer Substanzen in biologischen Materialien«, erklärte Chu. »Im Grunde genommen bin ich ein sündhaft teurer Bluthund.«

»Kann ein forensischer Toxikologe feststellen, ob eine Droge in therapeutischer Dosierung eingenommen wurde oder als versehentliche oder beabsichtigte Überdosis?« fragte Jordan.

»Ja. Mithilfe moderner Analyseverfahren wie die Chromatographie und die Spektometrie messen wir Drogen, und dann identifizieren wir das Verhältnis zwischen der Drogenmenge und der klinischen Reaktion, um die pharmakologische Wirkung einzuschätzen.« Er lächelte die Geschworenen an. »Außerdem lernen wir an der Uni, niemals Wörter zu benutzen, die aus weniger als sechs Silben bestehen.«

Er brachte sie zum Lachen, und das war einer der Gründe, warum Jordan Roman gern als Sachverständigen heranzog. »Dr. Chu, haben Sie eine Probe analysiert, die Gillian Duncan entnommen wurde?«

»Ja.«

»Zu welchen Ergebnissen sind Sie gelangt?«

»In der Blutprobe, die ich untersucht habe, waren Spuren der Substanz Atropin nachweisbar.«

Am Tisch der Anklagevertretung wurde Matt ganz still. Die Geschworenen beugten sich vor, gebannt durch den Beweis, daß Gillian gelogen hatte.

»Atropin?« fragte Jordan. »Was ist das?«

»Ein Wirkstoff, der medizinisch verwendet wird, als Muskelrelaxans, zur Erhöhung der Herzfrequenz, zur Reduktion der Speichelsekretion während der Anästhesie sowie gelegentlich bei der Behandlung von Asthma.«

»Wie lange dauert es, bis die Wirkung einsetzt?« fragte Jordan.

»Das geht sehr schnell, bei höchster Plasmakonzentration binnen einer Stunde, und die Wirkung hält zwei bis sechs Stunden an.«

»Wie lange darf die Einnahme zurückliegen, damit Sie Atropin in einer Blutprobe nachweisen können?«

»Die Blutprobe muß innerhalb von vierundzwanzig Stunden entnommen worden sein«, erwiderte der Toxikologe.

»Handelte es sich bei der Menge Atropin, die Sie in Miss Duncans Blut festgestellt haben, um eine normale Dosis?«

»Die normale therapeutische Dosis beträgt null Komma eins bis eins Komma zwei Milligramm. In Miss Duncans Blut, das ihr etwa vier Stunden nach der Einnahme von Atropin entnommen worden war, fanden sich dreiundzwanzig Nanogramm pro Milliliter. Bei einer Halbwertzeit von drei bis vier Stunden entspricht das einem Wert von sechsundvierzig Nanogramm in der ersten Stunde. Berücksichtigt man Miss Duncans Gewicht, das Körperfett und die ungefähre Einnahmezeit, ergibt sich eine Dosis von zehn Milligramm Atropin ... etwa das Zehn- bis Hundertfache einer normalen Dosis.«

»Was bedeutet das?«

»Miss Duncan hatte eine Überdosis eingenommen«, sagte Chu.

»Könnte das ihre Körperfunktionen beeinträchtigt haben?«

»Allerdings. Bei einer Dosis von nur zwei Milligramm sind die Folgen Herzrasen, Herzklopfen, trockener Mund, erweiterte Pupillen, so daß man alles verschwommen sieht. Bei einer Dosis bis zu fünf Milligramm kommt es zu nervöser Unruhe, Sprech- und Schluckbeschwerden, Kopfschmerzen, Hauterhitzung und verminderter Peristaltik. Wer zehn Milligramm einnimmt, wie Miss Duncan, zeigt alle genannten

Symptome plus einen schnellen, schwachen Puls, verschwommene Sicht, gerötete Haut, Erregungszustände, Probleme beim Gehen, Halluzinationen, Delirium und Koma.«

»Ist die Wirkung anhaltend?«

»Nein. Es ist ein kurzer Trip«, sagte Chu grinsend.

»Aber Halluzinationen sind wahrscheinlich?«

»Und ob. In Holland wurden vor kurzem vier Sorten Ecstasy gefunden, in denen Atropin enthalten war, aus genau diesem Grund.«

»Dann kommt es also öfter vor, daß Atropin als halluzinogene Freizeitdroge eingenommen wird?«

Chu nickte. »Meinen Informationen nach, ja. Bei solchen Halluzinationen hegen Ärzte für gewöhnlich den Verdacht, daß eine Atropinvergiftung vorliegt, weil Atropin bei einer routinemäßigen toxikologischen Analyse in der Notaufnahme nicht nachweisbar ist; außerdem schaltet der Wirkstoff das Kurzzeitgedächtnis aus, was es schwierig macht, genau festzustellen, wann die Droge eingenommen wurde.«

»Kann jemand, der Atropin eingenommen hat, zwischen Halluzinationen und tatsächlichen Erinnerungen unterscheiden?«

Chu zuckte die Achseln. »Ich würde sagen, nein. Wie alle Halluzinogene, von LSD bis Meskalin, verändert Atropin die Wahrnehmung.«

»Könnte sich jemand, der unter Einfluß einer halluzinogenen Droge steht, einbilden, körperlich angegriffen worden zu sein?«

»Einspruch«, rief Matt. »Das gehört nicht zur Sachkenntnis des Zeugen.«

»Ich lasse die Frage zu«, sagte die Richterin.

Chu grinste. »Es hat zahlreiche Fälle gegeben, in denen sich jemand, der Engelsstaub geschluckt hatte, die Haut vom Leib gekratzt hat, weil er überzeugt war, daß ihm auf dem ganzen Körper Wanzen herumkrabbeln. Wenn man eine psychedelische Droge nimmt, wird das wahr, was man für wahr hält.«

»Eine letzte Frage«, sagte Jordan. »Wird Atropin aus einer bestimmten Substanz gewonnen?«

»Sie stammt aus dem flüssigen Extrakt einer Pflanze, die seit Jahrhunderten auf vielfältige Weise genutzt wird, als Gift, als Narkotikum und zur Herbeiführung von tranceähnlichen Zuständen. Der Schlaftrunk zum Beispiel, den Shakespeares Julia trinkt, hat man aus ihr gewonnen.«

»Wie lautet der Name der Pflanze, Dr. Chu?«

»Oh«, sagte er. »*Atropa belladonna.*«

Matt bat um eine fünfzehnminütige Verhandlungspause und verließ wutschäumend den Gerichtssaal. Er eilte die Treppe hoch zu dem kleinen Besprechungsraum, den er als Wartezimmer für Gillian Duncan reserviert hatte, falls er sie noch einmal aufrufen mußte, sobald die Verteidigung ihre Zeugenbefragung abgeschlossen hatte. Als er durch die Tür fegte, saß Gillian am Tisch und löste ein Kreuzworträtsel.

»Lüg mich nie wieder an.«

Sie ließ ihren Stift fallen. »W-Was?«

Er stützte die Arme rechts und links von ihrem Kreuzworträtsel auf. »Du hast mich schon verstanden«, sagte Matt wütend. »Du hast also in der fraglichen Nacht nichts getrunken.«

»Ich weiß nicht, wovon Sie reden.«

»Von dem Atropin, Gillian. Es wurde in deinem Blut nachgewiesen.«

Sie blickte wie vom Donner gerührt drein. »Aber ... aber der Test im Krankenhaus –«

»War negativ«, beendete Matt den Satz. »Aber der Toxikologe der Verteidigung hat dein Blut einer genaueren Analyse unterzogen. Und jetzt wissen die Geschworenen, daß du gelogen hast, daß du doch unter Drogen gestanden hast – und sie fragen sich natürlich, was du ihnen sonst noch für Lügen aufgetischt hast.«

Tränen traten ihr in die Augen. »Daß ich vergewaltigt wurde, ist nicht gelogen. Wirklich nicht. Es denken doch sowieso schon alle, ich wäre ein Flittchen, weil mir so was passiert ist. Ich wollte nicht, daß sie mich auch noch für drogensüchtig halten. Ich habe das Zeug nur ein einziges Mal genommen.

Das schwöre ich.« Sie blickte Matt mit verzweifelter Miene an und fragte: »Kommt er jetzt frei? Weil ich so blöd war?«

Matt spürte, wie seine Wut verpuffte, aber er wollte ihr keine falschen Hoffnungen machen. »Ich weiß es nicht, Gillian.«

»Er wird nicht freigesprochen.«

Beim Klang der Stimme wandten sich Matt und Gillian um. Amos Duncan stand in der Tür, steif und bedrückt. »Mr. Houlihan wird das nicht zulassen.« Gillians Vater ging zu seiner Tochter und legte ihr eine Hand auf die Schulter. »Es ist vielleicht ein Rückschlag, aber keine Katastrophe. Nicht wahr, Mr. Houlihan?«

Matt dachte an die zwölf Geschworenen und daran, was sie vorhin gehört hatten. »Ihr Wort in Gottes Ohr«, sagte er und stürmte hinaus.

»Trifft es nicht zu, Doctor, daß halluzinogene Drogen ein breites Spektrum an Wirkungen hervorrufen?« fragte Matt.

Chu lachte. »Soweit ich weiß, ja, aber wenn Sie nähere Einzelheiten von mir hören wollen, muß ich mich leider auf mein Recht zu schweigen berufen.«

»Ist es möglich, daß eine solche Droge bei dem einen wundervolle Wahnvorstellungen auslöst und bei dem anderen bewirkt ... um Ihr Beispiel von vorhin aufzugreifen ..., daß er sich die Haut vom Leib kratzt?«

»Ja. Das hängt von der Dosierung, der Wirkungskraft der Droge, von der Persönlichkeit des Konsumenten und der Umgebung ab, in der die Droge eingenommen wurde.«

»Wenn jemand die betreffende Droge einnimmt, kommt es also nicht zwangsläufig zu Halluzinationen?«

»Nicht unbedingt.«

»Haben Sie Gillian Duncan in den frühen Morgenstunden des ersten Mai gesehen?«

»Nein«, sagte Chu. »Ich bin ihr nie begegnet.«

»Dann wissen Sie nicht, was sie für eine Persönlichkeit hat.«

»Nein.«

»Sie wissen auch nicht, in welcher Umgebung sie sich befand, als sie die Droge eingenommen hat.«

»Nein.«

»Sie kennen nicht einmal die Wirkungskraft der fraglichen Droge, nicht wahr?«

»Ja.«

»Haben Sie sie gesehen, nachdem man sie in die Notaufnahme des Krankenhauses gebracht hatte, weil sie vergewaltigt worden war?«

»Nein.«

»Dann wissen Sie also nicht, ob sie Halluzinationen gehabt hat.«

»Nein.«

Matt ging auf den Zeugen zu. »Sie haben gesagt, die Droge verbleibt nur ein paar Stunden im Blutkreislauf, ist das richtig?«

Chu nickte. »Ja.«

»Und wann wurde die Blutprobe entnommen, die Sie analysiert haben?«

»Gegen zwei Uhr morgens«, sagte der Toxikologe.

»Miss Duncan ist in der fraglichen Nacht gegen elf Uhr mit ihren Freundinnen im Wald angekommen. Können Sie sagen, ob Miss Duncan die Droge eingenommen hat, bevor sie in den Wald ging?«

»Nein ... aber aufgrund der Menge, die sich noch um zwei Uhr morgens in ihrem Blut befand, wäre sie in diesem Fall jetzt tot.«

»Wenn wir von einem Zeitrahmen von zwei bis sechs Stunden ausgehen, könnte es doch auch sein, daß sie die Droge genommen hat, nachdem sie vergewaltigt worden war, nicht wahr?«

»Ich schätze, ja.«

»Und das würde sich auf Ihre Berechnung der Dosierung auswirken, richtig?«

»Ja.«

Matt nickte. »Sie wissen nicht, wer das Atropin in der fraglichen Nacht mitgebracht hat, nicht?«

»Nein.«

»Ist es nicht möglich, daß Mr. St. Bride in den Wald gekommen ist und den Mädchen die Droge angeboten hat?«

»Das ist möglich.«

Matt strebte auf die Geschworenenbank zu. »Kann man Atropin riechen, wenn es einem Getränk beigemischt wird?«

»Für gewöhnlich nicht.«

»Kann man es schmecken?«

»Nein.«

»Wenn also Mr. St. Bride Miss Duncan eine geöffnete Limodose gereicht hätte, in der sich die Droge bereits befand, wäre daher denkbar, daß sie von der Limo getrunken hat, ohne zu merken, daß sie eine illegale Substanz zu sich nimmt?«

»Vermutlich.«

Matt nickte nachdenklich. »Dr. Chu, ist Ihnen Rohypnol ein Begriff?«

»Ja.«

»Können Sie für die Unkundigen unter uns erklären, worum es sich dabei handelt?«

»Es ist ein Medikament, das auch als Vergewaltigungsdroge bezeichnet wird«, erwiderte Chu. »In den letzten Jahren hat es Fälle gegeben, in denen Männer die Substanz den Frauen, mit denen sie verabredet waren, heimlich ins Getränk gegeben haben; sobald die Frauen das Bewußtsein verloren hatten, wurden sie vergewaltigt.«

»Was ist das Erschreckende an Rohypnol?«

»Es ist geruchs- und geschmacklos. Die Opfer merken in der Regel nicht, daß sie es eingenommen haben, bevor es zu spät ist. Und es läßt sich auch nicht durch eine toxikologische Analyse nachweisen, wie sie routinemäßig im Krankenhaus durchgeführt wird.«

»Treffen die genannten Eigenschaften auch auf Atropin zu?«

»Wenn Sie so wollen«, sagte Chu. »Ja.«

Der Kampf gegen das Haldol, das ihr verschrieben worden war, war aussichtslos. Sobald Meg die Augen zufielen, war sie wieder dort: *Der Wald schwamm, als wären sie alle unter Wasser getaucht worden, und grelle rosa Lichtblitze wirbelten auf sie zu wie Wesen aus einem Videospiel. Megs Kopf fühlte sich so leicht an wie ein Ballon, und jedesmal, wenn sie den*

Mund öffnete, kamen die verrücktesten Töne heraus … keine Worte oder überhaupt ihre Stimme.

»Kommt her, kommt her«, sagte Gilly und winkte sie herüber, damit sie dem glücklichen Paar gratulierten. Whitney taumelte hin, aber Chelsea war zu sehr damit beschäftigt, Sterne aus der Luft zu pflücken. »Meggie, du auch«, befahl Gilly, und Megs Verräterbeine trugen sie dorthin.

Matt Houlihan hatte das beste Entlastungsargument zunichte gemacht, das Jacks Anwalt bisher vorgebracht hatte. Addie war völlig aufgewühlt, und ihre Hand zitterte, so daß der Kaffee, den sie sich am Automaten im Untergeschoß des Gerichtsgebäudes gezogen hatte, auf ihren Rock und den Boden schwappte. »Mist«, rief sie und bückte sich, um die Schweinerei aufzuwischen, bevor ihr klar wurde, daß sie nicht einmal ein Taschentuch hatte.

»Ich mach das schon.«

Ein Paar blitzblanke, schwarze Schuhe traten in Addies Gesichtsfeld. Dann ging Wes Courtemanche in die Hocke und fing an, die Kaffeelache mit seinem Taschentuch aufzuwischen.

Addies Wangen röteten sich. Sie hatte keinen Grund, verlegen zu sein, aber sie war es. »Danke«, sagte sie kühl und nahm ihm das Taschentuch ab, um den Rest zu erledigen.

»Addie«, sagte er und berührte sie am Handgelenk.

Es dauerte einen Moment, bis sie den Mut hatte aufzublicken. »Es tut mir leid«, murmelte Wes. »Ich hatte ja keine Ahnung, daß es soweit kommen würde. Und … na ja, ich wollte dich auch nicht da hineinziehen.«

»Hast du auch nicht, Wes. Das hab ich ganz allein gemacht.« Nervös knüllte sie das Taschentuch zu einem Ball. »Ich wasch es und geb es dir dann zurück.«

»Nein.« Er nahm es ihr aus der Hand. »Es gab mal eine Zeit, da hätte ich mir nichts lieber gewünscht, als so ein Angebot aus deinem Mund zu hören, aber die Wahrheit ist, Addie, es sollte einfach nicht sein, daß du meine Wäsche machst.«

Addie betrachtete seine ernsten Augen, den kräftigen Körper, spürte seine unerschütterliche Loyalität. »Wes, irgendwann findest du eine Frau, die es kaum erwarten kann, ihre Wäsche mit deiner zu waschen.« Sie biß sich auf die Lippen und fügte dann hinzu. »Es tut mir leid, daß ich es nicht bin.«

Wes schüttelte den Kopf, lächelte sie dann mit einem Hauch des Bedauerns an. »Und mir erst«, sagte er und half ihr hoch.

Jack stand am Fenster des kleinen Besprechungsraumes. »Sagt Ihnen der Name Boris Yetzemeloff was?« fragte er Jordan.

»Nein.«

»Der hat in den vierziger Jahren in Mexiko achtzehn Frauen vergewaltigt. Dafür hat er lebenslänglich gekriegt. Nach zwanzig Jahren hatte er einen Herzinfarkt und war bereits für tot erklärt worden, bis er zwanzig Minuten später wiederbelebt wurde.« Jack blickte seinen Anwalt an. »Danach haben sie ihn entlassen. Mit der Begründung, er habe seine lebenslange Strafe schließlich verbüßt.«

Jordan kniff sich in den Nasenrücken. »Mit solchen Anekdötchen kann ich leider nicht aufwarten. Aber was wollen Sie mir damit sagen, Jack?« fragte Jordan. »Daß Sie sich bereits aufgegeben haben, bevor ich Sie überhaupt in den Zeugenstand rufe?«

»Können Sie mir ehrlich sagen, was meine Aussage noch bringen soll?« erwiderte Jack leise. »Es ist nicht mal eine Aussage, verdammt. Es ist nichts als gähnende Leere.«

»Ich habe Ihnen doch erklärt, was Dr. Chu gesagt hat. Wenn Sie in der fraglichen Nacht von dem Eistee getrunken haben, könnte es sein, daß Ihre Erinnerung nie zurückkommt.«

Entnervt trat Jack gegen einen Stuhl. »Aber ich will mich erinnern«, sagte er. »Ich will wissen, was passiert ist, Jordan, und sei es auch nur, damit ich mir ab und an sagen kann, daß ich unschuldig bin, wenn ich schon im Gefängnis verfaulen muß.«

»Sie wissen vom Gefühl her, daß Sie unschuldig sind«, seufzte Jordan. »Das muß reichen.«

Die Männer schwiegen, hingen ihren eigenen Gedanken nach. Eine Neonröhre an der Decke summte wie ein Insekt.

Dann nahm Jack seinem Anwalt gegenüber Platz. »Kann ich Sie was fragen?«

»Klar.«

»Glauben Sie, daß ich unschuldig bin?«

Jordan wandte den Blick ab. »Das ist für meine Rolle als Ihr Anwalt unerheblich, wissen Sie.«

»Ich habe Ihnen eine Frage gestellt. Nicht von Mandant zu Anwalt. Von Mann zu Mann.« Jack blickte Jordan direkt an. »Bitte.«

Jordan wußte, was Jack brauchte, wußte, daß er als Anwalt dafür zu sorgen hatte, daß sein Hauptzeuge die Ruhe bewahrte, egal, wie dürftig seine Aussage war. »Natürlich glaube ich Ihnen«, sagte er. »Und Selena glaubt Ihnen auch. Und Addie.« Jordan rang sich ein Lächeln ab. »Da sehen Sie, Sie haben jede Menge Jünger.«

Nur keinen einzigen unter den Geschworenen, dachte er.

Dr. Flora Dubonnet hatte ein Gesicht wie ein Spatz, einen Körper wie ein Storch und eine Stimme wie eine Maus, die in Panik geraten ist. Jordan mußte sich beherrschen, um nicht jedesmal zusammenzuzucken, wenn seine Zeugin eine Frage beantwortete, und er bedachte Selena mit mörderischen Blicken, weil sie diese Sachverständige für Kinder- und Jugendpsychiatrie im Internet aufgetrieben hatte ... *offensichtlich ohne* mit ihr zu telefonieren.

»Haben Sie einige von den Unterlagen in dem hier verhandelten Fall begutachtet?« fragte Jordan.

Die Antwort war ein schrilles Quietschen.

Jordan sah, wie die Geschworenen zurückschreckten. Es hörte sich an, als kratzten Fingernägel über eine Schultafel.

»Doctor«, sagte Richterin Justice. »Es tut mir leid, aber ich muß Sie bitten, etwas lauter zu sprechen.« Sie zögerte, fügte dann hinzu: »Es tut mir *sehr* leid.«

»Ich habe gesagt, ja«, wiederholte Dr. Dubonnet.

»Was waren das für Unterlagen?« fragte Jordan.

»Die psychiatrischen Berichte über Gillian Duncan, als sie neun Jahre alt war.«

»Zu welchem Ergebnis sind Sie gekommen?«

Sie wandte sich den Zuschauern zu und piepste: »Das Mädchen zeigte Symptome einer pathologischen Lügnerin.«

Mit dieser Stimme ausgesprochen, war die Wirkung dieser Aussage längst nicht mehr so stark. »Können Sie an einigen konkreten Beispielen veranschaulichen, wie Sie zu dieser Diagnose gelangt sind?«

»Ja. Ihre Aussagen standen in einigen Fällen im Widerspruch zu denen anderer Beteiligter, und mitunter waren sie völlig unglaubwürdig. So hat sie beispielsweise rundweg abgestritten, Ladendiebstahl begangen zu haben, obwohl sie in flagranti erwischt worden war. Sie hat sich Schnitte an den Armen zugefügt und die Selbstverstümmelung auch dann noch geleugnet, als ein Arzt sie schon behandelte. Ein anderes Mal hat sie abgestritten, ein Mädchen aus der Nachbarschaft durch die Verbreitung von Gerüchten verleumdet zu haben, obwohl sie von mehreren Zeugen eindeutig entlarvt worden war.«

»Warum tut ein Kind solche Dinge, Doctor?« fragte Jordan.

»Für Miss Duncan war es vermutlich ein Weg, um auf sich aufmerksam zu machen. Der Tod ihrer Mutter hat bei anderen Mitleid erzeugt und Gillian Aufmerksamkeit beschert, und um diesen Zustand weiterhin beizubehalten, hat sie immer wieder auf die eine oder andere Art Aufsehen erregt.«

»Doctor, wenn bei einem Kind dieser pathologische Hang zur Lüge diagnostiziert wird, was passiert dann, wenn es älter wird?«

»Einspruch, Euer Ehren«, sagte Matt. »Die Einschätzung der Sachverständigen zu Kindern im allgemeinen hat keinerlei Bedeutung für das, was mit Gillian Duncan geschehen ist.«

»Abgelehnt«, murmelte die Richterin.

»In der Psychiatrie«, erwiderte Dr. Dubonnet, »gilt die Faustregel, daß Jungen, die lügen, Verhaltensstörungen haben und Soziopathen werden … dagegen haben Mädchen, die lügen, eine Persönlichkeitsstörung und verhalten sich auf der zwischenmenschlichen Ebene manipulativ.«

»Danke«, sagte Jordan. »Keine weiteren Fragen.«

Matt stand augenblicklich auf. »Doctor, Sie haben nie mit Gillian Duncan gesprochen, nicht wahr?«

»Nein.«

»Sie haben lediglich die Berichte über ein neunjähriges Mädchen gelesen?«

»Ja.«

»Zu Ihrer *Faustregel* ... Sie können nicht mit Sicherheit sagen, daß jeder Junge oder jedes Mädchen sich so entwickelt, oder? Sie geben hier lediglich eine ungefähre Prognose, wie sich Kinder unter bestimmten Voraussetzungen entwickeln könnten?«

»Das ist richtig.«

»Und Sie können nicht sagen, ob Gillian sich so entwickelt hat, nicht wahr?«

»Nein.«

»Stimmt es nicht, daß Gillian Duncan mit neun Jahren ihre Mutter verloren hat?«

»So lauten meine Informationen.«

»Und der Verlust ihrer Mutter war der Grund, warum sie in Therapie gekommen ist, richtig? Nicht, weil sie zwanghaft gelogen hat.«

»Ja.«

»Sie haben gesagt, Gillian sei Ihrer Meinung nach eine pathologische Lügnerin gewesen, weil sie über ein anderes Mädchen Gerüchte in die Welt gesetzt hat und dann alles geleugnet hat.«

»Unter anderem.«

Matt lächelte. »Verzeihen Sie, Doctor, aber als ich klein war, haben wir bloß gesagt, so was ist typisch Mädchen.«

»Einspruch!«

»Zurückgezogen«, sagte Matt. »Trifft es nicht zu, daß Mädchen so etwas mit Vorliebe machen? Jungen raufen sich, Mädchen verbreiten Gerüchte?«

»Einspruch«, rief Jordan erneut. »Ich möchte wissen, wann Mr. Houlihan sein Examen in klinischer Psychologie bestanden hat.«

»Zurückgezogen. Doctor, Sie haben ebenfalls erwähnt, daß Miss Duncan Ladendiebstahl begangen hat.«

»Das ist richtig.«

Matt drehte sich um und blickte Jack direkt in die Augen. »Kommt es nicht recht häufig vor, daß jemand, der eine Straftat begangen hat, seine Schuld bestreitet?«

»Na ja … oftmals …«

»Kommt es nicht recht häufig vor, daß jemand eine Straftat begangen hat und seine Schuld auch dann noch bestreitet, wenn die Indizien ihn mit der Tat in Verbindung bringen?«

»Ich – ich denke, ja.«

»Dann ist es also durchaus nicht ungewöhnlich, Doctor, daß jemand lügt, um seinen Hals aus der Schlinge zu ziehen?«

»Nein.«

»Ist deshalb jemand gleich ein pathologischer Lügner?«

Dr. Dubonnet seufzte. »Nicht unbedingt.«

Matt blickte die Zeugin an. »Keine weiteren Fragen.«

Er roch nach Schweiß und Blut. Sein Lächeln war süß, und Meg wäre jede Wette eingegangen, daß er keine Ahnung hatte, in was er da eben hineingeraten war. Ergeben drückte sie die Lippen auf seine Wange und verlor fast im selben Augenblick das Gleichgewicht. Sie fiel auf seinen Schoß, hörte ihn unter ihrem vollen Gewicht ächzen. »Alles in Ordnung?« fragte er und half ihr dann auf. Seine Hände glitten ihr unbeholfen über die Brust und den breiten Po, bis er sie richtig zu fassen kriegte, um sie auf die Beine zu hieven.

Was man möchte und was man kriegt, sind zwei ganz verschiedene Paar Schuhe; manchmal baut die Phantasie eine Brücke, bevor man merkt, daß sie das Gewicht nicht aushält. Er hatte sie nicht begrapscht: er hatte sie aufgefangen. Aber ach, wie sehr hätte Meg sich gewünscht, es wäre anders gewesen.

Und im selbem Moment begriff sie, daß sie nicht die einzige gewesen war.

»Bitte nennen Sie Ihren Namen und Ihre Adresse fürs Protokoll.«

»Roy J. Peabody. Ich wohne über dem ›Do-Or-Diner‹ in Salem Falls.«

»Wo waren Sie am Nachmittag des dreißigsten April, Mr. Peabody?« fragte Jordan.

»Bei der Arbeit«, sagte Roy.

»Wissen Sie, wer Gillian Duncan ist?«

»Allerdings.«

»Haben Sie sie an dem Tag gesehen?«

»Allerdings.«

»Wo?« fragte Jordan.

»Sie ist gegen halb drei in den ›Diner‹ gekommen.«

»Hat Jack zu der Zeit auch gearbeitet?«

»Aber sicher.«

»Haben Sie die beiden je zusammen gesehen?« fragte Jordan.

»Ja.«

»Würden Sie bitte erzählen, bei welcher Gelegenheit?«

Roy zuckte die Achseln. »Sie ist reingekommen und hat einen Milchshake bestellt. Dann hat sie es sich anders überlegt, hat gesagt, sie hätte doch keinen Durst, und ist wieder rausmarschiert. Ich hab gesehen, wie sie hinter das Restaurant gegangen ist, wo Jack gerade den Müll ausleerte.«

»Sie haben das gesehen?«

»Meine Kasse steht direkt am Fenster«, sagte Roy.

»Was genau haben Sie gesehen?«

»Sie muß was zu ihm gesagt haben, weil er aufgeblickt hat, und dann haben sie angefangen zu reden.«

»Wie lange haben sie sich unterhalten?«

»Bestimmt zehn Minuten, weil ich die Zwischenabrechnung gemacht habe. Dauert ein Weilchen, die ganzen Scheine und Münzen zu zählen.«

»Danke, Roy«, sagte Jordan. »Ihr Zeuge, Mr. Houlihan.«

Matt erhob sich zu seinem Kreuzverhör. »Mr. Peabody, befanden Sie sich im Restaurant, als Sie gesehen haben, wie Gillian gegangen ist?«

»Hab ich doch gerade schon gesagt.«

»Und Gillian ist hinter den ›Diner‹ gegangen?«

»Ja.«
»War das Fenster, an dem Sie gesessen haben, offen?«
»Nein, Addie sagt, bei der Klimaanlage ist das reine Energieverschwendung.«
»Sie haben also nicht gehört, ob Mr. St. Bride Gillian vielleicht zu sich gerufen hat?«
»Nein. Aber ich hab gesehen, daß sie stinksauer war, als sie gegangen ist.«
Matt blickte die Richterin an. »Ich würde die Bemerkung gern streichen lassen.«
»Ich aber nicht«, erwiderte Richterin Justice.
»Mr. Peabody, wieso hatten Sie den Eindruck, daß Miss Duncan wütend war?« setzte Matt die Befragung fort.
»Sie hatte die Nase so hoch in die Luft gereckt, daß ich dachte, sie würde gleich über ihre eigenen Füße stolpern. Und sie hatte ein Mordstempo drauf. Richtig sauer eben, als würde sie Jack am liebsten in der Luft zerreißen.«
Jordan grinste übers ganze Gesicht. Falls er diesen Prozeß gewann, würde er bis an sein Lebensende jeden Tag im »Do-Or-Diner« essen. Und Roy ein dickes Trinkgeld geben.
»Mr. Peabody, wissen Sie, warum sie wütend war?«
»Keine Ahnung.«
»Könnte es zum Beispiel sein, daß Mr. St. Bride einen unschicklichen Annäherungsversuch gemacht hat? Wäre das keine Erklärung dafür, warum sie so aufgebracht war?«
Roy warf Jack einen schrägen Blick zu. »Möglich.«
»Oder angenommen, er hat sie unsittlich berührt? Würde das nicht erklären, warum sie so schnell das Weite gesucht hat?«
Der alte Mann zögerte und sagte dann: »Vielleicht.«
Matt ging zurück zum Tisch der Anklagevertretung. »Vielen Dank, Mr. Peabody.«

Meg war nicht so dumm, einen Zauber zu wirken, mit dem sich die Kontrolle über jemand anderen erlangen ließ. Wenn es nämlich funktionierte, floß Energie und Kraft durch einen hindurch in die andere Person – es war also eine Verbindung hergestellt. Und wenn man dann Schaden ausübte, war man selbst auch der Leidtragende.

Hexen war jedoch nicht das gleiche wie der zerstörerische Einsatz von Magick. Schließlich wollten sie damals, als sie für den alten Stuart Hollings einen Zauber gewirkt hatten, bloß die Folgen seines Schlaganfalls heilen. Jetzt mußte eine wuchernde Krebsgeschwulst bekämpft werden. Und jemand, der immer und immer wieder die Sicherheit anderer bedrohte, mußte aufgehalten werden. Und deshalb würde Meg einen Bindungszauber wirken.

Es war das erste Mal überhaupt, daß sie ganz allein einen Kreis zog. Meg kniete sich zwischen die Sträucher im Garten und hoffte inständig, daß ihre Mutter nicht früher von der Arbeit nach Hause kam. Eine schwarze Kerze brannte vor ihr, und in einem Aschenbecher, den sie auf dem Speicher gefunden hatte, glimmte Weihrauch.

Eigentlich hätte sie eine Puppe aus Wachs oder Stoff haben müssen, die die Person darstellte, die sie davon abhalten wollte, etwas Schädliches zu tun. Aber Meg war nie handwerklich geschickt gewesen und wußte nicht, wie sie so eine Puppe hätte herstellen sollen. Schließlich hatte sie ihren Schrank durchsucht und die alten Barbiepuppen zutage gefördert. In ihrer Nacktheit war die Puppe obszön, das Haar verfilzt. Meg besprenkelte sie mit Salzwasser und flüsterte die Worte, die sie aus einem Grimoire im Wiccan Read abgeschrieben hatte. »Gesegnet seist du, Wesen aus … äh, Plastik …, durch Leben verwandelt. Du bist kein Plastik mehr, sondern Fleisch und Blut. Du bist zwischen den Welten, in allen Welten, so sei es.«

Sie hielt die Puppe in den Händen und stellte sich vor, daß ein silbernes Netz vom Himmel fiel. Dann nahm sie ein Stück rotes Band aus der Tasche ihrer Shorts und wickelte es der Puppe fest um Hände, Mund und Lenden. Schließlich nahm Meg all die Energie auf, die durch ihre Nervenbahnen vibrierte und ihre Angst nährte, und leitete sie in die Puppe, bis ihr die schlanke Figur aus den Händen sprang und vor ihr auf den Boden fiel. »Durch Luft und Erde, durch Wasser und Feuer seist du gebunden, wie ich es wünsche.«

Meg würde sich nicht mehr verletzen lassen. Und sie würde auch nicht zulassen, daß irgend jemand anders erneut verletzt wurde. Lügen waren nur so stark wie die Dummköpfe, die sie glaubten, und späte Einsicht, so wußte Meg, war immer noch besser als gar keine Einsicht.

Sie öffnete den Kreis, nahm den Spaten, den sie aus dem Schuppen geholt hatte, und vergrub die Puppe unter einem Hortensienstrauch. Darüber legte sie den schwersten Stein, den sie hatte herbeischleifen können. Und als die Puppe, die Gillian darstellte, sicher unter der Erde war, tätschelte Meg den kleinen Hügel zufrieden.

Während Matt Roy Peabody ins Kreuzverhör nahm, trat der Gerichtsdiener an den Tisch der Verteidigung und reichte Jordan einen Zettel. »Das darf doch wohl nicht wahr sein«, murmelte er und zerknüllte das Papier. Er wartete, bis der Staatsanwalt fertig war, und bat, an die Richterbank treten zu dürfen.

»Euer Ehren, könnten wir eine zehnminütige Pause einlegen?« fragte er.

»Sie hatten genug Zeit, um sich mit Ihrem Mandanten zu besprechen«, wandte Matt ein.

»Ich habe nicht vor, mit meinem Mandanten zu reden. Wenn es Sie glücklich macht, spielen Sie bei ihm den Babysitter.« Dann sagte Jordan zu der Richterin: »Es geht um eine persönliche Angelegenheit, Ma'am.«

Sie nickte, und Jordan durfte gehen. Er ging zu seinem Tisch, gab Selena ein Zeichen und eilte aus dem Saal.

Thomas wartete vor der Tür auf ihn. »Ich hoffe, du hast einen triftigen Grund«, sagte Jordan.

»Ich denke, ja.« Er hielt ihm ein Schulheft hin. »Das ist heute morgen mit der Post gekommen.«

Jordan blickte seinen Sohn aus funkelnden Augen an. »Und was ist so dringend daran, daß du mich mitten im Prozeß stören mußt?«

»›Buch der Schatten‹«, las Selena und nahm das Heft entgegen. »Als ich im Wiccan Read war, hab ich den Titel gelesen.«

»Wenn Starshine mir unbedingt ein Geschenk machen wollte, hätte sie mir einen Glücksbringer schicken sollen.«

»Ich glaube nicht, daß Starshine das geschickt hat, Jordan«, sagte Selena leise und zog das silberne Band heraus, das Thomas als Lesezeichen hineingesteckt hatte.

Jordan befingerte das Band. Dann nahm er Selena das Schulheft aus der Hand, blätterte es durch und überflog einige Passagen. Die letzte Seite fesselte seine Aufmerksamkeit.

Es war zwar kaum bekannt, aber zur Auffrischung ihrer Erinnerung durften Zeugen alles benutzen – einfach alles.

Jordan war so vertieft in den letzten Eintrag, daß er nicht mal aufblickte. Dann legte er bedächtig die Hand auf die Seite. »Von wem ist das?«

»Von einer guten Hexe«, sagte Thomas bedächtig.

Jack saß im Zeugenstand und beäugte seinen Gegner argwöhnisch.

Seinen Anwalt.

Zu Anfang hatte Jordan auf Jacks Aussage verzichten wollen, da er gemeinhin besser damit fuhr, für seine Mandanten zu sprechen. Aber seine Verteidigung stützte sich bislang auf eine Hexe, einen Toxikologen, eine Psychiaterin und Roy – und ihre Aussagen hatten das Ruder nicht herumreißen können. Jack war eloquent, adrett, gebildet – und auch wenn er Gillian Duncans Geschichte nicht widerlegen konnte, so würde er zumindest einen guten Eindruck machen.

Es war eine Ironie des Schicksals, daß ausgerechnet ein Vertreter der Zunft, in die Jack absolut kein Vertrauen mehr hatte, jetzt der einzige Mensch war, der ihm noch helfen konnte. Während er im Zeugenstand saß und Jordans Auftritt zuschaute – seine Handbewegungen, das kalkulierte Stirnrunzeln in Richtung Geschworenen –, dachte Jack, *Sie sind alle gleich. Lügner, alle, wie sie da sind.* Und er war überzeugt, daß er auch diesmal wieder von einem Anwalt ans Messer geliefert würde.

Werden Sie nicht aggressiv oder wütend, sonst denken die Geschworenen, Sie sind zu Gewalt fähig. Beantworten Sie einfach meine Fragen. Ich weiß, was ich tue, es ist schließlich mein Job. Aber davon war Jack ganz und gar nicht überzeugt. Er hatte das Gefühl, daß er am Rand einer Klippe stand und Jordan ihn von unten aufforderte zu springen, er werde ihn schon auffangen. Dabei war Jack noch immer grün und blau von seinem letzten Sturz.

Jordan beugte sich so dicht zu ihm vor, daß nur Jack seinen Ärger sehen konnte. »Verdammt, konzentrieren Sie sich«, zischte er. »Ohne Sie schaff ich das nicht.« Gleich darauf hatte er wieder eine gelassene Miene aufgesetzt und sagte: »Was passierte dann?«

Für einen Augenblick war Jack wieder dort, und das Lachen der Mädchen glitzerte über seinem Kopf wie Sterne, zum Greifen nahe. »Ich war am Rand einer Lichtung im Wald«, sagte Jack langsam, »und als ich aufschaute, sah ich dort eine Gruppe Mädchen stehen. Nackt.«

Das letzte Wort ließ den Saal erstarren. »Moment.« Jordan schüttelte den Kopf. »Sie wollen uns weismachen, Sie sind zufällig auf eine Gruppe nackter Mädchen gestoßen?«

»Ich weiß, wie das klingt. Ich habe zuerst auch gedacht, das kann nicht sein. Daß ich Halluzinationen hätte, weil ich so betrunken war.«

»Das kann ich mir vorstellen. An was erinnern Sie sich noch?«

Jack schüttelte den Kopf. »So was ... hatte ich noch nie gesehen. Überall waren Kerzen. Und an den Bäumen hingen Bänder.«

Jordan ging zum Tisch mit den Beweismitteln und nahm ein Band in die Hand. »Bänder wie dieses hier?«

»Ja. Aber länger.«

»An was können Sie sich sonst noch erinnern?«

Jack schloß die Augen und dachte angestrengt nach. »Nur noch an Bruchstücke. Wenn ich die Augen schließe, sehe ich manchmal ein Feuer. Oder ich wache morgens auf und habe einen süßlichen Geschmack auf der Zunge, der irgendwie mit dieser Nacht zu tun hat.« Er schüttelte frustriert den Kopf. »Aber ansonsten ist da nur eine große Leere, und das, was mir einfällt, ergibt keinen Sinn.«

Jordan ging langsam auf seinen Mandanten zu. »Erinnern Sie sich an irgendwelche Gegenstände, die auf der Lichtung herumgelegen haben?«

»Einspruch«, rief Matt gelangweilt. »Wenn der Zeuge Erinnerungslücken hat, darf Mr. McAfee sie nicht auffüllen.«

»Stattgegeben.«

Unbeirrt blickte Jordan Jack in die Augen. »Ist es frustrierend für Sie, sich nicht an die Ereignisse jener Nacht erinnern zu können?«

»Und wie.« Jack suchte nach den richtigen Worten. »Ich weiß, daß ich das, was mir vorgeworfen wird, nicht getan habe. Ich weiß es. Aber ich kann es nicht deutlich sehen.«

»Was glauben Sie, könnte Ihrer Erinnerung auf die Sprünge helfen?«

»Ich weiß nicht«, gab Jack zu. »Ich habe weiß Gott alles versucht.«

»Also bei mir ist das so: Ich brauche nur ein Souvenir zu sehen, und, peng, schon hab ich wieder alles vor Augen.« Jordan grinste. »Ich war 1986 bei einem Baseballspiel der American League und habe einen Ball gefangen, der auf die Zuschauertribünen geschlagen wurde. Jedesmal, wenn ich den Ball in die Hand nehme, sehe ich das Spiel wieder vor mir.«

»Ich lege erneut Einspruch ein, Euer Ehren. Nichts gegen Mr. McAfees Geschichten aus seinem Leben, aber sie tun hier nichts zur Sache.«

»Aber im Gegenteil, Euer Ehren. Ich möchte ein weiteres Beweisstück aufnehmen, das dem Zeugen helfen soll, seine Erinnerung aufzufrischen.« Er drehte sich zu Selena um, ließ sich das schwarzweiße Schulheft geben und brachte es zu dem Tisch mit den Beweismitteln.

»Ich bitte, an die Richterbank treten zu dürfen!« rief Matt und sprang auf.

»Also schön, Mr. McAfee, was führen Sie im Schilde?« fragte Richterin Justice.

»Euer Ehren, die Bestimmungen für die Beweisführung gestatten es mir, jedes mir verfügbare Dokument zu verwenden, das die Erinnerung meines Zeugen auffrischen könnte. Dieses sogenannte ›Buch der Schatten‹ – ein Hexentagebuch, wenn Sie so wollen – dokumentiert das paganistische Ritual, das in der Nacht des angeblichen Verbrechens zelebriert wurde.«

Die Richterin drehte das Heft in den Händen, blätterte es durch und reichte es dann Matt zur Ansicht. »Das ist inakzeptabel, Euer Ehren«, sagte Matt beschwörend. »Der Zeuge hat keinen einzigen dieser Einträge geschrieben … er weiß also nicht, was drin steht. Wenn er es liest, wird sein Gedächtnis nicht *aufgefrischt* – die Erinnerungen werden geschaffen.« Er sah Jordan aus zusammengekniffenen Augen an. »Mr. McAfee will seinem Mandanten Worte in den Mund legen.«

»Auch wenn keiner dieser Einträge aus der Feder des Zeugen stammt, Mr. Houlihan, ich erlaube der Verteidigung, dieses Heft zu verwenden, um seiner Erinnerung auf die Sprünge zu helfen. Einspruch abgelehnt.«

Sobald Jordan seinem Mandanten das Heft reichte, fing Jacks Hand an zu zittern. »In jener Nacht«, sagte er leise, »saß sie unter dem Hartriegelbaum und hat darin geschrieben.«

»Und dann?«

»Ist sie aufgestanden«, sagte Jack langsam. »Sie ist aufgestanden, und sie hat meinen Namen gerufen.«

Wäre er nüchterner gewesen, er hätte sich umgedreht und wäre davongegangen, aber Jack konnte den Gedanken nicht festhalten. All die anderen Dinge lenkten ihn ab – Bänder, die hingen, wo sie nicht hingehörten; ein Messer, das im rechten Winkel zu einer Kerze lag; der Geruch von Zimt; die simple Tatsache, daß sie ihn rief. »Du kommst genau zur rechten Zeit«, sagte Gillian. »Wir haben auf dich gewartet.«

Bestimmt schlief er, und es war nur ein Traum. Ein böser Traum. Der Wagen, der ihm gefolgt war; sein Zusammenstoß mit Wes, und jetzt diese halbnackten Mädchen. Ja, nun ergab alles einen Sinn. Sein Kopf spielte ihm einen Streich. Er fühlte sich jetzt sicherer, das alles konnte schließlich nicht real sein.

Als Gillian Jacks Hand nahm, zuckte sein ganzer Körper zusammen. »Ach«, sagte sie besänftigend und fuhr ihm mit den Fingern durchs Haar. »Armer Jack.« Sie berührte die

Kratzer an seiner Stirn und Wange, hob dann ihre Bluse von der Erde auf und tupfte das Blut ab.

Ihre wunderschönen Brüste waren dicht vor seinem Mund, und sie wirkten völlig real. In einem versteckten Winkel seines Kopfes suchte Jack verzweifelt nach einem klaren Gedanken. »Ich kann nicht … ich muß …«

»Hierbleiben«, vollendete Gillian den Satz. Sie lächelte ihre Freundinnen an. »Was haben wir heute nacht noch nicht gemacht?«

Der Mund des kleinen, pummeligen Mädchens rundete sich. »Das kannst du nicht machen, Gilly.«

Plötzlich sah Jack die Szene wie aus großer Höhe. Die Hand des Mädchens in seiner Hand, die Bänder, die hinter ihnen flatterten. Du darfst nicht hier sein, ermahnte er sich, weil … aber er konnte den Satz nicht beenden. Mit aller Willenskraft versuchte er, die Füße zu bewegen, aber er war zu betrunken. Weg hier, dachte er, und erst, als Gillian zu ihm sagte: »Magst du uns denn nicht?« merkte er, daß er laut gesprochen hatte.

»Ich muß gehen«, sagte er mit erstickter Stimme.

»Aber vorher hilfst du mir noch, ja? Ich brauche dafür einen Mann.«

Jack sagte sich, Ich helfe ihr, irgendwas vom Baum zu holen, wo sie nicht dran kommt, oder ein Einmachglas zu öffnen, und dann bin ich weg. Doch zu seiner Überraschung verschränkte Gillian ihre Finger mit seinen und zog ihn zum Feuer. Dann lief sie los, so daß ihm nichts anderes übrigblieb, als ihr zu folgen – und über das Feuer zu springen.

Sie fielen zu Boden. Gillians Gesicht war gerötet. »Jetzt bist du an mich gebunden. Für ein Jahr.«

Jack verstand nicht, aber er verstand ohnehin nichts von dem, was hier vorging. Der Wald drehte sich um ihn herum. Er sah, wie die Mädchen aus einer Thermosflasche etwas in Becher eingossen, Kekse herumreichten. »Für dich«, sagte Gillian, und vielleicht hätte er sogar getrunken, wenn eines der anderen Mädchen nicht das Gleichgewicht verloren hätte und auf ihn gefallen wäre.

»Sachte.« Er sah sie an – Meg, so hieß sie, und sie war die Tochter eines Detective im Ort –, doch in dem Augenblick hätte sie genausogut Catherine Marsh sein können. Denn genauso rein war das Verlangen in ihren Augen. Jack klopfte das Herz wie wild, und er wandte sich dem anderen Mädchen zu, dem größeren, und Gillian – und sie alle hatten den gleichen Blick. Sie alle hatten den Ausdruck im Gesicht. Dieses Begehren, dieses ungeheuer einseitige Begehren, das sein Leben schon einmal fast zerstört hatte.

Jack rappelte sich auf und stürzte durch den Wald davon, fand den Pfad, den er gekommen war. Gut eine Minute torkelte er weiter, als Gillian plötzlich hinter ihm hergelaufen kam. Sie war den Tränen nahe, die Haare wild um den Kopf. »Das Feuer – wir kriegen es nicht aus. Der ganze Wald fängt an zu brennen. Bitte«, flehte sie. »Du mußt uns helfen.«

Er folgte ihr zu der Lichtung, wo gar kein Feuer war ... und niemand sonst. Ehe er fragen konnte, was los sei, warf sie ihm die Arme um den Hals und preßte ihren Mund auf seinen. Er kriegte keine Luft mehr und wich zurück bis an die Glut des Feuers. Gillian drängte sich noch enger an ihn, als wolle sie ihm unter die Haut gleiten. Und dann nahm sie seine Hand und legte sie sich auf die Brust, sah ihm dabei unverwandt in die Augen, und er begriff, daß sie sich ihm darbot.

»Nein«, flüsterte Jack. »Nein.« Er legte die Hände auf Gillians Unterarme, schob sie weg, während Leuchtkäfer um sie herum glühten. »Ich habe gesagt, nein«, sagte er mit fester Stimme. Nein. Die Fichtennadeln erzitterten, die Sterne rutschten von ihrem Platz am Himmel, die Zeit lief zurück. Das war nicht Gillian Duncan; das war Catherine Marsh. Und Jack hatte jetzt die Chance, sich zu wehren, wie er sie letztes Jahr nicht gehabt hatte. »Verschwinde«, sagte er, und seine Brust hob und senkte sich, »und bleib mir vom Hals.«

Doch Gillian Duncan, die stets bekommen hatte, was sie wollte, und noch mehr dazu, packte ihn. »Ich habe einen Zauber gewirkt«, sagte sie. »Du bist zu mir gekommen.«

»Du bist zu mir gekommen«, korrigierte Jack. »Und ich gehe jetzt.« Er gab Gillian einen Schubs, sie fiel der Länge nach

hin, und er lief den Pfad hinunter, so weit und so schnell, daß es ihm zum erstenmal seit Monaten gelang, die Vergangenheit hinter sich zu lassen.

»Jack«, sagte Jordan. »Haben Sie Gillian Duncan in der Nacht vom dreißigsten April auf den ersten Mai vergewaltigt?«

»Nein.«

»Wie ist Ihre Haut unter ihre Fingernägel gelangt?«

»Sie hat versucht, mich festzuhalten, als ich versucht habe wegzukommen. Sie hat mit ihren Händen nach mir gegriffen. Und als sie ... mich geküßt hat, hat sie die Finger über meine Kopfhaut gezogen.«

»Woher stammte der Kratzer auf Ihrer Wange?«

»Von einem Ast, als ich durch den Wald gelaufen bin. Ich hatte ihn schon, bevor ich zu der Lichtung kam.«

»Wie ist Ihr Blut auf Gillian Duncans Bluse gelangt?«

»Sie hat mit der Bluse meine Wange betupft.«

Jordan verschränkte die Arme. »Können Sie sich vorstellen, wie schwierig es für die zwölf Leute da sein wird, Ihre Geschichte zu glauben?«

»Ja.« Er ließ den Blick über die Geschworenen schweifen, zwang sie, genau zuzuhören. »Ich könnte Sie belügen und Ihnen eine Geschichte erzählen, die leichter zu verdauen ist ... zum Beispiel, Gillian Duncan und ich sind intim geworden, und sie hat es sich im letzten Moment anders überlegt ... aber so ist es nicht gewesen. Es ist so gewesen, wie ich es Ihnen erzählt haben. Ich habe Gillian Duncan nicht vergewaltigt.«

»Wieso sollte sich Gillian so eine Geschichte ausdenken?«

»Das weiß ich nicht. Ich kenne sie kaum, auch wenn sie etwas anderes erzählt hat. Aber wenn ich siebzehn wäre und im Wald erwischt würde, wie ich Sachen mache, die mein Vater auf keinen Fall erfahren darf, könnte ich mir vorstellen, daß ich die Tatsachen auch verdrehen würde. Und wenn ich es richtig schlau anstelle, würde ich mir eine Geschichte ausdenken, die die Glaubwürdigkeit desjenigen zerstört, der mich erwischt hat, so daß niemand ihm glaubt, auch wenn er die Wahrheit erzählt.«

Jack sah seinem Anwalt in die Augen. *Besser*, teilte Jordan ihm wortlos mit, *können wir es nicht machen.* »Ihr Zeuge«, sagte er und lieferte Jack dem Staatsanwalt aus.

Matt mußte sich beherrschen, um nicht laut loszulachen. Eine schlechtere Verteidigung hatte er sein Lebtag noch nicht zu hören bekommen, und er war überzeugt, daß er auch dann noch gewinnen würde, wenn er von jetzt an Swahili sprach. »Bänder, Kerzen, nackte Mädchen ... sind Sie sicher, Mr. St. Bride, daß Sie keine rosa Elefanten ausgelassen haben?«

»Ganz sicher, daran hätte ich mich bestimmt erinnert«, erwiderte Jack trocken.

»Aber Sie sagen selbst, daß das schwer zu glauben ist.«

»Ich bin nur ehrlich.«

»Ehrlich.« Matt schnaubte, damit Jack wußte, was er von der Bemerkung hielt. »Sie haben ausgesagt, daß Sie stark angetrunken waren. Wie können Sie da so sicher sein, daß Ihre Erinnerung Sie nicht trügt?«

»Ich weiß es, Mr. Houlihan.«

»Ist es nicht möglich, daß Sie ... sinnlos betrunken, wie Sie waren ... Miss Duncan vergewaltigt und die Tat dann aus Ihrem Gedächtnis ausgeblendet haben?«

»Wenn ich so betrunken gewesen wäre, daß ich ein Blackout hatte«, entgegnete Jack, »wäre ich bestimmt auch zu betrunken gewesen, Geschlechtsverkehr auszuüben.«

Matt wandte sich um, überrascht über den Fehdehandschuh, den der Angeklagte ihm zugeworfen hatte.

»Ihrer Theorie nach ist Gillian Duncan also hysterisch schluchzend aus dem Wald gestürzt, hat dann behauptet, Sie hätten sie vergewaltigt, hat sich im Krankenhaus einer unangenehmen ärztlichen Untersuchung unterzogen und diverse Proben als Beweismittel entnehmen lassen, hat sich den unerfreulichen Fragen der Polizei gestellt und ist dann hierhergekommen, um den Geschworenen, wildfremden Menschen, in allen intimen Einzelheiten zu erzählen, wie Sie sich an ihr vergangen haben ... weil sie Angst vor ihrem *Vater* hatte?«

»Ich weiß es nicht. Ich sage Ihnen nur, was passiert ist.«

»Na schön«, sagte Matt. »Ihre Erklärung dafür, warum Ihre Haut unter Miss Duncans Fingernägeln gefunden wurde, lautet ... sie habe sich an Ihnen festgeklammert, um Sie nicht gehen zu lassen, richtig?«

»Ja.«

»Miss Duncan hat Ihnen den Kratzer auf der Wange nicht beigebracht – die Verletzung haben Sie sich im Wald zugezogen, an einem Ast.«

»Ja.«

»Und Ihr Blut war auf ihrer Bluse, weil sie damit den Kratzer an Ihrer Wange abgetupft hat?«

»Ja.«

Matt hob die Brauen. »Welche Erklärung haben Sie dann dafür, daß an Miss Duncans Oberschenkel Sperma gefunden wurde, das, wie die Genanalyse ergeben hat, von Ihnen stammt?«

»Einspruch!« Jordan sprang entrüstet auf. »Ich möchte an die Richterbank treten.«

Die Richterin winkte beide Anwälte zu sich. »Das Sperma stammt nicht eindeutig von dem Angeklagten«, sagte Jordan. »Das hat die von der Anklagevertretung hinzugezogene Sachverständige bestätigt.«

Matt blickte finster. »Sie hat gesagt, das Sperma stammt mit siebenhundertvierzigtausendmal größerer Wahrscheinlichkeit von dem Angeklagten als von jemand anderem. Was will man mehr.«

»Trotzdem«, sagte die Richterin, »es ist eine zu große Beeinflussung. Die Geschworenen sind über das Sperma informiert; was sie mit der Information machen, liegt bei ihnen. Es tut mir leid, Mr. Houlihan, aber ich lasse nicht zu, daß Sie weitere Fragen in dieser Richtung stellen.«

Sie wandte sich an die Geschworenen, während die Anwälte zu ihren Tischen zurückgingen. »Ich muß Sie bitten, die letzte Frage zu ignorieren«, wies Richterin Justice sie an, obwohl Matts Worte noch immer in der Luft hingen, so scharf und gefährlich wie ein Fallbeil.

»Mr. St. Bride«, sagte Matt, »Sie treffen zufällig im Wald auf vier junge Mädchen, die nicht nur vielleicht Interesse an Sex haben ... sondern die *nackt* sind ... und trotzdem machen Sie nicht auf dem Absatz kehrt und nehmen die Beine in die Hand, um möglichst schnell wegzukommen?«

»Ich habe immer wieder gesagt, daß ich weg muß.«

»Genaugenommen haben Sie gesagt, Sie sind mit einem der Mädchen Hand in Hand über ein Feuer gesprungen. Und daß Sie sich auf der Lichtung ganz genau umgeschaut haben, so genau, daß sie Bänder an den Bäumen hängen sahen.«

»Ich habe ebenfalls gesagt, daß Gillian Duncan auf mich zugekommen ist«, sagte Jack, der sich zusammenreißen mußte, um nicht die Stimme zu heben.

»War noch jemand dabei, als sie auf Sie losgegangen ist?«

»Nein.«

»Wo waren die anderen Mädchen?«

»Keine Ahnung.«

»Wie praktisch. War sie noch nackt?«

Jack schüttelte den Kopf. »Sie hatte sich angezogen.«

»Und dann hat sie sich Ihnen an den Hals geworfen?«

»Ja.«

Matt verschränkte die Arme. »Ein 1,63 großes, fünfzig Kilo schweres Mädchen hat Sie mit Gewalt festgehalten?«

»Ich bin weg so schnell ich konnte. Ich habe nein gesagt, sie weggestoßen und bin gerannt.«

»Dann ist das jetzt also das zweite Mal innerhalb von zwei Jahren, daß ein junges Mädchen Sie fälschlicherweise beschuldigt, sich an ihm vergriffen zu haben?«

»Das stimmt.« Hitze stieg Jack ins Gesicht.

Matt zog die Augenbrauen hoch. »Wollen Sie die Geschworenen nicht bitten, Ihnen zu glauben, daß Sie der größte Pechvogel auf Erden sind?«

Jack holte tief Luft. »Ich bitte die Geschworenen, mir zu glauben.«

»Ihnen zu glauben«, wiederholte Matt. »Ihnen zu *glauben*. Ha. Mr. St. Bride, haben Sie gehört, wie der Sachverständige ausgesagt hat, daß die Erde, die an Ihren Schuhsohlen gefunden wurde, mit der Erde auf der Lichtung im Wald übereinstimmt?«

»Ja, das habe ich.«

»Und haben Sie gehört, wie die DNA-Sachverständige erklärt hat, daß Ihr Blut an Miss Duncans Bluse und Ihre Haut unter ihren Fingernägeln war?«

»Ja.«

»Haben Sie gehört, wie Miss Duncan ausgesagt hat, daß Sie in der fraglichen Nacht mit ihr zusammen waren?«

»Ja.«

»Und haben Sie gehört, wie Miss Abrams und Miss O'Neill das bestätigt haben?«

»Ja.«

»Ihnen wurden zahlreiche Beweise dafür vorgelegt, daß Sie am Tatort waren, ist das richtig?«

»Ja.«

Matt legte den Kopf schief. »Wie kommt es dann, daß Sie, als die Polizei Sie verhaftet hat, als erstes gelogen haben, behauptet haben, nicht dort gewesen zu sein?«

Jacks Mund öffnete sich und klappte wieder zu, ohne daß ein Wort hervordrang. »Ich – ich weiß es nicht«, gelang es ihm schließlich zu sagen. »Es war eine instinktive Reaktion.«

»Lügen ist bei Ihnen eine instinktive Reaktion?«

»So habe ich das nicht gemeint –«

»Aber genau das haben Sie gesagt«, entgegnete Matt. »Haben Sie damals gelogen oder nicht, als Sie sagten, wo Sie zur Tatzeit gewesen seien?«

»Ja, das habe ich«, sagte Jack leise.

Der Staatsanwalt durchbohrte ihn mit seinem Blick. »Warum sollen die Geschworenen Ihnen dann jetzt glauben?«

»Er ist gut«, sagte Selena nachdenklich. »Er ist wirklich richtig gut.«

Jordan knallte die Wagentür zu. »Du scheinst ja ein großer Fan von Matt Houlihan zu sein.«

Die Verteidigung hatte die Beweisführung beendet, und die Verhandlung war vertagt worden. Am nächsten Morgen würden die Schlußplädoyers beginnen, was bedeutete, daß Jordan gut siebzehn Stunden blieben, um eine wahre Glanzleistung zu vollbringen. Auf seinem Herzen ruhte warm das Säckchen, das Starshine ihm für Jacks Verteidigung gegeben hatte. Er würde es sich unter das Kopfkissen legen: Derzeit konnte er wahrlich jede Hilfe gebrauchen.

Er wußte, genau wie der Staatsanwalt – und sogar die Geschworenen –, daß er die Unschuld seines Mandanten nicht bewiesen hatte. Er hatte lediglich versucht, Gillian Duncan die Maske der zarten Prinzessin abzureißen. Aber auch eine Hexe konnte vergewaltigt werden. Auch ein Mädchen, das Drogen genommen hatte, konnte vergewaltigt werden. Und wenn Jordan auf der Geschworenenbank gesessen hätte, er hätte Jack nie und nimmer auch nur ein Wort abgekauft.

An der Tür bemühte er sich vergeblich, den Schlüssel ins Schloß zu stecken, »Verdammt«, sagte er und versuchte es dann mit Gewalt. »Verdammt und zugenäht!«

Als er endlich Erfolg hatte, blieb der Schlüssel stecken, und Jordan mußte kräftig ziehen, um ihn wieder herauszubekommen. Fluchend schleuderte er den ganzen Schlüsselbund in die Büsche neben der Veranda. Er starrte hinterher, am ganzen Körper zitternd.

»Jordan«, sagte Selena und berührte ihn am Arm.

Er ließ sich in ihre Umarmung fallen, preßte das Gesicht an ihren Hals und bat Jack St. Bride schweigend um Verzeihung.

Feierabend im »Diner«, und Addie hatte sich bereit erklärt, die allabendlich anfallenden Arbeiten zu erledigen. »Komm mit nach oben«, drängte Roy durch die Tür der Damentoilette, wo sie sich umzog. »Wir trinken Eistee und gucken ein bißchen Fernsehen.«

Addie zog den Reißverschluß ihres Overalls zu, als sie aus der Toilette kam. »Dad, ich muß das jetzt machen. Ich will es machen.« Doch eigentlich war ihr eher danach, irgend etwas zu zertrümmern. Den Fußboden schrubben, die Arbeitsflächen abwischen, den Grill putzen – das war immerhin eine sinnvollere Beschäftigung.

Sie schob sich an ihrem Vater vorbei in die Küche. Nach Feierabend wirkte der Raum stets gespenstisch, in graue Schattierungen getaucht und noch voll von den Essensgerüchen des Tages. Addie nahm eine Drahtbürste und fing an, den Grill mit abgehackten, roboterhaften Bewegungen zu scheuern.

»Dann helf ich dir eben«, sagte ihr Vater und krempelte sich die Ärmel auf.

»Dad.« Sie blickte ihm in die Augen. »Ich möchte allein sein.«

»Ach, Addie.« Roy trat zu ihr und drückte sie fest, bis ihr die Bürste aus der Hand fiel und sie schluchzend gegen seine Brust sank.

»Ich kann ihm nicht mal auf Wiedersehen sagen«, flüsterte Addie. »Besuchstag ist erst nächsten Mittwoch. Und dann ... dann ist er vielleicht schon im Gefängnis von Concord.«

»Dann besuchst du ihn eben in Concord. Ich fahr dich jeden Tag nach der Arbeit hin, wenn es sein muß.«

Addie schenkte ihm ein schwaches Lächeln. »Womit denn, Dad? Mit dem Rasenmäher?« Sie drückte seine Hand. »Vielleicht komm ich später auf einen Eistee hoch, ja? Ich brauch nur ein Weilchen für mich, um meine Gedanken zu sortieren.«

Sie spürte die Augen ihres Vaters auf sich, als sie ein Glas Flüssigbleiche von einem Regal nahm und die Spüle putzte. Ihre Mutter hatte immer gesagt, ein bißchen Bleiche und selbst die schäbigsten Umstände würden wieder im hellen Glanz erstrahlen.

Ihre Mutter hatte nicht Jack St. Bride geliebt.

Sobald Roy oben war, stürzte Addie sich in die Arbeit. Sie wischte sämtliche Flächen, kratzte die eingebrannten Flecken im Backofen ab, wischte und schrubbte, bis ihre Knöchel in den Gummihandschuhen bluteten und sie sich ein feuchtes Geschirrtuch um die Hände wickeln mußte, um den Schmerz zu lindern.

Sie hörte nicht, daß jemand zur Vordertür hereingekommen war. »Ich hoffe, du bezahlst dich gut«, sagte Charlie.

Addie, die gerade unter dem Warmhaltetisch fegte, fuhr hoch und stieß sich den Kopf. »Autsch!«

»Gott, Addie, hast du dir weh getan?« Charlie eilte zu ihr, um zu helfen, doch als er sich ihr auf Armeslänge genähert hatte, erstarrten beide. Addie wich zurück, die Hand auf der Stirn.

»Schon gut. Meine eigene Blödheit.« Sie schlang sich die Arme um die Brust. »Bist du wegen Jack hier?«

Charlie schüttelte den Kopf. »Können wir ... uns kurz irgendwo hinsetzen?«

Addie nickte langsam und folgte ihm ins Restaurant. Sie setzten sich einander gegenüber an einen Tisch, der für Addie eine beruhigende Barriere bildete, und jetzt, da sie nicht mehr die Dämpfe des Reinigungsmittels einatmete, wurde ihr Kopf wieder klar. Doch Charlie machte keine Anstalten, etwas zu sagen. »Wie geht's Meg?« fragte Addie nach einer Weile.

»Ganz gut. Danke.« Charlie trommelte mit den Fingern auf dem Tisch. »Nach allem, was in der Verhandlung so rausgekommen ist, weiß ich wirklich nicht, wie es mit ihr weitergehen soll.«

»Das wird sich schon finden.« Addie warf einen Blick auf die Wanduhr. Schluckte.

»Addie«, sagte Charlie. »Ich muß mich bei dir entschuldigen.«

Unsicher blickte sie ihm in die Augen. »Wofür?«

»Ich habe die Zeugenaussagen gehört. Und ich habe wochenlang für die Anklagevertretung gearbeitet. Jetzt ... jetzt ist mir alles klarer denn je geworden. Verdammt, ich stell mich wirklich bescheuert an ...« Charlie fuhr sich mit der Hand übers Gesicht. »Ich hatte gedacht, ich lebe in Miami, arbeite bei der Polizei und vergesse Salem Falls einfach. Dann hat Chief Rudlow mir das Angebot gemacht, hierher zurückzukommen, und ich hab mir gesagt, es ist genug Zeit vergangen, um die Erinnerung auszulöschen. Nach fast zehn Jahren hab ich gedacht, wenn ich nicht mehr dran denke, dann denkt auch sonst keiner mehr dran.« Er beugte sich über den Tisch, als würde er aus seinem Innersten Kraft schöpfen. »Aber du denkst daran, jeden Tag, nicht wahr?«

Addie schloß die Augen und nickte dann.

»Ich hab gewußt, wie es weitergehen würde, damals auf dem Sportplatz, als Amos dich zu uns rübergerufen hat. Ich war betrunken, aber ich wußte, was ich tat. Und so unerträglich der Gedanke für mich auch ist, ich habe mitgemacht ... und anschließend habe ich wie die anderen so getan, als wäre nichts geschehen.« Charlie senkte den Blick. »Verdammt, Addie, wie kann man jemandem, dessen Leben man zerstört hat, sagen, daß es einem leid tut?«

Addie brauchte lange, bis sie sprechen konnte. »Du hast mein Leben nicht zerstört, Charlie. Du hast mich vergewaltigt. Das ist ein Unterschied. Ich habe mein Leben wieder in den Griff bekommen.« Sie dachte an Chloe, an Jack. »Je weiter man den Schmerz hinter sich läßt, desto mehr wird er wie ein Stück Kohle, das sich in einen Diamanten verwandelt.«

Charlies Augen waren rotgerändert, voller Leid. »Ich bitte dich nicht darum, mir zu verzeihen, und ich weiß, ich kann dich nicht darum bitten, es zu vergessen. Aber du sollst wissen, daß ich mir selbst nicht verzeihe ... und daß ich es auch niemals vergessen werde.«

»Danke«, flüsterte Addie.

Sie hörte die Türglocke, als er hinausging, und sie blieb am Tisch sitzen, die Beine völlig kraftlos, und wartete, daß ihr Herz aufhörte, sich zu überschlagen. Wer hätte erwartet, daß diese Worte ihr das Gefühl gaben, neu anfangen zu können?

Sie wurde aus ihren Gedanken gerissen, als die Türglocke erneut klingelte. Charlie mußte etwas vergessen haben. Doch noch bevor sie sich umdrehen konnte, hörte Addie die Stimme einer jungen Frau, das dumpfe Geräusch eines Koffers, der auf den Boden gestellt wurde. »Man hat mir gesagt, ich würde Sie hier finden.«

Addie sah Catherine Marsh vor sich stehen.

5. Juli 2000
Gerichtsgebäude von Carroll County

Am nächsten Morgen war die Luft im Saal zum Schneiden dick. Den Reportern standen Schweißperlen auf der Stirn und die Objektive der Kameras beschlugen. Als Althea Justice zu ihrem Platz schritt, sah sie aus, als wäre sie in Gedanken schon beim nächsten Fall. »Heute stehen die Schlußplädoyers an«, sagte sie. »Mr. McAfee, sind Sie bereit?«

Jordan erhob sich. »Es tut mir leid, Euer Ehren, aber ich muß noch einmal in die Beweisführung treten.«

Gleich darauf standen er und Houlihan an der Richterbank. »Ich habe noch eine weitere Zeugin«, erklärte Jordan. »Eine unerwartete Zeugin, deren Aussage für die Verteidigung von entscheidender Bedeutung ist.«

»Darf ich erfahren, warum Sie erst jetzt damit kommen?« fragte die Richterin. »Ist die Anklagevertretung über die Zeugin informiert und weiß sie, was sie aussagen wird?«

»Überhaupt nicht«, sagte Matt gereizt. »Die Verteidigung hat ihre Beweisführung beendet. Ich habe schließlich auch nicht irgendwelche Überraschungszeugen antanzen lassen, nachdem ich meine Beweisführung abgeschlossen hatte.«

»Euer Ehren«, sagte Jordan, »bei der Zeugin handelt es sich um das Opfer der angeblichen Straftat, für die mein Mandant mit Gefängnis gebüßt hat. Sie möchte die Sache aufklären.«

»Was völlig irrelevant ist. Es ist zu spät«, protestierte Matt.

Die Richterin blickte die Anwälte nacheinander an und wandte sich dann an die Geschworenen. »Ladies und Gentlemen, wie Sie wissen, hat die Verteidigung gestern die Beweisführung beendet. Ich erlaube Mr. McAfee dennoch, eine letzte Zeugin zu befragen.«

Jordan strich sich die Krawatte glatt und blickte zur Tür des Gerichtssaals. »Die Verteidigung ruft Catherine Marsh.«

Sie war klein und wirkte arg mitgenommen, und Jordan hatte seine Zweifel, ob sie es ohne Hilfe in den Zeugenstand schaffen würde. Doch als sie vereidigt wurde, fing sie sich und wiederholte die Worte mit sicherer, tragender Stimme.

»Wie alt sind Sie, Miss Marsh?«

»Ich bin sechzehn.«

Jordan blickte zu seinem Mandanten. »Kennen Sie Jack St. Bride?«

Zum erstenmal hatte Catherine Gelegenheit, ihren damaligen Lehrer zu sehen. Sie erwiderte Jacks Blick, und eine Geschichte hing zwischen ihnen im Raum, von Reue zerschnitten. »Ja, ich kenne ihn«, sagte sie leise.

»Woher?«

Catherine holte tief Luft. »Er ist letztes Jahr meinetwegen ins Gefängnis gekommen.«

Die Zuschauer schnappten hörbar nach Luft. »Warum sind Sie heute hier, Miss Marsh?«

»Weil.« Catherine blickte auf ihre ineinander gekrallten Hände. »Ich habe es beim letzten Mal geschehen lassen, und ich werde nicht tatenlos zusehen, wie es wieder passiert.«

»Was meinen Sie damit?«

»Jack St. Bride hat mich nie sexuell mißbraucht. Er hat mich nie ungebührlich angefaßt. Er hat nichts Unrechtes getan. Er war der beste Lehrer, den ich je hatte ... und es stimmt, daß ich mir manches mit ihm vorgestellt habe und mir gewünscht habe, daß er sich zu mir hingezogen fühlt ... aber es ist nichts passiert.«

»Warum haben Sie dann zugelassen, daß er schuldig gesprochen wurde?« fragte Jordan.

Eine einzelne Träne rollte Catherines Wange hinunter, als sie einen tiefen Atemzug nahm. »Der Coach hat große Stücke auf mich gehalten, und er war nett zu mir. Ich hatte damals einen Freund und wollte zum erstenmal mit ihm schlafen, da ist der Coach mit mir zu einem Arzt gefahren, damit ich mir die Pille besorgen konnte. Er wollte nicht, aber er hat es getan, weil es so wichtig für mich war. Und als mein Freund dann mit mir Schluß gemacht hat, hab ich mir mehr als alles in der Welt gewünscht, er wäre ein bißchen mehr wie der Coach gewesen – reifer, verläßlicher, mehr wie ... Jack.« Sie blickte die Geschworenen an. »Ich hab angefangen, über ihn ... über uns ... in meinem Tagebuch zu schreiben. Ich habe alles erfunden, so wie ich es gern gehabt hätte. Und als mein Vater die Antibabypillen entdeckt und mein Tagebuch gelesen hat – da hab ich einfach gewollt, daß es stimmt. Ich wollte glauben, was mein Vater glaubte ... daß der Coach sich auch für mich interessiert, und nicht bloß umgekehrt.

Aber als ich dann alles wieder zurücknehmen wollte, war schon längst eine Riesensache daraus geworden, die ich gar nicht mehr kontrollieren konnte. Ich fühlte mich wie ein kleines Mädchen, das mit Puppen spielte, die plötzlich richtige Gefühle hatten und ein richtiges Leben, das zerstört werden konnte.« Sie senkte den Blick. »Mein Vater und die Staatsanwältin und der Richter – die haben alle gedacht, ich wollte bloß den Mann schützen, den ich liebe.« Catherine blickte wieder die Geschworenen an. »Als ich das letztemal vor Gericht die Wahrheit gesagt habe, hat mir niemand geglaubt. Bitte, glauben Sie mir jetzt.«

»Danke, Miss Marsh«, sagte Jordan. »*Ihre* Zeugin.«

Matt beugte sich auf seinem Stuhl vor, die Ellbogen auf den Knien, die Hände ineinander verschränkt. »Also schön«, sagte er langsam und erhob sich. »Wo waren Sie in der Nacht vom dreißigsten April auf den ersten Mai?«

»In Goffeysboro«, sagte Catherine.

»Sie waren nicht hier in Salem Falls, auf der Lichtung im Wald hinter dem Friedhof, nicht wahr?«

»Nein.«

»Dann wissen Sie also nicht, ob Gillian Duncan in jener Nacht Opfer eines Sexualdelikts wurde?«

»Nein.«

»Im Grunde«, sagte Matt vorwurfsvoll, »wissen Sie lediglich, daß Sie vor einem Jahr einen schrecklichen Fehler gemacht haben.«

»Ja.«

»Und vor einem Jahr waren Sie so verliebt in diesen Mann dort, daß Sie unbedingt jeden Schaden von ihm wenden wollten, richtig?«

»Ja«, murmelte Catherine.

Unvermittelt wurde er sanfter, auf seinem Gesicht erschien ein freundliches Lächeln. »Sie wünschten sich, daß die Sache für Coach St. Bride damals anders ausgegangen wäre, nicht wahr, Ms. Marsh?«

»Und wie.«

»Und auch jetzt möchten Sie Schaden von ihm wenden, nicht?«

Geführt von seinen Fragen, nickte Catherine heftig. »Natürlich. Deshalb bin ich ja hier.«

»Was für eine Überraschung«, sagte Matt. »Keine weiteren Fragen.«

Jordan sah zu, wie Catherine den Zeugenstand verließ. »Euer Ehren«, sagte er, »die Verteidigung hat ihre Beweisführung endgültig abgeschlossen.«

»Sie haben«, begann Jordan sein Schlußplädoyer, »keine leichte Aufgabe.«

Er ging auf die Geschworenenbank zu, wo ihn gespannte Gesichter anblickten. »Wenn Sie hören, daß eine junge Frau wie Gillian Duncan sagt, sie sei vergewaltigt worden, dann möchten Sie ihr glauben. Sie möchten nicht feststellen, daß sie das alles erfunden hat oder daß ihre Geschichte Ungereimtheiten aufweist. Sie möchten glauben, daß so eine junge Frau Ihnen hier erzählt, was wirklich geschehen ist. Es ist jedoch eine Tatsache, daß Sie nicht einfach davon ausgehen können, daß Gillian Duncan die Wahrheit gesagt hat.

Gillian Duncan war von ihrem Vater ausdrücklich verboten worden, in der betreffenden Nacht das Haus zu verlassen, weil im Ort ein Mann lebte, den alle für gefährlich hielten.

Was hat sie also getan? Sie hat sich überlegt, wie sie aus der Sache wieder herauskommt. Sie hätte bloß nicht gedacht, daß ihr das Ganze mehr und mehr entgleiten würde ... und deshalb sind wir heute hier.«

Jordan stützte die Hände auf das Geländer der Geschworenenbank und beugte sich vor. »Die Richterin hat Ihnen eingeschärft, und ich tue es noch einmal, daß Sie sämtlichen hier dargelegten Beweisen Gehör schenken müssen ... also nicht bloß Gillians Aussage. Und die dargelegten Beweise haben so viele Ungereimtheiten aufgedeckt, daß Sie Jack St. Bride unmöglich wegen der ihm zur Last gelegten schweren Straftat schuldig sprechen können.«

Jordan hob eine Hand und begann, an den Fingern abzuzählen. »Erstens. Gillian hat Ihnen erzählt, daß sie in den Wald gegangen ist, um mit ihren Freundinnen zusammenzusein, wie Mädchen das in dem Alter nun mal tun, doch in Wahrheit ist sie vorher in einem okkulten Buchladen gewesen und hat sich von der Besitzerin erzählen lassen, wie man Beltane zelebriert. Jack St. Bride hat Ihnen erzählt, er habe Bänder und Kerzen und eine Art Altar gesehen, was zugegebenermaßen seltsam und schwer zu glauben ist. Aber später wurden sowohl am Tatort als auch in Meg Saxtons Zimmer silberne Bänder gefunden.

Zweitens. Gillian hat gesagt, ihre Freundinnen hätten sich verabschiedet und sie habe sich allein auf den Weg nach Hause gemacht, in entgegengesetzter Richtung. Aber sie war doch extra in Begleitung ihrer Freundinnen in den Wald gegangen, weil sie Jack St. Bride für gefährlich hielt. Wieso hat sie sich dann, nachdem er auch noch auf der Lichtung aufgetaucht war, ganz allein auf den Heimweg gemacht, wo doch das Risiko bestand, daß er ihr auflauert?«

Jordan deutete auf den Mittelgang. »Und drittens hat Gillian gesagt, sie habe nach der Vergewaltigung bis hundert gezählt und sei dann, so schnell sie konnte, hinter ihren Freundinnen hergerannt. Ladies und Gentlemen, die Strecke von der Lichtung bis zu Gillians Freundinnen betrug nur etwas mehr als fünfzig Meter. Ein durchschnittlicher Läufer schafft die Strecke in acht bis zehn Sekunden. Mag sein, daß Gillian Duncan etwas langsamer ist ... aber ihrer Aussage nach brauchte sie fünf Minuten für die Distanz. Fünf Minuten plus die Zeit, die sie gebraucht hat, um bis hundert zu zählen. Ist es nicht äußerst unwahrscheinlich, daß ein junges Mädchen, das in panischer Angst so schnell wie möglich rennt, so langsam von der Stelle kommt? Ist es nicht äußerst unwahrscheinlich, daß ihre Freundinnen, die nur gut fünfzig Meter entfernt waren, nicht gehört haben, wie sie sich gegen ihren angeblichen Angreifer zur Wehr setzte?«

Jordan ging zu dem Tisch mit den Beweismitteln und hielt das Foto hoch, auf dem Jacks zerkratzte Wange zu sehen war. »Sie haben die Aussage der sachverständigen Zeugin gehört, daß Mr. St. Brides DNA unter Gillians Fingernägeln gefunden wurde. Wir bestreiten das nicht ... aber er hat Ihnen erzählt, daß sie seinen Arm gepackt hat, um ihn festzuhalten. Er hat gesagt, daß der einzelne Kratzer auf seiner Wange von einem einzelnen Ast stammte ... was einleuchtet. Fünf Fingernägel hätten fünf lange rote Kratzer erzeugen müssen.

Sie haben ebenfalls gehört, daß die Mädchen in der betreffenden Nacht Drogen genommen haben. Was für Drogen? Eine Droge, die mit einer toxikologischen Analyse, wie sie routinemäßig im Krankenhaus durchgeführt wird, nicht nachweisbar ist. Eine Droge, die Gillian der Polizei gegenüber in ihrer Aussage verschwiegen hat. Eine Droge, die das Kurzzeitgedächtnis angreift und Halluzinationen hervorruft.«

Jordan schüttelte den Kopf. »Das alles ergibt keinen Sinn. Und der Grund dafür ist der, daß Gillian sich entweder nicht deutlich erinnern kann oder daß sie uns etwas vormacht. Aus Angst davor, ihr Vater könnte herausfinden, daß sie Drogen genommen hat und Hexenkult betreibt, beschuldigt Gillian Duncan den Mann, der zufällig ihr Geheimnis herausgefunden hat, einer schweren Straftat. Sie hat Jack St. Bride durch eine Lüge belastet, bevor er Gelegenheit hatte, die Wahrheit über sie zu sagen.

Jack St. Bride hat keine Straftat begangen, er war bloß zur falschen Zeit am falschen Ort. Schon einmal war er Opfer eines jungen Mädchens – Opfer eines schlimmen Justizirrtums. Jack ist nach Salem Falls gekommen, um ein neues Leben zu beginnen. Doch alle Einwohner sahen in ihm nur einen Schandfleck. Sie warteten darauf, daß er einen Fehler machte, um ihn in die Verbannung zu schicken ... und Gillians Beschuldigung war nur das Zündholz, um einen Flächenbrand zu entfachen.

In Salem Falls ist eine Hexenjagd im Gange«, sagte Jordan und wandte sich seinem Mandanten zu. »Doch das Opfer war von Anfang an kein anderer als Jack St. Bride.«

Matt lächelte den Geschworenen zu. »Wir haben etwas über Hexen gehört«, sagte er. »Wir haben etwas über Beltane gehört. Das einzige, worüber wir in diesem Gerichtssaal noch nichts gehört haben, ist der Teufel ... es sei denn natürlich, man rechnet Jack St. Bride mit ein.

In diesem Strafprozeß ist es unerheblich, ob Gillian eine Hexe ist oder ob sie auf dem Bauch zu ihren Freundinnen gekrochen ist oder auch ob sie mit einer illegalen Substanz herumexperimentiert hat. Was hier einzig und allein zählt, sind Beweise – harte Fakten, die belegen, daß Jack St. Bride eine Vergewaltigung begangen hat. Beweise wie die DNA des Angeklagten, die unter Gillian Duncans Fingernägeln gefunden wurde. Beweise wie sein Blut an ihrer Bluse. Mr. McAfee mag dafür eine harmlose Erklärung haben, doch er kann nicht erklären, wie das Sperma an Gillians Oberschenkel gekommen ist. So etwas passiert normalerweise nicht ohne intimen Kontakt. Die sachverständige Zeugin hat ausgesagt, die Wahrscheinlichkeit, daß das Sperma von jemand anderem mit der gleichen DNA wie der des Angeklagten stammt, liegt bei eins zu siebenhundertvierzigtausend. Das ist eine hohe Zahl, Ladies und Gentlemen. Realistisch betrachtet: von wem könnte das Sperma stammen, wenn nicht von Mr. St. Bride?«

Matt musterte die Geschworenen. »Beweise«, wiederholte er. »Sie haben gehört, wie Gillian Duncan das brutalste und schamverletzendste Ereignis ihres Lebens geschildert hat, obwohl ihr das sichtlich schwerfiel vor wildfremden Menschen, vor laufenden Kameras und dem kritischen Ohr einer Richterin. Sie haben aus ihrem eigenen Mund gehört, was sie bei der entwürdigenden Sicherstellung von Beweismitteln durchlitten hat. Und Sie haben die Aussagen zwei anderer junger Mädchen, eines Polizeibeamten und einer Ärztin gehört, und alle sagen übereinstimmend, daß Gillian hysterisch war, als sie aufgefunden wurde.«

Matt zog die Stirn kraus. »Dagegen weist Mr. St. Brides Aussage keinerlei Übereinstimmungen mit den Aussagen der Zeuginnen auf, die in der fraglichen Nacht am Ort des Geschehens waren. Er hat eine praktische Erklärung für die Prellungen und den Kratzer im Gesicht. Er hat eine praktische Erklärung dafür, warum er sich in der Kneipe betrunken hat. Er hat eine praktische Erklärung dafür, warum er im Wald war. Aber er hat keinen einzigen Beweis, Ladies und Gentlemen. Er hat nichts als seine Geschichte ... die, um Mr. McAfee zu zitieren, keinen Sinn ergibt.« Matt blickte die Geschworenen eindringlich an. »Jack St. Bride hat mehr Grund als sonst jemand in diesem Gerichtssaal, Sie zu belügen, weil für ihn mehr auf dem Spiel steht. Er war einmal im Gefängnis und will auf keinen Fall wieder dorthin zurück.«

Der Staatsanwalt wandte sich von der Geschworenenbank ab. »Der Angeklagte hat sich betrunken. War sein Urteilsvermögen dadurch so stark beeinträchtigt, daß er ein junges Mädchen vergewaltigt hat? Vielleicht. Ist sein Gewaltpotential der Grund dafür, warum er ein junges Mädchen vergewaltigt hat? Vielleicht. Es spielt keine Rolle. Entscheidend ist, daß er es getan hat. Und daß die Anklagevertretung es ohne jeden Zweifel bewiesen hat.

Mr. McAfee hat Ihnen jede Menge unsinniges Zeug präsentiert, das uns Aufschluß über Gillians Handlungen und Verhaltensweisen geben sollte. All das aus einem einzigen Grund: er kann Ihnen die Wahrheit nicht präsentieren.« Matt beugte sich über den Tisch der Verteidigung und zeigte mit dem Finger auf Jack. »Aber die Wahrheit ist, daß dieser Mann am dreißigsten April 2000 in den Wald gegangen ist. Dieser Mann hat Gillian Duncan gepackt, ihr die Kleider vom Leib gerissen und sie zum

Geschlechtsverkehr gezwungen. Und ich fordere Sie auf«, sagte Matt, »diesen Mann heute schuldig zu sprechen.«

Als die Geschworenen sich zur Beratung zurückzogen, wurde Jack wieder nach unten in seine Zelle gebracht, einen winzigen Raum, der ihm allmählich beängstigend gemütlich vorkam.

Er zog sich Jackett und Krawatte aus und legte sich auf die Metallpritsche, die Fäuste gegen die Augen gepreßt. Würde Catherine Marshs Aussage bei der Entscheidungsfindung der Geschworenen ins Gewicht fallen? Jordan hatte gesagt, es sei durchaus möglich, doch Jack konnte sich nicht vorstellen, daß ein Mädchen, das für seinen Lehrer geschwärmt hatte, seinen Freispruch herbeiführen würde.

Falls die Geschworenen ihn schuldig sprachen, würde er umgehend nach Concord in die staatliche Strafvollzugsanstalt gebracht. Sollte er die Höchststrafe erhalten, würde er erst mit einundfünfzig Jahren entlassen werden. Dann hätte er graues Haar, einen Bauchansatz und Falten, Spuren all der leeren Jahre.

Er würde das Gefühl von Schnee auf seinem Gesicht vermissen. Und den Geschmack von Irish Whiskey. Er würde die luxuriöse Breite eines Doppelbettes und die dünne orangefarbene Linie vermissen, die die Morgenröte malte, wenn sie zum Tag wurde.

Er würde Addie vermissen.

Die gedämpfte Stimme des Wachmanns war zu hören. Vielleicht war Jordan gekommen, um Bescheid zu geben, daß die Geschworenen fertig waren. Oder vielleicht wurde noch so ein armes Schwein hergebracht, in diese Vorhölle, um zu warten.

Die dickbesohlten Schuhe des Wachmanns quietschten auf dem Linoleum und hielten vor Jacks Zelle. »Ich geh mal eben für kleine Jungs«, verkündete er.

»Viel Spaß.«

»Ich sag Ihnen das nur«, erklärte der Wachmann, »weil ich dann nicht mitkriege, wer hier so alles reinspaziert, wenn Sie verstehen, was ich meine.«

Jack verstand nicht. »Glauben Sie mir, wenn hier irgendein Irrer reinspaziert kommt und mich kaltblütig abknallt, bin ich ihm wahrscheinlich dankbar.«

Der Wachmann lachte und war schon halb den Korridor hinunter. Jack streckte sich wieder aus und legte den Unterarm über die Augen.

»Jack.«

Das konnte nicht sein – er mußte träumen. Addie stand auf der anderen Seite des Gitters, ganz nah.

Ohne ein Wort sprang Jack auf und versuchte, Addie durch die Stahlstreben hindurch zu umarmen. Ihr Gesicht war gegen das kalte Metall gepreßt, so fest, daß Jack sehen konnte, wie sich rote Striemen auf ihrer Wange abzeichneten.

Seine Hände umschlossen ihr Gesicht, zogen ihre Stirn gegen seine. »Ich hab nicht gedacht, daß ich dich noch mal sehen würde«, gestand er.

»Ich hab den Wachmann mit einem Schokoladentörtchen bestochen«, sagte Addie. »Er gibt uns fünf Minuten.«

Er hob die Lippen und küßte sie auf eine Braue. »Nicht auszudenken, wie viel Zeit er uns für eine komplette Mahlzeit gegeben hätte.« Jack hielt sie zurück, obwohl sie sich am liebsten noch dichter angeschmiegt hätte, und strich ihr mit den Fingerspitzen über die zarten Wangenknochen, den Nasenrücken, ganz sanft, und über die Lippen, immer wieder, wie ein Flüstern.

»W-Was machst du denn?«

Er streichelte ihr die Stirn, den Haaransatz. »Ich nehme dich mit«, sagte Jack.

Im selben Augenblick erfüllte ihn ein tiefer Friede. Er würde nicht wie die anderen Häftlinge sein, wenn er im Gefängnis war. Er würde nie so sein wie sie, weil er etwas wahrhaft Wunderschönes hatte erleben dürfen, und er hatte es ganz tief in sich aufgenommen. Bis ans Ende seines Lebens würde er es immer bei sich haben, es wie ein heißes Geheimnis unter der Haut tragen und es eifersüchtig behüten.

»Ich werde dich nie vergessen, Addie Peabody«, sagte Jack zärtlich und küßte sie wieder.

Er schmeckte nach Trauer. Sie schluckte seinen Kummer und hauchte ihm Hoffnung ein. »Das mußt du nicht«, versprach Addie. »Ich werde hier auf dich warten.«

Als die Schritte des Wachmanns über den Korridor hallten, trat Addie zurück, die Hände noch lose in Jacks. »Tut mir leid, daß ich störe«, sagte der Mann, »aber Sie müssen gehen.«

»Verstehe«, sagte Addie, und ihre Kehle schloß sich wie eine Blüte.

»Nicht Sie, Ma'am.« Der Wachmann sah Jack an. »Die Geschworenen sind zurück.«

Einige von den Geschworenen blickten ihn an, einige nicht. »Das ist normal«, beruhigte Jordan ihn. »Das hat nichts zu bedeuten.«

»Sind Sie zu einem Urteil gelangt?« fragte Richterin Justice an den Sprecher der Geschworenen gewandt.

Hinter Jack surrten die Kameras, und er konzentrierte sich mit aller Kraft darauf, seine Beinmuskeln funktionsfähig zu halten. Die Menschen vor den Fernsehern sollten zumindest sehen, daß er auf seinen eigenen zwei Beinen stehen konnte.

»Ja, Euer Ehren«, erwiderte der Sprecher.

»Der Angeklagte möge sich erheben.«

Jordan hakte sich bei Jack ein, um ihn hochzuziehen. Trotz seiner weichen Knie gelang es Jack, aufrecht stehenzubleiben.

»Befinden Sie den Angeklagten für schuldig oder nicht schuldig?«

Jack sah die Geschworenen an, noch immer mit unbewegter Miene. Der Sprecher der Geschworenen senkte den Blick auf das Blatt Papier, das er in den Händen hielt.

Eine Ewigkeit später las er laut: »Nicht schuldig.«

Der empörte Aufschrei aus Amos Duncans Mund ging in dem sofort ausbrechenden Jubel hinter Jack unter, als Selena Damascus über das Geländer sprang und sich Jordan in die Arme warf. Und dann umklammerte Addie ihn, und Jordan schüttelte ihm die Hand und sagte, er habe nie daran gezweifelt, daß es so ausgehen würde.

Die Welt drehte sich, ein Nebel aus Blicken und Geschworenen und Kameras. »Der Angeklagte ist frei«, rief die Richterin über das Tohuwabohu hinweg, und dieses eine Wort drang in Jacks Bewußtsein und erblühte, löschte den Lärm und die Freude und die Überraschung aus. Frei. Er durfte nach Hause. Frei. Er könnte sich mitten in den kleinen Park von Salem Falls stellen und seine Unschuld hinausschreien. Jetzt hatte er wieder das Gefühl, ein Leben zu haben.

Als freier Mann drehte Jack sich mit einem Lächeln im Gesicht um – und blickte auf die Bewohner von Salem Falls, die jetzt noch mehr Grund hatten, ihn zu hassen.

Amos Duncan hätte den Staatsanwalt am liebsten in der Luft zerfetzt. »Sie haben gesagt, Sie bringen ihn lebenslänglich hinter Gitter«, knurrte er. »Und jetzt muß ich ihn weiterhin auf den Straßen der Stadt sehen, in der meine Tochter und ich leben.«

Matt fühlte sich auch ohne Duncans Vorwurf schlecht genug. Einen Fall zu verlieren war immer eine Enttäuschung – einen Fall zu verlieren, der so klar und einfach ausgesehen hatte, war eine ausgemachte Katastrophe.

»Was soll ich sagen?« erwiderte Matt kleinlaut. »Amos, Gillian – es tut mir schrecklich leid.« Er fing an, seine Unterlagen zusammenzupacken, und stopfte sie wahllos in seine Aktentasche.

»Ich hoffe, das läßt Sie nicht mehr los, Houlihan«, zischte Duncan. »Ich hoffe, Sie tun nachts kein Auge zu, weil er frei herumläuft.«

Im Gegensatz zu ihrem tobenden Vater war Gillian ganz ruhig. Mit fester Stimme sagte sie: »Sie haben gesagt, es wäre eine sichere Sache.«

Matt sah sie an und richtete auch den Blick auf Amos Duncan. Dann dachte er an McAfees Schlußplädoyer, an das Atropin in Gillians Blutprobe, an Catherine Marsh, die ausgesagt hatte, sie habe Angst vor ihrem Vater gehabt. »Nichts ist wirklich sicher«, brummte er und lief den Mittelgang des Gerichtssaals entlang, um nach Hause zu fahren.

Mit einem lauten Plopp knallte der Korken der Champagnerflasche an die Decke von Jordans Veranda. Schaum quoll hervor und lief an der Flasche hinab, benetzte Selenas Zehen und die Holzbretter unter ihren Füßen. »Auf Justitia!« rief sie und füllte die Gläser.

»Auf daß sie weiterhin ab und zu blind ist«, sagte Jordan.

Thomas grinste und hob sein Glas. »Und taubstumm, wenn du es gebrauchen kannst.«

Sie tranken, ganz ausgelassen vor Freude über den Sieg. »Ich hab gewußt, daß ich wieder zurück in den Gerichtssaal gehöre«, sagte Jordan, und Thomas und Selena verdrehten hinter seinem Rücken die Augen. »Natürlich hätte ich es ohne euch zwei nie geschafft.«

»Wo du gerade in wohltätiger Stimmung bist, könntest du Chelsea erklären, warum ich kein totaler Wichser bin.«

»Ach, das ist kein Problem«, sagte Selena. »Sag ihr einfach, du kommst nach deiner Mutter.«

»Thomas.« Jordan legte einen Arm um seinen Sohn. »Wir laden sie demnächst zu uns zum Essen ein, und ich zeige ihr, daß ich ganz bezaubernd sein kann.« Er schmunzelte. »Daß sie das kann, wissen wir ja nun.«

Selena schenkte sich ein zweites Glas Champagner ein. »Sie könnte was zu trinken mitbringen ... oder was zum Druntermischen.«

»Furchtbar witzig«, knurrte Thomas.

Jordan dagegen grinste Selena an. »Vielleicht besorg ich mir selber ein bißchen Atropin, rühr es in dein heißes Wasser und erzähl dir, daß wir den Bund der Ehe geschlossen haben.«

»Vielleicht mußt du mich dafür ja gar nicht unter Drogen setzen«, sagte Selena leichthin, doch ihre Worte klangen ernst.

Verwirrtes Schweigen trat ein. »Willst du –«, setzte Jordan an und blickte ihr forschend in die Augen.

Selenas Lächeln begann langsam, entfaltete sich dann wie ein Banner. »Ja. Ich will.«

Als sie in einem Durcheinander aus Armen und Beinen und Freude auf die Schaukel der Veranda sanken, zog Thomas sich diskret ins Haus zurück. Er ging ins Schlafzimmer seines Vaters, setzte sich aufs Bett und zog den Reißverschluß der beiden Kopfkissenbezüge auf. Er mußte eine Weile wühlen, doch schließlich fand er, was er suchte – die kleinen Kräutertalismane, die Chelsea ihm Wochen zuvor geschenkt hatte. Rote Stoffsäckchen, gefüllt mit süß duftenden Blüten, und einen Penny, umwickelt mit einem blauen Band, das siebenmal geknotet war. »Man kann niemanden zwingen, jemand anderen zu lieben«, hatte Chelsea gesagt, als er sie bat, die Säckchen für ihn zu machen. »Ein Zauber kann jemandem nur die Augen öffnen, damit er sieht, was bereits da ist.«

Thomas hatte die Achseln gezuckt. »Ich glaube, mehr brauchen sie auch nicht.«

Während sein Vater und Selena einander auf der Veranda umarmten, schob Thomas die Säckchen wieder zurück in die Kissenbezüge. Dann prostete er sich selbst zu und leerte sein Champagnerglas in einem Zug.

Charlie klopfte an die Tür seiner Tochter. »Hi«, sagte er und steckte den Kopf ins Zimmer. »Darf ich reinkommen?«

»Seit wann fragst du denn vorher?« sagte Meg schroff. Sie sah ihn nicht an.

Dieses zornige Mädchen, das da auf dem Bett hockte, hatte keine Ähnlichkeit mehr mit dem Kind, das seinem Vater einmal mit einer Polizeimarke aus Silberfolie gefolgt war, um genauso zu sein wie er. Verrat lag zwischen ihnen, ein Monster von ungeheurer Größe. »Du hast bestimmt gehört, daß Jack St. Bride freigesprochen wurde.«

Meg nickte. »Gillian ist fix und fertig.«

Der Detective seufzte. »Ist wohl verständlich.« Er holte tief Luft. »Wir können ihn noch immer verklagen, wenn du willst.«

Seine Tochter schüttelte den Kopf, mit glühenden Wangen. »Nein«, murmelte sie.

»Meggie?«

»Ich wußte es«, platzte es aus ihr heraus. »Ich wußte, daß Gillian das alles nur macht, um Jack weh zu tun. Am Anfang war es mir egal, wegen dem … wegen dem, was mir wieder eingefallen war. Aber jetzt weiß ich, daß es nicht real war.« Meg hatte ihm ihr rundes, liebes Gesicht zugewandt, wartete darauf, daß er alles wiedergutmachte, wie früher, wenn sie sich das Knie aufgeschlagen hatte.

»Gilly hat gelogen ... sie hat gesagt, wir sollen auch lügen ... und das haben wir getan, weil wir alle schreckliche Angst davor hatten, was passieren würde, wenn wir nicht lügen. Vielleicht waren wir auch ein bißchen neugierig, ob wir es schaffen.«

»Was schaffen?«

Meg knibbelte an einem Fingernagel. »Ihn zu bestrafen. Sein Leben zu zerstören. Damit er Salem Falls verläßt. Gillian wollte es ihm bloß heimzahlen – nicht weil er ihr was angetan hat, sondern weil er nicht wollte.«

Sie hatte gewußt, daß Gillian log? Und hatte ihm nichts gesagt? »Warum bist du nicht zu mir gekommen, Meg?«

»Hättest du denn überhaupt zugehört, Daddy? Die Leute hören doch nur, was sie hören wollen.«

Er war der letzte, dem es zustand, seiner Tochter einen Vortrag über Unaufrichtigkeit und moralische Verantwortung zu halten. Addie Peabodys Name schoß ihm durch den Kopf wie ein Blitz, und er berührte die Hand seiner Tochter. »Vielleicht sollten wir mit jemandem reden«, sagte Charlie. »Mit jemandem, der sich mit so was auskennt, der das beruflich macht.«

»Du meinst, mit einem Psychiater?«

Charlie nickte. »Wenn du es möchtest.«

Meg wirkte plötzlich wieder wie ein kleines Mädchen. »Würdest du denn mit mir mitkommen?« flüsterte sie.

Charlie streckte ihr die Arme entgegen, und seine Tochter kroch dorthin, wo sie hingehörte. Er rieb ihr den Rücken, verbarg das Gesicht in ihren Haaren. »Überallhin«, schwor er, »und wieder zurück.«

Einen entsetzlichen Moment lang dachte Addie, sie hätte ihn verloren. Sie ging durchs Haus, fragte sich, ob sie sich seinen Freispruch nur eingebildet hatte, rief seinen Namen und bekam keine Antwort.

Schließlich entdeckte sie Jack draußen auf Chloes Schaukel. Mit nackten Füßen tappte sie über den Rasen und setzte sich auf die Schaukel neben ihn. »Soll ich dich anschubsen?« fragte sie.

Jack schmunzelte. »Nein danke. Ich spring von allein, wenn ich soweit bin.«

Er löste eine Hand von der Kette und schlang seine Finger um Addies. Sie saßen schweigend da, umgeben vom Gesang der Grillen, und schauten dem warmen Wind zu, der durch die Bäume rauschte. »Was ist das für ein Gefühl?« fragte Addie leise.

Jack legte die Faust auf die Brust. »Als hätte die ganze Welt sich genau hier eingenistet.«

Sie lächelte. »Das kommt daher, weil du zu Hause bist.«

»Addie«, sagte er, »das Problem ist, ich bin nicht zu Hause. Ich kann nicht hierbleiben.«

»Natürlich kannst du das.«

»Ich meine, ich kann nicht in Salem Falls bleiben, Addie. Hier will mich keiner.«

»Ich will dich«, sagte sie und wurde ganz ruhig.

»Ja.« Jack zog ihre Hand an seinen Mund und küßte sie. »Deshalb werde ich gehen. Mein Gott, du hast doch selbst gesehen, was alles passiert ist, seit wir aus dem Gericht gekommen sind. Eine Mutter hat auf der Straße ihr Kind von mir weggezogen. Der Typ, der auf dem Absatz kehrtgemacht hat, als er mich im ›Diner‹ gesehen hat. Ich kann so nicht leben … und du auch nicht. Wenn du deine Gäste verlierst, kannst du deinen Laden dichtmachen.«

Vielleicht lag es daran, daß die Hitze nachließ, als sich die Dunkelheit über Salem Falls senkte, vielleicht lag es daran, daß sie daran denken mußte, wie gern ihre Tochter genau hier gespielt hatte, vielleicht aber lag es nur daran, daß ihre Seele einfach zu sehr gelitten hatte, um kampflos aufzugeben – in diesem Augenblick traf Addie eine Entscheidung. »Ich hab dir schon einmal gesagt«, sagte Addie mit funkelnden Augen, »du wirst mich nicht mehr los.«

»Aber Addie, ich bin ein Vagabund. Du dagegen weißt, wo du hingehörst.«

»Ja. An deine Seite.« Sie küßte ihn, drückte ihm ihr Vertrauen wie ein Brandzeichen auf.

Jack lächelte. »Was wird aus dem ›Diner‹?« raunte er und zog sie auf seinen Schoß.

»Den kann mein Vater übernehmen. Das tut ihm gut. Und ich hab inzwischen einen Urlaubsanspruch von mindestens zweiundvierzig Wochen.«

Sie schwangen sachte hin und her, während die untergehende Sonne ein Feuer auf den Weg züngelte und die ersten Sterne am Nachthimmel erschienen. Jack malte sich aus, wie er mit Addie nach Griechenland fuhr, nach Portugal, ins Loire-Tal. Er stellte sie sich in Rom neben der Fontana die Trevi vor, in den kanadischen Rocky Mountains, auf der Aussichtsplattform des Empire State Building.

»Wir werden meine Mutter besuchen«, sagte er, und der Gedanke nahm immer klarere Gestalt an. »Ich denke, sie würde dich gern kennenlernen.«

»Sie wohnt in New York?«

Jack nickte.

Auch ein guter Ort für ein Happy-End.

Kurz nach Mitternacht wachte Amos Duncan auf. Er lag im Bett, und sein sechster Sinn sagte ihm, daß irgend etwas nicht stimmte.

Er stand auf, zog sich den Bademantel über und ging über den Flur zu Gillians Zimmer. Die Tür stand weit auf, das Bett war leer.

Er entdeckte sie schließlich in der Küche, wo sie im Dunkeln am Tisch saß. Vor ihr stand ein Glas Milch, unangetastet. Den Kopf hatte sie schwer in eine Hand gestützt; die Augen fixierten etwas, das nur sie sehen konnte.

»Gilly«, flüsterte er, um sie nicht zu erschrecken.

Sie fuhr aus ihren Gedanken auf, blinzelte überrascht. »Oh«, sagte sie verwirrt. »Ich ... ich hab nicht schlafen können.«

Amos nickte, die Hände in den Taschen seines Bademantels. »Ich weiß. Ich verstehe. Aber Gillian ... vielleicht ist es ja besser so.« Sie drehte den Kopf und sah ihn an, in dem Dämmerlicht das reinste Ebenbild ihrer Mutter. »Vielleicht ist es besser, wir leben weiter wie bisher und versuchen zu vergessen, was passiert ist. Machen alles wie früher.«

Als Gillian den Blick abwandte, umfaßte Amos ihr Kinn. »Du weißt, du bist für mich das Wichtigste auf der Welt, Gillian«, sagte er und lächelte zärtlich. »Wer liebt dich am meisten?«

»Du«, flüsterte Gillian.

Amos streckte die Hand aus, und sie legte ihre hinein. Dann zog er sie in seine Arme, ein altvertrauter Tanz. Gillian schloß die Augen, längst jenseits aller Tränen. In Gedanken war sie schon eine Million Meilen weit weg, als sich der Mund ihres Vaters auf den ihren legte, um ihren Pakt erneut zu besiegeln.

Danksagung

Wenn ich hexen könnte, wie einige meiner Protagonistinnen im vorliegenden Roman, dann würde ich mir grenzenloses Wissen herbeizaubern. Schließlich bin ich als Schriftstellerin nur so gut wie meine Experten, wenn es darum geht, mich in mir unbekannten Fachgebieten kundig zu machen. Aus diesem Grund möchte ich folgenden Personen danken: meinen Ärzten und stets auf Abruf bereiten Psychiatern Dr. David Toub, Dr. Jim Umlas, Dr. Tia Horner, Dr. Marybeth Durkin sowie Jan Scheiner. Betty Martin danke ich für die zahlreichen toxikologischen Informationen, Detective-Lieutenant Frank Moran für seine Erläuterungen zur polizeilichen Routinearbeit bei Vergewaltigungen, Chris Farina, die mich hinter die Kulissen eines Diner blicken ließ, und die DNA-Wissenschaftlerin Lisa Schiermeier, die es fertigbrachte, einer naturwissenschaftlich wenig begabten Frau wie mir etwas über Genforschung beizubringen. Mein Dank gilt auch Aidan Curran, ebenso wie Steve Ives für seine Informationen in Sachen Baseball und sein scharfes redaktionelles Auge, Diana und Duncan Watson für die Sandwichszene, Teresa Farina für die Abschrift unter Zeitdruck und Hal Friend für eine virtuelle Besichtigungstour durch die Lower East Side. Unverzichtbar waren für mich die Werke von Starhawk und Scott Cunningham, denen ich ein erstes Verständnis des Wicca-Kults verdanke. Kiki Keating half mir bei den Anfängen des juristischen Teiles des Buches; Chris Keating lieferte unglaublich prompt die Antworten auf alle rechtlichen Fragen, die sich daraus ergaben, und ohne die hervorragende Unterstützung von Jennifer Sternick wäre mir der Gerichtsprozeß niemals gelungen, so daß ich auf sie als juristische Beraterin wohl nie wieder verzichten werde. Ich danke auch Laura Gross, Camille McDuffie und Jane Picoult für ihre Beiträge bei der Gestaltung und dem Verkauf dieses Romans. Mein aufrichtiger Dank gilt JoAnn Mapson, die mit mir gleich Kapitel für Kapitel durchgegangen ist, so daß ich schließlich von meinem Buch überzeugt war, und die es zu etwas gemacht hat, das ich mir niemals erträumt hätte. Und *last but not least* möchte ich ein Loblied auf Kip Hakala und Emily Bestler von Pocket Books singen. Wenn jeder Autor und jede Autorin in den Genuß einer solchen unermüdlichen Unterstützung käme, wie sie mir durch das Lektorat dieses Duos zuteil wurde, dann wäre das Verlagswesen eine wahrhaft wunderbare Welt.

Jodi Picoult
Die einzige Wahrheit

Roman. 464 Seiten. Geb. Aus dem Amerikanischen von Ulrike Wasel und Klaus Timmermann.

Eingebettet in die wogenden Weizenfelder von Lancaster County scheint die Idylle der kleinen Amisch-Gemeinde von Paradise vollkommen. Doch ein erschütternder Fund bereitet dem Frieden ein jähes Ende: In der Scheune der rechtschaffenen Fishers wird die Leiche eines Neugeborenen entdeckt. Niemand aus der Familie kann sich vorstellen, was geschehen ist. Doch alle Hinweise deuten darauf hin, daß die junge unverheiratete Tochter Katie die Mutter des toten Kindes ist. Als Katie unter Mordverdacht gestellt wird, übernimmt Ellie, eine entfernte Verwandte und Staranwältin aus Philadelphia, die Verteidigung. Auch Ellie steht an einem Wendepunkt in ihrem Leben: Sie ist froh, Abstand von ihrem Partner und ihrer Karriere gewinnen zu können und endlich wirklich gebraucht zu werden. Aber ihre Aufgabe ist alles andere als leicht, denn Ellie muß sich an das gottgefällige Leben der Amisch ohne Strom und Telefon erst gewöhnen – und Katie gibt die Wahrheit nur sehr zögerlich preis ...
Vor dem faszinierenden Hintergrund einer traditionellen Amisch-Gemeinde erzählt »Die einzige Wahrheit« von Liebe und Tod, Verrat und bewegender Treue: ein meisterhafter psychologischer Thriller und die mitreißende Freundschaft zweier ungewöhnlicher Frauen.

KABEL

Paul Sussman

Der Fluch der Isis

Roman. Aus dem Englischen von Angelika Felenda.
477 Seiten. Geb.

Im Jahre 523 vor Christus entsendet der persische Feldherr Kambyses ein mächtiges Heer in die ägyptische Sandwüste. Sein Ziel ist das gefürchtete Orakel von Amun. Doch der Legende nach findet Kambyses' glanzvolle Armee in den Weiten des Großen Sandmeeres ihr Ende – und mit ihr wird ein Schatz von unermeßlicher Kostbarkeit in der Wüste begraben.
Über zweitausend Jahre später spült der Nil in Luxor eine schrecklich zugerichtete Leiche ans Ufer. Gleichzeitig kommt der berühmte Archäologe Michael Mullray an seiner Ausgrabungsstätte in Sakkara zu Tode – die einzige Verbindung zwischen den beiden Fällen ist ein geheimnisvolles Fragment mit altägyptischen Hieroglyphen, das Hinweise auf einen legendären Wüstenschatz enthalten soll. Als Tara Mullray, die Tochter des Toten, in den Besitz dieses Fragments gelangt, gerät auch ihr Leben in höchste Gefahr ...